LE PRÉSIDENT
EST-IL DEVENU FOU ?

DU MÊME AUTEUR

La France et ses étrangers. *L'aventure d'une politique de l'immigration de 1938 à nos jours*, Paris, Calmann-Lévy, 1991 (nouvelle éd. revue et corrigée, Folio-Gallimard, 2005).

Rapport au Premier ministre sur les législations de la nationalité et de l'immigration, La Documentation française, 1997.

Nationalité et citoyenneté en Europe (codir. avec Randall Hansen), La Découverte, coll. « Recherches », 1999.

Dual Nationality, Social Rights and Federal Citizenship in the U.S. and in Europe : *The Reinvention of Citizenship* (codir. avec Randall Hansen), Berghan Press, 2002.

Qu'est-ce qu'un Français ? *Histoire de la nationalité française depuis la Révolution*, Grasset, 2002 (nouvelle éd. revue et corrigée, Folio-Gallimard, 2005).

La République et sa diversité. *Immigration, intégration, discriminations*, Le Seuil, 2005.

L'esclavage, la colonisation et après... (France, États-Unis, Grande-Bretagne) (codir. avec Stéphane Dufoix), PUF, 2005.

Politiques de la laïcité au xxe siècle (dir.), PUF, 2007.

Liberté, égalité, discriminations. L'identité nationale au regard de l'histoire, Grasset, 2008 (nouvelle éd. revue et augmentée, Folio-Gallimard, 2009).

The Sovereign Citizen : *Denaturalization and the Origins of the American Republic*, University of Pennsylvania Press, 2013.

Être Français. *Les quatre piliers de la nationalité*, Éditions de l'Aube, 2011 (nouvelle éd. révisée, 2014).

Le sens de la République, avec Nicolas Truong, Grasset, 2015 (nouvelle éd., Folio-Gallimard, 2016).

Co-présentées avec Thomas Macé : Georges Clemenceau, *Lettres d'Amérique*, préface de Bruce Ackerman, Passés Composés, 2020.

De la laïcité en France, Grasset, 2021.

PATRICK WEIL

LE PRÉSIDENT EST-IL DEVENU FOU ?

Le diplomate, le psychanalyste et le chef de l'État

Traduit de l'anglais par Lionel Leforestier,
révisé par l'auteur

BERNARD GRASSET
PARIS

Couverture.
Photo Wilson : © Aurimages.
Photo Freud et Bullitt : © AKG-images

ISBN 978-2-246-85811-9

À la mémoire d'Aya -Alice Roth (1912-2011),
qui a traversé le siècle en donnant son amour.

INTRODUCTION

En ce premier matin du printemps 1920, nombre des plus proches conseillers du président des États-Unis se demandaient s'il n'était pas devenu fou[1]. La veille, malgré leurs supplications, Woodrow Wilson avait donné ordre aux sénateurs démocrates de voter contre la ratification du traité de Versailles qu'il avait lui-même négocié, le faisant ainsi volontairement échouer.

Pendant les six premiers mois de 1919 pourtant, Wilson était installé à Paris et avait travaillé sans relâche à jeter les bases d'une paix pour le monde. Le conflit qui s'achevait laissait 18 millions de morts dont 8,5 millions de soldats, auxquels s'ajoutaient quelque 21 millions de blessés, souvent affreusement mutilés. Wilson avait convaincu les délégués des puissances alliées qu'il avait rejointes dans la guerre en avril 1917 de créer une Société des Nations destinée à prévenir les guerres à tout jamais. De concert avec la Grande-Bretagne, il avait également signé un pacte d'assistance militaire avec la France en cas d'agression allemande. S'il était entré en vigueur, il aurait provoqué l'immédiate intervention militaire américaine en mai 1940 face à la Wehrmacht.

Bref, Wilson avait mis sur pied un cadre de sécurité collective, avec les États-Unis comme pivot. Rentré à Washington en juillet 1919, auréolé de la paix, le Président américain voyait la ratification du Traité par le Sénat comme une formalité. Mais le Sénat voulut dire son mot, rappeler ses prérogatives constitutionnelles dans l'hypothèse d'une déclaration de guerre. Wilson s'y opposa obstinément, au fil de longs mois de tractations, jusqu'à l'échec final.

Immédiatement toute l'Europe comprit que si le traité de Versailles restait en vigueur sur le papier, sans la garantie et la participation américaines, il n'offrait plus l'assurance effective d'une paix durable. À Paris, la presse soulignait l'échec du pari américain de Clemenceau. Le maréchal Foch prévoyait la guerre et confiait à un ami : « Si nous n'y prenons pas garde… notre armée sera en 1940 de qualité sensiblement inférieure à celle qu'elle était en 1914[2]. »

À Washington, la responsabilité personnelle de Wilson était unanimement reconnue par tous les soutiens du Président que le traité de Versailles avait pourtant divisés[3]. Les « idéalistes » qui avaient rejoint Wilson pour « forger un monde aux dimensions de l'homme[4] » voyaient dans le Traité une paix impérialiste qui humiliait l'Allemagne en lui imposant des charges financières insupportables et son lot d'annexions, une trahison des promesses de Wilson d'une paix sans vainqueurs. Le Traité avait toutefois ses ardents défenseurs. Les « réalistes » retenaient qu'il créait un cadre de sécurité collective propre à éviter de nouvelles guerres[5]. De nouveaux États-nations étaient nés, conformes à la promesse d'autodétermination, notamment la Pologne. L'Allemagne devrait certes verser des réparations pour les dommages infligés pendant le conflit, mais contrairement à une opinion répandue, le pays, qui restait le plus vaste d'Europe, sortait du conflit avec une économie encore solide et sans dette extérieure.

Tous, « idéalistes » ou « réalistes », tenaient Wilson pour responsable de la faillite du Traité. Certains attribuaient son entêtement fatal aux suites d'un accident vasculaire qui, en octobre 1919, le laissa hémiplégique et, pendant quelques semaines, aux portes de la mort. Mais d'autres y voyaient des racines plus anciennes et plus profondes.

Nombre des délégués alliés de la conférence de la Paix, Lloyd George, Winston Churchill, Clemenceau, attribuaient cet échec à la psychologie de Wilson. C'était aussi le cas de ses collaborateurs américains, Robert Lansing, son secrétaire d'État, Herbert Hoover, son conseiller agricole devenu une icône pour avoir permis aux Américains et aux Alliés de se nourrir tandis que les Allemands succombaient à la famine, enfin son conseiller le plus proche depuis 1911, Edward House. Mais seul John Maynard Keynes, alors jeune économiste anglais, se risqua à évoquer publiquement dans *Les Conséquences économiques de la paix*, le « complexe freudien » de Wilson : la psychologie du Président était, à ses yeux, essentielle pour analyser comment, « en dépit de sa sincérité personnelle, une paix maligne avait été forgée[6] ». Après avoir publié son essai, Keynes retourna à l'économie.

William C. Bullitt, l'un des jeunes diplomates idéalistes déçus par Wilson, décida de reprendre le flambeau de l'étude psychologique du Président. Début septembre 1919, après son témoignage devant le Sénat sur les négociations du Traité, l'élégant jeune homme de 28 ans était devenu un héros pour les républicains comme pour les anciens soutiens progressistes de Wilson. Ses révélations, à un moment où celui-ci disposait encore d'un ascendant certain, firent l'effet d'un tremblement de terre et conduisirent à la démission du secrétaire d'État Robert Lansing. On poussa Bullitt à entrer dans l'arène électorale mais, dégoûté de la politique, il se réfugia avec sa femme dans une retraite studieuse. Il tomba amoureux de Louise Bryant, la journaliste révolutionnaire tout juste veuve de John Reed, l'auteur de *Dix jours qui ébranlèrent le monde* enterré au Kremlin. Bullitt divorça pour épouser Louise.

En 1926, il publia un roman, *It's Not Done*, qui mettait en scène les élites de son milieu natal de Philadelphie et dont le personnage central, qui lui ressemble comme un jumeau, est déchiré entre deux femmes, une Française et une Américaine, entre deux vies, l'une aventureuse, l'autre bourgeoise. Best-seller inattendu, le roman se vendit à 200 000 exemplaires.

Mais Bullitt restait toujours tourmenté par la tragédie de Versailles. Il décida d'écrire sur ce qui avait déterminé l'échec du Traité, la personnalité de Wilson. Pour l'aider dans cette tâche, il ne s'adressa à rien de moins qu'au fondateur de la psychanalyse, Sigmund Freud. Fin 1926, il prit le chemin de Vienne et se présenta chez lui, au 19 Berggasse. Il devint son patient. Mais il discutait également de Wilson avec Freud. Bullitt écrivait alors une pièce de théâtre sur l'ancien Président américain, œuvre qu'il acheva, mais ne parvint pas à faire jouer.

Trois ans plus tard, il retournait à Vienne avec une offre en main. La Grande Dépression frappait le monde et la menace de la guerre planait à nouveau sur l'Europe. Bullitt avait pour projet d'écrire un livre sur la diplomatie – arme de prévention pacifique des conflits. Ce serait une approche scientifique, empruntant à la fois à la géographie, à l'économie et à l'histoire de chaque nation, mais surtout à la psychologie de leurs dirigeants. L'ouvrage dresserait les portraits des principaux protagonistes de la conférence de la Paix, les quatre Grands (Clemenceau, Lloyd George, Orlando et Wilson), certaines figures de la délégation américaine, comme le colonel House, ou Herbert Hoover. Bullitt leur joindrait Lénine qu'il avait rencontré. Il conclurait radicalement sur la nécessité de mettre fin au régime présidentiel trop dépendant d'un seul individu à la personnalité mutante, au profit d'un système de gouvernement parlementaire[7]. Freud ayant confié à Bullitt qu'il jetterait bien sur le papier ses idées sur Wilson, le diplomate lui offrit de contribuer à son livre. Freud manifesta un vif intérêt à cette proposition mais il n'imaginait pas de travailler sur Wilson sans un faisceau solide de témoignages et de données historiques. Si Bullitt parvenait à les rassembler, il lui proposerait d'écrire ensemble.

De retour aux États-Unis, excité par le projet, Bullitt se mit à la tâche. Il obtint des archives privées inaccessibles et mena des entretiens avec des personnages centraux de l'existence de Wilson : Cary Grayson (son médecin personnel), Ray Stannard

Baker (son biographe), Joseph Tumulty (son secrétaire), Bernard Baruch (son conseiller économique) et le colonel House. Tous lui confièrent des éléments de la vie de Wilson restés secrets ou des interprétations qu'ils n'avaient jamais osé partager.

Le matériau parut à Freud suffisamment impressionnant. En octobre 1930, ils décidèrent d'écrire à quatre mains un livre complet. Pendant de longs mois, à Vienne, Freud et Bullitt se penchèrent sur la vie et la personnalité de Wilson. Le Président, conclurent-ils, montrait une propension irrépressible à reproduire des situations où, humilié, courroucé, souffrant, il surréagissait et finissait par échouer. Pour un psychanalyste, il montrait tous les symptômes d'une « névrose ». La névrose de Wilson engendrait cauchemars et obsessions, l'affectait en mobilisant son esprit, en empiétant sur le temps qu'il aurait pu consacrer au travail ou aux plaisirs de l'existence. Elle l'avait conduit à des décisions irrationnelles dont la conférence de Paris était l'illustration.

En avril 1932, après de longs mois de travail, les deux hommes achevaient leur manuscrit, long de 387 pages. Freud s'était pris d'affection pour le diplomate-écrivain. Bullitt était brillant et fin connaisseur du jeu politique international. Il avait même des idées novatrices en psychanalyse que Freud avait approuvées. Une amitié inattendue s'était forgée. Lorsque Bullitt lui écrivait, il l'appelait « cher Freud », une formule rare et presque familière dans des cercles où un respectueux « Professeur » était de rigueur. Ils étaient prêts à publier le livre. Le public découvrirait bientôt comment le fondateur de la psychanalyse interprétait l'étrange personnalité de Wilson et son rôle décisif dans la crise qui secouait à nouveau l'Europe et menaçait la paix du monde.

Mais Freud l'avait deviné, Bullitt travaillait aussi sur Wilson parce qu'il aspirait à reprendre une place dans la diplomatie américaine. Bullitt n'avait jamais abandonné la vision wilsonienne, une forme d'internationalisme libéral qui souhaitait étendre au monde les valeurs américaines, comme la démocratie, le libre commerce et la libre entreprise. Encore fallait-il un homme pour incarner et réaliser ces idéaux. Au moment où ils étaient prêts à publier leur livre, Franklin Roosevelt lui apparut comme l'homme de la situation. Sous la bannière des démocrates, il allait rallier les électeurs américains ravagés par la crise de 1929 et gagner les élections de novembre 1932. Au Département d'État, presque tous les diplomates de carrière étaient républicains, Roosevelt avait besoin de sang neuf et d'idées nouvelles. Bullitt obtint de Freud de différer la publication de leur biographie wilsonienne et rejoint l'administration Roosevelt.

Pendant dix ans, Bullitt servit Roosevelt du mieux qu'il put. À l'automne 1933, il mena directement à ses côtés les négociations qui conduisirent à la reconnaissance de l'URSS. Il devint le premier ambassadeur américain en Russie soviétique, où il cultiva, entouré d'une jeune garde qui comptait notamment George Kennan, un style tout personnel qui mêlait les coups d'éclat à une parfaite rigueur professionnelle.

Bullitt aimait la diplomatie, la géopolitique et les affaires du monde mais également le théâtre, les fêtes et la compagnie des personnalités les plus brillantes. Dans sa vie privée, des femmes libres et émancipées jouèrent un rôle majeur et contribuèrent à ses succès : la féministe Inez Milholland, sa première femme Ernesta Drinker, Louise Bryant, et Missy LeHand, l'assistante personnelle de Roosevelt.

En août 1936, nommé ambassadeur à Paris, il se lia d'amitié avec Léon Blum et Édouard Daladier et coordonna l'ensemble des ambassades américaines en Europe pour tenter d'y sauver la paix. En septembre 1938, il convainquit Roosevelt que les accords de Munich menaient à une guerre inévitable. Ensemble, avec l'aide de Jean Monnet, ils organisèrent la fabrication massive d'avions de combat pour l'armée française. Au moment de la débâcle, Bullitt décida de rester à Paris pour préserver la ville Lumière de la destruction. Le 1er juillet 1940, de Vichy, il analysa la vraie nature du nouveau régime, poussé par la seule ambition de devenir la province favorite d'une Europe nazie. Bullitt revint aux États-Unis et, dès juillet 1940, soumit à Roosevelt l'idée d'un débarquement américain en Afrique du Nord.

Mais la diplomatie fut bientôt réduite à une annexe de la guerre, et le Président laissa Bullitt végéter à Washington, dans l'attente d'une affectation qui ne viendra jamais. Le 29 janvier 1943, dans un mémorandum fameux, Bullitt l'avertit que la priorité donnée à la défaite d'Hitler n'exigeait pas les concessions démesurées que Roosevelt s'apprêtait à faire à Staline. Les conséquences en seraient terribles pour des centaines de millions d'Européens et de Chinois durablement sous le joug communiste. Prémonitoire, « l'avertissement était sans équivalent à cette date », jugera George Kennan, devenu le grand penseur de la diplomatie américaine d'après guerre. En septembre 1939 déjà, Bullitt avait écrit : « À mes yeux, M. Hitler a déjà complètement perdu la guerre. J'imagine qu'il pense en finir assez rapidement avec la France et l'Angleterre pour se retourner contre les Bolchos et leur donner le coup de grâce. Mais cela ne se passera pas ainsi, les [Soviétiques] vont croître comme un cancer et pousser jusqu'à Berlin. Après quoi, il faudra en finir avec le Grand Khan Staline (…) comment[8] ? »

Faute de se préparer à l'affrontement avec Staline, Bullitt pensait que Roosevelt, comme Wilson en 1919, finirait par perdre la paix après avoir gagné la guerre. En avril 1944, il rompt avec son Président et rejoint la France libre et de Gaulle qui l'affecte à l'état-major de De Lattre. Il y fait toute la campagne de la 1re Armée française.

À son retour à Washington, à l'automne 1945, Bullitt décide de poursuivre la lutte contre le communisme en menant une diplomatie personnelle sur toutes les lignes de front de la Guerre froide. Usant de sa plume et de ses réseaux, il combat par tous les moyens à sa disposition. Il contribue à ramener au pouvoir au Vietnam l'ex-empereur Bao-Daï, puis s'ingénie à essayer de sauver la Chine du communisme. La Chine continentale tombée aux mains de Mao, il rejoint Tchang Kaï-chek pour le conseiller à Taïwan.

Bullitt avait déjà rencontré Nixon, en 1948, lors de son témoignage contre Alger Hiss, l'Américain le plus haut placé au sein du

Département d'État à servir comme agent soviétique. Bullitt se lia d'amitié avec lui et devint son conseiller diplomatique – son Kissinger avant Kissinger.

Après Roosevelt cependant, il manqua, à chaque fois de peu, avec les candidatures malheureuses de Dewey en 1948, Taft en 1952 et finalement Nixon en 1960, de servir un président qui puisse incarner les idées devenues siennes, une forme d'interventionnisme botté au service des valeurs de la démocratie et contre le communisme.

Après sa mort, l'influence de Bullitt perdura. Nixon fut finalement élu en 1968. À la Maison Blanche, dans maintes discussions sur les affaires étrangères, le plus souvent en présence de Henry Kissinger, le Président mentionnait « son vieil ami », le « brillant Bill Bullitt »[9]. Il lui servait d'étalon : « Les dépêches diplomatiques sont une calamité, déplorait-il, elles rapportent des détails insignifiants et rien d'autre. Les grands ambassadeurs du passé, comme Bullitt, savaient donner leur point de vue[10]. » Bullitt demeura une référence constante jusqu'à la fin de sa présidence.

Ce n'est pas son bilan diplomatique que Bullitt avait décidé de laisser en héritage. En décembre 1966, sentant sa fin proche, Bullitt publia la biographie de Wilson écrite avec Freud – près de trente ans après sa disparition. Une polémique suivit la parution. Freud était-il vraiment le co-auteur du livre ? Bullitt mourut à Paris en février 1967, sans avoir pu lire les recensions. Elles furent souvent sévères. Wilson apparaissait encore comme une figure intouchable tandis qu'Anna Freud faisait campagne pour dire que son père n'était pas l'auteur de cette biographie. Peu d'historiens souscrivaient alors à l'opinion d'Adam Tooze qualifiant aujourd'hui l'essai de « captivante biographie psychologique », décrivant le Président « comme un homme prisonnier d'un monde de langage imaginaire tissé par son père presbytérien et dominateur »[11].

Dans la biographie de Wilson publiée en 1966, Bullitt avait cependant supprimé ou amendé pas moins de trois cents passages du manuscrit original. Mais il ne l'avait pas détruit, voulant qu'un jour le public finisse par découvrir ce que Freud et lui pensaient vraiment de Woodrow Wilson. Ce jour est venu : mon livre révèle au public la teneur du manuscrit original de Freud et Bullitt sur Wilson, manuscrit que tout le monde croyait disparu.

Étudiant, je n'avais lu que la version expurgée de 1966, traduite en français. Elle m'avait convaincu qu'une bonne analyse psychologique de la personnalité de nos dirigeants pouvait éclairer nombre de leurs actes. Un jour de 2014 que je flânais chez un bouquiniste new-yorkais, l'enseignant que j'étais devenu découvre l'édition originale du livre sur Wilson, cette fois en langue anglaise. Je l'achète, le feuillette et tombe sur le nom du colonel House. Je travaillais sur lui à ce moment-là à cause de ses relations avec Clemenceau, dont j'étais en train de préparer la publication des *Lettres d'Amérique*. Immédiatement, je recherche l'éventuelle correspondance entre House et Bullitt et je découvre que les archives de Bullitt sont au même endroit que celles de House, à Yale. Je poursuis mes recherches sur ce personnage que je connaissais peu, et trouve, à Washington, Louisville (Kentucky), Staunton (Virginie), West Branch (Iowa), Édimbourg, Londres ou Paris d'autres archives. Et c'est ainsi qu'à l'hiver 2015, j'ai sous les yeux le manuscrit originel, celui qui n'a jamais été publié, un inédit de Freud !

Je me lance alors dans l'aventure. J'éprouve le besoin de comprendre comment cette œuvre a été conçue, d'y mesurer l'apport du père de la psychanalyse, de saisir pourquoi elle a été censurée. Réflexe d'historien, je décide aussi de vérifier le sérieux du travail sur lequel les deux auteurs s'appuient pour écrire leur *Wilson*. Très vite, j'arrive à la conclusion que pour comprendre les pérégrinations du manuscrit, il me faut suivre Bullitt tout au long de sa vie diplomatique. Son manuscrit naît, se nourrit, est retardé, modifié, amputé, pour des raisons qui tiennent au rapport intime de Bullitt avec les grands événements internationaux du XXe siècle. Et avec les géants de l'époque : Lénine, Staline, Roosevelt, Herbert Hoover, de Gaulle, Churchill, Tchang Kaï-chek,

Léon Blum, Daladier, Jean Monnet et bien sûr Wilson, Bullitt les a tous côtoyés !

Rejoindre et servir Wilson à partir de 1917 a eu une incidence décisive sur l'origine du projet de Bullitt avec Freud. Cela facilita ensuite son enquête auprès des autres participants aux négociations du traité de Versailles. Mais l'espoir de pouvoir prévenir la Seconde Guerre mondiale, la priorité donnée par Bullitt à la lutte contre le communisme expliquent le report de la publication du manuscrit, ainsi que la plupart des coupes auxquelles Bullitt procéda dans le *Wilson* publié.

Leur livre était né de la colère des deux auteurs ébahis du décalage entre le Wilson qu'ils avaient connu et l'évolution de l'image du Président américain après 1919 : au fil du temps, le principal responsable de l'échec du traité de Versailles et du désordre mondial qui s'ensuivit, avait acquis le statut de victime héroïque des politiciens isolationnistes ou des Français impérialistes ! Ébahissement que j'ai partagé tout au long de mes recherches pour ce travail. Grâce à Bullitt et Freud, j'ai réalisé qu'en réalité je n'avais rien compris au traité de Versailles, comme à la période 1936-1940 qui précède l'effondrement de la France, et à tant d'autres moments d'histoire que ce livre permet d'approcher. Freud et Bullitt m'ont permis de déchirer le rideau qui m'obscurcissait la vue sur un passé trop souvent mythifié.

Même décalé de quatre-vingt-dix ans, leur appel à reconnaître chez nos dirigeants les symptômes d'une personnalité pathologique et destructrice avant qu'ils ne nous mènent à des catastrophes résonne de toute sa force.

CHAPITRE 1

La déroute américaine du traité de Versailles

À son retour au pays, le 8 juillet 1919, Wilson était persuadé qu'il viendrait aisément à bout de toute opposition pour faire ratifier le traité qu'il avait achevé de négocier à Paris. La paix signée avec l'Allemagne dans la galerie des Glaces du château de Versailles le 28 juin 1919 portait l'empreinte forte des États-Unis. Les « Quatorze points », que Wilson avait auparavant présentés devant le Congrès américain, le 8 janvier 1918, comme seul programme à même d'assurer une paix durable au monde, avaient tous été endossés par les Alliés. Acceptés par l'Allemagne, ils avaient servi de base à l'armistice du 11 novembre 1918. L'évacuation et la restauration de la Belgique, le retour de l'Alsace-Lorraine à la France, une Pologne indépendante, le démantèlement de l'Empire ottoman, l'ajustement des frontières dans les Balkans et en Italie, toutes ces clauses territoriales des « Quatorze points » faisaient partie intégrante du traité de Versailles et des traités en voie d'être conclus avec les autres belligérants[1], l'Empire ottoman, l'Autriche et la Hongrie, forcés de reconnaître l'indépendance des peuples de leurs anciens empires conformément au principe d'autodétermination que Wilson avait avalisé.

Surtout, la création d'une Société des Nations, une association de tous les États, grands et petits, se garantissant mutuellement l'indépendance politique et l'intégrité territoriale, pierre angulaire des « Quatorze points » proposés par le Président au Congrès pendant la guerre, était placée en tête du traité de Versailles. Wilson était particulièrement fier de cette contribution qu'il jugeait décisive pour construire un monde à l'avenir stable et sûr. En cas d'agression militaire, le pacte prévoyait la solidarité de tous les États membres avec l'État agressé.

L'obtenir n'avait pas été simple pour Wilson ! À partir de mars 1919, le Président américain avait discuté quotidiennement avec Vittorio Emanuele Orlando, David Lloyd George et Georges Clemenceau, chefs des gouvernements italien, britannique et français, pour s'accorder sur un projet de traité qu'ils présenteraient ensemble à l'Allemagne. Arrivés au pouvoir en 1916 et 1917 avec un programme de victoire et non de paix négociée[2], Lloyd George et Clemenceau s'étaient montrés particulièrement intraitables.

Au cours de négociations ardues, Wilson avait concédé à l'Empire britannique la flotte de l'Allemagne et la majeure partie de ses colonies ; à la France, en plus de l'Alsace-Lorraine, il accordait l'occupation de la rive gauche du Rhin, sa démilitarisation et la propriété des mines de la Sarre avant que la région ne choisisse son destin par référendum ; l'armée allemande se voyait en outre drastiquement limitée dans ses équipements et dans sa dimension – 100 000 hommes ; à l'Italie, reviendraient le Trentin et le Haut-Adige détachés de l'Autriche.

Wilson avait su résister aux demandes des Alliés quand il les jugeait excessives, comme celle de la France à propos de la création d'un État allemand indépendant sur la rive gauche du Rhin ou encore les exigences italiennes au sujet de la ville libre de Fiume. Sur certains points, le Traité s'articulait sur « un cadre évolutif et dynamique[3] », l'occupation (Rhénanie) ou l'attribution de territoires par référendum (la Sarre entre la France et l'Allemagne ou la Haute-Silésie entre la Pologne et l'Allemagne) ou encore les dispositions concernant les réparations.

Prévu par la convention d'armistice, le paiement de réparations était précisé dans l'article 231 du Traité : il imposait à l'Allemagne de reconnaître sa seule responsabilité dans « toutes les pertes et tous les dommages subis par les gouvernements alliés et associés et leurs nationaux », conséquence de la guerre imposée par son agression et celle de ses cobelligérants. Les gouvernements alliés reconnaissaient ensuite que les ressources des vaincus n'étant pas illimitées, une commission de la SDN fixerait les montant des réparations[4].

La majorité des Américains étaient en faveur d'un traitement sévère de l'Allemagne. Ils étaient également pour le maintien d'une alliance avec les alliés anglais et français. Tout comme les chefs républicains. Henry Cabot Lodge en particulier, sénateur du Massachusetts, leader de la majorité au Sénat et président de la commission des Affaires étrangères, appelait de ses vœux la formation d'une « ligue entre les nations auxquelles les États-Unis s'étaient associés pendant la guerre[5] ». Wilson leur donna satisfaction avec le traité spécial de solidarité militaire signé avec la France. En cas d'agression allemande, les États-Unis et l'Angleterre se porteraient aux côtés de la France sans attendre les procédures de la SDN.

Si les règles du Sénat avaient permis un vote immédiat dès le retour de Wilson, le traité de Versailles aurait été ratifié en l'état, à la majorité requise des deux tiers[6]. Mais les chefs républicains, vent debout contre certaines de ses dispositions, parièrent que, plus le temps passerait, plus l'adhésion au Traité faiblirait. Les inquiétaient au plus haut point les risques de guerre inclus dans plusieurs des dispositions territoriales acceptées par Wilson et l'engagement pris par les États-Unis de participer au règlement de tout conflit, où qu'il ait lieu dans le monde. La nouvelle Tchécoslovaquie, la nouvelle Pologne comprenaient de fortes minorités allemandes. L'ancienne colonie germanique du Shandong en Chine avait été concédée au Japon plutôt que de revenir à la Chine. Et l'Irlande s'était vu refuser son indépendance. L'article X du pacte de la SDN prévoyait que chaque État membre s'engageait à « *respecter et à maintenir contre toute agression extérieure l'intégrité territoriale* et l'indépendance politique présente » des autres États membres de la Société. N'était-ce pas là un danger pour les Américains de se retrouver engagés dans une guerre contre leur gré, n'importe où dans le monde, dès lors que *l'intégrité territoriale* et l'indépendance politique d'un autre État membre de la Société des Nations était en jeu ? D'autant que les frontières fixées puis gelées par le Traité risquaient de provoquer des désordres et les États-Unis d'être contraints de devenir les gendarmes du monde contre leur gré…

Les républicains jouèrent donc la montre avant le débat au Capitole. Après que Wilson eut, le 10 juillet 1919, présenté le Traité au Sénat, les cent pages qui le composaient furent lues ligne à ligne devant la Chambre haute. Ce qui prit deux bonnes semaines. Puis la commission des Affaires étrangères organisa six semaines d'auditions publiques, au cours desquelles trente-trois témoins, presque tous opposés au Traité, présentèrent opinions, documents, amendements et résolutions[7].

Le 19 août, reniflant la difficulté à venir, Wilson invita la commission des Affaires étrangères du Sénat à le retrouver à la Maison Blanche pour une discussion, un mois avant la remise de son rapport. Wilson tenta de rassurer ses interlocuteurs au sujet de l'article X, expliquant qu'il s'agissait d'« une obligation morale, pas légale, l'atteinte à l'intégrité territoriale étant soumise à l'appréciation de chaque membre. « Si, toutefois, l'invasion était incontestable, l'obligation légale se poserait immédiatement », rétorqua un sénateur. « Non, pas l'obligation légale de prendre les armes, riposta Wilson, mais celle automatique des sanctions économiques[8]. » La distinction entre obligation légale et morale développée par Wilson laissa les représentants de la commission dubitatifs. Quand les sénateurs républicains présents interrogèrent le Président sur l'existence de traités secrets entre les puissances alliées portant sur le « règlement de la guerre », c'est-à-dire sur les récompenses promises en cas de victoire, Wilson nia, agacé, en avoir eu la moindre connaissance avant son arrivée à Paris. Cette réponse peu plausible ne fit qu'inquiéter davantage les membres de la commission sur la valeur des engagements présidentiels[9]. Les négociations étant dans l'impasse, Wilson décida de porter le débat dans le pays.

Contre l'avis de son médecin, le Président prit la route des États de l'Ouest et du Midwest, pour s'adresser directement au peuple américain. Le défi était de taille ; il lui faudrait, à l'attention de son public, traduire la langue technique du Traité dans celle des idéaux américains[10]. Mais Wilson chérissait l'exercice. Il possédait un talent inégalé pour retourner les foules. Ses contemporains le tenaient pour le meilleur orateur qu'ait produit le pays. Cette fois pourtant, la tâche était ardue.

Quatre sénateurs, décidés à marquer le Président dans ses sorties, se rendirent dans la plupart des États qu'il visitait et même dans certains qu'il évitait. Hiram Johnson, sénateur de Californie, candidat à la vice-présidence sur le ticket de Theodore Roosevelt aux élections de 1912, et l'orateur le plus populaire, suivait souvent Wilson à quatre ou cinq jours près, battant les mêmes estrades devant des foules sensiblement plus nombreuses[11].

Bientôt, le Président se laissa aller à un langage inhabituellement violent. « Proposez ou bien fermez-la ! », dit-il à ses adversaires qu'il traita de « vils déserteurs » pour avoir soutenu ses idées pendant le conflit et lui tourner le dos aujourd'hui. Avides de destruction, à l'image des bolcheviks, ils méritaient, aux yeux de Wilson, d'être « expédiés au gibet » par les historiens futurs[12]. Avant la tournée présidentielle, l'opinion était assez disposée à écarter les objections faites à Wilson, supposant qu'elles visaient seulement à le discréditer. Désormais, les électeurs se demandaient si elles n'avaient pas quelque fondement, « sans quoi le Président n'aurait pas pris tant de peine à essayer de les réfuter[13] ».

L'issue de la bataille restait cependant indécise. Les Républicains jugèrent nécessaire de produire au moins un témoin important des négociations de Paris. William C. Bullitt, un ancien diplomate de 28 ans, fut leur premier choix. Il avait été le seul officiel de la délégation américaine à Paris à présenter sa démission quelques mois plus tôt et à en exposer les raisons dans une lettre ouverte au Président Wilson. « Je regrette, écrivait-il, que vous n'ayez pas mené le combat jusqu'au bout. » Avec le traité de Versailles, assenait-il, « le gouvernement [consentait] à exposer les peuples à de nouvelles formes d'oppression, d'asservissement, de démembrement : à un nouveau siècle de guerres » provoquées par les décisions injustes prises par la conférence de la Paix sur le Shandong, le Tyrol du Sud (Haut-Adige), la Thrace, la Hongrie, Dantzig et la Sarre. « C'est ma conviction que la nouvelle Société des Nations sera impuissante à prévenir ces guerres, et que les États-Unis y seront engagés par les obligations de la Charte (de la SDN) et du traité spécial signé avec la France[14] », avait-il écrit au Président.

Après plusieurs jours de recherche infructueuse, l'assignation à témoigner au Sénat atteignit Bullitt dans les bois près de Fort Kent, dans le Maine, où il campait avec sa femme. De retour d'une course, Ernesta trouva son mari allongé, « pâle et soucieux ». Elle le crut malade « Lis ça, fit-il en lui tendant le télégramme de convocation de Cabot Lodge. Si je dis ce que je sais sur la Russie, sur la conférence de la Paix, ma carrière est fichue[15].

— Mais tu as toujours voulu témoigner…

— Oui, mais je n'en réalise les conséquences que maintenant[16]. »

Le jour dit, le 12 septembre 1919 au matin, devant les sénateurs réunis exceptionnellement pour l'entendre[17], le jeune Bullitt jura de dire toute la vérité et livra tout ce qu'il savait. Ernesta observa le sénateur Lodge mener l'audition « avec l'adresse d'un vieux magicien », encourageant son acteur principal par des questions apparemment innocentes, mûrement préparées en fait[18]. La commission, bien qu'informée de la nature générale du témoignage, ignorait à quel point Bullitt allait le corser, documents à l'appui[19]. Son intervention dura trois heures. Les journalistes se ruèrent vers la sortie pour écrire leurs articles qui s'affichèrent en première page de leurs journaux respectifs et firent la une de la presse internationale. Cabot Lodge exultait. Bullitt avait dépassé tous ses espoirs[20]. Les informations révélées par le jeune homme étaient susceptibles de faire dérailler la ratification du Traité.

Les révélations que le Sénat attendait

Après avoir rejoint le Département d'État, à l'automne 1917, Bullitt y avait coordonné le « bureau de l'ennemi » : maîtrisant parfaitement l'allemand, il collectait les informations en provenance d'Allemagne et d'Autriche-Hongrie pour le colonel Edward M. House, principal conseiller de Woodrow Wilson, et pour le Président lui-même. Puis, à Paris, on le nomma à la tête du service des comptes rendus de renseignement[21]. Chaque matin, il dépouillait les sources et en livrait personnellement une synthèse à Wilson, au secrétaire d'État, et à chacun des trois autres commissaires de la délégation américaine de la conférence de la Paix. Dans le cadre de ses fonctions, Bullitt avait vu de nombreux documents relatifs au Traité comme à la SDN. Il les avait conservés. Il les livra aux sénateurs que l'administration Wilson avait maintenus dans l'ignorance.

Quelques semaines après son arrivée à Paris, House chargea Bullitt d'une mission secrète : rencontrer Lénine à Moscou. La Russie comptait parmi les pires problèmes de la conférence de la Paix. Après la révolution d'Octobre, la paix signée à Brest-Litovsk en mars 1918 par les bolcheviks avec les Empires centraux aurait pu entraîner la défaite des Alliés. Elle libérait l'Allemagne sur le front de l'Est, lui permettant de concentrer ses troupes à l'Ouest. En réaction, les Américains et les Alliés envoyèrent des troupes en Russie arctique, à Arkhangelsk et Mourmansk, pour empêcher que des armements déjà livrés à la Russie ne tombent entre les mains des Allemands. Il fallait éviter de surcroît une faille dans le dispositif de blocus du Reich[22]. Après la victoire, Clemenceau aurait souhaité (tout comme Churchill) une intervention militaire aux côtés des forces antibolcheviques dans la guerre civile qui déchirait la Russie[23].

Wilson et Lloyd George s'y opposèrent. Regardée comme une révolte contre un ordre impérialiste qui avait envoyé à la mort des millions de soldats et de civils au profit d'une classe d'exploiteurs, la révolution bolchevique soulevait d'immenses espoirs en Europe comme aux États-Unis. Aucune puissance occidentale ne pouvait envoyer de troupes en Russie sans craindre en retour une vive agitation ouvrière sur son sol. La vague révolutionnaire née à Petrograd avait gagné Berlin et Budapest ; elle pouvait se répandre jusque dans les villes et les usines américaines. Tels étaient, pour Wilson, les motifs d'une neutralité dans la guerre civile russe.

En lien avec Lloyd George, House, son conseiller, décida toutefois l'envoi d'une mission en Russie et demanda à Bullitt de la conduire. Avant son départ, Philip Kerr, secrétaire et conseiller de Lloyd George, le munit d'une feuille de route qui précisait les conditions auxquelles « les gouvernements alliés pourraient reprendre un jour des relations normales avec la Russie soviétique[24] » : les hostilités devaient cesser sur tous les fronts. Les différentes factions qui se partageaient le territoire russe – les bolcheviks, les Russes blancs ou les forces alliées qui occupaient Mourmansk, Arkhangelsk et Vladivostok – garderaient le contrôle des régions sur lesquelles elles s'étaient établies. Les relations commerciales seraient rétablies dans toute la Russie et avec l'étranger, le territoire ouvert aux importations. La question de la dette russe serait résolue après l'établissement de la paix[25].

Objectifs ambitieux, mais Bullitt sera à la hauteur. Le 11 mars, le jour où il atteint Moscou, Bullitt négocia seul, en tête à tête avec Lénine. Les trois jours suivants, il poursuivit les négociations avec Gueorgui Tchitcherine, le commissaire aux Affaires étrangères, et son adjoint Maxime Litvinov, Lénine n'étant jamais loin. Lénine accepta tous les points que Lloyd George et Kerr avaient demandés. Bullitt obtint des concessions supplémentaires : les opposants politiques seraient amnistiés et le gouvernement soviétique acceptait d'assumer – de concert avec les autres

« gouvernements » russes – sa part dans la responsabilité des dettes contractées par le régime tsariste. L'offre de cessez-le-feu, déclara Lénine, « tenait » jusqu'au 10 avril[26]. Le 25 mars, Bullitt était de retour à Paris. Le soir même, enthousiasmé par ces résultats, House appela Wilson qui accorda à Bullitt un rendez-vous dès le lendemain après-midi.

Le matin du rendez-vous avec Wilson, Bullitt petit-déjeuna avec Lloyd George, Philip Kerr et le général Jan Smuts, qui représentait l'Afrique du Sud à la Conférence. Tous s'accordaient sur le caractère significatif des concessions soviétiques. Le même matin cependant, un journaliste influent, Wickham Steed, avait écrit dans l'édition parisienne du *Daily Mail* (lue par tous les diplomates anglophones de la Conférence), un article virulent pour dénoncer des Alliés prêts à s'accommoder de la « peste » bolchevique par simple goût du lucre[27]. Très sensible à la presse, Lloyd George se réserva de plaider publiquement pour l'offre de Lénine mais autorisa Kerr à dire à Wilson « que s'il voulait la présenter devant le Conseil des Quatre, il pouvait compter sur lui pour en soutenir l'examen et sans doute l'approbation[28] ».

L'après-midi, pourtant, Wilson remit son rendez-vous avec Bullitt au prétexte d'un mal de tête. Il l'annula à nouveau le lendemain, invoquant cette fois le besoin de se concentrer sur le Traité avec l'Allemagne. En fait, Wilson ne devait jamais recevoir Bullitt avant la date butoir fixée par Lénine – le 10 avril. Wilson semblait avoir été persuadé que les Soviets allaient bientôt perdre le contrôle de Moscou, l'amiral Koltchak, chef des forces antibolcheviks dans la guerre civile russe, ayant progressé de 150 kilomètres la semaine précédente. Il se trompait. Malgré le blocus allié et l'aide apportée aux Russes blancs, les bolcheviks gagnèrent du terrain. Une chance n'avait donc pas été saisie à Paris en mars. En cet automne 1919, les bolcheviks approchaient de la victoire finale, prélude possible à une expansion européenne.

À présent, le Sénat était confronté à la même question redoutable à laquelle Wilson n'avait pas répondu lors de leur rencontre du 19 août : si, dans un futur proche, l'Armée rouge franchissait la frontière russo-polonaise, les États-Unis ne seraient-ils pas forcés de se joindre à une intervention militaire décidée sous l'égide de la nouvelle SDN en vertu de l'article X du Pacte pour porter secours à la Pologne ? *Quid* si le Japon venait à attaquer la Chine ? C'était pour appeler l'attention de l'opinion américaine sur cette question vitale que Cabot Lodge et les sénateurs républicains avaient souhaité entendre Bullitt sur les affaires russes. Ils en étaient plus que satisfaits. Mais son audition n'était pas achevée.

Le secrétaire d'État passe à table

Après sa démission le 17 mai 1919, Bullitt avait eu un entretien avec le secrétaire d'État Robert Lansing et avait pris des notes sur leur conversation. À la demande de la commission, il les lut. Lansing avait qualifié d'« exécrables » certaines dispositions du Traité et jugé la SDN « parfaitement inutile ». Lansing pensait que la France et l'Angleterre avaient mis tout ce qu'elles voulaient dans le Traité ; l'unanimité étant requise pour le modifier, rien ne pourrait être fait pour en éliminer les dispositions injustes. « Je crois, avait-il confié à Bullitt, que si le Sénat pouvait comprendre ce que signifie le Traité, si le peuple américain pouvait le comprendre, il serait immanquablement repoussé, mais je doute qu'ils comprennent jamais à quoi il les engage. » La lecture de ces derniers mots fit éclater de rire les sénateurs[29].

L'audition s'achevait. Conscient que Bullitt, en enfreignant la confidentialité, code d'honneur des diplomates, s'était mis dans une situation délicate, le sénateur Philander Knox (Pennsylvanie) lui demanda : « Quels sont vos projets maintenant, Monsieur ?

— Eh bien, j'espère retourner là où la commission m'a trouvé, dans le Maine, pour y pêcher la truite[30]. »

Knox n'avait pas tort de s'inquiéter. Le secrétaire d'État Lansing qualifia aussitôt Bullitt de « misérable petit traître[31] ». « Si je le rencontre, je ne prendrai pas de pincettes pour lui dire ce que je pense de lui, ajouta un secrétaire d'État adjoint, William Phillips. Son témoignage s'étale ce matin en première page des journaux et notre jeune homme doit en être enchanté[32]. » L'onde de choc se propageait jusqu'à Paris, où se poursuivait la négociation des autres traités. La révélation du soutien de Lloyd George à la mission de Bullitt à Moscou rendit le Premier ministre britannique furieux[33]. Déjeunant avec House et Churchill, le 16 septembre, il « fustigea Bullitt et qualifia ses déclarations de "tissu de mensonges". Il opposa, pour tout ce qui le concernait, un "démenti catégorique"[34] ». Clemenceau (qui avait été l'objet d'une tentative d'assassinat le 19 février 1919) plaisanta : « J'ai reçu une balle [*bullet*] pendant la Conférence, Lansing n'a reçu son Bullitt qu'une fois de retour en Amérique[35]. » Aux États-Unis, c'était précisément la révélation de l'hostilité de Lansing à la SDN qui constituait, pour le *New York Herald*, l'élément crucial de l'audition, le seul qui importait vraiment à l'opinion américaine[36]. Cette information confidentielle, soulignait le *New York Times*, était du pain béni pour les « adversaires du Traité et du Président[37] ». Elle plaçait Lansing devant l'alternative « démentir (...) ou démissionner[38] ». Il se réfugia dans le silence. Le témoignage de Bullitt était trop véridique pour qu'il pût le démentir purement et simplement[39]. Il publia le plus laconique des communiqués – « Je n'ai pas de commentaire à faire » – puis partit pêcher sur le lac Ontario.

Wilson prit connaissance de l'audition de Bullitt au Sénat à San Francisco, au milieu d'une tournée harassante dans les États de l'Ouest et du Midwest. Le Président s'abstint de tout commentaire mais Joe Tumulty, son secrétaire, nota qu'il était partagé entre l'affliction et une fureur au-delà de toute mesure. Les jours qui suivirent, le long silence de Lansing ne fit que renforcer son sentiment de trahison. Neuf jours plus tard, le 21 septembre, alors qu'il était à Los Angeles, Wilson reçut un câble. Son secrétaire d'État confessait avoir reconnu devant Bullitt que « certains aspects du Traité étaient fâcheux et que « s'ils s'en avisaient, le Sénat, et peut-être l'opinion, s'opposeraient à sa ratification », mais ce point de vue, nuançait-il, n'avait rien que de très banal[40]. Wilson explosa : « Lisez cela, dit-il à son secrétaire, et dites-moi ce que vous pensez d'un homme avec qui j'ai travaillé côte à côte à Paris, qui s'épanche ainsi auprès d'un tiers ! (...) Le témoignage de Bullitt confirme mes soupçons. (...) Et dire que je l'ai élevé d'une position subalterne aux plus hautes fonctions ! Mon secrétaire d'État ! Bon Dieu[41] ! » Lansing avait conclu son message en demandant : « Pensez-vous que je doive faire une déclaration publique ? Je souhaite faire tout mon possible pour la ratification[42]. » Wilson ne lui répondit pas et poursuivit sa tournée.

Peut-être en réaction au témoignage de Bullitt et au coup qu'il avait reçu, Wilson livra son plaidoyer le plus inspiré en faveur du Traité dans les jours qui suivirent : « C'est à Château-Thierry, au bois Belleau, dans l'Argonne qu'il a été écrit. Nos soldats n'ont pas combattu pour que cela se reproduise[43]. » « La paix du monde nous est indispensable, et immédiatement indispensable », ajoutait-il avant d'énumérer les dispositions du Traité et d'expliquer : chaque membre de la SDN a solennellement accepté de ne plus déclarer de guerre sans que les raisons n'en soient soumises à un arbitrage ou discutées devant le Conseil de la SDN, pendant des mois si besoin. Si la guerre éclatait au mépris de ces dispositions, les États-Unis ne seraient pas contraints d'intervenir militairement : l'exigence de l'unanimité au sein du Conseil leur conférait *de facto* un droit de veto[44]. En ce cas cependant, l'agresseur devrait affronter des sanctions économiques et un embargo : il serait soumis à « un isolement et un boycott total », « beaucoup plus efficaces que la guerre »[45]. Si elles avaient existé en 1914, croyait Wilson, « la guerre aurait été impossible[46] ». La seule autre solution que voyait Wilson était d'armer les Américains comme les Européens, de dépenser des millions en équipement militaire. L'on pourrait économiser ces millions si la paix du monde était assurée grâce à l'adhésion des États-Unis à la SDN.

Le matin même où le câble de Lansing parvint à Wilson, son médecin personnel, l'amiral Grayson, qui le suivait depuis son entrée à la Maison Blanche, releva des symptômes préoccupants chez son patient. Wilson avait déjà souffert de fortes migraines et l'asthme l'empêchait de dormir. Le 22 septembre, à Reno, il se plaignit de maux de tête lancinants, de difficultés respiratoires et d'une grande fatigue. Il prononça le lendemain, à Salt Lake City, le plus mauvais discours de toute sa tournée. Wilson avait appris que des sénateurs « réservistes modérés » (qui étaient pro-SDN et en faveur du Traité mais que chagrinaient les atteintes à la souveraineté nationale) s'étaient mis d'accord avec Cabot Lodge sur une interprétation de l'article X, conditionnant l'éventuelle décision d'entrée en guerre à l'approbation du Congrès[47]. Quand Wilson lut cette « réserve » du Sénat, son auditoire, loin de s'en offusquer, le déconcerta en l'applaudissant. Wilson expliqua alors que, s'il était bien sûr d'accord « sur la nécessité d'une approbation du Congrès pour que les États-Unis entrent en guerre – c'était une obligation constitutionnelle[48] », la réserve des sénateurs frappait le cœur moral de la SDN, le rôle mondial que les États-Unis avaient accepté d'endosser pour préserver la paix. La position de Wilson n'était pas évidente à comprendre. Aussi le Président joua du sentiment antiallemand, prétendant – faussement – que tous les signataires du Traité, y compris l'Allemagne, allaient devoir accepter les réserves du Sénat américain pour que le Traité soit juridiquement valable. Il ne fut ni clair, ni convaincant.

L'attaque cérébrale du Président Wilson

Le 25 septembre, à Pueblo, Colorado, l'amiral Grayson remarqua « un filet de salive et un affaissement du visage [de Wilson] du côté droit[49] ». Le Président interrompit à contrecœur son voyage et fut ramené en hâte à la Maison Blanche. Le 2 octobre, il se réveilla paralysé du côté gauche. Sous l'autorité d'un célèbre neurologue, le docteur Dercum, les meilleurs spécialistes se réunirent à son chevet. Le diagnostic fut vite posé et tenu secret : le Président avait souffert d'une thrombose cérébrale qui avait entraîné une grave hémiplégie[50].

Les jours suivants, Wilson resta entre la vie et la mort. La question de sa démission ou de son remplacement temporaire par le vice-président fut soulevée. Le sort du Traité était en jeu. À Paris, Clemenceau tenta de plaisanter malgré son humeur sombre[51], relevant que si la Constitution américaine prévoyait le cas d'un président bien-portant ou celui d'un président mort, elle ne disait rien d'un président malade. Pendant tout le mois consécutif à son attaque, Wilson lutta pour la vie. La Maison Blanche fut organisée comme un hôpital[52]. Une infection de la prostate entraînant un blocage urinaire et de fortes fièvres firent à nouveau craindre pour ses jours. Une opération n'était pas recommandée dans son état. L'application de compresses chaudes permit de soulager le gonflement et de venir à bout de la rétention[53]. Pendant des semaines, le jour, « on le levait pour l'installer un moment dans un fauteuil confortable et Mrs. Wilson lui faisait de temps à autre la lecture[54] ». La nuit, il conservait une torche électrique à ses côtés. « Lorsqu'il s'éveillait et appelait l'infirmière ou, fréquemment, son médecin, il pointait la torche sur une photographie de Mrs. Ellen Wilson [sa première femme] » et, avant d'exprimer toute requête, « la fixait intensément pendant quelques secondes ». Au fil des nuits, il répéta ce rituel « littéralement des centaines de fois[55] ». Sa barbe avait considérablement poussé. Le 12 novembre, avant qu'on ne le rase pour recevoir le prince de Galles – le futur Édouard VII[56]), il demanda un miroir. « Il s'examina soigneusement, scrutant les deux côtés de son visage dans la glace, rapporte l'amiral Grayson, puis se tourna vers lui, murmurant :

Docteur,
Comme Apollon je repasserai,
On en vit de plus frais.
Mais de ma face ne me soucie guère

Puisque je suis derrière.
Par-devant, quel épouvantail ! je sais[57].

Son attaque l'avait diminué physiquement mais ses facultés intellectuelles semblaient intactes.

L'Angleterre, la France et l'Italie avaient ratifié le Traité. La décision des États-Unis était attendue avec impatience. Il était temps de passer au vote final. Le Sénat comptait seize opposants irréductibles au Traité : quatorze républicains et deux démocrates. Ils voteraient contre n'importe quelle version, même amendée. Le passage d'amendements (deux importaient vraiment parmi les quarante-cinq approuvés proposés par la commission des Affaires étrangères du Sénat : l'un sur le transfert du Shandong chinois de l'Allemagne au Japon, l'autre sur les six votes dévolus à l'Empire britannique à l'Assemblée générale de la SDN[58]) était donc impossible : la renégociation du Traité qu'elle impliquait avec les autres pays signataires lui valait l'opposition de tous les démocrates (44) et parmi les républicains de neuf « réservistes modérés » et des quatorze irréductibles[59].

Cabot Lodge concentra donc son attention sur les « réserves », les interprétations du Traité défendues par les « réservistes ». Au nombre de quatre, elles prévoyaient le droit inconditionnel de se retirer de la SDN, le principe de non-immixtion dans les affaires intérieures du pays et la garantie de la doctrine Monroe, qui prohibait implicitement toute ingérence européenne sur le continent américain. La quatrième réserve, la plus importante, subordonnait toute intervention militaire américaine pour maintenir l'intégrité territoriale d'un autre État – découlant du fameux article X du Pacte de la SDN – à l'approbation du Congrès[60].

Pour obtenir une majorité des deux tiers, les sénateurs qui soutenaient le Traité dans sa forme initiale devaient passer un compromis avec les « réservistes ». L'irréductible Hiram Johnson était convaincu qu'un accord sortirait du chapeau permettant aux républicains de crier Victoire et au Président d'avoir sa Société des Nations."[61] Il n'avait pas prévu que, le 18 novembre, un Wilson revigoré soutiendrait dans une lettre publique que l'adoption de réserves revenait moins à « ratifier qu'à invalider » le Traité. Wilson appelait à « voter contre la résolution de ratification du sénateur Lodge[62] ». Le 19 novembre 1919, le Traité sans réserve était rejeté par 53 voix contre 38 (37 démocrates et 1 républicain) tandis que le Traité assorti de réserves était rejeté par 55 voix (le gros des démocrates et les 16 « irréconciliables ») contre 39 (35 républicains et 4 démocrates).

Comme Lodge l'avait prévu, le témoignage de Bullitt avait contribué à saper les chances du Traité. Les fortes réserves de Lansing sur le Traité qu'il avait révélées avaient empoisonné le processus de ratification. Tout au long des débats sénatoriaux, la confession de Lansing fut régulièrement évoquée par les « irréconciliables », détruisant ce qui restait de crédibilité au secrétaire d'État, qui dut défendre un traité qu'il avait personnellement dénigré[63]. Le 5 novembre, l'un des leaders des « irréconciliables », le sénateur Reed, du Missouri, rappela à ses collègues que cinquante-trois jours s'étaient écoulés depuis l'audition de Bullitt et que Lansing avait été incapable de répondre publiquement à ses allégations : « Quand il faut cinquante-trois jours à un homme pour démentir une assertion, c'est bien trop long pour l'exposition de la simple vérité[64]. » Le 19 novembre, le jour du vote final, le sénateur Brandegee mentionna que son « non » avait été inspiré par la question du secrétaire d'État à Bullitt : « Pourquoi entre-t-on dans la Société des Nations ? » « Personne ne peut le dire, ajouta Brandegee, mais je suis sûr que si on fait un premier pas en ce sens, nous glisserons sur une voie qui nous sera fatale[65]. » Cette victoire décisive des adversaires de Wilson fut fêtée le soir même chez Alice Roosevelt, la fille de l'ancien président Theodore Roosevelt, alors au centre de la sociabilité républicaine. Réfugié après son témoignage au Sénat dans le Vermont, avec sa femme Ernesta, Bullitt avait le sentiment d'avoir accompli sa mission.

La bataille était toutefois loin d'être terminée. Les conseillers de Wilson mobilisaient idées et réseaux pour obtenir le passage du Traité à l'occasion d'un nouveau vote. Mais la santé du Président suscitait des inquiétudes. Personne ne pouvait voir Wilson sans la permission de son épouse Edith. Elle filtrait également les plis adressés au Président[66]. Le discours sur l'état de l'Union n'avait pas été rédigé par Wilson lui-même contrairement à son habitude. Son sténographe, Charles Swem, l'avait mis au net sous la dictée de Tumulty, son secrétaire. Cette version fut corrigée par Mrs. Wilson, probablement sous la dictée de son mari[67]. La rumeur d'un cabinet occulte devenant de plus en plus insistante, Wilson finit par accepter la visite d'une délégation du Sénat composée d'Albert B. Fall (républicain, Nouveau-Mexique) et de Gilbert Hitchcock (chef de la minorité démocrate, Nebraska). Avec sa femme à son côté (droit), Wilson passa l'épreuve à la perfection, convainquant les deux sénateurs de son aptitude à assumer ses fonctions en dépit de la maladie.

Quelques jours plus tard, le 14 décembre 1919, Wilson annonça qu'il n'avait de « compromis ou de concession d'aucune sorte » en vue et que la majorité républicaine devait assumer « la responsabilité exclusive du sort du Traité ». Regrettant que la Constitution ne prévît pas de référendum national, Wilson avait décidé de défier cinquante-six sénateurs qui n'avaient pas approuvé le Traité. Il les inviterait à démissionner de leurs sièges pour concourir à nouveau dans des élections partielles transformées en référendum sur le Traité[68]. Wilson promettrait que si une majorité de ces sénateurs étaient réélus il quitterait la présidence. Le vice-président démissionnerait également et l'un des leaders reconnus des républicains, nommé secrétaire d'État avant la démission des deux hommes, accéderait alors à la magistrature suprême. Il estimait qu'en matière de politique étrangère, il n'avait pas de comptes à rendre au Congrès mais seulement au peuple[69].

Wilson renonça finalement à ce plan mais pas à l'idée de référendum. Dans une lettre lue lors du traditionnel dîner Jackson du Parti démocrate, le 8 janvier 1920, le Président proposa une « issue simple » à la crise : soumettre la question au peuple américain en faisant de l'élection présidentielle à venir « un grand et solennel référendum[70] ».

Wilson ajoutait cependant que si le Sénat « souhaitait clarifier la signification de la SDN », il n'y voyait pas d'objection. Ces derniers mots encouragèrent un groupe de sénateurs démocrates et républicains « réservistes modérés » à se rencontrer, et convainquirent Cabot Lodge d'entamer des discussions. Le 22 janvier, jamais les chances d'un compromis n'avaient paru si hautes. Les démocrates rédigèrent des amendements aux réserves introduites par Lodge, y compris sur l'article X, qui impliquaient leur acceptation de ces réserves. De leur côté les républicains firent également quelques modifications. Lodge alla jusqu'à déclarer que le texte révisé « allait passer comme une lettre à la poste[71] ». Mais la brusque pression des « irréconciliables » le contraignit à faire marche arrière[72].

L'heure sembla suffisamment grave pour que Lord Grey, l'ancien ministre anglais des Affaires étrangères, l'homme à l'origine de l'idée de la Société des Nations, publie une lettre ouverte dans le *New York Times* le 31 janvier 1920. Il invitait ses compatriotes (et les Européens dans leur ensemble) à voir dans les « réserves » du Sénat américain l'expression d'un désir de coopération auquel il fallait répondre. Il ajoutait que rien n'importait plus pour la paix mondiale que la participation des États-Unis à la mise en œuvre du traité de Versailles. L'estocade était sévère pour Wilson, qui depuis le début présentait les réserves de Lodge comme inacceptables pour les Alliés. Le Président porta alors le coup fatal au dernier espoir d'un accord. Il réagit en disant que si Lord Grey avait publié sa tribune pendant qu'il était en mission aux États-Unis – il avait à l'automne précédent été chargé d'une ambassade extraordinaire –, « son gouvernement aurait été promptement invité à le rappeler ». Wilson demanda également la démission de son secrétaire d'État pour avoir organisé une réunion du gouvernement sans son accord au lendemain de son accident vasculaire de l'automne 1919. Ce brusque renvoi de Lansing souleva des interrogations à Washington jusque dans le camp des plus forts soutiens de Wilson, à propos de son discernement et de sa santé mentale[73]. Un correspondant de l'United Press confia à son journal intime qu'il croyait [le Président] au bord de la folie[74].

Les Conséquences économiques de la paix, le livre de Keynes, venait de paraître[75]. Pour la première fois, la conduite de Wilson n'était plus l'objet de simples rumeurs ou de spéculations privées. L'auteur offrait une dissection publique de ce « Don Quichotte aveugle et sourd » dont la personnalité était selon lui l'une des causes principales de l'échec du Traité. Il était arrivé à la Conférence avec des idées vagues et générales et sans plan. Il avait transformé les « Quatorze points » en un texte religieux et sacré. Dès lors que les revendications des Alliés pouvaient s'y rattacher par n'importe quelle exégèse jésuitique, Wilson avait pu les approuver[76]. Pour le jeune économiste, le moment décisif « dans l'effondrement de la position morale du Président et l'obscurcissement de ses idées » fut lorsqu'il se laissa persuader, au désarroi de ses conseillers, « que les dépenses accomplies par les gouvernements alliés en vue du paiement des pensions et des allocations [des soldats et de leurs familles] pouvaient être nettement regardées (...) comme des dommages causés (...) par l'agression de l'Allemagne »[77]. Ce « chef-d'œuvre de sophisme » justifiait des réparations insoutenables. Plusieurs des « irréconciliables » s'empressèrent de citer le livre de Keynes au Sénat. Knox mentionna en particulier l'interdépendance des économies et les conséquences en cascade que la ruine de l'Allemagne et de l'Autriche aurait, en Europe et aux États-Unis[78].

Le Sénat cependant comptait toujours une majorité pour ratifier le Traité assorti de quelques réserves acceptables. « À moins que Wilson ne soit complétement fou ou aveuglé par la déception et la colère, écrivait Hoover à Keynes, je crois qu'un compromis sera atteint, mais nul ne peut prédire la conduite d'un homme comme Wilson quand ses particularités mentales et morales sont accentuées et perverties par la maladie et l'amertume[79]. »

Le Président demeura pourtant inflexible. Fin février, il commença de rédiger ses instructions aux sénateurs démocrates. L'ainsi nommée réserve de Lodge, cherchant « à retirer à la SDN la virilité de l'article X », était, selon Wilson, une atteinte au cœur même du Traité. Il leur demandait de la rejeter. Soit l'Amérique entrait dans le Traité sans peur d'assumer l'obligation morale du leadership mondial dont dorénavant elle disposait, soit elle se retirait du grand concert des puissances. Un des sénateurs irréconciliables notait qu'en refusant tout compromis, Wilson étranglait son propre enfant. La presse jugea que Wilson était devenu un « irréconciliable ». Le sénateur républicain Watson qui cherchait à sortir de l'impasse visita Wilson et lui dit : « Il n'y a qu'une façon d'amener les États-Unis à intégrer la SDN.

— Quelle est-elle ?

— Accepter le Traité avec les réserves de Lodge. »

Wilson répliqua avec le feu dans les yeux : « Accepter le Traité avec les réserves de *Lodge* (Wilson détacha ces syllabes) ? Jamais, jamais ! Je ne consentirai jamais à adopter une politique qui donnerait une place prééminente à ce nom impossible[80]. »

Il avait lui-même admis qu'une éventuelle entrée en guerre des États-Unis demandait l'approbation du Congrès. Mais si on exigeait de lui que cela soit écrit, c'est-à-dire que le nom de Lodge figure auprès du sien dans l'instrument de ratification, il ne pouvait l'accepter. Le 19 mars 1920, lors du vote final, le Traité incluant les réserves de Lodge semblait avoir rallié suffisamment de sénateurs démocrates pour atteindre la majorité des deux tiers. Il fallut tous les efforts de deux ministres envoyés par Wilson dans les couloirs du Sénat pour que seuls 21 démocrates (sur 44) désobéissent aux consignes du Président et votent avec 28 républicains pour l'adoption, 49 sénateurs au total contre 35[81].

Sept votes manquèrent pour atteindre la majorité des deux tiers nécessaire à la ratification[82].

C'était fini, ou presque. Dix jours plus tard, le 29 mars, le sénateur Hitchcock, chef de la minorité démocrate au Sénat, et Bainbridge Colby, le nouveau secrétaire d'État, suggérèrent à Wilson de renvoyer le Traité au Sénat assorti de réserves d'interprétation acceptables par lui-même et déjà acceptées par la Grande-Bretagne, la France, l'Italie et le Japon. Il mettrait ainsi ses adversaires républicains au pied du mur et provoquerait sans doute un sursaut dans l'opinion. Wilson refusa : « Ce traité mort gît de tout son poids sur les consciences de ceux qui l'ont tué ; je me contenterai d'attendre qu'il les réveille ou qu'il les étouffe[83]. »

Mort avec lui également, gisait le pacte de garantie. Cette alliance militaire avec l'Angleterre et les États-Unis qui, pour Clemenceau, était « la clef de voûte de la paix européenne, au-dessus des théories. Son rejet, par là même, était une invitation oblique aux revanches[84] ». Son absence aurait des conséquences fatales pour la France[85].

Wilson envisageait alors de solliciter un troisième mandat en novembre 1920. Quand cette perspective devint franchement irréaliste, il persista à vouloir transformer la course présidentielle en un « grand et solennel référendum » sur la Société des Nations. Jusqu'au dernier jour, il resta persuadé que James M. Cox, le candidat démocrate, allait l'emporter. À son beau-frère, Stockton Axon, qui exprimait ses doutes, il répliqua : « Éternel pessimiste ! Tu ne connais pas le peuple américain. Les questions morales le galvanisent. Harding sera battu à plate couture[86]. » Harding, le candidat républicain, un conservateur fortement « réserviste », l'emporta par 60,3 % du vote populaire contre 34,1 % pour Cox qui, avec son colistier, Franklin D. Roosevelt, défendait à la fois le Traité et la SDN. C'était l'écart le plus important enregistré depuis 1820, date à laquelle Monroe avait concouru sans challenger. Les républicains interprétèrent ce résultat comme un « grand et solennel référendum ».

Lansing écrivait à House : « Je n'ai jamais vu autant d'amertume chez les électeurs qu'à l'endroit du Président Wilson. » En un an, il était devenu « aussi impopulaire qu'il avait autrefois été populaire[87] ».

Une machine brisée

Le jour même où Wilson quittait la Maison Blanche, en mars 1921, son ancien secrétaire d'État lui décochait la flèche du Parthe en publiant ses souvenirs sur la conférence de la Paix. Le livre fit aussitôt les gros titres, déclenchant au Capitole une tempête comme Wilson n'en avait encore jamais affronté[88]. L'ouvrage se hissa en tête des ventes et fut comparé à celui de Keynes, quoique l'Américain écrivît sans le mordant de l'économiste britannique. L'Américain attribuait l'échec de Wilson à son dogmatisme, à sa propension à fuir les avis extérieurs pour ne consulter que son for intérieur[89]. « C'est une figure glaciale qui émerge de ces pages, notait un critique, une sorte de surhomme égotiste, animé d'une pensée et d'une seule, celle d'imposer son projet de Société des Nations, dussent la paix attendre et les peuples désespérer[90]. »

Quelques semaines plus tard, au lieu du traité de Versailles, le Sénat adoptait la résolution Knox-Porter qui, après avoir reçu le sceau du président Harding, mettrait officiellement un terme, le 2 juillet 1921, à la guerre entre les États-Unis et l'Allemagne.

De sa demeure de S Street à Washington, Wilson continuait à suivre la politique américaine. Il se réjouit du résultat des élections de mi-mandat de 1922 – les républicains perdirent 77 sièges à la Chambre et 7 au Sénat – qu'il interpréta comme un vote en sa faveur. C'est ce qu'il confia à l'un de ses visiteurs, Philip Kerr, l'ancien secrétaire de Lloyd George, qui pensa qu'il s'illusionnait[91]. Les semaines suivantes, l'éventualité que « le sage de S Street » se lance à nouveau dans la course en 1924 fut tenue pour « fort probable[92] ». Il n'était en tout cas pas question pour lui de soutenir un autre candidat[93].

Quelques semaines après, tard dans la nuit, Grayson annonça à son patient la vérité : il se mourait. « Je ne suis plus qu'une machine cassée, souffla l'ancien président. Et lorsque la machine est cassée… » Sa voix s'éteignit. Il y eut un silence, puis Wilson eut encore la force de dire : « Je suis prêt[94]. » À sa mort, le 3 février 1924, la seule possession qui lui restât à Princeton, depuis les temps où il avait été professeur puis président de l'université, était celle d'un caveau. Mais trop de mauvais souvenirs étaient attachés à ces lieux et il avait dit à Edith qu'il ne voulait pas y être enterré. Il ne désirait pas non plus l'être au cimetière fédéral d'Arlington « car il n'admettait pas qu'on eût confisqué sa propriété au général (sudiste) Lee[95] ». Il fut donc inhumé dans la crypte de la cathédrale de Washington.

Depuis son audition en 1919, Bullitt avait tourné le dos à la politique et tenté de chasser Wilson de son esprit. « Il n'y a pas d'honnête homme en politique, écrivait-il. Impossible de rester fidèle à ses principes quand on aborde ces rivages. » Sa mort lui causa pourtant un choc qui le surprit lui-même et réveilla bien des souvenirs.

C'est la passion de la vérité qui avait conduit Bullitt auprès de Wilson. Il croyait que seuls les dirigeants qui tenaient un langage honnête pouvaient maintenir le lien civique et la confiance dans les institutions. Depuis son plus jeune âge, Bullitt associait la vérité à la justice. Lorsqu'il était enfant, sa famille possédait une résidence à Devon, près de Valley Forge, le quartier général de Washington pendant la guerre d'Indépendance. Les lieux étaient encore tels que Washington les avait connus. Ce n'était pas un parc national, la porte béante de la demeure pivotait sur des charnières affaissées, les vitres étaient cassées, le plancher blanchi par une poussière de plâtre. Bullitt montait son poney au milieu des tranchées à demi comblées, « s'imaginant qu'il était Mad Anthony Wayne ou Lafayette mais jamais Washington, la pensée aurait été sacrilège[96]. » La probité mythique de l'homme qui n'avait jamais menti marqua à jamais le jeune homme.

Comme on lui demandait pourquoi il avait risqué sa carrière pour témoigner, Bullitt répondit qu'il avait pris en compte le « sort de millions de Russes mourant de faim ou de maladie à cause du blocus occidental[97] ». Dans les mois et les années qui suivirent, il contribua avec ses deniers à combattre la famine en Russie et en Autriche. Après la levée du blocus par Lloyd George et la signature d'accords de commerce anglo-russes en mars 1921, Bullitt écrivit à George Lansbury qui, à la tête du Parti travailliste, avait fait le siège du Premier ministre britannique : « Mes félicitations les plus sincères pour votre action (...) : vous avez fait énormément pour sauver des milliers de vies, pour la paix avec la Russie et la révision du traité[98]. »

Sa déposition continua à provoquer la réprobation. Elle lui coûta un ami. Pendant ses six mois à Paris, Bullitt s'était lié avec Kerr, le confident de Lloyd George. Lorsqu'il révéla que Kerr s'était excusé, en privé, que le Premier ministre eût nié devant les Communes l'existence de sa mission auprès de Lénine, le sang d'Ernesta Bullitt « se figea ». L'audition à peine finie, elle se précipita auprès des journalistes pour les supplier de ne pas mentionner ce passage. « Très bien », dirent-ils. De même, le sténographe lui assura qu'il ferait son possible pour expurger le compte rendu. Mais les témoins étaient trop nombreux pour que cette indiscrétion ne se retrouve pas dans la presse. Des années plus tard, Philip Kerr dit à Ernesta qu'il n'oubliait ni ne pardonnait Bullitt qui avait trahi sa confiance. Bullitt estimait que le sort de l'Amérique avait plus d'importance qu'un code d'honneur[99]. « Si je m'étais censuré, dit-il, mon témoignage n'aurait eu aucune force[100]. » Bullitt conservait précieusement une lettre de Harold Laski, un célèbre politiste britannique, encore au seuil de sa carrière, qui l'érigeait en modèle : « Et souviens-toi, lui écrivait-il, que face à l'acrimonie des puissants, il y a en Europe un groupe d'hommes dont la considération est inestimable. Graham Wallas, Webb, Massingham, F. W.

Hurst, Lansbury, Haldane, Loneburn[101]. Ceux-là savent et disent quelle grande chose tu as faite et avec quelle vaillance. Il y aura dans les livres d'histoire une note de bas de page pour le seul Américain à [la conférence de] Paris qui ait saisi la grandeur de l'enjeu. Je ne parle pas à la légère[102]. »

Mais à ce stade de sa vie, faisant retour sur sa courte vie et expérience dans les plus hautes sphères de l'État et de la politique, Bullitt ne trouvait qu'illusion et déception.

CHAPITRE 2

Les débuts d'un franc-tireur

William Christian Bullitt Jr. était né à Philadelphie le 25 janvier 1891, dans l'une des familles patriciennes les plus en vue réputée pour son conservatisme[1]. Par son père, Bullitt descendait de Joseph Boulet, un huguenot qui avait fui Nîmes après la défaite infligée à ses coreligionnaires par Louis XIII en 1629 et s'était établi dans le Maryland où il changea son nom pour Bullitt. Par les mariages des descendants de Joseph Boulet, Bullitt avait un lien de famille avec George Washington. Un certain Thomas Bullitt avait fondé Louisville (Kentucky), où firent souche plusieurs générations de Bullitt jusqu'à ce que le grand-père de Billy s'installe à Philadelphie, dont il rédigea la charte municipale en 1868. Du côté maternel, l'arrière-grand-père de Bullitt Jonathan Horwitz naquit à Berlin en 1783 et épousa Deborah Andrews à New York en 1817. La mère de Billy, Louisa Hormitz, était la petite-fille du grand chirurgien Samuel Gross, immortalisé par Thomas Eakins dans une toile célèbre, *La Clinique du docteur Gross*. Après la mort de son mari, la grand-mère de Bullitt partit vivre à Paris avec trois de ses quatre filles. Seule Louisa, mariée en 1889 à William Bullitt Jr., un riche industriel, demeura aux États-Unis. Toutes les tantes de Bullitt résidaient en Europe dans différentes capitales : l'une à Londres, une autre à Rome, une dernière à Paris. Sa mère avait aussi une cousine à Berlin. Chaque été, Bullitt l'accompagnait dans ses voyages en Europe. À la maison, lors des déjeuners, la langue imposée était le français que Louisa parlait couramment. Billy avait aussi appris l'allemand.

Après des études secondaires à la De Lancey School à Philadelphie, Billy choisit d'intégrer Yale où sa famille n'avait pas d'attache. Il devint rédacteur en chef du *Yale Daily News*, présida la troupe de théâtre et s'y entraîna à la boxe. Reconnu comme l'un des éléments les plus brillants de l'université, cédant aux instances de son père qui souhaitait le voir suivre la tradition familiale, il fut admis à la faculté de droit de Harvard. Mais la matière l'ennuyait[2]. Le rebutait particulièrement le « cynisme de bon ton » des juristes : le professeur Beale avait un jour répondu à un étudiant heurté par l'énoncé d'un verdict que s'il « recherchait la justice » dans les décisions des juges, il s'était trompé d'adresse ; il fallait qu'il rejoigne, « trois bâtiments en bas de la colline à gauche », la faculté de théologie[3]. Après la mort de son père, en mars 1914, Bullitt quitta Harvard sans achever sa scolarité.

Pour empêcher sa mère de tomber dans la dépression, Bullitt entreprit de voyager avec elle en Europe, comme il l'avait souvent fait dans son enfance. Le 28 juillet 1914, le jour où l'Autriche-Hongrie déclara la guerre à la Serbie, ils se trouvaient à Moscou, à l'Hôtel National : « La foule défila sous nos fenêtres aux cris de "À bas l'Autriche ! Vive la Serbie !"[4] » Mme Bullitt et son fils prirent l'un des derniers trains qui, via Varsovie et Berlin, leur permit d'embarquer pour Londres. Peu de temps après, Billy accompagna sa mère à Dinard, où s'éteignit sa grand-mère le 24 août. Il rejoignit seul Paris pour fermer l'appartement de la défunte sur les Champs-Élysées. Il y resta pendant la bataille de la Marne. Une fois celle-ci achevée, le 15 septembre 1914, il écrivait à une amie : « Paris est aussi tranquille qu'un voilier au repos. Lorsqu'il semblait inévitable que les Allemands viennent dîner avec nous quelques jours plus tard, le seul signe d'anxiété était l'absence d'un seul sourire sur tous les visages rencontrés dans la rue. Maintenant que les Allemands sont vaincus, au moins temporairement, la seule différence est que les sourires sont là. Pas de foules, pas de célébrations. Pendant un certain temps, il était amusant de sortir et de regarder le creusement des tranchées et l'abattage d'arbres dans le bois de Boulogne, mais c'est devenu démodé et les seuls signes de guerre sont les magasins fermés et les milliers de soldats partout, un avion occasionnel et des hordes dans les églises.

Dimanche, Notre-Dame, les rues avoisinantes et le parvis étaient bondés, la bannière de Jeanne d'Arc et celle de Sainte Geneviève ont défilé. C'était très excitant[5]. »

Reporter dans les Empires centraux

À 24 ans, le jeune Bullitt décida de devenir journaliste. Il regagna les États-Unis, apprit la dactylographie et, quelques mois plus tard, sans recommandation, frappait à la porte du *Public Ledger*, le premier journal de Philadelphie, qui l'embaucha pour dix dollars la semaine. Localier, il couvrait le quartier des quais, qui concentrait une population d'Afro-Américains et d'immigrés. « [D]escentes de police, rixes au couteau [ou] noces polonaises » formaient la trame des articles qu'il téléphonait au journal[6]. Il appréciait ses collègues et la camaraderie de la salle de rédaction. Le *Public Ledger* le dépêcha bientôt comme envoyé spécial à bord du « bateau de la paix » affrété par Henry Ford, une expédition dont l'idée avait germé au cours d'un dîner entre le magnat de l'automobile, sa femme Clara et Jane Addams, la cofondatrice du Parti des Femmes pour la Paix. Cette dernière avait impressionné les Ford en décrivant comment, chaque jour, 20 000 hommes dans la fleur de l'âge tombaient sur les champs de bataille de l'Europe, sans but valable, pour des gains de terrain nuls ou dérisoires. Pour Addams le pacifisme découlait du féminisme : la guerre était un vice masculin[7]. Il fallait mener de front la lutte pour la paix et celle pour le droit de vote féminin[8].

Ford, alors âgé de 51 ans, accepta de financer une expédition qui conduirait pacifistes et féministes sur les rivages européens.

Le navire devait gagner successivement la Norvège, la Suède et le Danemark avant de faire relâche à La Haye pour y rejoindre des délégations suisse et espagnole dans une conférence réunissant les représentants de six pays européens neutres et les États-Unis. Le 4 décembre 1915, cent soixante-quatre passagers embarquaient sur l'*Oscar II*, avec quelques célébrités à bord – Ford n'ayant pas réussi à convaincre les plus grandes –, Ben B. Lindsey, un juge bien connu du tribunal pour enfants de Denver, le gouverneur du Dakota du Nord, Louis Hanna, le secrétaire général de la *National Popular League*, Judson King, infatigable avocat du référendum, quelques hommes d'affaires, trente étudiants et quarante-quatre journalistes, dont Bullitt[9]. Les suffragettes étaient bien représentées, avec, en particulier, Inez Milholland, célèbre pour avoir mené sur son cheval blanc la manifestation de Washington en faveur du droit de vote des femmes le jour même de l'investiture de Wilson en mars 1913.

Deux jours seulement après l'embarquement, dans son discours sur l'état de l'Union, le Président Wilson invita le Congrès à renforcer l'armée – en particulier la marine – et à développer la flotte marchande. Fallait-il dénoncer dans ce plan une marche à la guerre ? La dissension s'installa parmi les passagers. Seule une petite minorité accepta de signer un appel s'élevant contre les périls d'une politique d'armement, que Ford rendit public néanmoins[10]. Bullitt notait malicieusement que ces apôtres des valeurs démocratiques refusaient le « contrôle démocratique » de leur expédition[11]. À l'arrivée en Norvège, Ford, malade, se confina dans son hôtel. Le 23 décembre, il décida de regagner les États-Unis. Le bateau continua jusqu'à Stockholm mais en l'absence de Ford. « Plus personne ne prend l'expédition au sérieux », écrivait Bullitt qui continuait de produire, selon les mots de sa future femme, les articles « les plus lus et les mieux écrits » sur cette « étrange équipée »[12].

Dès son retour en Amérique, le 29 janvier 1916, Bullitt se rendit à Boston demander en mariage Ernesta Drinker, jeune fille de la bonne société philadelphienne. Il lui avait déjà demandé sa main en 1912. Il l'avait connue lors d'une soirée à Yale[13]. Elle était aussi belle qu'intelligente, brune, avec des yeux vert-noisette. Elle lui avait dit non. « Une ronde d'excellents jeunes gens tentaient tour à tour de la conduire à l'autel, lui promettant un futur qu'elle envisageait avec horreur », écrivit-elle plus tard[14]. Dans les trois années qui suivirent leur rencontre, elle installa avec Bullitt une relation amicale. Ils faisaient de la voile, nageaient, dansaient et s'écrivaient des lettres. Ils avaient des « conversations sans fin, échangeaient des livres et écoutaient de la musique ensemble. Ils appréciaient la compagnie l'un de l'autre. Demeuraient quelques légers points noirs : Billy laissait parfois échapper des propos trop rudes à son gré, pouvait manquer de tact en public ou bien s'amuser de situations qu'elle jugeait attristantes. Mais il tint sa promesse. Il ne parla plus de mariage[15]. »

Jusqu'à la nouvelle demande de Bullitt à son retour de l'expédition Ford. Ernesta déclina à nouveau, mais cette fois, comme Bullitt l'expliquera à Freud, il sut la faire changer d'avis. Ils se marièrent le 18 mars 1916, sous les voûtes de la Lehigh Chapel à Bethlehem (Pennsylvanie). Deux mois plus tard, les nouveaux mariés entamaient un voyage en Belgique et dans les Empires centraux. « Nous étions gais, heureux et chaque jour nous rapprochait un peu plus », se souviendra Ernesta. La froissait cependant l'attitude nouvelle des hommes à son égard. Elle était la même qu'avant son mariage, elle disait ce qu'elle pensait, elle affichait ses idées et ses opinions, mais plus personne n'y prêtait attention. Jeune fille, elle était une source de rêveries, l'enjeu de rivalités. « Je compris d'un coup que du moment où une femme cessait d'être une possibilité de flirt, elle cessait d'intéresser[16]. » Le changement était si soudain qu'elle ne put s'y habituer. Elle lutta. Puisqu'on ne l'écoutait plus, elle décida d'écrire et de publier un journal « non censuré » de leur voyage[17].

Ils découvrirent une Belgique dévastée. Les généraux de Guillaume II avaient compté sur la passivité et la faiblesse du plat pays pour le franchir sans encombre et prendre par surprise l'armée française. La résistance de l'armée et des milices populaires belges dérangea ce plan de campagne et contribua à la victoire inattendue des Alliés lors de la bataille de la Marne en septembre 1914. En réaction les troupes allemandes se livrèrent à des exactions : incendies et pillages de villages entiers, prises d'otages, usage de boucliers humains, massacres de civils ou exécutions de prisonniers de guerre désarmés. Louvain fut mise à sac, la bibliothèque de l'université brûlée. Le général prussien Moritz von Bissing expliqua aux Bullitt que les ravages infligés à Louvain avaient appris aux Bruxellois ce qui leur arriverait s'ils se mettaient à importuner les Allemands[18].

De leurs trois premières semaines en Allemagne, Ernesta Bullitt retira l'impression d'une capacité de résistance exceptionnelle du pays. Battre l'Allemagne, la faire plier ou l'affamer était mission impossible à ses yeux[19]. La neutralité de façade des États-Unis irritait les Allemands. Au commencement de la guerre, Wilson avait déclaré que les États-Unis s'efforceraient à l'impartialité en pensées aussi bien qu'en actions. Mais cette neutralité formelle laissait les Britanniques organiser le blocus des ports allemands et miner la mer du Nord. Elle s'accompagnait aussi de l'inscription sur une liste noire des firmes américaines qui continuaient à commercer avec les Empires centraux. La neutralité favorisait les Alliés. L'une des raisons était la faiblesse de la marine marchande des États-Unis : les passagers américains voyageaient sur des paquebots britanniques et les biens dans leurs cales. Tout au long du voyage, Bullitt s'inquiéta d'une surveillance à son endroit, comme s'il était un espion. À la vérité, c'était presque le cas : comme d'autres journalistes, il travaillait discrètement pour son gouvernement[20]. Tout en écrivant pour le *Public Ledger*, Bullitt collectait des informations qu'il gardait secrètes et qu'il délivra au Département d'État quand ils rentrèrent aux États-Unis fin septembre 1916[21].

L'approche de l'élection présidentielle mettait Washington en effervescence. Wilson avait été élu en novembre 1912, avec 41 % des voix, dans une triangulaire, en raison de la candidature de l'ancien Président Theodore Roosevelt, comme candidat progressiste contre son successeur républicain Taft. Theodore Roosevelt était retourné au Parti républicain et, pour l'élection présidentielle de 1916, l'avait unifié derrière la candidature de Charles Hughes, gouverneur de New York. Wilson ne pouvait l'emporter qu'en ralliant des progressistes qui avaient naguère soutenu Roosevelt. À cette fin, il avait nommé en janvier 1916 Louis Brandeis à la Cour suprême – le premier Juif de la Cour –, un libéral. Il fit adopter des lois sur le crédit rural et le travail des enfants. En août-septembre 1916, alors que les cheminots s'apprêtaient à faire grève, Wilson sut persuader les milieux d'affaires de soutenir la loi Adamson qui accordait la journée de huit heures à l'ensemble des travailleurs[22]. Fort de ce bilan, Wilson l'emporta sur le fil avec le slogan : « Il nous a préservés de la guerre. » Quelques mois plus tard, le 6 avril 1917, Wilson déclara la guerre à l'Allemagne.

Depuis août 1914, la gauche américaine s'opposait à une intervention dans le conflit qui ravageait l'Europe. Une défaite de l'Allemagne aurait signifié une victoire de la Russie impériale, autoritaire et rétrograde. Février 1917 marqua un point de bascule. Tandis que le régime tsariste s'effondrait, l'Allemagne se lançait dans une guerre sous-marine à outrance qui n'épargnerait pas les États-Unis. Se ranger aux côtés des Alliés devenait un combat pour la démocratie contre le militarisme prussien. Wilson appréciait particulièrement le soutien du journal *The New Republic* et de son principal analyste politique, Walter Lippmann, à qui il avait emprunté dans son discours du 22 janvier 1917 l'expression « une paix sans vainqueurs[23] ». Cinq jours après l'entrée en guerre des États-Unis aux côtés de l'Entente – France, Angleterre, Italie, Japon –, Lippmann remit au colonel House, qui faisait l'intermédiaire avec le Président, un plan pour mobiliser l'opinion américaine dans l'attente des premières grandes opérations navales ou terrestres susceptibles de canaliser l'enthousiasme du pays. Wilson s'empressa de le mettre en œuvre[24].

Dans la même veine, le choix brillant de Wilson de prononcer, dès avril 1917, des discours à l'attention des sujets du Kaiser et de la monarchie austro-hongroise, fut la première contribution américaine à la victoire des Alliés[25]. En mettant en valeur l'importance d'un gouvernement démocratique de citoyens égaux et libres en droits, il s'agissait d'émousser l'ardeur au combat des Allemands en opposant les buts de leurs dirigeants, qui apportaient la ruine au monde, à ceux de l'Amérique. Quelques mois plus tard, le Département d'État offrit à Bullitt de coordonner son « bureau ennemi » : il rassemblait les informations en provenance des Empires centraux et préparait des éléments pour les discours du Président. Bullitt conçut l'idée de reprendre dans les discours de Wilson des déclarations de personnalités libérales allemandes afin de les détacher du Kaiser[26].

Bullitt aimait son travail. Les effectifs du Département d'État étaient modestes mais efficaces. Il était abrité sous le même toit que la Guerre et la Marine, dans le vaste édifice Second Empire de granit gris à l'ouest de la Maison Blanche. Les loggias sur la façade surplombaient le bâtiment présidentiel, ses jardins et la 17e Rue. S'il souhaitait transmettre personnellement ses notes au Président ou à son huissier en chef, Irwin Hoover, il suffisait à Bullitt de traverser la rue.

Son ami Lippmann, qu'il avait rencontré grâce à Ernesta, avait pris la responsabilité de *The Inquiry*, un *think tank* discrètement installé par House dans les locaux de la Bibliothèque publique de New York[27]. Le groupe rassemblait quelque deux cents universitaires aux champs d'étude variés, mais surtout des historiens et géographes spécialistes des peuples, des empires et des nations d'Europe et d'Asie ou de leurs colonies[28]. La mobilisation des savoirs devait permettre à la diplomatie américaine de jouer un coup d'avance pour préparer une paix équitable.

En novembre 1917, après la révélation publique par les soviétiques des traités secrets entre Alliés, Lippmann travailla trois semaines, nuit et jour, avec *The Inquiry*, à élaborer huit des fameux « Quatorze points » du Président Wilson qui traitaient des questions territoriales. Il s'agissait d'amender les traités secrets pour les conformer aux idéaux américains, de répondre à l'exigence formulée par les Soviets de buts précis de guerre, dans l'espoir (déçu) que la Russie continue à se battre aux côtés des Alliés, et de faire un geste en direction de la social-démocratie allemande[29]. Lippmann proposait la création d'un État polonais indépendant sans recommander la dislocation de l'Autriche-Hongrie et Wilson le suivit. Le Président affirma le retour à la France de l'Alsace-Lorraine. Pour lui, c'était autant une question de principe qu'une manière de soutenir le moral des Français jusqu'à la victoire finale. Aidé de House, Wilson rédigea les points généraux – la liberté des mers et la Société des Nations. Le 8 janvier 1918, devant les chambres du Congrès réunies, Wilson annonça ses « Quatorze points ».

À 3 heures du matin, heure de Paris, Georges Mandel, chef de cabinet de Clemenceau, reçut la dépêche les contenant dictée par l'un des responsables de la censure. Il jugea le texte si important qu'il se borna à un commentaire laconique : « Je vais réveiller M. Clemenceau. » En pleine nuit, au beau milieu d'une alerte, il tira le Tigre de son sommeil, d'ordinaire « sacré » – comme celui de Wilson[30]. Dans les Empires centraux aussi les « Quatorze points » firent vive impression. Bullitt rapportait que le Président prenait *de facto* la tête des forces libérales en Allemagne et en Autriche-Hongrie.

L'offensive allemande du printemps 1918 avait échoué, mais, à la mi-juillet, les armées du Reich étaient à nouveau à l'attaque. Bullitt croyait, comme beaucoup d'Américains, que la guerre ne pourrait être gagnée avant 1919. Pourtant, le 8 août, l'offensive surprise des Alliés à Amiens marqua un « jour noir » pour le commandement allemand, moins à cause du terrain perdu que de l'effondrement du moral des troupes qui se rendirent en grand nombre[31]. Dans la première semaine de septembre, le gouvernement autrichien transmit sa première demande de paix. Pour préserver l'honneur de son armée, Erich Ludendorff, général en chef des armées allemandes, demanda à son gouvernement qu'il s'enquît auprès de Wilson des conditions d'un armistice. Tandis que Wilson échangeait des lettres avec le gouvernement allemand, House se rendit d'urgence à Paris et rencontra au plus vite Clemenceau, Lloyd George et Orlando avec un objectif prioritaire : que les « Quatorze points » servent de base au futur traité de paix. Encore fallait-il pouvoir préciser ce que chacun de ces « points » impliquait[32].

Le 28 octobre à midi, House appela Lippmann et lui expliqua qu'il allait voir le lendemain midi les trois chefs alliés, qu'il devrait leur exposer les « Quatorze points » et qu'il avait besoin, pour chacun d'entre eux, d'une interprétation détaillée. Le journaliste Frank Cobb, attaché au bureau de presse de la délégation américaine, travaillerait avec lui. Il se chargea d'éclaircir le point sur la SDN. Lippmann s'attela aux treize autres. À 3 heures du matin, l'ensemble des interprétations était prêt à être chiffré et transmis à Wilson. Le Président envoya son approbation juste à temps pour les débuts de la réunion à Paris[33]. Clemenceau et Lloyd George lurent et relurent chaque interprétation, écrite par Lippmann et Cobb avec l'intention de faciliter l'accord entre Alliés. Le Premier ministre britannique, s'inquiétant de la « liberté des mers », House précisa que le Président n'entendait pas interdire l'arme du blocus, mais qu'il souhaitait garantir les droits de propriété des individus et des pays neutres[34]. Lloyd George accepta le principe « à la lumière des circonstances nouvelles surgies pendant la guerre[35] ».

Restait une question importante : les « Quatorze points » ne mentionnaient pas les réparations sauf aux septième et huitième points prévoyant que la Belgique serait « évacuée et restaurée », le « territoire français tout entier (...) libéré » et « les régions envahies » elles aussi « restaurées ». Pour les alliés européens, ce n'était pas assez. Leurs opinions publiques étaient transportées de fureur. L'occupation de la Belgique et du nord-est de la France avait été sans merci. Quelques jours après les demandes de paix adressées à Wilson par le gouvernement du Reich, un sous-marin allemand avait encore coulé un vapeur irlandais, le *Leinster*, entraînant la mort de 450 civils hommes, femmes et enfants. Les troupes allemandes qui battaient en retraite en Belgique et dans le nord de la France dynamitaient ou inondaient les villages évacués, détruisant usines, mines, routes et chemins de fer.

Clemenceau proposa que l'expression « réparation des dommages » figure dans les clauses de l'armistice avant que les réparations soient déterminées par le traité de paix[36]. Pour les Britanniques, c'était insuffisant. À leur requête, la Conférence approuva qu'une « compensation [soit] faite par l'Allemagne pour tous les dommages causés à la population civile des pays alliés et à leurs biens, par l'agression allemande par terre, mer, et air ». Le 4 novembre, les Alliés transmirent à Wilson un mémorandum qui faisait des « Quatorze points » corrigés des dispositions sur la liberté des mers et les réparations, la base du futur traité de paix. Le 5 novembre 1918, Wilson adressa cette note telle quelle aux Allemands, les informant que les termes de l'armistice, destinés à prévenir toute reprise des hostilités, leur seraient communiqués par le maréchal Foch. L'Allemagne accepta et l'armistice fut signé le 11 novembre.

Wilson était enchanté. Contre l'avis de House qui lui conseillait de rester à Washington, il décida qu'il représenterait en personne son pays à la conférence de la Paix. Il ne voulait pas, expliqua-t-il à Jean-Jules Jusserand, l'ambassadeur de France à Washington, se trouver dans la situation où « les délégués américains se mettraient d'accord entre eux sans avoir pu en parler avec lui et lui soumettraient des propositions que lui croirait devoir écarter[37] ». Il voulait être parmi eux.

Jamais encore un président en exercice n'avait quitté les États-Unis. Wilson embarqua le 3 décembre à Hoboken, pavoisé aux couleurs des Alliés, sous les vivats du public. Vingt et un coups de canon saluèrent le départ du paquebot. Le long de l'Hudson, sur les deux rives, la foule était massée sur des ferries ou sur le toit des immeubles[38]. Informé que le gouvernement français avait prévu une visite des territoires libérés d'Alsace-Lorraine et ne pourrait l'accueillir avant le 12 décembre, le paquebot prit la route du sud pour ralentir la cadence. Wilson choisit de débarquer le 13. Il était superstitieux et tenait le 13 pour son chiffre porte-bonheur[39].

Le temps était ensoleillé. Chaque soir, le Président se rendait dans la salle de projection pour voir un film. Au bout de quelques jours, Bullitt remarqua qu'il n'avait encore convié pour un entretien aucun des membres de la commission qu'il avait nommés pour représenter les États-Unis à la Conférence ou des personnes de *The Inquiry*. Aucun d'entre eux n'avait idée de ce qu'on leur demanderait une fois à Paris. Un soir, Wilson confia à Jusserand que par « Société des Nations », il n'entendait rien de plus qu'un « accord entre les nations signataires du traité de paix pour se conformer à ses termes et exercer une contrainte conjointe à l'encontre de celles qui les violeraient ». L'ambition parut bien mince à Bullitt, lui qui croyait en la possibilité d'un nouvel ordre mondial libéral et juste[40].

Le lendemain soir, juste avant que le film ne commençât, Bullitt s'assit auprès du Président et le pressa de « réunir les membres de *The Inquiry* (...) pour leur expliquer dans quel esprit il approchait la Conférence et, dans la mesure du possible, quelle politique il entendait poursuivre, en particulier pour ce qui regardait la Société des Nations ». Il l'avertit que, laissés dans l'ignorance de ses plans, beaucoup s'abandonnaient au scepticisme ou au cynisme[41].

Le lendemain à midi, Wilson réunit dix membres de l'*Inquiry*. « Je n'ai jamais vu le Président d'humeur aussi franche et engageante. Il était chaleureux et bien disposé. Il s'assit à son bureau et nous nous groupâmes sur des chaises », rapporta Bullitt. Wilson parla pendant environ une heure et clarifia sa position sur des points importants. Il imaginait une Société des Nations conduite par un conseil de ministres qui rendraient compte à leurs gouvernements. « Désormais aucune guerre n'est que locale, chacune affecte le monde dans sa totalité. Une nation qui voudrait s'y lancer et refuserait de prêter l'oreille aux puissances membres de la SDN devra être soumise à un boycott sans concessions, non seulement de l'acheminement des marchandises, mais par le blocage de toutes les formes de communication, voies ferrées, poste, téléphone, télégraphe : ses frontières seront hermétiquement closes. » Il ajouta qu'il s'opposait aux réparations sauf pour les dommages causés par l'Allemagne, que les colonies allemandes devraient devenir des possessions de la Société des Nations et que l'Allemagne devrait passer par un stage probatoire avant d'être admise en son sein, « car il faut encore prouver que le peuple allemand jouit d'un gouvernement honnête et responsable. Cette réunion, nota Bullitt dans ses carnets, s'acheva sur la note la plus optimiste. L'amertume et le cynisme de la semaine précédente étaient dissipés[42] ».

Lorsque Wilson parut, le 14 décembre 1919, à la gare de l'avenue du Bois de Boulogne[43], « ce fut un immense cri d'amour », titra *Le Petit Parisien* six colonnes à la une[44]. Paris était épris du Président. Le monde entier semblait converger dans la capitale pour le rencontrer, les vainqueurs pour demander des réparations et des compensations territoriales, les Allemands et les Autrichiens comptaient qu'il fonde « la paix sans vainqueurs » qu'il avait promise. Les minorités nationales et les colonisés mobilisés, et parfois sacrifiés pour la victoire des empires, plaçaient leurs espoirs dans le principe d'autodétermination que Wilson brandissait comme un talisman[45]. Les femmes qui avaient montré leur aptitude à remplacer les hommes (souvent leurs propres maris) dans leurs tâches, revendiquaient des droits. Tous voulaient parler à Wilson[46]. Le prestige et l'influence morale dont il jouissait n'offraient pas d'équivalent dans l'histoire. « Quand Washington ou Lincoln parlaient, ils s'adressaient à l'Amérique, mais quand Wilson parle, c'est au monde entier », notait le général Smuts[47].

La tenue des élections britanniques le 14 décembre 1918 avait contraint à reporter les débuts de la Conférence. Après la victoire écrasante de la coalition soutenant Lloyd George, Wilson se rendit à Londres. Une personnalité l'impressionna tout particulièrement : le général Smuts. Jan Smuts s'était illustré pendant la seconde guerre des Boers et après la défaite de son camp face aux Britanniques, était devenu une figure centrale de la politique sud-africaine. Il allait devenir un des architectes du système d'apartheid. Pour l'heure, membre du Cabinet de guerre impérial, il développait ses idées en vue d'une réconciliation mondiale dans une brochure intitulée *The League of Nations : A Practical Suggestion.* Comme Wilson, Smuts rejetait l'idée d'une cour d'arbitrage au-dessus des nations ; il voulait un forum politique, une ligue de toutes les nations civilisées – et non des seules grandes puissances – dans laquelle la culture de guerre céderait la place à la discussion démocratique[48]. Wilson adopta immédiatement certaines des suggestions de Smuts[49]. L'organisation de la SDN reposerait sur une structure tripartite : un conseil exécutif, une assemblée générale, un secrétariat administrerait les anciennes colonies allemandes et mettrait en œuvre un plan de désarmement.

Berne et Moscou

Pendant ce temps à Paris, Bullitt s'imposait rapidement au sein de la représentation américaine : House l'avait adopté et le consultait régulièrement sur la stratégie à suivre[50]. Bullitt dirigeait désormais le « bulletin du renseignement ». Chaque jour, il croisait autant de sources que possible à partir des télégrammes et de la presse aussi bien française, anglaise qu'allemande. Tous les matins, il disposait de vingt minutes pour faire un exposé devant chacun des commissaires américains à la Conférence. Le briefing se déroulait pendant qu'ils s'habillaient, se rasaient ou petit-déjeunaient. Bullitt rencontrait à 9 heures le général Tasker Bliss, délégué des États-Unis depuis décembre 1917 au Grand Quartier général. À 9 h 20, il voyait l'ancien diplomate républicain Henry White. Venait ensuite, à 9 h 40, le tour du colonel House. Suivaient, à 10 heures, le secrétaire d'État Robert Lansing et enfin, à 10 heures et demie, le Président Wilson en personne[51].

Bullitt était une figure de proue de la « jeunesse radicale ». À ses côtés Adolf Berle, un jeune surdoué qui acheva ses études secondaires à 13 ans, obtint sa licence à 18 et son diplôme en droit de Harvard à 21, recruté au sein de la section russe, et George Noble, boursier de la fondation Rhodes, qui réalisait tous les jours une revue de la presse française. L'été précédent, alors qu'il travaillait pour le « bureau ennemi », Bullitt avait mis au point une enquête, transmise par Lansing aux ambassades américaines, leur demandant quelles forces politiques les États-Unis pourraient mobiliser en soutien aux « Quatorze points » de Wilson[52]. Il en ressortait que ces forces étaient principalement le Parti travailliste au Royaume-Uni et les socialistes sur le continent. Pour Bullitt, « le mouvement pour la social-démocratie commençait à occuper dans l'arène politique à peu près la même place que celui pour le nationalisme démocratique au XIXe siècle[53] ». En prévision de la victoire, il plaidait en faveur d'une coopération entre les Américains et les travaillistes, les socialistes et les syndicats de tous les pays belligérants, meilleur moyen, avançait-il, pour garantir une paix durable selon les vues de Wilson tout en enrayant l'expansion du bolchevisme.

C'est avec cette stratégie en tête que le colonel House envoya Bullitt rencontrer, une semaine après son arrivée à Paris, les dirigeants de la SFIO Albert Thomas, Marcel Cachin et Jean Longuet[54]. Quelques semaines plus tard, Bullitt était le représentant officiel des États-Unis auprès de l'Internationale socialiste réunie à Berne[55].

Tous les dirigeants socialistes des anciens pays belligérants répondaient à l'appel : Cachin pour la France, Ramsay MacDonald pour les travaillistes, et, pour l'Allemagne, Kurt Eisner, le charismatique chef du gouvernement bavarois, qu'un militaire assassinera au lendemain de la Conférence. Le conflit avait exacerbé les tensions nationales et idéologiques mais aussi suscité l'espoir d'une abolition de toute guerre. Les participants défendaient le principe d'une Société des Nations puissante et s'opposaient à toute intervention militaire en Russie, en Allemagne ou en Autriche-Hongrie[56].

Bullitt rencontra Cachin le 4 février 1919, au lendemain de l'ouverture de la Conférence. Les deux hommes préparèrent une résolution de soutien à Wilson et à la Société des Nations que Ramsay MacDonald présenterait. Elle fut adoptée à l'unanimité[57]. Les socialistes émirent aussi le vœu que les organes centraux de la Société comprennent un parlement supranational, composé de délégués des parlements nationaux, représentant tous les partis, y compris minoritaires, afin de fonder une véritable union des peuples plutôt qu'une alliance des gouvernements et des cabinets.

Bullitt était comblé. Il avait impressionné ses collègues américains par son énergie, sa fibre diplomatique, son aptitude à nouer des liens avec bon nombre de dirigeants socialistes européens[58]. Pour répondre au souhait exprimé par les délégués de l'Internationale, House demanda à Bullitt de rédiger un amendement au Pacte de la SDN qui instituerait en son sein une assemblée composée de délégués couvrant tout le spectre politique des parlements des États membres. Elle aurait en charge la promotion d'une coopération internationale et soumettrait ses propositions au Conseil[59]. L'amendement fut transmis à Wilson qui, depuis le 3 février, présidait en personne la commission rédigeant la charte de la SDN.

Le 14 février, à 3 heures et demie, devant un parterre de deux cents dirigeants internationaux rassemblés au Quai d'Orsay,

Wilson put proclamer les articles du Pacte. Les mains posées sur une bible, il prononça ces mots : « Une chose vivante est née[60]. » L'amendement ramené de Berne par Bullitt ne figurait pas dans le pacte. Wilson allait perdre sur deux fronts, la confiance des socialistes[61] d'une part et l'occasion de rapporter une satisfaction symbolique à ses opposants républicains au Sénat américain d'autre part.

Le dimanche 16 février 1919, accablé par cette déconvenue, Bullitt songea à démissionner de la délégation américaine et à s'exiler en Grande-Bretagne pour militer dans les rangs du Labour. Mais l'après-midi même, le colonel House lui fit « une proposition ébouriffante : aller en Russie comme envoyé spécial chargé de s'enquérir et de rapporter sur la situation bolcheviste[62] ! ».

Soutenue également par Lloyd George, la mission de Bullitt avait pour but officiel de collecter du renseignement. Son objectif véritable était d'amener le gouvernement bolchevique à participer aux négociations de paix, après avoir mis un terme à la guerre civile en Russie, dans le but de couper court à la diffusion des idées des Rouges dans le monde occidental.

Pour sa mission, Bullitt s'adjoignit Lincoln Steffens, un célèbre journaliste d'investigation qui ne faisait pas mystère de ses sympathies bolcheviques[63], le capitaine W. W. Pettit, des services de renseignement de l'armée, qui avait vécu en Russie et maîtrisait sa langue, et un secrétaire, R. E. Lynch[64]. Les quatre hommes quittèrent Paris le 22 février et arrivèrent le 6 mars à Helsinki. Le 8 mars, à Petrograd, Bullitt et Steffens rencontrèrent Gueorgui Tchitcherine, le commissaire aux Affaires étrangères et son adjoint Maxime Litvinov. Ils travaillèrent deux jours pleins avant de se rendre ensemble à Moscou.

Tandis que Bullitt négociait seul avec Lénine puis avec Tchitcherine et Litvinov, Steffens, hors du Kremlin, collectait des informations[65]. Tchitcherine était un âpre et brillant négociateur mais lorsque les discussions étaient dans l'impasse, Lénine était joint au téléphone et il cédait[66]. À la surprise de tous à Paris, « Bullitt avait obtenu de Lénine des termes plus favorables qu'espérés[67] ». L'offre n'eut cependant pas de suite. La peur et la méfiance inspirées par les bolcheviks poussaient au refus de tout accord[68]. Bullitt avait aussi commis des erreurs. Les services français déchiffrèrent les câbles adressés à House dans lesquels il n'avait pu se retenir de révéler le contenu de son accord avec Lénine. Les Français, ulcérés, communiquèrent l'information à la presse britannique[69]. À son retour à Paris, l'émissaire américain joignit à la liste des dispositions formelles et factuelles agréées par Lénine le rapport de Steffens sur la situation politique en Russie. Lequel dressait un tableau enthousiaste des réalisations du nouveau régime. Cela refroidit certains parmi les premiers soutiens de Bullitt[70].

Déception

Wilson avait reçu un câble de la Maison Blanche rapportant que « la proposition de reconnaître Lénine avait semé ici la consternation[71] ». Wilson opta pour le plan de Hoover qui proposait une aide humanitaire aux Soviétiques, conditionnée à l'arrêt des combats dans certaines zones en Russie et des menées bolcheviques hors des frontières. Les Soviétiques refusèrent de cesser les combats tant que les « envahisseurs » n'auraient pas été chassés de Russie. Ils firent donc échouer le plan Hoover[72].

Wilson avait d'autres préoccupations que la Russie. Son retour aux États-Unis à la mi-février 1919, après l'adoption à l'unanimité du projet de charte de la SDN, n'avait pas été sans embûches. La réunion avec les membres de la commission des Affaires étrangères du Sénat pour discuter le Pacte, article par article, avait laissé les sénateurs sur leur faim. Wilson répondit aux questions comme s'il était peu familier des détails, rapporta Lodge[73]. Quelques jours après, le 3 mars, Lodge présenta devant la Chambre haute une résolution signée de trente-huit sénateurs affirmant leur opposition au projet de SDN, réclamant qu'elle soit dissociée du Traité. C'était une minorité suffisante pour empêcher son adoption le jour où il serait soumis au vote du Sénat. Le lendemain, Wilson réaffirma que la SDN ne serait pas séparée du Traité[74]. Mais le Président dut se résoudre à admettre que le rapport de force évoluait. Lorsqu'il revint en France, le 13 mars, Wilson décida d'endosser les amendements au Pacte de la SDN que l'ancien Président Taft lui avait suggéré pour amadouer les sénateurs républicains récalcitrants. Ils comprenaient la sauvegarde de la doctrine Monroe[75], la règle d'unanimité au sein du conseil exécutif et des garanties contre toute intrusion de la SDN dans les affaires intérieures américaines. Dès lors, la délégation des États-Unis était tout entière mobilisée pour faire accepter ces amendements par Clemenceau et Lloyd George[76].

À peine Wilson revenu à Paris, Lloyd George lui rendit visite pour raison impérieuse. Il venait de soumettre au cabinet britannique la proposition que les États-Unis et le Royaume-Uni offrent à la France une garantie spéciale en cas d'agression[77]. Wilson donna son accord. Plus tard dans l'après-midi, Wilson et Lloyd George rencontrèrent Clemenceau au Crillon et proposèrent officiellement à la France une alliance défensive avec leurs deux pays sous le nom de « pacte de garantie ». Ce traité spécial assurait qu'en cas d'agression allemande, la Grande-Bretagne et les États-Unis s'engageraient immédiatement aux côtés de la France sans attendre les délibérations de la SDN. Ce fut, selon les termes de Poincaré, « un coup de théâtre ». Quelques jours plus tard, sur la foi de cette promesse, Clemenceau abandonna (bien qu'avec réticence) sa revendication d'un État rhénan indépendant. Wilson comptait bien que la France soutînt en échange son projet amendé de Société des Nations. Lloyd George avait débloqué la situation.

Sur la Russie en revanche, Lloyd George avait battu en retraite, il n'avait jamais lancé ou relancé Wilson sur la mission Bullitt. Il avait laissé passer la deadline du 10 avril fixée par Lénine. Après que le *Times* de Londres eut publié, ce jour-là, un manifeste signé par deux cents députés des Communes invitant Lloyd George à s'opposer à toute proposition de reconnaissance du gouvernement bolchevique, le Premier ministre s'exprima devant la Chambre le 16 avril et nia toute implication dans la mission Bullitt[78]. Pour le jeune diplomate, après le refus de son plan, c'était le désaveu public de sa mission. « Lorsque Lloyd George nia avoir eu connaissance de sa mission, lorsque Wilson le désavoua, se souvenait Adolf Berle, [Bullitt] se jugea rabaissé par les personnes mêmes qui auraient dû lui témoigner de la gratitude pour son action[79]. » Bullitt eut la consolation de voir sa femme le rejoindre des États-Unis. Le 21 janvier 1919, elle lui avait télégraphié que sa belle-mère, Louisa, venait de mourir des complications d'une sévère attaque de grippe[80]. Ernesta avait pris soin de la mère de Bullitt jusqu'à la fin, aucun de ses fils n'avait été présent à son chevet dans les derniers instants.

Le couple Bullitt passa sa première soirée parisienne dans un restaurant avec un petit groupe de délégués britanniques. Son timide voisin entretint Ernesta des Croisades pendant toute la soirée. « Qui est-ce ? », demanda-t-elle à son mari quand il eut quitté la table. La question fut accueillie par des murmures incrédules et une exclamation de Bullitt. Il s'agissait de la figure la plus célèbre et la plus romantique de la Conférence, un homme dont l'équipée avait passionné toute l'Europe. Ernesta venait de dîner avec Lawrence d'Arabie.

« Dire que je me suis efforcée de le mettre à l'aise !

— Chérie, répondit Bullitt, tu es fabuleuse[81]. »

Les jours suivants, Bullitt eut loisir de tout lui raconter sur le déroulement de la Conférence depuis décembre. Ernesta était fière de son action. Sa mission russe, jugeait-elle, l'avait révélé. Son discernement, son énergie, son imagination l'avaient servi. Son audace aussi était un atout et jusqu'au sentiment de sa propre importance, comme son sens de l'humour ou de la mise en scène : ces traits réunis l'avaient aidé « à frayer des chemins que d'autres n'auraient pas osé emprunter ». En attendant l'achèvement des négociations, Bullitt se consacrait à d'autres missions.

Parmi elles figurait la cause sioniste. Chaque jour ou presque, depuis le début de la Conférence, il retrouvait Aaron Aaronsohn, l'un des deux délégués sionistes, devenu un ami intime. Bullitt arrangea une rencontre entre Chaïm Weizmann, l'autre délégué sioniste, et House. Il ouvrit « toutes les portes qu'il fallait ouvrir[82] ». Quand Weizmann rédigea la première version d'une proposition de partage de la Palestine, il demanda à Aaronsohn de n'en montrer une copie qu'au « seul Bullitt[83] », à titre strictement confidentiel.

Pendant quelques jours, Bullitt devint aussi, avec Lincoln Steffens, le principal avocat de la cause de l'indépendance irlandaise. Bullitt accueillit l'ancien maire de Chicago et gouverneur de l'Illinois Dunne et deux autres délégués irlando-américains venus plaider la cause irlandaise à Paris. Il les présenta à House et, par l'entremise de Kerr, obtint qu'ils pussent voyager librement en Irlande. Mais c'était encore une cause perdue. Wilson avait besoin de l'appui britannique pour les amendements au projet de SDN. Il refusa d'entendre les appels des Irlando-Américains, selon lui de simples « fauteurs de troubles[84] ».

La confiance de Bullitt dans Wilson connut un regain quand ce dernier ordonna au paquebot *George Washington* de se préparer à le ramener aux États-Unis. Le Président avait accepté les demandes française et britannique de réparations. Mais Clemenceau n'avait pas renoncé aux revendications d'occupation de la rive gauche du Rhin et de rattachement de la Sarre à la France. « Le Président en a assez, il refuse de signer le Traité », annonça un Bullitt allègre à Longuet[85]. Wilson annula finalement son départ afin de poursuivre les négociations avec la France, l'Angleterre et l'Italie.

Le 7 mai 1919, à Trianon, un traité fut présenté à Ulrich von Brockdorff-Rantzau, ministre allemand des Affaires étrangères.

Deux jours plus tard, Adolf Berle rejoignit Bullitt dans sa chambre du Crillon pour lire un exemplaire du Traité que ce dernier avait réussi à se procurer avec un jour d'avance. Ils ressentirent alors que Wilson s'était livré, un mois durant, à une large série de concessions. Les 9 et 10 avril, il avait accepté un accord sur la Sarre et le 15 une occupation temporaire de la rive gauche du Rhin. Il abandonnait le Shandong aux Japonais. En échange, Wilson put faire passer ses amendements au Pacte.

Consternés, les jeunes diplomates de la commission américaine maintenant rassemblés autour de Bullitt et de Berle s'opposèrent au sort du Shandong, aux réparations et aux clauses économiques, au protectorat égyptien et à la garantie de l'intégrité territoriale des États membres (qui pouvait faire obstacle à l'indépendance irlandaise)[86]. Les jours suivants, c'est l'ensemble de la commission américaine qui condamna le Traité[87].

La lettre de démission de Bullitt fut rendue publique le 17 mai ; le 23, une vingtaine de membres de la délégation américaine se réunissait à l'hôtel Crillon pour un dîner de protestation, qui était aussi un dîner d'adieu offert à Bullitt et à sa femme[88]. Beaucoup étaient dépendants de leurs émoluments et Bullitt les dissuada de démissionner[89]. La majorité signa une lettre de protestation et resta en poste[90].

Après sa démission, les collègues de « l'enfant terrible[91] » de la commission américaine avaient encouragé Bullitt à séjourner brièvement sur la Côte d'Azur pour se calmer. Le temps était frais cette semaine-là sur la Riviera mais Bullitt revint à Paris ragaillardi et impénitent. Il voulut changer la garde-robe de sa femme. Elle portait le deuil depuis son arrivée à Paris et Bullitt souhaitait lui voir des tenues plus colorées. Il lui acheta aussi une énorme émeraude, qu'il avait contemplée chaque jour depuis la fenêtre de son bureau sur la rue Royale. C'était le printemps, Ernesta et lui étaient de jeunes mariés à Paris, il avait envie de la combler de cadeaux[92].

Le 27 mai 1919, les Bullitt quittaient Paris pour Oxford. Collègues et amis les avaient accompagnés à la gare pour saluer celui qui, pour nombre d'entre eux, avait fait bien davantage que les assister dans leur travail : il leur avait « transmis la joie d'être en vie, l'espoir que quelque chose de bon puisse en sortir[93] ». Herbert Croly, fondateur et rédacteur en chef de la *New Republic*, dans un éditorial intitulé « Ce n'est pas la paix », écrivit combien il admirait « sa protestation ouverte contre le Traité[94] ». Dans la *Nation*, Oswald Villard, son rédacteur en chef, dénonça tous les « libéraux » qui avaient « succombé à la tentation du pouvoir et des places » pour mieux saluer « l'acte courageux [d'un représentant du] groupe libéral : William C. Bullitt »[95].

Isolé

Avec sa démission publique en mai, Bullitt en était venu à incarner la dislocation de la coalition libérale qui avait soutenu le Président en 1916, et à représenter ceux que sa politique intérieure avait fini par indisposer. Après la promulgation d'une version renforcée de l'*Espionage Act* – qui rangeait au nombre des délits l'expression publique de critiques ou les manifestations de déloyauté à l'endroit de la Constitution, du gouvernement ou du drapeau –, la signature des traités ne fit que consommer une rupture déjà bien entamée.

Lincoln Colcord, l'un des meilleurs journalistes politiques du pays, qu'il avait connu à la rédaction du *Ledger*, lui écrivit que son geste avait eu un grand retentissement à Washington et que la gauche sénatoriale suivait son parcours « avec le plus vif intérêt ». Les « lignes politiques bougeaient » et Colcord le pressait de rentrer[96]. Le couple Bullitt décida de hâter son retour. Fin juin, Ernesta et Billy retrouvaient Philadelphie. Immédiatement Bullitt rejoignit Colcord à Long Island. À l'aide des documents rapportés de la Conférence de la Paix, les deux hommes préparèrent l'attaque en règle du Traité devant la commission des Affaires étrangères du Sénat[97]. Par l'intermédiaire de Hiram Johnson, un progressiste républicain, qui s'était opposé à la décision de Wilson d'envoyer des troupes en Russie en 1918, Colcord était en contact avec les sénateurs républicains.

Après son témoignage explosif au Sénat, Bullitt devint un héros de la gauche libérale. Walter Lippmann, le leader intellectuel du groupe, exultait : « Wilson, écrivait-il à un ami, s'est perdu. Billy Bullitt a lâché le morceau au scandale des Tories anglais et au ravissement des républicains américains. Lorsque tout conspire au mensonge et à l'étouffement de la vérité, il faut bien violer quelques convenances[98]. » Pour la *New Republic*, même s'il avait enfreint des règles de bienséance, Bullitt avait eu raison de critiquer l'ordre établi : « trop de gens ont peur de laisser leur cœur et leur conscience dicter leurs actes et paroles[99] ». La *Nation* décida de publier le témoignage de Bullitt dans son intégralité. Et le républicain Hiram Johnson écrivit à Bullitt : « De toute la guerre, vous êtes l'Américain qui a rendu le plus grand service à sa patrie[100]. »

Mais la controverse ainsi créée et l'hostilité autour de l'audition s'intensifièrent dans les jours qui suivirent, jusqu'à créer une hostilité palpable. Cela poussa les Bullitt à accepter l'hospitalité de Croly dans son cottage du New Hampshire. En route pour la Nouvelle-Angleterre, ils descendirent pour la nuit au Belmont Hotel, à New York. Le téléphone sonna dans leur chambre. Ernesta prit l'appel : « Un certain Mr. Reed pour toi[101]. »

« Bon sang ! s'écria Bullitt. Jack Reed… Il est cinglé ! » Le bouillant journaliste américain, célèbre depuis sa couverture de la révolution mexicaine en 1913, témoin fameux de la révolution d'Octobre, était devenu la figure romantique du bolchevisme. Il attendait Bullitt dans le hall de l'hôtel. John Reed (dit aussi Jack Reed) venait de fonder le Parti communiste travailliste. Une semaine après la fondation du parti, les policiers de Boston déclenchèrent une grève. La ville fut bientôt en état de quasi-insurrection. Des foules se déversèrent dans les rues, brisant les vitrines des magasins, se livrant à des pillages. On appela la troupe, qui ouvrit le feu. Il y eut cinq morts et les blessés s'entassèrent dans les hôpitaux. Le 22 septembre, une grève nationale éclatait dans les aciéries. Une traque fut lancée contre les dirigeants communistes. Reed se cachait à Greenwich Village, à l'affût d'un moyen pour retourner en Russie où il comptait obtenir la reconnaissance de son parti par les bolcheviks[102]. Reed avait couru le risque d'une arrestation dans le seul but de rencontrer Bullitt et lui dire son admiration. Bullitt ne l'oubliera jamais.

Après quelques semaines dans le cottage de Croly, à la fin novembre, Billy s'installa avec Ernesta à Windsor, dans le Vermont, pour une quinzaine de jours. Ils apprécièrent tant le calme et la beauté des collines en automne qu'ils décidèrent de rester. Ils firent venir leurs domestiques et trouvèrent deux superbes chevaux de selle que l'on pouvait aussi atteler. Ils acquirent Doga, un jeune berger allemand, pour Ernesta, et pour Billy une chienne qui ferait des portées.

L'hiver vint. Le feu brûlait dans la cheminée. La neige tombait en couches épaisses. Sur les routes ne résonnaient plus que les clochettes des traîneaux. Ils conduisaient un attelage sur patins et skiaient à toute heure « sous un soleil étincelant comme à la pleine lune par moins dix degrés ».

Bientôt Bullitt recommença à parler de fonder une famille. Pour Ernesta, c'était un sujet très douloureux. Un an après son mariage, elle avait perdu un enfant prématuré, puis avait fait une fausse couche. Ces épreuves avaient renforcé leur union[103]. Pendant des mois, elle ne put supporter de se rendre dans une maison où il y avait des enfants. Mais Bullitt était animé d'un « complexe dynastique », c'était la seule chose qui comptât pour lui, « la seule qui justifiât l'existence »[104] à ses yeux. Ils différèrent la grossesse qu'ils espéraient maintenant tous deux, le temps qu'elle ait repris des forces.

Au cours de ces longs mois, Bullitt s'occupait à veiller sur onze chiots, et goûtait son bonheur. « Je n'imagine pas être marié à une autre que toi », « ou aimer une autre que toi », disait-il à Ernesta[105]. Il restait rarement assis bien longtemps, à lire ou à jouir de « la paix de l'âtre ». Il se levait brusquement, arpentait la pièce, allumait une cigarette, se mettait en quête d'un objet dont il croyait avoir besoin, « avant de se jeter à nouveau sur sa chaise[106] ». Il songeait à écrire l'histoire de la conférence de la Paix, recherchait des sources. Il demanda à Croly de lui recommander des livres d'histoire et des ouvrages qui traitaient des rapports entre l'économie et la politique. Il en profita pour écrire un compte rendu du livre de Keynes.

Bullitt salua le chef-d'œuvre de l'économiste anglais, mais regretta que Keynes ait indûment adouci son portrait de Wilson ; « dans sa forme originale, commentait-il, il se déroulait une sorte de tragédie grecque[107] ». Vraiment ? Keynes avait décidé d'inclure dans son livre un portrait psychologique de Wilson et de Clemenceau. Le manuscrit achevé, il fit circuler les passages sur Wilson qu'il avait « appris à connaître » et qui était pour lui « un imposteur sans nom »[108]. Sur les conseils de ses amis, il tempéra l'acidité de certaines remarques. Il avait d'abord écrit : « Quel grand homme vint en Europe ! Quel petit homme regagna les États-Unis ! » Dans la version publiée, on lit seulement : « Quel grand homme arriva en Europe dans ces jours qui suivaient la victoire[109] ! » Une pointe cruelle décrivait Wilson comme « sous-équipé intellectuellement ». Keynes se contenta finalement d'écrire qu'« il manquait de cette préparation intellectuelle dominatrice qui lui eût été nécessaire[110] ». Le terme « ignorant » (parfois « extrêmement ignorant »), employé cinq fois, fut remplacé par « mal informé ». Wilson n'était plus un personnage « stérile » mais seulement « inadapté »[111]. Il n'était plus un homme « trop vaniteux ou trop orgueilleux » pour supporter à ses côtés quiconque prétendait être moralement son égal ou aspirait à exercer une influence, mais simplement « un homme politique »[112].

Le *New York Times* profita de la critique de Bullitt sur le livre de Keynes pour comparer les deux hommes, tous deux acteurs de la même tragédie : « les Bullitt et les Keynes sont allés au-delà des mots [du Traité] et ont contemplé avec un commun dégoût son cœur pourri ». Mais les deux hommes divergeaient dans leurs pronostics : Keynes voyait l'avenir dans un libéralisme que Bullitt pensait mort, tué par Wilson à Versailles. L'espoir de l'Américain résidait désormais dans le mouvement ouvrier international, et dans la perspective d'unir tous les sociaux-démocrates et les bolcheviks du monde entier malgré leurs différences.

À cette date, Bullitt excluait tout retour à la politique. À la fin juillet, son ami et ancien collègue du *Ledger*, Charles Sweeney, lui transmit la proposition de devenir président du comité national du Parti ouvrier et paysan. Christensen, le candidat du parti, souhaitait qu'il remplisse cette fonction. Bullitt ne répondit pas mais Sweeney insista : « Je viens te chercher pour faire de toi le Lénine de l'Amérique, se lamentait Sweeney, et tu me dis : "Non, je préfère rester dans mon château"[113]. » Ne pouvait-il pas au moins, plaidait Sweeney, aider un peu la campagne ? Bullitt lui envoya un article sur les affaires étrangères à la fin août. Exactement ce dont Christensen avait besoin.

Bullitt songeait maintenant à écrire un roman, « un très grand roman ». Il allait suivre, exposa-t-il à Ernesta, un personnage de sa naissance à sa mort en restituant les bruissements les plus intimes de sa conscience. Dans ce personnage, chacun se reconnaîtrait. « La seule chose qui vaille au monde, affirmait-il, est d'écrire un bon livre[114]. »

L'été était revenu, Bullitt et Ernesta décidèrent de s'installer à New York. Un ami leur prêtait un appartement sur Gramercy Park. En faisant route sur la côte de la Nouvelle-Angleterre, ils cherchèrent une maison à acheter dans la campagne. Le couple s'arrêta pour une nuit chez un ami dans les Berkshires. Il connaissait une grosse ferme à proximité, à cheval sur les communes de Conway et d'Ashfield. Elle s'étendait sur plus de cent hectares, avec des vues splendides sur les montagnes, des rivières à truites, et une plantation de 1 400 érables. Bill et Ernesta l'achetèrent aussitôt. Ils comptaient en faire leur résidence habituelle à l'exception d'un ou deux mois d'hiver qu'ils passeraient à New York.

Ernesta dirigea les travaux de réfection de la ferme, l'installation d'une cheminée dans la nouvelle salle à manger et la transformation d'une ancienne étable en salon. Pour la première fois, elle avait le sentiment de créer quelque chose que Billy appréciait et qu'ils pouvaient partager[115]. Ils achetaient leurs meubles en salles des ventes. L'argent de Bullitt alimentait le compte d'Ernesta. Il ne vit jamais de facture pendant toutes leurs années de mariage.

À l'invite de Walter Wenger, ancien collègue de la délégation américaine à Paris devenu producteur de cinéma, Bullitt rejoignit la Famous Players-Lasky Corporation (future Paramount). L'industrie du cinéma avait cet avantage qu'elle ne lui rappelait pas son passé professionnel[116]. Il continuerait d'y travailler jusqu'au paiement de leur maison. Ernesta ne faisait rien d'autre que de consulter médecin sur médecin en quête d'un traitement qui permettrait d'accomplir « la vocation suprême de toute femme[117] », la maternité. L'hiver se passa à l'écart des mondanités. Les Bullitt donnèrent toutefois un dîner en l'honneur d'Albert Einstein et de Chaïm Weizmann en visite aux États-Unis pour la cause sioniste. Ils louèrent un valet de pied en livrée pour assister leur majordome. Leurs deux hôtes furent enchantés de la soirée[118].

Officiellement, Bullitt restait en dehors du jeu politique. Mais le 25 mars 1921, il publia une lettre ouverte dans la *New Republic*[119] en réaction à la prétendue révélation de Lansing dans ses Mémoires. Il affirmait avoir adressé, bien avant la signature du Traité, une note au Président pour le mettre en garde. « Les États-Unis ont mené cette guerre pour détruire à jamais les maux qui l'avaient rendue possible, aurait-il écrit. Ces maux n'ont pas été détruits. Ils ont été supplantés par d'autres. » Plus tard, pendant les débats au Sénat, Lansing avait changé son fusil d'épaule et défendu le Traité.

La principale différence entre Lansing et lui, plaidait Bullitt, tenait à ce que cet homme ne s'était décidé à dire la vérité sur le Traité qu'en 1921, quand ses révélations ne pouvaient plus produire d'effet. Bullitt, lui, avait pris à témoin ses compatriotes quand la question était encore brûlante et que l'adoption du texte semblait acquise. Dans ce débat, Charles Nagel, l'ancien ministre du Travail de Taft, tranchait sans équivoque. « Bullitt a été un précurseur. On le critiquera peut-être encore jusqu'à sa mort, mais le public saura reconnaître le service éminent qu'il a rendu », écrivait-il à Villard, le rédacteur en chef de la *Nation*, qui communiqua sa lettre à Bullitt[120].

Tout à son désir d'avoir des enfants, Bullitt ne trouvait plus de réconfort dans sa vie conjugale. Il ne pouvait pas envisager que dure indéfiniment un mariage stérile. Ernesta, pendant ce temps, se lassait de ne s'occuper que des rênes du ménage. Bill lui suggéra d'écrire une pièce mais elle ne s'en croyait pas capable. La Players-Lasky lui fournit un canevas pour l'aider dans sa première tentative. Ernesta travailla quelques semaines puis soumit son manuscrit au dramaturge Edward Sheldon qui trouva le script et les dialogues excellents[121]. Il l'encouragea à continuer. Ernesta obtempéra ; elle avait trouvé une diversion à sa quête malheureuse de la maternité.

CHAPITRE 3

Un Américain à Paris et à Vienne

À la fin août 1921, Bullitt rencontra Louise Bryant, la jeune veuve de John Reed, qui, le 17 octobre 1920, était mort du typhus dans ses bras, à Moscou. Avec Reed, enterré comme un héros sur la place Rouge, elle n'avait pas seulement été spectatrice de la révolution mais également une chroniqueuse engagée[1]. Quelques mois après sa mort, elle avait contacté Bullitt pour réaliser un film à partir du livre, devenu légendaire, de son défunt mari, *Dix jours qui ébranlèrent le monde*. Ils allèrent quelques fois au théâtre ensemble, en septembre et octobre. Bullitt tomba amoureux. Bryant lui dédicaça un exemplaire des *Dix jours* (« À Billy Bullitt, avec tout mon respect et mon affection ») et y ajoutait l'opinion de Lénine : « C'est un homme d'honneur[2]. » En février 1922, Louise et Billy passèrent leur première nuit ensemble. En juin, elle repartit en Russie. Il lui écrivit tous les deux ou trois jours. Elle lui manquait. Louise répondait tous les mois[3]. En septembre 1922, ils se retrouvèrent en Italie où ils passèrent l'automne ensemble[4].

Une nouvelle vie avec Louise Bryant

En janvier, Louise se rendit dans la capitale pour interviewer Mussolini, arrivé au pouvoir le 28 octobre 1922. Bill, quant à lui, partit quelques jours à Nice et à Cannes retrouver Ernesta, malade. Il voulait la convaincre de divorcer. Une dépression leur « aurait rendu la situation impossible[5] ». Sur la Côte d'Azur, il rencontra Cissy Patterson, alors journaliste au *New York Daily News*, qui s'éprit de lui. Mais Bullitt n'était pas disponible. Il aimait Louise qu'il rejoignit à Paris. Les amoureux embarquèrent pour New York à la fin janvier.[6]

Bill et Louise posèrent leurs bagages au Brevoort, où elle renoua avec le sculpteur John Storrs et sa femme Marguerite, qui vivaient habituellement dans leur château de Chantecaille, près d'Orléans[7]. Ernesta, revenue dans la maison d'Ashfield, refusait le divorce en dépit des instances de Bill. Peu de temps après, elle reprit le bateau pour l'Europe. Bill, « malade et désespéré[8] », implorait Ernesta d'accepter un divorce à l'amiable. « Je ne peux pas revenir vivre avec toi, lui écrivit-il le 3 avril. Je ne le veux pas. Et quand même le voudrais-je, je crois que je ne le pourrais pas. Quand je pense maintenant à un enfant avec toi, je n'en veux plus. Au lieu d'une joie, ce serait un boulet. » Elle pouvait bien refuser, il ne reviendrait pas mais partirait pour Constantinople avec Louise. « Si je ne pars pas avec elle, je serai brisé en mille morceaux. Je la veux. J'ai besoin d'elle beaucoup plus qu'elle n'a besoin de moi. Je ne supporterai pas d'être séparé d'elle à nouveau[9]. » Ernesta était encore sa femme et Bullitt lui demandait de mettre fin à leur mariage, mais il lui écrivait comme si elle demeurait sa meilleure amie et sa confidente.

Louise avait gagné l'Italie où elle devait interviewer Gabriele D'Annunzio et prendre le soleil pendant quelques jours au milieu des roses jaunes de son jardin[10]. Les discours du poète-soldat avaient pesé dans la décision de l'Italie d'entrer en guerre aux côtés de l'Entente en 1915. Le jour même où Bullitt témoignait devant le Sénat, le 12 septembre 1919, il avait conquis la ville de Fiume, sur la côte adriatique, que se disputaient, après l'éclatement de l'Empire austro-hongrois, l'Italie et la Yougoslavie. Dans ses articles, Louise ne parla guère de politique, et préféra décrire les fêtes données par D'Annunzio sur le lac de Garde : « L'arrivée de William Christian Bullitt a créé la sensation », relevait-elle.

D'Annunzio se précipita à sa rencontre, lui donna l'accolade, et épingla à sa poitrine une médaille en s'exclamant : « Je vous décore pour votre haut courage moral à Paris, quand vous avez osé vous élever contre Woodrow Wilson. » Bill avait rejoint Louise sur le lac de Garde avec de bonnes nouvelles. Le 24 avril, Ernesta comparaîtrait devant le tribunal de Paris afin d'enclencher la procédure de divorce, comme Bullitt l'en avait suppliée[11].

Bullitt était parti avec Louise pour Istanbul. Ils séjournaient à Anadolu Hisari, sur la rive asiatique du Bosphore, dans un enchanteur palais fané que Bullitt avait loué pour abriter leur amour[12]. Ils passèrent là deux mois de lune de miel. Le 6 juin, en chemin pour Angora (la moderne Ankara) afin d'interviewer Mustapha Kemal Pacha (Atatürk), Louise notait : « Toute la joie de découvrir un nouveau monde brisée par le retour de Bill à Paris. Je me souviendrai toujours de son cher visage – le front barré d'un tendre souci – quand il se tenait sur le quai. » À la page suivante, ses sentiments variaient : elle se sentait « l'esclave de Bill ». « Il cherche à être un objet de vénération », jugeait-elle[13]. Entre la route en camions militaires et les garnis infestés de puces, le trajet jusqu'à Ankara fut une épreuve. Elle réussit néanmoins à interviewer Atatürk et à rencontrer les autres dirigeants du nouvel État turc. Lorsque Bill la retrouva sur le Bosphore le 24 juin, elle souffrait de la malaria mais était heureuse.

Un bébé commença à se manifester fin septembre. En décembre, ils se marièrent et s'installèrent à Paris dans une demeure louée à la romancière Elinor Glyn[14]. Bullitt allait devenir père et en parlait sans cesse pendant dîners et apéritifs, avec Lincoln Steffens, son compagnon d'expédition à Moscou[15]. Mais sa passion pour Louise faiblissait. « Mon Bill chéri, lui écrivit-elle, tu m'inquiètes terriblement. Je t'en prie, fais un examen aussi profond que possible, ne t'éloigne pas trop de moi. Tu m'écartes totalement lorsque tu vas mal. Tu sais ce que je ressens pour toi, même avec un bébé. Oui, j'ai toujours ces envies-là. Mais tu mets des barrières que je ne comprends pas. Je te suis vraiment inutile si je ne puis t'être d'aucun secours quand, d'une certaine façon, tout va mal. Je t'aime tant[16]. » Quelque chose clochait, Louise avait raison.

Le 5 février 1924, à New York, Bullitt passa la soirée en amoureux avec Ernesta. Le lendemain, avant d'embarquer pour Londres d'où il gagnerait Paris, un Bullitt insomniaque écrivait à sa première femme : « Je déteste tant dire adieu, ma chérie. » « Comme tu me manqueras, mon amour », avant d'ajouter en post-scriptum : « Quel nom dois-je mettre sur ton adresse ? "Mrs Bullitt ?"[17] » Elle lui répondit immédiatement. Leurs échanges se poursuivirent jusqu'à son retour à Paris. Puis s'interrompirent[18].

Le 24 février, Bullitt assistait à la naissance de sa fille, Anne Moen Bullitt, dans sa maison du 10 rue Desbordes-Valmore, dans le 16e arrondissement. Louise avait ressenti les premières douleurs dès la matinée ; à minuit moins le quart, elle livrait le dernier effort et le bébé arriva droit dans les bras du médecin. « Âgée d'une seconde à peine, Anne se mit à crier, à battre l'air de ses poings et à frapper de ses petits pieds les jambes de Louise. » Bill avait une théorie : si l'on voit un bébé à l'instant où il vient au monde, avant que l'environnement ait pu l'influencer de quelque façon, l'on peut prédire l'adulte qu'il deviendra. « Elle n'a cessé de montrer le même caractère. Lorsque le docteur l'a prise dans le berceau, elle a agrippé le ruban et ne voulait plus le lâcher. Sitôt contre sa mère, elle a pris son sein avidement. Elle est entrée dans la vie en conquérante[19]. »

Louise menait soudain une existence bourgeoise avec des domestiques et une gouvernante qui s'occupait d'Anne. Elle découvrait la vie parisienne au milieu de ses artistes[20]. Au début des années vingt, les écrivains et les artistes américains affluaient dans une capitale où l'alcool coulait librement et qui offrait une vie intellectuelle plus stimulante que les États-Unis de la prohibition sous les présidences de Harding et Coolidge. Louise cessa ses activités de journaliste. Son dernier article, « Un divorce turc », parut dans la *Nation* en août 1925. Elle y relatait le divorce d'Atatürk, déplorait sa cruauté pour mieux louer « les femmes superbement instruites, tolérantes et rebelles » qui avaient mené le combat à ses côtés pendant la guerre, et tout spécialement Halide Edip, « l'astre le plus brillant » du mouvement féministe[21]. Elle essayait d'écrire un roman et de la poésie. Bill laissait reposer le manuscrit du roman qu'il venait achever « pour y voir plus clair » et déjà s'attelait à un autre[22]. Il allait aux courses d'Auteuil, à dix minutes à pied de chez lui. Il aimait regarder et jauger les chevaux, spécialement les sauteurs d'obstacles, mais pas particulièrement parier. Après les courses, il ramenait des amis chez lui. Il appréciait les bons vins, les fêtes, une toute nouvelle vie. Pour les artistes, écrivains et compositeurs américains qui s'étaient installés à Paris, il y avait beaucoup plus de divertissements chez certains particuliers que dans les bars, et c'était le cas chez les Bullitt[23]. Le dimanche chez les Bullitt devint une manière d'institution. En soirée, les Bullitt donnaient des concerts, souvent les dernières pièces de George Antheil que le compositeur jouait lui-même au piano. Antheil nota le « bonheur visible du couple » : « Ils nous emmenaient à pas révérencieux dans la petite nursery aménagée à l'arrière de la maison, levaient les couvertures sur un petit lit et nous présentaient leur toute jeune fille[24]. »

Les Bullitt aimaient passer l'été à Ashfield. Peu de temps après son acquisition, Bullitt avait engagé un couple, les Hartwell, qui veillait sur les chevaux et les poneys, les vaches laitières et la basse-cour, le verger et l'érablière, le bois de coupe et les fenaisons. Hartwell planta des pommiers qui devinrent la fierté de la ferme. La production était vendue à un intermédiaire, sauf la part que Bullitt réservait à sa famille et les paniers qu'il expédiait chaque année à des amis importants à travers le monde – c'était sa « diplomatie des pommes ».

It's Not Done, qu'il dédia à Louise, parut en mars 1926. Le héros est un journaliste du quotidien local de Chesterbridge (où l'on reconnaît sans peine Philadelphie). Comme tous les romanciers, Bullitt s'appuyait sur des personnages existants, lui inclus. Son héros Corsey rappelle l'auteur par certains traits ou certains désirs : il mène de front deux vies amoureuses et a deux fils, comme l'aurait souhaité Bullitt, mais connaît un destin auquel Bullitt échappa : Corsey reste à Philadelphie auprès d'une femme froide et ennuyeuse. Certains passages mettent en scène Woodrow Wilson, comme celui où un journaliste le félicite pour son discours de déclaration de guerre. Le Président répond qu'il déteste la guerre, toutes les guerres, et n'a qu'un objectif en vue : « la paix qu'il fera à la fin ». Un ami invite Corsey à ouvrir les yeux : « Wilson n'est qu'un petit-bourgeois du Sud avec un vocabulaire colossal et un complexe d'infériorité plus colossal encore[25]. » Refusé en 1925 par l'éditeur Horace Silverlight qui prédit à Bullitt qu'il ne s'en vendrait pas trois cents exemplaires, le roman trouva un large public et fut réimprimé dix-sept fois[26]. « Une satire de la bourgeoisie américaine » pour le *New York Times*, *It's Not Done* « est tout bruissant de vie, ses personnages font des étincelles », vantait l'écrivain et éditeur Haldeman-Julius, créateur des « Little Blue Books », une collection dont les minces volumes agrafés s'écoulèrent à des dizaines de millions d'exemplaires[27]. Une seule fausse note : son ami Villard trouvait le livre haletant. Il aurait pu « le tenir éveillé jusqu'à quatre heures du matin », mais ajoutait-il : « Je ne crois pas le livre digne de toi ; il a de l'énergie, du mouvement, et assez de matière pour trois romans, mais (...) n'a rien de ce que tu portes. Avec tout ton talent, j'attends que tu en écrives un deuxième qui grandira ta réputation. Je t'en sais capable, et cela, sans presser à chaque page la touche sexuelle[28] ! »

Secoué par cette remarque, Bullitt abandonna le projet d'écrire un autre roman. Il commença à travailler à une pièce sur Wilson. En septembre 1926, à Ashfield, « Bill, rapportait Louise, se cassa la jambe et presque la tête, la première fois simplement en franchissant une porte et la deuxième à cause d'une mauvaise chute de cheval[29] ». « Peux-tu seulement *m'imaginer* tomber de cheval ? », demanda Bullitt à son ami George Biddle, ajoutant : « J'ai compris que je voulais tomber[30]. »

Bullitt avait déjà envisagé de commencer une psychanalyse en 1924. Cette année-là, un épisode dépressif le cloua plusieurs jours au lit. Il avait l'impression qu'un camion lui avait roulé sur le corps. Deux ans plus tard, il décida que l'heure était venue. Depuis 1910, Bullitt connaissait la pensée et les théories de Freud grâce à l'un de ses professeurs de Yale, Roswell Angier, qui avait assisté, en 1909, aux conférences de Freud à la Clark University, les seules que l'inventeur de la psychanalyse donna en Amérique. Cela « l'absorba tant » qu'il « songea sérieusement, se souviendra-t-il, à suivre la suggestion [d'Angier] et à devenir chercheur en psychologie[31] ». Bullitt, dit-il à Biddle, ne voyait qu'un homme auprès duquel il pût commencer sa cure : Freud lui-même. À la fin de l'automne, aussitôt après son retour en France, Bullitt laissa sa famille à Paris et prit le train pour Vienne, où il débarqua à la mi-novembre 1926.

Sur le divan de Freud

George Biddle entendit souvent le récit héroïque de la première rencontre entre les deux hommes. Bullitt s'était rendu au 19 Berggasse ; dans le vestibule on lui dit que le docteur était souffrant, qu'il ne recevait personne. Bullitt tendit sa carte : « Vous direz que *Herr Bullitt* est passé. » Freud, reprenait malicieusement Biddle, devait être à portée d'oreille, car le voilà qui dévale les escaliers et s'exclame : « William Christian Bullitt, vraiment ? Bullitt de Philadelphie ? Oh ! je m'intéresse tant à votre travail, j'ai toujours voulu vous connaître. » Il ne prenait pas de nouveaux patients, mais il prendrait Bill, à une condition : « Je vous donne ma parole que je ne verrai personne d'autre pendant cette période mais vous devez me donner la vôtre que vous ne déserterez pas[32] ! »

George Biddle « ne croyait pas un mot » de son récit[33]. Bullitt pouvait fort bien avoir exagéré mais son nom n'était probablement pas inconnu de Freud. Lors de sa démission de la délégation américaine, le 17 mai 1919, sa lettre publique au Président Wilson fit les gros titres du principal journal viennois, l'*Ostdeutsche Rundschau* : « Bullitt et sa splendide et courageuse lettre resteront dans l'histoire. Wilson aussi, mais la postérité portera certainement un jugement infiniment plus favorable sur Bullitt. Bullitt est notre homme et non Wilson[34]. » Son passage devant le Sénat fit encore les manchettes de la presse allemande et autrichienne.

Sept ans plus tard, à l'automne 1926, dans un état de « misère psychique », Bullitt gagnait Vienne pour entreprendre une thérapie avec Freud. Il en avait informé son frère en lui demandant le secret. Orville tint parole. À sa femme qui lui demandait les raisons de son séjour viennois, il répondit : « Il est allé écouter de la musique[35] ! »

Bullitt n'a rien écrit sur ses séances avec Freud. Lui parlait-il ou gardait-il le silence ? À cette époque, Freud voyait cinq ou six patients et ne travaillait pas avec tous de la même façon. « Il n'était pas strict en un sens étroit. Il connaissait ses patients et s'adaptait à eux, il se l'autorisait parce qu'il était confiant dans le maniement de sa technique[36]. » Abram Kardiner rapportait que Freud lui parlait et échangeait même avec lui quelques échos, à la grande surprise de ses amis, patients anglais auxquels il ne disait rien[37], par exemple James Strachey, à qui échoirait la tâche gigantesque d'éditeur et de traducteur « officiel » des œuvres complètes de Freud en anglais. Strachey s'était installé à Vienne en juin 1920 avec sa femme, Alix Florence-Sargant[38]. Ils avaient commencé chacun une psychanalyse avec Freud. Dans une lettre à son frère, Lytton Strachey, l'auteur des *Victoriens éminents*, il rapporte l'effet, sur lui, des séances :

> Tous les jours, sauf le dimanche, je passe une heure sur le divan du Professeur (…) et « l'analyse » me semble donner à la vie une énergie souterraine qui l'entraîne. Quant à dire ce qu'il en est au fond, je suis plus que jamais dans le flou mais en tout cas, c'est extrêmement excitant et parfois extrêmement déplaisant – je suppose donc qu'il se passe là quelque chose. Le Pr lui-même est un homme des plus affables et un artiste stupéfiant. Le fonctionnement de son esprit me fait beaucoup penser à celui de Verrall[39]. Pratiquement chaque séance se déroule comme un tout artistiquement

lié. Au début, tout est vague – de-ci de-là une piste obscure ou un mystère ; puis des éléments se dessinent ; des choses terribles semblent remuer sans que l'on discerne vraiment leur nature ; puis il commence à te guider sur la pointe des pieds ; brusquement un pan s'éclaire, puis un autre ; à la fin tout un paysage se montre au jour ; il te pose encore une question, tu lui donnes une dernière réponse – et, tandis que la vérité perce, le professeur se lève, traverse la pièce, actionne la sonnette, et te raccompagne à la porte.

> Voilà pour les circonstances les plus favorables. Il en est où l'on reste allongé l'heure entière avec une tonne sur l'estomac, tout bonnement incapable de prononcer le moindre mot. C'est, je pense, ce qui porte le plus à croire [en la psychanalyse]. Quand tu sens la « résistance » comme un poids réellement physique, tu en es secoué pour le reste de la journée[40].

Lorsqu'il sortait de ses séances, Bullitt se confiait parfois à Louise à propos de leur effet sur lui : « Je t'ai écrit une lettre extrêmement dépressive il y a trois heures à peine et maintenant, la gaieté est de retour. Et cela, grâce à une simple pensée !!! Ça tient de l'asile de fous, mais c'est bien intéressant... Ne t'inquiète pas pour moi. J'ai des spasmes mentaux de temps à autre mais tout va étonnamment bien. Tout mon amour + une grande étreinte[41]. »

Bullitt avait beaucoup à dire pendant ses séances quotidienne sur le « divan sacré[42] ». Il parlait de son enfance et de ses parents, de sa relation complexe au judaïsme, et bien sûr de ses deux femmes, Ernesta et Louise. Avec Ernesta, il avait davantage partagé qu'avec Louise. Ernesta avait été une amie et une confidente avant et pendant leur mariage. Elle avait consigné dans des Mémoires inédits les confessions de Bullitt sur son enfance et son adolescence. Grâce à ses notes, on peut imaginer ce que Bullitt livrait à Freud. Peut-être lui a-t-il raconté combien il désirait avoir des rapports sexuels plus fréquents avec Ernesta, plus souvent qu'elle n'en avait envie. « Il mettait toute son énergie et son imagination à amener mon intérêt pour le sexe au point d'incandescence auquel le sien était fixé, nuit et jour, semaine après semaine, malade ou en bonne santé, écrit Ernesta. J'aspirais ardemment à une simple caresse, sans ambiguïté, à un bras paisiblement passé autour de ma taille, à un baiser sur la joue, au bonheur d'avoir ma main dans la sienne, ou ma tête sur son épaule. Mais la tendresse chez lui ne pouvait découler que d'un désir satisfait[43]. »

Bullitt avait également confié à Ernesta le rôle important d'Inez Milholland dans sa vie. C'est avec elle qu'il avait perdu sa virginité, à bord du « navire de la paix » de Ford, en décembre 1915. Inez s'était mariée avec Eugen Boissevain, issu d'une famille d'industriels et de banquiers hollandais, en juillet 1913. Les deux époux tenaient le mariage traditionnel pour un « asservissement sexuel » et s'étaient juré de ne pas aliéner leur liberté. Inez ne faisait pas mystère de ses infidélités et les considérait comme autant de manières de se réaliser[44]. Sur le navire de Ford, elle se lia avec tous les journalistes mais prit particulièrement plaisir à la compagnie de Bullitt. « Je ne flirte que modérément », assurait-elle à Boissevain. Mais Bullitt l'attirait : « Il est si doux, si avisé, si enthousiaste et si gai, et il a étudié la psychanalyse[45]. » Il avait 24 ans.

Au retour, le mari d'Inez attendait sur le débarcadère. Elle lui avoua tout et lui présenta Bullitt. Quelques heures après, Ernesta reçut un câble impromptu : « Veux-tu partir à l'étranger et m'épouser ? » – signé Bill. « Non, certainement non », télégraphia Ernesta en retour. Bill débarqua néanmoins le lendemain matin chez elle et ils allèrent petit-déjeuner. « Il était enivré par l'existence, par lui-même, par moi, écrit Ernesta. Un ressort s'était détendu. Il revenait de son expédition empli de vitalité et de confiance en soi. » Bill lui parla de sa brève histoire d'amour avec Inez. Elle avait été splendide car son initiatrice était généreuse, belle, courageuse et intelligente. Elle était mariée et aimait son mari. Sa philosophie de liberté dans le couple était la bonne. Bullitt saurait rendre Ernesta heureuse, il le jurait. Il ne doutait plus de lui désormais. « Il m'aimait tellement depuis qu'il avait connu Inez. Ne le voyais-je pas ? », continue Ernesta. Elle sentait bien l'amour qu'il lui portait mais elle n'éprouvait pas les mêmes sentiments. Après une campagne éclair d'une dizaine de jours, qu'il mena avec une assurance et une bonne humeur inébranlables, ses défenses commencèrent à céder. Ernesta se prit à croire qu'elle pouvait « embrasser ses espoirs et décida de l'épouser[46] ».

Quelques jours après le retour des Bullitt de leur voyage dans les Empires centraux, Inez s'effondra en prononçant un discours à Los Angeles le 22 octobre 1916. Elle était en campagne avec les suffragettes du National Woman's Party pour Charles Evans Hughes, le candidat républicain, qui, contrairement à Wilson, voulait reconnaître le droit de vote aux femmes. Les derniers mots d'Inez furent : « Monsieur le Président, combien de temps les femmes devront-elles attendre la liberté[47] ? » Elle mourut le 25 novembre 1916 en « martyre de la cause ». Bullitt était dévasté. Il écrivit à sa mère : « Inez a eu sur ma vie et mes actes l'influence la plus profonde qu'ait exercée un être humain. Je sens constamment son influence, spécialement quand je dois prendre une décision qui exige plus de courage que je n'en possède. Elle a été et sera toujours pour moi la plus grande source de force et d'inspiration. Inez était, est encore, l'être humain le plus admirable que j'ai connu[48]. »

Inez l'avait aimé, lui faisait confiance, elle croyait en lui. C'était fondamental pour Bullitt qui pensait souvent qu'on ne l'aimait pas. Il avait un besoin vital d'amitié. « J'avais un ami, s'ouvrit-il un jour à sa femme, un véritable ami qui sortait avec moi et qui montrait qu'il m'aimait. C'était merveilleux ! » Cette amitié n'était née ni à la De Lancey School, ni à Yale ou à Harvard mais au Camp Pasquaney, un camp d'été pour jeunes garçons, où il reçut, estimait-il, « la meilleure part » de son éducation[49].

Lincoln Steffens avait noté chez Bullitt un penchant à l'autodénigrement. Il venait d'achever une première version de son roman, juste après la naissance de sa fille Anne. Steffens le reprenait : « Comment peux-tu juger ainsi ton travail ? Tu agis de même avec Anne quand tu la dis grosse et rougeaude. Je sais que tu ne le penses pas et que tu peux tout aussi bien la porter aux nues. Mais flatter ou déprécier le bébé ou le roman, c'est toujours s'aveugler[50]. » Bullitt pensait que son complexe d'infériorité trouvait sa source dans « la circoncision qu'il avait subie de ses parents, à un âge où l'on s'en souvient, sans explication de leur part[51] ». Il demeura hanté par l'idée qu'il était différent des autres garçons et il en avait honte. Peut-être remarqua-t-il sa différence en se comparant, jeune enfant, avec son frère aîné « Jack » (John), né cinq ans avant lui, en 1886. Jack était le fils de la première femme de son père, Emilie[52], morte en couches. John mourut d'insuffisance rénale à l'âge de 34 ans. Bill l'admirait – « même enfant, il avait de l'esprit » – et enviait peut-être ses conquêtes sexuelles[53]. Est-ce la mère de Bullitt, d'origine juive, qui imposa la circoncision ?

Ernesta décrivait la mère de Bullitt comme une femme généreuse, bienveillante, et très éprise de ses fils, particulièrement de Billy. C'était aussi une protestante très pratiquante, comme ses parents avant elle et Billy à son tour. Elle avait honte de ses origines juives. Ses deux garçons durent lui extorquer la vérité sur sa judéité[54]. Judéité qui ne posait aucun problème à Ernesta : « J'ai toujours aimé les Juifs, écrit-elle. Leur vivacité, leur ardeur, leur capacité à apprécier rapidement les belles choses, l'intensité de leur amitié, leur don d'intimité. Quand je regarde en arrière, je vois combien il y avait du Juif en Billy[55]. »

Bullitt dut faire face à l'antisémitisme tout au long de sa vie. Hemingway, qui l'avait rencontré à Paris, le désignait comme « Bill Bullitt ou Bull Billet, un gros Juif de Yale et un confrère romancier[56] ». L'antisémitisme sévissait aussi au sein du Département d'État. Hugh Gibson, jeune et tout premier ambassadeur en Pologne, qualifiait Bullitt de « Caddish » dans une lettre, ce qui signifiait selon « répugnant » ou « juif »[57]. L'attirance initiale de Bullitt pour la Russie bolchevique, les efforts pour la faire reconnaître dès 1919, sans parler du sionisme, certains n'hésitèrent pas à expliquer les choix de Bullitt par ses origines juives. Lors d'un dîner à Paris le 2 janvier 1919 – on lui avait annoncé la veille que sa mère était gravement malade –, Bullitt confia à Aaronsohn : « C'est une Horwitz[58]. » Lui-même n'était pas exempt de préjugés et partageait certains des stéréotypes antisémites alors répandus. En juillet 1928, il jetait sur le papier quelques pensées destinées à sa fille, dont cet étrange petit cours de civilisation comparée : « Le Grec : réaliser la beauté, la chercher sur cette Terre – "Est-ce beau, est-ce harmonieux ?" ; le chrétien : amasser des trésors pour les cieux en servant sur cette Terre Dieu et les opprimés – "Est-ce juste ?" ; le Juif : accumuler autant de biens possible sur cette Terre pour soi et pour sa famille – "Que puis-je en tirer ?"[59] » Bullitt, comme certains Juifs convertis, se sentait obligé de prouver le chemin parcouru par sa famille depuis qu'ils avaient quitté le judaïsme en proclamant son dégoût envers la communauté dont il voulait se dissocier[60]. Mais il ne cessait d'entretenir l'amitié de Juifs très cultivés, qu'il distinguait de la communauté juive – comme Sigmund Freud ou Fritz Meyer, son médecin à Vienne, qu'il aida à émigrer aux États-Unis en 1936. De toute évidence, Bullitt se débattait avec une identité complexe et clivée.

Louise, qui lui rendait souvent visite à Vienne, fut parfois témoin des « spasmes » de Bill. Un jour qu'elle arrivait de Paris, elle le trouva barricadé dans sa chambre de l'Hôtel Impérial, des meubles bloquant la porte. Il lui cria de partir et il fallut des heures de tractations, après avoir appelé des amis et le personnel de l'hôtel à la rescousse, pour qu'il consente à ouvrir. Il y eut d'autres scènes embarrassantes.

Mais Louise et Bill se plaisaient à Vienne et les séances commençaient à produire un effet positif. Pendant les mois que dura la cure, Bullitt noua des liens avec Freud. Quelques semaines après la fin de l'analyse, Freud lui adressa une lettre pour le remercier des livres offerts sur « les Indiens Peaux-Rouges ». Il ajoutait : « Inutile de dire que j'attends avec impatience votre pièce sur Wilson, je suis sûr que vous continuez à l'apprécier plus que ce n'est mon cas. » Il signait : « Affectueusement vôtre[61]. »

En fait, Bullitt avait déjà achevé sa pièce, *La Tragédie de Woodrow Wilson*, enregistrée à la bibliothèque du Congrès le 1er mars 1927, et dédiée à « mon cher Sigmund Freud (...) un homme qui, parce qu'il a toujours fait preuve de courage moral et d'intégrité intellectuelle, est l'un des grands pionniers de l'humanité[62] ». Très certainement, Bullitt y travaillait-il déjà à Vienne, dans l'intervalle de ses séances quotidiennes avec Freud.

Divisée en trois actes, la pièce montre un Wilson avide de laisser une trace dans l'Histoire, sensible à la flatterie, incertain de sa position, naviguant du rôle de champion de la paix et de la non-intervention à celui de va-t-en-guerre pour mieux « contrôler la paix » à venir, figure de proue des « États-Unis du monde[63] ». Bullitt y montre Wilson traitant non en stratège mais en affectif Clemenceau, Lloyd George et les autres participants à la Conférence. Il accorde le transfert du Tyrol à l'Italie, ignorant la présence de centaines de milliers d'habitants germanophones. Il accepte d'inclure la Bohême dans les frontières de la Tchécoslovaquie sans tenir compte du fait qu'il y a trois millions d'Allemands en Bohême. Le Britannique Lloyd George et le Français Clemenceau comprennent vite que dès lors qu'on lui accorde la fondation de la SDN et le respect de promesses toutes verbales, Wilson baissera la garde sur les questions sérieuses. Dans la pièce, le Président américain finit par réaliser la duperie ; son espoir d'une paix équitable est trahi. Le colonel House s'emploie à le convaincre que son œuvre n'est pas vaine. La SDN existe, les défauts du Traité seront corrigés. Wilson signe le Traité. Il le défend sur les estrades des États-Unis, mais, rongé par la culpabilité, la fougue oratoire d'antan l'a quitté. Victime d'une attaque cérébrale, Wilson cesse sa campagne et abandonne le Traité à son sort.

Bullitt envoya sa pièce à Villard, s'attendant à des commentaires négatifs. Mais son ami l'apprécia vivement. « Elle est pédagogique, efficace et admirablement liée. (...) Un metteur en scène devrait sauter dessus. » Il craignait cependant des difficultés à trouver un large public à moins d'être « splendidement jouée »[64].

Bullitt envoya le manuscrit à la Theatre Guild, la compagnie fondée à New York en 1918, qui l'accueillit très favorablement. « Cette excellente peinture de Wilson, conclut son lecteur Courtenay Lemon, se lit avec bonheur et serait tout aussi intéressante sur scène. À mon sens, elle est équilibrée, juste, et extrêmement bien faite[65]. » Mais il ne voyait qu'une mince possibilité pour que la Guilde la produise, tant il s'agissait d'un sujet controversé. Lemon défendit la pièce vigoureusement mais sa compagnie ne se rangea pas à son avis.

Maladie et divorce

L'été suivant, quand les Bullitt retournèrent à Ashfield, Louise était malade. En juin 1926, elle avait mentionné des problèmes de santé pour la première fois à son grand ami le poète et romancier jamaïcain Claude McKay dont elle était la mécène[66]. Elle buvait plus que de coutume. Un soir, elle dit à Bill qu'elle le détestait parce qu'il voulait qu'elle arrête de boire : il « devait l'aimer même ivre ».

En janvier 1928, Louise reçut un mot de Bob McAlmon, l'un de leurs amis américains de Paris, éditeur de l'*Ulysse* de Joyce et du premier ouvrage d'Hemingway : « Chère Louise, viens d'apprendre que vous étiez en ville. Venez tous les deux (...) samedi de cinq heures à minuit environ. Gwen + Yvette donnent un cocktail et une fête dans mon appartement – pas le leur. Content de votre retour. Serais drôlement heureux de vous voir[67]. » Bullitt s'y rendit avec Louise. Découvrant la tonalité homosexuelle de la soirée, il tourna les talons et invita Louise à le suivre ; elle refusa et il partit seul. Louise rentra à 5 heures du matin, accompagnée de McAlmon, de Gwen Le Gallienne et d'Yvette Ledoux. Ils étaient saouls et infligèrent à Bullitt un « grossier numéro » pendant plus d'une demi-heure. Cet épisode marqua le début d'une étroite amitié entre Louise et Gwen, la belle-fille de Richard Le Gallienne, un poète britannique d'origine française qui fut un ami d'Oscar Wilde. Gwen et Yvette entretenaient une relation depuis trois ans mais Yvette était de plus en plus intéressée par les hommes et s'apprêtait à la quitter. Gwen tenta de se suicider. Émue, Louise noua avec elle un lien maternel et protecteur.

La santé de Louise s'était à ce point détériorée qu'en mars 1928, le couple décida qu'elle devait aller à Londres consulter des spécialistes. « S'il te plaît, télégraphie ce que t'auront dit les médecins », lui câbla son mari le 6 mars[68]. « Ils m'ont considérée d'un air grave et m'ont dit que j'avais quelque chose qui s'appelle la maladie de Dercum et que c'était incurable ! » écrivit-elle ce jour à Claude McKay[69]. Affection rare caractérisée par la formation de tumeurs graisseuses sous-cutanées, la maladie de Dercum s'était manifesté d'abord chez elle par une douleur à la cuisse. À sa grande horreur, elle eut bientôt le corps défiguré par des bosses de graisse, d'abord sur les cuisses et plus tard jusque sur la mâchoire et les bras[70]. Elle pensa se tuer ce jour-là, et écrivit ses dernières volontés. Dans la nuit, elle pensa aussi quitter Bill et sa famille. L'idée de quitter Bill – « il était si compliqué » – continuera à l'assiéger des semaines après son retour à Paris[71]. Elle ne partit pas.

Aussitôt après le retour de Louise à Paris, les Bullitt consultèrent à nouveau plusieurs médecins. Joint par téléphone, Dercum n'eut pas besoin de voir Louise pour dire à Bill : « Priez pour qu'elle meure le plus tôt possible[72]. » Les Bullitt parièrent qu'une perte de poids permettrait d'enrayer la formation des lipomes[73]. Louise alla suivre un traitement à Baden-Baden dans la clinique du docteur Dengler et revint après deux mois, en mai, avec 15 kilos en moins[74]. Mais le remède était vain.

« J'ai passé un été épouvantable », écrivait Louise à McKay trois mois plus tard, avant d'embarquer pour la France et gagner à nouveau Baden-Baden pour y poursuivre la cure. « Je deviens de plus en plus mince, je pèse 47 kilos. » Elle s'adonnait aussi de plus en plus à la boisson. La seule bonne nouvelle de l'été était son apprentissage de la conduite. « Je suis trop faible pour faire quoi que ce soit mais rouler à vive allure ne me fatigue pas[75]. »

En juin de cette année-là, le président du comité des régates invita les Bullitt à la traditionnelle course d'aviron Harvard-Yale. Ils assistèrent à la compétition dans son yacht. Comme la régate commençait, Louise, qui avait bu plus que de raison, se leva et essaya d'enjamber le bastingage. Bill la retint juste à temps. « Elle m'a insulté, dira Bill, affirmant avoir le droit de se jeter par-dessus bord si elle le souhaitait, m'accusant de "restreindre sa liberté de toutes les manières possibles". » En chemin vers l'hôtel, Louise traita Bill de « sale petit Juif de Philadelphie qui ne cherchait qu'à la persécuter, de pauvre bourgeois incapable d'apprécier une artiste comme elle, de comprendre ce qu'elle pensait ou sentait ». Elle ne resterait pas « un instant de plus » à ses côtés. « Elle s'est déshabillée et a couru jusqu'à l'hôtel dans le plus simple appareil. » Elle avait sombré dans l'alcool. Non que Bill résistât mieux lui-même à la tentation de boire : en octobre, il lui écrivit à Baden-Baden qu'il avait arrêté l'alcool et suggéra qu'à son retour, ils ne touchent pas à un verre avant la tombée du soir[76].

Début décembre, Bullitt était à Londres pour rencontrer sa cousine, Lady Astor, et déjeuner avec Keynes et Kerr[77]. À la suite d'un télégramme de Louise, il lui écrivit : « Il fallait que tu t'en prennes à moi et tu as trouvé une excuse. Malheureusement, je suis encore si dépendant de toi émotionnellement que tu peux me détruire. Et tu ne t'en prives pas. Je ne sais que faire ; je sais seulement que je ne me laisserai pas détruire. Je finirai par me préserver. Affection[78]. » Le lendemain, il lui envoya un télégramme de remerciement pour ses lettres, lui demandant d'oublier sa missive de la veille[79].

Accablé par les tourments de sa femme[80], Bill, impuissant, lui proposa d'aller voir Freud. Bullitt pensait qu'elle avait surmonté la maladie proprement dite, mais ajoutait : « Il n'y a pas d'être humain qui soit passé par tes épreuves sans en garder de traces profondément enfouies. L'alcool n'est qu'un symptôme, ce n'est pas la cause profonde, je ne saurais aller plus loin… Je ne peux t'aider à retrouver tes expériences infantiles et tu ne peux le faire toute seule. Freud peut t'aider à les mettre au jour, mais ce sera ton intelligence + ta volonté qui feront le travail[81]. »

Louise écrivit à Freud qui lui répondit aussitôt être prêt à la voir : « Je vous sais suffisamment forte pour régler seule vos affaires mais si vous souhaitez mon avis, j'espère que vous me direz tout ce qui est nécessaire pour fonder un jugement raisonnable[82]. » Elle écrivit à Bill sur-le-champ : « Il faut que tu me répondes dans la minute. J'aurai juste de quoi me rendre à Vienne. (...) Il faudra que tu m'envoies de l'argent là-bas. J'en suis vraiment désolée. Nous n'aurons que quelques entretiens et ensuite nous déciderons des arrangements (s'il doit y en avoir)[83]. » Bill lui envoya immédiatement des chèques de voyage et la supplia de ne se tourmenter ni pour l'argent ni pour la date de retour : « Fais exactement ce qui te convient et ne te sens aucune obligation envers nous. Tu as pour seule obligation d'aller bien et de redevenir toi-même[84]. » En préparation de sa rencontre, Louise nota : « Le dire à Freud – Bill a toujours cette formule aux lèvres : il veut que je sois “moi-même”. Il ne lui vient jamais à l'esprit que je puisse périr d'ennui si je me conformais [à ce qu'il entend par ces mots]. La vie d'une artiste : peut-il seulement l'imaginer[85]... »

Louise rencontra Freud. Au fil de leur entretien, elle lui confia cette anecdote : un jour sa fille Anne s'exclama : « Maman est mon amie ! » Comme on lui demandait si son père était aussi son ami, elle répondit : « Oh non ! c'est Dieu. » Freud sourit d'aise. « Elle est très avancée. J'ai une théorie selon laquelle beaucoup d'enfants pensent cela. La vôtre est la première à le formuler aussi clairement[86]. » Louise revit Freud peut-être une ou deux fois encore, mais n'entra pas en analyse[87].

Bill lui adressait des injonctions contradictoires. Le 6 avril, il lui proposait de desserrer leurs liens. Elle pourrait vivre dans son propre appartement ou à l'hôtel, et ils se retrouveraient quand ils le souhaiteraient. Il voulait que chacun d'eux reprît ses romans, ses pièces. Pour sa part, il en était incapable tant qu'elle n'allait pas bien[88]. Puis il lui adressa une lettre réduite à une phrase :

« Chérie, tu me manques trop » et le lendemain une autre qui commençait par ces mots : « Tu me manques terriblement[89]. » Une semaine après, il lui demandait de changer et de se réformer. À l'issue d'un déjeuner avec sa fille, « un petit être si passionné, si courageux », il lui écrivait : « Si tu ne vas pas bien et si nous ne sommes pas une vraie famille à nouveau, une existence misérable va lui échoir. Il faut, il faut vraiment, Louise, que tu te rétablisses. Il n'y a pas de vie possible pour Anne ou pour moi autrement. Nous avons tous les deux besoin de toi, de la vraie Louise que nous connaissions[90]. »

Pour l'été 1929, Bullitt loua une maison de plage à Villerville, en Normandie. La jeune Anne découvrit les courses de Deauville à ses côtés. Il viendrait seul à New York, expliquait-il au directeur de la Theatre Guild, Lawrence Langner, pour lui remettre un manuscrit de sa nouvelle pièce, « considérablement meilleure » que celle consacrée à Wilson. Louise n'allait pas assez bien pour leur traditionnel séjour à Ashfield.

Ils décidèrent finalement d'aller en famille aux États-Unis. Dans leur maison d'Ashfield, Bill s'assura qu'il n'y avait pas d'alcool dissimulé et se félicita de voir Louise « revenir à sa vraie personnalité ». Ils parlèrent calmement de la nature de sa relation avec Gwen. Louise admit avoir un « fort sentiment pour la fille Le Gallienne », se sentir en paix à ses côtés et ne pouvoir dormir que dans ses bras. Gwen lui avait secrètement rendu visite à Baden-Baden[91]. Mais Louise assura à son mari que leur relation n'était pas allée plus loin. Bullitt la crut et se laissa apaiser par ses aveux[92]. Il soumit sa nouvelle pièce, *Gobi*, à la Theatre Guild début septembre 1929. Elle mettait en scène le viol d'une jeune fille par le père de son petit ami ; le fils tuait le père, mais submergé par le remords se suicidait avec la jeune fille. Il joignait les commentaires élogieux de Freud, fraîchement reçus au courrier. Emporté par le « rythme passionné » de la pièce, Freud l'avait « infiniment goûtée. Je vois que j'avais raison de faire confiance à vos dons d'écrivain. Le public risque d'être heurté par votre allusion à la naissance du christianisme dans la bouche de ce fou d'Eustache. Mais je la laisserais. Mes félicitations pour votre œuvre ». Au dos de la lettre, Freud ajoutait : « L'effet sur le public peut dépendre grandement de la façon dont la pièce est représentée. Il faudrait qu'elle se déroule en un orage de passions, comme un rêve d'angoisse[93]. » À la Guilde, elle ne trouva pas grâce, même après deux semaines de révision, auprès de Courtenay Lemon, qui avait tant apprécié son *Wilson*. Lemon recommanda un rejet immédiat et définitif[94].

Bullitt restait avec sa pièce sur les bras et son mariage s'écroulait. Un jour, Louise frappa à la porte de leur chambre d'hôtel à New York et, lorsqu'il ouvrit, elle « s'effondra littéralement » sur le seuil. Il la mit au lit et appela leur médecin. En l'attendant, Bill ouvrit le sac à main de Louise et y découvrit cinq lettres anciennes de et à Gwen et deux autres écrites le jour même. Lorsque le docteur arriva et voulut appeler un neurologue, Louise se mit à divaguer nue dans la chambre. Après l'avoir calmée, ils lui offrirent d'aller dans un sanatorium ou dans un endroit calme éloigné de toute tentation. Elle refusa et préféra se rendre à San Francisco chez son demi-frère, un ancien combattant handicapé, et le seul membre de sa famille dont elle fût proche. Bill la mena à la gare et les jours suivants prit le temps de réfléchir à la situation. Il ne voyait plus d'avenir possible avec Louise. Il s'était encore une fois aveuglé. C'était un des problèmes qui l'avaient conduit chez Freud et qu'il n'avait pas résolus. « Une fois qu'il s'était fixé un plan, rien ne pouvait l'en faire dévier. » Par exemple, s'il avait décidé de faire une promenade et de marcher tout droit à un certain rythme, il continuait sans s'inquiéter des obstacles, dût-il arriver devant un gouffre ou au pied d'une falaise[95].

Il n'avait pas accepté le diagnostic des médecins qui avaient dit Louise atteinte d'une maladie incurable. Il décréta qu'elle pouvait supprimer son mal en allant au sanatorium perdre du poids et chez Freud guérir sa névrose. Il ne voulut jamais s'avouer le sérieux de sa relation avec Gwen. Et maintenant il était brisé, au bord de sombrer à son tour dans la maladie. Il n'avait rien publié depuis trois ans. Mais ce n'est que lorsque Louise l'accusa de payer quelqu'un pour la suivre qu'il décida d'en finir. À son retour de Californie, il lui offrit le choix entre un « divorce fracassant » ou bien deux ans dans une « institution ». Elle se révolta. Elle appela son ami Clive Weed pour qu'il la rejoigne aussitôt au Plaza de New York où ils demeuraient. Elle déménagea au Brevoort et essaya de se suicider avec des somnifères. Rétablie, Louise rejoignit Bill à Philadelphie – le couple décida une séparation de corps aux premiers jours de novembre[96]. « Le divorce, lui dit Bullitt, était la dernière chose dont il voulait[97]. » À la fin novembre, Louise prit le bateau pour Alger via la France. Contre toutes ses attentes, Bill entama une procédure de divorce à huis clos à Philadelphie[98]. Le 1er décembre 1929, il expliquait à Marsden Hartley : « Elle est perdue – non pas physiquement mais émotionnellement. C'est absolument horrible mais on ne peut rien faire. (...) J'ai fait tout ce que j'ai pu mais en vain puisque Louise vit dans l'illusion que je la persécute. Dieu sait ce qui va lui arriver à présent. J'espère qu'elle va s'en sortir mais j'ai peur du contraire[99]. »

L'avocat de Louise la persuada de consentir à un divorce pour « traitement humiliant » plutôt que de s'exposer au scandale d'une procédure publique[100]. Bullitt avait certifié que Louise avait commencé à boire durant l'hiver 1926-1927. Son addiction s'aggravant, elle lui marquait de plus en plus d'hostilité. Il énumérait tous les incidents de nature à justifier le divorce, y compris les scènes publiques en état d'ébriété, et revenait sur la relation avec Gwen Le Gallienne. L'inquiétaient surtout les conséquences pour leur enfant.

Bullitt demanda à toute la domesticité française qui les avait suivis à Ashfield de témoigner, le chauffeur, le majordome, la cuisinière et Hortense Dejean, la gouvernante d'Anne. Ils confirmèrent sa déposition. Passablement orientée, elle taisait la maladie de Louise. Elle demeurait cependant confidentielle et n'entachait pas son image publique[101].

Le 24 mars 1930, le divorce fut prononcé par un conseiller maître du tribunal de première instance – selon la pratique en vigueur à Philadelphie pour les divorces non contestés. Le jugement retint le chef de « traitements humiliants » qui rendent l'existence du conjoint « pénible et insupportable »[102].

Bullitt obtint la garde d'Anne et s'engagea à verser une pension mensuelle de 300 dollars à Louise, pour le reste de sa vie, par l'intermédiaire d'un fonds fiduciaire[103]. Avant le prononcé du divorce, Louise songea à produire la copie de deux télégrammes adressés par Bill, les 13 et 15 octobre 1929, l'assurant de son « amour[104] ». Son avocat lui conseilla d'y renoncer : les télégrammes feraient certes l'effet d'une « bombe » mais aussi de la publicité au témoignage de Bill, ce que Louise voulait éviter.

Le jour du divorce, Bill voyageait avec Anne entre Arcachon et Bordeaux. « Je suis sûr à présent que nous pouvons être amis, de grands amis, écrivit-il à Louise. Voilà qui vaut mieux que les blessures, les coups de folie, les horreurs. » Bullitt avait l'intention de l'appeler le 16 avril, quand il serait de retour à Paris, à moins qu'elle n'y objectât[105].

Quelques semaines plus tôt, dans le bateau qui le ramenait en Europe, Bill contacta Ernesta. Il était « enchanté » d'avoir reçu un télégramme de sa part. Il avait traversé une mauvaise passe « pour dire le moins » après lui avoir envoyé un câble et dans l'attente de sa réponse, mais se sentait « maintenant beaucoup mieux ». Probablement espérait-il la retrouver comme amie et confidente. Et peut-être plus. « Maintenant, bonne nuit mon amour », concluait-il[106]. Dans les semaines suivantes, la solitude lui pesa et Bullitt se sentit suffisamment mal pour justifier un retour au 19 Berggasse, chez Freud. Encore dans le brouillard du divorce, il était revenu au journalisme, dressant le portrait de « Hoyty » – Mary Hoyt Wiborg –, une figure du Tout-New York qui avait servi dans l'armée française pendant la bataille de la Marne en 1914 et l'auteur de *Taboo*, une pièce créée à Harlem en 1922. Mais brusquement, Billy eut une idée qui lui donna une autre raison de retrouver Freud.

CHAPITRE 4

Pourquoi Freud décide-t-il de collaborer avec Bullitt ?

Pourquoi Freud décida-t-il, pendant l'été 1930, d'entreprendre un portrait psychologique de Wilson avec Bullitt, projet qu'il avait explicitement repoussé huit ans plus tôt dans la correspondance avec William B. Hale, l'auteur de l'*Histoire d'un style*. Journaliste, Hale avait relevé l'importance de la rhétorique à la fois dans la personnalité de Wilson et dans son ascension au pouvoir : « M. Wilson fait commerce de mots, passe son temps, sa vie avec les mots (...). Sa plume est son sceptre ; sa langue son épée ; son royaume celui des mots[1]. »

Le côté neuf de l'étude de Hale résidait dans son attention au vocabulaire et à la syntaxe de Wilson. Il remarquait le retour régulier de mots talismans (comme « puissance mystique », « processus », « conseil », « pointillisme » ou « fier pointillisme », « fontaine », décliné en « fontaine du savoir » ou « fontaine de l'amitié »), l'usage répétitif d'allitérations et de phrases cadencées qui en venaient à « dominer l'intellect »[2]. La boussole de Wilson, concluait Hale, n'était ni les faits (qui ne laissaient qu'une trace éphémère dans sa mémoire), ni les actes, mais une batterie de mots symboliques. Wilson n'abrégeait jamais une phrase[3]. Hale relevait chez lui l'emploi surabondant des adjectifs. Dans un échantillon d'une centaine de mots, Wilson utilisait trente adjectifs pour un verbe plein, un ratio quatre-vingt-dix fois supérieur à celui observé chez des auteurs célèbres comme Dickens, Poe, Shakespeare ou Stevenson, qui se contentaient d'un adjectif pour trois verbes. Dans sa biographie de Washington (1898), Wilson mentionne à maintes reprises la « colonie de Virginie » mais jamais sans épithète. La Virginie est tour à tour « belle », « solide », « tranquille » ou « tenace ». Le continent américain est « vierge », « vaste » ou « gigantesque »[4]. Hale soutenait qu'un homme ayant quelque chose à dire n'a qu'un besoin restreint d'adjectifs, ce sont les verbes qui représentent l'action.

L'éditeur présenta le livre de Hale comme une « étude psychanalytique de Woodrow Wilson ». En 1922, l'auteur en adressa un exemplaire à Freud avec une lettre, en allemand, lui demandant son avis sur son ouvrage. « Si vous promettez de ne pas analyser mon style, je vous répondrai en anglais », lui répondit Freud. Il avait pris « grand plaisir » à la lecture du livre et félicitait son auteur. Mais ce n'était pas une étude psychanalytique, disait-il à Hale, bien que l'on y trouvât quelque chose de « l'esprit de la psychanalyse ». Hale avait ouvert, ajoutait Freud, « un nouveau champ à la recherche analytique ».

Le Maître émettait cependant des réserves : « Je ne puis écarter l'objection que ce que vous avez fait s'apparente un peu à de la vivisection. La psychanalyse ne devrait pas être pratiquée sur un sujet vivant sans qu'il s'y soumette contre son plein gré[5][*sic*]. À mon sens, ajoutait Freud, la psychanalyse ne devrait jamais être utilisée comme une arme dans la polémique politique ou littéraire. (...) M. Wilson est une personnalité vivante et non le produit de l'imagination poétique comme la belle Gradiva[6]. »

Freud pensait que l'enquête de Hale n'était pas exempte d'une passion qui « se trahit souvent derrière les lignes ». « Vous n'avez pas à en rougir, ajoutait-il. (...) À titre purement personnel, je vous dirai que je déteste l'homme qui est l'objet de votre étude : pour autant qu'on puisse tenir un individu pour responsable des malheurs de cette partie du monde, il l'est certainement. (...) [Mais] je pense que vous ne devriez pas décrire votre travail comme une froide étude scientifique[7]. » Freud s'appliquait d'ailleurs cet avis : « (...) le fait que je sois conscient d'une profonde antipathie à l'endroit du Président est un motif supplémentaire de réserve de mon côté[8] ». Il autorisait cependant Hale et son éditeur à utiliser quelques lignes de lui pour la publicité du livre[9].

Deux considérations empêchaient Freud de dresser un portrait psychanalytique de Wilson : l'ancien Président était toujours en vie et il ne pouvait prétendre composer objectivement un tel ouvrage. Pourquoi le Président Wilson occupait-il tant l'esprit de Freud ? Pendant les dernières années de la guerre, Freud (comme Bullitt) avait placé beaucoup d'espoirs dans le leader américain. Le 22 décembre 1916, quatre jours après que Wilson eut invité tous les belligérants à présenter leurs conditions de paix, Freud écrivit à Sándor Ferenczi, son disciple hongrois : « À y regarder de plus près, je reconnais que l'intervention de Wilson en faveur de la paix, annoncée aujourd'hui (...), a sa part dans mon humeur, davantage tournée vers la vie. » Il fallait prendre au sérieux, jugeait-il, le plan de Wilson demandant aux Alliés comme aux Empires centraux d'énoncer tous leurs buts de guerre[10]. Mais deux ans plus tard, le 16 octobre 1918, Freud avait changé d'opinion : « Sous quel jour Wilson apparaîtra-t-il finalement, c'est toute la question. Je n'espère rien de bon de lui[11]. » En février 1919, écrivant à Karl Abraham, un autre disciple et ami, il revenait à des sentiments plus amènes : « J'ai reçu dernièrement la visite d'un Américain de l'état-major de Wilson. Il est venu accompagné de deux paniers de provisions et les a échangés contre quelques exemplaires des *Conférences* et de la *Vie quotidienne*. Il nous a redonné confiance dans le Président[12]. »

Lorsque la déception survint quelques mois plus tard avec le traité de Versailles, Freud nota le vif intérêt du public pour une interprétation psychanalytique de la personnalité de Wilson. Le livre de Keynes venait de paraître. L'économiste avait relevé que lors de la cérémonie de la signature de la paix à Versailles, une allusion dans le discours du représentant allemand au fossé qui existait entre les « Quatorze points » et le Traité provoqua chez Wilson un accès de colère. « Pour parler le langage de la psychologie médicale, diagnostiquait Keynes, suggérer au Président que le Traité reniait ses professions de foi antérieures mettait à vif un complexe freudien. » Freud confia à Strachey n'avoir « jamais joui de pareille notoriété avant l'analyse de Keynes ; il avait reçu plusieurs lettres de félicitations[13] ». À l'époque, rapportait James Strachey à son frère Lytton, à Vienne, en dehors des milieux médicaux ou lettrés, Freud demeurait « un parfait inconnu. J'ai demandé un de ses livres dans une grande librairie et ils n'avaient jamais entendu son nom[14] ».

Freud continua à s'intéresser à l'ancien Président américain. Theodor Reik se souvenait que son maître et ami, dans leurs déambulations viennoises, lui parlait parfois de Wilson, toujours avec antipathie et amertume. Il plaisantait sur les « Quatorze points », illustrant son propos par l'une de ces histoires juives dont il était friand. À ses yeux, Wilson était une sorte de Don Quichotte[15].

Bullitt arriva chez Freud en 1926. Tout en suivant sa thérapie, il travaillait à une pièce sur la figure de Wilson. C'était une des raisons qui l'avaient décidé à aller voir Freud pour sa cure. La pièce que Bullitt envoya à la Guilde en mars 1927 fut sans doute influencée par leurs conversations. Ce qu'il en avait dévoilé à Freud dut exciter l'imagination de l'analyste. Progressivement, l'antipathie céda le pas à la curiosité, au point que Freud confia à Bullitt son désir de porter « un diagnostic sur la personnalité de Wilson[16] ».

L'année suivante, en 1928, Freud avait changé d'avis sur un autre protagoniste des négociations de paix, Clemenceau. À sa propre surprise, il s'était mis à éprouver de la sympathie pour ce vieil ennemi. Un ami lui avait envoyé son article consacré au Tigre. Freud le lut et répondit aussitôt :

> Votre *Clemenceau* m'a énormément plus. On sent que ce curieux homme est bien ainsi, imposant et indifférent à ce que les gens appellent grandeur. Au cours d'un long entretien avec Georg Brandès, l'année qui précéda sa mort, la conversation tomba sur le « Tigre ». Je me laissais aller à l'appeler le plus grand fauteur actuel de crimes contre l'humanité. J'ignorais que Brandès et lui avaient été amis intimes jusqu'à ce que la Guerre mondiale, je crois, les

> eût séparés. Le sage vieillard ne me fit aucune objection, il me serra la main d'un air aimable et parla d'autre chose. Je compris qu'il voulait dire : « Change de sujet, mon cher ami, tu n'y comprends rien. » Aujourd'hui, à mon grand étonnement, je serais capable d'éprouver une profonde sympathie pour cet ennemi abhorré, comme si je n'avais aucune difficulté à me mettre à sa place, chose qui n'est jamais possible avec des despotes tels que Lénine et Mussolini. Je pense avoir été subjugué par notre façon commune de voir le monde[17].

Au printemps 1930, quand Bullitt caressa l'idée d'entraîner Freud à écrire une étude sur Wilson, il pouvait donc espérer une réponse favorable. Dix ans après le traité de Versailles, le débat faisait rage, les anciens belligérants rejouaient une « guerre de papier[18] ».

En Allemagne, Ludendorff attribuait la responsabilité de la défaite au cabinet civil. Le prince Max de Bade répliqua que si les Allemands s'étaient trouvés en si mauvaise posture pendant les négociations, ils le devaient à Ludendorff qui avait déclaré qu'il fallait conclure un armistice sans délai, sans quoi il ne garantissait plus rien. Son calcul était que l'armistice provoque seulement une retraite limitée, permettant à l'armée de retremper ses forces et, sinon de reprendre les combats, du moins d'exercer une pression pour obtenir une paix avantageuse. Après la signature du Traité, « Ludendorff voulait y retourner ; moi aussi, mais il n'en était plus question ». La pression populaire pour terminer le conflit était désormais irrésistible. Max de Bade ne regrettait pas d'avoir joué la carte Wilson : « Nous devons à l'accord sur les "Quatorze points" que la Rhénanie et la Sarre soient encore allemandes[19]. »

En France, Foch avait attaqué Clemenceau dans un livre testament – son « mémorial » – paru un mois après sa mort[20]. En sacrifiant une barrière permanente sur le Rhin au traité de garanties que la Grande-Bretagne et les États-Unis avaient signé avec la France, Clemenceau, soulignait le maréchal Foch, avait oublié que Wilson ne pouvait garantir l'approbation de la Chambre haute américaine. Clemenceau répondit aux critiques de Foch dans un livre qui parut après sa propre mort[21]. Le Tigre y soutenait qu'il n'aurait pu imposer d'occupation permanente de la Rhénanie contre la volonté de ses habitants, qui souhaitaient rester allemands. Elle aurait violé le principe, hérité de la Révolution, du droit des peuples à disposer d'eux-mêmes. Et jamais les Alliés n'auraient signé un traité avec la France sur cette base. « C'était ou bien la France seule sur le Rhin, ou bien la promesse d'un concours anglo-américain[22]. » Clemenceau avait prévu le cas où les États-Unis ne ratifieraient pas le Traité en obtenant l'inscription d'une clause qui permettait de prolonger l'occupation de la Rhénanie au-delà du terme initial de quinze ans[23].

Aux États-Unis également, la guerre d'interprétation sévissait et le colonel House compta parmi ses victimes. Dans son *Woodrow Wilson and World Settlement*, publié en 1922, Ray Baker, le biographe attitré de Wilson, pointait les défaillances supposées du colonel, qui aurait trahi les volontés du Président. Il accordait un poids tout particulier à l'épisode de février 1919, lors duquel House accepta, en l'absence de Wilson, un accord préliminaire sur les réparations et les redécoupages territoriaux, renvoyant au traité final l'institution de la SDN. La thèse de Baker domina jusqu'en 1928, qui vit la publication des deux premiers volumes d'extraits des carnets du colonel. Pour House, l'impossibilité de réaliser une paix, sans faire de concessions aux Français et aux Britanniques, ne devint évidente qu'en février 1919, après le départ temporaire de Wilson. Un compromis était nécessaire. Là où Baker soutenait qu'il avait affaibli Wilson, House prétendait que c'était l'intransigeance du Président qui avait condamné le Traité à sa perte. En 1929 parut l'avant-dernier tome des Mémoires de la Grande Guerre de Churchill, *The Aftermath*. Le lion britannique recensait les livres déjà publiés sur le sujet. Parce qu'il avait eu seul le privilège d'accéder aux archives de Wilson, il accordait à Baker une mention spéciale. Il offrait une défense caricaturale de Wilson en le présentant comme le champion immaculé des idéaux supérieurs du peuple américain[24]. « S'il avait été un pur politicien ou un pur idéaliste, écrivait Churchill, Wilson aurait pu réussir. En voulant jouer sur les deux tableaux, il a échoué. » À ses yeux, « les différends entre la France et l'Allemagne semblaient triviaux et mesquins, faciles à régler avec un peu de bon sens et de charité. Mais la différence entre républicains et démocrates... voilà la grande querelle ! (...) Paix, concessions et bonne volonté entre les nations étrangères, mais pas un pouce cédé aux républicains. Ce fut sa ruine et la ruine de bien d'autres choses encore[25] ». Leurs alliés européens avaient fait d'importantes concessions pour que les États-Unis signent le Traité mais à présent, après le revers essuyé par Wilson, le Vieux Continent devait se tirer d'affaire lui-même.

Entre 1922 et 1925, les tensions s'étaient exacerbées en Europe. L'Allemagne se refusait à payer les indemnités de guerre. En janvier 1923, la France répliqua en occupant la Rhénanie, contraignant les Américains à s'intéresser à nouveau aux affaires de l'Europe. Le plan Dawes prévoyait que l'économie allemande trouve du crédit auprès de Wall Street pour être en mesure d'acquitter les réparations dues à la France et à l'Angleterre, lesquelles pourraient alors rembourser leurs dettes. Le traité de Locarno, signé en 1925 par la France, l'Allemagne, l'Angleterre, l'Italie et la Belgique, garantissait les frontières de l'Europe occidentale et plaçait l'Angleterre, qui s'était éloignée de la France, en position d'arbitre. Churchill considérait alors avec optimisme les perspectives offertes par Locarno en Europe, et par le traité de Washington dans le Pacifique qui limitait les armements maritimes des États-Unis, de la Grande-Bretagne et du Japon. Le lion britannique conservait cependant des motifs d'inquiétude : « Le ressentiment allemand et les craintes de la France, concluait-il, ne sont qu'en partie apaisées[26]. » La France compterait bientôt moitié moins d'habitants que son voisin allemand.

Le livre de Churchill était paru avant le krach boursier d'octobre 1929. La plongée dans la Grande Dépression rouvrait les plaies de la guerre et de ses lendemains immédiats. Le moment approchait où seule une renégociation générale pourrait prévenir une autre conflagration. Le retour de l'Amérique sur la scène internationale devenait une nécessité.

C'est dans ce contexte que Bullitt souhaita écrire sur la diplomatie. Il entendait le faire avec rigueur, au service de son pays. Jusqu'en 1914, les États-Unis s'estimèrent à l'abri des tracas européens, protégés par les vastes étendues atlantiques alors dominées par la Grande-Bretagne. Aussi longtemps que l'Angleterre jouerait ce rôle, les États-Unis pouvaient se permettre d'être ignorants ou inactifs sans grande conséquence. Ils étaient devenus la nation la plus riche au monde. Ils commerçaient, investissaient, prêtaient à l'ensemble de la planète. Le wilsonisme n'était pas mort pour ceux qui, comme Bullitt, croyaient dans le rôle moteur de l'Amérique pour promouvoir la coopération, l'État de droit, la démocratie, la liberté d'expression et la liberté d'entreprise au-delà des frontières[27]. Conduire les relations internationales en fonction de l'état présent du monde, telle était la tâche du diplomate. Mais les conduire en prévoyant l'avenir, en disposant d'une image exacte du monde de demain, là était son art, « l'art du devin ». La prédiction était difficile mais non impossible. Aux yeux de Bullitt, le destin de l'humanité était gouverné à l'échelle des temps géologiques par la géographie, à l'échelle des siècles par la démographie, à l'échelle des décennies par l'économie, et à celle des années par la psychologie. Bullitt se concentrerait sur l'élément psychologique. Il l'avait cerné de près pendant les négociations de la paix et il croyait dans le rôle décisif des individus. Son livre s'attacherait d'abord aux responsabilités des principaux protagonistes dans l'échec de la conférence de Paris. Il dresserait les portraits des quatre Grands (Clemenceau, Lloyd George, Orlando et Wilson) et joindrait celui de Lénine. Il passerait ensuite en revue la délégation américaine, le colonel

House, Hoover et les experts de *The Inquiry*. En conclusion, Bullitt présenterait sa vision de l'avenir : le sort de l'Europe était dépendant d'une réconciliation franco-allemande. Les États-Unis devaient mettre sur pied un service diplomatique réellement professionnel. Avant tout, il leur fallait des dirigeants dotés de qualités d'hommes d'État. Mais l'Amérique devait abandonner le système présidentiel, qui donnait trop de poids à un seul homme, au profit d'un régime parlementaire. Tel était le canevas du livre de Bullitt[28].

Avec ce projet en tête, Bullitt écrivit à Freud. Le 12 avril 1930, Freud lui répondit : « Je serai heureux de vous voir (et la petite Anna) et d'avoir quelques conversations avec vous. » Freud séjournant depuis début mai au sanatorium du Schloss Tegel, les deux hommes se virent le 17 à Berlin[29]. À cette époque, le psychanalyste souffrait presque constamment de la prothèse qu'il portait depuis une opération du maxillaire en 1923, pour enrayer la progression d'un cancer découvert cette année-là. Il se remettait également de problèmes cardiaques et de douleurs abdominales[30]. À Berlin, on devait réaliser pour lui une prothèse de meilleure qualité afin de remplacer les parties excisées de sa mâchoire supérieure et de son palais droit.

Bullitt lui présenta son projet d'un livre sur la diplomatie et l'invita à écrire un chapitre où il développerait son propre jugement sur Wilson. Pour Freud, il était impossible de psychanalyser quelqu'un à distance. Il avait cependant été impressionné par la biographie croisée de la reine Élisabeth et du comte d'Essex[31]. Il avait écrit à son auteur, Lytton Strachey :

> Vous m'avez profondément touché car vous avez sondé les abysses... Vous avez approché l'une des figures les plus remarquables de votre histoire nationale et su relier sa personnalité aux impressions reçues dans l'enfance. Vous avez mis le doigt sur les mobiles les plus dissimulés avec autant d'audace que de discernement et il est fort possible que vous soyez parvenu à une reconstruction exacte des événements[32].

Le travail de Strachey l'avait peut-être convaincu de la possibilité d'écrire une bonne biographie psychologique malgré la lacune des sources.

Comme un historien, Freud avait besoin de faits. Si Bullitt pouvait collecter assez d'éléments, peut-être pourrait-il écrire non pas seul, mais avec Bullitt, un essai sur l'ancien Président. Ce ne serait pas une psychanalyse – c'est-à-dire un travail au long cours conduit sur soi-même en présence d'un autre –, mais une analyse psychologique menée avec les données biographiques disponibles. Aussi séduisante qu'inattendue, l'offre surprit Bullitt ; il ne pouvait la refuser venant d'un homme qu'il admirait tant. Freud quant à lui n'avait pas hésité à la formuler. Une affection sincère l'unissait à Bullitt et il savait son talent d'écrivain, sa compétence en politique internationale et son don pour cerner les personnalités. Ils croyaient tous deux au poids des individus dans la décision politique, en particulier dans la politique internationale. Et tous les deux souhaitaient démontrer la part de responsabilité de Wilson dans le cours pris par les affaires du monde[33].

Si Bullitt pouvait rassembler le matériel adéquat, ils écriraient quelque chose à deux. Ils en décideraient une fois que Bullitt aurait achevé ses recherches. Bullitt avait un plan. Lors de sa visite au colonel House à Londres, le 7 mai, celui-ci lui avait confié : « Nous ne nous connaissions que depuis un an ou deux que Wilson me disait tout de sa vie personnelle et familiale – tout ce que les hommes se cachent habituellement –, nous étions vraiment intimes[34]. » Il fallait ces éléments à Bullitt.

Quelques décennies plus tôt, Freud avait écrit à Wilhelm Fliess : « Je ne suis ni un véritable homme de science, ni un observateur, ni un expérimentateur, ni un penseur. Par tempérament, je ne suis qu'un *conquistador* – un explorateur, si tu préfères ce terme – avec toute la curiosité, l'audace et la ténacité qui caractérisent cette sorte d'hommes. Généralement, on ne reconnaît de valeur à ces gens que s'ils ont réussi, s'ils ont réellement découvert quelque chose ; sinon on les écarte[35]. » Au cours des vingt dernières années, Freud était devenu un homme de science et un penseur. Et voilà que Bullitt lui apportait un projet qui combattrait l'ennui et la mélancolie[36]. Il avait 39 ans et lui 73 ; il était prêt pour une nouvelle aventure.

CHAPITRE 5

Comprendre Versailles et accéder aux archives du colonel House

Un Bullitt enthousiaste laissa Freud à Berlin et, de retour à Londres, reprit ses conversations avec le colonel House. Lorsqu'il l'avait interviewé fin avril et début mai, avant son séjour berlinois, c'était pour inclure son portrait dans un livre sur la diplomatie. Son nouveau projet avec Freud portant exclusivement sur Wilson, la coopération de son conseiller le plus influent devenait encore plus nécessaire. Bullitt comptait bien lire tout ce qui avait déjà été publié sur Wilson, des biographies aux moindres écrits susceptibles d'éclairer une période précise de sa vie, sa jeunesse, ses années à Princeton, son entrée en politique ou la conférence de Paris. Il multiplierait aussi la collecte de témoignages oraux. Mais le journal de House devait détenir une mine de renseignements. Pendant les huit ans passés aux côtés de Wilson, presque chaque soir, House avait dicté à sa secrétaire, Miss Denton, la chronique du jour. Il en résultait quelque 2 000 pages, avec un Wilson omniprésent[1]. House n'avait publié que des extraits choisis de ces carnets.

Bullitt pourrait-il convaincre le colonel de lui donner accès à leur intégralité ? Après une collaboration étroite de l'automne 1917 jusqu'en mars 1919, leurs chemins avaient bifurqué. Le traité de Versailles avait consommé leur éloignement. House avait soutenu sa ratification et comparé Keynes à Bullitt pour leur opposition commune au Traité. Il voyait en l'économiste « une sorte de Bullitt plus solide, doté d'un jugement plus mûr[2] ». Avant la conférence de Paris, Bullitt et Colcord pour le *Ledger*, Frank Cobb pour le *New York World*, David Lawrence pour le *New York Evening Post*, ainsi que Walter Lippmann pour la *New Republic* formaient un cercle de journalistes autour du colonel House, dévoués à sa personne, convaincus qu'il partageait leurs vues sur l'avenir libéral du nouvel ordre international à mettre en place après la guerre. Colcord, qui avait noué d'authentiques liens d'amitié avec House, raconta comment, un jour de juin 1917, au Texas, sur une plage, l'austère colonel s'était épanché auprès de lui :

> Je vais vous dire quelque chose que je n'ai jamais dit à personne, pas même à Miss Denman [sa secrétaire] ou à Mrs. House. Si je vois que la conférence de la Paix part sur de mauvais rails, qu'aucune solution libérale n'en sort, que tout espoir est vain, je suis résolu à jeter ma carrière et mon existence dans la balance, à dire ce que je sais, à mettre cartes sur table, à faire un scandale qui retentira d'un bout à l'autre du monde, bref à rompre avec le milieu dont j'ai joué le jeu pour en appeler au peuple, à l'opinion internationale. Je sais qu'en prenant ce parti, je sacrifierai mes relations et mes amitiés, que je ruinerai ma réputation auprès de ceux avec qui je travaille, que je gâcherai mes chances d'action présentes et futures, mais j'ai décidé que c'était la chose à faire. C'est comme si j'avais vécu toute ma vie pour ce moment. On ne me connaît pas. Je me suis tenu dans l'ombre pour jouer le jeu diplomatique selon les codes. Je me ferai socialiste, ou même anarchiste, du jour au lendemain[3].

Pour nombre de ces libéraux, la personnalité de Wilson restait une énigme. Mais ils étaient au moins sûrs d'une chose, la trahison de House. Bullitt se rappelait, comme si c'était hier, la conversation qu'il avait eue avec House au lendemain de sa démission de la conférence de la Paix. La seule chose que House avait répliquée à la liste des injustices du Traité qu'il avait égrenée, c'était que la SDN les corrigerait. Elle n'en avait pas le pouvoir mais cela changerait, lui avait-il dit, quand le monde serait régi par des gouvernements radicaux ou socialistes, dont il prévoyait l'avènement sous dix ou quinze ans, y compris aux États-Unis[4].

Certes de l'eau avait coulé sous les ponts depuis 1919, il faudrait restaurer la confiance du colonel. Après son retour à Londres, Bullitt revit House trois fois, avant d'embarquer sur le même bateau que lui pour regagner les États-Unis, occasion de nouvelles conversations[5].

Bullitt écouta d'abord le colonel retracer à grands traits sa propre carrière. Son intérêt pour la chose publique remontait à ses 12 ans. En 1876, âgé de 17 ans, il put suivre l'élection la plus disputée depuis celle de Lincoln en 1860 en compagnie de son camarade, un condisciple de la Hopkins School de New Haven, Oliver Morton Jr. (fils du sénateur républicain radical de l'Indiana). Les deux jeunes gens assistèrent à New York et à Washington à d'importantes réunions des deux partis (républicaines par Oliver, démocrates grâce au père de House, un banquier du Sud qui possédait la plus grosse ferme du Texas). En 1892, au Texas, House dirigea la campagne pour la réélection du gouverneur James Hogg, politicien emblématique d'une nouvelle génération de démocrates qui n'avaient pas combattu pendant la guerre de Sécession. « J'ai fait élire Hogg, expliqua House à Bullitt, puis son successeur Culberson. On m'invita à me lancer dans la course moi-même, mais je refusai. Enfant, j'ai été victime d'une insolation, j'ai toujours été de complexion fragile et je ne pouvais pas supporter la chaleur estivale du Texas. Je n'ai donc jamais cédé aux sollicitations. » Cette succession de victoires confirma cependant les dons politiques de House. Après sa réélection de 1892, le gouverneur Hogg le nomma colonel honoraire au sein de son état-major personnel. On s'habitua bientôt à désigner Edward House (qui n'avait jamais servi dans l'armée) comme « le colonel House[6] ». Il était le champion des campagnes démocrates au Texas mais il ne s'intéressait en fait qu'à la politique nationale. En 1911, comme se dessinait la candidature de Theodore Roosevelt contre son successeur, le Président Taft, le colonel partit en quête d'un prétendant démocrate qui pourrait l'emporter à l'élection présidentielle de 1912. Pourquoi fixa-t-il son choix sur Wilson ? l'interrogea Bullitt, tout en observant son interlocuteur qu'il décrit ainsi : « Un oiseau délicat. Une fauvette (…), avec de beaux yeux bleu vif, des traits impassibles – chinois – et comme du parchemin, mais de belles mains fines et expressives. Mêle les gestes à la parole lorsque la conversation l'intéresse. Immobile quand elle le fatigue ou l'ennuie. "Je vois, je vois" ou "Je sais, je sais" pour donner le sentiment d'un *accord* sans s'engager plus avant. En réalité, traduit son désaccord. Une voix douce, qui vient du fond de la gorge, comme à travers un voile – impression d'un sang lent, d'une faible vitalité. Aquarelliste amateur. Des yeux d'un bleu profond sous des paupières basses. Ne boit ni alcool, ni thé, ni café. Ne fume pas[7]. »

« Je l'ai très soigneusement choisi, répondit House à Bullitt. J'ai considéré sérieusement à la fois Gaynor [le maire de New York] et Wilson. Mais Gaynor n'était pas un homme facilement influençable, trop d'idées de son cru. (…) En revanche, j'ai immédiatement senti que je pèserais sans peine sur Wilson[8]. »

Au début de la présidence Wilson, House s'adjugea rapidement les affaires étrangères, un domaine qui n'avait pas la prédilection de Wilson[9]. Le Président lui proposa deux fois la secrétairerie d'État mais se heurta à son refus répété. « Je n'en voulais pas car j'avais plus de pouvoir et de liberté comme conseiller personnel du Président. [Tous les dossiers importants] passaient par moi… non seulement les affaires du Département d'État mais aussi celles de la Guerre et de la Marine[10]. »

Après l'entrée des États-Unis dans le conflit, le rôle de House ne prit que plus d'ampleur. Il atteignit son apogée début novembre 1918, à la veille de l'armistice, lorsqu'il obtint le soutien de Lloyd George et de Clemenceau pour faire des « Quatorze points » la base des négociations de paix. Ce fut sa plus grande réussite. Cependant, après seulement quelques semaines de négociations à Paris, malgré huit ans d'une collaboration aussi étroite que fructueuse, les relations de House avec Wilson se détériorèrent gravement : « Ce fut ma grande erreur que d'être officiellement commissaire plénipotentiaire. J'aurais dû rester dans l'ombre aux côtés du Président. (...) Au moment même où elle était le plus nécessaire, j'ai perdu mon influence. »

House avait pourtant rapidement identifié l'objectif principal de Wilson : l'établissement de la Société des Nations, la clé du nouvel ordre mondial qu'il voulait laisser en héritage. Pour l'atteindre deux options s'offraient : Wilson pouvait contrecarrer Clemenceau et Lloyd George en s'appuyant sur les peuples d'Europe, leurs syndicats, leurs forces libérales et socialistes prêtes à le suivre, ou bien chercher un compromis avec les deux principaux dirigeants alliés[11].

House joua les deux cartes. Bullitt se le voyait maintenant confirmé, Lippmann, les libéraux et les radicaux américains, Raymond Robins, Lincoln Colcord et Lincoln Steffens, l'équipe de la *Nation* et de la *New Republic*, comptaient parmi les agents de la première approche. Les missions de Bullitt à Berne et à Moscou en participaient bien sûr également.

Le colonel comprit vite que Wilson rejetait la première option, l'alliance avec la gauche, pour contrer Clemenceau et Lloyd George[12]. « Il détestait les communistes et les socialistes », confia Baker à Bullitt ce même été. House se tourna donc vers les alliés Orlando, Clemenceau et Lloyd George pour négocier le traité de paix, appréciant d'être considéré par eux comme « le Talleyrand texan[13] ».

Diplomate dans l'âme, il prenait des libertés en négociant, pariant sur le ralliement de Wilson à ses vues. « Le grand service que rendit House dans la coulisse fut, ayant l'oreille du Président Wilson et la confiance de Clemenceau, de faciliter entre eux les accords sans que l'un ou l'autre ait l'impression de céder contraint et forcé[14] », témoignait Georges Wormser, chef de cabinet de Clemenceau.

Après 1919, House conserva de bonnes relations avec les dirigeants français et britanniques. Il séjournait chaque été en Angleterre et en France, voyant Lloyd George ou Lord Cecil à Londres, mais surtout Clemenceau à Paris ou dans sa Vendée natale. En juin 1922, comme il préparait une tournée de conférences que

Clemenceau devait effectuer à l'automne aux États-Unis, House lui demanda « pourquoi il avait changé d'opinion quant à la présence de Wilson à la conférence de la Paix[15] ».

Le vieil homme réfléchit un instant et répondit qu'après l'armistice, il avait noté chez Lloyd George en particulier, et les Anglais en général, une tendance à contrarier les Français et peu d'empressement à satisfaire leurs revendications. Il en conclut que si Wilson siégeait en personne à la Conférence, il pourrait user du prestige de sa magistrature au bénéfice de la France quand des questions touchant à ses intérêts surgiraient. Il estimait que la conduite de la Conférence avait justifié ses attentes et donna plusieurs exemples de cas où des conflits s'élevèrent entre Lloyd George et lui et où Wilson vint à sa rescousse[16].

House approuvait. Il pouvait aisément énumérer ce que la France et Clemenceau devaient à Wilson – à commencer par la désignation de Paris comme siège de la Conférence après avoir écarté Lucerne ou Genève (deux villes suggérées par House) à cause des craintes suscitées par les rumeurs d'une infiltration « bolchevique » en Suisse[17]. L'Alsace-Lorraine retourna à la France sans référendum[18]. Au cours de la Conférence, Wilson répéta souvent à l'historien Paul Mantoux, devenu interprète des quatre Grands, qu'« élevé dans un des États du Sud ravagé par la guerre civile et soumis pendant des années à un régime de contrainte, sa sympathie allait après 1871 aux populations [d'Alsace-Lorraine] livrées, malgré leur protestation, à la domination du vainqueur[19] ».

L'Autriche, par ailleurs, ne fut pas autorisée à s'unir à l'Allemagne en dépit du vœu expressément formulé par les représentants des deux pays de fusionner en une seule et même république. Clemenceau et la France en apparaissaient les responsables[20]. Mais Wilson les avait appuyés sans réserve au motif que cette union « reviendrait à faire de la nouvelle Allemagne l'un des pays les plus puissants au monde ». Or les ambitions de domination européenne de l'Allemagne, révélées par le traité de Brest-Litovsk imposé en mars 1918 à la Russie, sans considération aucune du droit à l'autodétermination, l'avaient ulcéré. Il craignait qu'unie à l'Autriche, l'Allemagne ne constitue aussi « une grande puissance catholique » : il n'avait rien contre l'Église catholique mais jugeait « dangereux qu'elle devînt une puissante entité politique[21] ». Wilson défendit Clemenceau qui plaidait pour la démilitarisation de la Rhénanie. Il soutint également le retour à l'indépendance de la Pologne, des frontières agrandies pour la Roumanie et la création de la Yougoslavie et de la République tchèque, autant d'alliés potentiels de la France[22].

Le Président américain rallia encore Clemenceau et la position française à la fin de la conférence de la Paix, quand Lloyd George voulut accorder à l'Allemagne une armée de 200 000 plutôt que de 100 000 hommes et réduire la durée d'occupation de la Sarre. Le Tigre répliqua à Lloyd George : chaque pays poursuit ses intérêts. L'opinion publique britannique ne s'était pas émue des clauses sur les réparations ou sur la culpabilité allemande ni de celles qui contraignaient l'Allemagne à renoncer à ses colonies et à sa flotte, et pour cause ! Elles bénéficiaient à l'Angleterre. La France, poursuivait Clemenceau, ne songeait qu'à sa sécurité. Quelques jours plus tard, Wilson confiait à Ray Baker : « Plus la Conférence a progressé, plus ma considération pour Clemenceau a grandi. Je ne suis pas le moins du monde d'accord avec lui mais c'est un vieil homme solide, honnête et courageux[23]. »

Le 28 juin 1919, Wilson quittait Paris pour embarquer à Brest et rejoindre Washington. Poincaré et Clemenceau l'accompagnèrent à la gare. La voix tremblante d'émotion et les yeux humides, Clemenceau confia à Baker : « En disant adieu au Président, j'ai le sentiment de dire adieu à mon meilleur ami[24]. »

C'est surtout avec House que Clemenceau avait cependant forgé des liens d'amitié, liens qui se renforcèrent après 1919. Dans une lettre d'adieu que le Tigre envoya à House le dernier été avant sa mort en novembre 1929, il écrivait : « Quand vous reviendrez en Europe, l'an prochain, j'aurai peut-être changé de planète. Où que j'aille, je ne vous oublierai pas car, sans nuire à votre patrie, vous avez donné un bon coup d'épaule à la mienne en des jours périlleux[25]. » Le début de leur entente remontait à octobre 1918 quand Clemenceau approuva les « Quatorze points », permettant à House et à Wilson d'infliger une défaite à Theodore Roosevelt (l'ancien Président encourageait Lloyd George et Clemenceau à imposer une paix dure à l'Allemagne). En échange, Clemenceau obtint des conditions de cessez-le-feu draconiennes pour éviter que les Allemands ne reprennent les armes après un répit de quelques semaines ou de quelques mois, ce qu'ils avaient envisagé[26]. Le second moment clé se situe à la mi-mars 1919 quand Lloyd George et Wilson proposèrent à Clemenceau une triple alliance défensive, un traité qui garantirait l'intervention militaire immédiate de l'Angleterre et des États-Unis pour porter secours à la France en cas d'agression allemande. En novembre 1918, le Quai d'Orsay avait souligné « l'importance pour la France de l'entrée des États-Unis dans les affaires du monde deux générations plus tôt qu'elle ne l'aurait fait si la guerre n'était survenue » par « la possibilité d'amener graduellement les États-Unis à l'idée d'alliance sous le couvert de la Société des Nations[27] ». Cette « alliance atlantique » avec les États-Unis était donc déjà le principal objectif stratégique de la France et de Clemenceau.

Comment cet objectif français devint-il une proposition commune de Lloyd George et de Wilson ? Au début de janvier 1919, Wilson avait introduit dans le Pacte de la Société des Nations cette clause, que rejetaient tant les opposants républicains au Traité, par laquelle chacun des États membres s'engageait à préserver l'intégrité territoriale des autres États contractants en cas d'agression extérieure. La France, qui ne pouvait plus compter sur son ancienne alliance avec une Russie devenue bolchevique, acceptait de se reposer sur les membres de la SDN pour garantir sa sécurité[28]. Clemenceau désirait même une SDN plus puissante qui aurait disposé en propre de forces de police internationale maritimes et terrestres, mais Wilson s'y opposa[29]. À la mi-mars 1919, en vue d'obtenir la ratification du Sénat, Wilson accepta de supprimer la clause de solidarité automatique inscrite dans le Pacte[30]. Le Conseil de la SDN – composé de neuf membres (dont cinq permanents, les États-Unis, la France, l'Italie, le Japon et le Royaume-Uni) – déciderait à l'unanimité, et au cas par cas, quelle sanction appliquer en cas d'agression, ce qui revenait à garantir un droit de veto aux États-Unis[31].

Le traité spécial de garantie rétablissait au seul profit de la France l'automaticité de l'assistance américaine et britannique, que le précédent projet de traité garantissait au monde entier. Clemenceau était reconnaissant de cette avancée. En échange, la France soutenait les amendements au Pacte dont Wilson avait besoin pour obtenir l'accord du Sénat. Et Clemenceau renonçait à obtenir la rive gauche du Rhin au bénéfice de la France ou d'un État tampon indépendant. Toutefois, compte tenu de la distance qui séparait la France de l'Angleterre et plus encore des États-Unis, le Tigre plaida qu'il y aurait toujours une phase, en cas d'attaque par l'Allemagne, où la France aurait à se défendre seule[32]. Pour cette raison, Clemenceau demanda et finit par obtenir l'occupation temporaire de la rive gauche du Rhin pour une durée de quinze ans. L'évacuation de la Rhénanie pourrait même être reportée si les garanties contre une agression allemande s'avéraient insuffisantes[33]. Toute l'architecture de l'accord reposait sur la ratification du traité de garantie par les États-Unis. Clemenceau estima que le risque valait d'être couru : le projet d'alliance atlantique était crucial à ses yeux.

L'idée d'un pacte de garantie avait été proposée par Lloyd George, à l'instigation de son secrétaire Philip Kerr, mais sans doute House avait-il dit à Clemenceau l'avoir lui-même suggéré à Kerr. Dans les semaines qui suivirent, Lloyd George répéta son soutien à ce projet d'alliance tripartite transatlantique. Il ne cessa de répéter à Clemenceau qu'il « pouvait compter sur eux », que la promesse était solennelle et inviolable. En cas d'agression allemande, toutes les forces britanniques seraient mises à la disposition de la France. À chaque étape des négociations et jusqu'à la signature du traité de Versailles auquel s'adjoignait le traité de garantie, Lloyd George réitéra cette promesse solennelle[34].

Cependant, à la veille de la signature, le Britannique glissa l'adverbe « seulement » sans que Clemenceau s'en avise. Le traité de garantie entrerait en vigueur du côté britannique « seulement » si les États-Unis le ratifiaient. Quand les États-Unis firent défaut, la Grande-Bretagne déclina à son tour toute obligation de solidarité avec la France.

Clemenceau se sentit dupé et les Français perdirent confiance en la Grande-Bretagne[35]. Mais House reconnaissait avec Clemenceau que la situation désolante du Vieux Continent découlait avant tout de la non-ratification par les États-Unis du traité de Versailles et du traité de garantie[36]. Clemenceau ne renonçait pas à l'alliance atlantique, il décida – contre l'avis des gouvernements américain et français – de faire un voyage aux États-Unis à la fin de 1922. House lui suggéra de dire au public américain que personne dans ce pays-continent « ne pouvait vraiment comprendre ce que signifiait vivre avec le spectre de la guerre, dans son ombre et sous sa menace ». « J'ajouterais, continuait House, que la France a moins d'assurances de sécurité aujourd'hui qu'elle n'en possédait en 1914. Elle avait alors en la Russie une puissante alliée ; la Grande-Bretagne, l'Italie et les États-Unis joignirent ensuite leurs forces pour contenir l'agression et venir à bout du militarisme allemand. Aujourd'hui, la France n'a d'autre assurance que son armée, une armée dont le poids grève ses ressources[37]. »

Aux yeux de House, le « paquet » de Versailles, avec la SDN et le pacte de garantie, aurait solidement fondé la sécurité collective et un ordre international plus équitable. Les petites nations d'Europe de l'Est gagnaient le droit de s'ériger en États indépendants et souverains. L'Allemagne perdait 12 % de son territoire – mais c'était essentiellement des régions peuplées de Français, de Wallons, de Hollandais ou de Polonais – et elle demeurait la plus vaste des nations européennes[38]. La présence des États-Unis au sein de la SDN et de la Commission des réparations aurait permis, jugeait House, de réduire les indemnités allemandes en échange d'une garantie effective des frontières françaises.

Il suffisait de se rappeler ce qu'une Allemagne victorieuse aurait imposé, en plus des gains déjà obtenus à l'est après Brest-Litovsk. Les buts de guerre allemands avaient envisagé l'annexion du reste de la Lorraine (un coup de grâce pour l'industrie lourde française), ainsi que de Liège et de sa région[39]. Le reste de la Belgique aurait été vassalisé. La France et la Belgique auraient dû intégrer une union douanière également étendue à l'Autriche, à la Suisse, à l'Italie et aux Pays-Bas, union destinée à arrimer économiquement puis politiquement à l'Allemagne ses voisins[40]. Une telle issue aurait contraint les États-Unis à renforcer substantiellement leur présence navale dans l'Atlantique. Pour House, oui, décidément, le grand revers de Wilson résidait dans l'échec de la ratification.

Bullitt continuait de penser que Wilson avait trahi sa parole en signant le Traité. Pour ce qui était de Clemenceau, le premier ministre de la Guerre qui, à un moment désespéré, avait réussi à rallier ses compatriotes, il avait la plus grande admiration et la plus grande gratitude. Car sauver la France, c'était pour Bullitt « sauver tout ce qu'il y a de meilleur dans la civilisation occidentale[41] ». Mais Clemenceau, lors de la conférence de la Paix, n'avait obtenu pour la France que des garanties illusoires. Il n'avait ni détruit l'Allemagne, ni fait la paix avec elle, ce que Bullitt aurait souhaité dans une réconciliation franco-allemande. Et, comme Wilson, Clemenceau avait été dupé par Lloyd George.

À l'issue de leurs longues conversations, Bullitt comprenait mieux la vision « réaliste » de la paix de House. Le colonel comprenait et rejoignait Bullitt : « Wilson, qui avait couché les "Quatorze points", avait fini, ironisait-il, par se coucher dessus[42]. »

House s'interrogeait aussi sur la personnalité de Wilson : « Avec son esprit acéré, Wilson était armé pour répondre aux situations les plus imprévues, pourvu qu'on leur applique des principes justes. Il avait un rare courage qui, combiné à son éloquence, le désignait pour devenir le porte-parole de l'humanité en ces moments d'épreuves inégalées. » « Il *échoua*, écrivait House, *parce qu'il était par tempérament incapable* de négocier avec le Sénat[43]. » House s'intéressait à l'interprétation que Freud donnerait de la personnalité de Wilson. Le colonel comptait également que Bullitt rétablît sa juste place dans l'histoire. La publication de carnets avait causé une certaine réprobation. Le colonel s'y attribuait des mérites qui ne lui revenaient pas, comme l'établissement de la Réserve fédérale, et, pour ce qui regardait la guerre, dominait un Wilson indolent et indécis[44]. L'amitié que lui témoignaient encore Lloyd George et Clemenceau ne compensait pas la dégradation de son image aux États-Unis.

À l'arrivée à New York, House promit à Bullitt de parler à Charles Seymour, professeur d'histoire à Yale, qui veillait sur les carnets inédits du colonel dans lesquels Bullitt espérait découvrir des facettes méconnues de Wilson.

CHAPITRE 6

Les fantômes de Princeton

Pour comprendre sa personnalité et son caractère, Freud aurait aimé pouvoir entendre Wilson en personne. Élevé dans le respect des Écritures et de la langue, le Président américain choisissait ses mots avec soin pour leur donner la signification la plus précise dans ses cours et ses lettres comme dans les conversations du quotidien[1].

Surtout, Wilson appréciait le lien qu'il créait avec les foules. Il ressentait « une joie sans mélange à affronter et à retourner un public hostile ou bien à dégeler une salle un peu tiède » : « J'ai un sentiment de puissance dans mon rapport avec les hommes en masse que je n'éprouve pas toujours dans les rapports individuels. » Il aimait parler à la multitude, expliquait-il à sa femme, car alors « mon esprit – et toutes mes facultés – s'embrasent et de cette excitation naît, je crois, une sensation de confiance et de maîtrise de soi qui en impose et commande l'attention. En tout cas, je me *sens* transformé – et il est dur après cela d'aller dormir[2] ».

Wilson veillait à la conservation de ses dires. En 1912, pendant la campagne présidentielle, il engagea Charles Swem, un sténographe de 19 ans, qui restera à ses côtés pendant ses deux mandats. Les deux hommes travaillaient avec une rapidité et une efficacité remarquables. Swem arrivait tous les matins à 9 heures à la Maison Blanche, ouvrait le courrier et Wilson dictait ses réponses directement, sans versions ou corrections ultérieures. Wilson avait préparé à l'avance (il maîtrisait la sténographie à la perfection[3]) les lettres importantes, la correspondance officielle et les notes diplomatiques qu'il dictait également à Swem. Le jeune sténographe était aux côtés du Président partout où il se trouvait. À son chevet, à la Maison Blanche, dans tous ses déplacements, à bord d'un bateau ou d'un train, à la conférence de la Paix ou en campagne électorale, il écrivait sous sa dictée. À la fin de sa mission, ses notes comptaient quelque dix millions de mots. Il connaissait tous les rouages de la mécanique intellectuelle du Président. Swem se considérait comme « la doublure du grand homme », celui qui fixait son meilleur profil et « enregistrait tout ce qu'il jugeait digne d'être retenu »[4]. Ces paroles au cordeau, contrôlées et amendées pour montrer la force de caractère et la lucidité du Président, sa fermeté de jugement, sa force de conviction et ses qualités de chef, n'étaient pas de celles qui retenaient particulièrement l'attention de Freud.

Comme Wilson, le psychanalyste savait la valeur, la puissance et la magie des mots[5]. Freud s'intéressait moins à la parole comme arme rhétorique ou comme instrument de pouvoir qu'à son potentiel d'émancipation. La technique psychanalytique repose sur l'échange de paroles entre le patient et l'analyste. Pendant l'heure où il demeure allongé sur le divan, l'analyste hors de son champ de vision, le patient est invité à parler librement, à dire tout ce qui lui vient à l'esprit sans chercher à introduire de la cohérence dans le flux de paroles, sans se préoccuper de leur caractère possiblement absurde, immoral ou pénible. Il lui faut être « tout à fait franc » et « n'omettre rien de ce qui, pour une raison quelconque, [paraît] désagréable à dire »[6]. La liberté sans entraves des associations est la règle fondamentale de la psychanalyse. Les patients commencent souvent par raconter leur vie, puis leur existence quotidienne, bientôt leurs rêves. Quand le rêveur rapporte le contenu manifeste d'un rêve et laisse vagabonder son esprit, inopinément un mot éveille une pensée, une image ou un souvenir[7]. La polysémie, les phénomènes de contiguïté expliquent que l'émission d'un mot, d'une phrase en fasse surgir d'autres, qui à leur tour, de proche en proche, suscitent de nouveaux souvenirs, de nouvelles pensées jusqu'à ce qu'une scène du passé, qui n'est pas dans la conscience de l'analysé, refasse surface.

Parfois les associations sont données sans hésitation et la première idée qui survient apporte une explication au patient. Parfois le patient tergiverse et doit produire une longue chaîne d'associations avant qu'un fragment utile à l'interprétation surgisse : « plus la chaîne est longue et riche en détours, plus la résistance est forte[8] ». Dans *L'Interprétation des rêves*, son livre fondateur, Freud rapporte qu'il faisait de nombreux songes liés à ses travaux et à ses succès. Ils le ramenaient à une scène qui avait dû se produire alors qu'il avait 7 ou 8 ans. Il la revoyait nettement : « Un soir, avant de me coucher, j'eus l'inconvenance de satisfaire un besoin dans la chambre à coucher de mes parents et en leur présence. Mon père me réprimanda et dit notamment : "On ne fera rien de ce garçon"[9]. » Freud interprétait le retour de cette scène dans ses rêves où figuraient ses réussites comme la traduction du désir de dire à son père : « Tu vois bien que je suis tout de même devenu quelqu'un ! » Un rêve est toujours l'expression d'un souhait, d'un désir.

Le mécanisme des associations permet de remonter jusqu'à l'enfance pour la connecter à son présent. Lorsque cette remontée vers le passé est accomplie, la mémoire de l'épisode retrouvé demeure, sa signification désormais intégrée dans une conscience adulte : le patient n'est plus dans la dépendance de ce passé censuré, il peut s'en détacher, en devenir l'interprète actif plutôt que le jouet[10].

Si la scène censurée a structuré en profondeur le fonctionnement psychique, la circulation du désir et des sentiments, alors l'anamnèse – le ressouvenir de la scène – peut procurer l'apaisement. Elle a eu lieu grâce au procédé de la libre association en présence d'un témoin. La psychanalyse était née ainsi. Cette

« cure par la parole », comme devait l'appeler l'une des premières patientes de Freud, libérait l'accès à des épisodes oubliés ou réprimés du passé. D'où cette affirmation cruciale : seule une partie de notre vie mentale est consciente – une bonne part est inconsciente.

L'analyse pouvait restituer ces contenus oblitérés, à la faveur des associations produites par les rêves ou par des lapsus. Si l'on commet un lapsus de langue ou de plume, l'on exprime autre chose que ce que l'on souhaitait dire. On avait l'intention de faire telle ou telle remarque, mais une interférence s'est produite ; une force mystérieuse a interrompu et perturbé l'expression du propos intentionnel. Freud appelait cela l'inconscient[11].

L'inconscient peut se manifester de manière autrement douloureuse que par un simple lapsus. Il peut reconduire indéfiniment des situations de malheur ou d'inconfort dans lesquelles le patient s'installe avec le sentiment de n'avoir pas prise sur son existence. Il reproduit des modèles de comportement, des cauchemars ou des agissements auxquels il souhaiterait échapper. Il a alors « la même relation avec [son inconscient] que si ce processus psychique appartenait à un autre individu, sauf que c'est précisément l'un des [siens] ». Il importait dans ces cas de noter, de rapporter ces répétitions pour remonter à leur source, seul procédé à même d'en briser le cycle. Pour « élucider l'actuel », la psychanalyse « le ramenait [nécessairement] à un passé (...)[12] ». L'énigme découverte offrait la possibilité de mener une existence plus libre, plus active et plus heureuse, au lieu d'être abandonnée à des forces inconnues pourvoyeuses de peine, d'angoisse, de malheur.

Wilson était mort et ne pouvait plus raconter ses rêves. Les aurait-il transcrits que Freud n'aurait pu les interpréter, faute d'être là pour dérouler le fil des associations oniriques. Mais le sort favorisait Bullitt et Freud. Ils pourraient faire leur miel des confidences de Wilson à ses amis et des lettres qu'il leur avait adressées :

il s'y exposait avec une franchise inhabituelle. « On compte étonnamment peu de grands hommes dont la correspondance soit vraiment révélatrice », notait l'une de ses amies, Edith Gittings Reid. Wilson était de ce petit nombre[13]. Bullitt en avait le sentiment en lisant ou relisant les biographies de Wilson dues à William Allen White, James Kerney et David Lawrence ou encore les Mémoires de son secrétaire à la Maison Blanche, Joseph Tumulty. L'impression était plus nette encore pour la biographie de Baker, mais les deux premiers tomes parus s'arrêtaient à l'élection de Wilson comme gouverneur du New Jersey[14].

Bullitt gardait donc en tête une priorité : mettre la main sur les carnets de House. Il alla à Yale voir Charles Seymour qui apprécia « l'honnêteté » de sa démarche historique et conseilla au colonel de l'aider sans pour autant lui donner un accès sans restriction aux carnets qui étaient absolument confidentiels[15]. House proposa que Miss Reynolds, l'assistante de Seymour, sélectionne tout ce qui avait trait à Wilson et pourrait se révéler utile au travail de Bullitt avec Freud[16]. Bullitt choisirait dans le bureau de Seymour les extraits qui l'intéressaient mais son choix devrait ensuite être validé par le colonel pour qu'il puisse les emporter.

Une jeunesse dans le Sud

Bullitt se mit également en rapport avec les différents médecins de Wilson, des professeurs de Princeton, des diplomates, des journalistes et des amis. Le premier entretien se déroula à New York le 9 juillet 1930 avec Dudley Malone[17]. Malone avait dirigé la campagne de Wilson dans le New Jersey en 1910. Alors âgé de 28 ans, il devint l'un des proches de Wilson, le seul, en dehors du cercle familial, admis à son domicile le jour de l'élection présidentielle de 1912[18]. Après son entrée à la Maison Blanche, Wilson le nomma troisième secrétaire d'État adjoint, puis, quelques mois plus tard, receveur du port de New York (directeur des douanes), l'un des postes les plus importants de l'administration fédérale.

Il contribua activement à la campagne présidentielle de 1916 mais en juillet 1917, quelques mois après sa réélection, s'émut auprès du Président des peines de prison prononcées contre des suffragettes à Washington. Il n'acceptait pas que Wilson ne soutienne pas le combat pour le droit de vote des femmes. Le 7 septembre 1917, il présenta sa démission du poste de receveur du port de New York[19]. Il épousa plus tard la féministe Doris Stevens, demeura l'ami de l'une des filles du Président, Jessie Wilson Sayre, et fut sa vie durant un avocat et un militant progressiste.

Malone raconta à Bullitt combien, quand il l'accompagnait durant la campagne des élections de 1910 « Wilson parlait constamment de son père. Il m'a dit que son père lui avait appris l'usage des mots. Assis sur ses genoux, il jouait avec lui au jeu des synonymes en s'aidant du dictionnaire de Worcester. En semaine, jeune homme, Wilson allait à l'église, et du haut de la chaire paternelle exhortait un auditoire imaginaire, ou bien déclamait une page de Bagehot ou d'autres de ses auteurs favoris. Wilson était très heureux dans sa famille. Il m'avait confié qu'il regrettait de ne pas avoir de fils. Il était très ardent, il avait le feu en lui, s'il avait vécu au temps des Croisades, il serait certainement parti[20] ».

Thomas Woodrow Wilson était né le 28 décembre 1856 à Staunton, en Virginie. D'ascendance écossaise, il fut prénommé en l'honneur de son grand-père maternel, Thomas Woodrow, un pasteur presbytérien. Son père, Joseph Ruggles Wilson, était également un ministre du culte et enseignait la rhétorique. Le jeune Tommy n'avait pas encore un an que la famille s'installa en Géorgie, où son père devint le pasteur de la Première Église presbytérienne d'Augusta.

Bullitt s'étonna toujours que Wilson n'eût conservé aucun souvenir de la guerre de Sécession (1861-1865). Le futur Président se rappelait cependant l'élection de Lincoln : « Mon premier souvenir est celui du jour où, à l'âge de 4 ans, devant le portail de la maison paternelle, à Augusta, j'entendis un passant dire que Monsieur Lincoln était élu et qu'il y aurait la guerre. Troublé par cette voix vibrante d'excitation, je rentrai en courant pour demander à mon père le sens de ces mots[21]. » Son père prit fait et cause pour le Sud.

Quelques années après la fin de la guerre civile, en mai 1870, l'ancien commandant en chef des armées confédérées, le général Lee, vint à Augusta, un jour mémorable pour Wilson. Quarante ans plus tard, en 1910, Wilson, alors président de Princeton, en évoquait le souvenir[22]. Il avait eu la joie de plonger ses yeux dans ceux du chef confédéré : « Ce n'était pas un homme qui aimait la guerre (...) ni un homme que l'on craignait mais un homme que l'on aimait. » Lee « se sacrifia pour ce qui lui était le plus proche (...). Il pensa à ses voisins (...). » Par conviction, il choisit de servir le Sud, bien qu'il sût la cause perdue. « Qu'en est-il résulté ? » demandait Wilson. « Eh bien, le Sud a gardé son plus bel atout : le respect de soi. » « L'homme garde son enfance gravée en lui. (...) Je ne me lasserai pas de répéter que le seul endroit dans ce pays, le seul endroit au monde, où l'on n'ait rien à m'expliquer, c'est le Sud. » À ses yeux, Lee était désormais « reconnu comme un héros *national* », car l'Amérique ne connaissait plus ni sections ni divisions. Toute sa vie, et jusque dans le choix de sa tombe, il demeura fidèle à la mémoire du général Lee.

Son père, donc, lui communiqua très jeune la passion des mots, mais Tommy ne sut pas lire avant l'âge de 9 ans ni écrire avant 11 ans. Frêle et myope, il portait des lunettes et ne fréquentait guère les terrains de sport[23]. Le jeune Wilson alla pour la première fois en classe en 1870, à l'âge de 13 ans, dans la petite école du professeur Derry, un ancien officier confédéré, où l'on étudiait les lettres, l'histoire et le latin. Il n'y brillait guère, « non par manque d'intelligence, mais parce qu'il semblait ne pas s'intéresser[24] ». Bien que médiocre joueur, il fut élu président du club de base-ball, le « Lightfoot » et s'empressa de lui donner un règlement qui insistait sur le respect de procédures parlementaires. Toute sa vie « il rédigera des codes et des constitutions et finira par s'atteler à celle du gouvernement des nations », analysait Baker[25].

Pendant l'hiver 1872-1873, à Columbia, en Caroline du Sud, où la famille venait de s'installer, Wilson connut un « réveil religieux » sous l'impulsion de Francis Brooke, un étudiant plus âgé qui se destinait au ministère. Élève de l'institut de théologie, où enseignait le révérend Joseph Wilson, Brooke « brûlait du feu sacré ». Les réunions religieuses qu'il tenait dans sa chambre devinrent si suivies qu'il les transporta dans la chapelle de l'institut. Un jour, à l'issue d'une libre confession, Wilson devint membre de la Première Église presbytérienne. Il se sentit ensuite toujours en communication directe avec Dieu. Il récitait les grâces avant les repas, priait et lisait la Bible chaque jour. « En matière de religion, je n'admets aucune discussion[26] », disait-il. Devenu Président des États-Unis, il retourna un jour à Columbia et s'arrêta à la chapelle où il avait ressenti, sous les auspices de Brooke, demeuré un grand ami, l'appel de la grâce. Devant la porte, il s'écria : « Je crois que je devrais retirer mes chaussures. Ce sol est saint. » Et ajouta : « De ma vie, je n'ai entendu plus fortes paroles que celles tombées de cette tribune[27]. » Wilson suivit Brooke au collège Davidson, à 30 kilomètres au nord de Charlotte, en Caroline du Nord. Il y fut encore un élève médiocre. Wilson ne s'intéressait vraiment qu'aux clubs de débat et aux études en rapport avec la parole ou l'écriture. Les amples lectures auxquelles il se consacrait servaient à nourrir ses discours. Son mauvais état de santé – troubles digestifs, migraine, nervosité – le ramena chez ses parents où il passa quinze mois, avant de rejoindre l'université de Princeton à l'automne 1875.

En 1876, à Princeton, Wilson eut une révélation en lisant dans un numéro du *Gentleman's Magazine* un article sur « L'orateur » qui décrivait l'ascension de l'homme d'État britannique William Gladstone aux Communes par la force de l'éloquence[28]. Sitôt après la lecture de l'article, il écrivit à son père avoir « découvert qu'il avait un esprit[29] ». Cette découverte eut raison de sa timidité. Il serait comme Gladstone. Lui aussi, sanglé dans ses principes moraux, mènerait les hommes par l'art oratoire.

Tout le monde à Wilmington (Caroline du Nord), où ses parents s'étaient installés, connaissait la passion de Wilson pour son père. « Je viens de recevoir l'une des plus belles lettres que m'ait envoyées Tommy, se réjouit un jour le pasteur. C'est une véritable lettre d'amour. » Et comme un ami lui disait qu'il devait être très fier de son fils, Joseph Wilson répondit : « J'en suis *très épris*[30]. » Le père de Wilson « continuera par intervalles à regretter que son brillant fils n'ait pas embrassé la carrière presbytérale[31] ». Mais Wilson avait trouvé sa vocation, il serait un homme d'État. À Princeton, il dirigeait à nouveau un très actif club de débat et s'y distinguait comme un homme à principes. Un jour où le sort le désigna pour défendre le protectionnisme qu'il abhorrait, il préféra renoncer à la compétition[32]. Diplômé de Princeton au printemps 1879, il partit à l'automne étudier le droit à l'université de Virginie.

Le droit l'ennuyait, mais il continuait de lire beaucoup et de participer activement au club de débat de l'université, la Jefferson Society. Son père l'encourageait dans cette voie : « Je suis ravi d'apprendre que le discours improvisé est ton point fort. Cultive ce don, ou plutôt cet ensemble de dons de toutes les façons. Il est rare et sa rareté fait son prix. C'est le *diamant* dans la couronne d'un homme public[33]. » Wilson déplorerait pourtant souvent n'avoir hérité ni de la « forte éloquence » de son père ni de son « art subtil de la persuasion » qui lui servaient tour à tour à inculquer « les grandes vérités »[34]. Chaque fois qu'il se comparait à son père, c'était pour se dévaluer. Il lui enviait aussi sa prestance physique : « Si j'avais le visage et l'allure de mon père, je pourrais dire n'importe quoi[35] ! »

En 1879, à Noël, Thomas Wilson retourna à Staunton, sa ville natale, où quelques-unes de ses cousines étudiaient au collège de femmes d'Augusta. Il s'éprit de Hattie Woodrow, la fille de son oncle maternel, Thomas Woodrow. Il entama « une correspondance assez ardente » mais ses forces le trahirent encore en décembre 1880. Il dut rentrer se faire soigner. Dans un accès de découragement, il se demandait : « Un homme au corps débile a-t-il des chances d'arriver où que ce soit ? » Dans le presbytère de Wilmington il travailla dur son droit et à l'été 1881 demandait en mariage sa cousine. Hattie refusa[36]. Depuis son admission en octobre 1879 à la Société Jefferson de l'université de Virginie, il signait « T. Woodrow Wilson » – à la demande de sa mère, expliquait-il, car il réunissait ainsi « tous ses noms de famille ». Quelques jours seulement après que Harriet Wilson eut refusé sa main, il déclara qu'il signerait désormais « Woodrow Wilson » : « Il me faut un drapeau à planter sur mon petit commerce littéraire. À Thomas W. Wilson, il manque quelque chose – Woodrow Wilson reste dans la tête. Pour le public je serai Woodrow Wilson[37]. »

En juin 1882, Wilson s'installa à Atlanta. Il fut admis au barreau en octobre mais il n'aima pas la profession d'avocat qu'il jugeait incompatible, quand elle était exercée pour l'argent, avec « la vie de l'esprit[38] ». En avril 1883, rendant visite à un oncle à Rome (Géorgie), il rencontra Ellen Louise Axson, la fille du ministre de la Première Église presbytérienne, et tomba à nouveau amoureux. Ils décidèrent de se marier. Avant cela, Ellen alla étudier les beaux-arts à New York et Wilson partit pour Johns Hopkins suivre un cycle qui lui permettrait d'enseigner l'histoire et les sciences politiques. C'est là, à Baltimore, qu'il conçut et écrivit son *Congressionnal Government*, où il ambitionnait de montrer les institutions américaines dans leur fonctionnement effectif[39]. Les Pères fondateurs redoutaient tellement le despotisme monarchique qu'ils avaient rédigé une Constitution où le pouvoir semblait ne résider nulle part. Mais une Constitution évolue naturellement au fil du temps. « Elle s'explique par Darwin plutôt que par Newton. » Le pouvoir s'était réfugié dans les commissions du Congrès, qui favorisaient le marchandage à huis clos entre partis et factions. Le Congrès cependant était dépourvu de l'autorité exécutive alors même que la présidence, qui aurait dû incarner la volonté populaire, avait perdu de son aura. Le gouvernement parlementaire résoudrait le problème en confiant l'autorité législative aussi bien qu'exécutive au Congrès. En contrepartie, le Congrès devrait légiférer en toute transparence, après des délibérations publiques, comme en présence de la nation tout entière. Avec ce travail, l'encore jeune Wilson s'imposa comme l'un des politistes les plus en vue des États-Unis. Le collège de jeunes filles Bryn Mawr (Pennsylvanie), qui venait d'ouvrir ses portes en 1885, souhaita le recruter. Il hésita mais accepta finalement le poste. Tout en admettant les évolutions, il n'était pas un chaud partisan de l'éducation supérieure pour les femmes. Ellen, devenue son épouse, lui apportait un appui indispensable. Il ne s'absentait jamais plus d'un jour du foyer sans lui écrire. « Tu es, lui assurait-il, la seule personne au monde, sans exception *aucune*, à qui je puisse livrer entièrement mon cœur[40]. » « Je suis la seule qui sache l'apaiser », répondait-elle[41]. Ellen donna naissance à leur première fille en 1886, à leur seconde en 1887, à une troisième en 1889. Wilson faisait forte impression à Bryn Mawr mais quand la Wesleyan University lui offrit un poste avec des émoluments plus élevés, Wilson n'hésita pas : « Voilà longtemps que j'avais faim d'une classe d'*hommes* », confiait-il à son ami Robert Bridges, professeur à Princeton[42]. Grâce à Bridges, il fut élu en 1890 à une chaire à Princeton, où il rêvait d'enseigner.

*

Tandis que Bullitt explorait la vie et la personnalité de Wilson, Miss Reynolds poursuivait sa sélection dans les carnets du colonel House[43]. À la fin juillet 1930, elle lui donna accès à ses extraits. Intrigué par ses découvertes et curieux d'en faire d'autres, Bullitt obtint d'elle de pouvoir lire l'intégralité d'un premier cahier. L'apprenant, House s'en émut d'abord mais l'autorisa bientôt à en lire un deuxième à la condition qu'il ne révèle aucun nom[44]. Bullitt le remercia : « Ce n'est pas un seul épisode qui éclairera d'un coup le problème que mon ami souhaite analyser ; mais une accumulation de petits points finit par former une mosaïque qui, je le crois (avec l'aide des éléments que j'ai pu rassembler par ailleurs), révélera le motif complet[45]. »

Bullitt relevait avec surprise combien étaient fréquentes les protestations d'amitié de Wilson pour House et étroites leurs relations. « En vérité, écrivit House à Miss Reynolds (qui lui avait transmis la réaction de Bullitt), je n'ai jamais eu d'ami qui m'ait ouvert aussi largement son cœur et son esprit[46]. » Les exemples ne manquaient pas. Le 22 décembre 1913, « [Wilson] s'inquiétait de mon confort et vint dans ma chambre pour s'assurer que tout était convenablement arrangé. *Il me dit qu'il aimait parler avec moi car il n'avait pas à s'inquiéter de ses paroles. Il* (...) *était très affectueux à sa manière*[47] ». Lorsque le colonel House revint de son second voyage en Europe, le 6 mars 1916, le Président l'enlaça et lui assura : « Je n'ai pas les mots pour exprimer convenablement ma gratitude et mon admiration. On ne pouvait imaginer tâche plus difficile que celle entre vos mains et vous l'avez remplie au-delà de mes espérances. Mon cher ami, vous pouvez être fier de votre œuvre, sans m'en attribuer la moindre part, car vous avez tout fait[48]. »

Parmi les confidences que Wilson fit à House sur ses traits de personnalité, il y eut celle-ci, peu de temps après leur première rencontre, en 1911 : « Chaque jour me confirme dans l'idée que mon esprit est à sens unique[49] ! » Dans ses carnets, le colonel reprenait ce mot et déplorait son exactitude, tant le Président lui semblait « incapable de suivre plus d'une idée à la fois ». Le 16 octobre 1913, Wilson se plaignait à House de son incapacité à éprouver de la satisfaction après un succès quelconque. « Quand il signa la loi sur les tarifs douaniers, il n'en conçut aucune joie : l'affaire était réglée, d'autres appelaient maintenant son attention et l'empêchaient de goûter sa victoire[50]. »

Mais le symptôme le plus manifeste de ses tourments était le souvenir obsédant de Princeton. Le 12 décembre 1913, Wilson confiait à House avoir eu une nuit peuplée de cauchemars, où apparaissaient ses ennemis de l'université. « Ces jours terribles l'ont profondément affecté, écrivait House dans ses carnets, leur souvenir le suivra jusque dans la tombe. » Un mois plus tard, le 22 janvier 1914, House notait que dès que les sujets politiques et gouvernementaux étaient épuisés, la conversation de Wilson revenait à « sa vie à Princeton, à ses difficultés là-bas, montrant (...) combien le fer était entré dans la chair ». Wilson était parfois particulièrement insistant, comme ce soir d'avril 1914 où il s'épancha longuement auprès du colonel, le suivant jusque dans sa chambre pour ressasser ses malheurs à Princeton. Il fallut attendre les dernières années du second mandat, confia le colonel à Bullitt, pour qu'il cesse d'en parler à tout propos[51]. Princeton semblait liée, dans l'esprit de Wilson, à une angoisse de répétition. Comme s'il était condamné, contre son gré, à répéter le passé. Mais quel passé ?

De la gloire au rejet : une présidence gâchée

Wilson avait une chaire à Princeton, une femme qui l'aimait et trois superbes filles. Sa mère étant décédée en octobre 1887, son père était venu vivre à son foyer[52]. Il avait aussi noué une amitié intime avec le philosophe et ministre presbytérien John Grier Hibben, qui avait rejoint la faculté en 1891, un an après Wilson, comme chargé de cours en logique. Ils se voyaient presque tous les jours et Hibben gagna bientôt l'entière confiance de Wilson. Les deux professeurs et leurs épouses nouèrent des liens étroits. Wilson se surmenait et doutait parfois du sens de son existence. Il continuait de souffrir d'un faisceau de maux. Outre les migraines, les douleurs d'estomac et l'anxiété générale qui l'accablaient, en 1896, une névrite le priva de l'usage de la main droite. Il apprit à écrire de la main gauche et pour calmer ses maux visita l'Angleterre et l'Écosse, essentiellement à bicyclette[53]. « Je suis fatigué d'un état où l'on ne fait que parler, confiait-il à son beau-frère Stockton Axson, je voudrais *faire* quelque chose[54] ! »

L'occasion d'agir arriva le 9 juin 1902 avec son élection à la présidence de Princeton. Rempli de joie, il déclara : « J'éprouve les sentiments d'un Premier ministre qui se prépare à s'adresser à ses électeurs[55]. » « Il était enfin Gladstone », commentait Bullitt. Il obtint des pouvoirs accrus qu'il utilisa pour nommer ou renvoyer des professeurs, renforcer la discipline, imposer l'assistance aux services religieux, voire dicter la politique architecturale de l'université[56]. Surtout, le conseil d'administration approuva son principal projet de réforme qui consistait à transformer le modèle d'enseignement en instituant un tutorat individuel, un système « qui ressemblerait à Oxford mais en mieux ». Les tuteurs ne seraient pas nommés à vie mais pour une durée de cinq ans[57]. Il dépensa beaucoup d'énergie à rassembler les fonds pour en recruter cinquante et assurer leur traitement pour les trois ans à venir. À la fin de l'année 1905, Wilson était au sommet de sa popularité à Princeton[58]. Il retomba pourtant dans son insatisfaction coutumière et, en février 1906, la dépression le menaçait. Opéré d'une hernie, il partit quelque temps en Floride.

Un matin de mai 1906, Wilson se réveilla aveugle de l'œil gauche. Hibben l'emmena consulter à Philadelphie, où le docteur Stengel lui recommanda un long repos[59]. Il partit quelques mois avec Ellen et leurs trois filles en Angleterre.

À son retour à Princeton à l'automne 1906, on venait juste d'offrir à un professeur, le doyen Andrew West, la présidence de l'Institut technologique du Massachusetts (MIT). Le conseil d'administration déclara à l'unanimité que « sa perte serait tout à fait irréparable[60] ». West décida de rester à Princeton après que Wilson eut promis de développer rapidement un véritable programme de *graduate studies* qui n'existait depuis 1900 qu'à titre expérimental[61]. Princeton comptait 1 200 étudiants de premier cycle, mais seulement une quarantaine en second cycle et s'en trouvait devancé par Yale et Harvard.

Deux mois plus tard, en décembre 1906, Wilson présentait un nouveau plan pour Princeton. Il souhaitait abolir les « clubs » alors au cœur de la vie étudiante. L'université ne disposait pas d'un réfectoire et le long de Prospect Avenue se succédaient douze élégants clubhouses avec leurs pelouses et leurs terrains de tennis. En moyenne, un club comptait une trentaine de membres, répartis pour moitié entre les étudiants de troisième et de quatrième année. Les première et les deuxième années désiraient ardemment y être admis mais, le jour venu, plus de la moitié d'entre eux étaient refoulés. Humiliés, avec au cœur un sentiment d'ostracisme, beaucoup quittaient l'université. Pour Wilson ce système, très sélectif socialement, perpétuait l'aristocratie[62]. Il prônait la répartition de tous les étudiants au sein de collèges-résidences – les « quadrangles » – imités des fameux « Quads » d'Oxford et Cambridge. Chacun de ces collèges aurait disposé d'un réfectoire et d'un corps de tuteurs. Le 10 juin 1907, le conseil d'administration approuva ses recommandations.

Wilson et le conseil d'administration avaient sous-estimé la force des oppositions. La faculté n'avait pas été consultée. Beaucoup d'anciens élèves, nostalgiques des clubs de leur jeunesse, protestaient. Le 26 septembre 1907, au cours d'une réunion de faculté, Hibben, son ami, prit la parole et vint en soutien d'une motion d'un professeur de lettres, Van Dyke, qui prenait le contre-pied de Wilson. Quatre jours plus tard, la motion Van Dyke fut défaite par 80 voix contre 23[63], mais la victoire de Wilson fut de courte durée : le 17 octobre, le conseil d'administration l'invita à retirer son plan. D'autant que la *graduate school* y était encore oubliée. Pour l'ancien président des États-Unis Grover Cleveland, membre du conseil d'administration de Princeton, Wilson avait trahi ses engagements envers West[64]. Wilson songea à démissionner mais partit finalement pour une tournée de conférences, dans l'Est et le Midwest, afin de défendre son projet auprès des anciens élèves. Il échoua à les convaincre et souffrit d'une nouvelle dépression. Il partit pour les Bermudes le 18 janvier 1908, « torturé par l'angoisse, la névrite, les migraines et les troubles gastriques[65] ». Ellen Wilson attribuait cette dépression à « la perte d'un ami (Hibben) qu'il avait réchauffé dans son sein[66] ». Il revint à Princeton le 27 février, toujours handicapé par une névrite qui lui rendait l'écriture difficile[67]. Il restait meurtri par sa rupture avec Hibben. Cette trahison devint une obsession. Un an plus tard, il écrivait à Mary Peck, une amie rencontrée aux Bermudes, à qui l'unissait une relation exceptionnellement intime (mais platonique même si ses adversaires en firent leurs choux gras pendant la campagne de 1912) : « Quel fou je suis de toujours revenir là-dessus ! Mon cœur ne guérira-t-il jamais ? » Quelques mois plus tard, il lui disait encore que son « cœur entêté » ne se remettrait pas de cette blessure[68].

En mai 1909, West reçut de l'industriel William Procter une offre d'un demi-million de dollars pour construire le bâtiment qui abriterait la *graduate school*, sur un site à l'écart des collèges, à charge pour Princeton de trouver un autre demi-million. Wilson combattit pendant des mois le projet en arguant que ce n'était pas aux mécènes de décider de la politique de l'université[69]. « West doit être absolument éliminé », répétait Wilson à ses amis[70]. Le 13 janvier 1910, Procter accepta à la surprise de Wilson une proposition de compromis qu'il avait faite de construire deux édifices, l'un près des collèges, l'autre plus loin en étant sûr que Procter refuserait. La question du site n'était pas essentielle, répliqua Wilson, mais plutôt le fait que Procter serve « les idéaux » du doyen West qui n'étaient pas ceux de Princeton. Pourquoi dans ces conditions, lui rappela cruellement l'un des administrateurs de Princeton, avoir donné une préface élogieuse au rapport d'Andrew West ? Wilson assura qu'il l'avait composée sans avoir encore lu le mémoire. Impossible, lui dit-on : il en avait aussi corrigé les épreuves. Les contradictions dans lesquelles Wilson s'enferrait lui firent perdre la confiance de son conseil d'administration[71].

Wilson se lança alors dans une campagne nationale. Il livra sa version du conflit à Herbert Brougham, du *New York Times*, qui, le 3 avril 1910, entonnait son dithyrambe, le peignant comme un partisan de la « vraie démocratie » opposé au « snobisme social ». Le 16 avril 1910, devant le Princeton Club de Pittsburgh, il demandait : « Quelle opinion doit prévaloir ? Celle de Princeton ou bien celle du pays ? L'université n'est pas un instrument conçu pour l'agrément des Princetoniens mais un outil au service de la nation. » Wilson proclama que sa croisade ne cesserait pas tant que les cœurs des jeunes gens des collèges ne seraient pas habités des mêmes pensées et des mêmes sentiments que ceux de l'ensemble des citoyens[72]. Ce discours de Pittsburgh enflamma les esprits à travers le pays mais lui aliéna Princeton.

Le 18 mai 1910, Isaac Wyman, un ancien de Princeton et magnat de l'immobilier, légua environ deux millions de dollars pour la construction d'une *graduate school.* West était désigné comme l'un de ses deux exécuteurs testamentaires. Wilson envisagea de refuser le legs mais comprit que le conseil d'administration ne le suivrait plus. Il démissionna après s'être assuré de recevoir l'investiture démocrate pour l'élection du gouverneur du New Jersey.

Avant de quitter Princeton, Wilson s'était acquis une notoriété nationale et de nombreux soutiens[73], en raison de son combat contre les clubs. Le refus de l'argent de Procter contribua plus encore à l'émergence de Wilson sur la scène nationale[74]. Avant de devenir le héros du progressisme, Wilson navigua habilement. Candidat « anti-ploutocrate », il bénéficiait cependant du soutien de George Harvey, le propriétaire du *Harper's Weekly*, qui le pensait raisonnablement conservateur[75]. N'avait-il pas en 1908 dénoncé l'absurdité du suffrage féminin ? Il croyait la place des femmes au foyer et les femmes « masculinisées » comme il les appelait, celles qui se mêlaient à l'agitation pour le droit de vote, lui répugnaient[76]. En juin 1909, il dénonça aussi les syndicats qui menaçaient les profits des entreprises[77]. Le 23 juin 1910, il promit à James Smith, le « boss » de la machine démocrate, que s'il obtenait l'investiture pour l'élection au poste de gouverneur du New Jersey, il n'entreprendrait rien contre lui et son organisation[78].

Une fois élu gouverneur, le 8 novembre 1910, Wilson s'empressa d'éliminer Smith, le privant d'une élection au Sénat. Il bâtit une coalition de démocrates et de républicains du New Jersey favorables à une réforme des lois électorales et à la lutte contre les trusts. Wilson se préparait à l'élection présidentielle de 1912[79].

Quelques semaines après son entrée à la Maison Blanche, le 8 avril 1913, Wilson s'adressa en personne au Congrès[80]. La pratique était tombée en désuétude depuis Jefferson et sa remise à l'honneur lui valut un franc succès. Devant le Congrès, Wilson déclara vouloir montrer que le Président était un homme et non une simple branche du gouvernement. Symboliquement, sinon constitutionnellement, il devenait aussi, comme il l'avait toujours rêvé, le « premier ministre ».

Freud et Bullitt choisirent de ne pas s'attarder sur les succès enregistrés par Wilson les deux années suivant son élection dans les affaires intérieures que ne troublait pas sa politique raciste de ségrégation dans l'administration fédérale[81] : le vote de lois importantes, comme le *Federal Reserve Act*, « ne lui procura aucune joie, mais son sentiment habituel de n'en avoir pas fait assez[82] ». Freud et Bullitt décidèrent de se concentrer sur la politique étrangère car, jugeaient-ils, « son ignorance du monde lui permit de se servir de la politique étrangère plus librement que de la politique intérieure pour laisser libre cours à ses désirs inconscients[83] ».

Le 22 décembre 1913, au cours d'un dîner, après que House eut évoqué ses réussites, le Président répliqua que planait encore sur lui, « comme un cauchemar », le souvenir de Princeton. Il avait connu là-bas de « superbes réussites », mais du jour au lendemain, les obstacles se dressèrent et ce fut le début de ses tourments : « Il semblait craindre qu'un tel dénouement se reproduise[84]. »

N'était-ce pas ce qui lui arriverait à Paris pendant la négociation du Traité et ensuite à Washington au cours du processus de ratification ?

CHAPITRE 7

« *Bis repetita* » *sur la scène du monde*

Mi-mars 1917, quand Wilson hésitait à entrer en guerre, il convia Frank Cobb, le rédacteur en chef du *New York World*, à la Maison Blanche, et lui tint ces propos : « Cela signifierait que nous perdrions la tête et notre boussole morale, que la majorité de la population serait prise d'une rage belliqueuse, cesserait de penser et consacrerait son énergie à la destruction au point d'oublier jusqu'au nom de tolérance. Pour se battre, il faut être brutal et sans pitié, cet esprit s'insinuerait par tous les pores de notre vie nationale, infesterait le Congrès, les tribunaux, notre police, l'homme de la rue. » Le Président ajoutait que la Constitution n'y survivrait pas, que les libertés d'expression et de réunion disparaîtraient. « S'il y a un autre parti, insistait-il, pour l'amour de Dieu, prenons-le[1] ! » Il prendra pourtant celui de la guerre et mettra en œuvre toutes les mesures qui l'effrayaient. Comment expliquer ce revirement ?

Vers le sommet du monde

En juin 1914, juste avant le début des hostilités, House se rendit en Europe, rencontra l'empereur Guillaume à Berlin, le ministre des Affaires étrangères à Londres, ainsi qu'un grand nombre de responsables anglais et allemands. Ses efforts de médiation échouèrent mais lui donnèrent une connaissance directe des hommes et des enjeux[2]. Après que la guerre éclata le 28 juillet 1914, il communiquait par code avec les ministres des Affaires étrangères anglais, Edward Grey puis son successeur Arthur Balfour. Parfois Wilson utilisait House pour contacter directement le gouvernement britannique, sans passer par le canal du Département d'État et de l'ambassade. « En mission à Londres pour Wilson, j'ai rencontré souvent le roi », racontait House[3]. Foncièrement pro-britannique, House comme Wilson avaient cependant décidé de rester neutres et de rechercher la paix entre les belligérants.

Ayant appris de l'ambassadeur allemand que le Reich était disposé à des pourparlers de paix, House s'embarqua pour l'Europe en janvier 1915. À Londres, le gouvernement lui demanda de n'engager aucune discussion avant que la situation militaire ne soit favorable aux Alliés. À Berlin, en mars 1915, les Allemands n'étaient déjà plus disposés à négocier, persuadés de gagner la guerre. En représailles du blocus britannique, ils avaient annoncé qu'ils torpilleraient sans sommation tout navire entrant dans les eaux territoriales britanniques. Le 7 mai 1915, un U-Boot coula le *Lusitania*, élégant paquebot à quatre cheminées, fierté de la compagnie Cunard. 1 100 civils, dont 128 Américains, périrent. La nouvelle créa aux États-Unis un choc comparable au bombardement de Pearl Harbor ou à l'assassinat du président Kennedy. Des années plus tard, l'on se souvenait encore du lieu où la nouvelle vous avait cueilli[4]. L'hostilité à l'égard de l'Allemagne connut un pic. Wilson résista à la pression de l'opinion pour l'entrée en guerre mais y perdit un secrétaire d'État. Après quelques jours d'hésitation, le Président tapa lui-même sur sa machine à écrire personnelle une note au gouvernement allemand dans laquelle il lui enjoignait de cesser la guerre sous-marine. En cas de refus, Wilson se disait prêt à déclarer la guerre[5]. Le secrétaire d'État William Bryan, pacifiste, pressa le Président d'envoyer une note secrète dans laquelle il se déclarait ouvert à la réunion d'une commission d'enquête (où l'Allemagne pourrait faire entendre ses arguments) sur l'affaire du *Lusitania*. Lansing, alors numéro deux du ministère des Affaires étrangères américain, intercepta la note et, de concert avec Tumulty, secrétaire personnel de Wilson, convainquit le Président de renoncer à l'envoyer. Wilson adressa même une deuxième note à l'Allemagne la sommant d'arrêter ses attaques sous-marines. Bryan démissionna. Il fut remplacé par Lansing.

Quelques jours plus tard, le colonel House rentrait bredouille de sa mission de paix en Europe, et trouvait à Washington un Wilson amoureux. La mort de sa femme Ellen, le 6 août 1914, l'avait plongé dans un désespoir tel qu'il souhaitait qu'on l'assassinât[6]. Il demanda à Tumulty de s'installer à la Maison Blanche et sollicita l'amitié du colonel plus que jamais. En mars suivant, par l'entremise de son médecin, Wilson rencontra Edith Bolling Galt, une femme de 43 ans élégante et de belle stature, veuve d'un riche joaillier de Washington. Wilson brûlait d'entendre l'avis de House sur sa romance. Il craignait la réaction populaire à une histoire d'amour entamée moins d'un an après la mort de son épouse. Le colonel rassura le Président et lui apporta son soutien. La date du mariage fut fixée au mois de décembre suivant.

Le 19 août, un U-Boot coulait un nouveau paquebot britannique, l'*Arabic*. À cette nouvelle succéda la révélation d'activités d'espionnage allemandes sur le sol américain. En octobre, le procès et l'exécution de l'infirmière britannique Edith Cavell soupçonnée d'avoir organisé l'évasion de quelque deux cents soldats alliés de la Belgique occupée renforcèrent l'opposition à la brutalité allemande. Le colonel House s'inquiétait d'une victoire allemande. L'Allemagne dominerait les mers et cela pourrait entraîner les États-Unis dans un conflit pour le contrôle de l'Amérique du Sud. Le pays ne disposait pas du temps suffisant pour bâtir une armée capable d'affronter seule l'Allemagne. Un jour de septembre, le colonel House eut « la grande surprise » d'entendre le Président lui avouer « n'avoir jamais été persuadé que nous ne devions en aucun cas prendre part à la guerre ». Si la perspective d'une victoire de « l'Allemagne et de ses idées militaristes » se renforçait, la « responsabilité pesant sur [les États-Unis] serait plus lourde que jamais »[7]. House jugeait qu'il était temps que le Président prenne des initiatives pour empêcher une victoire allemande.

Pour convaincre les États-Unis de rejoindre l'Entente, Edward Grey, le ministre des Affaires étrangères britannique, venait de faire miroiter « une perle de grand prix » au colonel House : « Le Président proposera-t-il une Société des Nations liant celles-ci contre toute puissance qui romprait un traité, qui violerait certaines règles de guerre sur terre ou sur mer ? (...) Le gouvernement des États-Unis est le seul à pouvoir lui donner consistance[8]. » House réagit en suggérant une forme d'ultimatum contre les visées hégémoniques de l'Allemagne. « Je crois, écrivait-il à Edward Grey le 17 octobre 1915, que le temps approche où mon gouvernement va s'interposer entre les belligérants et demander l'ouverture de pourparlers de paix sur des bases assez larges, celles de l'élimination du militarisme et du “navalisme”. (...) Je compte, après avoir consulté votre gouvernement, me rendre à Berlin pour leur communiquer les desseins du Président, sa volonté d'intervenir pour mettre un terme à ce conflit destructeur. (...) Si les Empires centraux devaient rester inflexibles, il serait *probablement* nécessaire que nous rejoignions les Alliés pour forcer la décision[9]. » Wilson avait approuvé la lettre, se contentant d'ajouter « probablement[10] ». La réponse de Grey n'arriva cependant que fin novembre et elle était décevante. La Grande-Bretagne n'était pas en position de négocier. Elle préférait poursuivre vigoureusement l'effort de guerre.

En décembre 1915, Wilson pressa House de retourner en Europe afin de transmettre au corps diplomatique américain ses directives : les États-Unis refusaient de se mêler de règlements territoriaux. La recherche d'une paix future exigeait cependant des garanties : « a) un désarmement naval et militaire ; b) une société des nations qui prévienne (...) toute guerre d'agression et assure la liberté des mers[11] ». Pour la première fois, le Président reprenait à son compte l'idée d'Edward Grey. C'était rompre avec la doctrine Monroe de non-ingérence dans les affaires du monde[12]. Pendant le voyage de House en Europe, Wilson ne lui adressa qu'un seul télégramme dans lequel il l'invitait à transmettre son offre de contribution « à l'instauration d'une paix permanente entre les nations civilisées[13] ». Établir une société des nations était devenu la mission que Wilson se fixait à lui-même, y compris par une entrée en guerre.

House, lui, s'activa pour tenter d'arrimer les États-Unis aux Alliés britanniques et français. Le 22 février 1916, à Londres, House et Grey mirent au point un mémorandum récapitulant leur accord. « Le colonel House m'a dit, écrit le ministre britannique à destination de Wilson, que le Président américain (...) était prêt à proposer la tenue d'une conférence pour mettre un terme à la guerre. Si les Alliés acceptent cette proposition et que l'Allemagne la rejette, les États-Unis entreront probablement en guerre contre l'Allemagne. » Au cas où la conférence se tiendrait, elle établirait la paix sur des bases qui ne soient pas défavorables aux Alliés[14]. « Au cas où les Allemands se montreraient déraisonnables, les États-Unis quitteraient la table des négociations comme belligérants aux côtés des Alliés. » Le Président ajouta de sa main le mot *probablement.* Cela suffit à inquiéter le ministre britannique, lui donnant l'impression que Wilson n'obtiendrait pas du Congrès une déclaration de guerre[15]. L'Allemagne occupait alors la Belgique, la Serbie, l'Alsace-Lorraine et la Pologne. Elle n'abandonnerait pas ces territoires sur une simple requête des Alliés appuyée par les Américains. Seuls une déclaration de guerre et l'engagement effectif des États-Unis aux côtés des Alliés pouvaient la faire fléchir.

Après le torpillage du *Sussex*, un paquebot français, le 24 mars 1916, qui coûta la vie à quatre Américains, Wilson s'engagea plus avant. Il tapa sur sa machine à écrire une nouvelle note :

« Comme il semble probable que ce pays sera amené, sauf imprévu, à rompre avec l'Allemagne à cause de la guerre sous-marine, et puisque la lutte sera certainement prolongée si ce pays devient belligérant, je me permets de suggérer, au cas où vous envisageriez de mettre en œuvre le projet dont nous sommes convenus, que vous consultiez vos alliés afin d'agir immédiatement. » Les États-Unis étaient prêts à se joindre à la mêlée à condition que la Grande-Bretagne se limite aux buts de guerre des Américains. Grey ne répondit pas à la note de Wilson. En revanche, le 4 mai, en réponse à l'ultimatum du Président, les Allemands promettaient de ne plus attaquer de navire de marchandises.

Désappointé par le rejet de son plan, contrarié par la répression brutale de la révolte irlandaise ou certains procédés, comme la saisie du courrier sur les navires américains, Wilson écrivit à House qu'il était temps d'adopter un ton aussi ferme vis-à-vis de la Grande-Bretagne que de l'Allemagne[16]. Le lendemain de sa réélection, Wilson souhaita donc adresser une lettre à tous les belligérants les invitant à une paix négociée. House s'opposait à une tentative de médiation sans l'assentiment préalable des Alliés. Il avertit Wilson du risque d'une guerre avec la France et l'Angleterre. En cas de désaccord avec le Président, House n'insistait pas. Il attendait que Wilson lui présente, un peu plus tard, l'analyse du colonel comme s'il en était lui-même l'auteur. Pas cette fois-là. Mais Wilson se sentait seul. Il dormait mal. Il l'avait déjà reconnu, il n'était pas fait en acier : plus qu'un autre, il avait besoin de la confiance et de la sympathie de ses amis pour conserver la force d'exercer ses fonctions[17]. Cette fois, House comme Lansing lui résistaient, et il venait de demander à Tumulty, son fidèle secrétaire, de démissionner[18].

Le Président différa l'envoi de sa lettre aux belligérants afin de la peaufiner. Le Reich le prit de vitesse. Le 12 décembre 1916, le gouvernement allemand publia une déclaration appelant à la tenue d'une conférence en vue de conclure la paix. Wilson répliqua le 18 décembre en invitant tous les pays en guerre à détailler leurs prétentions territoriales et à « étudier la question d'une société des nations qui assurerait la paix et la justice dans le monde entier[19] ». Heurtée par la déportation de civils belges comme travailleurs forcés en Allemagne, l'opinion américaine accueillit mal l'initiative de son Président. Ceux des Allemands disposés à des négociations ne pouvaient révéler à l'avance leurs buts minimaux pour satisfaire à la requête de Wilson. Leur opinion publique s'en émouvrait et cela les enfermerait dans une position de négociation intenable[20]. La note fut également mal reçue par Britanniques et Alliés estimant qu'elle les plaçait sur le même pied que les Allemands.

Le 22 janvier 1917, Wilson plaida devant le Sénat pour une « paix sans victoire » : « La victoire signifierait, pour le vaincu, la paix consentie par la force et la soumission aux conditions imposées par le vainqueur, insistait-il. Elle serait acceptée par humiliation, par contrainte, au prix d'intolérables sacrifices ; elle laisserait une morsure au cœur, un ressentiment, un souvenir amer ; la paix ne reposerait pas là de façon durable, mais seulement comme sur un sable mouvant[21]. » Le superbe discours présidentiel était prononcé trop tard pour convaincre. Le 1er février 1917, le gouvernement allemand optait pour une guerre sous-marine totale. Wilson était atterré. Ultime moyen de pression, le Président annonça la rupture des relations diplomatiques avec l'Allemagne. Quelques semaines plus tard, le télégramme Zimmermann qui promettait au Mexique, s'il entrait en guerre au côté de l'Allemagne, le Texas et le Nouveau-Mexique, était révélé. Arthur Zimmermann, le secrétaire d'État allemand, confirma son authenticité : « Je ne peux pas le nier. C'est vrai », déclara-t-il à un journaliste américain. Le Président et l'opinion publique américaine étaient scandalisés[22]. Le 18 mars, les sous-marins allemands coulaient trois navires marchands américains. Wilson, entraîné dans la guerre, était rempli de colère contre l'Allemagne, lui qui avait rêvé d'entrer dans le conflit en croisé de la paix.

Wilson ne se décidait qu'avec lenteur mais une fois sa résolution prise, il devenait « inflexible[23] ». Juste après la déclaration de guerre[24], il créait la Commission d'information publique (CPI), dite aussi commission Creel d'après le nom du journaliste placé à sa tête. Le principal objectif fixé à la CPI était de « vendre la guerre » aux Américains. Elle organisa un système d'autocensure pour la presse, produisit une série de films, d'affiches et de brochures, recruta 75 000 volontaires, les « Four Minute Men », qui présentaient des informations patriotiques dans les cinémas pendant les quatre minutes nécessaires au changement de bobines.

Le 5 juin, proclamé « Registration Day », quelque 9 660 000 jeunes Américains entre 21 et 31 ans se firent recenser. Ce même mois, le Congrès vota l'*Espionnage Act* qui prohibait la diffusion de « fausses informations tendant à entraver les opérations militaires » et permettait au ministre des Postes de censurer les publications qui « incitaient à la trahison, à l'insurrection ou à la résistance par la force à une loi des États-Unis »[25]. Pour aider les Alliés, Wilson appela les industriels à faire prévaloir le patriotisme sur les profits et à maintenir les prix aussi bas que possible. Il institua un War Industries Board, un comité pour rationaliser les filières d'approvisionnement de l'armée et les industries d'armement.

Nommé à la tête de la Food Administration, Herbert Hoover fut chargé de permettre à l'Amérique et aux Alliés de gagner la guerre des vivres. En 1914, il avait réussi à négocier les moyens de ravitailler la Belgique et le nord de la France sous occupation allemande[26]. Dorénavant, il utiliserait les pouvoirs de la Food Administration pour améliorer la productivité agricole américaine, organiser un système de prix garantis, lutter contre l'accaparement. Par le slogan « La nourriture gagnera la guerre », Hoover appelait les Américains à observer chaque semaine un jour « sans pain », suivi d'un jour « sans viande », afin d'expédier un maximum de vivres vers l'Europe. Le verbe *to hooverize*, signifiant « économiser, être parcimonieux », entra dans le dictionnaire. Car les résultats de Hoover furent spectaculaires. La diminution de la consommation de sucre, par exemple, permit aux États-Unis d'affecter au transport de denrées alimentaires, de troupes et de munitions vers le front européen nombre de bateaux acheminant d'ordinaire le sucre de Cuba aux États-Unis.

Dans le domaine des affaires étrangères, Bullitt constata que le Président anticipait mal les conséquences directes ou indirectes d'une décision et leur enchaînement. Quand les nouvelles autorités soviétiques signèrent une paix séparée avec l'Allemagne le 3 mars 1918, la France et l'Angleterre envisageaient de soutenir une intervention militaire japonaise à Vladivostok afin de protéger le matériel militaire livré à la Russie[27]. Bullitt comprit alors les limites de la pensée stratégique de Wilson. Le 1er mars de l'après-midi, Frank Polk, le conseiller du Département d'État, lui montra une note tapée par le Président en personne informant les Français et les Britanniques que les États-Unis ne s'opposaient pas à l'intervention japonaise. Bullitt la lut avec horreur, jugeant que cela pousserait les bolcheviks dans les bras de l'Allemagne. Le traité de Brest-Litovsk l'écartait du conflit, mais en cas d'intervention japonaise, la Russie risquait de passer de neutre à ennemie. Bullitt conseilla à Polk de ne pas diffuser la note de Wilson. Mais l'ambassadeur français l'attendait déjà dans un salon de la Maison Blanche et Polk ne voulait pas désobéir au Président. Bullitt téléphona alors à House. Lequel partagea en tout point sa position. À la demande de Bullitt, House écrivit aussitôt à Wilson qu'en cas d'intervention, le crédit moral dont jouissait l'Entente pourrait s'effondrer en une nuit[28]. Le 5 mars, Wilson fit savoir aux gouvernements français et britannique qu'il s'opposait à l'intervention. Un revirement complet[29]. Pour Bullitt, Wilson était inapte à comprendre les affaires internationales. House le pensait aussi : « Son jugement était très mauvais, estimait le colonel. Il fallait constamment appeler son attention sur les répercussions des décisions[30]. »

Et de fait : vers la fin de la guerre, le 6 octobre 1918, le chancelier allemand envoya à Wilson une note dans laquelle il acceptait les « Quatorze points ». Le Président était enchanté. Tumulty, qu'il avait finalement gardé comme secrétaire, se trouvait avec lui quand il lut la note allemande : « Quand la demande d'armistice arriva, raconte-t-il, Wilson voulut l'accepter immédiatement. J'ai dû me battre avec lui dans le New Jersey et tout du long de notre voyage en train pour l'empêcher de serrer tout de suite la main sanglante du Kaiser[31]. » Wilson demanda à House de le rejoindre à la Maison Blanche et, de concert avec Lansing, ils élaborèrent une réponse en forme de triple questionnement : Les Allemands acceptaient-ils l'ensemble des « Quatorze points » ? Évacueraient-ils tous les territoires occupés ? Le chancelier parlait-il bien au nom des autorités de l'empire qui avaient jusque-là conduit la guerre ? Le gouvernement allemand répondit par l'affirmative. Mais le 10 octobre, au large de Dublin, un sous-marin allemand coula à nouveau un paquebot britannique, le *Leinster.* Des centaines de civils périrent en mer. Le 14 octobre, Wilson communiqua avec les Allemands de manière bien plus ferme. Il leur faisait savoir que les conditions de l'armistice seraient fixées par les chefs militaires alliés sur le terrain.

Le même jour, il fit de House son représentant personnel auprès du Conseil suprême interallié. Le colonel tenait ce jour pour « l'un des plus émouvants de sa vie[32] ». Alors que House était déjà à Paris, Wilson appela tous les Américains à élire un Congrès démocrate. L'appel ulcéra les républicains. Unis derrière la bannière de Theodore Roosevelt, ils remportèrent les élections de mi-mandat de 1918. L'un de leurs slogans appelait à « mettre les Allemands en cage ». Cette défaite électorale de Wilson juste avant l'armistice mettait à mal l'aspiration du Président à être le porte-voix de l'humanité tout entière. Les dirigeants français et anglais jouissaient du soutien de leurs parlements. Pas la délégation américaine, de surcroît affaiblie par le refus de Wilson d'y intégrer des démocrates et surtout des républicains d'envergure, qui l'auraient aidé à obtenir l'approbation du Sénat. « Il préférait assumer une responsabilité indivise afin de tirer à lui toute la gloire[33] », jugeait Hoover. Bullitt le pensait aussi qui l'accusa de vouloir fixer seul les conditions de la paix « et rédiger les statuts de la Société des Nations comme il avait rédigé ceux des associations de débat à Princeton ou à Johns Hopkins[34] ».

L'effondrement à Paris

À Paris, Wilson résidait à l'hôtel Murat, rue de Monceau, avec sa femme, son médecin, son huissier en chef et deux sténographes. C'était assez loin du colonel House et de la délégation américaine logés au Crillon, sur la place de la Concorde, près de l'ambassade américaine, même si une ligne téléphonique directe reliait Wilson et le colonel[35]. Resté à la Maison Blanche, son secrétaire Tumulty l'informait de l'évolution de l'opinion publique et lui donnait régulièrement conseil. Le 17 décembre, Tumulty lui suggéra de rendre visite au plus vite à des soldats américains. « Son image d'officiel vivant dans un somptueux palais protégé par des gardes faisait mauvaise impression[36]. » Wilson passa donc Noël au milieu des troupes américaines.

Avant l'ouverture de la Conférence, le Président effectua une tournée européenne de trois semaines et goûta aux ovations des foules romaine et londonienne. Leur accueil le persuada qu'il était soutenu par les opinions publiques. Une conception « wilsonienne » de la paix semblait émerger – principe d'autodétermination et mise au rebut de la guerre –, périmant les vues traditionnelles[37]. Wilson voulait que la Société des Nations soit l'axe central des discussions et du traité autour duquel toutes les autres dispositions s'agenceraient. House approuvait. L'occasion se présentait pour le Président d'être « le champion de la paix » et d'un « nouvel ordre mondial » quand les conférences antérieures se bornaient « depuis des temps immémoriaux » à « redécouper les frontières »[38].

La conférence de la Paix s'ouvrit solennellement le 18 janvier 1919 dans le salon de l'Horloge du Quai d'Orsay. Une semaine plus tard, Wilson obtint des plénipotentiaires que la Société des Nations soit partie intégrante du futur traité. Il lui restait à en faire accepter les statuts. Pour gagner l'adhésion des Britanniques, Wilson accorda immédiatement à Lloyd George le contrôle des anciennes colonies allemandes. Lloyd George voulait une annexion directe par le Royaume-Uni ou par les dominions, notamment l'annexion de la Nouvelle-Guinée par l'Australie et celle de la Namibie par l'Union sud-africaine. Wilson souhaitait leur gestion officielle par la Société des Nations. Comprenant que Wilson ne transigerait pas et refuserait toute annexion pure et simple, le Sud-Africain Smuts proposa de placer toutes les colonies dans le cadre général des territoires sous mandat de la future SDN, mais avec trois statuts différents. Les premières seraient proches de l'autogouvernement, les secondes seraient administrées par une puissance mandataire ; les troisièmes, « contiguës géographiquement » à la puissance mandataire, seraient sous administration directe renforcée, quasiment annexées[39]. Wilson accepta ce compromis.

L'accord satisfaisait les Britanniques. Clemenceau n'était pas intéressé par les colonies. « L'horreur de Clemenceau pour la politique coloniale m'ennuie, écrivait l'ambassadeur à Londres, Paul Cambon. Le Cameroun, ou au moins la partie que l'Angleterre nous abandonne, nous est nécessaire. Quant au Togo, il serait bon de le partager avec l'Angleterre pour la sécurité de notre Dahomey. Il faut… empêcher Clemenceau de se livrer à des déclarations d'abandon sur lesquelles il est difficile de revenir ensuite[40]. » Très tôt, en décembre 1918, Clemenceau avait abandonné Mossoul (qui en vertu des accords Sykes-Picot aurait dû passer sous la tutelle française) à l'Empire britannique. Les diplomates français souhaitaient prévenir de nouveaux renoncements. Ils eurent gain de cause.

Restait pour Wilson à convaincre les Italiens. Le 30 janvier 1919, devant le refus d'Orlando de voir le Tyrol du Sud passer sous administration internationale, Wilson sembla dire : « Je ne peux pas consentir à ce que Fiume devienne italienne mais vous pouvez compter sur moi pour la frontière sur le Brenner. » En échange, Orlando apporta son soutien à Wilson sur la Société des Nations[41]. Voilà qui revenait pour Wilson à accepter certaines clauses des traités secrets passés entre Alliés, révélés par les bolcheviks en décembre 1917. À ses yeux, la création de la SDN valait cette concession.

Wilson prit le chemin du retour vers Washington aussitôt après la cérémonie de proclamation de la SDN au Quai d'Orsay. À la gare, l'accompagnèrent Poincaré, Clemenceau et House. Ce fut la dernière fois que Wilson serra le colonel House dans ses bras. Il était tellement content de ses services qu'il le compara à Theodore Roosevelt. Avant son départ, Wilson s'était engagé avec les Alliés sur la rédaction d'un traité préliminaire permettant de régler les clauses militaires. House dirigeait la délégation américaine, traitant avec Tardieu pour la France et Balfour pour la Grande-Bretagne qui remplaçaient respectivement Clemenceau, victime d'un attentat le 19 février 1919, et Lloyd George, rentré à Londres. Avec le feu vert de Wilson, les trois hommes examinèrent les demandes de réparations britanniques pour les dommages de guerre indirects et les revendications de la France sur la Sarre et la Rhénanie. House transmettait le contenu des requêtes sans indiquer sa propre position, ce qui laissait penser à Wilson qu'il les approuvait. Le Président l'invitait à rester prudent et à ne rien décider avant son retour[42].

Le 13 mars, quand Wilson débarqua à Brest après un court séjour aux États-Unis, il découvrit que le traité préliminaire négocié par House comprendrait l'ensemble des clauses du traité avec l'Allemagne sur les plans militaire, financier et territorial. Le Pacte de la Société des Nations ferait partie du règlement final[43].

Wilson vit le piège : le Sénat ratifierait le traité préliminaire, pas le traité définitif. Le Président déclara qu'il n'y aurait qu'un seul traité et qu'il inclurait la SDN.

Un important changement intervint aussi dans la conduite des négociations. Au lieu de se dérouler à dix, avait suggéré House, elles devaient réunir seulement les quatre Grands : Clemenceau, Lloyd George, Orlando et Wilson. L'historien Paul Mantoux, qui servait d'interprète, devint bientôt le secrétaire de Clemenceau et tint les minutes des réunions. Lloyd George venait avec le diplomate Maurice Hankey, comme secrétaire. Pour faire face à Clemenceau, Orlando et Lloyd George, alors qu'il s'agissait de négociations très complexes, Wilson estima n'avoir besoin de personne. Il ne voulait aucun Américain à ses côtés. Comme toujours, il préférait travailler seul. « De la frappe de ses lettres à la formulation d'une politique étrangère, il répugnait à confier à quiconque ce qu'il se sentait capable de faire seul[44]. » Les comptes rendus de Hankey étaient adressés à Wilson seul. Il refusait qu'ils soient transmis à House, un signe majeur de perte de confiance.

Wilson était surmené. En temps normal il ne travaillait pas de longues heures d'affilée. Il lui fallait des plages de détente et d'exercice[45]. Wilson avait imaginé que la proclamation de la Société des Nations engendrerait un sentiment de sécurité et de fraternité tel qu'il faciliterait les négociations territoriales. Il craignait désormais que la SDN soit en danger. Crainte sans fondement que ses partenaires surent exploiter.

Le 3 avril 1919, Wilson tomba malade. Lloyd George et Clemenceau refusaient de prendre en compte les capacités de l'Allemagne à payer. Un terrible dilemme se posait au Président américain, renier ses promesses et s'accorder avec Clemenceau et Lloyd George ou rompre avec eux. Wilson craignait – à raison – la montée du bolchevisme. Le 21 mars, la République des conseils dirigée par Bela Kun s'installait en Hongrie. Le 7 avril, les communistes de Bavière suivraient. Le 6 avril, toujours alité, Wilson reçut Bernard Baruch, son conseiller économique, devenu un proche. « Il me dit qu'il s'était épuisé en discussions avec les Anglais, les Français et les Italiens et qu'il devait maintenant leur mettre la pression, raconta Baruch à Ballitt. Je lui suggérai de les étrangler financièrement, de ne plus leur accorder un seul cent de crédit. Il envoya donc un télégramme à Glass pour couper tous les crédits. Il se tourna ensuite vers Grayson et lui demanda de câbler sur-le-champ au *George Washington* [pour que le bateau mette le cap sur Brest]. C'était plus ou moins du bluff. Nous pensions tous que s'il partait, il ne faudrait pas une semaine aux Allemands et aux Français pour reprendre les combats[46]. »

Le 7 avril, Wilson confiait à House sa détermination à rejeter les prétentions italiennes sur Fiume comme les prétentions françaises sur la Sarre : « Il est temps de crever l'abcès », affirma-t-il. Le secrétaire au Trésor lui câbla alors que les crédits demandés par la France et l'Italie avaient déjà été octroyés. Les États-Unis ne pouvaient exercer de pressions financières sur les Alliés comme Wilson l'avait espéré[47]. Puis Tumulty lui télégraphia : « Le rappel du *George Washington* annonçant un possible retour du Président est assimilé ici à un mouvement d'humeur. » Il était regardé d'un mauvais œil « par ses amis comme ses ennemis ». Le secrétaire lui conseillait de renoncer à un départ qui provoquerait à coup sûr l'échec de la Conférence : « Se retirer maintenant serait déserter », concluait-il. Ayant renoncé à l'amitié et aux conseils du colonel House, Wilson se reposait d'autant plus sur les informations de Tumulty[48], d'après Bullitt. À la suite du télégramme de son secrétaire, « au lieu des Français ou des Britanniques, ce fut le Président lui-même qui enchaîna les concessions », notait House dans ses carnets. Les 9 et 10 avril, Wilson acceptait un compromis sur la Sarre, le 15 un autre sur l'occupation de la Rhénanie. Il abandonna également les concessions allemandes du Shandong, en Chine, aux Japonais. Wilson avait rejeté l'affirmation de l'égalité raciale dans le Pacte de la Société des Nations, malgré son approbation par la majorité de la commission de la SDN, pour cause d'absence d'unanimité. Il craignait qu'un nouveau rejet d'une revendication japonaise n'entraîne le départ du Japon de la Conférence et ainsi l'absence de tout pays asiatique à la SDN. En échange, il obtint l'addition des amendements qu'il souhaitait au pacte de la SDN[49].

C'est alors qu'éclata la crise de Fiume. Wilson s'était parfaitement entendu avec Orlando jusqu'au 15 février. Mais quand il n'eut plus besoin des Italiens sur la SDN, il se retourna contre eux. La découverte que 250 000 Allemands vivaient dans le Tyrol du Sud, en deçà du Brenner, région qu'il avait hâtivement concédée à l'Italie, le consterna. Il confessa son erreur à des proches[50]. Il aurait pu songer, pensait Bullitt, à offrir Fiume aux Italiens en échange du Tyrol du Sud. Mais le Président décida plutôt de s'opposer aux revendications italiennes sur Fiume. House s'ingénia à trouver un compromis car il craignait que les Italiens maltraités ne se « jettent dans les bras de l'Allemagne ». Ses efforts ne firent qu'accroître la méfiance de Wilson à son endroit[51]. Pour le gouvernement italien comme pour Wilson, la question de Fiume devint un abcès de fixation. Le 23 avril 1919, Wilson en appela directement au peuple italien par-dessus son gouvernement. Il le suppliait de ne pas émettre de revendications incompatibles avec les principes qui, à l'initiative de l'Amérique, devaient fonder la paix[52]. L'appel sombra dans l'indifférence.

Le 7 mai 1919, Après la remise du Traité aux plénipotentiaires allemands, Lloyd George demanda des stipulations plus généreuses pour l'Allemagne. Baruch rencontra le Premier ministre britannique le lendemain du jour où les Allemands firent connaître leur réponse au Traité : « Lloyd George me convia à un petit déjeuner. Il me dit avoir consulté le cabinet sur [cette] réponse et qu'à moins d'une modification du Traité dans le sens des observations allemandes, ni la flotte, ni l'armée britanniques n'en défendraient l'application. J'ai trouvé Wilson au Crillon avec la délégation américaine et l'ai emmené chez Lloyd George.

L.G. répéta ce qu'il venait de me dire. En un tic coutumier, Wilson écoutait en se tournant les pouces. Ses pouces continuèrent leur manège mais ses joues pâlirent, son front s'empourpra : "*Mister* Lloyd George, après des mois à faire des difficultés, vous venez à la position qui a toujours été la mienne. Il nous faut maintenant un traité. Le monde en a besoin. C'est quand nous sommes face à l'ennemi et que nous devons présenter un front uni que vous dites cela. Je souhaite sincèrement que vous puissiez convaincre les Français de se rallier à votre nouvelle position. S'ils sont d'accord, je le serai aussi." » Les Français admirent le principe d'un référendum d'autodétermination en Haute-Silésie. On en resta là. Wilson et House étaient convaincus que le développement de la SDN permettrait la révision des dispositions du Traité les plus contestées.

Le 28 juin 1919, jour de la signature du Traité, House eut sa dernière conversation avec Wilson, il ne devait jamais le revoir. L'ultime discussion avec le Président ne le rassura pas. House lui conseilla de s'entendre avec les républicains au Sénat. Pour négocier, Wilson devait regarder la réalité en face et traiter les sénateurs comme des égaux. Le Traité n'était pas la paix parfaite qu'il avait promise ; sa ratification dépendait de l'approbation des deux tiers du Sénat. Mais le Président n'était pas d'humeur conciliante. Il rentrait aux États-Unis, nota Lansing « du sang dans les yeux et les reins ceints pour la bataille ». Jamais il ne fut aussi « pugnace et belliqueux »[53].

La réalité et la parité étaient deux notions dont Wilson s'accommodait difficilement. La fuite devant une réalité insupportable est selon Freud un des symptômes les plus communs d'une névrose[54]. Le Président voulait écraser Lodge, ses alliés, ses ennemis, grâce au soutien du peuple américain. Devant la commission des Affaires étrangères, il prétendit n'avoir rien su des traités secrets. Son déni rappelait son attitude à Princeton, lorsqu'il oublia avoir préfacé et révisé le projet de *graduate school* qu'il combattait. Devant le Sénat, comme devant le conseil d'administration de l'université, il perdit sa crédibilité. Consentir à des « réserves » sur le Traité l'aurait sauvé, mais Wilson le ressentait comme une capitulation devant Lodge. Par haine envers le sénateur républicain, il préféra se saborder, comme il s'était sabordé autrefois en renonçant au legs de Proctor à Princeton par haine d'Andrew West. Pour autant, Wilson ne pouvait supporter d'endosser la responsabilité de son échec. Le colonel House en fit les frais, vilipendé comme traître, accusé d'être le Judas qui aurait livré le Christ Wilson[55], analysait Bullitt.

Telle était la conclusion de Bullitt, après deux mois de labeur ininterrompu. Le 29 septembre 1930, juste avant d'embarquer pour l'Europe, Bullitt alla voir House dans sa résidence new-yorkaise, lui parla de ses découvertes et prit des copies de certaines lettres de Wilson au colonel[56]. Puis il s'en alla retrouver Freud à Vienne.

CHAPITRE 8

Analyser Wilson avec Freud

Dans les semaines précédant son arrivée à Vienne, la santé de Freud avait inquiété Bullitt qui crut ses jours en danger. Immédiatement, il lui rendit visite. L'analyste souffrait de fièvres consécutives à l'ablation d'une nouvelle lésion précancéreuse de la muqueuse buccale[1]. Leur rencontre fut brève. Bullitt se contenta de faire part de l'ampleur de ses découvertes estivales.

Bullitt se rendit ensuite à Bade où Kurt Hahn, le secrétaire privé du prince Maximilien, chef du gouvernement impérial au moment de l'armistice, lui offrit plein accès aux archives du prince. Les dossiers tapissaient les murs de l'une des salles du château. Bullitt eut le temps de répertorier ce qui était disponible et de lire le plus important. Il continuait, avec la passion d'un historien, à rechercher de nouveaux documents dans les archives allemandes, russes et britanniques[2]. Quelques jours plus tard, le 27 octobre 1930, de retour à Vienne, Bullitt revit Freud et nota :

> Vu Freud ce soir à 6 h. Il était assis à son bureau en pyjama et en robe de chambre. Il s'est levé avec vivacité et semblait sincèrement heureux de me voir. Il avait bonne allure – ses yeux pétillaient – mais me dit qu'il se relevait d'une crise de pneumonie : « Je crois que j'ai récupéré plus vite parce que j'avais hâte de vous voir (…). » Je lui ai laissé

les extraits des carnets du colonel et des copies des lettres les plus importantes de Wilson à House[3].

Lors de leur première rencontre, ils étaient tombés d'accord sur le fait que, si le matériau collecté par Bullitt satisfaisait Freud, ils consacreraient un livre (au lieu du simple chapitre évoqué en mai) à la personnalité de Wilson. Les deux hommes établirent un plan de travail. Bullitt devait achever son exposé biographique, si possible pour la fin de la semaine. Ils passeraient ensuite à l'analyse. Ils s'accordèrent aussi sur la façon dont le livre serait construit. Une introduction serait signée de Freud. Une autre de Bullitt ainsi que la biographie de Wilson. L'analyse de la personnalité du président américain serait cosignée par les deux auteurs.

Révélations

Freud était curieux de tous « les éléments relatifs à la condition physique de Wilson. Nous ne devons pas, ajoutait-il, attribuer à des causes psychologiques des symptômes qui auraient une origine physique[4] ». Bullitt avait fait le décompte des périodes souvent longues de plusieurs mois où Wilson avait été souffrant : à quatorze occasions, son état nerveux, sa dyspepsie ou ses migraines devinrent suffisamment invalidants pour entraver ses activités. Il en donna la liste à Freud[5] et lui lut ses notes d'entretien avec les médecins de Wilson, les docteurs Stengel, Dercum et Grayson.

Le docteur Alfred Stengel était un interniste de Philadelphie. Wilson vint le voir en 1906 après la rupture d'un vaisseau à l'arrière de l'œil gauche. Il lui découvrit des troubles artériels modérés qui ne semblaient pas devoir évoluer à court terme. Wilson eut de la chance : le trouble local (oculaire) attira l'attention sur son état général qui, sinon, serait passé inaperçu[6]. Le médecin lui conseilla une année sabbatique. Wilson partit en Europe pour en revenir trois mois plus tard à peine. « Une attaque l'aurait terrassé bien plus tôt, commentait le médecin, s'il n'avait été élu gouverneur du New Jersey puis président. [Ces victoires] ont eu l'effet d'un tonique. Elles le soutenaient là où l'échec l'aurait tué[7]. »

Le 7 juillet 1930, Bullitt rencontra le docteur Dercum, célèbre neurologue de Philadelphie, qu'il avait consulté pour Louise atteinte de la maladie qui portait le nom du médecin. Il avait été appelé au chevet de Wilson en 1919 : « À Paris, raconta Dercum, [Wilson] commença à souffrir d'un épuisement nerveux sévère. On fit venir sur un vaisseau de guerre le docteur Chalmers Da Costa, un chirurgien de Philadelphie. Lequel me confia qu'il avait trouvé le Président à bout, totalement épuisé par la réception des délégations et la succession d'entretiens traduits par des interprètes. Après son attaque, survenue dans un train, d'abord bénigne mais qui s'aggrava, on m'appela à la Maison Blanche. Je découvris que la thrombose était limitée au côté droit du cerveau, entraînant la paralysie des membres gauches. Le côté gauche du cerveau, qui contrôle les fonctions supérieures, était indemne, et il semblait avoir conservé son jugement et son bon sens. Il rédigea plusieurs documents officiels après la thrombose. Nous avons eu de nombreuses et longues conversations[8]. »

Pour finir, le 9 octobre 1830, Bullitt s'était entretenu avec l'amiral Cary Grayson, médecin personnel de Wilson à la Maison Blanche devenu, pendant les dernières années de sa vie, son conseiller et un intime. Grayson parla très librement à Bullitt. Ils s'étaient déjà rencontrés en 1917 et d'autres liens les unissaient. Avant de rejoindre la Marine en 1903, à l'âge de 25 ans, Grayson avait fait sa médecine sous la direction du professeur William Osler à l'université Johns Hopkins. Osler, que Grayson révérait, était le grand-oncle très aimé de Bullitt. Avant et pendant la guerre, Bullitt trouva refuge dans sa maison d'Oxford avec Ernesta.

À son arrivée à la Maison Blanche, Wilson, rapporta Grayson, avait avec lui « une sonde gastrique dont il faisait un usage quotidien et [prenait] des comprimés contre les migraines à base de goudron ». On les lui donnait comme s'il avait la maladie de Bright jusqu'à ce que Grayson les lui supprime[9]. Bullitt et le médecin parlèrent de la rupture entre Wilson et House. « Wilson avait pour Auchincloss (le gendre de House) la détestation la plus farouche. Plusieurs fois, j'ai dû le retenir de lui sauter à la gorge. Il ne détestait personne plus que lui. Auchincloss est la vraie cause de la fin de son amitié avec House. » Gordon Auchincloss était le secrétaire de son beau-père à la Conférence[10]. « Wilson s'écriait parfois, dit Grayson "(...) mon cœur saigne pour le colonel House". » Le médecin aborda l'épisode de la tournée d'août 1919 : « Pendant trois semaines, affirma-t-il, j'ai tenté de l'empêcher de partir dans les États de l'Ouest. Il a fini par me dire : "J'espère que cela n'aura pas de conséquences néfastes mais même en ce cas, je dois y aller. Les soldats dans les tranchées n'ont pas tourné casaque face au danger, je ne puis me dérober à mon devoir, qui est d'établir la Société des Nations"[11]. »

Bullitt livra enfin à Freud l'une des plus belles pièces de sa moisson : le compte rendu de ses rencontres avec le biographe officiel de Wilson, qui avait aussi été un de ses conseillers, Ray Stannard Baker. Bullitt s'était longuement entretenu avec lui au cours de l'été. Il avait pris des notes au fil de leurs trois conversations successives ; les propos de son invité y apparaissent parfois décousus ou répétitifs mais il tenait à ce que Freud les découvre dans l'ordre où Baker les avait prononcés. Outre les éléments factuels, le témoignage de Baker valait par les interprétations psychologiques qu'il livra à Bullitt mais qu'il n'avait jamais formulées dans ses livres. Dans une première version de sa préface, Bullitt mentionna sa dette envers Baker et celle de Freud, « évidente à presque chaque page de ce travail[12] ».

> On sait très peu de choses sur les premières années de Wilson, écrit Bullitt dans les notes de son premier entretien avec Baker. C'était un enfant chétif qui portait des lunettes et souffrait d'indigestion (dyspepsie)[13]. Son père dominait entièrement son existence et les relations entre eux étaient marquées du sceau d'une intense affection. On ne peut décrire leurs lettres autrement que comme des lettres

d'amour. Son père commençait habituellement ses lettres par « Mon fils chéri » et Wilson lui répondait sur le même ton. Jusqu'à ses quarante ans, Wilson ne fit jamais rien sans consulter son père[14]. Lorsqu'il écrivit son *Gouvernement du Congrès*, il resta comme sur des charbons ardents tant qu'il ne sut pas ce qu'en pensait son géniteur[15]. Son père était un professeur de rhétorique qui aimait parler et aimait s'écouter parler. Tous ses amis m'ont confié un sentiment identique à son propos : « Il parlait trop. » Il dominait complètement Wilson.

Wilson était profondément religieux. Chaque jour, il disait ses prières, récitait le bénédicité avant les repas et lisait la Bible. Sa première femme eut une fois un début de crise sceptique. Wilson refusait absolument les interrogations sur Dieu. Il croyait être dans la main de Dieu qui l'avait choisi comme son instrument pour accomplir ses desseins. Il disait de ses ennemis, et il le croyait, que s'ils n'étaient pas punis dans cette vie, ils le seraient dans l'autre. Il avait totalement foi en l'immortalité de l'âme. Toute sa famille le craignait et n'avait pas une grande intimité avec lui, quoiqu'il discutât librement ses problèmes dans le cercle familial.

Il fallait absolument à Wilson l'amour d'un homme. Ce fut d'abord son père. Puis Chas Talcott, puis Hibben, puis House. House fut un substitut de Hibben. À la fin de sa vie il éprouvait encore plus d'amertume à cause de son échec à Princeton et la perte de l'amitié de Hibben que pour l'échec de la Société des Nations. Ses yeux jetaient des éclairs quand il parlait de Princeton. Wilson voulait désespérément avoir un fils et sa femme aussi. Ils étaient très déçus de ne laisser que des filles.

Le frère cadet de Wilson, « Joe », de dix ans plus jeune, était un être inférieur, faible, ennuyeux. Wilson avait dans sa famille des gens de cet acabit, y compris deux ou trois neveux ou cousins qui n'étaient que des vauriens. Il les aidait, leur donnait de l'argent, payait leurs dettes, même quand il n'en avait pas les moyens. Il se retrouva si pauvre après son élection à la présidence qu'il dut demander un prêt à la banque pour avoir des vêtements convenables le jour de l'investiture. Il détestait West, un Écossais comme lui, il voulait le dominer. Il ne supportait pas la contestation. La rupture avec House a plusieurs causes. Wilson sentit que House, à Paris, inclinait au compromis sur à peu près tout et jugeait qu'il avait été déloyal pendant que lui, Wilson, était aux États-Unis... L'interview de Wickham Steed fit déborder la coupe[16].

Bullitt expliqua à Freud la teneur de cet incident Wickham Steed. Un matin d'avril 1919, comme House parlait à Mrs. Wilson de ce qu'il faisait pour le Président, ajoutant qu'il ne voulait rien pour lui-même, elle lui demanda brusquement : « Qui est Mr. Steed ? » Le colonel s'empressa de répondre : « Il prend ses ordres de moi ; c'est l'un des journalistes les plus obligeants que je connaisse ; c'est un vigoureux partisan du Président, je n'ai qu'à faire un mouvement de la main (il l'agita) et il écrit ce que je veux. » Mrs. Wilson saisit alors un exemplaire du *Public Ledger* contenant l'article de Steed, extrêmement louangeur pour House mais préjudiciable au Président, qui indiquait que pendant le retour de ce dernier aux États-Unis, House avait su « faire avancer les discussions ». Il précisait qu'il fallait imputer l'amélioration du climat des négociations aux « qualités d'homme d'État » du colonel qui avait mis « son savoir-faire et ses dispositions conciliantes au service des artisans de la paix ». Mrs. Wilson lui dit alors : « Si vous avez tant d'influence sur Mr. Steed, j'aimerais que vous m'expliquiez cet article. » Le colonel ne put jamais lui offrir d'explication. Puis Bullitt acheva la lecture des notes prises lors du premier entretien avec Baker :

> Wilson songea très sérieusement à quitter la conférence de Paris. Il donna des ordres pour que le *George Washington* [revînt à Brest]. Il a plusieurs fois discuté avec moi les choix qui s'offraient à lui. Il aurait pu rentrer en Amérique et continuer à se battre pour un traité décent. Il songea

même à démissionner pour mener le combat. Il ne le fit pas, m'expliqua-t-il, parce qu'il était venu en Europe rédiger un traité dans un esprit de coopération avec les autres dirigeants et qu'il ne voulait pas renoncer à cet état d'esprit, d'autant que, si mauvais que fût le traité, la SDN pourrait en corriger les défauts. Wilson craignait et détestait les socialistes et les communistes. Il était sûrement convaincu que le Sénat ratifierait même le traité complémentaire avec la France. Il était certain du pouvoir de sa parole. Il était convaincu qu'il pourrait convaincre l'opinion publique et obliger le Sénat à ratifier grâce à sa tournée de discours. L'idée de communion religieuse jouait un si grand rôle dans sa vie qu'il était convaincu qu'il pourrait convertir les États-Unis par la seule puissance du verbe[17].

Lors d'un deuxième entretien, Baker ajouta :

Après sa rupture avec Hibben, Wilson prétendit qu'il n'aurait jamais d'autre ami dans sa vie mais il ne pouvait s'en passer et élut House. House avait essentiellement pour lui le rôle d'informateur. Il fallait à Wilson une femme au foyer et un ami très aimé. Ainsi paré, il pouvait être, à l'égard de tout être, dur comme l'acier. Wilson détestait enseigner aux femmes et n'avait accepté son poste à Bryn Mawr que parce qu'il souhaitait se marier. Il avait une piètre idée de la valeur des femmes, du mépris pour elles et était tout à fait opposé au suffrage féminin. Ses deux mariages furent très heureux et il n'eut jamais dans sa vie d'autre expérience sexuelle qu'avec ses deux épouses. Il aimait avoir des femmes autour de lui qu'il pût dominer. Ses filles avaient toutes peur de lui.

Wilson avait de temps à autre des explosions de joie et se mettait à danser la gigue. Cela lui arriva à Princeton et même une fois à la Maison Blanche. Il fut toujours extrêmement ardent. Il me dit une fois : « Je suis trop ardent. J'aimerais ne pas l'être. » Il souffrit toute sa vie de maux divers. Indigestion, migraines, plus tard une névrite à l'épaule ; de l'hypertension provoqua la formation d'un caillot dans un vaisseau de l'œil droit. Aussitôt après son attaque de 1906, qui le priva de l'usage de sa main droite, il commença à écrire de la main gauche. À la conférence de la Paix, il souffrit de sa prostate et de la grippe[18].

Quelques jours après avoir lu à Freud les notes qu'il avait prises lors de ces entretiens, Bullitt remit, le 1er novembre 1930, comme promis, les 421 feuillets de son exposé biographique sur Wilson. Le 22 novembre, Freud le complimenta : « J'achève tout juste la lecture de votre manuscrit. C'est excellent. Je suis sûr que vous êtes un grand écrivain (...). Je ne vois qu'un passage, celui où vous plongez brusquement dans une analyse profonde, qu'il vaudrait mieux écarter. » Bullitt demanda à Freud un nouveau rendez-vous mais le psychanalyste jugeait qu'il devait s'offrir « un peu de repos ». « Ne soyez pas impatient », concluait Freud[19].

Leur réunion suivante eut lieu le 12 décembre 1930. Freud avait lu avec soin les pièces communiquées par Bullitt. L'existence de Wilson s'éclairait. Freud conseillait néanmoins la prudence : des faits demeureraient inconnus qui avaient plus d'importance que ceux rassemblés par Bullitt.

Ce jour-là, Freud commença à détailler à Bullitt les éléments de théorie psychanalytique qu'ils présenteraient dans leur essai. Le premier axiome de la psychanalyse postule l'existence, dès la naissance, chez chacun d'entre nous, d'une force, la libido, définie comme l'énergie de l'Éros, dit-il. Cette énergie doit être accumulée en une certaine zone, comme un courant électrique charge un accumulateur. Elle se conserve d'abord dans l'amour de soi, le narcissisme, et se tourne ensuite, en grande partie, vers des personnes extérieures, phase de l'amour objectal. Le premier problème qu'affronte l'individu – le plus souvent avec succès – consiste à dépasser le narcissisme (rares sont les êtres qui restent fixés à ce stade d'amour exclusif du soi). Le deuxième axiome postule la bisexualité fondamentale de l'être humain : tous les individus sont un composé d'éléments masculins et féminins. La bisexualité est d'abord physique, puisque les mêmes organes existent, avec des variantes, dans les corps de l'homme et de la femme. Mais elle est aussi psychique. Après la phase primaire de pur narcissisme, la libido se « charge » dans la masculinité (tous les désirs « actifs » : aimer, dominer autrui, ou encore conquérir le monde extérieur et le transformer) et dans la féminité (traits essentiellement « passifs » : le besoin d'être aimé, mais aussi la tendance à se soumettre à autrui qui s'exaspère dans le masochisme, le désir d'être maltraité). Freud use de métaphores mécaniques (électrique et hydraulique) pour décrire son modèle de l'esprit : la libido charge trois « accumulateurs », le narcissisme, la masculinité et la féminité, et s'écoule par cinq canaux : 1) la passivité à l'égard du père ; 2) la passivité à l'égard de la mère ; 3) l'activité à l'endroit du père ; 4) l'activité à l'endroit de la mère et 5) l'activité à son propre égard (éléments persistants de narcissisme).

L'enfant éprouve, à un stade ultérieur, le complexe d'Œdipe, le dilemme le plus difficile qu'il doive résoudre. Le père dominant possède la mère, ce qui signifie que la relation du garçon avec elle rencontre une limite. L'attirance du jeune garçon pour la mère apparaît à un âge où il ignore encore la différence corporelle des sexes. Il croit que tous les êtres humains possèdent comme lui un pénis ; il se trouve dans la phase phallique. Avant l'âge de 4 ans, il découvre que le pénis, qu'il présupposait chez toutes les personnes, fait défaut chez un certain nombre d'entre elles. Il commence alors à souffrir de l'angoisse de castration. La peur que le père le castre pour le punir de désirer la mère engendre l'hostilité, la haine ou au contraire la soumission[20]. Il désire tuer le père et en même temps se soumettre entièrement à lui, jusqu'à subir la castration et sa transformation en femme. Il veut posséder sa mère en étant son amant et dans le même temps elle lui répugne car elle lui apparaît comme l'incarnation menaçante de la castration abhorrée. Le conflit entre ces deux désirs antinomiques finit par être si insupportable que le jeune garçon se voit contraint de trouver une issue[21]. Il finit par réguler la double tendance agressive et passive envers le père en s'identifiant à lui. Ce faisant, il peut exprimer son amour et son admiration à son endroit, mais aussi l'éliminer en se l'incorporant comme par un acte de cannibalisme symbolique. Désormais, concluait Freud, c'est lui qui est le père admiré et éminent[22].

L'enfant s'incorpore une représentation magnifiée du père, parfait et tout-puissant, qui devient une force psychique interne. Freud l'appelle le surmoi. Pour le reste de sa vie, le surmoi commande et interdit, censure ou détourne les souhaits de la libido incompatibles avec les idéaux qu'il a érigés. La relation entre la libido et le surmoi est fonction de la force relative des deux motions. Entre les exigences du surmoi et de la libido, le moi cherche un équilibre. Le refoulement est la négation du désir, traité comme s'il n'existait pas. Le désir refoulé finit toujours par éclater. La sublimation substitue à l'objet inaccessible un objet apparenté qui ne contrevient pas aux règles posées par le surmoi et la société. Une relation heureuse au père passe par l'identification et embraie sur la sublimation. À la fin, le sujet doit réconcilier tous ces désirs conflictuels et accepter la réalité du monde : il ne peut pas tuer le père, coucher avec sa mère ou devenir Dieu. Il doit vivre avec eux et le reste du monde.

Pour expliquer le complexe d'Œdipe, Freud introduisait un troisième axiome, la notion d'instinct de mort, une poussée d'agression et de destruction, l'antagoniste de l'Éros. Wilson, par exemple, était en proie à une « compulsion de répétition » (*Wiederholungszwang*) que Freud tenait pour un dérivé de la pulsion de mort. Bullitt n'était pas d'accord. Le 12 décembre 1930, il consigna dès son retour à l'hôtel la longue discussion qu'il avait eue avec Freud concernant son passage sur la *Todes Trieb*, la pulsion de mort, dans leur analyse de Wilson.

> Il m'a dit que jusqu'en 1912, note Bullitt, il avait soutenu exactement le point de vue que je prône aujourd'hui : à savoir que la polarité de la libido suffit à expliquer tous les conflits chez l'être humain. Mais en 1912, le soupçon

l'avait gagné que cette théorie laissait des points inexpliqués et pensa à la compléter par celle de la *Todes Trieb*. En 1928, il n'avait pas encore tranché. Pendant les seize années écoulées, il avait accumulé des données qui étayaient les deux théories. Mais la masse d'observations en faveur de la *Todes Trieb* était devenue, à ses yeux du moins, absolument convaincante. Dans la pratique, a-t-il détaillé, la plupart des cas pouvaient s'expliquer par les deux théories, mais certains cas de sadisme et plus encore de masochisme se ramenaient malaisément à la théorie de la polarité de la libido. Ils se rattachaient en revanche à celle de la *Todes Trieb*. Il reconnaît qu'il s'agit du point le plus incertain de toute la théorie psychanalytique. La plupart de ses disciples rejettent la *Todes Trieb*, mais pour lui c'est comme s'il avait réalisé une expérience de chimie qui laissait un résidu inexpliqué. Il lui fallait forger une théorie pour expliquer ce résidu. Il a fait cela pour le résidu constaté dans les cas de masochisme (en particulier le désir d'être seulement humilié) et quelques cas de sadisme. C'est ainsi que la théorie de la *Todes Trieb* s'est développée. J'ai suggéré qu'il réécrive son passage et il a accepté[23].

La révision alla loin puisque dans la version finale de leur manuscrit, il ne subsiste plus de ce passage que ces deux phrases : « [La pulsion de mort] se découvre à nous comme l'élan qui nous pousse à attaquer et à détruire. [Elle] est l'adversaire de l'Éros dont tout l'effort tend à produire des unités toujours plus grandes, tenues ensemble par la libido[24]. »

Il était maintenant temps d'appliquer la théorie à Woodrow Wilson. Bullitt jetait ces notes sur le papier : « Hérédité : de mauvais yeux, nervosité, indigestion, sensibilité exacerbée. Environnement : conviction inébranlable d'être l'élu de Dieu. Vie sexuelle : chasteté jusqu'à son mariage à l'âge de 29 ans. » Freud et Bullitt discutèrent l'intensité probable de sa libido : « puissante, faible ou moyenne ? Impossible à estimer. Et que dire de son narcissisme, en excès ou dans la norme ? Ou bien quelque peu exagéré[25] ? »

Freud arrivait à une conclusion prudente : « Son narcissisme, conservé depuis l'enfance, renfermait peut-être une charge plus forte de libido que d'ordinaire, mais qui n'était certainement pas anormalement forte[26]. » On retrouve cette formulation dans le livre[27]. Bullitt pensait que le narcissisme de Wilson était plus prononcé que la moyenne. Ils écrivirent finalement qu'il était puissant. « En fait, il s'aima toujours beaucoup. Nous ne trouvons aucune preuve qu'il ne cessa jamais de s'admirer ou de manquer de se pousser dans le monde[28]. » Une grande part de sa libido trouvait un débouché dans son narcissisme, même cette partie qui se déchargeait à travers les objets d'amour : il était attiré par des êtres en qui il pouvait se reconnaître par certains côtés. « Son profond narcissisme l'avait toujours rendu extrêmement sensible à tout ce qui pouvait affecter sa situation. » Son égocentrisme lui permettait de préserver son maigre capital de forces physiques et de tout employer pour son propre avancement[29].

Dans la vie affective de Wilson la mère occupe une place beaucoup plus réduite que celle du père, mais la tonalité de cette relation est remarquablement rendue dans une lettre qu'il adressa après la mort de sa mère à sa femme Ellen :

> Mon cœur s'emplit des souvenirs les plus tendres de ma douce mère, des souvenirs qui sanctifient ma vie tout entière. (…) Je me souviens comme je m'accrochai à elle (« le petit de sa maman » riait-on) alors que j'étais déjà un grand gaillard : mais l'amour de la féminité dans ce qu'elle a de meilleur est entré dans mon cœur dans les plis du tablier maternel. Si je n'avais pas vécu auprès d'une telle mère, je n'aurais pu conquérir et avoir l'air de mériter (ou peut-être mériter vraiment, en partie du moins, et grâce aux vertus qui me furent transmises) une telle épouse[30].

Il eut la bonne fortune de pouvoir transférer une partie de son attachement à sa mère sur ses sœurs puis sur d'autres femmes. Sa sœur Anne en particulier, dont le séparaient seulement deux ans, lui servit de pont pour exprimer ce courant de libido. Plus tard Ellen Axson, sa femme, représenta également un symbole maternel. Comme sa propre mère, elle était fille de pasteur.

La fixation au père

Le trait dominant de la personnalité de Wilson était cependant sa fixation au père. Au lieu de rester une étape du développement, qui survient normalement à l'adolescence et passe ensuite à l'arrière-plan, l'identification au père demeura sa boussole. Deux lettres que Baker publia, et qu'il évoqua avec Bullitt lors de leur rencontre, en offrent une illustration frappante. En voici deux extraits :

> *Mon père chéri,*
>
> *Mes pensées sont constamment emplies de vous et du cher « Dode*[31] *». Le Tennessee semble bien loin pour un être aussi avide que je le suis de voir les deux hommes qu'il aime. À mesure que les vacances de Noël approchent, je ressens, comme je l'ai déjà si souvent ressenti, la douleur de fêtes loin de vous. Vous le savez, l'un de mes motifs les mieux fondés de réjouissance est d'être votre fils. Ce bienfait m'est de plus en plus important à mesure que mes talents et mon expérience se développent. Je reconnais comme vôtre la force qui grandit en moi. Je deviens toujours plus conscient du trésor héréditaire que je possède d'un capital accumulé de principes, de puissance d'expression, de disposition à une pensée originale, et j'incline chaque jour un peu plus à éveiller chez mes enfants ce mélange de respect et de tendre affection pour leur père que vous avez su inspirer aux vôtres. Demandez à Dode s'il n'en pense pas de même. Et dites-lui que j'aime passionnément mon frère. (...) Ellie se joint à moi dans l'expression d'un amour sans bornes pour vous deux.*
>
> *Votre fils aimant,*
> *Woodrow*[32]

La deuxième lettre fut écrite juste après son élection comme professeur à Princeton :

Mon père chéri,

Je vois que tout le monde regarde mon élection à P. comme un couronnement, les félicitations affluent de tous côtés ; je suis rangé dans la catégorie des « hommes à succès ». Je devrais, je suppose, éprouver un immense surcroît de satisfaction personnelle, de la fierté, mais je n'y parviens pas. (...) Mon esprit ne peut me donner de satisfaction. Je le connais trop bien – je sais que c'est une pauvre chose. Comme source de contentement et de joie, je dois m'en remettre à mon seul cœur et il a soif – oh ! avec quelle ardeur – de la présence de ceux que j'aime. Il me semble que plus les ans passent, plus j'ai besoin de vous, car plus je vieillis, plus j'ai conscience de ce que je vous dois, et je ne désire qu'accroître cette dette. Il me semble que notre séparation, loin d'être adoucie par l'habitude, devient de moins en moins tolérable. Allez-vous tout à fait bien maintenant ? Je vous en prie, faites-moi connaître vos plans pour cet été – j'ai hâte qu'ils nous incluent. Je suppose que le cher « Dode » prendra lui aussi le chemin du nord. J'ai toujours sa photographie sur mon bureau et je languis toujours de le voir.

Votre fils aimant,
Woodrow[33]

Le trait dominant de la personnalité de Wilson, son amour particulièrement intense pour son père, amena Freud et Bullitt à conclure à un élément d'absolue passivité dans cette relation.

Dans ses lettres, Wilson exprime également un amour inconditionnel pour son frère, « Dode ». Cependant, après son accession à la présidence, Wilson s'éloigna de lui, jusqu'à lui marquer une hostilité qui libérait sans doute des sentiments profondément enfouis. De même, inconsciente et inexprimée, probablement présente à un degré aussi élevé que sa dépendance, l'agressivité de Wilson envers son père était refoulée. Freud avait relevé dans beaucoup de névroses la présence de « conflits d'ambivalence » où coexistent « un amour bien fondé et une haine, non moins justifiée, dirigés tous deux vers la même personne »[34]. À l'évidence, la contrepartie d'une affection aussi grande que celle de Wilson pour son père était une hostilité non moindre. Refoulée, cette hostilité se portait sur des figures paternelles avec une force déraisonnable comme envers Andrew West à Princeton et Cabot Lodge au Sénat, tous deux substituts paternels[35]. Fin 1919, Wilson aurait pu sauver la substance du Traité et la Société des Nations à laquelle il tenait tant en acceptant les « réserves » de Lodge. Mais cela aurait signifié « le triomphe du père ». Wilson ne pouvait permettre qu'un substitut de son père triomphe. Il ne pouvait se soumettre à lui.

La fixation de Wilson sur son père entraînait aussi son souhait d'une relation exclusive avec lui. Il demeura toujours, au moins dans sa tête, un fils unique. Soumis à son père, mais dominant les autres avec souplesse ou fermeté, il lui était impossible de reconnaître en autrui un égal. Il ne supportait pas de prétendant à une parité intellectuelle ou morale autour de lui. Étudiant puis professeur, il ne cessa de rédiger des codes et de créer des institutions – jusqu'au plan de la Société des Nations – qui étaient autant de manières d'affirmer sa bienveillante autorité. Dès que l'on sortait de son ombre, l'on devenait un traître à ses yeux. La naissance de son frère Joe marqua le début d'une inclination à fonder des amitiés où il jouait le rôle du père auprès d'hommes plus jeunes et physiquement plus petits. Quand Freud et Bullitt examinèrent les relations de Wilson avec Joe, puis avec Hibben, House, McAdoo et Sayre, ses beaux-fils qu'il ne voulut jamais aider, avec Tumulty et Malone, ils conclurent que la naissance de Joe avait suscité chez le jeune Tommy des émotions beaucoup plus fortes qu'un garçon de 10 ans n'en éprouve d'ordinaire en telles circonstances. Son hostilité pour son cadet excédait la réaction habituelle de l'enfant unique supplanté[36]. Joe aura été le prototype du « traître » qui resurgira dans l'existence de Wilson sous les traits de Hibben ou de House.

Wilson se croyait sûr de pouvoir vaincre le Sénat. Devant l'évidence contraire, il sombra dans l'hystérie. Le même schéma se répétait : il rencontrait des obstacles mais ces obstacles ne provenaient jamais de ses défaillances ou d'erreurs qu'il aurait pu corriger par une discussion entre égaux. Son échec ne pouvait venir que d'une trahison. Il ne pouvait se soumettre qu'en devenant Jésus-Christ. Le Dr Grayson avait dit à Wilson qu'il risquait la mort s'il entreprenait sa tournée de conférences dans l'Ouest. Wilson n'en partit pas moins parce qu'il n'avait d'autre alternative que de vaincre son père ou mourir. Il pouvait remporter la victoire grâce à cette tournée ou, faute de victoire, se soumettre de la seule façon acceptable pour son inconscient en mourant pour la cause, en devenant Jésus-Christ.

Tel allait être le cadre psychanalytique du livre. Il restait à Bullitt à le relier à l'ensemble des données contenues dans ses 421 pages de notes biographiques. Fin décembre 1930, Bullitt reçut des copies de documents contenus dans les archives de Max de Bade. Freud l'aida à traduire les minutes des réunions du cabinet allemand du 3 octobre au 11 novembre 1918[37]. Elles établissaient que ce n'étaient pas les perspectives d'une paix équitable tracées par Wilson qui avaient motivé la demande d'armistice mais les pressions de Ludendorff appuyé par Hindenburg afin de « sauver l'honneur de l'armée en prévenant un effondrement qu'ils jugeaient imminent[38] ». Ces pièces revêtaient une importance particulière à une époque où Ludendorff lui-même répandait en Allemagne le mythe d'une armée invincible poignardée dans le dos.

Puis Bullitt se mit à composer l'ouvrage. Il rencontrait régulièrement Freud avant dîner pour travailler. Freud lisait plusieurs versions successives. Il avait l'habitude de travailler tard, à minuit passé, après une promenade qui suivait le dîner en compagnie de sa femme, ses filles ou sa belle-sœur[39]. De la fin février à la mi-mars 1931, le travail avança peu, expliqua Freud à un ami, « parce que Bullitt ayant repris l'analyse avec lui n'était pas bien ». Bullitt pansait encore les blessures de son divorce avec Louise Bryant[40]. Dans le même temps, Freud luttait avec la maladie. Il avait subi une nouvelle opération du palais le 7 février 1931 et souffrait beaucoup. En avril, il écrivit à un ami qu'il n'avait pas eu depuis le 7 février « un seul jour supportable[41] ». Le 26 avril, il subit une nouvelle opération[42]. Le 4 mai il était de retour chez lui[43].

Ces interruptions ne bridèrent pas la réflexion de Bullitt. Lui et Freud divergeaient sur l'interprétation de l'épisode survenu à Princeton à l'automne 1876, quand Wilson, lisant l'article sur « L'orateur », découvrit qu'il « avait de l'esprit » et l'écrivit à son père. Ils s'accordaient sur un point : Wilson avait pris confiance dans ses capacités intellectuelles. « En décidant de devenir un homme d'État à l'image de Gladstone, il échappait à l'influence paternelle écrasante, acquérait une certaine indépendance. Il avait probablement douté de lui-même, douté de son intelligence, craint que ses facultés ne fussent altérées[44]. » Mais Freud pensait que cette révélation était une réaction à une période antérieure où Wilson avait découvert le frisson coupable de la masturbation. Freud l'avait souvent remarqué chez de jeunes patients. Cela pouvait expliquer les « effondrements » de Wilson, particulièrement à la période de l'adolescence. Ils pouvaient avoir une origine purement physique. Mais « si un jeune homme de seize ou dix-sept ans se plaint d'anxiété, de migraines et de dyspepsie » qui entravent son travail et l'amènent à se croire gravement malade, le médecin consulté peut légitimement lier ces symptômes « aux troubles de la puberté ». La masturbation aida la libido de Wilson à patienter jusqu'à ses 28 ans, quand il se maria et eut sa première relation sexuelle[45]. Freud ne pensait pas, contrairement à une opinion alors répandue, que la masturbation causât des dommages physiques. Mais elle engendrait souvent chez le jeune garçon qui s'y adonnait un sentiment de culpabilité et de la neurasthénie. Bullitt fit écrire à Freud six pages manuscrites sur la question qu'ils joindraient à l'ensemble[46], bien qu'il ne partageât pas les vues du psychanalyste. Le 7 mars 1931, Bullitt lui écrivit une longue lettre où il expliquait qu'ayant « relu ses sources, il avait une nouvelle idée qui permettait de lier [son] opinion sur la masturbation avec les faits ». Bullitt avait la conviction que « toute la partie sur la décision de Wilson de devenir un homme d'État » était à reprendre[47]. Sa lettre rappelait qu'après sa « conversion », Wilson suspendit un portrait de Gladstone derrière son pupitre, « le plus grand homme d'État de l'histoire » d'après lui, et annonça son intention d'en devenir un à son tour[48]. Cependant, quand il alla étudier au collège Davidson, il comptait encore embrasser la carrière ecclésiastique.

« L'affaire en resta là jusqu'au jour où il lut l'article sur "L'orateur", écrit Bullitt, qui l'amena à écrire à son père qu'il avait un "esprit". Dès lors, sa décision de devenir un homme d'État, non un ministre du culte, devint "irrévocable". (...) Il est dans l'habitude de l'inconscient d'assimiler des objets, si différents soient-ils, s'ils peuvent être désignés du même nom. (...) Gladstone, "l'homme d'État chrétien", qui parlait aux Communes comme il aurait parlé en chaire, ressemblait à son père, le révérend Joseph Ruggles Wilson, par sa tournure d'esprit et également par son physique. Et il était Premier ministre, dénomination qui pourrait être la clé de l'énigme. En effet, le terme "ministre" désigne aussi bien le serviteur de l'État que le pasteur. (...) Il paraît très probable que ce soit par ce mécanisme que les tendances actives fraîchement éveillées de Tommy Wilson aient élu Gladstone pour objet[49]. »

Le père de Wilson était le ministre de la Première Église, Tommy pouvait essayer de devenir le Premier ministre du pays. En réaction à ses tendances passives devant son père, il avait développé des tendances actives, masculines, soutenues par son identification à une figure politique, l'homme d'État anglais Gladstone. Il pourrait « décliner » la carrière ecclésiastique s'il devenait un « ministre » plus grand que son père, un pasteur dont la paroisse s'étendrait à tous les États-Unis, un homme d'État chrétien.

Bullitt était fier de son interprétation. « Si vous l'acceptez, écrivait-il à Freud, il me semble que la section où l'on voit Wilson décider de devenir un homme d'État, [qui menaçait d'être] l'une des moins intéressantes de notre livre, en sera l'une des plus intéressantes. Je vous en prie, progressez aussi vite que vous pouvez sur l'interprétation de ses maladies. (...) Quand vous aurez fini (...) je viendrai vous voir un soir pour discuter ensemble[50]. » Ils décidèrent finalement d'inclure leurs deux interprétations dans le livre, l'hypothèse freudienne de la masturbation et celle (due à Bullitt) « du langage[51] ».

Freud et Bullitt avaient beaucoup avancé. Bullitt était prêt à rester à Vienne le temps qu'il faudrait pour mener à bien leur projet. Mais début mai, Freud retourna à l'hôpital et « leur travail s'en trouva singulièrement retardé[52] ». Bullitt repartit aux États-Unis à l'été pour se livrer à d'ultimes vérifications[53]. Il s'entretint une dernière fois avec Baker à Ashfield[54]. Wilson, lui dit-il, décida de ne pas quitter la conférence de la Paix parce qu'il craignait de voir l'Europe submergée par le bolchevisme : « L'Europe est en feu et nous ne devons pas jeter de l'huile sur les flammes », lui avait-il dit. Wilson voulait sauver la SDN. Il était convaincu que s'il rentrait aux États-Unis, le Traité n'en ferait plus mention et qu'elle ne verrait jamais le jour. Avec la SDN, il disposait du moins d'un instrument qui lui permettrait de réviser les dispositions néfastes du Traité. Cet été-là, la nouvelle contribution la plus importante fut celle du Dr Grayson. Bullitt et le médecin militaire déjeunèrent ensemble le 2 octobre. L'amiral fut loquace et Bullitt prit des notes. Scrupuleux, Grayson voulut vérifier ses sources avant un deuxième entretien, le 22 octobre. « La rupture entre Wilson et House, dit-il alors, s'est produite quand le colonel l'a accueilli à Brest. (...) [Le Président] lui demanda : "Est-il vrai que vous avez accepté un traité préliminaire qui observe le silence sur la Société des Nations ?"... Bullitt interrompit Grayson :

— L'avez-vous entendu de vos propres oreilles ?

— Je ne sais plus si je l'ai entendu ou si Wilson me l'a répété après coup. Sa conversation avec le colonel l'avait irrité au plus haut point. Il en perdit le sommeil cette nuit-là. Il me dit que House avait consenti à séparer la SDN du Traité. Il ne pouvait se sortir l'idée de la tête que "House [l]'avait laissé tomber pendant qu'il était en Amérique". Deux jours après notre arrivée à Paris, le 16 mars 1919, Wilson me demanda si je ne trouvais pas que House avait changé. Je défendis le colonel. Mais Mrs. Wilson, qui naguère avait de la sympathie pour lui, opéra un violent revirement. L'article de Steed était sans doute à blâmer mais la raison principale de sa colère était une histoire qui lui avait été rapportée dans le bateau qui l'emmenait à Boston. Auchincloss aurait dit, en présence notamment de Baruch et de Vance McCormick, "Maintenant que mon beau-père a récupéré, le petit Woody (Wilson) va améliorer son score". Après son attaque, un jour qu'il parlait de House, Wilson se mit à pleurer : "Penser que cet homme pour qui j'ai tout fait m'a trahi !" (...) Wilson était un homme très las et quand il était fatigué, ne se souvenait pas de ce qu'il avait dit ou fait. Il n'avait pas de secrétaire et me disait souvent combien il tenait à ce que je reste à ses côtés. Que j'étais le seul ami qu'il possédait. (...) Soir après soir, le Président se demandait s'il devait ou non faire des compromis. Il y répugnait. Deux obsessions l'habitaient : le bolchevisme et la SDN. Il dressait un tableau d'épouvante de ce qui arriverait s'il quittait la conférence de la Paix et rentrait aux États-Unis. L'armée française pénétrerait en Allemagne, elle anéantirait les villes avec des armes chimiques, puis serait en proie à la révolution bolchevique. Mais la vraie raison est que Wilson croyait que la SDN réparerait toutes les injustices. (...) [Avant sa tournée dans les États de l'Ouest], pour l'en dissuader, je lui affirmai que ma réputation professionnelle serait ruinée si je le laissais partir et qu'il mourait là-bas. Il me répondit : "Je préfère encore mourir pour l'avenir de l'humanité[55]." »

Après le départ de Wilson de la Maison Blanche, Grayson continua à travailler pour lui. En avril 1922, Tumulty lut aux démocrates new-yorkais assemblés un message de Wilson qui assurait de son appui l'homme qui se battrait pour « le salut de l'Amérique ». La presse crut à un soutien apporté à James Cox, le candidat malheureux des démocrates en 1920. Wilson entra dans une colère noire et démentit publiquement avoir envoyé un message ou autorisé quiconque à en transmettre un[56]. Grayson, qui était l'ami de Tumulty, se plaignit à Wilson : « Votre démarche me désole. Elle donnera seulement des armes aux gens qui prétendent que vous ne savez pas être fidèle à un ami. » Wilson regarda son médecin droit dans les yeux : « Grayson, vous ne savez rien de la question et ce ne sont pas vos affaires. » L'amiral quitta un peu plus tard le domicile de Wilson et ne revint pas, contrairement à ses habitudes, dans l'après-midi. « Dans la nuit, à 3 h du matin, Wilson m'appela pour me dire qu'il ne dormait pas et souhaitait me voir. J'allai immédiatement chez lui. Il me dit qu'il était désolé de ses paroles, que j'étais le seul ami qui lui restait. Il sanglota et je pleurai aussi[57]. »

Ce témoignage de Grayson, repris dans l'ouvrage, fut décisif dans l'interprétation de la personnalité de Wilson par Bullitt. Il corroborait les traits de caractère que Bullitt avait relevés chez Wilson : une obsession de la trahison qui confinait à la paranoïa, un rapport troublé à la réalité, et le choix d'une mort christique plutôt que d'un compromis avec le Sénat pour sauver le traité de paix. Avant de rentrer à Vienne pour une dernière révision du manuscrit, Bullitt vit son ex-épouse Louise avec Anne, leur fille. En août 1931, à Philadelphie et une fois encore à New York, en octobre, avant de partir tous ensemble pour l'Europe. Louise séjournerait l'hiver à Paris pour écrire un livre sur John Reed qu'elle venait de mettre en train[58]. À la fin 1930, Gwen Le Gallienne avait rompu avec elle. Louise croyait que Gwen essayait de l'empoisonner. Sa paranoïa empirait. Mais elle continuait de voguer de café en café à Montparnasse et était célèbre pour les fêtes qu'elle donnait au petit matin dans son appartement de la rue d'Assas. « Avec ses cierges, ses icônes, ses tableaux et ses éventails de soie, c'était un night-club et aussi bien un day club ouvert à tous. Elle semblait détachée de tout, mais à la différence d'Emma [Goldman], se montrait chaleureuse, amicale, en tout point sympathique ; et elle ne parlait jamais du passé », rapportait le journaliste Samuel Putnam[59]. Louise avait appris à piloter et prenait souvent le bus jusqu'à l'aérodrome du Bourget. Elle aimait voler seule, sans copilote.

Bullitt avait divorcé depuis plus d'un an, mais demeurait perturbé. Il continuait à voir Freud pour des séances d'analyse[60]. Un dimanche du début de l'année 1932, il déjeunait à Vienne avec deux journalistes américains, John Gunther et William Shirer[61]. Ils avaient commandé du champagne et le repas était animé. Les démocrates s'apprêtaient à choisir leur candidat pour l'élection présidentielle et Bullitt, qui « brûlait d'admiration » pour Franklin Roosevelt, espérait qu'il l'emporte. Il le croyait seul capable de sauver les États-Unis de la Dépression et s'indignait d'un article de Lippmann qui le dépeignait comme un play-boy incapable d'exercer les fonctions auxquelles il aspirait. Shirer et Gunther s'absentèrent un moment pour appeler leurs bureaux et connaître les derniers câbles. L'un d'eux annonçait la mort de Louise. Ils ne cachèrent pas la nouvelle à Bullitt, qui « pâlit et tomba dans un silence spectral » avant de demander qu'on appelle son chauffeur[62]. La nouvelle se révéla fausse. La rumeur circulait à Montparnasse depuis un mois et le *Chicago Tribune*[63] l'avait accréditée.

Depuis les débuts de son travail à Vienne avec Freud, Bullitt croisait souvent des psychanalystes et parmi eux, Ruth Mack Brunswick. Vive, charmante, intelligente, elle avait gagné l'amitié et l'admiration de Freud qui lui adressa l'un de ses patients les plus difficiles, Serguei Pankejeff (« l'homme aux loups »). Fille du juge Mack que connaissait Bullitt, elle était arrivée à Vienne en 1922 accompagnée de son mari, le docteur Hermann Blumgart, pour entreprendre une psychanalyse avec Freud. Elle divorça et se remaria quelques années plus tard, en 1928, avec un cousin de cinq ans son cadet, le compositeur Mark Brunswick, autre patient de Freud. Ruth aimait bien Bullitt mais leurs rapports manquaient singulièrement d'équanimité. Le 30 décembre 1930, elle écrivait à Marie Bonaparte : « Bullitt était ici, il reviendra bientôt. Il écrit un livre. C'est un homme amusant, à la conversation divertissante[64]. » Le 9 janvier 1931, elle le mentionnait à nouveau dans une lettre à la princesse : « Bullitt revient bientôt. Vous l'aimerez[65]. » Cependant, quelques mois plus tard, alors que Bullitt passait l'été aux États-Unis, Ruth, qui souffrait de crises de vésicule biliaire très douloureuses, somatisait par sa faute[66]. Le 15 octobre 1931, elle écrivait à Marie Bonaparte :

> J'étais dimanche avec le Professeur dans un tel état d'agitation que mon ulcère à demi cicatrisé s'est sans doute en partie rouvert. J'ai donc écrit (à Freud) une lettre que je lui ai envoyée aujourd'hui. Elle contient tout, y compris l'aveu plein et entier qu'il se soucie vraiment de moi. Mais il est pour moi clair comme du cristal que Bullitt a fait précisément ce qu'il devait souhaiter : influencer subtilement le Professeur contre moi. Le Professeur n'a pas vraiment cru à ses contes – mais tout de même à moitié. Et donc, quand il a essayé de se les ôter de l'esprit, ils sont demeurés là où restent la plupart des choses de ce genre, dans l'inconscient. Et dimanche encore, le Professeur m'a dit qu'il était difficile de savoir qui et quoi croire ! Il faut vraiment qu'il soit aveugle devant l'étendue des mensonges de B. Je tremble pour le livre ! Enfin, j'espère que c'est réglé à présent. J'ai tout dit, je l'ai dit en tout amour et en toute amitié ; je suis sûre que le Professeur sera convaincu. Mais OK. Quel homme crédule[67].

Le lendemain Freud répondit à Ruth, lui demandant si elle avait la force d'attendre jusqu'au dimanche pour régler la question de vive voix. Il lui disait sa conviction « de l'immutabilité de [leur] relation » et ajoutait : « Je pense que l'on doit se pardonner certaines petites choses si l'on a de l'affection l'un pour l'autre et qu'il est vain de se torturer en appliquant l'analyse là où elle n'a pas lieu d'être[68]. »

Un an plus tard, Ruth rencontra à nouveau Bullitt pour parler du livre sur Wilson. « Oh ! j'ai effectué une sorte de réconciliation partielle avec Bullitt ! » rapporta-t-elle à Marie Bonaparte. « Mark était à Berlin et m'a fort désapprouvée ! Il n'a pas complétement tort, Bullitt est impossible – névrotique, grossier, tout ce que vous voudrez. Malgré tout, j'ai une forme d'affection pour lui[69]. » Bullitt dut probablement rapporter à Freud l'épisode sous un jour négatif car celui-ci lui écrivit que Ruth avait nié « toute intention inamicale » et confessé au contraire « une forte sympathie » pour lui. « Je ne pense pas que vous devriez la voir comme une "personne dangereuse" », lui dit Freud. Sans doute « projetait-il sur elle la phase actuelle de [sa] relation à [sa] mère », auquel cas, concluait Freud, il fallait « s'attendre à un changement »[70]. Le changement viendrait-il jamais ? Bullitt confia un jour à sa fille Anne qu'il n'aimait pas les intellectuelles ; il était pourtant constamment attiré par elles.

Quelques mois plus tôt, le 29 avril 1932, Bullitt avait informé le colonel House que « le livre [était] enfin fini » et pourrait « être publié si F. et moi devions mourir dans la nuit ». Bullitt pensait cependant qu'il faudrait encore vérifier chacune des références et « l'expurger ». Il voulait déposer le manuscrit « dans un coffre et attendre six mois pour pouvoir le juger et procéder aux coupes nécessaires avec le détachement impossible aujourd'hui ». « Mais du moins s'agit-il d'un manuscrit complet et je commence à penser à la politique à nouveau[71]. » Bullitt y pensait en réalité depuis plus longtemps que cela.

CHAPITRE 9

Adoubé par Roosevelt

Sitôt après son arrivée à Vienne pour travailler sur leur livre commun, Freud confiait à Bullitt : « J'espère que l'un des effets de ce livre sera de vous ramener en politique. » « Je lui ai répondu l'espérer aussi », nota Bullitt[1]. Freud avait interprété un souhait de Bullitt peut-être inconscient, en tout cas jusqu'alors inexprimé. Un an plus tard, Bullitt cherchait effectivement à retourner dans l'arène politique, mais l'ouvrage qu'ils achevaient n'y serait pour rien. Les démocrates étaient de retour. La Grande Dépression, déclenchée par la panique boursière d'octobre 1929, avait mis des millions d'Américains au chômage et épuisé le crédit personnel du président Hoover. En juin 1931, le colonel House prit parti pour Franklin Roosevelt dans la course qui s'annonçait pour l'investiture démocrate[2]. En décembre 1931, Bullitt adressa au colonel un rapport sur différents entretiens qu'il avait eus à Londres ou à Paris avec des hommes politiques français, anglais et soviétiques. Le rapport détaillait les factions et les jeux d'alliance de la politique britannique, le souhait de la Russie d'éviter une guerre avec le Japon et la crainte des Français de voir arriver Hitler au pouvoir. Bullitt prévoyait le développement en Europe de « dictatures et d'un socialisme d'État qui adopteraient l'étiquette fasciste ou communiste mais dans le fond seraient les mêmes » et regrettait que le projet de réconciliation franco-allemande fût resté lettre morte[3].

House souhaitait, dit-il à Bullitt, que Roosevelt prenne connaissance de sa note sur la situation européenne pour mesurer quel « allié de valeur » serait Bullitt s'il devenait président[4]. Il encouragea Bullitt à voyager en Europe et à renouer avec ses contacts avant de revenir aux États-Unis. Le 27 mai 1932, après avoir, avec Freud, achevé leur manuscrit, Bullitt quittait Vienne pour rencontrer Masaryk à Prague. Il se rendit ensuite à Berlin, à Moscou – où il dîna avec Litvinov. Il se rendit aussi sur la tombe de John Reed sur la place Rouge. Il déposa solennellement une gerbe au pied de la sépulture, et se recueillit de longues minutes la tête inclinée devant le monument de son ami. Quand il regagna sa voiture, « des pleurs coulaient sur ses joues et le chagrin ravageait son visage[5] ». Ernesta et Louise connaissaient la raison de cette effusion de larmes. Justement il passa par Paris où Louise se trouvait avant de retourner en juillet 1932 aux États-Unis[6]. Là, nul Roosevelt à l'horizon. House avait perdu son influence sur la campagne. Ses réseaux n'avaient plus la même puissance ; lors des primaires, le Texas n'était pas tombé dans l'escarcelle du candidat. Et sur les questions économiques, House était trop conservateur[7]. Il admettrait bientôt qu'il ne voyait plus Roosevelt que « rarement ou jamais [*sic*] ni n'avait de ses nouvelles[8] ».

Bullitt prit alors contact avec Louis Wehle, camarade de classe et vieil ami de Roosevelt. Wehle connaissait Bullitt depuis 1917 et l'appréciait ; sa famille était elle aussi originaire de Louisville. Le 26 juillet 1932, Wehle déjeuna avec Roosevelt et un amiral et la conversation roulait sur la situation internationale : « Entre la poire et le fromage, Roosevelt suggéra très sérieusement l'entrée des États-Unis à la SDN pour rétablir l'ordre international[9]. » Le candidat avait pris le parti opposé lors d'un discours à Albany en février 1932. Wehle déclara l'idée irréaliste. La SDN ne ressemblait que de très loin à l'organisation rêvée par Wilson et la participation américaine ne servirait ni à prévenir la guerre ni à résoudre les tensions internationales. Le Japon venait d'envahir la Mandchourie et l'avait érigée en État fantoche sans que la SDN sortît de son impuissance. À l'issue du déjeuner, Wehle songea qu'il fallait à Roosevelt un expert des questions internationales. Il pensait à Bullitt mais voulait des garanties. En 1919, il avait approuvé son témoignage devant le Sénat, mais il voulait s'assurer qu'il avait depuis abandonné toute sympathie bolchevique. Bullitt le rassura : Louise Bryant lui avait fait partager la complète désillusion de John Reed sur le régime soviétique quelques semaines avant sa mort[10]. Grâce à Wehle, Bullitt intégra la campagne et rencontra Roosevelt à Albany le 5 octobre 1932[11].

Les deux hommes se connaissaient depuis 1909. Pendant la Première Guerre mondiale, ils avaient tous les deux leurs bureaux dans le bâtiment qui abritait le Département d'État et les ministères de la Guerre et de la Marine, à deux pas de la Maison Blanche, Roosevelt comme secrétaire adjoint à la Marine et Bullitt comme assistant au Département d'État. Ils avaient alors des rapports cordiaux, s'appelaient « Bill » et « Franklin »[12]. Leur discussion, relève Louis Wehle, en fit aussitôt des amis : Bullitt et Roosevelt s'y montrèrent « enchantés l'un de l'autre[13] ». Comme Bullitt, Roosevelt restait fidèle à la vision wilsonienne : une forme d'internationalisme libéral qui appliquait au monde les valeurs américaines. Roosevelt distinguait les idéaux de Wilson, des méthodes pour les réaliser qu'il voulait changer[14]. C'était précisément ce que Bullitt cherchait. Lui et Roosevelt partageaient aussi une « certaine communauté d'origines sociales, une forme de jovialité traversée de foucades », de l'audace et un grand sens de l'intuition[15]. Leurs différences mêmes étaient pour Wehle complémentaires : « Roosevelt n'absorbait que ce qu'il pouvait saisir rapidement, Bullitt pouvait fournir un labeur prodigieux, trier les faits pertinents et proposer un plan d'action. » Pour Wehle, ils formaient un duo idéal[16].

Après sa victoire de novembre 1932, Roosevelt avait songé à visiter l'Europe, souhaitant bâtir des relations plus amicales avec l'Angleterre et la France et soutenir de tout le poids de l'Amérique un rapprochement franco-allemand dont Bullitt l'avait convaincu de l'urgence pour prévenir une seconde guerre mondiale[17]. Mais la situation économique de l'Amérique se détériorait et, l'investiture n'ayant alors lieu qu'en mars, Hoover restait en fonction jusqu'à cette date – l'initiative serait controversée. Nul, en revanche, jugea Roosevelt, ne verrait d'inconvénient à ce que Bullitt traverse l'Atlantique, à titre privé, pour effectuer un tour d'horizon[18]. Bullitt ne perdit pas de temps. Dès le 28 novembre, il commençait à envoyer à Wehle – à destination de Roosevelt – des messages codés d'Europe. À Londres il rencontra le Premier ministre Ramsay MacDonald et à Paris, Édouard Herriot, président du Conseil. À la fin de sa tournée, il s'arrêta à Vienne pour quelques sessions de psychanalyse qui furent du bon travail, jugea Freud[19]. Bullitt expliqua aussi à Freud que s'il intégrait l'équipe de Roosevelt, la publication de leur livre serait différée. Durant l'été 1931, Bullitt avait fait lire à Marian Newhall Horwitz, maire de Moore Haven en Floride et mère de son cousin Orville, une première version du manuscrit. Sa réaction avait été très claire : s'il publiait un livre critiquant Wilson, il pouvait dire adieu à ses espérances politiques[20]. Freud se réjouissait malgré tout pour le « destin de l'Europe » : Bullitt était « le seul Américain, écrivait-il, qui comprend quelque chose à l'Europe et veuille faire quelque chose pour elle. Je n'ose espérer trop haut qu'on le nomme à un poste où il pourrait agir selon ses vues[21] ».

Le 27 décembre, de retour à Albany, Bullitt présenta à Roosevelt et à Wehle un compte rendu de ses entretiens. Lors de la conférence de Lausanne, en juin-juillet 1932, la Grande-Bretagne, la France, la Belgique et l'Italie s'étaient accordées avec l'Allemagne sur un forfait final au titre des réparations, conditionnant leur geste (l'accord était secret mais avalisé par Hoover) à une liquidation de leurs créances envers les États-Unis[22]. Bullitt rappelait que la plate-forme démocrate était défavorable à l'annulation des dettes. Cependant, l'abolition préconisée de la loi Hawley-Smoot du 17 juin 1930 (qui avait augmenté les droits de douane pour protéger l'industrie et l'agriculture américaines) permettrait aux anciens Alliés d'honorer leurs dettes grâce à l'amélioration de leur balance commerciale.

Satisfait, Roosevelt demanda à Bullitt de retourner en Europe pour préparer la Conférence internationale économique et monétaire de Londres qui s'ouvrirait en juin 1933, en réponse à un appel de Hoover à abaisser les tarifs douaniers et combattre la déflation. Avant de partir pour l'Europe, Bullitt commit l'erreur de parler de sa mission à la seule personne dont il n'imaginait pas, à tort, qu'elle pût la divulguer, le colonel House. Dès le 26 janvier, la presse américaine était, à Londres, sur les traces de Bullitt. Le Premier ministre le reçut avec circonspection. À Washington, un sénateur de l'Indiana, Arthur Robinson, demanda son arrestation s'il s'avérait qu'il engageait une négociation sur les dettes[23]. Il fila vite vers Paris, puis à Vienne où il réapparut chez Freud « sous la forme d'un météore[24] ». Il décida d'interrompre son voyage, toujours la presse aux trousses.

À son retour, Roosevelt venait de choisir Cordell Hull, l'un de ses premiers soutiens dans la campagne présidentielle, comme secrétaire d'État. Né dans une cabane en rondins dans les monts Cumberland (Tennessee), élu à la Chambre des représentants en 1906, Hull avait, sous Wilson, rédigé la loi sur l'impôt fédéral sur le revenu puis celle sur l'impôt sur les successions. Sénateur depuis 1931, il était un démocrate du Sud conservateur mais un libre-échangiste convaincu[25]. Comme sous-secrétaire d'État, le nouveau président choisit William Phillips, un diplomate de carrière. Vieil ennemi de Bullitt, il ne lui pardonnait pas son témoignage de 1919 et bloqua à deux reprises sa nomination comme assistant du secrétaire d'État. La situation de Bullitt devenait si désespérée qu'il proposa de servir comme attaché économique dans les ambassades de Londres ou de Paris[26].

Sans nouvelles, Freud pensait que l'espoir de voir Bullitt appelé à de hautes fonctions s'était envolé[27]. Mais Raymond Moley, le principal responsable du « Brain Trust » de Roosevelt, à l'origine du New Deal et de ses principaux discours de campagne, vint à son secours. Moley donnait acte à Bullitt d'avoir vu dès 1919 (et contrairement à Wilson) que les bolcheviks garderaient le pouvoir en Russie. À ses yeux, la loyauté envers son pays passait avant celle due à un président. Il plaida sa cause auprès de Roosevelt et obtint sa nomination comme assistant spécial du secrétaire d'État, poste qui ne requérait pas de confirmation sénatoriale[28]. Bullitt gagnerait la conférence de Londres comme sherpa de la délégation américaine.

Dans les pas du Président

À la veille de l'élection, après une longue campagne, Roosevelt avait confié au *New York Times* :

> Personne ne peut traverser le continent dans les temps présents et rester le même. Je l'ai trouvé dans un état pire que je ne l'attendais. Je ne parle pas seulement des chômeurs. Bien sûr, ils prendraient tout. Je pense à ceux qui ont encore un travail mais ignorent pour combien de temps encore. Ils ont l'air effrayé des enfants perdus. Et je ne pense pas seulement aux besoins matériels. Il y a davantage. J'étais à Paris quand Wilson fit le voyage. Je regardais les foules dans la rue et notais, particulièrement sur les visages des femmes, la même expression que je remarque aujourd'hui. Une sorte de puissante aspiration. Elles pensaient alors à la guerre. Peut-être cet homme, disaient leurs yeux, peut-il sauver nos enfants de l'horreur et de la terreur que nous avons connues. Aujourd'hui ces visages disent : « Nous sommes dans un piège que nous ne comprenons pas ; peut-être ce gars-là va-t-il nous en sortir[29] ? »

Deux de ses prédécesseurs qu'il admirait avaient sombré pour s'être enfermés dans des positions dogmatiques. C'était le cas de Wilson bien sûr[30]. Mais aussi de Hoover. En 1919, Roosevelt, admiratif comme la plupart des Américains de Hoover pour son action à la tête de la Food Administration et l'assistance humanitaire qu'il prêta à l'Europe centrale affamée, écrivit de cet homme « exceptionnel » : « Je souhaite qu'il devienne président. Nous ne pourrions en avoir de meilleur[31]. » Mais Hoover président depuis 1929 s'était rigidifié dans son opposition à l'intervention fédérale dans l'économie. Cela l'avait mené à sa chute. Le nouveau président n'entendait être prisonnier d'aucun dogme ou d'aucun groupe.

Le 5 mars 1933, le lendemain de son investiture, Roosevelt décréta la fermeture des banques pour quatre jours et envoya au Congrès une loi d'urgence bancaire (l'*Emergency Relief Banking Act*), qui fut votée le 9. Roosevelt prolongea pour trois jours ces « congés » exceptionnels. Le 12 mars, un dimanche soir, il donna sa première conversation radiophonique dite « au coin du feu ». Sur les ondes, il expliqua la crise bancaire dans un langage compréhensible de tous et invita les 60 millions d'Américains qui l'écoutaient à retrouver le chemin des guichets. L'effet fut électrique : « En une semaine, commenta Lippmann, la nation, qui avait perdu confiance en tous et en tout, reprit confiance dans le gouvernement et en elle-même[32]. »

Mais le prix des marchandises restait inférieur de 60 % à son niveau de 1926 et celui des denrées agricoles de 40 %. C'était la conviction de Roosevelt que la prospérité et la reprise « se construisaient de bas en haut et non de haut en bas[33] ». Pour relever « l'homme négligé », thème du discours le plus important de sa campagne (dû à Moley), il essaierait de ramener par la manipulation monétaire le pouvoir d'achat à ce qu'il appelait son niveau de 1926[34]. Le 6 mars, Roosevelt annonça l'abandon de l'étalon-or, décrétant un embargo sur les exportations du précieux métal et en interdisant sa détention aux particuliers. La valeur du dollar chuta jusqu'à 13 % à la fin avril, réduisant immédiatement les prix à l'exportation et leur donnant un avantage compétitif.

Mais il y avait un risque d'excès. Autoriser le Président à dévaluer le dollar ou à faire fonctionner sans limites la planche à billets, c'était envoyer un signal dévastateur à l'étranger et produire une catastrophe économique. Lors d'une réunion à la Maison Blanche, agacé par l'incompétence de ses interlocuteurs sur les questions monétaires (Moley, Bullitt et Roosevelt compris), James P. Warburg, un jeune banquier new-yorkais amené par Moley pour sa connaissance et sa compréhension des affaires monétaires et financières, contredit ouvertement le Président et l'incita fermement à accepter certaines limites et le convainquit[35].

La conférence de Londres approchait. Pendant trois mois, tout à fait complémentaires, Warburg et Bullitt devinrent inséparables[36]. Sur leurs conseils, Roosevelt déclara à la mi-avril. « Nous espérons ramener le monde entier, sous une forme ou sous une autre, au standard-or[37]. » Roosevelt encouragea parallèlement Moley, devenu le plus fervent défenseur du nationalisme économique, à déclarer qu'« une bonne partie des remèdes aux difficultés économiques, étaient à l'intérieur des frontières[38] ».

En apparence, Roosevelt poursuivait deux objectifs contradictoires. En réalité, il espérait que son plan d'urgence produisît suffisamment d'effet avant les débuts de la conférence de Londres : il savait que la bonne marche de l'économie internationale reposait *in fine* sur la libéralisation des échanges extérieurs, laquelle ouvrirait de nouveaux marchés à l'agriculture et à l'industrie américaines[39].

Lorsque le nouveau secrétaire d'État Cordell Hull arriva à Londres, un accord sur la stabilisation des changes, négocié par Warburg, était trouvé avec les Anglais et les Français : sans que la parité soit tout à fait fixe, le dollar évoluerait dans une fourchette autour de quatre livres sterling. Le taux parut aussitôt dangereusement élevé aux États-Unis, de nature à entraver son commerce extérieur. Certains prix rechutèrent. Roosevelt fit suspendre la Conférence jusqu'à l'arrivée de Moley à Londres. Chargé d'agir selon les vœux du Président, Moley écarta Warburg, dédaigna Hull et s'accorda le 30 juin avec les délégations étrangères sur une nouvelle déclaration jugée anodine réaffirmant l'engagement des nations du bloc-or à demeurer partie de la Conférence et l'intérêt des autres à réintégrer la base-or « dans les conditions appropriées[40] ».

Le Président répliqua, le 3 juillet 1933, par un message incendiaire : « Je tiendrais pour une catastrophe équivalente à une tragédie mondiale que la grande Conférence internationale (...) se laisse détourner [de ses objectifs]. (...) Les vieux fétiches des prétendus banquiers internationaux sont peu à peu remplacés par des efforts pour diriger les monnaies nationales dans le but de donner à ces monnaies un pouvoir d'achat qui ne varie pas beaucoup en termes de produits et de besoins. » Roosevelt conservait une priorité : son agenda intérieur. Il avait décidé de saborder la Conférence[41]. Warburg en démissionna immédiatement, estimant qu'en refusant un accord avec l'Angleterre, la France et le bloc-or, le Président avait commis un crime contre la paix du monde. Après son retour de Londres, Roosevelt évinça Moley en douceur des centres de décision. En s'adaptant aux variations des positions du Président, en l'informant à chaque instant des états d'âme de son secrétaire d'État et des autres membres de la délégation américaine, Bullitt avait non seulement survécu à la Conférence mais gagné ses galons auprès de Roosevelt. Warburg le jugeait un négociateur hors pair, et l'un des seuls capables d'anticiper les réactions ou les souhaits de Roosevelt[42].

Bullitt cette fois n'eut pas à attendre longtemps une nouvelle nomination. Pendant la conférence de Londres, il avait retrouvé Maxime Litvinov, son intermédiaire auprès de Lénine en 1919, désormais commissaire aux Affaires étrangères. Le gouvernement soviétique, rapporta Bullitt au Président, souhaitait la reprise des relations diplomatiques entre les deux pays[43]. Roosevelt décida de saisir l'occasion. Les États-Unis restaient la seule grande puissance à ne pas reconnaître l'Union soviétique et cela pour trois raisons : les Soviétiques reniaient leurs obligations à l'égard des autres nations (question des dettes) ; ils ne respectaient pas les droits des citoyens des autres États (droit de propriété, liberté religieuse) ; ils s'ingéraient dans leurs affaires intérieures en diffusant une propagande au vitriol.

Depuis janvier 1933 cependant, la venue de Hitler au pouvoir menaçait la paix en Europe. La politique du « fait accompli » allemande ou japonaise bouleversait le fragile équilibre international[44]. En établissant des relations diplomatiques avec l'URSS, Roosevelt pourrait opposer un contrepoids au Japon et à l'Allemagne sans heurter de front un Congrès américain majoritairement pacifiste et isolationniste[45]. Il chargea Henry Morgenthau Jr. et Bullitt des travaux d'approche. Morgenthau prit langue avec l'Amtorg, la compagnie commerciale russe et, en août 1933, rapportait à Roosevelt que l'URSS souhaitait importer pour 75 millions de dollars de matières premières[46]. Bullitt noua des contacts avec Boris Skvirsky, le chef du « Bureau d'immigration russe », qui servait d'ambassadeur officieux aux États-Unis.

L'étape suivante fut une lettre que Bullitt, en lien avec Skvirsky, rédigea pour Roosevelt. Adressée à Mikhaïl Kalinine, président de l'Union soviétique, elle suggérait que l'URSS envoie un « représentant » à Washington pour explorer la possibilité d'une reprise des relations diplomatiques. Le bateau de Litvinov, le *Berengaria*, entra dans le port de New York le 7 novembre 1933 ; Roosevelt reçut le soir même le ministre russe à la Maison Blanche et les négociations débutèrent. Le refus répété de Litvinov d'offrir des garanties quant à l'arrêt de la propagande soviétique aux États-Unis décida Bullitt à brusquer les discussions. Il remit à son interlocuteur un horaire des embarquements à destination de l'URSS : ou bien il signait ou bien il regagnait son pays[47].

Dans les jours suivants, les tractations se poursuivirent entre les seuls Roosevelt, Litvinov et Bullitt. Le 16 novembre, les États-Unis et la Russie parvinrent à un accord (les « accords Roosevelt-Litvinov »). En échange de sa reconnaissance, le gouvernement soviétique s'engageait à cesser les activités et la propagande du Komintern aux États-Unis ; à permettre à tous les Américains présents sur son sol (voyageurs ou résidents) d'exercer librement leur culte ; à honorer les dettes contractées sous les tsars et à offrir une indemnité compensatoire pour les propriétés américaines nationalisées. Un « gentlemen's agreement » complétait l'accord. Il effaçait une part significative de la dette russe (auprès du Trésor américain et des prêteurs privés) en la fixant à un montant compris entre 75 millions de dollars (estimation soviétique) et 150 (estimation américaine) au lieu d'un total initial de 650 millions[48]. Le 17 novembre 1933, Roosevelt annonçait la reconnaissance diplomatique de l'URSS et le nom du premier ambassadeur américain : William C. Bullitt.

Le nouveau Président enregistrait là un brillant succès diplomatique. Pour Bullitt, qui avait conduit de concert avec Roosevelt les discussions avec Litvinov, c'était également une victoire personnelle. Bullitt avait aussi la satisfaction de penser qu'en 1919, il avait eu raison contre Wilson. Cissy Patterson lui télégraphia : « Bien rares ceux qui trouvent dans cette vie leur juste récompense. En fait, je ne vois pas d'autre cas [que le tien]. Affection et félicitations[49]. » Steffens lui écrivit : « Je te félicite et t'admire, la plus entêtée des canailles – rang numéro 2 – que je connaisse[50]. » Bullitt était heureux d'avoir le privilège de travailler aux côtés d'un président qui mêlait « l'audace et le bon sens dans les proportions idéales[51] ». Il comparait Roosevelt à l'empereur Tang Taizong, né Li Shimin en 599, le deuxième empereur de la dynastie Tang, et ponctuait : « Il est presque miraculeux d'avoir comme président l'homme le plus apte du pays[52]. » « C'est une bonne chose pour nous, écrivait-il au leader travailliste britannique George Lansbury ; ce sera, je l'espère, une bonne chose pour le monde entier[53]. »

CHAPITRE 10

1933 – Premier ambassadeur américain à Moscou : à la découverte de Staline

Bullitt débarqua à Moscou le 11 décembre 1933, accompagné de sa fille Anne et de George Kennan, un jeune diplomate emprunté à la légation de Riga pour jeter les bases de la nouvelle ambassade. À l'Hôtel National, Bullitt eut la surprise d'être logé dans la suite même où, près de vingt ans plus tôt, alors qu'il y résidait avec sa mère, lui étaient parvenus les premiers échos de la Grande Guerre[1]. Un entretien avec le Président Kalinine, auquel assistait également Kennan, plaçait son arrivée sous les meilleurs auspices.

Le ministre de la Défense et commandant des forces armées, Clément Vorochilov, organisa le 20 décembre 1933 au Kremlin une réception en l'honneur de l'ambassadeur, dont l'atmosphère rappela à Bullitt celle d'un « banquet de fraternité universitaire ».

Staline assistait à la soirée, vêtu d'une vareuse de soldat, une pipe courbe dans la main gauche qu'il ne posait que lorsqu'il devait utiliser couteau et fourchette. Après le dixième toast à la vodka, remarquant que Bullitt trempait prudemment les lèvres au lieu de vider son verre, Litvinov l'avisa qu'il risquait de froisser ses hôtes. L'ambassadeur dut boire d'une traite jusqu'au dernier toast – le cinquantième ou à peu près. Au moment de quitter la réception, Staline demanda à Bullitt s'il avait un désir en particulier. Bullitt resta poliment évasif mais comme le dictateur insistait, il avoua rêver d'une ambassade qui serait la réplique de la demeure de Jefferson à Monticello. Il la voyait s'élever sur un site boisé agrémenté d'un lac, avec une vue imprenable sur la ville et la Moskova, la colline des Moineaux. « Vous l'aurez ! », répondit Staline. « En partant, il serra ma tête dans ses mains et me donna un plein baiser ! Je ravalai mon étonnement et quand il releva la tête en demande d'un baiser en retour, je le délivrai[2]. »

Une courte lune de miel

Pour sa résidence, Litvinov avait offert à Bullitt le choix entre le bâtiment de la Cour suprême (« idéal pour une prison », jugea Bullitt) et la maison Spaso, un édifice néoclassique élevé en 1914 par un négociant de fourrures et de vodka, devenu temporairement le siège du comité central du Parti communiste. En dépit d'un vestibule au style un peu monumental à son goût, Bullitt trouvait la maison Spaso joyeuse et il opta pour elle.

Avant de retourner prendre ses instructions à Washington, Bullitt accorda un entretien à Charles Thayer, un jeune Américain, ancien de West Point qui avait renoncé à une carrière militaire et gagné Moscou pour apprendre le russe[3]. Il fallait un interprète à Bullitt, Thayer réussit miraculeusement le test et fut engagé comme secrétaire. Il savait à peine taper, ignorait tout de la sténographie. Nuit et jour il se battait contre la montre pour maîtriser le russe avant le retour de l'ambassadeur[4]. Bullitt avait aussi décidé de garder Kennan. Il s'en excusa auprès de son homologue en Lettonie : impressionné par « tant de compétence chez un homme de cet âge », il était convaincu qu'il serait « l'élément moteur de l'ambassade ». Kennan aussi était ravi. Les premières semaines à Moscou l'avaient enthousiasmé à lui « couper le souffle ». Lorsqu'il y repensait, il pouvait « à peine croire son propre souvenir »[5].

À Washington, Bullitt s'efforça de régler les questions relatives à l'acquisition du terrain pour la construction d'une nouvelle ambassade et recruta des collaborateurs. Le 15 février 1934, il s'embarquait pour Moscou avec une équipe remarquable : le conseiller d'ambassade John Wiley (le numéro deux), riche de quinze ans d'expérience dans les chancelleries européennes et sud-américaines, Loy Henderson, un disciple de Robert Kelley, le chef de la division russe du Département d'État, officiellement numéro trois avec le titre de conseiller économique qui hériterait aussi de la gestion de l'ambassade, Wiley privilégiant l'analyse politique, Elbridge Durbrow, le consul général, et enfin Charles Bohlen affecté au service de traduction-documentation et à la bibliothèque. Bullitt réussit aussi à s'adjoindre un détachement de sergents du corps des Marines et un pilote, le lieutenant Thomas White, pour lequel il obtint un monomoteur Douglas biplace qui lui permettrait de sillonner le pays[6]. Pendant la traversée, il indiqua à ses collaborateurs qu'il n'attachait pas d'importance aux questions de rang et de hiérarchie : la bonne marche de ses services prévalait sur l'étiquette.

Au milieu de l'agitation moscovite, Bullitt n'avait pas oublié Freud. En avril 1933, les nazis avaient inscrit ses publications sur une liste noire. En mai, ses œuvres étaient brûlées en place publique dans les spectaculaires autodafés qui consumaient un siècle de culture allemande[7]. Bullitt lui rendit visite à Vienne le 2 août, après la conférence de Londres[8]. En janvier 1934, il l'appela de Washington pour lui offrir le refuge de sa maison des Berkshires : « si la situation se compliquait », Freud devait se considérer chez lui en Amérique[9]. Mais Bullitt était convaincu qu'il ne quitterait pas l'Autriche de son plein gré, qu'il faudrait un déchaînement de violence pour l'y contraindre[10].

En route vers Moscou, Bullitt s'arrêta à Paris et s'entretint avec Marie Bonaparte[11]. La situation en Autriche se détériorait à grands pas. Le chancelier social-chrétien Dollfuss avait suspendu le Parlement en mars 1933 puis interdit à la fois le parti communiste et le parti nazi. En février 1934, Dollfuss réprimait dans le sang la grève générale lancée par les sociaux-démocrates[12]. « Peu de souffrance personnelle, notait Freud, juste un jour sans électricité mais l'impression (*Stimmung*) était affreuse et la sensation d'un tremblement de terre[13]. » Les amis de Freud, ses disciples et les membres de sa famille disséminés à l'étranger se mobilisaient pour assurer sa protection. Bullitt jouait un rôle très actif au sein de ce groupe informel. À son instigation, l'attaché américain à Vienne, George Earle, offrit à Freud l'asile de la légation américaine au cas où il serait personnellement menacé par les nazis. « Il paraît que je figurerais en tête de la liste nazie, écrivit Freud à son fils Ernst. J'espère que je ne serais pas amené à user de cette protection[14]. » Earle estimait plus sage qu'il quitte le pays, mais Freud choisit de rester à Vienne, qu'il qualifiera bientôt de « très confortable prison[15] ».

Bullitt s'efforçait également de normaliser ses rapports avec Louise. Elle vivait alors à Paris, sa santé toujours chancelante. Il organisait des appels téléphoniques réguliers mais peu fréquents entre Anne et elle. Louise écrivait souvent à Anne et ne cessait de lui manifester son affection. Sa fille lui manquait. À la fin 1933, elle envoya à Bill et à Anne ses vœux pour Noël et le nouvel an : « Je ne peux pas attendre grand-chose pour moi – *ça va* [en français dans le texte]. J'espère que tu auras la bonté de me laisser voir Anne quand vous viendrez. » Bullitt l'invita à dîner rue de Ponthieu le 29 décembre. Un mois plus tard, le 25 janvier 1934, elle souhaitait connaître la date de leur prochain séjour à Paris : « Je veux revoir Anne (…). Je *suis* la petite fille dont tu es tombé amoureux, qui a seulement un peu grandi. Et beaucoup plus gentille si tu voulais bien t'en apercevoir[16]. » À la fin décembre 1933, Bullitt avait reçu une lettre de Clément Geslin, directeur de l'hôtel Lutèce, à Montparnasse, où Louise demeurait depuis plus d'un an. Le 6 ou le 7 de chaque mois, elle avait déjà dépensé la totalité de la pension qu'il lui allouait depuis leur divorce, « dilapidée ou volée par ses mauvaises fréquentations ». « Elle aimait répandre autour d'elle. Elle fut toujours généreuse[17]. » « Si l'on ne prête pas d'argent à ses amis, écrivait-elle, à qui va-t-on en prêter – à ses ennemis ? Je gagne de l'argent depuis mes quinze ans et n'ai jamais cessé d'en prêter à mes amis. Souvent, très souvent, je ne le revois pas, mais cela compte bien peu en regard du plaisir de rendre service aux êtres que j'aime[18]. » Louise était populaire aussi auprès d'hommes jeunes. « Je collectionne les hommes esseulés (...) certains de ces garçons sont malheureux ou se sentent perdus, je leur parle et les rends heureux. Eh oui[19] ! » Au cours des quatre derniers mois, Geslin avait pu la raisonner et conclure un accord avec elle. Quand elle recevait de Bullitt sa pension mensuelle, elle la lui remettait. Puis, chaque jour, il lui retournait une petite somme en échange d'un reçu. Ce système lui permettait de tenir sans trop de peine jusqu'à la fin du mois. « Mais ces derniers jours, confiait Geslin à Bullitt, depuis qu'elle avait appris votre nomination à Moscou, Louise s'était exaltée et les mauvaises habitudes avaient repris le pas. » Le directeur du Lutèce demandait à Bullitt s'il voulait bien lui adresser directement le versement mensuel. Il le diviserait en trois parts, une première pour l'hôtel (1 500 francs), une deuxième pour le restaurant à l'angle de la rue Vavin et de la rue d'Assas où elle avait ses habitudes, une dernière pour sa garde-robe et ses menus frais, environ cinquante à cent francs par jour. Il ne lui donnerait rien en revanche pour « les paris, les gigolos et les faux amis[20] ». Il semble que Bullitt adopta ce système avant son retour à Moscou où ennuis et tensions l'attendaient.

En son absence, Kennan s'était démené pour mettre l'ambassade en ordre de marche, mais les Soviétiques ne tenaient pas leurs engagements. Staline avait promis une parcelle pour construire l'ambassade et le Congrès avait avalisé l'opération mais – combinaison de duperies et d'écueils bureaucratiques – le terrain ne fut jamais cédé. Sur tous les terrains, la bataille était permanente et les frictions affleuraient. « L'atmosphère de lune de miel s'est complètement dissipée », écrivait Bullitt à Roosevelt à la Pâques 1934[21]. Il attribuait à juste titre ces changements à l'amélioration des rapports nippo-soviétiques. La crainte de la puissance japonaise avait poussé Staline à accepter les conditions américaines pour la reprise des relations qui joua à son tour un rôle dans la décision du Japon de ne pas attaquer l'URSS en 1934[22]. La vente au pays du Soleil Levant des chemins de fer détenus par les Russes en Chine, après deux ans de négociations, apaisa ensuite les relations soviéto-japonaises[23]. « Les Japonais nous ont joliment laissé tomber », ironisait John Wiley[24] : ne faisant plus face à un danger japonais, pour l'immédiat, les Soviétiques n'avaient plus besoin des Américains.

Par ricochet, les relations avec le gouvernement soviétique se bloquaient. Pour développer le commerce entre les deux pays, l'URSS aurait dû commencer à rembourser les quelque dizaines de millions de dollars qu'elle avait reconnu devoir aux États-Unis. Car la loi Johnson que venait de voter le Congrès interdisait de prêter à un pays déjà endetté. En attendant, les Soviétiques ne pouvaient obtenir de crédit à un taux préférentiel qui leur aurait permis d'acheter des produits américains. « Les négociations sur la dette ne mènent nulle part, écrivait Bullitt au colonel House, et nous éprouvons des difficultés considérables à simplement résoudre les questions mineures[25]. »

Les questions « mineures » pesaient parfois d'un poids capital. La pénurie de logements pour ses diplomates (les trois quarts des surfaces nécessaires faisaient défaut) contraignait Bullitt, à de rares exceptions près, à ne recruter que des célibataires, des agents locaux ou des diplomates disposés à venir sans leur femme dans l'attente d'un appartement[26]. L'immeuble de sept étages de la rue Mokhovaya, près de la place Rouge et du Kremlin, abritait l'ambassade et le consulat aux trois premiers étages. Le reste de l'immeuble servait à loger le personnel de la légation, à l'exception de trois appartements, dévolus à des responsables soviétiques. Le gouvernement mit les Américains dans la position particulièrement inconfortable de devoir attendre l'arrestation de leurs voisins (qui se soldait par l'emprisonnement ou la mort) pour récupérer leurs appartements. Pour ne prendre qu'un exemple, un mois après l'ouverture de l'ambassade, Dimitri Florinsky, le chef du protocole du ministère des Affaires étrangères, disparut soudainement. On ne le revit jamais. Le 7 mars 1934, le présidium du Soviet suprême décrétait que les rapports sexuels entre hommes étaient passibles d'une peine d'emprisonnement de trois à huit ans. Florinsky fut condamné à cinq ans pour « sodomie » et plus tard exécuté pour espionnage. Les diplomates américains l'appréciaient et déploraient son sort. Cela ne les empêcha pas de demander que son appartement soit affecté à l'ambassade[27]. À la fin 1934, Staline utilisa l'assassinat de Kirov, son héritier présumé, qui dirigeait le parti à Leningrad depuis 1926, comme prétexte pour lancer les Grandes Purges. Environ un million de personnes, la plupart accusées d'être « contre-révolutionnaires » ou « ennemies du peuple », périrent. Deux appartements supplémentaires s'étaient aussi libérés pour les Américains.

Bullitt s'alarmait aussi de l'ampleur de l'espionnage. Tout le corps diplomatique de l'ambassade, entre trente et quarante personnes, était sous surveillance[28]. Des agents du Guépéou suivaient l'ambassadeur où qu'il aille[29]. Bullitt engagea un attaché naval, Roscoe Hillenkoetter, qu'il emmènerait ensuite à Paris. Jusqu'alors Hillenkoetter convoyait la valise diplomatique entre Moscou et Paris et il avait impressionné Bullitt par sa connaissance du jeu politique européen. En 1947, Hillenkoetter deviendrait le tout premier directeur de la CIA. Hillenkoetter remarqua plusieurs câbles qui couraient dans les bâtiments sans fonction évidente : lorsqu'ils étaient coupés, ni la lumière, ni le téléphone, ni l'alimentation électrique n'étaient interrompus[30]. Il découvrit un jour, dans une pièce qui n'était séparée du bureau de l'ambassadeur que par une mince cloison de plâtre, un microphone prêt d'être installé dans un ventilateur. Espérant surprendre le coupable quand il viendrait achever sa besogne, Kennan, Durbrow et Thayer veillèrent à tour de rôle les nuits suivantes, un revolver dans une main, une lampe torche dans l'autre. Durbrow eut la malchance de s'assoupir lors d'une veille et au matin le micro avait disparu. À Washington, se souvenait Durbrow, on négligeait leurs alertes[31]. Mais Bullitt travaillait avec David Salmon, le responsable de la division communications et archives du Département d'État, et l'un des meilleurs experts du chiffre, pour faire de l'ambassade de Moscou la plus sûre de tout le réseau américain[32].

À la fin 1935, lors d'une réception à l'ambassade tchécoslovaque, Karl Radek, l'une des grandes figures de l'Internationale communiste[33], répéta mot pour mot à Bullitt une conversation que l'ambassadeur avait récemment eue à Varsovie avec le ministre des Affaires étrangères, Jozef Beck. Radek reconnut que sa source était un espion infiltré au sein du régime des colonels qui dirigeait la Pologne depuis la mort de Pilsudski[34]. Mais Bullitt comptait aussi des informateurs au sein du gouvernement soviétique, et les Russes le savaient. En octobre 1934, l'agent infiltré au plus haut niveau du Département d'État (nom de code « Willie ») rapportait avec une certaine fébrilité à son service traitant que Bullitt avait informé le ministère que les autorités russes connaissaient le contenu de ses télégrammes confidentiels. « Willie » était si haut placé au Département d'État que le secrétaire d'État le chargea lui-même d'enquêter sur l'origine des fuites[35].

Échapper à l'horreur du stalinisme

Sa position obligeait Bullitt à frayer, sans se départir de la courtoisie du diplomate, avec des interlocuteurs qui s'avéraient souvent de cyniques criminels. Pendant un dîner qu'il donna, à l'hiver 1934, à l'Hôtel National pour les généraux de l'Armée rouge, Bullitt côtoyait le commissaire à la Défense Clément Vorochilov, qui avait exprimé « l'ardent désir » de relations amicales avec les États-Unis, et le maréchal Boudienny[36]. Échauffé par la vodka, Vorochilov se tourna vers son camarade Boudienny et lança : « Quel souvenir que cette prise de Kiev ! Et sans combattre !

— Comment cela ? s'enquit Bullitt.

— Onze mille officiers tsaristes étaient retranchés dans Kiev avec leurs femmes et leurs enfants et disposaient de beaucoup plus de troupes que nous n'en avions. Nos forces n'auraient jamais suffi à prendre la ville. Nous leur promîmes qu'ils seraient relâchés, pourraient regagner leurs foyers avec leurs familles et seraient traités aussi bien que possible par notre armée. Ils nous ont crus et se sont rendus.

— Qu'avez-vous fait ?

— Nous avons abattu les hommes et les garçons et installé les femmes et les filles dans des bordels de campagne. Mes soldats avaient besoin de femmes, ajouta Vorochilov. Je me préoccupais de la bonne santé de mes troupes, pas de celle de ces femmes, de toute façon ça ne changeait rien, au bout de trois mois elles étaient toutes mortes[37]. »

Bullitt réussit à ne pas trahir son émotion. C'est lors du même dîner qu'il demanda à Vorochilov et à Boudienny pourquoi ils ne jouaient pas au polo. Le sport leur était inconnu mais ils devinrent bientôt des inconditionnels des tournois que Bullitt organisa entre l'Armée rouge et l'équipe de l'ambassade[38]. Bullitt ne jouait pas lui-même mais entraînait l'équipe et arbitrait les matchs : c'était, disait-il, « bien assez d'exercice pour un vieil homme[39] ». En avril 1934, il révéla aussi le base-ball aux Russes et paya de ses deniers la tenue et le matériel pour quatre équipes de l'ambassade[40].

Pour son plaisir et se changer les idées, Bullitt s'était lié avec de grands artistes. Dès son arrivée à Moscou, il avait demandé à rencontrer Natalia Saz, l'inventrice en 1918 du premier théâtre pour enfants de renommée mondiale qui avait commandé à Prokofiev le conte symphonique pour enfants qui devint *Pierre et le Loup*. Louise avait fait promettre à Bullitt avant son départ à Moscou de venir au théâtre de Natalia Saz pour et avec Anne. Il y retourna avec elle de nombreuses fois[41]. Surtout, il devint ami de l'écrivain et dramaturge Mikhaïl Boulgakov. En décembre 1933, il assista à une représentation des *Jours des Tourbine*, qu'il trouva si belle, qu'il assista à cinq représentations de cette pièce. Boulgakov et sa femme Elena Sergueïvna devinrent des hôtes réguliers de l'ambassadeur et de ses conseillers. À l'invite de Bullitt, les danseurs du Bolchoï donnaient des galas à la légation. Ils venaient souvent accompagnés de deux ou trois ballerines. L'une d'elles, Lolya Lepishnikaya, s'éprit de l'ambassadeur qu'elle appelait « mon soleil, ma lune, mon étoile ». Les ballerines russes avaient la permission de fraterniser avec les Américains. « Nous savions qu'elles étaient des agents, qu'elles mouchardaient auprès de la police secrète et elles savaient que nous savions[42]. » En 1940, Thayer rappellera à Kennan « la folie de 1934 », « notre vie un peu détraquée avec femmes et maîtresses dans une vapeur d'alcool »[43]. Dans son journal, il notait que la danseuse étoile et fervente communiste Irena Charnodskaya avait « pris d'assaut le trio » qu'il formait avec Bullitt et Bohlen. Thayer écrivait : « Son corps nous affole. Elle est devenue la propriété de la légation (…) et dort dans une chambre (…) dont nous nous disputons violemment la clé (…) Sacrée ambassade ![44] »

Mais ils étaient souvent aussi souffrants ou déprimés. Kennan tomba malade en juillet 1934 et prit du repos en Norvège où il resta jusqu'à la mi-août avant de regagner Moscou. À la fin décembre, il était de nouveau mal. Il souffrait cette fois de dépression et séjourna au sanatorium Gutenbrunn, au pied des Alpes, à Baden-Baden, avec pour seules instructions de « se reposer[45] ». Le Département d'État demanda à Bullitt de réfléchir à son rapatriement à Washington, mais l'ambassadeur refusa : « C'est le meilleur diplomate que j'aie ici et je pourrai en libérer deux à son retour[46]. »

Pour combattre son propre stress et l'aider à conduire l'ambassade, Bullitt avait déniché un secrétaire non seulement diligent mais talentueux. Celui du début, Charles Thayer, ne manquait ni de charme ni d'intelligence mais il ne savait décidément s'occuper ni de l'ambassade ni de l'ambassadeur[47]. Son remplaçant, envoyé par le ministère, ne resta pas parce que sa femme refusait de vivre à Moscou. Le suivant fit une dépression nerveuse. Bullitt expédia un télégramme : « Pour l'amour de Dieu, envoyez un secrétaire capable de supporter Moscou et de me supporter ! » Carmel Offie arriva à l'automne 1934. Né en 1909 dans une famille nombreuse d'origine italienne, il grandit dans le bassin houiller de Sharon, en Pennsylvanie. Recruté comme employé de bureau par le Département d'État en 1931, il rejoignit la mission américaine de Tegucigalpa, au Honduras. Excellent sténo-dactylo – le meilleur dans tout Moscou selon Bullitt –, le jeune et chaplinesque Carmel Offie se distinguait par son activité et sa concentration proprement diaboliques[48].

Offie comprenait à merveille le fonctionnement d'une mission diplomatique et faisait le pont entre les services de la chancellerie rue Mokhovaya et la maison Spaso où Bullitt accomplissait l'essentiel de ses tâches lorsqu'il résidait à Moscou.

Bullitt se levait habituellement entre 5 et 7 heures. La journée commençait par une promenade en compagnie d'Offie et s'achevait à 7 heures et demie, heure à laquelle il se couchait, sauf en cas de dîner ou de réception[49]. Si Bullitt avait une idée durant la nuit ou un télégramme urgent à envoyer, Offie était là pour prendre note. Offie était « son assistant, son factotum, son Vendredi[50] ». Bullitt finit par se reposer à tel point sur lui que son cousin, le docteur Orville Horwitz, lui écrivit un jour : « Je ne me formaliserai pas que Mr. Offie réponde à cette lettre, du moment que : 1 – Réponse soit donnée ! 2 – Il te consulte tout de même sur son contenu[51]. »

Les relations de Bullitt avec Roosevelt étaient excellentes. Sur tous les points de tension avec le gouvernement soviétique (l'acquisition de l'ambassade, les négociations sur la dette), le Président soutenait ses initiatives et ses décisions. Au Département d'État, Bullitt pouvait compter sur le principal conseiller de Cordell Hull, son secrétaire d'État adjoint, Walton Moore (le « juge » Moore), un Virginien qui siégea longtemps à la Chambre. Moore était un vieil ami du père de Bullitt et considérait Bill comme son fils adoptif. Dans une lettre adressée à Pâques 1934 au Président, Bullitt confessait éprouver le « mal du foyer », un « sentiment nouveau pour moi » qui tenait, lui disait-il, à ce qu'« au cours de l'année écoulée, vous m'avez accueilli avec Mrs Roosevelt et Miss LeHand comme un membre de la famille »[52]. Bullitt avait en effet développé avec Missy LeHand un lien affectif particulier. Secrétaire de Roosevelt depuis 1920, « Missy » (Margaret) LeHand intégra son cercle le plus intime quand la polio le priva l'année suivante de l'usage de ses jambes. Elle jouait un rôle clé dans son entourage professionnel aussi bien que privé. Roosevelt, sa femme et ses enfants la considéraient comme un membre de la famille. À la Maison Blanche, elle remplaçait même Eleanor dans les réceptions ou dîners (elle y disposait d'un appartement) lors des fréquents déplacements de la première dame et accompagnait le Président dans la plupart de ses voyages. Missy joignait « le désintéressement à un discernement remarquable[53] ». Elle était *de facto* le chef de cabinet de Roosevelt. Il lui faisait entièrement confiance et appréciait sa sûreté de jugement.

En août 1933, Missy et Bullitt commencèrent à s'échanger des lettres amicales et en septembre-octobre, pendant les négociations avec les Soviétiques, dînèrent ensemble à Washington[54]. Missy tomba amoureuse, Bullitt l'aimait aussi mais avec moins d'ardeur. « Vous me manquez terriblement, Bill – je fais de mon mieux pour vous oublier – vraiment – mais une force irrésistible me ramène toujours à vous (...). Je suis heureuse plus que je ne saurais dire (mais pas indépendante) quand je suis avec vous. Je vous en prie, revenez bientôt – je veux savoir que vous allez bien, vous toucher pour m'assurer de votre réalité. Au moins, je vous en prie, écrivez[55]. » Une autre fois : « Je suis si heureuse de votre appel, je pense sans arrêt à vous[56]. » Bullitt lui manquait et elle attendait ses appels, ses lettres, ses visites. À la fin 1933, elle projetait de lui rendre visite à Moscou et il attendait avec impatience sa venue[57]. Un autre plan suivit : se rencontrer à Hawaii, où Missy devait accompagner Roosevelt à l'été 1934, mais ce dernier annula le voyage. Réconfortante, leur amitié se poursuivait dans les interstices de la politique internationale. Un jour elle lui rapporta fièrement : « Le Président aussi était ravi d'avoir de vos nouvelles. Le dernier paragraphe lu, il s'est exclamé : "Bien trouvé, non ? Répondons-lui sur-le-champ !" Ce qu'il a fait ! Un jour à marquer dans les annales ! Vous lui manquez vraiment[58]. » Malgré la profondeur de leurs sentiments, ils restèrent simplement de très bons amis et collaborateurs, comme s'ils craignaient d'aller plus loin sous l'ombre protectrice mais possessive de Roosevelt. « Ce fut, écrit Kathryn Smith, sa biographe, une histoire d'amour essentiellement épistolaire et téléphonique, un secret qu'elle emportait le soir dans sa chambre, qui l'animait le jour d'un sourire intérieur, mais qui restait enfoui au fond de son cœur blessé, inaccessible même à Roosevelt[59]. » Elle fut peut-être, pendant treize ans, la femme la plus puissante des États-Unis. Elle gardait la porte du Président et jusqu'en 1940 l'ouvrit à Bullitt à grands battants.

Enfin, pour résister à la pression qui s'accumulait, Bullitt voyageait sans relâche. En Union soviétique, il raffolait des vols dans le biplace piloté par Tommy White sans autre guide que « des cartes erronées et des prévisions météo hasardeuses[60] ». Ils s'en donnèrent à cœur joie jusqu'au jour de juin 1934 où leur avion atterrit sur le dos dans une zone marécageuse près de l'aéroport de Leningrad. Les deux hommes s'en sortirent indemnes mais leurs équipées s'arrêtèrent là. Les Soviétiques n'autorisèrent jamais l'importation d'un autre appareil.

Bullitt voyageait aussi à l'étranger. Au long de son ambassade, il passa plus de temps hors d'URSS qu'à l'intérieur des frontières : envoyé officiel de Roosevelt, comme en mai 1935 où il le représenta aux obsèques du maréchal Pilsudski à Varsovie[61], ou bien son émissaire discret comme lors de son premier voyage en Extrême-Orient.

En juillet 1934, après un voyage en transsibérien de Shanghai à Moscou, Jean Monnet séjourna quelques semaines dans la résidence de son vieil ami Bullitt. Le père de l'Union européenne avait dès août 1914, à l'âge de 25 ans, participé de façon décisive à l'effort de guerre de la France, puis de la France et de l'Angleterre, en rationalisant l'acheminement des vivres et des matières premières. Ses efforts débouchèrent notamment sur la création, en 1917, du Conseil allié (franco-britannique) des transports maritimes. Après la conférence de la Paix, Monnet devint secrétaire général adjoint de la SDN. En 1923, il démissionna pour rejoindre les affaires familiales puis, en 1926, la firme d'investissement américaine, Blair and Co, dont il devint vice-président de la branche française. En 1929, il rencontra Silvia de Bondini qui venait d'épouser l'un des banquiers de la Blair. Elle le suivit en Chine où il conseilla Tchang Kaï-chek. Mariée en Italie, Silvia ne pouvait pas divorcer. Une solution était qu'elle acquît la nationalité soviétique. Elle pourrait divorcer sous la loi du pays puis se marier avec Monnet. De concert avec l'ambassadeur français

Charles Alphand, Bullitt obtint l'aide des autorités russes pour hâter la naturalisation de Silvia puis son divorce. En août, Silvia et sa fille recevaient la nationalité soviétique à l'ambassade d'URSS à Paris. Une fois tous les documents et les visas réunis, Monnet et Silvia revinrent se marier civilement à Moscou le 13 novembre 1934[62].

Le jour du mariage, Bullitt se trouvait à Shanghai. Pendant l'été, la situation en Extrême-Orient et ses dangers avaient nourri ses conversations avec Monnet. « L'un de mes amis français les plus proches, dit-il à Roosevelt, est d'avis que des contacts adroits avec les Japonais ouvriraient la voie à une solution pacifique des problèmes. » Il obtint son accord pour une mission d'une quinzaine de jours en Chine et au Japon[63]. Monnet contacta ses relations au Japon et en Chine, en particulier Tchang Kaï-chek.

Le 20 octobre 1934, Bullitt embarquait de Sibérie pour Tokyo où il rencontra l'empereur Hirohito et divers dignitaires : entretiens courtois mais d'un intérêt limité[64]. Le 22 novembre, à Nankin, il eut, à la demande du général, un entretien avec Tchang Kaï-chek qui se prolongea par un dîner. Il le revit le lendemain pour un thé en compagnie de sa femme, Song Meiling, qui lui servait d'interprète[65]. Bullitt invita à un rapprochement entre la Chine et l'Union soviétique contre leur ennemi commun, le Japon. Tchang Kaï-chek répondit que les deux pays ne pourraient pas coopérer sur un pied d'égalité tant que le mouvement communiste chinois n'aurait pas été écrasé. Il se félicitait de la présence de la flotte américaine dans le Pacifique et du développement des échanges économiques, notamment pour la construction de chemins de fer qui pourraient servir au transport des troupes comme au fret civil. Il promit d'éradiquer les cultures d'opium en cinq ans[66]. Bullitt transmit ce message à Roosevelt à son retour à Washington à la mi-décembre.

Missy appréciait de retrouver Bullitt pour de longs séjours dans la capitale américaine, justifiés par ses obligations professionnelles mais parfois aussi, comme entre décembre 1934 et mars 1935, par la maladie. Bullitt dirigeait son équipe à distance quand il reçut, le 2 janvier 1935, un télégramme de Wiley.

Morose, le corps diplomatique moscovite bruissait sur l'échec de l'ambassade américaine à donner une fête digne de ce nom. Si Bullitt ne revenait pas bientôt, il faudrait songer à l'organiser sans lui. Un échec ? Une fête sans lui ? Bullitt choisit la date du 15 avril – il serait de retour – et demanda d'envoyer des invitations à plus de cinq cents personnes, dont l'ensemble du corps diplomatique, les commissaires (les ministres), les membres du bureau politique, tous les personnages officiels ou proches du pouvoir, y compris bien sûr Staline. « Je veux que vous organisiez une fête qui montre aux commissaires comment la vie était sous les tsars. N'ayez garde à la dépense[67]. »

Le même jour, Bullitt câblait à Irena, la femme de Wiley : « Je rentre le mois prochain. Préparez une fête. Le ciel est la limite[68]. » Irena joignit ses efforts à ceux de Charlie Thayer pour reproduire à plus grande échelle une réception dans l'esprit de la soirée de Noël 1934 donnée pour les Américains vivant à Moscou. On y avait vu trois phoques prêtés par le zoo de Moscou jongler, grimper à une échelle et jouer *L'Internationale* à l'harmonica[69]. Le dresseur abusa du champagne et les animaux devinrent incontrôlables mais le numéro n'en remporta qu'un plus grand succès.

Cette fois, Irena Wiley imagina une « fête du printemps vert, blanc et or[70] ». La belle saison retardait à Moscou et les fleurs désirées manquaient. On dépêcha un courrier en Hollande qui en rapporta un millier de bulbes de tulipes en floraison. Transportés dans la baignoire de Bullitt, une dizaine de jeunes bouleaux bourgeonnèrent sous une lampe à bronzer. Le zoo offrit des chevreaux et une centaine de diamants mandarins. Avec l'aide de Charlie, Irena arrangea une volière en tendant des filets de pêche peints en or entre les colonnes de marbre du vestibule de la maison Spaso. Derrière ce treillage de fortune, les mandarins chantaient et voletaient joyeusement sur deux étages. Des coqs blancs s'ébattaient dans des cages en verre confectionnées avec les porte-serviettes des salles de bains de l'ambassade. Dans les combles, on sema sur un drap d'étamine humide des graines de chicorée qui germèrent juste à temps pour fournir un tapis vert émeraude aux dimensions de la table. Le zoo fournit encore des cabris, des brebis et un ourson accompagné de son gardien.

Le soir dit, à la notable exception de Staline, tout ce qui comptait à Moscou était là, le Politburo presque au complet et les hauts gradés de l'Armée rouge, cinq cents invités au total. Ivy, la femme de Litvinov, s'attacha immédiatement à un chevreau qui la suivit pendant toute la soirée. Radek joua un tour à l'ourson : il subtilisa sa bouteille de lait et la remplaça par du champagne Mumm qui coulait à volonté. Après deux ou trois gorgées, l'animal jeta à grand fracas la bouteille au sol. Pour l'apaiser, Iegorov, alors chef de l'état-major, le prit dans ses bras et le berça comme un enfant. L'ours vomit aussitôt son champagne sur l'uniforme flambant neuf et constellé de médailles du général. Iegorov quitta la fête, apparemment furieux, mais pour réapparaître une heure plus tard, « gai comme un pinson », dans un nouvel uniforme[71]. Aux premiers accents de l'orchestre venu de Stockholm, des faisans taillèrent une brèche dans le filet. Les mandarins s'y engouffrèrent et s'égaillèrent dans toute la demeure. Malgré les souillures sur les tentures et quelques invités, tout le monde était enchanté du spectacle[72]. À 3 heures, on entendit des harmonicas et les coqs se mirent à chanter. Les invités s'éclipsèrent vers 5 heures du matin[73]. Dans *Le Maître et Marguerite*, Boulgakov puisera dans ses souvenirs de la fête pour décrire le bal de Satan : c'est à la réception de Bullitt qu'il rencontra le baron Steiger, « un mouchard » du régime qui se mêlait aux étrangers (Steiger apparaît dans le roman sous les traits du baron Meigel)[74].

Les échos du bal retentirent jusqu'à la Maison Blanche. Roosevelt demanda à Missy d'envoyer à Bullitt la coupure d'un article intitulé « Moscou en haut-de-forme » qui décrivait l'arrivée « en habits de soirée des humbles serviteurs du prolétariat » à la « fête la plus chic donnée à Moscou depuis la révolution »[75].

La soirée ne réchauffa cependant pas durablement les relations entre l'ambassade et les responsables soviétiques[76]. L'atmosphère perpétuelle de crainte, les mensonges des Soviets, la disparition de ses amis russes ébranlaient Bullitt. Bien qu'il se couchât à 7 heures et demie, il avait besoin de se reposer deux heures chaque jour après déjeuner[77]. Il était las de Moscou. À la fin 1934, les négociations sur la dette avaient échoué[78]. La situation devint intenable à ses yeux quand des délégués du Parti communiste américain, conduits par Earl Browder, vinrent assister au congrès du Komintern à l'été 1935. En violation flagrante des engagements pris en 1933, l'Internationale comptait bien étendre ses activités en Amérique.

Bullitt ressentit la présence de délégués américains au congrès du Komintern comme une défaite et une offense personnelles. Il réunit ses conseillers à l'ambassade pour discuter de la réaction appropriée[79]. De manière troublante, il ignorait l'important revirement du Komintern. Abandonnant une lutte à mort, en partie responsable de la venue de Hitler au pouvoir, l'Internationale encourageait désormais les alliances avec les sociaux-démocrates. La nouvelle stratégie de « front populaire » amènerait en France (où Bullitt serait bientôt nommé) la victoire de la gauche sous la houlette de Léon Blum[80]. Bullitt ne considérait que la question des rapports avec les États-Unis. Il prônait la fermeture du consulat soviétique à San Francisco, une politique de visas plus restrictive, et encourageait Roosevelt à porter la question devant l'opinion publique en détaillant les violations des engagements pris par l'URSS. Le Président n'émit qu'une protestation écrite mais qui contenait la menace de rompre les liens diplomatiques[81].

Lors de son séjour dans la capitale allemande, à la fin 1935, Bullitt déconseilla à ses interlocuteurs français de conclure une alliance de revers avec l'Union soviétique face au danger allemand. Le traité franco-russe fut néanmoins ratifié en février 1936[82]. La violence de la réaction de Bullitt déconcertait l'ambassadeur Dodd, son homologue à Berlin. Dodd notait dans son journal, le 25 novembre 1935, sa stupéfaction : « Le Président doit sans doute connaître sa façon de voir, mais pourquoi alors l'avoir nommé ambassadeur[83] ? » Roosevelt savait et s'en fichait. Il appréciait « les idées nouvelles, les plans audacieux et les hommes capables de les émettre et de les réaliser[84]. » Il appréciait la vivacité et la profondeur des analyses stratégiques de

Bullitt, sans se sentir lié par elles[85]. Les Soviétiques n'ignoraient rien non plus des sentiments de Bullitt. Martha, la femme de l'ambassadeur Dodd, récemment recrutée par leurs services, les tenait informés de tout ce que Bullitt disait et de la façon dont il « dénigrait » l'URSS[86].

Moscou était devenue invivable pour Bullitt. Il voyageait aussi souvent que possible à Paris, à Berlin ou à Washington. Brusquement, le 9 janvier 1936, Louise mourut d'une attaque cardiaque dans l'escalier de l'hôtel Raspail où elle demeurait. Quelque six mois avant sa mort, elle expliquait à son avocat Art Hays avoir établi un testament, huit ans plus tôt, qui stipulait : « Je laisse tout à mon mari, William C. Bullitt. » Bill avait rédigé un testament croisé. Elle supposait qu'il l'avait changé en faveur d'Anne. « Je ne vais pas me cacher que ma santé décline. Ne pensez pas que je sois amère ou que j'aie peur de mourir. Ernest Dowson écrivait : "Je ne suis pas triste mais seulement las de tout ce que j'ai autrefois désiré." Je suis dans les mêmes sentiments. Pour moi, la mort signifie la paix. Mais j'ai dans mon studio au loyer impayé des lettres [adressées] ou des livres et des tableaux offerts par les grands noms de notre temps. Il y a aussi mes propres livres et mes manuscrits qui devraient revenir à Anne, je pense. (…) Si je viens à mourir ici, soudainement, ou ailleurs, il faudrait s'en occuper. Peut-être Bill veillera-t-il aussi à ce que j'aie un enterrement décent[87]. »

Hays transmit la lettre à Bullitt après sa mort. Avec Robert Murphy, le consul américain à Paris, Bullitt organisa ses obsèques et son enterrement à Versailles. Anne se rappelait des temps heureux avec sa mère, « beaucoup d'allées et venues » parce que Louise voyageait. Une gouvernante irlandaise prenait soin de la jeune fille. Elle se souvenait de l'excitation à chaque retour de sa mère, les bras chargés de cadeaux des quatre coins du monde. Les choses avaient changé quand Louise tomba malade : elle ne la vit plus guère. Anne ignorerait le divorce de ses parents jusqu'à ce qu'elle en découvre la trace dans les papiers de son père après sa mort. Dans le *Who's Who in America*, Bullitt continua à se présenter comme marié à Louise, effaçant leur divorce et son décès[88].

Bullitt était déprimé. Il parlait sans cesse de Louise et réitérait son désir de quitter Moscou[89]. Roosevelt, qui souhaitait plus d'optimisme dans les rapports avec l'URSS, était prêt à l'exaucer[90]. Missy suggéra que Bullitt devînt directeur du Budget. Roosevelt répliqua : « Oh non, il a toujours été immergé dans la diplomatie internationale, ce n'est pas sa partie[91]. » On parla de le nommer à Rome mais il refusa. Bien sûr, il était prêt à servir le Président là où il le souhaiterait mais il avait soif d'action et pensait être utile à Washington pour la campagne en vue de sa réélection, après quoi il espérait une nomination à Paris[92]. Roosevelt accepta ce plan et pria Bullitt de rentrer à Washington.

Il était de coutume pour chaque ambassadeur d'envoyer à la fin de sa mission un télégramme au Département d'État. Dans son dernier câble, Bullitt présentait la Russie soviétique comme « un cas exceptionnel parmi les grandes puissances » car elle n'était pas seulement un État mais « le quartier général d'une foi internationale (...). L'essence mystique de la foi communiste repose dans la croyance que lorsque le communisme sera établi sur terre, la cruauté, la haine, la jalousie, l'avarice et la tromperie seront extirpées de la nature humaine. Mais jusqu'à l'établissement du communisme, tout pouvoir et toute autorité sont concentrés dans l'État ».

À Pâques 1934, quelques mois après sa nomination à Moscou, Bullitt avait emmené avec lui quelques membres de l'ambassade à la nécropole du Kremlin, pour visiter le mausolée de Lénine. « Le communisme, y déclara-t-il, était une nouvelle religion dont Lénine était le Christ et Staline le prophète[93] », un prophète qui comptait répandre la foi bien au-delà des frontières soviétiques.

Dans son télégramme de 1936, il développait la théorie de Pâques 1934 : « L'Union soviétique est une théocratie sans dieu si l'on peut se permettre cet oxymore (...) Comme l'islam pendant les premiers siècles de son expansion, le communisme convertit par l'épée. Les œuvres de Marx sont son Coran. Lénine est son deuxième prophète. Staline son troisième. Pour garder la foi pure, le parti est régulièrement purgé. » Considérer le communisme comme un mouvement religieux était le bon fil pour pénétrer dans « le labyrinthe de l'Union soviétique ». Il fallait tenir l'URSS pour le poste avancé d'une « foi militante déterminée à produire la révolution mondiale et la "liquidation" (c'est-à-dire l'assassinat) des incroyants ». Les démocraties cependant ne devaient pas employer contre le communisme les armes des nazis mais au contraire « préserver les libertés si péniblement conquises par les peuples européens depuis le Moyen Âge[94] ».

Il laissait à Moscou deux des hommes qu'il estimait le plus, Loy Henderson et George Kennan. C'était réciproque. « William C. Bullitt, écrira ce dernier, fut un excellent ambassadeur. Je crois refléter les vues de tous ceux qui m'entouraient si je dis que nous n'avons eu que des occasions d'en être fiers. C'était un homme du monde séduisant, brillant, parfaitement éduqué, capable d'en remontrer intellectuellement à de grandes figures du mouvement communiste comme Radek et Boukharine qui venaient volontiers discuter avec lui à l'ambassade. (...) Il ne tolérait pas que l'existence sombre dans l'ennui et la grisaille. Son allant, son allégresse, sa détermination à rendre la vie intéressante et palpitante rejaillissaient sur chacun d'entre nous[95]. »

De retour à Washington, Bullitt s'engagea activement dans la campagne présidentielle. En juillet 1936, dépêché par Roosevelt, il prononçait un discours en Virginie à l'occasion du bicentenaire de Patrick Henry[96]. La situation européenne lui inspirait ce passage : « Avec la police secrète et les pelotons d'exécution pour piliers, des dictatures se sont implantées dans de nombreux pays. Les mots les plus nobles ont été prostitués, les sentiments les plus purs dévoyés par la propagande pour tenter de masquer leur vrai visage : celui de tyrannies qui imposent leurs dogmes à des populations asservies[97]. » Le dimanche qui précédait la convention démocrate qui se tiendrait à Philadelphie du 23 au 27 juin, le sénateur Wagner, Bullitt, Missy et le ministre adjoint de la Justice Dickinson étaient réunis à la Maison Blanche autour du Président pour mettre un point final au programme du parti. Roosevelt souhaitait une version plus simple et plus concise que celle qu'ils avaient déjà rédigée. Les sténographes attendaient la dictée. Le soir avançait et rien n'était prêt. À minuit passé, Bullitt prit le taureau par les cornes : « Nous n'arriverons à rien comme cela. Que l'un d'entre nous s'assoie au calme, y passe le reste de la nuit, nous y jetterons un œil demain. Je propose Sam Rosenman. » Tout le monde approuva. Membre du « Brain Trust », Rosenman coordonnait la rédaction des discours du Président. On lui assigna l'une des incommodes chambres d'amis en face du bureau présidentiel. Roosevelt donna peu d'indications, se bornant à dire qu'il aimerait voir le programme articulé autour d'une reprise de la première phrase de la Déclaration d'indépendance : « Nous tenons ces vérités comme évidentes (…). » Il remit à Rosenman les versions antérieures et lui conseilla d'en « reprendre les idées en plus court ». Rosenman travailla toute la nuit. Au petit déjeuner, Roosevelt valida le résultat. Bullitt apporta sa contribution pour les affaires étrangères, Harry Hopkins, l'un des plus proches conseillers de Roosevelt, y ajouta une conclusion et le programme était scellé[98]. L'une des phrases clés retentirait le 27 juin au stade Franklin Field : « Cette génération d'Américains a rendez-vous avec le destin[99]. »

CHAPITRE 11

L'ambassade de Paris pour tenter de sauver la paix en Europe

Bullitt arriva à Paris, le 1er octobre 1936, et découvrit une France anxieuse. Le 7 mars précédent, elle n'avait pas répondu à la remilitarisation de la Rhénanie. Hitler avait pris un grand risque, il savait que son armée n'était pas encore assez puissante et avait donné l'ordre à ses généraux de se retirer si la France bougeait[1]. La France en avait le droit, aux termes du traité de Versailles, elle perdit l'occasion d'une riposte à la fois limitée et décisive. La mobilisation aurait été impopulaire et les déficits se seraient accrus. Aucun gouvernement de surcroît n'était alors prêt à agir sans l'accord de la Grande-Bretagne et les Britanniques ne souhaitaient pas s'engager[2].

Après la partie remportée en Rhénanie, l'Allemagne scellait de nouvelles alliances : en octobre, l'axe Rome-Berlin était constitué et le 25 novembre, le pacte anti-Komintern signé avec le Japon. En Angleterre, un nombre significatif de libéraux et de travaillistes continuaient de penser « qu'on ne poserait pas les fondations de la paix en Europe tant que l'on ne reconnaîtrait pas à l'Allemagne de pleins droits à la rectification des frontières, à l'Anschluss et à l'égalité des armements ». Le Premier ministre Neville Chamberlain tenait donc la satisfaction des doléances allemandes pour une priorité et estimait que les « persécutions » exercées en Allemagne « découlaient pour une grande part du refus de lui reconnaître ses droits [de] nation souveraine »[3].

De cette France isolée qui pensait que Hitler la menait tout droit à la guerre sans y être prête, l'Amérique et Roosevelt seraient-ils les sauveurs ? Bullitt arrivait à Paris la besace déjà pleine d'amis, de René Pleven à Marcel Cachin. Il s'entendit immédiatement avec Léon Blum, devenu président du Conseil en juin 1936. Pour la France du Front populaire, le New Deal figurait un modèle enthousiasmant. Blum sentait sa position renforcée, confia-t-il à Roosevelt, « parce qu'il s'efforçait de réaliser ce qu'il [Roosevelt] avait accompli en Amérique pour les classes inférieures sans rien rogner des anciennes libertés ». Bullitt appréciait chez Blum « la sorte d'intelligence ailée et les petits gestes nerveux typiques des créatures hyper-intellectuelles[4] ». Léon Blum aussi appréciait Bullitt. Il écrira : « J'étais et je suis toujours avec lui en termes d'amitié personnelle. Dès son arrivée à Paris, une sympathie et je puis dire une affinité intime nous avaient liés l'un à l'autre[5]. »

Avec son appétit pour les contacts comme pour la réflexion politique et stratégique, le nouveau représentant des États-Unis, le premier depuis trente ans à parler français[6], devint l'interlocuteur naturel de tout ce qui comptait à Paris. Pour les élites françaises, Bullitt était l'incarnation même de l'ambassadeur et la légation de l'avenue Gabriel devint rapidement l'un des foyers de la vie mondaine. Lors d'un bal qui accueillit 600 invités, dont le duc et la duchesse de Windsor, Bullitt servit 490 bouteilles de son champagne préféré, un Pommery (cuvée 1928), un excellent pouilly-fumé et les meilleurs whiskies et cognacs. Pour la première fois à l'ambassade, on dansa au son d'un orchestre de jazz. La fête se termina à 5 heures et demie du matin.

Des coutumes s'installèrent. Bullitt portait tous les jours un œillet à la boutonnière et faisait venir ses costumes de Londres. La journée de travail d'Offie commençait le plus souvent à 4 heures du matin. Accompagné du cuisinier, il allait aux Halles choisir les viandes, les poissons, les fruits et les légumes nécessaires aux repas et aux réceptions. La table de l'ambassade acquit une telle réputation dans les cercles diplomatiques que le roi Zog d'Albanie écrivit à Bullitt afin de lui emprunter son cuisinier pour son mariage. Quelques mois après son arrivée à Paris, Janet Flanner brossait son portrait dans le *New Yorker* : « Il est éclectique, enthousiaste, débordant d'adrénaline – pendant la conversation son visage passe à l'écarlate de plaisir ou de contrariété –, accueillant, sociable, emporté, d'une ponctualité réglée. Il est doté d'un humour désopilant et rit à gorge déployée de ses bons mots ou de ceux des autres. C'est un lecteur insatiable et un conteur captivant. Obstiné, gâté, avec quelque chose d'un nabab et le sens de la mise en scène, il a des ambitions compliquées[7]. »

À compter de 1937, Bullitt élut pour résidence de campagne le château de Saint-Firmin, dans l'Oise, à deux pas du parc de Chantilly, sur la rive droite du Grand Canal. Composé d'un pavillon et de deux arrière-corps, ce petit château Louis XVI agrémenté d'un jardin à l'anglaise était délaissé depuis plusieurs années[8]. Bullitt obtint de l'Institut de France de le louer pour 1 000 dollars l'an à condition de lui redonner son lustre. Il y dépensa 6 000 dollars. Sa fortune n'était pas aussi importante qu'une légende le laissait accroire mais suffisante pour satisfaire ses goûts patriciens[9]. Saint-Firmin deviendrait, à l'image de sa ferme d'Ashfield, une agréable retraite de campagne, où il pouvait se détendre, recevoir des amis et des personnalités. En compagnie d'Anne, il allait aux courses sur l'hippodrome avec « ses écuries en bordure de forêt et ses loges qui embrassent les étendues verdoyantes en avant du château [de Chantilly][10] ». Après une partie de tennis ou un parcours de golf (le golf de Chantilly jouxte le domaine), Bullitt aimait s'ébattre dans les eaux glacées, même par les soirs d'été, du bassin de l'Octogone en tête du Grand Canal. À l'ambassade ou à Saint-Firmin, il recevait tout le monde, le duc de Windsor comme le dirigeant communiste Marcel Cachin ou encore les journalistes Geneviève Tabouis et Cissy Patterson.

Bullitt rapportait fréquemment échos du monde et anecdotes à Roosevelt. Un jour, la duchesse de Windsor évoqua l'intérêt du Führer pour l'architecture. Il lui avait confié : « Nos édifices feront de plus belles ruines encore que celles des Grecs. » « Voilà un trait, soulignait Bullitt, qui me paraît aussi révélateur sur le plan psychologique que tout ce que j'ai ouï jusque-là[11]. »

La réconciliation franco-allemande jusqu'au bout

La faiblesse de la France devant l'Allemagne, criante en mars 1936, son incapacité à exercer des représailles, saisit d'inquiétude la Pologne son alliée[12]. Elle représentait selon Bullitt un danger pour les États-Unis mêmes[13]. Si la France ne pouvait contenir Hitler, le risque grandissait de voir un jour le continent tout entier « en état d'attaquer la Grande-Bretagne, et finalement [l'Amérique] ». La réflexion stratégique de Bullitt se fondait sur le point d'inflexion de la politique étrangère représenté par la « doctrine atlantique », héritage de la présidence Wilson, qui tenait pour essentiel d'empêcher que toute puissance hostile ou potentiellement hostile aux États-Unis contrôle un jour les côtes atlantiques de l'Europe et de l'Afrique, ou bien les portes d'entrée de l'Atlantique : la mer du Nord, la Manche et le détroit de Gibraltar. Ce nouveau pilier s'ajoutait aux deux piliers traditionnels de la politique étrangère américaine – le premier visait à prévenir les ingérences européennes sur le continent américain (doctrine Monroe), le deuxième à empêcher une prise de contrôle de la Chine, de ses ressources et de sa main-d'œuvre par une puissance étrangère (politique dite de la « porte ouverte » depuis 1900)[14].

Depuis 1919, Bullitt n'avait cessé de penser que la réconciliation franco-allemande était la clé de la paix en Europe. L'objectif, qui avait été celui d'Aristide Briand, méritait d'être poursuivi en dépit des provocations en cascade de Hitler et de la réticence traditionnelle de la Grande-Bretagne[15]. Hitler promettait qu'il n'avait pas l'intention d'attaquer la France. Bullitt voulait le prendre au mot, il pensait que le seul moyen d'empêcher la guerre résidait dans des négociations directes entre Paris et Berlin. Blum ne s'y opposait pas. Le 28 août 1936, le socialiste avait réservé un accueil chaleureux à Hjalmar Schacht, à la fois ministre de l'Économie et gouverneur de la Reichsbank. Blum ne voulait pas croire les barrières idéologiques insurmontables et laissa entrevoir à l'Allemagne la restitution de certaines possessions coloniales et la livraison de matières premières. Le Reich laissa ses ouvertures sans réponse[16].

Bullitt convainquit aussi Roosevelt de créer un réseau de diplomates qui œuvrerait avec lui à la paix en Europe. Avec ses 38 diplomates (quatre de plus qu'à Londres) et ses 260 employés locaux, l'ambassade parisienne devint bientôt le centre d'un système de veille paneuropéen[17]. Tous les messages émanant de Washington à destination des légations du Vieux Continent transitaient par Paris. Seule faisait exception l'ambassade russe où Roosevelt avait nommé un riche démocrate avec la mission de « gagner la confiance de Staline[18] ». Les responsables des missions européennes dressaient pour Bullitt ou ses envoyés l'état de la situation dans leurs pays respectifs. « De tout le service diplomatique, Bullitt était l'homme le plus proche du Président[19]. » Il était constamment en communication avec lui. Ils ne parlaient pas seulement de la France, mais aussi de l'Allemagne, de l'Angleterre, de la Pologne et des affaires du reste du monde[20]. À cette époque, en dépit du développement des liaisons téléphoniques transatlantiques, la plupart des chefs d'État ne se parlaient pas directement, la liaison n'étant pas assez sûre. Les dirigeants continuaient à communiquer par l'intermédiaire de leurs ambassadeurs ; pour les points les plus importants Bullitt et Roosevelt usaient de mots de code qui mêlaient notamment Yale, Harvard, des prénoms, des noms de villes ou de pays, ou l'âge des enfants du Président.

C'est l'ensemble de la diplomatie américaine que Bullitt souhaitait plus rigoureuse. À la fin 1936, il convia son vieil ami, le juge Moore, à joindre ses efforts à ceux de David Salmon pour renforcer la sûreté des communications dans les légations et les diverses branches du Département d'État[21]. Il n'y avait pas à l'époque de responsable du renseignement à l'ambassade ; Offie se chargeait de le collecter. Il parcourait le moindre télégramme pour s'assurer que rien d'essentiel n'échappe à Bullitt. Les affaires qui n'étaient pas de tout premier rang ou bien les diplomates des missions moins importantes étaient aiguillés vers Offie. Il assurait la bonne marche de l'avenue Gabriel et du manoir de Saint-Firmin. « Dès qu'une tâche se présente, Offie l'accomplit », disait son collègue MacArthur, le neveu du général[22]. MacArthur s'émerveillait de sa capacité à jongler avec « trois cerveaux » et « trois emplois du temps » : « Son esprit est pareil à un magnétophone[23]. » « Il irradiait littéralement d'intelligence », confiait un autre familier de l'ambassade[24].

Bullitt devint l'émissaire itinérant de Roosevelt, un inspecteur général officieux du service diplomatique, « l'éminence grise » qui « tirait les ficelles en coulisses ». « Tout le monde le tenait pour l'homme du moment à la Maison Blanche, le numéro 1, en d'autres termes le dernier coup de cœur de Roosevelt[25]. » Jusqu'en 1940, Roosevelt préparera directement avec lui les nominations aux différents postes ou bien lui enverra des listes pour qu'il donne son avis[26]. Bullitt s'opposait au maintien de Dodd à Berlin, non à cause de ses sentiments antinazis mais parce que refuser tout contact avec les hommes au pouvoir en Allemagne y rendait sa présence contre-productive. Le Département d'État partageait unanimement cette vue. « À quoi bon avoir un ambassadeur qui refuse de parler au gouvernement auprès duquel il est accrédité ? », déplorait Phillips auprès de Roosevelt[27]. À la fin 1937, le diplomate de profession Hugh Wilson remplaça William Dodd. Bullitt avait suggéré son nom à Roosevelt, de préférence à celui de Joe Davies, son successeur à Moscou, un temps pressenti[28].

Sauver Freud

En 1938, Bullitt veilla à la désignation de John Wiley comme chargé d'affaires à l'ambassade américaine à Vienne. Il lui confiait la mission toute spéciale de garder un œil protecteur sur

Freud et sa famille. Quand la menace de l'Anschluss se précisa, il appela Wiley et lui demanda de manifester « sa présence[29] ». Le 10 mars 1938, Wiley se présenta au 19 Berggasse et garantit qu'il accomplirait « tout ce qui était en son pouvoir » dès que la situation l'exigerait. Tout ce que Freud « avait à faire était demander qu'on lui téléphone et [il] apparaîtrait aussitôt ». Freud, nota Wiley, était « manifestement ravi de ma venue ». Wiley échoua cependant à récupérer, comme Bullitt l'en avait instamment prié, le manuscrit *Wilson*, resté chez Freud à Vienne depuis 1932. Freud certifia à Wiley qu'il ne possédait rien qui eût un caractère « dangereux » : le manuscrit d'un livre écrit avec Bullitt n'était pas « dangereux » dans son esprit. Freud lui assura aussi ne rien craindre : « Il était "un vieux libéral" mais n'appartenait à aucun parti. Rien ne lui arriverait[30]. » Le surlendemain, le 12 mars, la Reichswehr envahissait l'Autriche et le 13 entrait dans Vienne.

De Londres, Ernest Jones contacta aussitôt Marie Bonaparte à Paris et Dorothy Burlingham à Vienne et prit l'avion, via Prague, pour la capitale autrichienne afin de convaincre Freud de partir. Il arriva le 15 mars. Le même jour, des voyous viennois, se faisant passer pour des nazis, firent irruption dans le bureau de Martin Freud à la maison d'édition, et s'emparèrent de toutes les espèces. Wiley envoya un télégramme à Bullitt : il craignait que Freud « malgré l'âge et la maladie [fût] en danger[31] ». Bullitt lui demanda de faire tout son possible, y compris en proposant un secours financier dont il assumerait la charge, pour aider Freud et sa famille à trouver refuge à Paris[32]. Il joignit Roosevelt qui donna instruction à l'ambassadeur Wilson d'évoquer personnellement le point avec les officiels allemands à Berlin.

Le 17 mars, la maison de Freud fut fouillée, son argent et son passeport confisqués. Irena Wiley n'oublierait jamais ce jour. Son mari l'avait appelée : « Les SS sont chez le professeur Freud. Je suis inquiet. Prends la voiture, roule avec le drapeau, et vas-y aussitôt. Je vais voir ce que je peux faire pour le protéger mais en attendant, garde la place. » Elle s'y rendit, écarta deux SS armés postés à l'entrée de l'appartement pour en trouver six autres à l'intérieur, occupés à briser les meubles, à retirer les livres des étagères, à en arracher les pages et à les jeter au sol.

Le timbre autoritaire, Irena Wiley leur intima d'arrêter et demanda à voir l'officier responsable. Il était absent. Elle leur commanda de sortir et ils s'exécutèrent. Elle trouva Freud dans sa bibliothèque, à l'extrémité de l'appartement, impavide, calmement assis derrière son imposant bureau, recouvert de sa collection de statuettes antiques et égyptiennes. Il sourit à Irena et lui tendit une petite sculpture qui représentait un oiseau égyptien. « À qui ressemble-t-il ? » Ravi de sa réponse – « Mais à la reine Victoria, bien sûr ! » –, il commença à lui parler des mythes égyptiens et de leur influence sur notre civilisation. « Il ne glissa pas un mot de ce qui venait de lui arriver. C'était une démonstration éblouissante de détachement philosophique[33]. » Avant de partir, les SS s'étaient emparés de 6 000 shillings.

Ce même jour, Marie Bonaparte arrivait de Paris tandis qu'Ernest Jones rentrait à Londres s'occuper de la délivrance de visas pour la famille Freud. Anna avait reçu une convocation au quartier général de la Gestapo, à l'hôtel Métropole, pour le 22 mars. Elle rendit visite au docteur Schur pour qu'il lui donne des pilules de Véronal, décidée à se suicider si on devait la torturer. L'amie d'Anna, Dorothy Burlingham, Schur et Paula Fichti, la gouvernante, restèrent auprès de Freud pendant les heures interminables qu'Anna passa à la Gestapo. Freud était très inquiet, arpentant le plancher, ne cessant de fumer. Anna fut relâchée le soir même[34]. À son retour, Freud témoigna une grande émotion. Ce soir-là, il décida qu'il était temps de partir[35].

Des années plus tard, Anna confiera à Schur avoir dit à son père, dans les jours qui précédèrent sa visite à la Gestapo : « Ne ferions-nous pas mieux de tous nous suicider ? » À quoi Freud répondit : « Pourquoi donc ? Parce qu'ils aimeraient qu'on le fasse ? » Il avait toujours le désir de vivre, il résista, comme le dit Schur, par « sens du défi », et écrivit à son fils Ernst (qui était déjà à Londres) qu'il souhaitait du moins « mourir en liberté »[36].

Dès qu'ils furent maîtres de l'Autriche, les nazis imposèrent la politique déjà appliquée en Allemagne. Les entreprises « juives » de toute nature passaient sous la coupe de « commissaires » désignés par les nouvelles autorités. C'est ainsi que la maison d'édition de Freud, l'Internationaler Psychoanalytischer Verlag, fut placée sous la tutelle d'Anton Sauerwald. Le *Kommissar* possédait un doctorat en chimie, était un nazi et un antisémite convaincu, et se comportait volontiers comme une « brute » méprisante. Mais il se lassa rapidement de son travail administratif et par curiosité commença à lire les œuvres de Freud. Elles retinrent son intérêt et même l'impressionnèrent. Il rencontra bientôt leur auteur. Par chance, Sauerwald avait étudié la chimie avec le professeur Herzig, un vieil ami de Freud, juif également, et éprouvait à son endroit respect et affection[37]. Il renouvela fréquemment ses rencontres avec Freud et finit par le protéger lui et sa famille. Un jour, Sauerwald découvrit sur le bureau de Martin un exemplaire du testament de Freud. Il indiquait la possession de comptes à l'étranger. Sauerwald se garda de le révéler, prenant un grand risque personnel. Plus tard, lors du départ de Freud et de sa famille, il veilla personnellement à l'emballage de ses biens, notamment ses livres et ses collections[38].

Le 25 mars 1938, Wiley visita à nouveau Freud. Cette fois-ci, au grand soulagement de Bullitt, son ancien numéro deux put emporter le manuscrit Wilson et d'autres papiers qui l'intéressaient. Freud dit à Wiley qu'il ne partirait pas sans sa famille (douze personnes), ni sans le docteur Schur, sa femme et ses deux enfants, soit seize candidats au voyage. Bullitt répondit qu'il pouvait fournir immédiatement une aide de dix mille dollars mais que la prise en charge de seize personnes dépassait ses ressources personnelles. Il pensait que la princesse Bonaparte pourrait faire beaucoup. Au cas où elle ne pourrait assumer l'ensemble des frais, Bullitt sonda Bernard Baruch, à New York, qui garantit aussitôt son aide[39].

Les démocraties européennes ouvraient leurs portes. La France avait déjà fait savoir qu'elle accorderait des visas si des permis de sortie étaient délivrés[40]. Avec le soutien de la Royal Society et de Sir Samuel Hoare, le ministre de l'Intérieur britannique, Jones obtint les seize permis nécessaires[41]. Pendant ce temps, les États-Unis faisaient pression sur l'Allemagne pour qu'elle laisse partir Freud et sa famille. À Vienne, Wiley amena personnellement les Freud à Freiherr von Stein, de l'ex-ambassade allemande, qui décida de porter la question auprès de Himmler[42]. Bullitt avait déjà prévenu, en termes véhéments, l'ambassadeur allemand à Paris, le comte Johannes von Welczeck, des conséquences que ne manquerait pas d'entraîner la survenue d'un malheur à Freud. Il était convaincu que son intervention avait persuadé le gouvernement allemand[43]. Le 31 mars, Wiley fut informé que le seul obstacle au départ de Freud était le paiement d'une taxe de sortie de 25 % sur sa fortune, que les nazis avaient évaluée à 125 000 reichsmarks. Les Freud ne purent réunir l'ensemble des pièces exigées par les autorités locales avant la fin avril.

Bullitt se trouvait alors aux États-Unis. À New York, il vit Ruth Mack Brunswick et, pendant tout cet angoissant mois d'avril, s'entretint régulièrement avec elle au téléphone. Toujours chaleureuse, vive et généreuse, elle lui disait sa gratitude pour son bel exploit qu'elle attribuait à sa connaissance du jeu européen et à son influence aux États-Unis[44]. Le 5 mai, à Londres, en chemin pour Paris, Bullitt assura à Ernst Freud qu'il ferait « tout ce qui était humainement possible, y compris, s'il le fallait, aller à Berlin pour y voir Neurath et Goebbels[45] ». À Paris, entre les 14 et 16 mai, il réunit à son ambassade Wiley, venu de Vienne, et Hugh Wilson, de Berlin, pour coordonner la sortie. Les derniers jours furent éprouvants. Le 27 mai, Bullitt télégraphiait à Wiley : « Je conseille de se hâter[46]. » Freud, sa femme, sa fille et deux servantes quittèrent finalement Vienne le 4 juin par l'Orient-Express. Wiley avait confirmé à Freud qu'un protecteur américain, le lieutenant Weaver, serait à bord[47]. Anna remarqua la présence intrigante de cet homme qui « ne cessait de venir jeter un œil sur nous[48] ».

À 3 heures du matin, ils passèrent finalement Kehl, la dernière gare allemande avant le pont sur le Rhin, et poussèrent un soupir de soulagement. Pendant le reste de la nuit, Anna pensa à tous ceux qui n'avaient pas eu la chance de sortir d'Autriche ou d'Allemagne[49]. Anna Freud n'oublia jamais « le jour de [leur] libération à Paris, mais aussi la fatigue de son père après l'arrivée. 82 ans n'est pas un âge pour émigrer[50] ». Avec la princesse Bonaparte, Bullitt accueillit Freud et sa famille tôt dans la matinée du 5 juin à la gare de l'Est. Freud se reposa une demi-journée dans le jardin de la demeure de Marie Bonaparte, rue Adolphe-Yvon, avant de prendre le train et le ferry pour Londres. Le 7 juin, Bullitt adressait ses profonds remerciements à Baruch, l'assurant qu'il n'aurait jamais pu planifier cet exil sans son aide[51].

La première lettre de Freud à Londres fut pour Marie Bonaparte : « Cette seule bonne journée passée dans votre maison à Paris nous a rendu notre bonne humeur et notre dignité ; après avoir été entourés d'amour pendant douze heures, nous sommes partis fiers et riches, sous la protection d'Athéna[52]. » Le 18 juin, il écrivait à Bullitt : « Maintenant que je suis installé ici, dans la paix, la tranquillité et la beauté, mais affligé d'une médiocre santé après les épreuves des mois passés, je me dois de vous remercier une nouvelle fois pour la part que vous avez prise à ma délivrance et à celle des membres de ma famille. Je ne peux évaluer cette part avec certitude, puisque tout s'est passé derrière les rideaux, mais elle a sans doute été très puissante. Et si une personne, dont officiellement je ne dois rien savoir, a œuvré derrière vous, je vous prie, si l'occasion s'en présente, de lui exprimer aussi ma gratitude. Dans l'espoir de vous accueillir bientôt à Londres, fidèlement vôtre[53]. » Bullitt visita Freud à Londres dès qu'il le put, le 30 juillet 1938 : « Bullitt est venu aujourd'hui, écrivit Sigmund à Anna, très aimable, pense qu'il n'y aura pas de guerre[54]. »

L'époque où il aida Freud à fuir l'Autriche fut aussi celle où Bullitt révisa sa pensée géopolitique. L'Anschluss et les faiblesses françaises le convainquirent qu'on ne pouvait empêcher une guerre avec Hitler par les seuls moyens de la diplomatie traditionnelle : il fallait que les États-Unis aident la France et l'Angleterre à s'armer. Roosevelt avait déjà décidé, de façon intuitive, de soutenir les efforts français. Dans les années vingt, la France jouissait de la supériorité aérienne en Europe. Mais à compter de 1935, une révolution dans la technologie de l'aluminium permit aux avions de voler plus vite et d'emporter plus de bombes que les appareils à base de bois et aux ailes en toile de la Première Guerre. En violation des clauses de Versailles, Hitler ordonna la reconstitution de la flotte allemande. La France réagit en lançant aussi un programme de réarmement mais à pas mesurés compte tenu des contraintes budgétaires. L'aviation n'était pas une priorité[55]. À la fin novembre 1937, lors d'une conférence à Londres, Chamberlain alerta rudement Camille Chautemps, qui avait succédé à Blum à la tête du gouvernement du Front populaire, sur l'état « lamentable » de l'aviation française : « Vous n'avez pas d'avions modernes. Vous n'avez la capacité d'en produire aucun… Cela met votre pays en grave danger. » Secoué en plus d'apprendre que la Grande-Bretagne produisait cinq fois plus d'avions modernes, Chautemps commanda en urgence un rapport au sénateur Amaury de La Grange, président de l'Aéro-Club[56]. Dès décembre 1937, ce dernier confirmait : l'Allemagne possédait déjà 1 000 avions de chasse capables de survoler impunément le territoire français à une vitesse de 400 km/h tandis que la France ne comptait que 27 appareils de ce type. Le général Vuillemin confirma : si la guerre était déclenchée dans l'année, l'aviation française serait rayée de la carte en quelques jours[57].

Aider la France pour échapper à la guerre

Le baron de La Grange comptait parmi les amis de Roosevelt et Chautemps l'envoya comme émissaire officieux à la Maison Blanche. Aux États-Unis, La Grange découvrit que si l'aéronautique surpassait la France pour les modèles commerciaux, elle était sur le même pied pour la flotte militaire. Le chasseur Curtiss P-36 était le seul modèle américain qui supportait la comparaison avec les modèles allemands[58]. Grâce à Bullitt, Roosevelt autorisa un pilote français, Détroyat, à l'essayer. Le test fut concluant et la France décida d'acquérir toute la flotte de chasseurs P-36 (cent modèles au total) qui sortirait des usines américaines en 1938.

Pour épauler Daladier, nommé ministre de la Défense, Chautemps nommait un nouveau ministre de l'Air, Guy La Chambre. Aux Finances, Georges Bonnet s'opposait à la commande pour des raisons budgétaires. Elle se heurtait également au Palais-Bourbon à l'opposition de la commission de l'Air et à celle des techniciens du ministère qui voulaient des avions produits dans des usines françaises. Devenu président du Conseil, Daladier lança finalement la commande en mai 1938. Il décida aussi de financer pour 940 000 dollars une nouvelle ligne de production pour le P-36. La crainte que les usines françaises ne puissent produire à temps le nombre souhaité d'appareils expliquait le choix de Daladier. Mais c'était délocaliser des fonds qui auraient pu aller à l'industrie nationale et la décision suscita une vive résistance au sein de l'administration[59].

Bullitt connaissait Monnet depuis 1919 et savait son rôle dans la création, pendant la Première Guerre, d'un pôle maritime franco-anglais qui rationalisait l'emploi de leurs flottes marchandes au service de l'effort de guerre. Il jugeait qu'il pouvait en 1938 exercer une action similaire pour l'industrie aéronautique. Il lui demanda de partager son expérience avec ceux qui étudiaient déjà le problème et le présenta à Daladier. Monnet rédigea une « note sur la création d'un potentiel aéronautique à l'étranger situé hors de portée des attaques ennemies[60] ». La conviction de Monnet était faite : « Si nous n'avons pas d'aviation militaire, nous sommes foutus. » À partir de ce moment et jusqu'en juin 1940, Monnet ne pensa plus qu'à cela[61].

La désunion était totale entre les nations menacées par Hitler et par les puissances de l'Axe et bientôt Chamberlain abandonnerait les Sudètes[62]. Le 17 mars, au lendemain du jour où Mussolini donna son aval à l'Anschluss, l'Union soviétique proposait une conférence avec la Grande-Bretagne, la France et les États-Unis, qui fut rapidement rejetée par Chamberlain. Un mois plus tard, le 16 avril, il signait un accord avec Mussolini qui reconnaissait le roi Victor-Emmanuel comme empereur d'Éthiopie en échange d'« assurances » sur la Méditerranée. Le 13 septembre, Chamberlain rencontrait Hitler à Berchtesgaden. Le Britannique s'opposait encore à l'occupation par la force de la région des Sudètes (à majorité germanophone) en Tchécoslovaquie mais s'accorda avec lui sur le principe de l'auto-détermination. Le 27 septembre, ils se retrouvaient à Bad Godesberg. Chamberlain proposa une garantie franco-britannique des nouvelles frontières et un pacte de non-agression germano-tchèque.

Roosevelt se résolut finalement à ne pas intervenir. Très enclin au départ à encourager la France et la Grande-Bretagne à résister à l'ultimatum de Hitler, il avait envoyé des représentants des gros avionneurs américains évaluer la situation en Europe : ils confirmèrent tous l'imposante supériorité et la modernité de la flotte allemande et la faiblesse des démocraties, en particulier de la France[63]. En outre, Charles Lindbergh, devenu un héros populaire après son exploit de 1927, la traversée de l'Atlantique sur le *Spirit of Saint Louis* (en solitaire et sans étapes, du 21 au 22 mai), résidait à présent en Europe. En 1935, trois ans après l'enlèvement et l'assassinat de leur fils unique dans le New Jersey, Anne et Charles Lindbergh s'étaient exilés en Grande-Bretagne, avant de s'établir, en 1938, à Illiec, une petite île paradisiaque des Côtes-d'Armor. Lindbergh voyageait dans toute l'Europe comme expert aéronautique et affirmait partout la suprématie de l'aviation allemande. À la demande de Joseph Kennedy, ambassadeur des États-Unis à Londres, qui la transmit à Roosevelt, il rédigea une note sur l'état des flottes militaires en Europe qui avait surtout pour but de soutenir la politique d'*appeasement* de Chamberlain[64]. L'Allemagne nazie ne cachait pas sa puissance aérienne. Elle en faisait au contraire étalage pour semer le pessimisme chez ses adversaires éventuels. Pourquoi ne pas s'incliner, soutenait Lindbergh, et reconnaître que l'Allemagne prenait la tête de l'Europe ?

Redoutant une guerre imminente, Roosevelt envoya le 26 septembre un message à Hitler, Chamberlain et Daladier, les pressant de ne pas rompre les pourparlers. Le lendemain, il demanda à Mussolini d'user de son influence sur Hitler pour sauvegarder la paix et envoya un message personnel au Führer, l'invitant à nouveau à des négociations[65]. Le 28 septembre, Hitler annonça qu'il conviait Daladier, Mussolini et Chamberlain à le rencontrer à Munich. Le Président était visiblement soulagé et affichait un optimisme mesuré[66]. Bullitt et Sumner Welles se téléphonèrent : leurs espoirs semblaient comblés. Quelques jours plus tard, Roosevelt félicitait Chamberlain des accords de Munich. Welles déclara qu'ils amèneraient une paix durable[67]. Après une brève euphorie, le réveil fut brutal. Le 3 octobre, Bullitt téléphona à Roosevelt quelques éléments de sa conversation avec Daladier à son retour de Munich : la France et l'Angleterre avaient été humiliées et l'appétit de conquête de Hitler ne s'éteindrait jamais. Le dictateur ne s'arrêterait pas là. La guerre aurait lieu[68]. Bullitt ne pouvait dire le plus important au téléphone et décida de prendre le premier bateau en partance pour les États-Unis, le *Normandie*.

CHAPITRE 12

Après Munich : armer la France, préparer les États-Unis

Le 13 octobre, aussitôt débarqué à New York, Bullitt se précipita dans le train de Washington et se présenta le soir même à la Maison Blanche pour détailler son entretien avec Daladier. Jusqu'au petit jour, les deux hommes examinèrent la situation née de Munich. Le 14 octobre, Roosevelt convoquait la presse pour annoncer sa rencontre avec « l'ambassadeur Bullitt[1] ». Le nouvel état des relations internationales le contraignait à « réviser en profondeur la politique de défense » : au secrétaire adjoint à la Guerre, il demanda un plan ambitieux de production aéronautique et au secrétaire au Trésor les moyens de le financer[2].

Roosevelt convaincu : l'aviation est cruciale

La crise de Munich provoquait un réalignement de la politique étrangère de Roosevelt. Le mépris des conventions et la soif de domination affichés par Hitler le persuadèrent qu'il représentait désormais « une menace tangible pour le continent américain et les États-Unis[3]. » Joseph Kennedy accuserait Bullitt d'avoir entraîné Roosevelt à faire pression sur l'Angleterre et la France pour qu'elles n'abandonnent pas la Pologne, ce qu'elles auraient fait sans l'incitation américaine[4]. S'il y eut un épisode qui joua un rôle dans le cap pris par Roosevelt, c'est bien l'entretien où Bullitt lui répéta les paroles de Daladier. Elles restèrent gravées dans son esprit : « Si j'avais eu 3 000 ou 4 000 avions, il n'y aurait pas eu de Munich[5]. » La conviction du rôle décisif de l'aviation dans une guerre moderne guiderait désormais sa politique de défense.

Quelques jours après Munich, le 3 octobre 1938, Monnet avait soumis à La Chambre et à Daladier le plan qu'il avait déjà exposé à Bullitt[6]. L'idée était de produire 1 000 appareils américains avant le 1er juillet 1939 et 4 500 au 1er juillet 1940. Pour contourner les obstacles posés, en cas de guerre, par le *Neutrality Act*, les appareils seraient assemblés dans des usines au Canada, près de la frontière, dans la région des chutes du Niagara et dans la banlieue de Montréal. Bullitt et Monnet essayèrent de convaincre Charles Lindbergh de soutenir ce « plan canadien » mais l'aviateur s'y refusa[7]. Lindbergh considérait que les capacités de production des usines aéronautiques du Reich comme les performances de ses appareils lui conféraient une supériorité mondiale. Le déséquilibre tenait moins à la force de frappe qu'à la vigueur et à la jeunesse de la nouvelle Allemagne. À supposer « que cela fût souhaitable », il était vain de vouloir arrêter son essor. La France devait trouver une solution à ses problèmes intérieurs, avait-il écrit à Bullitt, avant de se préoccuper de son aviation. Quant à l'Angleterre, la reine des mers devait désormais compter avec l'aviation : elle n'était plus imprenable. L'Allemagne régnait désormais dans les airs. La prospérité future de l'Europe, voire de la civilisation occidentale, reposait sur sa capacité à collaborer avec l'Allemagne plutôt qu'à s'y opposer. Il ne souhaitait donc pas travailler avec les États-Unis au développement de l'aviation anglaise et française[8].

Monnet avait rejoint Bullitt aux États-Unis, et ils retrouvèrent Roosevelt le 21 octobre 1938 dans sa maison de famille de Hyde Park au bord de l'Hudson. Au cours du dîner, il leur confia combien le discours de Hitler à Nuremberg, le 12 septembre 1938, l'avait terrifié. Il était persuadé que si les États-Unis avaient eu à l'été 1938 5 000 avions et la capacité d'en produire 10 000 par an, Hitler n'aurait pas osé poursuivre ses agressions. Ses services estimaient que l'Allemagne pouvait désormais sortir 40 000 appareils par an, la Grande-Bretagne et le Canada 25 000 et la France 15 000. Pour gagner la guerre, il faudrait que les États-Unis en produisent 20 000 à 30 000 supplémentaires. Il jeta ces chiffres sur le papier et Monnet garda le document en souvenir. Avant qu'ils ne se séparent, Roosevelt téléphona à Morgenthau pour lui demander de rencontrer Bullitt et Monnet aussi vite que possible[9].

Le lendemain, les deux hommes dînaient chez le secrétaire au Trésor. Monnet lui expliqua que le gouvernement français souhaitait passer une première commande de 1 700 avions pour un montant qu'il évaluait à 85 millions de dollars[10]. Morgenthau sursauta : « D'après ce que je sais, il est absolument impossible à votre gouvernement de trouver ces devises dans ses comptes extérieurs en une année. » Mais il proposa aussitôt une solution. Quatre milliards d'or avaient fui la France en quatre ans. Une partie devait bien être aux États-Unis et le gouvernement américain pourrait aider la France à retrouver ces fonds. Dans le cadre d'un accord tripartite franco-anglo-américain, les Français et les Britanniques ayant des biens aux États-Unis devraient souscrire une déclaration listant leur nature et leur valeur ainsi que les conditions d'acquisition si elle était postérieure au 31 janvier 1934. Jusqu'à 10 000 dollars d'amende et dix ans de prison pourraient sanctionner le manquement à cette obligation[11]. Les citoyens américains et britanniques devraient également déclarer leurs avoirs en France[12]. Bullitt jugea l'idée « un trait de génie[13] ». Daladier, demanda Morgenthau, aurait-il le courage de la soutenir ? Bullitt le croyait. Le 5 novembre, Monnet soumit le projet au nouveau ministre des Finances, l'antimunichois Paul Reynaud, dont l'entrée au gouvernement équivalait à un signal de fermeté. Mais la chasse aux capitaux évadés répugnait à ses conceptions libérales[14]. Il la rejeta au motif que la loi française n'offrait pas l'équivalent des dispositions américaines. Il estimait de plus qu'une telle proposition requérait l'accord du gouvernement britannique, sans quoi le franc serait attaqué[15].

Roosevelt accomplissait les premiers pas pour doter les États-Unis d'un arsenal aérien, par voie de conséquence le plan Monnet évoluait. En accord avec l'administration Roosevelt, les avions « français » seraient donc assemblés dans des usines américaines et « le Canada [deviendrait simplement] une assurance en cas de nécessité[16] ». Daladier et La Chambre entreprirent de passer des commandes pour 700 bombardiers et 700 chasseurs, livrables en juillet 1939, mais se heurtèrent encore à Reynaud[17]. Le président du Conseil persévéra et le 9 décembre 1938 obtenait l'accord de son ministre des Finances pour une commande de 1 000 avions financée sur des crédits déjà octroyés à la défense nationale[18].

Daladier renvoya immédiatement Monnet à Washington où il trouva Roosevelt – qui venait de décider la construction de 10 000 avions de combat – engagé dans un bras de fer avec son ministre de la Défense, Harry Woodring, qui s'opposait au plan, et le chef d'état-major des armées Malin Craig qui ne voulait pas voir les 1 000 avions « français » inclus dans la commande. Le 14 novembre 1938, le Président avait dans une réunion à la Maison Blanche avec le général Marshall, chef d'état-major adjoint de l'armée de terre, le général Henry « Hap » Arnold, commandant de l'Air Corps et Morgenthau, affiché sa foi dans l'aviation : « Un nouveau régiment d'infanterie, des baraquements dans le Wyoming, des machines-outils (...), leur dit-il, n'effraieront pas Hitler un instant ! » « Ce qu'il voulait, rapporte encore Arnold, c'étaient des avions ! Seuls des avions pouvaient faire reculer Hitler[19]. » Après la commande initiale de 10 000 appareils, Roosevelt souhaitait porter la capacité de production américaine à 20 000 avions par an[20]. Mais le secrétaire à la Guerre continuait à freiner et Roosevelt dut convoquer une nouvelle réunion à la Maison Blanche, le 16 janvier 1939. Avec Marshall, Craig soutint que les États-Unis, protégés par deux océans, ne devaient pas accorder une importance excessive à la défense aérienne. Woodring s'opposa à la cession à la France d'un bombardier Douglas qui contenait des accessoires secrets et bénéficiait de financements fédéraux : sa cession serait contraire à la politique du ministère de la Guerre. Roosevelt regarda Woodring droit dans les yeux : « Harry, n'avez-vous pas encore appris que la "politique du ministère" n'existe pas ? Ne savez-vous pas que tout ce qui regarde la défense nationale relève du président des États-Unis ? Si vous ne souhaitez pas suivre ma politique, vous pouvez démissionner sur-le-champ[21]. » Woodring s'inclina et Roosevelt l'invita à multiplier « les efforts pour faciliter les acquisitions par le gouvernement français des modèles qui l'intéressaient », y compris les derniers prototypes[22]. À la fin de la réunion, Morgenthau indiqua : « Monsieur le Président, j'aimerais que l'on mette cela par écrit. » Il prépara une instruction aux ministres de la Guerre et de la Marine qui impliquait qu'ils n'avaient de choix qu'entre appliquer les directives ou démissionner. Lorsque les lettres revinrent de la Maison Blanche non revêtues de la signature présidentielle, Bullitt prit les choses en main, usa de son influence et en moins de trois jours les lettres signées parvenaient à leurs destinataires[23].

Malheureusement, le 27 janvier 1939, un Douglas DB-7, le bombardier convoité par la mission française, s'écrasa lors d'un vol d'essai, tuant le pilote américain et blessant grièvement le copilote français aux commandes. Le secret de la mission était éventé et Morgenthau dut témoigner devant le Sénat. Mais Roosevelt prit les devants dans une conférence de presse : « En effet ce monsieur Schmidlin était français, et j'ai décidé que si les Alliés devaient se réarmer, l'appui de l'Amérique leur serait acquis et que les derniers avions disponibles aux États-Unis pourraient leur être attribués. Si les Français veulent acheter ces avions, ils le peuvent *cash and carry*. Je suis sûr que l'Amérique me comprendra[24]. » À la mi-février, la France signa des contrats avec de nombreux avionneurs américains, dont les entreprises Martin, Douglas, Pratt, Whitney, North American Aviation, Wright and United. Le 1er mai, elle recevait ses premiers bombardiers Martin, l'essentiel des avions d'entraînement de la North American, la moitié des bombardiers en piqué de la Wright et un tiers de celles de moteurs[25]. Toutefois, de février à septembre 1939, miné par les divisions, le gouvernement français ne passa aucune nouvelle commande.

Dans l'intermède, Bullitt était devenu comme le porte-parole et le principal avocat de la nouvelle politique européenne de Roosevelt. Ils échangeaient lettres, câbles et appels en toute confiance – sinon en toute sûreté. Bullitt en savait plus long sur la stratégie présidentielle que tous les autres diplomates américains réunis[26]. Dès que la nature de la communication l'exigeait, Bullitt gagnait Washington pour y voir Roosevelt en personne, mais le reste du temps, il jouissait d'une grande autonomie. Plutôt qu'une alliance en bonne et due forme qui présentait un risque trop direct pour les États-Unis d'être entraînés dans un conflit, il s'agissait d'empêcher la guerre en apportant aux démocraties une aide suffisante en équipement militaire et industriel pour dissuader l'agresseur éventuel. Toute l'énergie tendait à la réalisation de cet objectif.

Bullitt entretenait des liens privilégiés avec Daladier. Ils partageaient la même crainte qu'une guerre ne débouche sur une explosion révolutionnaire qui amène la victoire du communisme en Europe[27]. Mais le combat contre l'Allemagne hitlérienne prévalait désormais sur tout. Plusieurs fois, depuis le bureau de Bullitt, Daladier parla avec Roosevelt qui soutenait contre sa propre administration ses efforts d'armement aéronautique, lui disait son affection pour la France et ajoutait : « Rassurez-vous, ayez confiance ; la loi Johnson je finirai par la faire suspendre[28]. » Assuré du soutien de Roosevelt, Daladier maintenait le cap de sa politique aéronautique.

Le 15 mars 1939, la Wehrmacht, en violation des accords de Munich, pénétrait dans ce qui restait de la Tchécoslovaquie. Quelques semaines plus tard, Bullitt informera Roosevelt et, sous le sceau du secret, le rédacteur en chef du *New York*

Times, Arthur Sulzberger, d'une rencontre qui se serait tenue « le 9 ou le 10 mars ou aux alentours[29] ». « Hitler avait convoqué à Berchtesgaden cinq ou six hommes, et l'un d'entre eux rapporta à Bullitt ce que le Führer avait dit : "Le 14 mars, je rayerai la Tchécoslovaquie de la carte. J'avalerai la Pologne, la Hongrie, la Grèce, la Roumanie et grâce à leurs matières premières je détruirai l'armée française et réduirai l'Angleterre au rang de vassale. Après quoi, grâce aux flottes conjuguées de l'Allemagne, de l'Italie, de la France et de l'Angleterre, j'apprendrai aux États-Unis ce qu'il en coûte de s'opposer à nous[30]." » La réunion marqua en effet un tournant : le lendemain ou le surlendemain, le 11 mars, l'état-major donna pour instruction au ministère des Affaires étrangères d'adresser un ultimatum à Prague et le 12, l'armée recevait l'ordre de préparer l'invasion. Le 22 mars, à son tour sous le coup d'un ultimatum, la Lituanie cédait Memel à l'Allemagne. Dans la première semaine d'avril, Mussolini envahissait l'Albanie et Franco remportait la guerre d'Espagne.

Un traité militaire franco-polonais, la convention Kasprzycki-Gamelin, fut signé à Paris le 19 mai. En revanche, les négociations entre les Français, les Anglais et les Soviétiques s'enlisaient. L'URSS fit une offre à la France et à la Grande-Bretagne en avril 1939. Alexis Léger, l'influent secrétaire général du Quai, poussait aussi dans cette direction[31]. Bullitt le soutenait. La France était disposée à signer une alliance et un traité militaire mais le Royaume-Uni temporisait. En mai, le remplacement brutal de Litvinov par Molotov aux Affaires étrangères indiquait que vraisemblablement Staline avait perdu confiance dans la France et l'Angleterre. Le 22 août 1939, la signature du pacte de non-agression germano-soviétique prit Daladier au dépourvu et « plaçait la France dans la plus tragique et la plus terrible des situations[32] ».

Le 1er septembre 1939, à 30 heures moins dix du matin à Washington, le téléphone sonna au chevet de Roosevelt.

« Qui est-ce ?

— Bill Bullitt, Monsieur le Président.

— Oui Bill…

— Tony Biddle nous a joints de Varsovie. Plusieurs divisions allemandes ont pénétré très avant en Pologne et les combats sont intenses. On signale des bombardiers sur la capitale. Il a été coupé…

— Nous y voilà donc, Bill… Dieu nous vienne en aide. »

Le Président appela ensuite Cordell Hull, Sumner Welles et plusieurs hauts responsables et se rendormit jusqu'à un nouvel appel de Bullitt. Il avait parlé avec Daladier. Les Français se porteraient au secours de la Pologne. Quelques minutes plus tard, Kennedy appelait pour dire que la Grande-Bretagne en ferait autant. La Seconde Guerre mondiale avait commencé.

En vertu du *Neutrality Act* de 1937, la vente d'armes aux pays belligérants était interdite. À l'été 1939, Roosevelt avait déjà tenté, en vain, d'en amender les dispositions. Il convoqua une nouvelle fois le Congrès et le 4 novembre parvint à lever l'embargo sur les armes en leur étendant le bénéfice de la clause *cash and carry*. Les armes devaient être payées comptant et transportées par le belligérant. La mesure favorisait l'Angleterre qui disposait de la flotte pour convoyer et protéger les chargements[33].

La défaite prochaine de la Pologne ne faisait pas de doute et Bullitt pensait que la seule manière d'éviter le même sort à la France et à l'Angleterre consistait à les doter aussi rapidement que possible, grâce à l'aide des États-Unis, d'une force de frappe aérienne suffisamment puissante. Les capacités de production américaines étaient censées pouvoir tripler en huit mois[34]. En privé, Bullitt était plus pessimiste sur les perspectives à brève échéance mais affichait un optimisme prémonitoire à plus long terme. « À mes yeux, écrivait-il au chargé d'affaires américain à Berlin, Alexander Kirk, qui tenait désormais lieu d'ambassadeur, M. Hitler a déjà complètement perdu la guerre. J'imagine qu'il pense en finir assez rapidement avec la France et l'Angleterre pour se retourner contre les Bolchos et leur donner le coup de grâce. Mais cela ne se passera pas ainsi, les [Soviétiques] vont croître comme un cancer et pousser jusqu'à Berlin. Après quoi, il faudra en finir avec le Grand Khan Staline (...) comment[35] ? »

Pour l'heure, Daladier prit deux initiatives, il passa une nouvelle commande de 1 000 avions auprès des États-Unis et autorisa Monnet à négocier un accord avec la Grande-Bretagne afin de s'assurer par des commandes jointes une force de frappe supérieure, en particulier aérienne, à celle de l'Allemagne[36]. Roosevelt n'avait pas besoin d'être convaincu. Chamberlain le fut finalement le 22 octobre[37]. Monnet fut nommé à la tête du Comité de coordination franco-britannique, établi à Londres, tandis que l'Anglais Arthur Pulvis, son vice-président, représenterait le comité à Washington.

L'objectif de Daladier, c'était que la Grande-Bretagne et la France achètent 10 000 appareils aux États-Unis. En vue d'une offensive au printemps 1941, il souhaitait acquérir la supériorité absolue dans les airs. Le président du Conseil dit à Bullitt que la production d'avions aux États-Unis représentait désormais une « question vitale » : « Je vous implore de partir dès que vous le pourrez pour Washington afin de la résoudre. » S'il n'obtenait pas le nombre d'avions désiré, il démissionnerait et laisserait les rênes du gouvernement à « Bonnet ou Flandin qui ne tarderaient pas, l'un ou l'autre, à conclure une paix de compromis avec l'Allemagne[38] ». Bullitt envoya son ami René Pleven, l'adjoint de Monnet à la tête du Comité de coordination franco-britannique. Roosevelt accueillit Pleven et approuva une commande de plus de 8 000 avions livrables en octobre 1940. Il en coûterait un milliard de dollars, à partager par moitié entre la France et le Royaume-Uni. Le 1er décembre, Roosevelt nomma Morgenthau à la tête du Comité de coordination américain, afin de contourner Woodring, qui ne cessait d'entraver les efforts de Roosevelt pour mettre la puissance industrielle des États-Unis au service de leurs alliés[39].

Une fois encore, Paul Reynaud renâcla : une dépense de 500 millions viderait les caisses alors qu'il faudrait soutenir une guerre de siège, longue, et disposer de réserves pour la reconstruction après la victoire[40]. Les militaires élevèrent à leur tour des objections spécieuses : dans l'hypothèse où l'Allemagne repousserait son offensive jusqu'en 1941, les modèles américains seraient alors périmés. « Il n'y a rien de plus périmé que de n'avoir pas d'avions du tout », répondit Pleven[41]. Le 9 janvier 1940, Reynaud dit à Bullitt qu'il était hors de question qu'il autorise les dépenses nécessaires aux achats supplémentaires d'avions américains que Daladier envisageait. Bullitt télégraphia à Roosevelt qu'il y serait contraint[42]. Le 22 février, Daladier passa outre à l'opposition de Reynaud et ordonna à Pleven et au colonel Jacquin de retourner à Washington. Le 4 mars, ils y retrouvèrent leurs homologues britanniques et passèrent ensemble une commande de 4 600 avions, la plus importante depuis 1918[43]. Dans les semaines suivantes, Roosevelt et Morgenthau se heurtèrent à l'opposition d'Arnold et du ministre de la Guerre qui sera finalement remplacé en juin 1940. Roosevelt et Bullitt poursuivaient leurs communications en usant des pseudonymes trouvés par l'ambassadeur : Roosevelt était « Silvia » (le prénom de la femme de Monnet), Morgenthau « Sacha », Chamberlain « Sarah », le ministère de la Guerre celui de « l'Éducation », les machines des « biscuits », Monnet « la Californie », Bullitt « le Michigan » et Hitler « Berle » (à cause de la germanophilie du secrétaire d'État assistant et de son prénom Adolf)[44]. Dans un mot à Roosevelt du 31 mai 1940, Berle feignait de s'en émouvoir : « Dès que je peux, je casse la tête à Bullitt. – Pourquoi, répondit le Président, ne pas casser la tête à votre alias[45] ? »

Au long de ces mois de débats, Harry Hopkins, Ickes, Frankfurter, Morgenthau, Feis, représentaient le « parti de la guerre » aux côtés de Roosevelt et de Bullitt. Il n'était pas question pour eux d'envoyer les *boys* sur le sol européen mais ils considéraient que le sort de la civilisation occidentale était suspendu à l'assistance que les États-Unis fourniraient à l'Angleterre et à la France[46]. Berle, Moffat ou Welles plaidaient pour la neutralité. Depuis 1937, Sumner Welles caressait l'idée d'une alliance des neutres, prêts à des concessions à l'Allemagne, dont les États-Unis prendraient la tête[47]. Roosevelt envoya Welles en mission en Europe en février-mars 1940. Aux dirigeants français Raynaud, Daladier, Chautemps et Blum, Welles donna l'impression que les États-Unis tenaient l'Allemagne pour invincible et « conseillaient à la France et à l'Angleterre de rechercher une paix de compromis (...) en recourant aux bons offices d'un grand homme : Mussolini[48] ». Mais les efforts de Welles produisirent l'effet opposé. Craignant que Roosevelt ne réussisse à détacher Mussolini de l'orbite allemande, Hitler envoya Ribbentrop à Rome le 10 mars 1940, porteur d'un message personnel du Führer, pendant la visite même de Welles. Le 18 mars, Hitler et Mussolini se rencontraient au col du Brenner et le Duce se dit prêt à combattre aux côtés de l'Allemagne[49]. La mission Welles s'achevait sur un échec. Elle avait fait bouillir de rage Bullitt. Elle augurait aussi de la fin du règne sans partage de Bullitt sur la diplomatie américaine en Europe[50].

Quelques semaines plus tard, la publication par la Wilhelmstrasse de documents saisis à Varsovie au ministère des Affaires étrangères compliquait encore la position de Bullitt. Ils montraient d'un côté un Joseph Kennedy résolument isolationniste et animé d'une relative sympathie pour le régime nazi et de l'autre Biddle et Bullitt encourageant la Pologne à la fermeté contre l'Allemagne. L'ambassadeur polonais en France rapportait une conversation qu'il avait eue avec Bullitt : « [Roosevelt regardait] l'armée française comme la première ligne de défense américaine (...). » En cas de guerre, la participation des États-Unis aux côtés de la France et de l'Angleterre était déjà envisagée. Et de citer Bullitt : « Si la guerre éclate, nous ne participerons pas à ses débuts, mais nous la terminerons[51]. » Un représentant à la Chambre, Hamilton Fish, et un sénateur, Robert Reynolds (New Connecticut), tous deux isolationnistes, demandèrent l'ouverture d'une enquête parlementaire[52]. Bullitt démentit ces propos mais pour certains de ses ennemis, ces documents montraient un Bullitt « convaincu de diriger son pays et dans une certaine mesure le monde » et n'étaient pas « précisément de nature à le grandir »[53]. Embarrassé, Roosevelt dénonça une manœuvre de propagande et le Département d'État nia l'authenticité des documents. L'attention du public était bientôt divertie par l'invasion, le 7 avril, du Danemark et de la Norvège à laquelle Reynaud, qui avait remplacé Daladier le 22 décembre à la présidence du Conseil, avait décidé de répliquer en envoyant un corps expéditionnaire. Daladier avait été perçu comme attentiste face à l'invasion de la Finlande par l'Union soviétique le 30 novembre 1939. Il fallait marquer le coup et « faire la guerre[54] ».

Daladier demeurait ministre de la Défense et continuait de soutenir le maintien dans la drôle de guerre : il ne voulait pas « envisager d'action véritable contre l'Allemagne tant que la France ne disposerait pas d'une puissante flotte aérienne[55] ». Mais le 10 mai, commençait l'offensive contre la Belgique, le Luxembourg, les Pays-Bas et la France. Au soir du 15 mai, à 9 heures moins vingt, Bullitt se trouvait dans le bureau de Daladier quand Gamelin, le commandant en chef, l'appela. La brèche ouverte par les Allemands à Sedan ne pouvait plus être colmatée. Leurs divisions blindées et motorisées s'y étaient largement engouffrées et s'approchaient désormais de Rethel et de Laon. Incrédule, Daladier ne cessait de s'exclamer : « Vous devez vous tromper, c'est impossible ! » Il pressa le généralissime d'organiser une contre-offensive. « Avec quoi ? Je n'ai pas de réserves. – Alors l'armée française est finie ? – Elle est finie », dit Gamelin[56].

Le 3 juin, au cours de l'opération « Paula », la Luftwaffe bombarda le ministère de l'Air et la salle de réception où Bullitt venait de déjeuner. Sous le choc, il pensa avoir été épargné par la Providence[57]. Par son ampleur, cette opération, qui mobilisa 500 appareils, annonce les vagues d'attaques de la bataille d'Angleterre[58]. Marc Bloch décrira le choc nerveux provoqué par des bombardements qui « n'effrayaient pas seulement par [leur] association avec des images de mort et de ruine ». Inséparable de ces épisodes, le « long cri strident » des avions en piqué « crispait l'être tout entier, le préparait à la panique (...) et anémiait la capacité de résistance »[59].

Bullitt ne s'avouait pas vaincu. Le 1er juin, il avait reçu le comte René de Chambrun, gendre de Laval, descendant de Lafayette et apparenté par sa mère, Clara Longworth, au Président Roosevelt[60]. Chambrun arrivait de Londres et brûlait de rapporter ce qu'il avait vu. Depuis les débuts du conflit, il servait comme officier de liaison avec l'armée britannique. Dans les derniers jours de mai, dans la panique générale, il fut évacué avec les troupes britanniques à Dunkerque. Le jour de l'embarquement, il observe des bombardiers au large décrire de grands cercles. Alors que sa vedette quitte « la côte française, trois escadrilles de Heinkel, vingt-sept en tout, arrivent sur la ville ». Mais au moment précis où les Allemands commencent à lâcher leurs bombes, « six chasseurs anglais apparaissent à très haute altitude et piquent sur eux ». Sous les yeux du jeune lieutenant, se déroule alors « le plus beau combat aérien qu'il ait vu ». « En quelques minutes presque tous les Heinkel sont descendus et s'abîment dans la mer suivis de longues traînées de fumée. » Les premiers « Boulton Defiants » avec leurs tourelles pivotantes venaient d'entrer en action. « Cette vision extraordinaire » persuada Chambrun « que tout débarquement allemand sur le sol anglais serait voué à un échec certain »[61].

Son témoignage parut capital à Bullitt, qui avait lui-même cru qu'une défaite française signerait celle des Anglais[62]. « "Ils" sont très pessimistes à Washington, confia l'ambassadeur à Chambrun : Roosevelt, Cordell Hull, à qui tu m'as entendu parler tout à l'heure, d'autres encore », Bullitt pensait qu'ils avaient été intoxiqués par Lindbergh. « Serais-tu prêt à [y] aller ? » Chambrun répondit qu'il ne pourrait partir que sur l'ordre de ses chefs militaires. Bullitt avait rendez-vous le lendemain avec

Reynaud : « Je vais lui demander que tu sois envoyé là-bas. » Le lendemain même, Weygand, généralissime depuis peu, le nommait attaché militaire adjoint à l'ambassade de Washington et l'invitait à prendre le premier hydravion en partance du Portugal[63]. Chambrun sauta dans le train pour Lisbonne avec en poche une lettre de Bullitt pour Roosevelt qui le priait de le « rencontrer au plus vite en présence de responsables des ministères de la Guerre et de la Marine[64] ». Après un voyage de trente-six heures, son hydravion, le *Yankee Clipper*, se posa dans la baie de Long Island le 12 juin à midi. Sitôt arrivé, Chambrun appela Missy LeHand à la Maison Blanche. « Le Président, lui annonça-t-elle, veut vous voir le plus vite et le plus longuement possible. » Elle l'invitait à passer le week-end sur le *Potomac*, le yacht présidentiel, avec Roosevelt, les Harriman et les Hopkins. Ils embarqueraient le vendredi 14 dans l'après-midi et rentreraient le dimanche. Arrivé le 13 à Washington, Chambrun put détailler une première fois son récit au Président et lui dire sa conviction que la Lutfwaffe, « dont les bombardiers avaient éprouvé beaucoup plus de pertes qu'on ne pensait », ne pouvait rien contre la Royal Air Force.

« Il faut que Harry et Averell vous entendent, lui dit Roosevelt. C'est très important. » Une vague de pessimisme balayait son gouvernement. L'avant-veille, le cabinet avait décidé que les canons de DCA, les avions et les armes légères, commandés par les Alliés et prêts à être embarqués dans les ports de Norfolk et Baltimore, devaient être conservés pour la défense des États-Unis[65]. Sur le *Potomac*, devant Harriman et Hopkins, Chambrun répéta l'histoire des escadrilles de Heinkel et du « miracle » de Dunkerque. Malgré la concentration de leurs forces cinq jours et cinq nuits durant sur la poche de Dunkerque, les Allemands ne purent empêcher l'évacuation de 355 000 hommes tout en perdant quotidiennement soixante-quinze à cent bombardiers[66]. Chambrun affirma que l'Angleterre, « retranchée dans son île », était invincible. Les pilotes de la RAF jouissaient d'un moral excellent. Le Royaume-Uni disposait de milliers de chasseurs dont l'autonomie réduite avait entravé le déploiement pendant la bataille de France mais qui protégeraient efficacement les côtes et les ports britanniques. Les bombardiers allemands ne pourraient plus opérer de jour sur l'Angleterre. Les États-Unis possédaient dans leurs stocks « plus de deux mille canons de DCA à tir rapide », commandés par la France. « C'est une folie de les garder ici », ponctua Chambrun. Le Président frappa de la main la poignée de son fauteuil roulant et jeta : « René, vous m'avez convaincu. » D'un ton paternel, il interrogea Harriman et Hopkins : « Qu'en pensez-vous, les garçons ? – Chef, je crois que nous pensons comme vous », répliqua Harriman[67]. Après une brève réflexion, Roosevelt se tourna vers son hôte et l'invita à suivre Missy et Mary Harriman pour une visite du *Potomac* pendant qu'il s'entretiendrait avec ses conseillers. À son retour, il proposa d'abréger la croisière et de rentrer dès le lendemain.

Avant son départ, Roosevelt demanda à Chambrun de rencontrer au plus vite vingt-trois personnalités influentes pour qu'il leur répète ses propos[68]. Le samedi à 16 heures, Hull et Welles accueillaient Chambrun sur le débarcadère. Ce soir-là, il dîna avec le directeur du programme d'armement, William Knudsen. Le dimanche, il vit le ministre du Travail, Frances Perkins, et établit avec Harry Hopkins le programme de ses rencontres pour la semaine à venir. Le lundi, il déjeuna avec le vice-président Garner, les membres de la commission sénatoriale des Affaires étrangères (dont son président, l'influent Key Pittman) et les chefs des autres commissions. Dans l'après-midi, Pittman appela Roosevelt : « Le *French Captain* avait transformé l'essai ! » Chambrun vit aussi Morgenthau, l'ambassadeur d'Angleterre Lord Lothian (Philip Kerr) et Casey, l'ambassadeur australien, et remonta le moral de représentants de l'Empire britannique. Il s'entretint également avec des dirigeants syndicaux et le 18 juin, dîna avec sa tante Alice Longworth Roosevelt et Robert Taft, figure de l'opposition sénatoriale[69].

À ce moment critique, après Dunkerque et la débâcle, la Grande-Bretagne avait besoin de l'entier soutien économique, financier et bien sûr militaire des États-Unis pour conserver une chance de l'emporter[70]. Les Britanniques réclamaient des livraisons de matériel militaire déclassé. « Je suis ravi d'avoir toute une cargaison prête à prendre la mer », écrivait Roosevelt à Morgenthau le 6 juin. « Donnez-lui un bon coup d'épaule chaque matin et encore un chaque soir jusqu'à ce qu'elle soit dans les cales[71]. » Le 11 juin 1940, la War Plans Division manifesta son opposition : Woodring mit encore en garde contre une politique d'assistance aux Alliés qui laissait les États-Unis à découvert. Tandis que Chambrun poursuivait son opération de relations publiques, le général Marshall écrivait à Roosevelt, le 22 juin, que « livrer à la Grande-Bretagne du matériel actuellement entre les mains de nos forces armées affaiblirait gravement notre défense[72] ». Les dissidents n'eurent pas gain de cause. Roosevelt renvoya son ministre de la Guerre et donna pour instruction à l'armée de vendre à la Grande-Bretagne, par l'intermédiaire de la U.S. Steel, avec une décote de 90 %, 500 000 fusils Lee Enfield avec 130 millions de cartouches, 895 pièces d'artillerie, 81 000 mitrailleuses de divers modèles, de nouveaux avions, 316 mortiers de 80 mm, 20 000 revolvers et 25 000 carabines automatiques Browning avec 1 million de cartouches[73]. Plus de 600 000 Enfield supplémentaires furent encore livrés pour atteindre un total de 1 135 000 en février 1941[74]. Après l'évacuation de Dunkerque, « nous avions perdu, écrira Churchill, tout notre équipement militaire ». Les surplus américains offrirent un appoint modeste mais vital[75].

Protéger Paris, soupeser Vichy

Le 9 juin, Bullitt s'était rendu avec l'évêque auxiliaire de Paris Mgr Beaussart à Domrémy, le village de Jeanne d'Arc, pour y consacrer un autel à la sainte, élevé entre sa maison natale et l'église où elle fut baptisée. L'année précédente, de retour d'une visite sur la ligne Maginot, Bullitt avait été frappé par la déshérence des lieux. Il commanda au sculpteur Maxime Real del Sarte un autel et une statue de Jeanne enfant et organisa une souscription parmi des amis et des parents pour en financer l'érection[76]. Après la messe de consécration, Bullitt déclara que l'autel était « offert à la France et à Dieu par des Américains, jeunes et vieux, de tous cultes et de toutes croyances (...) » et ajoutait : « Les Américains savent de quel côté sont le droit, la justice, les vertus chrétiennes, et de quel côté sont le tort, la cruauté, la bestialité[77]. » Il rentra par les routes de l'exode, quelques heures seulement avant que les Allemands ne pénètrent dans Domrémy[78].

Le 10 juin, Mussolini décida d'entrer en guerre aux côtés de l'Allemagne et d'attaquer la France dans les Alpes. Le soir même, Roosevelt devait intervenir à une cérémonie de remise des diplômes à l'université de Virginie. Averti des événements, il modifia substantiellement son discours dans le train qui le conduisait à Charlottesville. « En ce 10 juin, dit-il ce soir-là, la voix tremblante de colère, la main qui tenait le poignard l'a plongé dans le dos de son voisin. » L'expression « poignardé dans le dos » venait de Reynaud dont Bullitt se fit l'écho dans une succession de télégrammes. Welles aurait souhaité que le Président s'abstienne de la prononcer pour ne pas irriter Mussolini mais Roosevelt était désormais convaincu que la paix exigeait la défaite des dictateurs[79].

Le 11 juin 1940, Churchill rencontra le gouvernement Reynaud au château du Muguet, près de Briare, dans le Loiret. Le 4 juin, il avait électrisé le peuple britannique avec le discours fameux : « Nous nous battrons sur les plages, nous nous battrons sur les terrains de débarquement, nous nous battrons dans les champs et dans les rues, nous ne nous rendrons jamais. » Jusqu'à la dernière minute, Reynaud avait aussi prétendu défendre Paris rue par rue et maison par maison. Lors d'un conseil de guerre, le 25 mai, il déclara : « Si par malheur nous devions perdre nos armées, il nous faudra sauver l'honneur en combattant jusqu'à la mort pour défendre Paris[80]. » De Gaulle prétendait y organiser une résistance au corps à corps. Churchill demanda expressément si la « masse » représentée par « Paris et ses entours » ne pourrait pas « opposer à l'ennemi un obstacle propre à le retarder ». Weygand lui accorda l'intérêt d'une contre-attaque sur la basse Seine mais objecta qu'il ne disposait pas des forces pour la mener[81]. Churchill estimait que si Paris était détruit, beaucoup d'Américains, émus par le sort d'une ville qui leur était chère, rejetteraient la neutralité et embrasseraient le camp des Alliés. En constante communication avec Reynaud, Bullitt s'opposait à cette idée. Le 12 juin, les radios annonçaient que les Français avaient autorisé Bullitt à dire aux Allemands que Paris était « ville ouverte[82] ».

Bullitt avait décidé de rester et la nouvelle rassura les Parisiens, par exemple Pierre Mendès France qui « apprit avec reconnaissance » la décision de Bullitt, car sa neutralité ne serait que diplomatique : « Sous ses yeux, sous les yeux des États-Unis, présents grâce à lui, il y a des choses qu'on n'osera pas faire. C'est une sauvegarde indirecte mais certaine, dont les Parisiens mesurent le prix[83]. » Bullitt s'était assigné un seul rôle : sauver Paris ou mourir. Hanté par le souvenir de son prédécesseur Myron Herrick et du rôle qu'il joua en 1914, lors du départ du gouvernement de Paris, Bullitt se considérait comme le protecteur tout désigné de la cité : « Depuis l'âge de quatre ans, je n'ai jamais fui aucune situation, si pénible ou douloureuse fût-elle, quand j'estimais de mon devoir de m'y confronter. Si je quittais Paris maintenant, je me renierais[84]. » Il avait convaincu Roosevelt. Le gouvernement redoutait que les Allemands n'emploient contre la capitale des explosifs, des bombes incendiaires ou des gaz. Une station de radio, émanation de la propagande nazie, avait commencé à émettre aux premiers jours de juin sous le nom trompeur de L'Humanité et Bullitt se trouvait si régulièrement menacé sur ses ondes que la police craignait pour sa vie[85]. « Un ambassadeur américain peut être plus utile mort que vivant », confia Bullitt, stoïque, au ministre des Affaires étrangères[86]. Sous la houlette d'Anthony Biddle, l'ancien ambassadeur en Pologne, dont Roosevelt lui avait assuré qu'il serait son successeur en France quand il le nommerait à son cabinet, il envoya l'essentiel de son équipe de l'ambassade à Bordeaux, où le gouvernement français s'était replié. Depuis le remaniement du 5 juin et la sortie de son ami Daladier du cabinet Reynaud, il n'avait plus vraiment d'entrée au gouvernement. Il n'entretenait pas avec le Président du Conseil en titre des liens aussi étroits qu'avec Daladier. Et il ne supportait pas qu'une grande partie de son travail consiste, écrivit-il à Roosevelt, à « flatter la maîtresse du roi » qui lui manifestait une vive hostilité[87]. Reynaud le lui avait assuré, il ne fléchirait pas. Dans le message pathétique qu'il adressait à Roosevelt avant de quitter la capitale, le 10 juin au soir, Reynaud avait affiché sa résolution à « lutter en avant de Paris, (...) en arrière de Paris », au besoin « en Afrique du Nord » ou même « dans nos possessions d'Amérique ».

Le 12 juin au soir, Bullitt rendit visite à Roger Langeron, le préfet de police de la capitale, qui devait traiter avec l'envahisseur. À la préfecture même, à la requête du nouveau gouverneur militaire de Paris, le général Henri Dentz, Bullitt prit contact avec les autorités allemandes par l'entremise de l'ambassade américaine à Berne. Sa mission serait de remettre la ville à l'ennemi en évitant tout bombardement préalable[88]. Le 13 juin au soir, un émissaire de Bullitt rencontra les Allemands à Saint-Denis et proposa qu'ils retardent leur entrée jusqu'au lendemain à l'aube. Les Allemands acceptèrent. Le 14 juin, à 10 heures du matin, le général von Studnitz appela Bullitt à l'ambassade. Ses troupes étaient dans Paris[89].

Dans la nuit du 13 au 14, Reynaud adressa un message à Roosevelt. « La France, indiquait-il, ne peut continuer la lutte que si l'intervention américaine vient renverser la situation, en rendant la victoire des Alliés certaine. » À la radio, il en appela publiquement aux États-Unis : « Il faut que des nuées d'avions de guerre venus d'outre-Atlantique écrasent la force mauvaise qui domine l'Europe. » Compte tenu des entraves qu'il avait mises à l'acquisition d'appareils américains, de sa parfaite connaissance du nombre réel d'avions dont disposait l'Air Corps, et qu'il savait que le Président des États-Unis ne pouvait légalement faire davantage[90], cet appel « presque hystérique » parut à Roosevelt moins destiné aux États-Unis qu'à l'opinion française[91]. La bataille de France serait bientôt perdue. Malgré des sacrifices et des actes de résistance désespérée – des dizaines de milliers de soldats trouvèrent la mort en essayant d'entraver l'avancée allemande –, l'armée française s'était effondrée comme un château de cartes[92].

Dans les jours qui précédèrent la débâcle, Monnet s'efforçait à Londres d'unifier les forces productives de la France et de l'Angleterre et d'empêcher que Hitler n'enfonce un coin entre les deux pays. C'est alors que germa dans l'esprit de Monnet, Pleven et du diplomate britannique Vansittart, l'idée d'une fusion immédiate de la France, de l'Angleterre et de leurs empires dans une Union franco-britannique[93]. Tout citoyen français jouirait aussitôt de la citoyenneté en Grande-Bretagne, tout sujet britannique deviendrait un citoyen de la France[94]. De Gaulle présenta l'offre à Churchill et au gouvernement britannique qui l'approuvèrent ; Churchill la transmit à Reynaud qui donna aussi son blanc-seing. Mais il était trop tard, le cabinet soutenait massivement l'armistice et Reynaud démissionna.

Dans les jours qui précédèrent sa démission, la résolution de Reynaud avait flanché. Son air confiant et opiniâtre l'abandonna. « L'influence la plus pernicieuse à s'exercer dans son entourage, se souvenait Freeman Matthews, l'un des diplomates de l'ambassade repliés à Bordeaux, fut sans doute celle de cette moderne Du Barry, sa maîtresse Hélène de Portes, qui ne le lâchait pas d'une semelle et ne cessait de prôner la capitulation. Elle passa une bonne heure une après-midi dans mon bureau à verser des larmes pour que nous la soutenions dans sa démarche[95]. » En contact avec le gouvernement allemand par l'intermédiaire de l'ambassadeur espagnol, Pétain et Laval jouèrent en fait le rôle décisif[96]. « Reynaud finit par nous convier (le corps diplomatique dans son ensemble) le 16 juin à onze heures du soir pour nous annoncer sa démission et la formation d'un gouvernement Pétain[97]. »

À Washington, le colonel Jacquin et Jean-Frédéric Bloch-Lainé reçurent les pleins pouvoirs de Monnet pour négocier le transfert au gouvernement anglais des contrats d'armement conclus par la France avec les États-Unis[98]. À tout moment, leurs pouvoirs pouvaient être révoqués. À tout moment, le Trésor pouvait geler les avoirs français aux États-Unis, ce qu'il fit en effet le lendemain matin. Avant l'aube, avant que Pétain ne prenne le contrôle du gouvernement et ne puisse révoquer la décision, Bloch-Lainé, désormais chef de la Commission d'achats, signa le transfert à l'Angleterre des commandes pendantes passées par la France auprès des États-Unis pour un montant de 600 millions de dollars[99]. Le transfert fut confirmé le 17 juin par le général Weygand qui restait le général en chef de l'armée vaincue[100].

À Paris, les jours suivants, Bullitt se rendit régulièrement auprès du général Dentz pour se tenir informé de la situation dans la capitale[101]. Les Allemands ne voulaient pas d'incidents avec les Américains ; leurs ressortissants et leurs biens seraient protégés. Le 20 juin, Bullitt déjeuna à l'ambassade en compagnie du sénateur-maire de Versailles, Gaston Henry-Haye, et de William Shirer. Bullitt, écrit le journaliste, restait « abasourdi par les événements[102] ». Il ne s'attendait pas à l'effondrement de Reynaud. Venu de Berlin dans le sillage des troupes allemandes, Shirer avait découvert le 17 juin Paris aux rues désertées. Les Parisiens apprirent la nouvelle de la demande d'armistice par les haut-parleurs que les Allemands avaient installés sur un grand nombre de places. Ils n'en croyaient pas leurs oreilles. Il était clair que l'armée dût abandonner la lutte. Mais la plupart s'imaginaient que le gouvernement partirait, comme l'avait fait le hollandais, et se réfugierait en Afrique comme Reynaud l'avait proclamé. Mêlé à la foule rassemblée place de la Concorde, Shirer observa les Parisiens « regarder le pavé puis se regarder les uns les autres. Ils disaient : "Pétain qui se rend ! Qu'est-ce que cela veut dire ? Comment ? Pourquoi ?"[103] ».

Bullitt quitta Paris le 30 juin suivi d'une caravane de cinq voitures, conduite par l'attaché naval Roscoe Hillenkoetter, et arriva à La Bourboule, à une centaine de kilomètres de Vichy, dans la soirée[104]. Le lendemain à 9 heures du soir, Bullitt adressait une dépêche diplomatique très nourrie au Président et au secrétaire d'État :

> J'ai eu aujourd'hui de longues conversations avec Lebrun, Pétain, Darlan et Chautemps ; j'ai aussi pu m'entretenir brièvement avec Weygand. J'en retire l'impression extraordinaire que les dirigeants français désirent rompre avec tout ce que leur pays a représenté depuis deux générations, que leur défaite matérielle et morale a été si complète qu'ils sont entièrement résignés à la perspective d'une France devenue une province de l'Allemagne nazie. De plus, afin d'avoir des compagnons de misère aussi nombreux que possible, ils espèrent voir l'Angleterre rapidement et totalement vaincue et l'Italie subir le même sort. Leur espoir est que la France devienne la province favorite de l'Allemagne : un nouveau *Gau* qui sera le ferment d'une nouvelle Gaule[105].

Il concluait : « J'ai reçu une longue lettre du général Réquin qui a commandé la superbe résistance à Rethel, ses troupes ont tenu bon jusqu'à la dernière cartouche. S'en dégage la même impression. J'ai parlé avec beaucoup de soldats qui se sont battus jusqu'à la dernière balle et ont fini par charger à la baïonnette. Les gens simples du peuple se comportent aussi bien que toujours. Les élites ont complètement failli[106]. »

Le 11 juillet 1940, Bullitt quittait Vichy pour gagner le Portugal via l'Espagne. Il roulait en Cadillac avec Offie et des amis d'enfance, les Gilroy. Il possédait aussi une Buick qu'il demanda à MacArthur de conduire, avec deux passagers à bord, Guy La Chambre et sa femme la chanteuse Cora Madou. L'ambassade leur avait délivré de faux passeports américains : Bullitt craignait qu'on arrête l'ex-ministre de l'Air, vigoureusement antiallemand, et qu'on attente à ses jours. Les commandes françaises avaient, depuis 1938, fait sortir l'industrie aéronautique américaine de sa léthargie. Elles seraient décisives après l'entrée en guerre des États-Unis[107]. Il imaginait l'aide que La Chambre pourrait encore apporter. Leurs papiers donnaient les Gilroy pour le majordome et une domestique de Bullitt. « Ce n'est pas une bonne », s'étonna le garde-frontière espagnol devant l'élégante Américaine. « Bien sûr que non, répliqua Offie. Vous ne voyez pas que l'ambassadeur a une maîtresse[108] ? » Ces mots leur ouvrirent la barrière. Le 13 juillet, parvenu à Madrid, Bullitt put envoyer un câble au Président, lui indiquant qu'après le vote du 10 juillet qui mettait fin à la République et en l'absence d'instructions due à la rupture des communications, il avait jugé que l'ambassadeur accrédité auprès du président de la République française se devait d'éviter tout contact officiel avec les représentants d'un « nouvel État fasciste[109] ». Roosevelt n'objectait plus à son départ. Le groupe continua sa route dans la journée jusqu'à Lisbonne où, après une conversation au téléphone avec Roosevelt, Bullitt reçut l'ordre de rentrer aux États-Unis.

Il n'arrivait pas les mains vides. Ses bagages contenaient d'abord les plans secrets de fabrication, délivrés par Reynaud, d'un canon antichar de calibre 47 mm aux performances éprouvées dans les derniers combats[110]. Le 11 juin d'autre part, trois jours avant l'arrivée des Allemands, Blum avait remis à Bullitt une mallette contenant des archives de la Ire Internationale et des papiers personnels[111]. Parmi ceux-ci figurait une lettre manuscrite de Churchill, envoyée après la chute du dernier gouvernement Blum :

Mon cher Monsieur Blum,

J'ai beaucoup pensé à vous dans ces jours d'angoisse et de tourment, et je tiens à vous exprimer la gratitude qu'éprouvent envers vous beaucoup d'Anglais pour le grand et réel progrès dans la compréhension entre nos deux peuples qui a marqué votre mémorable ministère. Il n'appartient pas à un étranger, même amical, de se mêler de la politique française. Mais je n'ai jamais ressenti aussi fort la bonne entente de nos deux peuples que pendant votre présence au pouvoir.

Je suis sûr que, rendu pour un temps à l'état de personne privée, vous aurez des occasions nombreuses de poursuivre cette grande œuvre, si nécessaire pour assurer les droits des masses populaires de tous les pays et, dans le monde, la paix et la liberté.

En tant que très ancien ministre aujourd'hui retiré, j'ai pensé pouvoir sans présomption vous adresser ces quelques lignes, et me croire

Sincèrement vôtre
Winston Churchill

P.-S. Restons en contact[112].

Craignant une arrestation et la saisie de ses papiers, Blum ne souhaitait pas que les nazis, dont la propagande présentait Churchill comme « l'agent du bolchevisme et de la juiverie internationale », puissent exploiter cette preuve de respect et d'amitié entre le Britannique et le dirigeant, juif et socialiste, du Front populaire. Bullitt glissa la lettre dans la valise diplomatique, au côté des documents les plus sensibles. Il rapportait aussi aux États-Unis une paire de pistolets offerts à Lafayette par George Washington. Lafayette avait légué ces pistolets à un pupille et son descendant, le député socialiste Charles Baron, les offrit à Bullitt le 28 juin 1940[113].

À sa descente d'avion à l'aéroport La Guardia, on demanda à Bullitt ses sentiments sur le maréchal Pétain. Devant Chambrun, le gendre de Pierre Laval venu l'accueillir au pied de l'avion, Bullitt ne voulait rien dire qui engageât l'avenir, il lui fallait « voir le Président et le secrétaire d'État ». Mais il répondit aux journalistes et s'emmêla dans ses réponses : « [Pétain] est universellement respecté en France. (...) J'ignore si l'on peut vraiment parler d'un État fasciste. Le maréchal jouit d'une réputation fantastique, c'est un homme extrêmement simple et honnête[114]. » Cette déclaration suscita le malaise chez ses amis. Frankfurter lui écrivit pour lui reprocher « ses remarques douteuses sur l'avènement du régime de Pétain[115] ». Était-ce bien le même homme qui avait envoyé un télégramme prophétique sur le nouveau régime ? Personne ne pouvait comprendre. Bullitt expliquerait tout à Roosevelt. Le soir même, il dînait à la Maison Blanche.

CHAPITRE 13

Une drôle de guerre

Bullitt expliqua aussitôt au Président pourquoi il avait demandé en urgence à quitter Vichy : le télégramme où il affirmait que le nouveau régime avait pour seule ambition de faire de la France la province favorite d'une Europe nazie était tombé entre ses mains seulement quarante-huit heures après son envoi. Le gouvernement brésilien, après en avoir été avisé par « le Département d'État au plus haut niveau[1] », l'avait transmis à Jules Henry, l'ambassadeur de France à Rio, qui l'avait fait remonter à son ministre, Paul Baudouin. Cette fuite mit Bullitt dans le plus vif embarras. Henry tenait le télégramme pour responsable de la mauvaise image de Vichy au Brésil et des réactions d'approbation de la presse américaine à l'attaque de l'escadre française dans la baie de Mers el-Kébir par la Royal Navy, le 3 juillet[2]. Quelques-uns des nouveaux ministres demandaient le rappel de l'ambassadeur. Bullitt redora un peu son blason auprès du maréchal Pétain au cours d'une rencontre le 4 juillet. Pétain lui assura que « seule une défaite infligée à Hitler rendrait son indépendance à la France. Il désirait sincèrement une victoire britannique ». Il exprimait cette opinion au lendemain de Mers el-Kébir, mais devant le seul Bullitt. Pétain confia à Bullitt qu'il était prêt à oublier cette tragédie en la « mettant sur le compte du caractère instable de Churchill[3] ». Durant leur entretien, le maréchal exprima l'espoir que Bullitt puisse bientôt quitter Vichy (souhait ambigu) pour un bref séjour à Washington afin d'y rendre compte des événements[4]. Bullitt estimait que la divulgation de son télégramme l'empêchait de remplir normalement ses fonctions. C'est pourquoi il lui avait fallu partir au plus vite.

Roosevelt l'emmena avec lui pendant trois jours à Hyde Park. Il était contrarié qu'un télégramme aussi confidentiel soit arrivé sous les yeux des hommes de Vichy mais il était surtout intéressé par les analyses et les recommandations de Bullitt. Après sa conversation avec Pétain, sur la route de Vichy à Lisbonne, Bullitt avait réfléchi à la nouvelle situation géopolitique des colonies africaines de la France. L'Angleterre ou les États-Unis n'auraient-ils pas intérêt à débarquer dans ces territoires qui restaient sous l'autorité de principe de Vichy mais n'étaient peut-être pas hostiles aux Alliés ? Avant de quitter Lisbonne, Bullitt chargea Roscoe Hillenkoetter, son attaché naval, d'une mission à Casablanca pour y sonder l'armée et la population.

Le 25 juillet, il adressa son rapport. À l'exception des deux plus hautes autorités, le résident général Noguès et le commandant de la flotte, le contre-amiral d'Harcourt, les nombreuses personnalités rencontrées, tant civiles que militaires, souhaitaient que la France continue le combat aux côtés de la Grande-Bretagne. Mers el-Kébir n'était qu'un incident malheureux. Hitler était bien l'ennemi numéro un. Ses interlocuteurs s'indignaient de ce que la France ait si tôt baissé pavillon. Il y avait suffisamment de bateaux, d'avions, de carburant et surtout d'hommes mobilisables pour reprendre le combat. Cette quasi-unanimité frappa Hillenkoetter. Les entourages mêmes de Noguès et d'Harcourt lui assurèrent qu'en cas de débarquement allié, ils « prendraient la tête d'un mouvement révolutionnaire qui balaierait ces deux personnages[5] ». Le rapport que Bullitt partagea immédiatement avec Roosevelt et le Département d'État concluait : « Nos plans n'ont pas à débuter à Dakar, nous pourrons commencer à Casa. » Bullitt exultait : c'était la confirmation qu'une stratégie nord-africaine pouvait fonctionner.

Pour l'heure, en accord avec le Président, Bullitt prononcerait, quelques jours plus tard, le dimanche 18 août, à l'invitation de l'American Philosophical Society, le discours le plus important de son existence[6]. Il le prépara sur les rives du Newfound Lake, dans le New Hampshire, au camp Pasquaney qui lui avait offert les plus beaux étés de son adolescence. Du camp, il appelait chaque matin le Président. Dès qu'il l'avait au bout du fil, le Président l'encourageait, il ne fallait pas farder la vérité, il faudrait dire au pays qu'il était menacé[7]. La rédaction du discours absorbait ses journées ; le 13 août, il put enfin en soumettre une version aboutie. Validée par Roosevelt en personne, elle fut imprimée à deux millions d'exemplaires.

La municipalité de Philadelphie dressa un podium, mobilisa une chorale et l'orchestre des Marines. Le discours fut radiodiffusé entre 2 heures et demie et 3 heures de l'après-midi. « L'Amérique est en danger, proclama Bullitt après une diatribe antinazie. Les États-Unis sont dans un péril aujourd'hui aussi grand que la France il y a un an. J'ai la conviction qu'il nous faut affronter cette menace maintenant sans quoi il sera trop tard. » Il appelait la population à soutenir la Grande-Bretagne et à demander l'instauration de la conscription. « Écrivez et télégraphiez à vos sénateurs et à vos représentants à la Chambre, concluait-il. Écrivez à vos journaux. Dites-leur que nous voulons la conscription. Dites-leur que nous soutenons le général Pershing[8]. » Après son discours, Bullitt reçut 22 000 lettres et télégrammes, pour l'essentiel favorables[9].

Mais au Sénat et à la Chambre des voix s'élevèrent pour demander une procédure d'*impeachment* à son encontre. Qui était donc cet ambassadeur qui osait violer les règles de « discrétion » ? À en croire Bullitt, Roosevelt était ravi. Il lui avait dit que si son discours recevait bon accueil, il l'appuierait lors d'une conversation « au coin du feu » une semaine ou deux plus tard[10]. Mais le Président n'en fit rien. Il ne restait que quelques semaines avant l'élection présidentielle et Roosevelt avait lui aussi rompu avec la coutume en sollicitant un troisième mandat. À la fin septembre, le candidat républicain Wendell Willkie le dénonça comme un belliciste : « Les *boys* sont déjà presque dans les bateaux[11]. » L'opinion publique était contre la guerre, pour la neutralité ; Willkie grignotait l'avance du Président dans les sondages et le 4 octobre l'ancien président Hoover prédit sa victoire[12]. Roosevelt jugea plus prudent de se réfugier dans le silence. Mais le silence ne signifiait pas l'inaction.

À la fin août 1940, Bullitt était avec le Président et Missy LeHand. Ils avaient perdu « une heure en discussions stériles sur les moyens de financer l'aide à la Grande-Bretagne et à la Chine ». L'accord « destroyers contre bases » conclu avec Londres pendant l'été serait approuvé le 2 septembre. Le Président le savait insuffisant. Le Royaume-Uni avait désespérément besoin d'une aide plus substantielle. Si l'Angleterre tombait, l'Atlantique deviendrait un lac nazi. « Roosevelt ajusta son porte-cigarette, fixa le plafond, se gratta la tête et lâcha : "Bill, supposons que je sois en train d'arroser mon jardin et qu'un incendie se déclare dans la maison voisine. Les flammes vont bientôt gagner la mienne si on ne l'éteint pas. Je serais un fou si je ne passais pas mon tuyau à mon voisin qui me le réclame de l'autre côté de la haie. Comment croyez-vous que le pays et le Congrès réagiraient si je présente l'aide aux Britanniques comme le prêt d'un tuyau d'arrosage ?"[13] » Bullitt admira le flair politique du Président : les plus isolationnistes des Américains seraient forcés de se rendre à un tel argument[14].

Quelques jours plus tard, début septembre 1940, arriva à Washington Robert Murphy, le désormais chargé d'affaires à Vichy, que le Président désirait voir immédiatement. Dans la Salle des cartes de la Maison Blanche, dépliée sur le bureau, l'une d'elles montrait les colonies françaises d'Afrique du Nord et d'AOF. Le Président avait lu le rapport d'Hillenkoetter et « considéré attentivement les moyens d'aider les officiers français » qui jouissaient en Afrique d'« une relative indépendance »[15]. Murphy partagea avec lui les derniers éléments transmis par Hillenkoetter, fraîchement arrivé à Vichy. Avec 125 000 hommes d'active et 200 000 dans la réserve, animés d'un moral très supérieur à celui de la métropole, l'armée d'Afrique du Nord l'avait favorablement impressionné. « Si la France doit reprendre un jour le combat, je pense que l'impulsion viendra de là-bas[16]. » Roosevelt apprit également avec intérêt que le gouvernement espagnol avait empêché, en usant des seules armes diplomatiques, dix divisions allemandes de passer la frontière pour gagner Gibraltar. « Pour Hitler, la Méditerranée, c'était un angle mort », confia Lequerica, l'ambassadeur d'Espagne à Vichy, à Murphy. Lequerica connaissait le Führer pour s'être entremis entre lui et Pétain en juin 1940 avant que le maréchal ne prenne le pouvoir à Bordeaux[17].

Roosevelt invita Murphy à obtenir du gouvernement français les autorisations nécessaires pour sillonner l'Afrique du Nord pendant trois mois. Il pensait que le général Weygand, que Vichy venait de nommer là-bas délégué général du gouvernement, avait conservé des derniers mois de la Grande Guerre, où il servit comme chef d'état-major de Foch, commandant suprême des forces alliées, de la sympathie pour les Anglais et les Américains. Murphy deviendrait bientôt consul général à Alger, ambassadeur *de facto* auprès de l'Afrique du Nord française. Il rendrait compte directement au Président sans passer par le Département d'État ou la hiérarchie militaire. Il s'emploierait à déployer un réseau d'informateurs, officiellement des vice-consuls, à conclure des accords avec Weygand, toutes actions décisives en vue de l'opération Torch, le débarquement américain de novembre 1942.

Sous l'impulsion de Bullitt, Roosevelt avait compris l'intérêt géopolitique de l'Afrique du Nord dès juillet 1940. Après l'effondrement de la République française, Bullitt avait esquissé une stratégie possible à l'endroit de Vichy. Il ne s'était jamais senti aussi proche du Président que lorsqu'il lui téléphonait chaque matin du camp Pasquaney et écrivait son discours sous ses conseils. En apparence leurs relations étaient excellentes mais de mauvais pressentiments tenaillaient Bullitt.

Il avait souhaité que Missy assiste à son discours de Philadelphie. Il l'en pria à deux ou trois reprises. Le 14 août, il lui écrivait : « Ma chère, savez-vous que vous aviez un déjeuner de prévu aujourd'hui avec moi ? Savez-vous que je vous ai téléphoné depuis le déjeuner d'hier[18] ? » Dans cette seule lettre, il répétait deux fois : « Je compte sur vous. » Il comptait sur sa présence à Philadelphie, espérait dîner avec elle le lendemain ou le vendredi, et attendait un appel dans la soirée même. Elle déclina toutes ses invitations et pour le grand jour se contentera d'un télégramme : « Entendu le discours hier dans le train il était magnifique félicitations[19]. »

Pourquoi ces dérobades ? Est-ce parce que Cissy Patterson, devenue la patronne du Washington *Times-Herald*, assistait aussi à l'événement en compagnie des Biddle et de la famille de Bullitt ? Ou bien parce qu'elle avait le sentiment que Bullitt, très pressant depuis quelques semaines, voulait l'instrumentaliser ? Depuis que Roosevelt lui avait promis en mars 1940 une nomination prochaine à la Marine, Edison, le ministre en titre, et Woodring, son collègue à la Guerre, devant démissionner fin juin, Bullitt était nerveux. Le Président l'avait laissé confier à Anthony Biddle qu'il lui succéderait comme ambassadeur auprès du gouvernement français[20]. Le 29 mai 1940, prévoyant la victoire allemande, Bullitt écrivait à Missy : « Si je deviens inutile ici, j'aimerais pouvoir me rendre utile [dans notre pays]. Après deux semaines de silence de ma part, le Président procédera, je l'espère, à cette nomination[21]. » Il n'y procéda pas.

La guerre avait commencé et Roosevelt gardait en mémoire ce qui était arrivé à Wilson en 1919, après son refus d'inclure quelques personnalités républicaines marquantes dans son cabinet ou bien dans la délégation qu'il emmenait à Paris. En 1937, il avait confié à un ami : « Wilson n'a fait qu'une erreur : il n'a pas su se concilier le Sénat[22]. » Il choisit donc comme secrétaire à la Guerre Henry Stimson, qui avait déjà occupé le même fauteuil sous le Président Taft et avait été le secrétaire d'État de Hoover. À la Marine, il nomma Frank Knox, ancien candidat à la vice-présidence sur le ticket républicain en 1936. À Hickes, qui poussait sa candidature au poste de secrétaire d'État, le Président confia que « Bullitt parlait trop » et était trop impulsif[23].

Octobre approchait et Bullitt était toujours l'ambassadeur américain en titre auprès de la France. Il portait secours autant qu'il pouvait à ses amis français et européens et aux candidats à l'exil. À la demande de Thomas Mann, il aida son frère Heinrich et son fils Golo à obtenir des visas et à gagner les États-Unis[24]. Le 27 juillet 1940, il assurait le départ sous la protection diplomatique américaine de la mère de Jean Monnet et de sa sœur[25]. Avec le physiologiste Henri Laugier, premier directeur du CNRS (démis par Vichy), et Albert Einstein, il concourut à faire sortir de geôle le physicien Paul Langevin et à organiser son départ outre-Atlantique. Bullitt aida encore son amie la journaliste Geneviève Tabouis et les familles de Georges Boris, André Istel ou René Pleven à trouver refuge en Amérique. Il soutint aussi la mission Fry qui assistait les réfugiés étrangers dans la France occupée[26]. Il demeurait enfin le protecteur de la famille Freud et de figures du mouvement psychanalytique. Au printemps, il s'était occupé du cas de Dorothy Burlingham, l'amie d'Anna Freud. Après que Dorothy l'eut finalement rejointe à Londres, Anna lui écrivit : « Je sais bien sûr que cela n'aurait pu arriver sans vous. Je vous en suis très reconnaissante et j'espère pouvoir un jour vous être utile en retour[27]. » Bullitt essaya encore d'aider l'une des sœurs de Freud restées à Vienne à obtenir un visa américain[28]. En vain. Il facilita le voyage de son neveu, Harry, jusqu'aux États-Unis d'où il put visiter son père malade, Alexander Freud, au Canada[29]. Il aida également le psychanalyste autrichien Ernst Krist et sa famille à obtenir des visas[30].

Le Président avait dit à Bullitt d'attendre après l'élection[31]. Bullitt attendait. Le 25 septembre 1940, son vieil ami et le parrain de sa fille, George Biddle, dînait avec lui à Washington : « Bill semblait remarquablement en forme, les joues roses, débordant de vitalité, mais on ne laisse pas de remarquer son rire nerveux et Offie confia à Ickes que "la position anormale" dans laquelle il était, son "absence de statut à Washington", "commençait à [lui] peser" au point qu'on ne le voyait plus en ville, ce qui dans le cas de Bill n'était pas anodin[32]. »

À la fin octobre, Ernesta demanda à le voir. La requête n'avait rien d'aisé. Cinq ans après leur divorce, elle avait épousé le compositeur Samuel Barlow. Bullitt était le passé et elle ne s'intéressait pas au passé. Elle continuait à voir certains de leurs amis communs, dont Felix Frankfurter, nommé à la Cour suprême en 1939. Dans ses lettres au juge, Roosevelt désignait Ernesta comme sa « vieille flamme[33] ». Mais depuis la nomination de Bullitt à Paris, son omniprésence dans la vie publique, les gros titres, les photos dans les journaux lui jetaient le passé au visage. Pour la première fois de son existence, il bouchait le présent, occupait ses pensées. Elle décida de se délivrer de cet excès de mémoire sur le papier[34]. En un an, elle avait écrit 300 pages. Cela ne suffisait pas. Elle avait besoin de le rencontrer. Voulait-elle renouer leurs rapports ? Il n'y aurait sans doute pas été hostile mais ce n'était pas ce qu'elle voulait. « Pour nous deux, écrivait-elle, la page était tournée, le livre fermé. Dans l'amertume, la désillusion, et dans mon cas avec tristesse. » À présent cependant, ils souffraient tous les deux : « Le temps ne chasse pas les fantômes, mais si nous parlons, ils iront peut-être voir ailleurs[35]. » Ils étaient toujours attachés l'un à l'autre mais elle n'avait pas d'autre désir que de lui parler. Ils se revirent le 30 octobre 1940, le jour où Roosevelt fit à Boston une promesse qui rappelait celle de Wilson en 1916 (l'année de leur mariage) : « Aux pères et aux mères réunis ici, je veux donner cette assurance : "Vos garçons ne partiront pas à la guerre." » Le Président connaissait la réalité mais il savait aussi qu'« avant de pouvoir agir, il fallait se faire élire, ou réélire[36] ».

Le 5 novembre 1940, 55 % des suffrages populaires se portèrent sur son nom. Deux jours après la réélection de Roosevelt, « conformément à une excellente coutume », Bullitt lui adressait sa démission[37]. Le Président lui répondit le 9, d'une note laconique : « Cher Bill. 1 : Démission refusée 2 : Nous parlerons de cela et de l'avenir plus tard. 3 : J'espère vous voir très bientôt ? Fidèlement, FDR. »

Mais le même jour, Bullitt apprit que Sumner Welles avait transmis à Henry-Haye, qui représentait la France à Washington, la demande d'agrément d'un nouvel ambassadeur à Vichy. Il appela Roosevelt dans la soirée : « Croyez-moi ou non, j'avais tout oublié. Je n'incriminerais pas complètement Welles (...). Mais rien de grave, Bill, puisque vous restez ambassadeur tant que la désignation n'est pas effective. »

Bullitt était furieux. « Vous me placez dans une situation épouvantable. Voilà que Leahy est ambassadeur alors que j'ai annoncé ce matin à la presse que je restais en place. Je ne vous reproche rien. Je ne vous ai jamais rien reproché. (...) Mais j'aurais mieux fait de dire aux journalistes que je quittais la scène.

— Pour très peu de temps, répliqua Roosevelt.

— Cela me met dans un grand embarras.

— Je comprends, Bill. Vous devez être sonné, mais oublions cela[38]. »

Roosevelt laissait souvent ses subordonnés annoncer les bonnes ou mauvaises nouvelles en matière de nomination. Il ne dit jamais à Wallace, le vice-président en fonction, qu'il ne souhaitait pas le reconduire en 1944, mais il n'indiqua pas non plus clairement à Truman l'avoir choisi à sa place. Roosevelt ne souhaitait pas que Bullitt demeure son représentant auprès du gouvernement français et Vichy le savait avant même sa réélection[39].

Il aurait pu lui laisser son titre d'ambassadeur sans le renvoyer en France en signe de défiance envers le régime mais choisit plutôt de faire un « pari sur Vichy[40] ». Il était essentiel pour les États-Unis, afin de gagner du temps et développer leurs capacités militaires, que l'Afrique du Nord, la flotte française et les possessions françaises dans l'Atlantique restent aussi longtemps que possible en dehors de l'orbite nazie. Roosevelt et Welles cherchaient un homme propre à inspirer confiance à Pétain, de préférence un militaire de haut rang. Même s'il s'était abstenu de critiquer Vichy dans son discours de Philadelphie, Bullitt traînait une réputation d'hostilité au régime à cause de son télégramme du 1er juillet et de ses amitiés avec les derniers dirigeants de la Troisième République. Quelques semaines plus tard, le 28 décembre, l'amiral Leahy agréé par Vichy, Bullitt donnait sa démission.

D'autres raisons encore expliquaient la soudaine disgrâce de Bullitt. Les sept ans où il représenta les États-Unis à Moscou puis à Paris, Roosevelt apprécia sa capacité d'initiative et toléra son indépendance d'esprit et d'action. Pendant les deux dernières années en particulier, dans leurs efforts conjoints pour sauver la France du désastre qui menaçait, ils travaillèrent main dans la main. Mais la guerre venue. Roosevelt éprouvait la nécessité de centraliser les décisions[41]. George Kennan s'entendra dire : « En temps de guerre, pour toutes les questions stratégiques, le Département d'État n'a qu'un rôle de conseil, et il n'en donne que si on l'y invite[42]. » Il ne restait guère de place dans cette organisation pour des hommes qui parlent franchement au Président. Selon Harold Ickes, seules trois personnes dans l'entourage du Président osaient exprimer leur désaccord avec lui : Bullitt, Baruch et lui-même. D'autres, Harry Hopkins en tête, se comportaient en béni-oui-oui[43]. Depuis la mission d'inspection des usines aéronautiques que Roosevelt lui avait confiée en 1938, Hopkins aidait le Président à préparer le pays à un éventuel conflit. Il vivait à la Maison Blanche, comblant le vide laissé par Louis Howe, le principal conseiller politique de Roosevelt depuis 1912 jusqu'à sa mort en 1936[44]. Depuis que le conflit avait éclaté, Roosevelt avait fait de Hopkins son conseiller diplomatique personnel, le chargeant des missions les plus importantes auprès de Churchill et bientôt auprès de Staline, pour développer et consolider les alliances avec un seul objectif : la victoire sur le fascisme. Sumner Welles, lui, était le bras armé du Président au Département d'État et s'occupait de le gérer.

Peut-être Bullitt ne voulait-il pas, après tout, du poste d'ambassadeur à Vichy. Son discours de Philadelphie n'était pas celui d'un homme qui se préparait à retourner en Europe. À deux reprises, Roosevelt lui proposa l'ambassade de Grosvenor Square (Joseph Kennedy avait aussi démissionné) mais il refusa. Officiellement, il voulait rester à Washington car sa fille Anne lui manquait. Mais surtout, il ne voulait pas aller « à Londres avec [Welles] prêt à lui planter un couteau dans le dos[45] ». Le rapport que lui adressa Hillenkoetter de Casablanca en juillet 1940 contenait un avertissement qu'il tenait du consul à Tanger, Maxwell Blake : « Sumner Welles complotait contre lui[46]. » Avant son départ de Vichy, deux membres du gouvernement informèrent Bullitt que c'était Welles qui avait divulgué son télégramme confidentiel[47]. À la fin juillet 1940, Welles l'appela et lui exprima ses regrets pour la fuite. Il lui expliqua que le télégramme (qu'il prétendait n'avoir pas lu) était de ceux transmis automatiquement au gouvernement brésilien en vertu d'accords particuliers[48]. Bullitt n'en crut rien. Il vérifia plus tard au Département d'État le dossier des câbles communiqués aux autorités brésiliennes et le sien n'y figurait pas[49]. Sous-secrétaire d'État depuis 1938, Sumner Welles, qui avait la confiance du Président et de la première dame, pesait d'un grand poids au sein du ministère alors que Cordell Hull, âgé, en était souvent absent. Welles réfléchissait déjà à l'après-guerre : dès 1939, un groupe de travail du conseil des Affaires étrangères commençait à préparer la Charte de l'Atlantique.

Roosevelt et Welles se connaissaient depuis l'enfance et Welles avait été l'un des garçons d'honneur à son mariage. Sa froideur et sa rigidité proverbiales alimentaient les plaisanteries. Hugh

Wilson, le nouvel ambassadeur nommé à Berlin en mars 1938 pour remplacer le très antinazi William Dodd, rapportait ainsi sa première rencontre avec le Führer :

> À midi juste, l'on ouvrit les portes à grand battant et l'on m'introduisit auprès d'Hitler. Derrière lui, solennellement alignés, se tenaient Mackensen, Ribbentrop et Meissner (...). J'ai lu mon discours, Hitler le sien, puis il m'a amené à un canapé derrière une table. Il s'est assis à ma gauche ; Mackensen, Ribbentrop et Meissner nous ont rejoints. Pendant toute la conversation, l'expression de ces trois messieurs n'a pas varié d'un iota. Nous parlions, Hitler et moi, fixés par trois masques absolument impassibles. Pour donner une idée de leur imperturbable gravité, il faudrait imaginer que vous, Monsieur le Président, receviez un ambassadeur étranger en présence de trois Sumner Welles[50].

Mais le Président, qui appréciait sa « rapidité d'action et de réflexion », faisait de plus en plus souvent appel à lui[51].

Les relations de Welles et de Bullitt n'avaient pas toujours été mauvaises. Quand Welles fut nommé au poste de sous-secrétaire d'État, Bullitt lui écrivit une lettre de félicitations : « J'espérais que le juge Moore, qui a toujours été comme un père pour moi, obtienne le portefeuille, mais vous savez déjà, j'en suis sûr, que vous pouvez compter sur ma pleine et entière coopération[52]. » En aval de Munich, leur collaboration fut sans nuages[53]. Mais leur relation s'était rapidement détériorée. Quelques jours après la conférence, le 3 octobre 1938, Welles prétendait que « les chances de fonder un nouvel ordre mondial sur la justice et le droit » n'avaient jamais été aussi grandes depuis vingt ans[54]. Lors de sa mission en Europe début 1940, quand il comptait sur Mussolini pour résoudre la crise, il avait sapé l'autorité de Bullitt et envenimé leurs rapports. Welles était dominateur et ne « manquait jamais une occasion de châtier ceux qui l'avaient contrarié[55] ». Bullitt ressentit la divulgation du télégramme sur le régime de Vichy comme un coup de poignard dans le dos, qui compromettait sa carrière, et Welles devint à ses yeux un ennemi mortel.

Le 29 décembre 1940, lors d'une causerie « au coin du feu », Roosevelt partagea avec le public la parabole de « l'incendie dans la maison du voisin » qu'il avait testée auprès de Bullitt en août. Il y défendit pour l'Amérique le rôle d'« arsenal des démocraties[56] ». Ce discours compte parmi les plus réussis de sa carrière[57]. La loi conférerait au président le droit de fournir une assistance à toute nation dont il jugerait la défense essentielle à la sécurité des États-Unis contre un remboursement différé sous la forme qu'il agréerait. Certains républicains s'élevèrent contre le danger d'une dictature présidentielle. Devant la commission des Affaires étrangères, Charles Lindbergh affirma que l'aide américaine était vaine et inutile, que la Grande-Bretagne ne pourrait jamais l'emporter. Joseph Kennedy s'y opposa également, craignant qu'elle n'entraîne le pays dans le conflit. Mais Willkie, l'adversaire malheureux de Roosevelt, apporta son soutien. Bullitt jeta aussi son poids dans la bataille, expliquant que l'avènement de l'aviation avait considérablement rétréci les dimensions du globe, que pour la première fois dans l'histoire, la machine de guerre européenne pouvait atteindre les États-Unis en quelques heures seulement. Tant que la Royal Navy et la Royal Air Force contenaient la menace allemande, la flotte américaine pouvait surveiller le Pacifique. Mais si la Grande-Bretagne s'effondrait, les États-Unis ne pourraient défendre à la fois leur côte Est et leur côte Ouest. Le Congrès vota la loi le 11 mars 1941 et en avril le bénéfice du prêt-bail fut étendu à la Chine en lutte contre le Japon.

Libéré de toute fonction officielle, Bullitt entreprit une série de conférences à travers le pays. Il les préparait avec l'aide d'amis du Département d'État qui le fournissaient en munitions. Au vrai, Stanley Hornbeck, le directeur de la division d'Extrême-Orient, les revoyait tous avant qu'il ne les prononce. Il l'avait déjà aidé pour celui d'août 1940 à Philadelphie et apporta encore son concours pour celui du 7 janvier 1941, devant l'université de Caroline du Nord à Chapel Hill[58]. Diffusé par la station NBC, le discours renouvelait l'appel à ne pas s'obstiner dans une vaine neutralité, l'aviation et la propagande par la radio ayant aboli les frontières naturelles[59]. Pour éviter l'entrée en guerre, il fallait absolument fournir à l'Angleterre les ressources qu'exigeait la conduite de la guerre. Le 18 février 1941, lors d'un dîner de la Phi Beta Kappa à New York, Bullitt appela à doubler la production aéronautique militaire pour empêcher que les nazis ne dominent les airs[60]. Devant l'Overseas Press Club, il galvanisa son public en proclamant que les usines d'armement devraient tourner à plein régime, « comme si le pays était en guerre[61] ».

Au fil de semaines qui devenaient des mois, la frustration de Bullitt grandissait. Roosevelt l'empêchait de rejoindre le privé mais ne lui offrait pas de nouveau poste au sein de son administration. Roosevelt songeait à créer une nouvelle agence fédérale pour que l'opinion publique prenne conscience de la menace allemande. Envisageant deux branches, la propagande et la défense civile, il proposa la première à Bullitt, le 23 avril 1941. Bullitt déclina l'offre, trop éloignée de son seul objectif : « abattre Hitler ». Mais ce jour-là, à la Maison Blanche, ce n'était pas de géopolitique qu'il souhaitait entretenir Roosevelt. Il hésitait depuis longtemps et craignait pour sa carrière[62]. Il aurait préféré que le juge Moore parle lui-même à Roosevelt mais il était mort en février, lui laissant ce devoir pénible à accomplir. À la fin novembre 1940, son vieil ami l'avait informé d'une aventure survenue à Welles le 17 septembre à bord du train présidentiel qui le ramenait des obsèques du président de la Chambre, William Bankhead, dans l'Alabama[63]. Welles avait beaucoup bu dans le wagon-restaurant et de retour dans son compartiment sonna le porteur de bagages. Il se livra alors aux « avances les plus indécentes et les plus immorales » et les renouvela auprès de serveurs du wagon-restaurant, essayant de monnayer leurs faveurs sexuelles. Moore connaissait l'histoire grâce au Virginien Ernest Morris, le président de la Southern Railway. Morris souhaitait que l'information remonte jusqu'à Roosevelt et Cordell Hull. Déjà malade, Moore envoya Morris auprès de Bullitt le 25 novembre, chez lui à Washington, pour l'en aviser. Le chef de la police du rail, Luther Thomas, se joignit à eux et distilla tous les éléments récoltés après qu'un serveur l'eut appelé en urgence, le 17 septembre 1940 à 5 heures et demie du matin[64]. Morris ajouta que Welles avait eu les mêmes agissements à la mi-octobre dans un train de nuit pour Cleveland. Aussi bien Bullitt que ses visiteurs tenaient à ce que l'incident ne reste pas ignoré du Président. Le 30 novembre, Moore le révéla à un Cordel Hull offusqué. Et peu avant sa mort, à l'âge de 82 ans, il nota à l'encre rouge qu'après son décès tous les témoignages concernant l'affaire devraient être remis à Bullitt, « l'un des meilleurs amis qu'il eût au monde[65] ».

Missy avait exhorté Bullitt à ne pas parler au Président de l'incident du train en l'assurant qu'il en avait déjà eu connaissance[66]. Le 23 avril 1941, Bullitt remit néanmoins au Président le document où il avait résumé les témoignages du bagagiste et des serveurs. Roosevelt s'arrêta à la première page : « Je sais tout cela. » Ses services l'avaient informé et il avait commandé un rapport à Edgar Hoover, le directeur du FBI. Welles reconnut qu'il était ivre, avait pris des cachets et bu du café mais ne se souvenait de rien d'autre. Hoover avait conclu à des troubles psychologiques[67]. Roosevelt avait donné des instructions à son secrétaire aux nominations, le général Pa Watson, pour que Welles soit toujours accompagné d'un garde du corps qui le surveille. Il n'y avait aucun risque, avança encore le Président, qu'un journal publie ces allégations scandaleuses ou bien que les serveurs entreprennent une action en justice. Le principal témoin, le jeune porteur noir, était mort. Aucune plainte n'avait été déposée. « [Welles] m'est utile », répéta le Président. Bullitt se permit d'en douter : « Il s'est trompé sur à peu près tout. » De grandes épreuves, poursuivit-il, attendaient les États-Unis, il fallait que Roosevelt s'appuie sur des hommes solides. L'entretien s'arrêta là : « Pa, je ne me sens pas bien, fit le Président, annulez mes rendez-vous pour la journée. Je dois rentrer[68]. »

En ne le reconduisant pas dans ses fonctions, Roosevelt avait fait à Bullitt un cadeau involontaire : il était devenu *de facto* l'ambassadeur des États-Unis auprès des Français adversaires de Vichy, réfugiés en Amérique du Nord ou incarcérés par le nouveau régime. Il recevait, transmises par ses anciens collaborateurs de l'ambassade, des lettres poignantes de Daladier, Reynaud, Mandel, Blum ou Guy La Chambre. Il leur envoyait des jambons, des conserves, « les biscuits les plus savoureux » et des cigarettes américaines[69]. Il s'intéressait de près au sort de Léon Blum et fit intervenir l'ambassade pour améliorer ses conditions d'internement[70].

Daladier, son autre ami, compta parmi les vingt-sept députés qui, refusant la défaite, s'embarquèrent de Bordeaux sur le *Massilia* le 21 juin 1940. Ils gagnèrent Casablanca dans l'espoir de maintenir une autorité indépendante dans l'empire. Tous furent arrêtés et transférés en métropole, à l'exception de Daladier, assujetti à une forme de résidence surveillée. Quand Hillenkoetter le rencontra, aux alentours du 20 juillet, l'ancien président du Conseil avait déjà tenté à plusieurs reprises de rejoindre l'Angleterre. Hillenkoetter lui procura les moyens de communiquer avec les Britanniques[71]. La Royal Navy essaya par trois fois encore de l'emmener sur un destroyer mais les autorités françaises déjouèrent chacune des tentatives. Une fois, alors qu'il approchait d'un bâtiment anglais dans une barque de pêcheurs, un remorqueur avec l'amiral d'Harcourt lui-même à bord le contraignit à regagner le port[72].

Daladier fut finalement incarcéré en métropole en prévision du grand procès que Vichy préparait à Riom pour exonérer l'armée de ses responsabilités dans la défaite et rejeter la faute sur les politiciens de la Troisième[73]. Guy La Chambre, l'ancien ministre de l'Air, l'avait rejoint, rentré des États-Unis sous le coup d'un mandat d'arrêt émis par Vichy. La Chambre ne voulait pas voir sa loyauté envers la patrie mise en cause et brûlait de se justifier[74].

Les chefs militaires les accusaient de ne pas avoir suffisamment doté l'armée. Daladier répondit qu'il avait, malgré les contraintes budgétaires, pu affecter 62 milliards à l'achat de matériel militaire. 5 000 avions avaient été commandés, et 1 000 avaient été livrés en juin 1940[75]. Quant à La Chambre, il expliqua à la barre que l'état-major n'avait jamais envisagé la possibilité d'une *Blitzkrieg*, c'est-à-dire d'une offensive reposant sur l'action combinée des chars et de l'aviation[76]. Au moment de l'offensive allemande, entre les deux tiers et les trois quarts des avions dont aurait dû disposer l'armée dormaient dans des hangars ou bien n'étaient pas encore livrés[77]. Dans les derniers jours de combats, un petit effectif de bombardiers américains assumait une part croissante des opérations. Mais ils étaient trop peu nombreux et trop mal utilisés pour infliger de sérieux dommages à l'ennemi. La flotte française fut peu employée et sans plan véritable. L'armée croyait ne devoir l'utiliser qu'en appoint des forces au sol[78].

Dans un plaidoyer *pro domo*, Reynaud chargeait Daladier auprès de Bullitt : trop dépendant de l'état-major, il n'aurait pas su affirmer son autorité et moderniser l'armée[79]. Mais Bullitt n'ignorait rien des défaillances personnelles de Reynaud. Reynaud lui-même le reconnaissait dans une longue lettre et un manuscrit intitulé « Je m'accuse », adressé à Bullitt. Il avait mal sélectionné ses ministres. Car le 16 juin, la majorité de ceux choisis par Reynaud en pensant qu'ils résisteraient à la pression, par exemple Georges Pernot et Yves Bouthillier, le lâchèrent. Ils votèrent en faveur d'un armistice[80]. Lebrun invita alors Reynaud à le demander à l'Allemagne. C'est son refus qui entraîna sa démission. Mais il croyait aussi que « les conditions [de l'armistice] seraient inacceptables, auquel cas il était prévu que je revienne au pouvoir ». Lequerica, l'ambassadeur espagnol, avertit Hitler du danger et le Führer consentit à une zone libre pour rendre l'armistice « acceptable[81] ». Daladier, Reynaud, La Chambre, tous ces ministres désormais en prison pour leur commune opposition à Hitler et à la collaboration s'étaient montrés, avant le conflit, incapables de surmonter leurs ambitions personnelles et leurs querelles politiques.

Les Allemands, eux, n'avaient qu'un désir, celui d'imputer la responsabilité de la guerre aux officiels britanniques ou américains et à Bullitt en particulier. Le 5 juillet 1941, Ribbentrop donnait pour instruction à Abetz d'informer Vichy que le Reich renoncerait à la demande d'extradition de Paul Reynaud et de Georges Mandel si l'État français voulait bien lui fournir tous les documents qui prouvaient leur collusion avec Bullitt en vue de provoquer une guerre avec l'Allemagne. Un mois et demi plus tard, Abetz avisa son ministre qu'aucun document n'avait été trouvé[82]. On offrit par ailleurs la liberté à Daladier s'il consentait à déposer que Bullitt lui avait promis l'aide de l'Amérique et que cette promesse, jointe aux pressions britanniques, joua un rôle décisif dans la déclaration de guerre. Daladier refusa avec hauteur mais craignait qu'on ne l'exécute. « Je ne sais pas si je vous reverrai un jour mais je tiens à vous dire, concluait-il dans sa lettre à Bullitt, que le souvenir de notre amitié est l'un des meilleurs de ma vie[83]. »

Barbarossa change la donne

Le 6 juin 1941, deux jours avant que Missy ne perde connaissance lors d'une réception, prélude à une attaque qui la laisserait partiellement paralysée, Bullitt déjeunait avec le Président à la Maison Blanche. Ce jour-là, il se sentit vraiment « de la famille ». Roosevelt lui parla franchement, sans la réserve qu'il gardait d'ordinaire avec autrui. Pour secouer son « inertie », Bullitt le mit en garde : si les États-Unis n'entraient pas en guerre maintenant, ils verraient la Grande-Bretagne s'écrouler et se retrouveraient alors seuls et en bien mauvaise posture face à l'Allemagne. Mais Roosevelt attendait que l'Allemagne lui offre un *casus belli* qu'elle ne voulait précisément pas lui donner[84].

Deux semaines plus tard, l'attaque surprise de l'Union soviétique par l'Allemagne renversait la donne. Churchill offrit immédiatement son soutien inconditionnel à Staline. « Il n'y avait qu'un homme à vaincre, qu'une philosophie de gouvernement à détruire. La Russie combattait à présent cet homme et cette philosophie », confia-t-il à Harry Hopkins qui était précisément à Londres à ce moment[85]. Roosevelt envoya immédiatement Hopkins à Moscou pour rencontrer le chef soviétique et juger de la situation. « Donnez-nous des canons de DCA et de l'aluminium et nous pouvons tenir trois à quatre ans », lui assura Staline[86]. Hopkins revint confiant dans les capacités de résistance de l'Union soviétique et Roosevelt décida d'étendre le bénéfice du prêt-bail à l'URSS pour la soutenir dans sa lutte contre l'Allemagne hitlérienne[87].

Pendant l'été 1941, Bullitt hésita quant à l'attitude à adopter. Aux lendemains de l'opération Barbarossa, il n'était pas favorable à une extension de la loi prêt-bail au motif qu'« une alliance avec la Russie pourrait l'aider à gagner la guerre mais risquait de détruire la paix[88] ». Roosevelt balayait ses préventions : « Il faut que les Alliés gagnent la guerre pour que la démocratie survive. » Bullitt lui conseilla alors de conditionner le soutien matériel des États-Unis à un engagement de l'URSS de respecter la liberté future de la Chine et de ses voisins européens[89]. Mais l'été avançant, il s'inquiéta d'un possible écroulement de la Russie, l'Armée rouge semblant au bord de la défaite. Il était vain d'espérer, avisa-t-il alors le Président, que la Russie l'emporte sur les nazis sans que les États-Unis n'aient à entrer en guerre[90]. Le 1er juillet 1941, Bullitt invita Roosevelt à accélérer les cadences dans les usines d'armement au cas où les États-Unis devraient affronter seuls l'Allemagne hitlérienne.

Bullitt revit Roosevelt en août 1941, quelques jours après la première rencontre entre Churchill et le Président au large de Terre-Neuve en baie de Plaisance. Roosevelt lui dit qu'il souhaitait l'employer au mieux de ses capacités mais n'avait pas pour l'instant de poste adéquat à lui offrir. Bullitt se crut définitivement hors jeu[91]. Ses propos publics devinrent de plus en plus offensifs. En septembre 1941, il appela à une déclaration de guerre immédiate contre l'Allemagne : « Nos sentiments nous enferment dans un dilemme insoluble. Nous voulons battre Hitler mais nous ne voulons pas faire la guerre. Ces deux points de vue sont incompatibles. (...) La vérité est triste à dire mais la seule façon de vaincre Hitler est que l'Amérique jette toutes ses ressources dans la bataille et parte en guerre dès maintenant[92]. » Roosevelt considéra que l'opinion ne l'accepterait pas : les États-Unis demeureraient neutres, au moins formellement. Bullitt restait en campagne et réussit à convaincre Frank Knox, le secrétaire à la Marine : « Knox est venu me voir ce matin », notait dans son journal le secrétaire à la Guerre Stimson, le 7 octobre 1941, « débordant d'idées neuves qu'il tient de Bullitt, proclamant qu'il fallait absolument envoyer un corps expéditionnaire à Casablanca, en Afrique du Nord[93] ». Stimson s'opposa à ce plan et dissuada Roosevelt de l'adopter[94].

Un mois plus tard, à sa grande surprise, Roosevelt le nommait ambassadeur itinérant. Bullitt ignorait alors que lorsque Churchill apprit que Knox soutenait un projet de débarquement de 150 000 hommes à Casablanca, il décida l'abandon du plan britannique (nom de code « Whipcord ») qui prévoyait d'envahir la Sicile après avoir battu Rommel en Syrie. Le Premier ministre le troqua au profit d'un plan de soutien au débarquement en Afrique du Nord (le plan « Gymnast »)[95]. Le 3 décembre 1941, Bullitt partait pour le Maghreb et le Moyen-Orient. Le 7, à son arrivée dans l'île de Trinidad, première escale pour l'Égypte, son comité d'accueil britannique lui apprit l'attaque de Pearl Harbor : « Nous voilà dans le même bateau maintenant. » Plus question de prolonger sa mission en Asie – Roosevelt lui avait demandé d'aller voir Tchang Kaï-chek[96] –, la tournée de Bullitt, annonça Roosevelt à la presse, serait une tournée éclair. Il séjournerait au Caire du 13 au 20 décembre, irait à Beyrouth pour trois jours puis à Jérusalem du 23 au 26, rejoindrait la capitale égyptienne jusqu'au 5 janvier, serait à Bagdad puis à Téhéran du 12 au 17 et enfin, après un ultime retour au Caire, accomplirait ses dernières étapes en Libye, à Khartoum et à Accra[97]. En Palestine, Bullitt visita la famille Aaronsohn à Zikhron Yaakov, sur le mont Carmel, siège d'une fondation au nom de son ami Aaron. Bullitt était resté, depuis 1919, un avocat de la cause sioniste. Quand en mai 1939, la nouvelle politique britannique, visant à ce que la population juive demeure minoritaire en Palestine, souleva l'inquiétude de Weizmann et des organisations sionistes, Bullitt fut la première personne qu'ils appelèrent[98]. Au Caire, il s'entretint avec le britannique Oliver Lyttelton, le ministre d'État résident au Moyen-Orient, à Beyrouth, le général Catroux, commandant en chef de la France libre dans la région, et leurs entourages. Ils s'accordèrent sur un message commun à Roosevelt soulignant l'importance d'un engagement de l'Afrique du Nord française aux côtés des Alliés. Bullitt plaida à nouveau pour l'envoi de forces américaines à Casablanca[99]. En mars 1942, appuyé par Marshall et Eisenhower, Bullitt recommanda l'envoi de forces aériennes sous commandement américain en Égypte[100]. Ses exhortations restèrent sans réponse. Bullitt se sentait relégué. En avril 1942, il repoussa une nouvelle mission au Moyen-Orient que le Président lui offrait comme pour le tenir éloigné de Washington. Il démissionna. « Je vais chercher un autre moyen de servir », écrit-il au Président[101].

CHAPITRE 14

Agir au cœur du conflit mondial

Parmi les Français que Bullitt aida à trouver refuge aux États-Unis figurait Marie Cuttoli, mécène de la tapisserie moderniste, qui commanda des dessins à Léger ou Picasso et encouragea d'autres personnalités de l'avant-garde, comme Jean Lurçat ou Le Corbusier, à faire réaliser des tapisseries à partir de leurs tableaux. Pour faciliter son exil, Bullitt renoua avec Albert Barnes, un industriel de Philadelphie, grand collectionneur de peintres impressionnistes et modernes français, qu'il avait connu au temps de son ambassade à Paris. Élève brillant, fils d'un boucher de Kensington, Barnes étudia la médecine à l'université de Pennsylvanie et inventa l'Argyrol, un collyre antiseptique, qui en fit un millionnaire. Pour abriter sa collection privée, devenue la plus importante des États-Unis, il créa une fondation à Merion, dans la banlieue de Philadelphie[1]. En octobre 1940, sur la suggestion de Bullitt, il invita Marie Cuttoli à montrer son travail à la fondation, lui permettant ainsi d'obtenir un visa pour l'Amérique. Barnes était réputé pour son « caractère épouvantable[2] » et ses penchants solitaires mais il avait quelques amis très proches, et Bullitt devint l'un d'entre eux à partir de 1940 et jusqu'à sa mort en 1951. Barnes l'accueillait fréquemment à Merion et Bullitt l'invitait avec sa femme à des dîners à Washington, Ashfield ou Penllyn[3]. En mai 1942, à l'occasion d'une visite avec Anne à Merion, les deux amis évoquèrent l'avenir. Si Roosevelt ne voulait plus de Bullitt, pourquoi ne lancerait-il pas un mouvement politique ?

Le dimanche soir, après le départ de Bullitt, Barnes résuma leur discussion : « La question principale est celle de la réalité face à la fiction. Les circonstances actuelles offrent un curieux mélange des deux. La Déclaration d'indépendance, le *Bill of Rights*, la morale, le fair-play, l'honnêteté : autant de munitions abondamment exploitées par F.D.R. dans ses causeries "au coin du feu". Sa popularité en découle mais quand on les confronte à sa politique concrète, ce n'est plus qu'une fiction. »

La dissection de la véritable politique de son administration, se fondant sur les documents officiels, sans révéler de secrets d'État ou se livrer à des attaques personnelles, comblera les attentes de l'opinion.

« Le chef et sa coterie » ne pourront rien opposer à des arguments « solidement construits ». Barnes et Bullitt avaient évoqué la création d'un mouvement et convenu d'une intervention radiodiffusée sur les ondes nationales pour le 4 juillet.

Bullitt parlerait et dirait « entre les lignes » : « Mes ancêtres ont fait ce pays et j'ai fait de mon mieux pour poursuivre leur œuvre. » À l'adresse de Roosevelt, le message implicite serait : « Mon bilan parle pour moi. » Il ne s'agirait pas d'une attaque directe mais d'une mobilisation des énergies, à laquelle Roosevelt lui-même appelait dans ses causeries « au coin du feu ». Le but serait d'éclairer « l'opinion publique ». Barnes pensait qu'il ne manquerait pas de « cerveaux » pour se prêter à l'opération. Le prestige d'une grande université donnerait de l'autorité et du poids au programme. « Votre force, écrivait Barnes à Bullitt, tient à ce que personne n'est encore passé à l'action. » De tels projets étaient toujours restés au stade du « vœu pieux »[4]. Les idées agitées par Barnes et Bullitt ne franchiraient pas davantage ce stade.

Même si depuis qu'il avait résigné son ambassade, Roosevelt le berçait de promesses non tenues, Bullitt n'était pas vraiment prêt à se confronter à Roosevelt. « Je ne fais rien dans cette guerre, lui écrivit Bullitt le 13 juin 1942. Ma seule ambition est de contribuer à la défaite d'Hitler et des Japonais. S'il y a quoi que ce soit que je puisse faire avec ou pour vous, je veux le faire. S'il n'y a rien, j'essaierai de servir autrement. » Le Président lui répondit : « Je comprends parfaitement vos sentiments mais je ne veux pas vous utiliser comme un second lieutenant[5]. » Il lui proposait finalement d'être son ambassadeur en Australie. Bullitt refusa mais accepta auprès du secrétaire à la Marine Knox, qu'il appréciait, le poste d'assistant spécial. Il réemménagea à Washington et s'occupa surtout des questions relatives à la guerre sous-marine ; il devint aussi et demeura jusqu'en 1944 un conseiller secret de Cordell Hull. En juillet 1942, il se rendit en Grande-Bretagne en mission pour Knox mais Hull lui avait aussi demandé un rapport sur la situation exacte et les ambitions de la France libre[6]. Depuis 1941, Bullitt fréquentait les milieux de la France libre aux États-Unis et au Canada. À l'invitation du professeur Henri Laugier, il avait parlé devant l'un de leurs auditoires à Montréal le 14 juillet 1941[7]. C'est là qu'avec Laugier et Suzanne Blum, réfugiée aussi aux États-Unis, il projeta de recueillir des discours et des articles de Léon Blum. Préfacé par ses soins, le volume parut en 1943 sous le titre *L'Histoire jugera*[8].

Pour le 14 juillet 1942, Bullitt avait convaincu, peu de temps avant son départ pour Londres, le général Pershing de présider les festivités organisées par les Français libres à New York. L'ambassade vichyssoise obtint de Pershing qu'il se décommande mais la controverse suscita dans la presse des échos positifs pour le mouvement[9]. Le 15 juillet, Bullitt déjeunait avec Churchill au 10 Downing Street[10]. Quelques jours plus tard, le 20, il dînait avec de Gaulle et son ami Pleven. Il avait rencontré de Gaulle pour la première fois début juin 1940, quand Reynaud le fit entrer au gouvernement comme sous-secrétaire d'État à la Guerre. Quelques jours plus tôt, le colonel de Gaulle s'était illustré à la tête d'une division cuirassée dans une tentative de contre-attaque à Montcornet. « C'est un jeune homme [*sic*] vigoureux et intelligent », écrivait Bullitt à Roosevelt[11]. Deux ans plus tard, après son dîner londonien, Bullitt notait : « Il y a quelque chose qui cloche chez de Gaulle. Son visage avait l'air d'être construit en plusieurs morceaux, mal mais ensemble avec beauté[12]. »

De Gaulle rejoignait les Britanniques qui s'opposaient à un plan américain de débarquement en 1942 ou 1943 en France que le général Marshall était venu défendre à Londres ce mois-là[13]. Selon Bullitt, de Gaulle tenait pour « une folie complète l'idée d'un débarquement anglais, américain ou anglo-américain sur les côtes françaises s'il s'appuyait sur moins de vingt divisions cuirassées. En deçà [de vingt divisions], il était certain que l'expédition serait rejetée à la mer. Il conseillait une attaque anglaise en Norvège et américaine au Portugal et en Espagne. Lorsque je lui ai dit que les Espagnols opposeraient certainement une résistance acharnée, il m'a répliqué que l'Espagne était toujours rouge et que nous serions soutenus par les communistes, ajoutant : "Si vous avez peur d'installer des gouvernements communistes en Europe, vous ne gagnerez jamais cette guerre." Il m'a fait une impression décidément mauvaise mais Pleven le couvait pendant tout le dîner de regards d'adoration et après la soirée m'a confié : "N'est-il pas malheureux qu'on ne sache pas employer un homme aussi exceptionnel ?"[14] »

*

Roosevelt prit acte de l'impossibilité de convaincre les Anglais d'un débarquement en Europe et, le 23 juillet 1942, ordonna à son état-major de planifier le débarquement anglo-américain à Alger et Casablanca (l'opération Torch) que Bullitt réclamait depuis juillet 1940[15]. Bullitt ne fut pas impliqué dans les préparatifs. Roosevelt avait préféré l'employer pour ses capacités d'anticipation. Le 19 novembre 1942, il lui confia la mission d'étudier les conditions de l'administration civile des territoires occupés par l'armée américaine ou les armées alliées[16]. Bullitt décida de prendre sa mission très largement.

Début 1943, Bullitt suggère une initiative audacieuse pour sécuriser les approvisionnements énergétiques des États-Unis. En 1941, l'armée écoulait 25 millions de barils, à la fin de la guerre, sa consommation se montait à 588 millions, l'équivalent d'un tiers de la production mondiale. Lorsqu'en 1943, le PDG de Texaco et de la Socal demanda le soutien du gouvernement fédéral en échange de parts dans les gisements pétroliers, Bullitt convainquit Roosevelt de créer sur le modèle de la British Petroleum en Iran la Petroleum Reserve Corporation. Cette compagnie d'État achèterait des parts dans l'Aramco et construirait une raffinerie dans le Golfe. « Nous avons quarante ans de retard, disait Bullitt, mais il est encore temps[17]. »

Mais sur le terrain qui le préoccupait le plus, Bullitt n'arrivait pas à convaincre le Président. L'Armée rouge occupait déjà les États baltes et il était trop tard pour négocier leur avenir. Le 24 janvier 1943, lorsque Roosevelt et Churchill informèrent Staline de leurs plans pour l'année à venir, ils lui promirent l'ouverture d'un second front en France. Roosevelt annonça avoir pour objectif une capitulation sans condition de l'Allemagne. On éviterait ainsi une répétition de l'après-Première Guerre mondiale où l'Allemagne inoccupée put prétendre n'avoir pas été vaincue militairement mais « poignardée dans le dos » par les libéraux, les pacifistes, les socialistes, les communistes et les Juifs[18]. C'était aussi tranquilliser un Staline soupçonneux en lui assurant que ni les États-Unis ni la Grande-Bretagne ne rechercheraient de paix séparée avec les puissances de l'Axe[19].

Le 29 janvier 1943, Bullitt envoya un mémorandum à Roosevelt que Kennan jugera mériter « une place parmi les grands documents historiques de notre temps ». Bullitt y prédisait avec « une clairvoyance étonnante la situation à laquelle mènerait la guerre faute d'un changement de politique ». Il déconseillait absolument de se reposer sur la bonne foi supposée des Soviétiques. En prédisant l'inéluctable division de l'Europe si le conflit se poursuivait sur les mêmes rails, « cette lettre offrait, à l'adresse du président des États-Unis, un avertissement sans équivalent »[20]. Pour éviter « la domination sur toute l'Europe de la dictature moscovite », aussi dangereuse à ses yeux que celle en place à Berlin, « sans perdre pour autant le concours de l'Armée rouge dans la lutte contre les nazis », Bullitt conseillait l'ouverture d'un second front en Grèce. Tout en remplissant la promesse faite à Staline, on parviendrait peut-être ainsi à éviter l'occupation par les Soviets d'une grande partie de l'Europe centrale et même orientale.

Le rapport de Bullitt déclencha un âpre débat. Un soir de mai 1943, Anthony Eden, le ministre des Affaires étrangères britannique, dînait à la Maison Blanche avec Roosevelt et Harry Hopkins. « Une grande question occupait à bon droit l'esprit [du Président] : savoir s'il était possible de travailler avec la Russie maintenant et après la guerre. » Roosevelt lui demanda ce qu'il pensait de la « thèse de Bullitt » qui prédisait, à moins que les États-Unis et la Grande-Bretagne n'opposent un barrage à « la prolifération de l'amibe rouge »[21], le basculement de l'Europe dans le communisme. Eden répliqua que « même si ces craintes s'avéraient justifiées, mieux valait ne pas aggraver la situation et s'efforcer de travailler avec la Russie en présumant que Staline pensait ce qu'il disait ». C'était aussi ce que pensait Roosevelt : travailler *avec* plutôt que *contre* l'Union soviétique[22]. Il privilégiait des relations de confiance à la confrontation, tant pour la durée du conflit que dans la perspective de l'après-guerre et le disait publiquement[23]. Roosevelt pensait que la politique soviétique pouvait être infléchie par des manifestations de bonne volonté des États-Unis. En avril 1943, à sa requête, Hollywood sortait *Mission à Moscou*, un film réalisé par Michael Curtiz (quelques mois après *Casablanca*), fondé sur le livre à tonalité pro-soviétique du successeur de Bullitt à la maison Spaso, Joe Davies. Roosevelt lui-même rencontra Davies à plusieurs reprises (en juillet, octobre et novembre 1942 puis en mars 1943) pour discuter de l'avancement du projet[24].

Bullitt lance sa guerre froide

Avec ses concessions aux Soviétiques, pensait Bullitt, le résultat ne manquerait pas d'être une tragédie. Il décida de passer à l'action quand il apprit qu'une purge était en cours au Département d'État qui avait pour cible principale son meilleur ami au sein du ministère, Loy Henderson[25]. Henderson avait été le numéro trois de l'ambassade moscovite sous Bullitt et était resté en place jusqu'en 1942. Henderson partageait la méfiance de Bullitt envers l'URSS et son malaise devant la popularité dont jouissait « l'oncle Joe » à Washington depuis qu'une alliance unissait les deux pays. Comme Bullitt, Henderson connaissait les dirigeants soviétiques et leurs méthodes. Aucune concession ne les détournerait jamais de leurs objectifs : conquérir par tous les moyens l'hégémonie mondiale. Litvinov, devenu ambassadeur soviétique à Washington après avoir été ministre des Affaires étrangères quand Bullitt était à Moscou, savait ce que Henderson pensait. Au début de l'année 1943, Litvinov dit à William Standley, l'ambassadeur américain à Moscou, que l'URSS n'aurait jamais de bonnes relations avec les États-Unis tant que Henderson dirigerait le bureau de l'Europe de l'Est au Département d'État et le répéta plus tard à Eleanor Roosevelt et à Sumner Welles. Henderson offrit sa démission à Cordell Hull mais le secrétaire d'État la rejeta.

Le 4 mars 1943, Litvinov remit à Welles une liste de ses ennemis[26]. Pour Henderson, il était temps de partir. Hull tint à ce qu'on le nomme à la tête d'une mission diplomatique bien qu'il n'eût pas encore le rang requis. Il fut envoyé à Bagdad avec le titre de ministre plénipotentiaire. Henderson avait noté les circonstances troublantes de son éloignement : « Welles était un homme très solide. En mars 1943, il a semblé flancher. Il avait beaucoup changé (...), paraissait très tendu, (...) peut-être victime d'un chantage. Il avait toujours été très amical à mon égard et tout d'un coup il s'est refroidi[27]. » Henderson n'était pas le seul à avoir noté un changement chez Welles. Adolf Berle et d'autres responsables du Département d'État s'irritaient de ses brusques penchants russophiles. Welles menait une faction au sein du ministère qui croyait que des concessions et un traitement plus accommodant briseraient « la réserve et les suspicions russes[28] ».

Roosevelt avait chargé Welles des contacts avec les communistes américains. À trois reprises, en 1942 et 1943, Earl Browder, le secrétaire général du Parti communiste américain, lui rendit visite au ministère. Lors de leur première rencontre, le 12 octobre 1942, Welles et Browder traitèrent de la politique américaine en Chine. Le *Daily Worker* avait accusé le Département d'État de soutenir les nationalistes dans leur effort pour retenir un million d'hommes afin de combattre les communistes alors qu'ils devaient être engagés contre le Japon. Welles remit à Browder un mémorandum pour corriger les assertions du quotidien. Browder était satisfait : cette rencontre donnait au Parti communiste un certificat de respectabilité. Quelques jours plus tard, le FBI rapportait que Browder, lors d'une réunion de dirigeants du parti, s'était vanté « qu'il pouvait ridiculiser Welles, dont il parlait avec mépris, à tout moment[29] ». Cela ne signifiait pas que Welles fît l'objet d'un chantage et servît d'agent mais cela pouvait alimenter des suspicions qui, chez Bullitt, confinaient à la certitude.

Depuis avril 1941, Bullitt distillait l'histoire du train dans Washington. Au printemps 1943, avec l'entier soutien du secrétaire d'État Hull, il décida de passer à l'action. Carmel Offie était de retour de Londres où il avait été nommé en 1940 et tramait la chute de Welles, comme il s'en vantait, en mai 1943, dans une lettre à Thomas Bullitt, un jeune cousin de Bill :

Veux-tu me faire parier que l'homme qui s'est déshonoré dans un train ne sera bientôt plus là où il est ? Dis-moi combien tu es prêt à parier et à quelle cote. Quand je verrai ta tête d'innocent (l'affaire sera réglée alors j'espère) je t'expliquerai quelles merveilles font le sang de rital et l'obstination yankee. Je sais que je parle en paraboles, mais reste calme et attends-toi à quelque chose[30].

Le 27 avril puis le 1er mai 1943, Ralph Brewster, sénateur républicain du Maine, fameux pour ses croisades contre le New Deal, appela Edgar Hoover et Bullitt pour obtenir des informations sur Welles. Il était prêt à soulever la question devant la commission Truman[31], qui s'était rendue populaire en dénonçant les malversations sur les contrats de fourniture de matériel militaire[32]. Le 2 juin 1943, Hull soutint devant Roosevelt qu'il était indécent de maintenir à son poste un homme avec ces mœurs, un homme qui s'exposait au chantage des puissances étrangères. Tout le Sénat était au courant. « Le Président s'est rassis, a fixé le plafond d'un air désolé et n'a rien dit[33]. »

Le 27 juillet 1943, Bullitt se rendait à la Maison Blanche, officiellement pour évoquer sa difficile campagne sous les couleurs démocrates aux municipales de Philadelphie. Mais il comptait soulever à nouveau l'affaire Welles. Il n'acceptait pas que le Président l'accuse d'avoir éventé l'affaire du train auprès de Cissy Patterson. « Vous avez ruiné la vie et la réputation de Welles, lui redit le Président, vous l'avez toujours détesté. » Bullitt démentit. Il avait essayé de bâtir de bonnes relations avec Welles mais ses efforts s'étaient heurtés à une succession de coups bas : « Vous-même avez dû le retenir à plusieurs fois de me planter un couteau dans le dos. » Le Président hocha la tête un instant : « Je ne m'en suis jamais pris à quiconque d'aussi rude manière.

— N'avez-vous pas traité Cissy Patterson de “salope” ?

— Je vous connais depuis toujours, et à vous je peux tout dire. »

Bullitt se leva et partit. Ce fut la dernière fois qu'il vit Roosevelt[34]. Le 11 août 1943, Hull dit au Président qu'il devait trancher entre lui et Welles. Roosevelt n'avait pas le choix[35]. Welles lui présenta sa démission le 16 août 1943.

Quelques semaines plus tard, le 8 septembre, Carmel Offie fut arrêté près de Lafayette Park à Washington pour avoir fait des « propositions indécentes » à un agent en civil[36]. Hull intervint aussitôt pour le couvrir, prétendant qu'il était en mission dans l'affaire Welles. Bullitt continua à conseiller le secrétaire d'État. À la fin octobre, Hull conduisit la délégation américaine à Moscou et obtint de Staline, sans contrepartie, qu'il s'engage à rejoindre les États-Unis dans la guerre contre le Japon. Sûr de leur bon droit, Hull confia plus tard à Bullitt : « Nous ne pouvions rendre plus grand service que d'expédier ce fils de pute dans la lune[37] ! »

Le 3 novembre 1943, Bullitt perdit les élections municipales de Philadelphie. Il n'espérait pas gagner[38]. Le Parti communiste mena contre lui une campagne virulente, le dénonçant comme un *appeaser* antisoviétique avant Munich et, sur la base de ses déclarations à l'aéroport La Guardia en juillet 1940, comme un pétainiste[39]. Roosevelt envoya une lettre officielle de soutien à Bullitt mais trop tard et en sous-main une note aux « boss » du Parti démocrate à Philadelphie : « Saignez-le[40]. »

Quelques semaines s'écoulèrent et Bullitt se sentait menacé par l'apathie et le désœuvrement. Il continuait à organiser des rencontres et des dîners à Washington. Quand il avait besoin d'évasion, il allait à Merion ou à Ashfield. Il avait renoué avec des républicains comme William Castle, l'ancien sous-secrétaire d'État du président Hoover. Ils partageaient des déjeuners et des dîners et passaient des après-midi à la piscine. Bullitt est « bien introduit et en sait long », pensait Castle. Il ne l'aimait ni ne lui faisait confiance mais jugeait le personnage intéressant : « C'est un cas hors du commun parce qu'il a beau ne pas être un esprit de première classe, avoir un piètre caractère et manquer de loyauté envers ses amis, il n'en suscite pas moins des affections ardentes[41]. »

Bullitt savait être loyal et n'avait pas abandonné Missy après son attaque. Après un début de convalescence à Hot Springs puis à la Maison Blanche, elle résidait désormais dans le Massachusetts, à Somerville, sa ville natale, où sa sœur Anna veillait sur elle. Bullitt lui envoyait régulièrement de petits présents, il lui écrivait et sa sœur lui répondait : « Écrivez-lui souvent, elle est toujours heureuse d'avoir de vos nouvelles. Elle est si seule. Affections de Missy. » Bullitt la pressait de venir se reposer chez lui, à Washington, qui lui semblait « si étrange sans elle ». Il pourrait préparer plusieurs pièces pour elle et son infirmière. En février 1944, Missy attendait précisément une invitation à la Maison Blanche et se réjouissait de pouvoir séjourner chez Bullitt[42]. Mais Eleanor Roosevelt décala la visite[43]. Le 24 avril 1944, Missy dicta et signa la première lettre qu'elle lui adressait depuis son attaque. C'était pour le féliciter de son article dans *Life*. « J'ai été ravi de voir les si nombreuses lettres qu'il a suscitées. Merci de vos gentils petits mots, je les attends toujours avec impatience[44]. » Quelques semaines plus tard, le 31 juillet 1944, une nouvelle attaque la terrassait.

Avec de Gaulle

Bullitt ne put assister à ses obsèques ; il avait quitté les États-Unis pour le champ de bataille. L'inaction lui pesait. Il avait essayé de s'enrôler dans l'armée américaine mais le secrétaire à la Guerre repoussa sa demande en raison de son âge. Après le débarquement en Afrique du Nord de novembre 1942, beaucoup de ses amis parmi les Français exilés en Angleterre ou aux États-Unis rejoignirent de Gaulle à Alger, en particulier l'ancien ministre du Front populaire Vincent Auriol et surtout Henri Laugier. Tous lui certifiaient que de Gaulle était devenu le représentant d'une

France démocratique prête à renaître. Début 1944, il visitait Alger incognito. Le 19 mai 1944, de Washington, il écrivait à de Gaulle :

Mon Général,

La bataille de la résurrection de la France arrive, et j'y cherche ma place active.

La France a besoin des services des jeunes ; mais aussi je crois de ceux qui ne sont plus jeunes. J'ai cinquante-trois ans. Je vous offre mes services comme soldat volontaire de l'Armée française.

Maintes villes de France m'ont accordé l'honneur de m'inscrire comme citoyen.

Accordez-moi, mon Général, l'honneur suprême de ces jours de sacrifice – le droit au service militaire.

Permettez-moi de m'enrôler comme soldat de la France.

William C. Bullitt[45]

De Gaulle lui répondit immédiatement d'Alger le 25 mai 1944 :

Mon cher Ambassadeur,

Il y a des réconforts. Votre lettre en est un pour moi. Elle le sera pour tous les Français.

Venez donc ! bon et cher ami américain. Nos rangs vous sont ouverts. Vous rentrerez avec nous dans Paris mutilé. Ensemble, nous y verrons vos drapeaux étoilés mêlés à nos tricolores. Veuillez croire, mon cher Ambassadeur, à mes sentiments dévoués.

C. de Gaulle[46]

Ce ralliement venait à point nommé alors que de Gaulle affrontait Roosevelt qui voulait l'écarter du pouvoir et des opérations militaires après le débarquement[47]. Bullitt lui apportait brusquement la légitimité de l'un des Américains les plus connus en France.

La Maison Blanche entrava la délivrance d'un passeport que Bullitt finit par obtenir au titre de journaliste pour *Life*. Dans le premier article qu'il écrivit d'Alger, « L'avenir de la France », Bullitt présentait de Gaulle aux lecteurs américains. La lettre qu'il reçut d'Auriol l'aida à le rédiger. Devenu président de la commission des Finances à Alger, après la formation du Gouvernement provisoire de la République française (GPRF) au début du mois et le débarquement en Normandie, il écrivit à Bullitt qu'à son image, son ami Blum et les socialistes soutenaient de Gaulle :

> Lorsque vous [les États-Unis] proposiez de faire venir à Londres, Herriot, Jeanneney, etc., je n'en ai pas été surpris car je connais l'état d'esprit américain, tourné vers des hommes qui ont représenté la démocratie et qui assurent la « continuité républicaine[48] ». Malheureusement, ces hommes ont été si « mous », pour ne pas dire si désemparés, ou si peu courageux en présence du coup d'État de Pétain-Laval, à Bordeaux et à Vichy, que les masses ouvrières et démocratiques ne veulent plus en entendre parler[49].

Depuis qu'il avait « éliminé les Darlanistes, alliés de Vichy, installés par Murphy et institué une assemblée, non pas nommée par lui, mais composée librement par les organisations de résistance et par tous les partis politiques », de Gaulle jouissait de la pleine confiance des « forces démocratiques ». Le GPRF associait tous les partis, dont la SFIO. L'Assemblée consultative jouait aussi pleinement son rôle aux côtés du général. Elle avait déjà convoqué des élections pour que dès la libération de la France soit élue une Assemblée constituante qui à son tour désignerait un gouvernement régulier. Aussi Auriol s'émouvait-il de l'attitude des États-Unis :

> Pourquoi cette obstination à blesser [de Gaulle] et surtout à blesser la France républicaine et combattante qui ne comprend pas pourquoi on ne fait pas la différence entre Vichy et le gouvernement provisoire de la République, entre la France fidèle et l'Italie !... Il n'y a pas d'autres moyens que de soutenir le gouvernement provisoire de la République ainsi nommé sur la proposition de la C.G.T. Toute hostilité à la personne de De Gaulle ne ferait que fortifier son prestige personnel. Tout appui au gouvernement provisoire de la République dirigé par de Gaulle ne fera que souder sa personne au gouvernement et fortifier la République, dans l'intérêt même des Alliés[50].

Bullitt était moins animé par le ressentiment que par une vision géopolitique. De Gaulle lui paraissait le meilleur rempart contre les ambitions de Staline en Europe de l'Ouest. Dans l'exil et la résistance, ce général catholique avait appris à devenir un chef politique. Bullitt prédisait que les États-Unis s'en accommoderaient bien un jour[51]. Il tentait d'expliquer son mystérieux ascendant sur les Français et le reliait au sentiment de culpabilité qui découlait de leur adhésion au maréchal Pétain en juin 1940. En devenant gaullistes et en se persuadant de l'avoir toujours été, les Français apaisaient leur conscience. Le général de Gaulle représentait une forme d'absolution[52].

Quelques semaines plus tard, Bullitt, qui espérait une défaite de Roosevelt aux élections de novembre 1944[53], publia « Le monde vu de Rome », une attaque directe contre la politique russe du Président.

L'Allemagne allait bientôt recevoir le juste châtiment de ses crimes et le prestige de la Grande-Bretagne était immense mais c'est en vainqueur fatigué qu'elle sortait du conflit. Toute l'Italie ne bruissait que d'une question : la fin de la guerre conduirait-elle à la sujétion de l'Europe au joug de Moscou après celui de Berlin ? Les Romains (lire : Bullitt) s'attendaient à ce que l'Union soviétique domine la Finlande, la Lettonie, la Lituanie, l'Estonie, la Pologne, la Bulgarie, la Roumanie, la Hongrie et la Tchécoslovaquie. Ils prévoyaient aussi que les Russes annexeraient la Prusse-Orientale pour donner à une « Pologne prétendument indépendante tous les territoires allemands jusqu'à l'Oder[54] ». Bullitt soupçonnait une volonté russe d'ériger un État allemand à sa main entre l'Elbe et l'Oder. Il craignait pour le sort de l'Autriche et de la Yougoslavie mais était optimiste pour l'Italie qui disposait en la personne du pape d'un atout que les Soviétiques ne pourraient briser. Son article ulcéra les cercles progressistes qui soutenaient Roosevelt et bien sûr les Soviétiques. La *Pravda* le traita d'« espion failli » qui sympathisait avec Hitler, misait sa carrière sur une victoire allemande contre la Russie et continuait sa « sale besogne antisoviétique » dans les colonnes de *Life*[55].

De Rome, après avoir rencontré et interviewé Pie XII, Bullitt rejoignit la 1re Armée française commandée par le général de Lattre de Tassigny. Après une traversée sur une péniche de débarquement il gagna Pierrefeu, dans les Alpes-Maritimes, où de Lattre établit son premier quartier général. Il intégra son cabinet et lui servit de traducteur et de conseiller. Il créa également, nouveauté dans l'armée française, une division de guerre psychologique dont il prit la tête[56]. Composée de vétérans des campagnes de Tunisie, d'Italie et de l'île d'Elbe, la 1re Armée, après le débarquement à Saint-Tropez, s'empara rapidement de Marseille et de Toulon. L'agilité tactique et l'intrépidité des hommes lui permirent d'avoir deux mois d'avance sur le calendrier. Ses rangs gonflés par les maquisards, elle remonta à vive allure la vallée du Rhône, de Lyon à Dijon.

Fin septembre 1944, Bullitt laissa deux jours son unité pour une mission dans Paris libéré. Il trouva le château de Saint-Firmin et son appartement à Paris intacts. Avenue Gabriel, il ouvrit les grilles de l'ambassade, inviolées depuis son départ le 30 juin 1940. Quand il apparut depuis un balcon, des vivats et des applaudissements le saluèrent – on l'avait pris pour Eisenhower. Il profita de son séjour à Paris pour se rendre au lycée Janson de Sailly, transformé depuis la libération de Paris en août en une grande caserne militaire, accueillant des jeunes du lycée et d'ailleurs pour les former à devenir des unités protectrices de la ville de Paris. Le fait d'être confinés dans la capitale frustrait nombre d'entre eux. Désobéissant aux ordres du colonel Rol-Tanguy, commandant des FFI de Paris, ils quittèrent Paris dans la nuit du 25 septembre 1944 pour rejoindre clandestinement la 1ère Armée, avec l'accord de De Lattre. Encouragés par Bullitt, qui leur fournit une partie des équipements, ils y formèrent le 2e bataillon de choc. Bullitt en devint le parrain. Sur le fanion du bataillon, à côté de l'Arc de Triomphe, étaient brodés, en hommage à Bullitt, la cloche fendue de Philadelphie, symbole de l'indépendance et de la liberté, et ses initiales W.B.[57]. « Rien depuis 1919 ne m'a donné autant de satisfaction que le travail que j'accomplis aujourd'hui et je ne me suis jamais senti aussi bien depuis vingt ans, confiait-il à son frère Orville. Je passe près de vingt heures par jour avec lui [de Lattre] puisqu'il ne dort jamais et que je le suis partout. (…) C'est un grand bonhomme qui par bien des traits rappelle le général MacArthur, mais avec le fringant d'un officier de cavalerie français. Il va constamment en première ligne, ton humble frère sur ses talons[58]. »

À la fin 1949, de Lattre lui envoya un numéro de la *Revue militaire d'information* qui contenait un article du général sur la bataille des Vosges et le sauvetage de Strasbourg. Bullitt le remercia de lui rappeler les souvenirs épiques de l'hiver 1944-1945 mais risquait ce reproche :

> Si je puis me permettre, vous ne rendez pas justice à vos propres mérites. Vous êtes un bien plus grand chef militaire que vous ne voulez l'admettre. Je me souviens si vivement de moments où votre génie tactique et votre résolution ont emporté la partie que j'aimerais écrire quelque chose sur

vous et la 1re Armée française [dont] le rôle dans cette guerre n'a jamais été mis devant les yeux du peuple américain[59].

Bullitt se mit donc à la tâche. À ses yeux, de Lattre avait vécu pour l'art de la guerre comme un poète inspiré vit pour la poésie. « Son imagination créatrice en tactique et en stratégie égalait son courage. » En novembre 1944, une « manœuvre toute napoléonienne » lui permit d'effectuer sa percée sur le Rhin et de l'emporter sur l'armée allemande. Quelques semaines auparavant, on lui avait apporté la preuve indubitable que les Allemands étaient informés de ses ordres les plus secrets. Il continua à transmettre ses ordres par le même canal, seulement ses ordres étaient faux. Il y signalait l'épuisement de ses troupes qui avaient combattu jour et nuit pendant deux mois et ordonnait aux chefs de corps et de divisions de renvoyer le plus grand nombre possible d'hommes sur des camps de repos. « Les ordres réels, le général de Lattre les écrivait de sa main et les faisait porter par son chef d'état-major aux chefs de corps et de division. Ces ordres contenaient le détail d'un plan complexe d'offensive surprise : il s'agissait, sans éveiller les soupçons du haut commandement allemand, de retirer de l'extrémité nord de la ligne des Vosges des divisions entières et de les disposer au sud près de la frontière suisse. » Munitions et approvisionnements sont amenés de nuit et dissimulés dans les bois. En plein jour, les unités du nord sont acheminées vers le nord-ouest, comme si elles partaient en permission. « La nuit, ces mêmes unités sont rapidement réexpédiées vers le sud-est où doit avoir lieu l'attaque. » La veille de l'offensive, Churchill, ignorant les plans du général, inspecta les troupes encore stationnées au nord et conseilla à de Lattre d'attendre le printemps avant toute attaque pour ne pas sacrifier inutilement « ces splendides jeunes gens ». Le général opina du chef, mais ne répondit rien. Le lendemain à l'aube, l'offensive était déclenchée. La 1re Armée forçait les lignes ennemies et gagnait le Rhin. Le commandant en chef de l'armée allemande succomba à une rafale de mitraillette. « Dans sa serviette on trouva une copie de son rapport à l'état-major où il déclarait que son secteur n'était pas menacé, (...) que le général de Lattre avait décidé qu'il était impossible d'attaquer avant le printemps[60]. »

À la fin de l'année 1944, à la suite de la contre-offensive des Ardennes, lancée le 16 décembre, Eisenhower ordonna l'évacuation de Strasbourg, menacée, et le repli de la 7e Armée américaine et de la 1re Armée française sur les pentes des Vosges[61]. De Lattre reçut l'ordre, il protesta, en appela à de Gaulle et fut convoqué au quartier général allié du général Devers. Pendant une heure, de Lattre se heurta à ce dernier qui le pria puis lui ordonna de procéder à une retraite, Bullitt faisant office d'interprète. Quelques jours plus tard, l'armée américaine abandonnait Strasbourg avant l'aube. Les forces allemandes campaient à une vingtaine de kilomètres au sud, à une quinzaine au nord, et à l'est sur le Rhin. De Lattre demanda au général Guillaume de faire monter les goumiers marocains aussi vite que possible. Par chance, les Allemands craignaient que la retraite américaine ne soit un piège et au lieu de lancer toutes leurs troupes n'avancèrent prudemment que du nord. Au débouché d'un bois, ils furent décimés par l'artillerie postée par de Lattre. Et vingt-quatre heures plus tard, lorsqu'ils tentèrent une offensive coordonnée, les troupes mobilisées étaient suffisamment nombreuses pour repousser l'assaut et garder Strasbourg. « La désobéissance aux ordres, concluait Bullitt, valut à de Lattre la victoire. »

Début janvier 1945, Bullitt fut renversé par une voiture à Montbéliard, avec des séquelles à la jambe gauche, aux côtes et dans le dos[62]. Après sa convalescence, il continua auprès de De Lattre sanglé dans un corset orthopédique. De Lattre l'appréciait tant que lorsque la rumeur courut dans la presse qu'il l'avait nommé gouverneur militaire de Baden-Baden, de Gaulle fut prêt de le croire. Il demanda à de Lattre si l'information était exacte tout en l'avertissant qu'il serait « inadmissible qu'un citoyen américain, fût-il officier à titre étranger dans l'Armée française, reçût une telle fonction sur le territoire actuellement conquis et occupé par l'Armée française[63] ». Quelques semaines plus tard, après la prise de Stuttgart, de Gaulle décorait Bullitt de la Légion d'honneur et de la croix de guerre[64].

Le 14 juillet 1945, le général de Lattre et ses troupes défilèrent en tête du cortège de la place de la Bastille à l'Arc de Triomphe, en passant par la place de la République, les Grands Boulevards, la Concorde et les Champs-Élysées. À quelques mètres derrière le véhicule du général, trois autres voitures de commandement transportaient les officiers qu'il avait personnellement choisis. Dans celle de droite se tenaient côte à côte le commandant Chamson et le commandant Bullitt. L'écrivain André Chamson, engagé dans la Résistance depuis 1940, nota quel moment exaltant fut pour l'ancien ambassadeur des États-Unis cette « traversée de Paris dans l'enivrement d'une victoire qui effaçait quatre ans de servitude[65] ».

Bullitt revint à Washington en août 1945 avec la bénédiction du pape (qu'il avait revu en juin), deux décorations françaises et une lithographie signée de Picasso que le peintre lui avait offerte après un dîner chez le sénateur Cuttoli et sa femme auquel assistait également Henri Laugier[66]. À son arrivée à Washington il trouva sa fille mal en point, souffrant des complications d'une appendicite.

Presque deux ans plus tôt, en octobre 1943, Bullitt avait annoncé les fiançailles de sa fille avec Daniel Brewster. Les médias couvrirent l'événement en fanfare, des photos parurent dans le *New York Times* et le *Washington Post*[67]. Mais elle rompit ses fiançailles et le 18 février 1944, se mariait en secret, à l'insu de son père, très affecté quand il l'apprit, avec Caspar Townsend dans le Maryland[68]. Un an plus tard, elle demandait le divorce à Haïti. De retour à Washington, Bullitt pouvait à nouveau prendre soin d'elle – une opération fin septembre la mit sur la voie d'un complet rétablissement – et reprendre aussi la ronde des réceptions dans la capitale fédérale[69].

Roosevelt s'était éteint le 12 avril 1945. « À son meilleur, nota Bullitt, il fut un génie politique. Il représenta pour notre pays un atout considérable quand la politique qu'il suivait était dans notre intérêt. Mais ses dons mêmes lui permettaient de le conduire au désastre (...) : peu de temps après le passage de la loi prêt-bail, il commit la plus grande erreur de sa vie[70]. » Bullitt partageait ce jugement sévère sur la stratégie soviétique de Roosevelt avec George Kennan qui demeurait fréquemment chez lui quand il vint à Washington en 1945-1946[71]. Leur amitié était alors à son zénith. Dans la nouvelle administration Truman, Bullitt comptait peu d'amis mais le secrétaire à la Défense, James Forrestal, avec qui il échangeait des conseils de lecture, étaient de ceux-là. Ses conversations avec Kennan et Forrestal lui donnèrent l'idée d'un nouveau livre sur les relations internationales[72].

Bullitt publia *The Great Globe Itself* en juin 1946. Pour lui, le problème essentiel posé par la Seconde Guerre mondiale tenait à ce que les démocraties (les États-Unis, la Grande-Bretagne et la France) avaient dû s'allier à un État totalitaire communiste pour abattre un État totalitaire fasciste. Cette alliance n'avait pas modéré les ambitions de l'URSS qui, hostile par nature à la démocratie, ne rêvait que de conquête mondiale. L'Amérique était entrée en guerre pour empêcher que l'Allemagne ne domine l'Europe et le Japon la Chine. Le conflit achevé, l'Europe comme la Chine menaçaient de tomber sous la coupe soviétique. Aux yeux de Bullitt, Roosevelt portait dans la situation une lourde responsabilité.

Quelque temps après la conférence de Téhéran du 1er décembre 1943, Roosevelt s'entretint deux heures avec un journaliste du *Saturday Evening Post*, Forrest Davis, pour exposer les grandes lignes de sa politique étrangère. Le Président relut et corrigea l'entretien avant publication[73]. Roosevelt croyait en l'efficacité des conversations en face à face. Tout au long des sessions de la conférence, il s'efforça de comprendre le point de vue de Staline et d'assurer les Russes de sa propre bonne foi. Il essaya de convaincre Staline des bienfaits de la politique de « bon voisinage » que les États-Unis poursuivaient sur le continent américain. Après la conférence, il échangea régulièrement des lettres personnelles avec le dirigeant soviétique. Staline assura à Roosevelt n'avoir aucun désir de dominer l'Europe et Roosevelt choisit de le croire[74]. À l'image de Wilson après la Première Guerre, Roosevelt n'avait pas su utiliser les cartes qu'il avait en main. Il aurait dû se servir du prêt-bail comme d'un instrument de marchandage et ne pas abandonner la Chine, après l'Europe de l'Est, à Yalta. En dépit de ces erreurs, Bullitt demeurait convaincu que le pire pouvait être évité en appuyant autant que possible les Nations unies et en mettant sur pied une alliance militaire avec les démocraties européennes, l'Amérique latine et la Chine. Il estimait également que les États-Unis devaient soutenir une construction fédérale qui unirait les pays d'Europe non communistes. Il plaidait enfin pour un transfert de l'arme atomique à un consortium de gouvernements démocratiques avant qu'une authentique fédération mondiale ne puisse émerger une fois les dictatures totalitaires disparues.

The Great Globe Itself n'eut qu'un écho limité. Les faucons s'enthousiasmèrent (le général Albert Wedemeyer, commandant de troupes américaines en Chine, l'envoya en cadeau au général Marshall qui le lut dans la journée à Guling en août 1946)[75] mais à Washington, dans les allées du pouvoir, le fameux télégramme de Kennan de 5 000 mots fit une bien plus forte impression. Envoyé le 22 février 1946 de Moscou où il secondait l'ambassadeur Harriman et publié l'année suivante sous le pseudonyme de « Mr. X » dans la revue *Foreign Affairs*, le télégramme arrivait au moment clé où les États-Unis jetaient les bases d'une nouvelle politique à l'égard de l'URSS. Depuis la fin 1945, l'Union soviétique était devenue une menace – la plus sérieuse – pour l'Amérique et ses alliés occidentaux. Kennan proposait une stratégie fondée sur « un long, patient, ferme et vigilant endiguement des tendances expansionnistes russes[76] ». Bullitt ne désapprouvait pas : « l'endiguement » rompait avec « l'apaisement » caractéristique des dernières années Roosevelt qu'ils condamnaient de concert. Restait la question de la mise en œuvre. Que faire pour effectivement « endiguer » l'expansionnisme soviétique ?

Pour le grand public, ce fut John Foster Dulles qui marqua le tournant de la politique américaine sur la question russo-communiste. Au terme d'une évolution sensible de sa réflexion, dans un grand article de *Life*, le futur secrétaire d'État du Président Eisenhower invitait les Américains à entretenir une armée puissante et à tenir tête sur tous les fronts aux Soviétiques. Il ne voyait pas d'autre choix, car « dans l'optique soviétique, écrivait-il, la paix et la sécurité reposent sur l'éradication du type non communiste de société[77] ». Après l'article de Dulles, Henry Luce, fondateur et patron des magazines *Time* et *Life*, auteur d'un article célébré mais controversé, « Le siècle américain », devenu la référence emblématique d'une mission américaine pour le monde[78], écrivit à Bullitt pour lui dire sa fierté d'avoir accueilli le sien, bien auparavant, en septembre 1944. « Votre contribution dans *Life* a lancé la bataille pour la vérité à une époque où il fallait beaucoup de courage (et autant de lucidité) pour le faire. » La tribune de Dulles représentait le couronnement d'une campagne de plus d'un an et à demi entamée par Bullitt pour révéler la vérité sur la Russie. « Quand tout le monde parlait de l'article de Dulles, je pensais, ajoutait Luce, à celui de Bullitt paru voilà déjà vingt longs mois. Vous êtes un preux chevalier. Dieu vous bénisse[79]. »

CHAPITRE 15

Dans la Guerre froide, seul, sur tous les fronts

Diplomate, Bullitt ne craignait jamais d'outrepasser ses prérogatives. Une lettre de John Wiley, désormais ambassadeur en Colombie, témoigne de l'empreinte laissée chez ses anciens collaborateurs :

> Ah oui : ici, j'ai procédé à la Bullitt. À notre arrivée à Carthagène, j'ai appris que les autorités comptaient céder à des promoteurs les bâtiments gouvernementaux d'époque coloniale sur la plaza de la Aduana. J'ai aussi appris qu'un ravissant couvent et son église [propriété municipale] avaient été vendus à un Syrien qui comptait implanter une usine textile sur le site. J'ai fait savoir haut et fort que si l'on ne stoppait pas ces projets, je fermerais aussitôt le consulat. Les Carthagénois n'auraient plus qu'à se déplacer jusqu'à la ville rivale détestée [Bogota] pour leurs demandes de visa. Ça a marché ! Encore un cas d'ingérence étrangère[1].

Rendu à une existence privée, Bullitt entendait bien utiliser toutes les ressources accumulées au fil des ans pour faire prévaloir son approche du problème soviétique. Il comptait d'abord sur sa plume. Luce avait décidé de lui ouvrir les colonnes de ses journaux et de mettre à sa disposition les moyens considérables de son empire de presse. Globe-trotter de la lutte anticommuniste, Bullitt multiplierait les contacts avec ses principaux acteurs dans le monde entier et alerterait l'opinion publique américaine et internationale. Bullitt n'avait pas de temps à perdre. Son dos et sa colonne le faisaient souffrir de façon lancinante. En septembre 1946, à New York, à l'occasion d'une opération pour fixer une vertèbre, un interne découvrit qu'il était atteint de leucémie. Le médecin de Bullitt, son cousin Orville Horwitz, le savait mais avait préféré ne pas l'alarmer, la leucémie lymphoïde chronique ne présentant aucun symptôme et ne nécessitant pas de traitement à ses premiers stades[2]. Surtout, la situation internationale le requérait. Face à cette leucémie dormante, pas de meilleur remède que l'action.

Le tournant intellectuel de la Guerre froide avait été pris par l'administration Truman, mais aucune conséquence stratégique n'en avait été tirée, bien au contraire. Le risque d'une troisième guerre mondiale s'aggravait selon lui et obligeait à combattre le communisme sur le plan intérieur aussi bien qu'à l'étranger. En mars 1947, Bullitt, devant la Commission des activités antiaméricaines, invitait à renforcer le FBI, à mieux informer la population du danger et à faire de l'appartenance au parti un motif de dénaturalisation[3]. Pour le combattre à l'étranger, les États-Unis devaient soutenir les forces progressistes non communistes, pourvu qu'elles respectent la démocratie et les libertés individuelles, comme le faisaient son ami Léon Blum ou le Labour en Angleterre. À Paris, juste après son audition, Bullitt rencontra le président du Conseil, le socialiste Ramadier, Édouard Herriot, président de l'Assemblée nationale, le ministre des Affaires étrangères Georges Bidault, de Gaulle et Léon Blum. Quelques jours plus tard, les communistes furent exclus du gouvernement. Le PCF accusa Bullitt d'y avoir contribué[4]. Des grèves gigantesques paralysaient le pays. Avec près d'un tiers des sièges, les communistes disposaient du bloc le plus important à l'Assemblée et semblaient aux portes du pouvoir. Pour Bullitt, la crise tenait essentiellement aux institutions qui donnaient trop de poids au Parlement et ne permettaient pas la formation de majorités stables. La France s'enfoncerait dans le chaos à moins d'une nouvelle Constitution. La seule question qui valait était de savoir « si la menace du chaos ramènerait de Gaulle au pouvoir ou bien si le chaos s'installerait avant qu'il n'y revienne ». « Personne n'arrêterait son retour aux affaires », prévoyait Bullitt, et il était dans l'intérêt des États-Unis d'établir avec lui de franches et amicales relations[5].

Succès au Vietnam, échec en Chine

À Paris, Bullitt revit de Lattre qui avait lu et apprécié la traduction française de *The Great Globe Itself*[6]. Le général l'encouragea à se rendre au Vietnam appelé à devenir, il le pressentait, l'une des nouvelles lignes de front de la Guerre froide. Comme Luce l'avait invité à se rendre en Chine, Bullitt gagnerait aussitôt après le Vietnam. En 1945, auréolé de sa victoire contre les Japonais, Tchang Kaï-chek avait, dans un pari risqué et contre l'avis du général Wedemeyer, expédié ses meilleures troupes loin de leurs bases, en Mandchourie. « La Chine sans la Mandchourie, c'est l'Italie ; avec la Mandchourie, c'est l'Inde[7]. » Mais Tchang perdait la partie[8]. Les accords sino-soviétiques d'août 1945 reconnaissaient les nationalistes comme le seul gouvernement légitime. Ils n'empêchaient cependant pas l'URSS de soutenir les communistes chinois. Une inflation galopante, des réformes trop timides et une corruption endémique affaiblissaient la position de Tchang Kaï-chek. Truman envoya le général Marshall tenter une médiation qui avorta. Marshall imputait son échec au Kouo-Min-Tang, le parti de Tchang, qui avait saboté les négociations en violant la trêve. Truman rappela Marshall en janvier 1947 et lui substitua Wedemeyer, un faucon *a priori* plus favorable aux nationalistes. Il remit cependant un rapport qui critiquait vertement Tchang Kaï-chek. Il le tenait pour responsable de l'atmosphère exécrable qui régnait dans l'armée entre les officiers et les hommes de troupe et lui reprochait de tolérer un gouvernement aussi corrompu qu'incompétent. Wedemeyer n'en recommandait pas moins l'envoi de 10 000 militaires américains comme

« conseillers » auprès de l'armée chinoise et une tutelle de l'ONU sur la Chine du Nord. Henry Luce voyait dans les recommandations de Wedemeyer la dernière chance de sauver la Chine du communisme[9]. Marshall et le Département d'État enterrèrent le rapport.

Quelques semaines plus tard, un article explosif de Bullitt paraissait dans *Life* et par extraits dans *Time*[10]. « Peut-on sauver la Chine des griffes de Staline ? » se demandait-il. « Certainement, et pour un coût infime au regard de l'importance de l'enjeu. » Bullitt descendait d'abord Yalta en flammes, « le document le plus scandaleux, le moins justifié, le plus gros des désastres jamais signé par un président des États-Unis ». L'erreur la plus dramatique tenait dans l'accord secret (passé à l'insu de Tchang Kaï-chek) qui offrait des bases aux Soviétiques en Mandchourie en échange de la promesse de Staline de déclarer la guerre au Japon une fois l'Allemagne vaincue. Cet accord violait la promesse faite à la Chine par Churchill et Roosevelt au Caire (les 22-23 novembre 1943) et représentait une concession inutile puisque Cordell Hull avait déjà obtenu de Staline (en octobre 1943) que la Russie participe à la lutte contre le Japon[11].

Bullitt proposait un programme de réformes, accompagné d'un plan d'aide militaire et économique dont l'ensemble atteignait 1 milliard et 350 millions de dollars[12]. Il préconisait également l'envoi du général Douglas MacArthur, le seul à même, selon lui, d'empêcher que la Chine ne glisse dans l'orbite soviétique[13]. Le plan de Bullitt était d'une telle ampleur que ni Alfred Kohlberg, la figure de proue du « lobby chinois », ni Wedemeyer n'étaient allés aussi loin. Il éveilla l'intérêt du public américain et conduisit le Congrès à se pencher sur le rapport Wedemeyer[14].

Après quelques semaines au Vietnam, Bullitt conclut que le ralliement à Hô Chi Minh de « millions d'Annamites » tenait moins à l'attrait du communisme qu'à son combat pour l'indépendance nationale. Pour empêcher que « le joug de Staline ne remplace celui de la France », Bullitt conseillait à celle-ci de coopérer avec les nationalistes vietnamiens qui pourraient également recevoir l'aide des États-Unis. Il alla trouver à Hong Kong l'ex-empereur Bao-Daï qu'il espérait mettre à la tête de ce nouveau Vietnam. Bao-Daï accepta de parler avec les Français mais à ses conditions : « Je ne veux être ni la marionnette de la France, ni un citron que presseront les Américains[15]. »

Bullitt revint en France en octobre 1947 pour plaider la « solution Bao-Daï » auprès de son ami le Président Auriol. Il lui fit miroiter l'aide américaine si Paris parvenait à enfoncer un coin entre le Viêt-Minh et les nationalistes. Tout comme Bao-Daï, les Français croyaient à tort que Bullitt représentait la position officielle des États-Unis. Bullitt était sans doute davantage l'émissaire de personnalités françaises comme de Lattre, qui essayaient de faire triompher leurs vues sur l'Indochine, sans considération de leur gouvernement. Une première rencontre en baie d'Along en décembre 1947 entre Bao-Daï et le nouveau haut-commissaire français, Émile Bollaert, marquait le début de longues et laborieuses négociations. Bullitt retourna voir Bao-Daï en 1948, à Genève. Il l'encouragea à modérer ses revendications afin d'obtenir le soutien des Américains[16].

En juin, les accords de la baie d'Along reconnaissaient l'indépendance du Vietnam en tant qu'État associé au sein de l'Union française. Le gouvernement français accéda à la revendication de l'unité des trois Ky (le Tonkin, l'Annam et la Cochinchine). L'État vietnamien que dirigerait Bao-Daï lèverait les impôts, disposerait d'une armée (entraînée par les Français) et pourrait conduire une diplomatie relativement autonome. La France maintiendrait des bases et une présence militaire. Bullitt encouragea Bao-Daï à accepter et le 8 mars 1949, les accords de l'Élysée entérinaient la solution. Une part du mérite en revenant à Bullitt[17].

Aux États-Unis, alors que Dewey, le candidat républicain à l'élection présidentielle de novembre 1948, partait favori contre Truman, le nom de Bullitt circulait pour le poste de secrétaire d'État. Il avait renoué avec John Foster Dulles, qu'il connaissait depuis la conférence de la Paix de 1919, et lancé l'idée de mobiliser « les démocrates pour Dewey[18] ». En septembre, il publia dans *Life* un article sur les faiblesses coupables de Roosevelt et de Truman face au communisme[19]. Il y rapportait ce qu'un jour Roosevelt lui avait dit de Staline :

> Harry [Hopkins] dit (...) qu'il veut seulement la sécurité pour son pays et je crois que si je lui accorde tout ce qui est possible, en retour il n'essaiera pas, *noblesse oblige* [en français dans le texte], de procéder à quelque annexion que ce soit mais travaillera avec moi à l'édification d'un monde pacifique et démocratique.

Bullitt lui avait rappelé qu'il ne traitait pas « avec le duc de Norfolk mais avec un bandit caucasien qui, s'il obtenait quelque chose sans contrepartie, se flattait seulement d'avoir dupé un imbécile[20] ». L'article eut un grand retentissement et Bullitt poursuivit sa campagne pour Dewey. Le 30 octobre 1948, il lui écrivit qu'au soir de l'élection, il serait au Yale Club à New York et lui indiquait le numéro auquel le joindre. Le téléphone ne sonnerait pas : dans un ultime retournement, alors que la presse avait déjà annoncé sa victoire, Dewey dut s'incliner devant Truman.

Bullitt se rendit en Chine après l'élection pour le compte de la commission de surveillance de l'aide extérieure du Congrès et ne rentra pas aux États-Unis avant Noël. Les événements de Chine éclipsaient le blocus de Berlin en première page des journaux[21]. Bullitt pensait que la poussée communiste pouvait encore être enrayée si l'on donnait au général Claire Chennault la possibilité de renouveler les exploits des « Tigres volants », l'escadrille de volontaires américains qui s'illustra dans le combat contre les Japonais. Mais Truman refusa de renouveler l'aide au gouvernement chancelant et impopulaire de Tchang Kaï-chek. En octobre 1949, la victoire communiste serait complète.

Bullitt passa les derniers mois d'attente d'une défaite devenue inéluctable assailli de souvenirs doux-amers. Eugen Boissevain, le veuf d'Inez Milholland, venait de mourir. Bullitt écrivit à sa femme, la poétesse Edna St. Vincent Millay :

> Si j'avais su qu'il était malade, je serais allé au bout du monde pour le voir. (...) Je n'arrive pas à le croire mort pas plus que je ne peux croire Inez morte. Et j'ai la certitude qu'ils ne le sont pas[22].

Il composa un poème élégiaque, « Ils sont morts jeunes », où perçaient sa lassitude et la révélation de la vanité des entreprises humaines :

Qui dans dix ans se souviendra d'eux ?
Nul vivant pour se rappeler

Le grain de la voix d'Inez Milholland
Le sourire de Charlie Sweeney
La gaieté de Jack Reed
Ou le courage de Louise.

(...)

Ils sont partis
Je demeure dans l'espoir
De proches retrouvailles[23].

Sam Rosenman, la principale plume de Roosevelt, écrivait ses Mémoires, et lui demanda s'il se souvenait d'avoir écrit le fameux « discours de la Quarantaine », prononcé le 5 octobre 1937 à Chicago. Roosevelt dénonçait « l'épidémie de violation du droit » touchant quelques nations agressives et appelait à les mettre en « quarantaine ». Il visait sans les nommer le Japon, l'Italie et l'Allemagne nazie. Raymond Moley en attribua le contenu à l'influence de Bullitt[24], mais il n'y avait en rien participé. En revanche, il avait effectivement travaillé, à partir de 1932, raconta-t-il à Rosenman, sur une bonne dizaine de discours. Son expérience la plus marquante avait été la causerie « au coin du feu » prononcée en septembre 1936 sur la sécheresse qui ravageait la région du Dust Bowl. Roosevelt avait confié à Henry Wallace (alors ministre de l'Agriculture) la rédaction d'un premier jet et demandé à Bullitt de le rejoindre le samedi à 4 heures, quelques heures seulement avant son passage radio. Après ses plaisanteries coutumières en guise d'introduction et un bref échange sur les questions internationales, Roosevelt commença, à 5 heures moins le quart, à lire le discours à haute voix. « Il était si mauvais que Franklin se mit à le parodier dans un numéro digne du sénateur Claghorn[25]. » Missy, Grace et Bullitt ne retenaient pas leurs rires. Le Président s'esclaffa à son tour : « N'est-ce pas atroce ? Il n'y a rien à sauver à part peut-être les passages sur l'assurance récolte. » Surtout pas, répondit Bullitt, les économistes compétents considèrent que c'est impraticable. « Allez, c'est bon, Bill ! Henry est incollable là-dessus. C'est une bonne idée. Mettons-nous à ce discours. » Bullitt s'obstina : « J'arpentais la pièce en sifflotant. [Roosevelt] riait mais avec un brin d'agacement et répétait : "Au travail maintenant ! – Chassez-moi mais je ne prêterai pas la main à cette insanité d'assurance récolte." Finalement, Roosevelt appela Wallace au téléphone, lui dit que le discours était très bien mais pas exactement ce qu'il attendait et lui demanda de revoir de près la question de l'assurance récolte[26]. »

Puis Roosevelt et Bullitt reprirent entièrement le discours que sténographiaient Grace et Missy. La toute fin fut dictée juste avant que Roosevelt ne descende dans le studio. Les derniers feuillets n'avaient pas encore été tapés quand il commença à parler. « Je les corrigeais à mesure et les glissais sur le sous-main. Évidemment, la causerie ne fut pas bien bonne[27]. »

En règle générale, les discours que Bullitt préparait étaient souvent substantiellement remaniés. Il n'en subsistait parfois que quelques paragraphes incorporés dans un agrégat de coupés-collés, « peaufiné au fil des longues discussions que vous connaissez bien », dit-il à Rosenman. Il arriva à Bullitt de fournir par téléphone depuis Paris une expression, par exemple « coup de poignard dans le dos », pour qualifier la déclaration de guerre de l'Italie à la France le 10 juin 1940. Bullitt ne se souvenait que d'un seul discours, celui de Chautauqua en 1936, composé « du premier au dernier mot[28] ». « J'ai utilisé les termes "Je hais la guerre", parce que je me souvenais encore de l'émotion qui m'avait saisi quand Woodrow Wilson, me prenant la main, m'avait déclaré, les larmes aux yeux : "Je hais la guerre. Je hais toutes les guerres. Ma seule ambition au monde tient dans la paix que je ferai à la fin de celle-ci."[29] »

> J'ai vu la guerre, écrivit donc Bullitt. J'ai vu la guerre sur terre et sur mer. J'ai vu le sang couler des blessures. J'ai vu des hommes cracher leurs poumons gazés. J'ai vu les morts dans la boue. J'ai vu les villes ravagées. J'ai vu 200 hommes, exténués et boiteux, rentrer du front – les survivants d'un régiment de 1 000 soldats envoyé au combat quarante-huit heures plus tôt. J'ai vu des enfants affamés. J'ai vu les épouses et les mères déchirées d'angoisse. Je hais la guerre[30].

« Il s'agit du seul discours que j'ai écrit pour Franklin qu'il a prononcé tel quel. Il l'a lu d'une traite et m'a dit : "C'est parfait, c'est bon, très bon. Il n'y a pas un mot à changer." Pour autant que je sache, il n'a consulté personne d'autre[31]. »

Bullitt avait mis en train des Mémoires intitulés *The Shining Adventure*. « Tous les hommes de ma génération qui ont essayé d'apporter un peu de bon sens dans les affaires d'un monde désaxé ont essuyé une défaite, commençait le manuscrit. (...) Mais l'aventure brille encore[32]. » Il s'interrompit. Il ne pouvait pas réprimer son désir de repartir dans la mêlée.

Aux yeux de Bullitt, le risque de voir advenir un monde sous hégémonie communiste n'était plus un fantasme. La Chine était tombée, la France et l'Italie menaçaient de basculer. La question n'était plus de savoir s'il y aurait ou non une guerre mais « si la guerre débuterait dans des conditions qui laisseraient aux États-Unis une chance de l'emporter[33] ».

Bullitt ne croyait plus en Truman. Le 12 janvier 1950, son secrétaire d'État Dean Acheson définit un périmètre de défense des intérêts américains dans la région du Pacifique occidental qui incluait le Japon et les Philippines mais ne comprenait pas la Corée ou Formose[34]. Quand il apprit que le Président voulait redéfinir la politique étrangère des États-Unis, Bullitt prit la plume pour exposer ses vues à Acheson. « Aucune guerre, chaude ou froide, n'a jamais été gagnée sur la défensive. Or, depuis 1945, nous y campons. Il nous aurait été facile de prendre la main entre 1945 et 1949 puisque nous disposions [seuls] d'une capacité d'annihilation[35]. Mais à présent l'équilibre se renverse à grande vitesse en faveur de Staline. Si nos capacités militaires et celles de nos alliés ne se développent pas plus rapidement que celles de Staline et de ses satellites, toute possibilité de reprendre un jour l'offensive va s'évanouir[36]. » Bullitt invitait les États-Unis et leurs alliés à accroître sensiblement leur effort de défense. Il estimait que Truman avait désarmé le pays.

Entre 1946 et 1947, la part des dépenses militaires passa de 21,4 à 5,7 % du PIB et tomba à 4,6 % en 1950[37]. Compte tenu des contraintes budgétaires, il était indispensable que l'Amérique puisse compter sur des alliés solides. Bullitt pensait qu'une Europe fédérale qui se bâtirait avec le soutien des États-Unis constituerait un puissant môle de résistance au communisme. Il était partisan d'institutions d'emblée fédérales plutôt que de la méthode « des petits pas » défendue par Jean Monnet[38]. On ne pouvait guère compter sur la Grande-Bretagne. « Si progrès il doit y avoir, ce sera par l'entremise de la France. Si nous essayons de précipiter les choses en négociant directement avec les Allemands et les autres, les Français freineront des quatre fers. » « Il est ridicule d'avoir peur du général de Gaulle, concluait Bullitt. Au contraire, il se révélera peut-être le seul dirigeant français suffisamment intègre pour mener les réformes nécessaires malgré l'impopularité de certaines d'entre elles auprès de larges secteurs de l'opinion. »

Le 27 juin, deux jours après l'invasion de la Corée du Sud par Kim Il-sung, Truman annonça un brusque revirement de sa doctrine : les États-Unis allaient défendre la Corée du Sud contre l'agression du Nord comme elle défendrait dorénavant Formose contre toute tentative d'occupation venue du continent. Le Président américain décida d'une intervention sous les auspices des Nations unies. Ce changement de cap concernait aussi la politique indochinoise des États-Unis : en juillet 1950 Eisenhower envoyait Donald Heath comme ambassadeur à Saigon pour jauger la situation.

Après les défaites essuyées à Dong Khê en septembre puis à Cao Bang en octobre, de Lattre fut nommé haut-commissaire et commandant en chef. Il galvanisa les troupes et rétablit la situation. Demeuré sur la réserve depuis son retour à la tête de l'État, Bao-Daï engagea enfin le processus de vietnamisation des forces armées, défendu par de Lattre[39]. À l'instigation de Bullitt, le gouvernement américain (qui soutenait désormais la France dans sa lutte contre le Viêt-Minh) convia de Lattre à Washington. Auréolé par ses récents succès, le « roi Jean » venait dire à ses hôtes que la France ne se battait pas pour des intérêts coloniaux mais pour opposer une digue à l'expansion communiste en Asie du Sud-Est[40].

Bullitt accueillit de Lattre à New York le 13 septembre 1951 et l'accompagna à Washington. Le 24, il participait à ses côtés à un grand dîner à l'Union Club organisé par Henry Luce qui voyait en lui le MacArthur du Vietnam[41]. Naguère accusés de défendre un ordre colonial périmé, les Français devenaient de précieux alliés dans la lutte contre le communisme. De Lattre rencontra aussi des chefs militaires, Eisenhower, Dean Acheson et des journalistes. Il les impressionna tous favorablement. Le 25 septembre, le cardinal Spellman célébra une messe en souvenir de Bernard de Lattre, le fils du général, et de ses camarades tombés en Indochine[42]. De Lattre souffrait déjà d'un cancer et mourrait à Paris en janvier suivant.

Dans la lutte contre le communisme, Bullitt cultivait un réseau de stratèges militaires et d'hommes politiques aux États-Unis et dans le monde. En prévision d'un conflit, il estimait indispensable de réfléchir à une stratégie de guérilla pour affronter les cellules communistes qui, implantées dans des démocraties tolérantes à l'excès, risquaient de passer à l'offensive. « Nous ne sommes pas très nombreux à connaître la forme nouvelle des combats, qui, si la guerre avait lieu, nous serait imposée par la stratégie russe, je veux dire par la stratégie révolutionnaire de l'agression interne combinée avec la stratégie normale des armées aéroportées[43] », lui écrivait le général de Bénouville, qu'il avait rencontré à Alger en 1944[44]. Bullitt était également en contact avec David Galula, qu'il avait connu à l'état-major de la 1re Armée de De Lattre en 1944. Il était devenu le théoricien de la contre-insurrection, dont les préceptes furent plus tard appliqués pendant la bataille d'Alger[45]. Bénouville lui proposait de préparer un réseau de combattants de l'intérieur, sur le modèle des réseaux de résistance, à même de mener la contre-insurrection. Chargé des questions de défense au sein du RPF, le parti fondé par de Gaulle en 1947, Bénouville fit de Bullitt, le temps du RPF, l'ambassadeur de France – c'est-à-dire de De Gaulle – auprès des États-Unis[46]. Grâce à Bullitt, les envoyés gaullistes d'Astier de La Vigerie, le colonel Dupérier, étaient reçus par Lovett ou Forrestal. De Gaulle recevait à Paris les visiteurs haut gradés recommandés par Bullitt.[47]

Les primaires républicaines pour l'élection de 1952 étaient lancées. Avec Wedemeyer et MacArthur, il soutenait Robert Taft contre Eisenhower. Tout comme l'ancien Président Hoover que Bullitt aida à réviser son discours devant la convention – ce serait le dernier de sa carrière et Hoover s'y livra avec passion[48]. On ne pouvait nier les qualités de soldat d'Eisenhower mais trop confiant dans Staline, il l'avait laissé s'emparer de l'Europe de l'Est[49]. Au lendemain de la guerre, chef de l'armée de terre, il assista sans réagir à la prise du pouvoir par les communistes en Chine. Taft en revanche, soulignait Hoover, avait combattu Yalta comme Potsdam et aurait su empêcher que la Chine ne tombe entre les mains de Mao[50]. Le sénateur Taft dut s'incliner devant Eisenhower et sa défaite affecta Bullitt[51]. Mais il trouva vite un motif de consolation dans la nomination de Nixon pour la vice-présidence sur le ticket républicain. Bullitt et Nixon s'étaient rencontrés à l'occasion des enquêtes parlementaires sur l'affaire Alger Hiss et étaient devenus bons amis.

Aux côtés de Nixon

Le 3 août 1948, devant la Commission des activités anti-américaines de la Chambre (HUAC), David Whittaker Chambers dénonçait le noyautage des institutions. Rédacteur en chef au *Time*, Chambers avait appartenu à un réseau d'espionnage communiste à Washington dans les années trente. Devant la Commission, il donna les noms de quatre membres de ce groupe souterrain dont l'objectif était de « noyauter le gouvernement américain ». Parmi ces quatre noms, celui d'Alger Hiss[52]. Diplômé de Johns Hopkins et de la faculté de droit de Harvard, Hiss accomplit une belle carrière au sein du Département d'État qui le mena notamment à Yalta et à la direction du secrétariat de la conférence de San Francisco (à l'origine des Nations unies). Il présida ensuite la Fondation Carnegie pour la paix internationale. Devant la Commission, Hiss nia appartenir au Parti communiste ou seulement connaître le nom de Whittaker

Chambers. Brillant, sûr de lui, il s'attira les sympathies de la presse et de l'establishment intellectuel et des démocrates. Truman blâma une « machination » du Congrès républicain.

Nixon cependant réclama une enquête approfondie et obtint la présidence d'une sous-commission qui devait déterminer qui de Chambers ou de Hiss s'était parjuré. Après que Chambers eut donné des détails qui apportaient la preuve irréfutable de leur étroite amitié passée, Hiss apparut beaucoup moins sûr de lui. Lors d'une seconde audition, il reconnut avoir peut-être connu Whittaker Chambers sous un autre nom. L'opinion publique commençait à se retourner contre Hiss. Après que Chambers l'eut publiquement accusé d'être un communiste dans l'émission « Meet the Press », Hiss lui intenta un procès en diffamation.

Dans sa déposition lors du procès, Chambers produisit des documents qui montraient qu'Alger Hiss menait des activités d'espionnage. Plus tard, le 2 décembre 1948, Chambers conduisit deux enquêteurs de la Commission jusqu'à une citrouille évidée dans son potager qui abritait cinq microfilms reproduisant des documents du Département d'État et du ministère de la Marine : « Les papiers de la citrouille », titra la presse. Certain des messages étaient de ceux envoyés par Bullitt pendant ses ambassades moscovite et parisienne. Interrogé par le FBI, Bullitt répondit qu'en 1939 Daladier lui avait confié que deux frères du nom de Hiss, tous les deux au Département d'État, étaient des « agents soviétiques[53] ». Hornbeck, le supérieur de Hiss, confirma que Bullitt l'avait averti[54]. Le 21 juillet 1950, lors d'un second procès, le jury retint contre Hiss deux chefs de parjure : une première fois, quand il avait assuré n'avoir jamais donné de documents à Chambers, une deuxième quand il avait prétendu ne l'avoir plus jamais vu après le 1er janvier 1937. Hiss passa trois ans et huit mois derrière les barreaux avant d'être libéré pour bonne conduite[55].

L'affaire Alger Hiss eut d'énormes répercussions. Joseph McCarthy tira profit de la condamnation de Hiss pour lancer et justifier sa « chasse aux sorcières » anticommuniste d'abord au sein du Département d'État puis partout aux États-Unis. Et l'affaire propulsa la carrière de Nixon, encore jeune représentant à la Chambre. Deux ans plus tard, il entrait au Sénat et seulement deux ans après, Eisenhower le choisissait comme colistier. Sur la même ligne que Bullitt, Nixon sonnait l'alarme contre les infiltrations communistes au plus haut niveau de l'administration Truman, reprochait au Président le renvoi de MacArthur et son laisser-faire en Chine où il aurait dû « lâcher Tchang Kaï-chek » contre les communistes. Il assurait aussi la jonction entre les maccarthystes et les centristes du Parti républicain qui préféraient garder leurs distances avec le sénateur du Wisconsin[56]. Un mois après sa nomination pour la vice-présidence, Nixon dut se défendre contre des allégations de corruption lors de son fameux « Checkers Speech[57] » du 23 septembre 1952. Après le discours, Bullitt fut le premier à envoyer à Nixon un chèque de soutien, un geste qu'il n'oublierait pas. Bullitt devint l'un de ses meilleurs amis à Washington, avec Alice Roosevelt Longworth et William Rogers[58].

Après l'élection, Bullitt aida Nixon à organiser un voyage en Asie, avec des escales au Vietnam, en Thaïlande, en Inde, au Japon, en Afghanistan et aux Philippines. Bullitt accueillit les Nixon à Taïwan où il résidait depuis l'hiver 52. Comment se retrouvait-il là ? L'histoire remontait à 1934. Lors de leur rencontre à Nankin, « Tchang Kaï-chek s'était pris d'une vive sympathie pour Bullitt au point de lui proposer ensuite, à plusieurs reprises, d'être son conseiller[59] ». Lorsque, à la fin 1951, ils se retrouvèrent tous les deux en exil, Tchang de la Chine continentale, et lui-même du gouvernement américain, Bullitt saisit la main tendue. À Taipei, un appartement lui était réservé. Grâce au soutien du dictateur, il fit aussi construire une demeure à Kaohsiung, à l'extrémité sud des jardins présidentiels, à une centaine de mètres de la propre résidence de Tchang[60].

Le 8 novembre 1953, Richard et Pat Nixon rendirent visite à Bullitt et passèrent une soirée à la fois « relaxante et stimulante », comme l'écrivit le lendemain le vice-président, « combinaison aussi bienvenue qu'inhabituelle »[61]. Quelques jours après leur départ, Bullitt envoya à Nixon ses idées sur la meilleure stratégie pour combattre le communisme. Bullitt plaidait pour une offensive simultanée en Corée, en Indochine et en Chine, soit l'ouverture de trois fronts en Asie avec le soutien des troupes américaines. C'était à ses yeux le seul moyen d'échapper au faux choix entre une frappe nucléaire préventive contre l'URSS (qui abaisserait les États-Unis « au niveau de moralité communiste » et leur « aliénerait l'opinion internationale ») et la résignation « les bras croisés » au triomphe mondial du communisme. Bullitt croyait ainsi pouvoir libérer la Chine et « soustraire 450 millions de Chinois à la sphère d'influence soviétique pour les ajouter à celle du monde libre[62] ».

Quelques mois plus tard, Nixon envoya Bullitt au Vietnam. Le 19 mars 1954, Bullitt partageait ses impressions avec Eisenhower et le vice-président lors d'un déjeuner à la Maison Blanche. En l'absence d'un candidat de substitution crédible, il pensait que les États-Unis devaient poursuivre leur aide à Bao-Daï dont il vanta le courage et l'intelligence. Si le Vietnam tombait, assurait Bullitt, le Cambodge et le Laos suivraient. Eisenhower acquiesçait mais ajoutait qu'il était « hors de question pour lui d'envoyer des troupes américaines en Indochine ». Bullitt approuvait. Il en avait dit autant à l'université de Georgetown lors d'un débat avec Nixon en avril 1952. « Vous déconseilleriez l'usage de nos forces au sol ? – Absolument », répondit Bullitt[63]. Il réitéra son opinion lors du déjeuner de 1954[64].

Il n'avait pas abandonné l'idée d'une offensive militaire mais ni Nixon ni Galula ne la soutenaient[65]. Aussi quand Syngman Rhee, le dictateur sud-coréen qu'il connaissait depuis la conférence de la Paix, proposa à Bullitt la présidence d'une ligue anticommuniste d'États asiatiques voulue par les présidents taïwanais, philippin et sud-coréen ainsi que par le Premier ministre thaïlandais, il la déclina[66].

Il conseillait encore Tchang mais plus pour longtemps. À l'été 1954, la chute depuis une falaise lui occasionna de nouvelles fractures vertébrales et une paralysie temporaire des deux jambes. Il ne pouvait être transporté qu'en position couchée. Un général attaché à l'ambassade de Chine à Washington venait de mourir et un cercueil devait être envoyé pour rapatrier son corps[67]. Bullitt prit l'avion dans le cercueil. Il retournerait pour la dernière fois à Taïwan en décembre 1955[68].

Bullitt continuait de s'impliquer dans la politique et les orientations stratégiques américaines. En 1956, il rompit avec Kennan. Ensemble, ils avaient combattu les « idéalistes » qui croyaient possibles une alliance et des relations amicales avec l'Union soviétique. Mais il trouvait désormais que les « réalistes » dans la lignée de Kennan qui ne juraient que par l'« endiguement » se fondaient sur une conception exagérément statique de la Guerre froide. Le 29 juin 1956, Kennan analysait dans le *US News and World Report* les conséquences à tirer de la consolidation du pouvoir de Khrouchtchev en Union soviétique. Dans le même numéro, Bullitt publiait une critique serrée de son article. Kennan mettait en garde ses lecteurs contre la tentation de croire que les changements récents opérés en URSS pourraient conduire à la « levée du rideau de fer ». « Il ne fallait pas négliger, écrivait Kennan, les différences léguées par l'histoire. » La Russie n'appartenait pas au monde occidental et « là où des régimes de type communiste avaient régné plus d'une décennie, le retour au *statu quo ante* était inimaginable. » Kennan appelait de ses vœux la multiplication des États neutres qui serviraient de ponts entre les deux blocs. Il plaidait pour un Japon neutre et le retrait des troupes américaines de son sol. Une Allemagne réunifiée pourrait aussi rejoindre le camp des neutres. Enfin, sans être favorable à des relations diplomatiques avec la Chine communiste, Kennan défendait son admission à l'ONU.

Bullitt peignait Kennan comme un défaitiste. « Au cours des onze dernières années, l'Union soviétique a étendu son emprise sur plus de 700 millions d'âmes. Les communistes ne cesseront pas d'eux-mêmes leurs agressions : il faut les y obliger. » L'histoire des deux derniers siècles pouvait se résumer à une succession de luttes pour se délivrer de l'oppression. La liberté était une aspiration universelle et les Russes et les Chinois la partageaient aussi bien que les Américains. Si Kennan prisait tant les pays neutres, pourquoi ne demandait-il pas que ce soient les satellites soviétiques en Europe de l'Est et dans les Balkans ou encore la Chine ou la Corée du Nord qui embrassent ce statut ? À l'heure du péril suprême, « la survie des États-Unis dépendait de sa capacité à déclencher à tout moment contre l'URSS une frappe nucléaire d'une ampleur beaucoup plus forte que celle-ci ne pourrait exercer à leur encontre[69] ». Nixon fut ravi de voir ainsi « Kennan remis à sa place[70] ».

Nixon demeurait l'un de ses meilleurs amis. Ils passaient beaucoup de temps ensemble. Pat Nixon appréciait également sa compagnie : « Nous attendons avec impatience votre retour, lui écrivait le couple en janvier 1959, et les intéressantes nouvelles que vous ne manquerez pas de rapporter dans l'inimitable style Bullitt[71]. » Le 5 août 1959, Bullitt accueillait le vice-président et sa famille à Ashfield[72]. Bien entendu, il le soutint l'année suivante dans les primaires face à Rockefeller puis dans la bataille électorale face à Kennedy. Il fit campagne pour lui dans le New Hampshire et en Pennsylvanie[73]. À l'automne 1960, il parla en son nom devant les foules rassemblées à San Francisco et à Los Angeles, vilipendant un Parti démocrate « prêt à reconnaître la Chine rouge ». Pour nuire à Kennedy, Bullitt suggéra d'utiliser des informations sur sa santé mais Nixon s'y refusa.

Il le réconforta dans la défaite. Le 15 novembre, huit jours après l'élection, il assurait : « Inutile de vous dire à quel point je suis désolé. Pour les États-Unis, c'est un désastre. Pour vous, pour Pat et les enfants, j'espère que ce ne sera jamais qu'une bataille perdue d'un cheveu[74]. » En janvier 1961, Nixon le remerciait dans une longue lettre. « En se retournant sur ces quatorze ans à Washington, il n'y a rien que Pat et moi chérissions davantage que le souvenir des moments en votre compagnie. » Sa « fidèle amitié », poursuivait-il, « comptait beaucoup plus qu'il ne saurait l'exprimer dans une lettre »[75]. En août 1961, en réponse à un article de Nixon sur Kennedy que le candidat malheureux lui avait envoyé, Bullitt répondit un peu vivement :

> Vous faites la même erreur que celle que vous avez déjà commise au début de votre campagne présidentielle. Vous prêtez à Kennedy une « grande intelligence, de l'énergie à revendre et une éloquence qui soulève le public ». Il est toujours imprudent, à mon avis, de couvrir un adversaire d'éloges aussi généraux.

Bullitt n'était pas précisément admiratif des dons intellectuels de Kennedy :

> C'est un héritier type (comme Averell Harriman ou Nelson Rockefeller) et sa « grande intelligence » est celle de conseillers grassement rémunérés. Son « énergie à revendre » vient d'une seringue ou de comprimés qui lui apportent les éléments indispensables à la vie et à l'action que ses glandes surrénales sont incapables de produire. Son « éloquence » se résume aux formules forgées par l'un de ses nègres. La phrase que vous admirez – « Ne demandez pas ce que votre pays peut faire pour vous mais ce que vous pouvez faire pour votre pays » – est empruntée à mon discours d'Independance Hall d'août 1940[76].

Nixon put hausser les sourcils à cette dernière phrase, mais Bullitt n'exagérait pas, ou seulement un peu. À la fin de son discours du 18 août 1940, invitant son auditoire à se préparer à la guerre, il déclarait :

> Quand dirons-nous [à nos représentants] que nous voulons connaître nos devoirs plutôt que nos droits ? Quand leur dirons-nous que nous ne voulons plus entendre parler de ce que notre pays peut nous donner mais de ce que nous pouvons donner à notre pays[77] ?

En retrait à Paris

Ce n'était plus vrai pour Kennan, mais pour beaucoup des vétérans de ses équipes moscovite et parisienne, Bullitt restait « le Patron ». Il maintenait le contact avec Robert Murphy, John Wiley et Elbridge Durbrow qui avaient tous des belles carrières d'ambassadeur. Après avoir représenté les États-Unis à Bagdad, à New Delhi et à Téhéran, Loy Henderson était devenu sous-secrétaire d'État adjoint. À l'occasion, comme par le passé, Bullitt jouait un rôle d'agent de renseignement au service de Roscoe Hillenkoetter, son ancien attaché naval, désormais directeur de la jeune CIA : il lui rapportait la teneur de ses entretiens avec Tchang Kaï-chek, ou le dictateur espagnol Francisco Franco. Entre tous, Carmel Offie restait l'homme de liaison. Entre 1943 et 1947, il avait travaillé pour Murphy à Alger, à Rome, puis à Francfort. En 1947, il quitta les Affaires étrangères et, grâce à ses amitiés du temps de Moscou (Bohlen, Thayer et Kennan), trouva un poste à la CIA. Émancipé désormais, il fit des avances à un agent du renseignement militaire puis quelques jours plus tard à un officier de la CIA. Une enquête diligentée par McCarthy le força à quitter l'agence. Il rejoignit alors Jay Lovestone au Free Trade Union Committee, une branche de la centrale AFL-CIO, qui s'attachait à réduire les influences communistes dans le monde syndical et contribua en France à la fondation de

Force Ouvrière[78]. Des années durant, il continuera à écrire de longues lettres à Bullitt et à Murphy, distillant toutes les informations glanées[79]. Les douleurs permanentes au dos, la maladie rendaient cependant Bullitt de plus en plus irritable. À la veille de Noël 1961, Hornbeck lui écrivait : « Nous (vous et moi) ne nous disputions pas. Vous me "disiez" quelque chose et j'essayais de répondre "Je suis d'accord". Je vous aime, pour ce que vous avez été et serez toujours, pour vos vertus et même pour vos défauts[80]. »

Bullitt continuait de passer l'été à Ashfield mais depuis 1954 n'avait plus de maison ou d'appartement à Washington[81]. Il vivait à Paris. Quelques semaines avant le 13 mai 1958, il vit de Gaulle, le trouva en bonne forme, physique et intellectuelle. Il confia à Eisenhower que de Gaulle représentait le seul espoir pour la France. Son gouvernement était « pourri de la tête aux pieds », seule « une action énergique » pourrait y remédier. Bullitt pensait « préférable que l'armée s'abstienne d'un coup d'État mais, dans l'hypothèse probable où les communistes en commettraient un, elle pourrait alors intervenir pour « restaurer l'ordre constitutionnel »[82].

Après la prise de pouvoir de De Gaulle, il partit passer quelques mois auprès de sa fille, devenue la première femme à élever et entraîner des pur-sang en Irlande[83]. Rien de ce qui touchait aux chevaux ne lui était étranger. « Elle lit en eux », confiait son père dans une interview :

> Elle a assisté à sa première course avec moi à Paris quand elle avait à peu près trois ans. Nous sommes descendus voir les chevaux dans leurs box. Elle les a tous regardés très attentivement. À la fin, elle m'a dit : « Papa, j'ai trente-cinq francs à la maison ; s'il te plaît, parie-les pour moi sur celui-ci. » Je lui ai demandé ce qui la poussait à choisir ce cheval qui n'avait pas une bonne cote. « Il m'a dit qu'il allait

gagner et les autres ont dit que c'était vrai. » J'ai pensé qu'un pari imprudent lui servirait de leçon et j'ai suivi ses instructions. Elle est rentrée à la maison avec 38 000 francs[84].

En 1938, Bullitt demanda à John Cudahy, l'ambassadeur américain en Irlande, de l'aider à trouver un cheval à offrir à sa fille. Anne devint la maîtresse de Silver Mist, auquel elle s'attacha passionnément[85]. En 1952, après le départ de son mari du Département d'État pour rejoindre une banque d'affaires, Anne s'installa avec lui à Londres. Le couple commença à fréquenter le monde des courses où évoluait notamment Roderic More O'Ferrall, le propriétaire d'un beau haras d'Irlande, Kildangan Stud. Anne acheta une pouliche qu'elle présenta à la course des 1 000 Guinées du Curragh. À mi-part avec l'entraîneur Patrick Prendergast, elle acquit d'autres juments. Éprise de O'Ferrall, elle divorça et l'épousa en janvier 1955, malgré les avertissements de Prendergast qui le décrivait comme « une tante et un sadique[86] ». Victime de violences conjugales, elle dut s'en séparer et divorça à nouveau au terme d'un procès retentissant. Elle venait d'acquérir le domaine de Palmerston Stud dans le comté de Kildare, à 40 minutes à l'ouest de Dublin. Le haras, le plus grand d'Irlande, s'étendait sur 300 hectares dont 40 de lacs. Son père avait calculé qu'il lui fallait dégager un revenu net annuel de 150 000 dollars pour être rentable. Son divorce d'avec Biddle l'avait rendue très riche[87]. En 1955, deux de ses pouliches finirent dans le duo de tête de la Phoenix Plate, une course irlandaise réservée aux chevaux de 2 ans[88]. En 1956, Amber Point gagnait la Galway Plate et lançait vraiment sa carrière[89]. Elle engagea ensuite Tommy Shaw comme entraîneur. Avec lui elle prépara des champions, souvent montés par le jockey Liam Ward, qui lui valurent plus d'une centaine de victoires dans les courses les plus prestigieuses comme celles d'Ascot ou d'Epsom[90]. Son père, qui la conseillait pour le choix des reproducteurs, était particulièrement fier.

Son frère pensait qu'il menait une existence misérable à Paris. Il est vrai que sa leucémie s'était réveillée, l'obligeant à des bilans sanguins réguliers qui nourrissaient ses angoisses. Bullitt souffrait toujours de ses fractures vertébrales. Il nageait tous les jours à l'American Club, y déjeunait et rentrait chez lui où des massages réguliers lui étaient indispensables. Il avait de fréquents accès de paralysie et besoin alors d'un infirmier pour le conduire à son lit[91].

« Si seulement il avait écrit ses Mémoires ou un autre roman », se lamentait Orville[92]. Une existence misérable à Paris ? Son frère avait dû mal comprendre. C'était en France qu'il gardait ses amis les meilleurs et les plus nombreux. Et il restait à Paris par amour de la France et de sa capitale[93]. Quelques décennies plus tôt, juste après son divorce avec Louise, il écrivait à sa première femme :

> J'ignore si d'heureux souvenirs d'enfance en sont la cause mais je me sens beaucoup plus chez moi ici [à Paris] qu'à New York, où mes ancêtres ont plus ou moins joué un rôle dirigeant depuis 1630. Ici, je n'ai pas d'ancêtres et seulement une poignée d'amis. Mes amis [américains] me manquent énormément et, à quelques exceptions près, je n'aime guère la noblesse ou la haute société française. Mais dans l'ensemble je m'entends beaucoup mieux avec les gens ordinaires. Je crois les Français à la fois plus pratiques et plus intelligents que n'importe quel autre peuple ; et que leurs qualités et leurs défauts s'additionnent pour produire une philosophie qui fait que la vie vaut la peine d'être vécue. Si j'ai le cafard, je ne connais pas de meilleur remède au monde que d'aller sur la place de la Concorde et de regarder autour de soi[94].

Son frère se trompait également en le pensant désormais éloigné de la scène éditoriale. Le psychanalyste britannique et biographe de Freud Ernest Jones lui avait écrit en 1955 en quête de renseignements sur « le livre que vous avez consacré avec Freud au président Wilson voilà un quart de siècle[95] ». Honoré,

Bullitt flatta Jones. « J'ai beaucoup appris des volumes que vous avez déjà publiés » et cela ne l'étonnait pas « puisque Freud lui avait souvent dit qu'il [Jones] était le plus intelligent de ses disciples et celui qui le comprenait le mieux ». Bullitt conservait le seul exemplaire existant du manuscrit et acceptait de le lui montrer. Ils se rencontrèrent à New York, le 16 avril 1956[96]. Jones relata l'entrevue à James Strachey. Bullitt apporta le manuscrit dans une « imposante mallette cadenassée » dont il ne lui donna la combinaison qu'après qu'il eut prêté serment. Jones le trouva « mystérieux, entêté et exalté »[97]. Bullitt s'envola ensuite pour la Floride. Il prit des dispositions pour que des Marines, dépêchés par l'amiral de la flotte atlantique en personne, récupèrent le manuscrit et le déposent dans un coffre avant son retour, une fois que Jones l'aurait lu. Le biographe jugea l'ouvrage « manifestement écrit par deux personnes[98] ». Le 20 avril, il le déclarait « très intéressant » à Anna Freud et proposait que Strachey l'inclût dans son édition des œuvres de Freud[99]. Mais le livre, déclara Bullitt à Jones, ne pouvait être publié avant la mort de Mrs. Wilson[100].

CHAPITRE 16

Le Wilson *enfin publié*

Bullitt avait dit à Ernest Jones qu'il ne voulait pas publier le livre du vivant de la veuve du Président[1]. Edith Wilson mourut le 28 décembre 1961. Henry Laughlin, le PDG de l'éditeur Houghton Mifflin, sonda à nouveau Bullitt[2]. Ce dernier nourrissait de grandes espérances, 500 000 dollars d'avance et des séries pour la radio ou la télévision qui pourraient être tirées du livre[3]. Mais une nouvelle fois, Bullitt préféra attendre.

Il détestait Kennedy et espérait contribuer à sa défaite en 1964. Cependant, après la tragédie de l'assassinat du jeune Président à Dallas en novembre 1963 et les débuts prometteurs de Lyndon Johnson qui réussissait la révolution des droits civiques, Bullitt, bien qu'il soutînt encore Goldwater, savait que les républicains allaient perdre l'élection[4]. Il était temps d'admettre que sa carrière politique était finie. Après Roosevelt, il n'avait cessé de chercher le président salvateur qui incarnerait sa vision : un internationaliste libéral prêt à imposer ses idées au monde par la force. La chance était passée, de peu à chaque fois, avec Dewey en 1948, Taft en 1952 et finalement Nixon en 1960. Il avait maintenant 73 ans, était affligé de nombreux maux. Le manuscrit pouvait paraître sans plus nuire à une carrière désormais achevée. Ce serait un testament avec un sens. Il dirait ce qu'il pensait depuis 1919 : la fonction de président, élu au suffrage universel, est trop grande et trop dangereuse pour un être humain, fou ou normal. Il avait tout essayé. Mais les tares qu'il avait observées auprès de deux présidents qu'il avait servis et admirés, Wilson et dans une moindre mesure Roosevelt, n'étaient pas réformables.

Aussi, quand le docteur Max Schur, le dernier médecin de Freud, contacta Bullitt parce qu'il souhaitait voir le manuscrit, Bullitt le rencontra, à Washington en octobre 1964. Schur lui confia que Freud parlait souvent de lui avec toutes les marques d'une grande estime, imité en cela par Marie Bonaparte[5]. Captivé par les détails que lui livrait Bullitt sur sa collaboration avec Freud, Schur le pressa de confier le livre à des presses universitaires. Princeton répugnerait sans doute à publier des « documents polémiques sur Wilson » et il donnait sa préférence à Rutgers University Press chez qui étaient déjà parus les œuvres complètes d'Abraham Lincoln et certains des livres de John Dewey[6]. Révisant les prétentions qu'il exposait deux ans et demi plus tôt à sa fille, Bullitt estimait le rapport du livre à 15 000 dollars, le chiffre qui avait servi de base au contrat signé avec Freud en 1932[7].

Rutgers University Press offrit de publier le livre comme un document historique avec un appareil de notes de mise à jour que rédigerait un spécialiste de Wilson[8]. Bullitt refusa comme il l'avait déjà fait en 1956 quand Jones lui suggéra des révisions. Il reconnaissait que le manuscrit contenait nombre de répétitions mais, Freud disparu, il repoussait des modifications qui ne pouvaient plus recueillir « l'assentiment de son collaborateur[9] ». Sur le fond, Bullitt avait dit à Jones en 1956 n'avoir rien lu depuis l'achèvement du livre en 1932 qui contredît les vues qu'il exprimait sur le Traité ou bien la personnalité de l'ancien Président[10]. Il réitérait cette opinion en 1964. Il s'était tenu informé par d'amples lectures sur Wilson, Versailles et sur la psychanalyse[11].

Toutes ces lectures confirmaient le portrait qu'il avait dressé de Wilson avec Freud. Les Mémoires d'Irwin Hoover, le majordome en chef de la Maison Blanche, avaient paru en 1934, juste après sa mort. Devant lui, Wilson et sa famille « parlaient sans plus se contraindre que devant un meuble de salle à manger[12] ». Son récit confirmait l'intensité des rapports entre le Président et le colonel House :

> Personne d'autre ne semblait compter. Il n'y avait rien de trop important, de trop secret ou de trop sacré pour qu'il ne le communique au colonel House. Il était l'unique confident, une oreille tendue à ses plans et à ses pensées les plus intimes. On le voyait toujours à la Maison Blanche. (...) [Wilson] le priait constamment de venir et le pressait toujours de rester. (...) Le Président arrangeait son emploi du temps en fonction du colonel. (...) Ils parlaient des heures d'affilée et [Wilson] semblait toujours en retirer une grande satisfaction. Sa considération pour le colonel était immense. (...) Sa position n'allait qu'en se renforçant. Au commencement de la guerre, il semblait indispensable au Président qui le consultait sur absolument tout. Ses visites se multiplièrent et les deux hommes échangeaient une correspondance quasi quotidienne. (...) Ses lettres au Président lui étaient remises en personne et nul autre, secrétaire ou sténographe, n'en avait connaissance. Le Président écrivait ordinairement ses lettres au colonel House sur sa propre machine à écrire, sans copie carbone. Les affaires les plus privées du Président, comme son second mariage, n'avaient pas de mystère pour le colonel House[13].

Les premières tensions surgirent sur le *George Washington* qui les emmenait à la conférence de Paris en décembre 1918 : Wilson découvrit sur la liste des passagers bien des noms qui étaient ceux d'amis et de parents du colonel et le soupçonna de népotisme[14]. Après le retour du Président de son séjour à Washington à la mi-février 1919, leurs relations se détériorèrent rapidement, Wilson reprochant au colonel d'avoir mis son absence à profit pour écarter la SDN. « Un jour que le colonel l'appelait pour obtenir un rendez-vous, je l'ai entendu murmurer (tout en l'accordant) : "Si seulement il pouvait me laisser tranquille[15]." (...) Puis le colonel House se mit à l'obséder. Il ne voyait plus une parcelle de bien en lui. Avec l'encouragement de son entourage, son obsession tourna à la haine. Il ne cessait pourtant d'en parler, tandis que les lettres du colonel relatives aux derniers stades des négociations s'empilaient sans être décachetées[16]. »

Dans ses Mémoires, Lloyd George rappelait une déclaration étonnante à laquelle s'était livré Wilson dans le cours d'une discussion sur la Société des Nations : « "Pourquoi, dit-il, Jésus-Christ n'a-t-il pu persuader le monde, jusqu'à présent, de suivre ses enseignements ? C'est parce qu'il a enseigné l'idéal sans songer aux moyens de le mettre en œuvre. Voilà pourquoi je propose les moyens pratiques pour [enfin] les réaliser." Clemenceau, poursuivait Lloyd George, écarquilla lentement les yeux et les promena sur l'assemblée pour voir comment les chrétiens réunis autour de la table réagissaient à cette révélation de la vanité des efforts de leur divin maître[17]. » Dans cette comparaison, Wilson n'était plus seulement le Christ mais aussi Dieu le Père jugeant son fils ou bien encore un meilleur fils que le Christ pour Dieu le Père. Freud avait démonté le mécanisme : « Si l'influence du père était assez grande pour engendrer un surmoi aussi puissant et une identification au père aussi rigoureuse, la déification du père emportait une autre conséquence. » Elle remaniait encore l'identité de Wilson : « Si le père était Dieu, eh bien il serait le Christ, son bien-aimé fils unique. Il devint donc le Christ et dans son inconscient ménagea une place pour les deux personnes. Il était le Christ et Dieu le Père en même temps[18]. »

Beaucoup plus tard, en 1956, Alexander et Juliette George publièrent *Woodrow Wilson and Colonel House : A Personality Study*, un portrait psychologique qui concordait sur beaucoup de points avec Freud et Bullitt, en particulier sur les thèmes de la fixation au père, et du surmoi éternellement insatisfait, auquel ses réussites ne procuraient jamais de plaisir parce qu'il lui fallait sitôt un degré atteint en gravir un autre. Wilson savait être très souple et ouvert au compromis pour conquérir le pouvoir mais une fois en place devenait autoritaire et intransigeant. Il répugnait aussi à suivre des conseils qui n'étaient pas comme des échos de ses propres pensées. Il reproduisait donc le même scénario au fil des ans, forgeant des liens intimes qu'il finissait par briser en accablant comme traîtres ses anciens amis (Hibben et House). Le doyen West à Princeton et Cabot Lodge au Sénat lui apparurent également comme des menaces insupportables. Il lui fallait les dominer et les vaincre comme des substituts du père qu'il n'osa jamais défier. Le dialogue et le compromis, quand bien même ils lui auraient permis d'atteindre ses objectifs, n'étaient jamais acceptables[19]. Il lui était moins douloureux de sacrifier le Traité que de se livrer à des concessions.

Pour les George, toute l'existence de Wilson se ramenait à un effort pour compenser un complexe d'infériorité engendré par un père autoritaire[20]. Pour Freud, le « complexe d'infériorité » découlait seulement d'un manque d'amour, souvent de l'un des parents, qui conduisait à des actes qui montraient nettement que l'enfant, devenu adulte, n'avait pas pardonné[21]. Mais il ne s'agissait là que d'une divergence mineure.

Bullitt estimait qu'aucune de ces publications ne périmait son livre avec Freud. Aucun de ces auteurs n'avait pu exploiter les témoignages qu'il avait collectés auprès des amis de Wilson, Baker, Baruch, Grayson, Tumulty, Malone ou House. Et aucun d'entre eux, bien sûr, n'était Freud.

La bataille contre les héritiers

Bullitt avait adressé le manuscrit à Henry Luce, mais il ne retint pas l'intérêt : « Les temps ont changé[22] », lui répondit-il. Mais Houghton Mifflin souhaitait le publier et l'invita à travailler avec un jeune éditeur, Philip Rich. Rich proposa de commencer le livre avec l'introduction de Bullitt plutôt que celle de Freud, parce qu'elle était plus récente et que Bullitt, le seul auteur survivant, pourrait la contextualiser. De nombreux passages lui parurent répétitifs et il suggérait aussi des coupes ou des modifications[23]. Bullitt jugea pertinentes la plupart de ses propositions et les accepta[24]. Il chercha ensuite l'adresse d'Anna Freud dans le *Who's Who* et lui écrivit. Elle répondit aussitôt. Elle s'était souvent demandé quand viendrait le temps de publier le livre de Bullitt et de son père. En 1939, elle lui avait écrit : « Je me rappelle encore le plaisir que mon père avait eu à travailler avec vous[25]. » Elle était impatiente à présent de lire leur projet commun et le mit en rapport avec son frère Ernst qui gérait le patrimoine littéraire de leur père[26]. À la réception du manuscrit, Ernst fut « fasciné par le contenu historique aussi bien que psychanalytique » et souhaitait que le livre paraisse rapidement. Il prédisait qu'il ferait « sensation en Amérique »[27]. Mais ce qu'elle découvrit déplut à Anna. Elle s'en ouvrit chez Houghton Mifflin à Alick Bartholomew. Elle avait rencontré Bullitt, lui dit-elle, dans les années trente. Elle le respectait beaucoup, lui reconnaissait un « grand charme personnel » mais le jugeait aussi « terriblement arrogant ». Son père tenait le livre comme essentiellement celui de Bullitt et ce dernier en avait fait « une sorte de parodie » en répétant inconsidérément des expressions comme « le petit Tommy », « son esprit à sens unique » ou « son identification au Christ ». Son père était particulièrement attaché à la « précision et la parcimonie du verbe », publier tel quel le manuscrit porterait tort à sa réputation « scientifique ». Anna exigeait un nombre substantiel de modifications, sans quoi elle préférait différer la parution après la mort de Bullitt. Elle pensait qu'Anne, « [sa] formidable fille », se montrerait moins hostile à des révisions[28].

Le 28 décembre 1965, Ernst Freud envoya à Bullitt un exemplaire du manuscrit qui incorporait les révisions d'Anna[29]. Il demandait à Bullitt de les considérer « avec indulgence », en soulignant qu'elles portaient sur « la partie psychologique » de l'ensemble, « c'est-à-dire celle de notre père ». Anna Freud en fait ne suggérait aucunement d'amender les termes de psychologie ni la trame logique du livre. Ses propositions de correction étaient nombreuses (plus de deux cents) mais mineures, portant essentiellement sur des questions de forme. Anna Freud avait traqué les lourdeurs et les expressions répétitives. Aux formules « la passivité envers son père » ou « les débouchés pour sa formation réactionnelle contre sa passivité envers son père », elle substituait « son équilibre interne précaire » ou bien « sa relation passive à son père[30] » ou encore « ses émotions inconscientes[31] ». Au fil de ses révisions, elle commettait aussi un amusant lapsus freudien. Pour résoudre le conflit entre sa passivité envers son père bien plus forte que son activité, Freud et Bullitt écrivaient que le « moi » de Bullitt recourait à la méthode du refoulement (en anglais *repression*). Anna écrivit « régression » dans sa proposition de correction, transférant peut-être là sa propre relation à son père[32].

Bullitt repoussa toutes les corrections d'Anna[33]. Il confiait : « Miss Freud a des idées très brillantes sur le manuscrit mais ce n'est pas son livre[34]. » Houghton Mifflin l'informa cependant que les Freud pouvaient légalement bloquer la parution si les modifications d'Anna Freud étaient repoussées. Bullitt décida alors de rompre le contrat et le 20 janvier 1966 exigea qu'on lui retourne sans délai le manuscrit[35]. Son ami Henry Laughlin intervint et les avocats de Houghton Mifflin fournirent une autre interprétation du contrat original. Le 14 mars, on lui assura que la publication irait à son terme, sans les révisions d'Anna. Le 26 juillet, l'un des éditeurs de la maison, Benjamin Tilghman, lui annonçait qu'Ernst Freud acceptait de publier le manuscrit sans modifications : « Que les dieux soient loués, petits et grands[36] ! »

Le répit fut bref. Le dimanche 11 septembre 1966, Tilghman se rendit à Ashfield, où Bullitt lui montra le manuscrit original dont les dernières pages de chaque chapitre étaient signées par les deux auteurs. À partir de ce manuscrit signé, lui assura Bullitt,

« Freud introduisit [encore] des modifications et des ajouts[37] ». Bullitt refusa ces interventions, ce qui amena une rupture dans leurs relations. En 1938 ou en 1939, lorsque Bullitt visita Freud à Londres, ce dernier accepta de revenir sur ses ajouts tandis que Bullitt s'accordait avec lui sur certaines corrections. Bullitt apporta le manuscrit révisé à Paris et le fit taper par son secrétaire. Il le rapporta à Londres et Freud l'approuva[38]. Telle était la version que Bullitt répéta jusqu'à sa mort.

Quelques semaines plus tard, Houghton Mifflin fut contacté par Erik Erikson, grande figure de la psychanalyse américaine. Il avait pu lire les épreuves grâce à la *New York Review of Books* qui lui avait confié la recension. Il leur demandait de ne pas publier le manuscrit ou au moins de désigner clairement Bullitt comme l'auteur principal et de supprimer l'assertion selon laquelle Freud aurait signé chacun des chapitres, qui l'identifiait comme coauteur[39]. Erikson sursautait devant l'emploi mécanique du vocabulaire analytique, qui ressemblait si peu à Freud, et estimait que Bullitt n'avait pas les capacités pour comprendre, traduire ou formuler ses interprétations[40].

À la fin 1966, la plupart des recenseurs avaient reçu les épreuves et la crise s'aggrava. Tilghman, qui avait vu quelques pages du manuscrit original, désirait à présent disposer du manuscrit complet et également de celui qui intégrait les corrections de 1939, la version qui selon Bullitt avait reçu l'*imprimatur* de Freud. « À l'évidence, une attaque se prépare, écrivait Tilghman. Je ne m'inquiète pas trop d'un croc-en-jambe mais je ne voudrais pas qu'on puisse vous sauter à la gorge[41]. » Bullitt lui répondit aussitôt qu'il n'avait pas conservé le « manuscrit de 1939 ». Quant au manuscrit original, il le conservait à Ashfield, il ne pouvait donc le remettre à Tilghman, étant à Philadelphie. Bullitt ajoutait que ni lui ni Freud n'avaient, en 1939, opéré « la moindre modification dans la terminologie psychanalytique »[42].

Aux premiers jours de novembre 1966, Bullitt, Anna Freud et Max Schur reçurent le même questionnaire « délibérément impartial » qu'Erik Erikson avait préparé pour écrire son compte rendu. Quelles parties du livre avaient été écrites par Freud ? En quelle langue ? Le manuscrit original avait-il été conservé ? Avec les paraphes de Freud ? Freud signa-t-il le manuscrit original impubliable ou celui qui devait être publié ? Y avait-il des désaccords entre Freud et Bullitt ? Sur quels points le texte publié différait-il de l'original[43] ?

Anna Freud répondit qu'elle était certaine que son père avait écrit son introduction mais que les autres chapitres ne lui devaient absolument rien. Probablement avait-il suggéré des interprétations psychanalytiques à Bullitt, « sans se douter qu'il en ferait un usage aussi maladroit[44] ». Schur jugeait que Bullitt ne maîtrisait pas les subtilités de la psychanalyse ni son vocabulaire. À ses yeux Freud devait avoir apporté sa contribution par oral ou au mieux sous la forme de lettres. « Bullitt lui avait dit qu'il avait brûlé avec son valet toutes les lettres qu'il avait reçues de Freud pendant la guerre en partie [*sic*][45]. » Bullitt ne retourna jamais son questionnaire à Erikson.

Diffusé à sept millions et demi d'exemplaires, *Look* publia les bonnes feuilles du livre juste avant sa sortie en décembre 1966 et cette parution suffit à déclencher, selon Tilghman, « un festival d'indignations[46] ». L'éditeur demanda à nouveau à voir le manuscrit original, « pour la réputation du livre, la vôtre et la nôtre aussi bien[47] ». *Le Président Wilson* fit les manchettes du *New York Times* et du *Washington Post.* « Heureusement, notera son frère, Bill était trop malade pour lire les recensions[48]. »

Début février 1967, Bullitt prit un taxi de son appartement rue de Ponthieu pour le conduire à l'Hôpital américain de Neuilly[49]. Il savait que c'était la fin. La presse américaine rapporta son hospitalisation et la nouvelle alarma ses amis. Richard Nixon lui télégraphia aussitôt : « Tous les Nixon ont bon espoir que ta combativité te donnera la force de guérir[50]. »

Le père jésuite Hunter Guthrie, ancien président de l'université de Georgetown, le pressait de se convertir au catholicisme. « Bill, vous êtes la personne la plus intéressante que j'ai eu la bonne fortune de rencontrer en cette vie. Et naturellement, je veux passer l'éternité en votre compagnie. Je sais que vous êtes *High Church*[51] et donc à un demi-pas de la station où j'aimerais vous voir. Puis-je vous forcer un peu la main pour accomplir ce demi-pas ? » Il ajoutait : « Tout ceci à part, je pense que vous êtes vraiment l'un des grands hommes de l'histoire. Je remonte jusqu'à Platon et Pic de la Mirandole[52]. » Bullitt refusa. Sa fille Anne, son frère Orville, son cousin Orville Horwitz et le fidèle Carmel Offie étaient à son chevet quand il s'éteignit. Le 15 février 1967, tous les journaux américains rapportaient la nouvelle. Son corps fut rapatrié aux États-Unis. Quelques jours plus tard, les Nixon comptaient avec James Farley, l'ancien président du Comité national démocrate, parmi la poignée d'officiels mêlés à l'assistance de plusieurs centaines de personnes qui suivaient le service religieux en l'église épiscopalienne de la Holy Trinity sur Rittenhouse Square à Philadelphie. De Paris, le général de Gaulle fit parvenir cette lettre à Anne : « De William Bullitt, je conserverai, comme beaucoup de Français, le souvenir d'un homme de haute valeur, d'un grand ambassadeur des États-Unis aux jours les plus périlleux de notre histoire, d'un ami sincère et dévoué de la France[53]. » Le 1er mars, une cérémonie à la cathédrale américaine de Paris réunissait Jean et Silvia Monnet, Geneviève Tabouis, la maréchale de Lattre de Tassigny, de nombreux vétérans de l'armée Rhin et Danube, Jeanne Léon Blum, Suzanne Blum et Chip Bohlen, l'ambassadeur en poste, qui avait servi Bullitt à Moscou[54]. À Tel-Aviv, le quotidien *Maariv* louait un défenseur historique de la cause sioniste et d'Israël, et un ami de la famille Aaronsohn, Alex et Rivka, avec qui il correspondit jusqu'à sa mort[55].

Quelques jours après ses obsèques, Alden Whitman, le responsable des nécrologies au *New York Times*, qui tenait chaque obituaire pour « une forme de biographie », dressait l'éloge de ce « diplomate débordant d'activité (…) au centre de trois grands événements qui marquèrent l'histoire des États-Unis : les négociations du traité de Versailles, la reconnaissance de l'Union soviétique et la préparation à la Seconde Guerre mondiale. (…) Il n'a jamais goûté l'indifférence. Les paroles les plus dures à son endroit [venaient] parfois de ses amis, les plus aimables de ses ennemis[56] ». Nixon, qui s'honorait de l'avoir eu « comme ami intime », écrivit à Whitman pour le remercier d'un article qui parvenait, en rappelant « les étapes de sa carrière », à « peindre l'homme » lui-même, « l'une des personnalités les plus passionnantes de notre temps »[57]. L'excitation ne cesserait pas avec sa mort. Nixon avait conclu son dernier télégramme adressé à Bullitt : « Félicitations incidemment pour votre *Wilson* qui enrage l'establishment progressiste. » Grâce au livre écrit avec Freud, Bullitt survivrait comme il avait vécu : dans la controverse.

CHAPITRE 17

Le retour du père

Le livre continua, des semaines après sa publication, à perturber et à diviser la communauté psychanalytique. Anna Freud prétendit l'avoir détesté aussitôt lu. Mais ce n'est pas ce qu'elle avait dit à Paul Roazen, un politiste devenu historien de la psychanalyse lors d'une entrevue à Londres en juin 1965. Elle avait alors mentionné sa publication prochaine et confié avoir trouvé rétrospectivement « très inquiétant » que Wilson fût si « malade » et sous l'emprise d'un tel « déni de la réalité »[1]. Elle conclut la conversation d'un laconique « c'est un livre », sans trace de l'animosité qu'elle exprimera ensuite. Quand elle rencontra à nouveau Roazen quelques mois plus tard, elle résuma l'apport central de l'ouvrage à la théorie de la passivité de Wilson envers son père et à la description de son « déni psychotique de la réalité à Versailles[2] ». Elle ne le déconsidéra qu'après le rejet de toutes ses corrections par Bullitt et les premières réactions négatives de ses collègues. Un trait lui semblait particulièrement douteux, la signature apposée sur chaque chapitre, procédé qui « ressemblait si peu à mon père qui d'ordinaire ne signait pas même ses propres manuscrits[3] ». Elle pensait que Freud avait surestimé Bullitt (on ne pouvait certainement pas lui faire ce grief). Elle « aurait préféré que cette collaboration n'eût jamais eu lieu » « mais dans les questions de ce genre, mon père ne se laissait guider par personne ». « Il ne fait pas de doute, concédait-elle, qu'il était intéressé, heureux, et espérait un résultat qui en valait la peine[4]. » « La seule conclusion possible, écrivait-elle à Schur, est que ce livre a été écrit par Bullitt et non par mon père[5]. »

Elle désirait maintenant le moins de publicité possible pour le livre. Elle rejeta la suggestion de son cousin, le publicitaire Edward Bernays que l'Association de psychanalyse américaine s'en dissocie nettement au motif qu'une condamnation de l'ouvrage pourrait être interprétée comme une condamnation de Freud lui-même[6] et braque les projecteurs sur le livre, « l'inverse de ce que nous voulons[7] ». À sa demande, l'Association de psychanalyse assista discrètement Erikson et Sussman Stewart, auteurs des principales recensions à paraître. Anna aussi coopéra discrètement avec eux pour s'assurer que le livre soit attribué au seul Bullitt et que sa crédibilité soit entamée dès sa sortie.

Anna apprécia particulièrement le compte rendu de Sussman Stewart qu'elle put lire et amender avant publication. Comme elle, il combattait l'idée que Freud eût pris une part active à la rédaction du livre. Il concevait également avec difficulté que Freud eût abandonné la voie dans laquelle il emmenait la psychanalyse depuis les années vingt, celle « d'une « psychologie du moi » dont le centre d'attention se déplaçait de l'inconscient et de la répression des pulsions infantiles vers l'investigation des « structures » mentales du moi, du surmoi et du ça (...)[8] ».

C'était surtout Erikson que Freud, trente ans après sa mort, perturbait, en venant – d'outre-tombe – marcher sur ses platebandes, avec sa biographie de Wilson. Ses grandes biographies psychologiques de Luther et Gandhi avaient valu à Erikson la célébrité. En s'attachant surtout au jeune Luther, à la figure du prêcheur et du réformateur plutôt qu'à celle du meneur politique, et chez Gandhi à la fusion des aspirations politiques et religieuses, il avait dépeint des héros. À l'inverse, Freud (et Bullitt) avait mis l'accent sur la responsabilité du dirigeant politique et déboulonné une statue[9]. Pour ce faire, Freud avait recouru aux outils classiques de la psychanalyse, donnant la primauté à l'Éros et à la pulsion de destruction parmi les sources de l'énergie psychique, loin de la psychologie du moi qu'Erikson avait développée avec d'autres collègues comme Heinz Hartmann, après avoir été psychanalysé par Anna Freud, qui encouragea cette évolution[10]. S'intéressant à l'adaptation plutôt qu'à la liberté du sujet, Erikson, contrairement au premier Freud qui privilégiait le rôle des pulsions et de l'inconscient, mettait au centre de la théorie psychanalytique la réalité extérieure à laquelle le moi peut s'ajuster. Mais Freud n'avait jamais désavoué sa théorie de l'inconscient et l'utilisa jusqu'à sa mort. Pour Erikson et ses disciples, la parution du *Wilson* en offrait un rappel douloureux[11].

À la fin 1967, Theodor Reik, l'un des disciples de Freud les plus respectés, acceptait d'ailleurs une offre de Houghton Mifflin pour écrire une préface à une nouvelle édition de la biographie de Wilson à paraître chez Avon Books. Reik se montrait enthousiaste : « Considérées du seul point de vue du style, certaines de ces pages comptent parmi les meilleures et les plus claires que Freud ait écrites. Cela vaut non seulement pour sa présentation des théories psychanalytiques mais aussi pour d'autres passages du livre où Freud a de grands bonheurs d'expression et des formules remarquablement ramassées. Il n'y a qu'un mot pour décrire cette investigation analytique de Woodrow Wilson, l'enfant, l'homme et le Président : superbe[12]. » Anna Freud était furieuse : « Comment Reik peut-il croire que ce que Bullitt a écrit l'a été par mon père ? » Comment Reik, qui connaissait si bien le style de l'auteur de *L'Interprétation des rêves* pouvait-il croire que le livre en librairie était de sa main ? Elle demeurait convaincue qu'en dehors de la préface et de l'exposé de théorie psychanalytique du premier chapitre qu'il avait peut-être partiellement inspiré, il n'y avait pas une phrase, pas même un mot au sujet de Wilson qui vînt de son père[13]. Pour empêcher que l'opinion de Reik ne se répande, Schur et les Freud bloquèrent la publication de sa préface[14].

Schur avait des remords. Il pensait avoir une part de responsabilité dans la décision de Bullitt de publier le livre.

L'enthousiasme d'Ernest Jones l'avait induit en erreur. Après lecture du manuscrit, en 1956, Jones avait dit à Bullitt la grande valeur de ses recherches sur les premières années de Wilson et la conférence de Paris. « Naturellement, avait-il ajouté, toute la partie psychanalytique est aussi de premier ordre[15]. »

Après la mort de Bullitt, l'intérêt du public pour le livre s'amenuisait, mais les incertitudes et les questions demeuraient pour les psychanalystes. Freud était-il vraiment le co-auteur ? Dans quelle proportion ? Le livre provoquait toujours la curiosité des spécialistes, particulièrement celle de Paul Roazen. Celui-ci avait rencontré Bullitt à la fin 1966. Il se demandait si Freud n'avait pas glissé d'éléments autobiographiques dans le *Wilson* :

« Oh, non...

— Mais n'y a-t-il pas des similitudes entre Wilson et Freud ? (Bullitt n'en voyait aucune.) L'année de naissance [commune à l'un et à l'autre] ?

— Freud a mentionné cela en passant, c'est tout. (...) Nous avons essayé d'être aussi objectifs que possible. Nous avons beaucoup travaillé avant de commencer à écrire. J'écrivais d'abord certains passages puis nous les discutions. Nous avons fait le travail, voilà tout. »

Roazen trouva Bullitt « vraiment charmant[16] ».

Après la mort de Bullitt, Roazen continua à courir les archives sur les traces du manuscrit original. Anne Bullitt avait décidé de rassembler chez elle en Irlande toutes les archives de son père, y compris les papiers relatifs à 1919 qu'il avait donnés en 1930 à Charles Seymour pour compléter le fonds du colonel House à Yale. Elle envisagea d'écrire la biographie de son père mais le projet resta lettre morte[17]. Le 29 avril 1967, elle se maria avec son premier amour, Daniel Brewster, auquel elle avait été fiancée trente ans auparavant. Il était désormais sénateur du Maryland et toujours épris d'elle[18]. D'une « beauté évanescente », habillée simplement malgré une collection fameuse de robes de haute couture, elle paraissait plus jeune que son âge et était « extrêmement intelligente »[19]. Après avoir découvert la corruption de son mari et ses problèmes d'alcool, elle en divorça deux ans plus tard en 1969.

Anne apportait un soin méticuleux à protéger la mémoire de son père. Quand son oncle Orville décida de publier sa correspondance avec Roosevelt, armée d'une connaissance minutieuse de sa carrière, elle révisa, avec l'aide de Carmel Offie, toutes les versions successives. Comment Orville pouvait-il songer à insérer des critiques de son père extraites du journal de l'ambassadeur Dodd[20] ? Orville prétendait vouloir être objectif mais qui donc procédait ainsi en publiant correspondances ou mémoires de famille ? Offie demeurait à ses côtés pour l'aider à préserver le souvenir de son père. Mais en 1972, à l'âge de 63 ans, il disparut tragiquement dans un accident d'avion. Ses collègues et ses amis du temps des ambassades se retrouvèrent à ses funérailles, ainsi que Jay Lovestone, son patron pendant un quart de siècle au Free Trade Union Committee. Quand Lovestone reçut l'appel lui annonçant la mort d'Offie, ce fut la seule fois où sa compagne, Louise Page Morris, le vit pleurer. Elle se souvenait de la drôlerie d'Offie et de sa belle mécanique intellectuelle : « Il avait plus de connexions qu'une compagnie de téléphone[21]. »

Anne continuait de vivre en Irlande sans plus de contacts avec sa famille. Quand un éditeur s'apprêta à publier une première biographie de Bullitt, elle contacta un avocat new-yorkais, Robert Pennoyer, avec qui elle mit tout en œuvre pour obtenir la suppression de plusieurs passages. Ils obtinrent gain de cause et devinrent amis. À la fin des années quatre-vingt-dix, elle songea à vendre son domaine pour revenir aux États-Unis. Mais elle commença à développer des troubles séniles, se cantonnant dans sa chambre et refusant de voir quiconque à l'exception d'un promoteur et de sa gouvernante. Au début de l'année 2000, la Haute Cour de Dublin la mit sous tutelle. Elle fut placée dans une institution privée où elle passerait les dernières années de sa vie[22]. Avant cette période, elle avait laissé des instructions, demandant à être enterrée selon le même rite que son père. Elle mourut le 18 août 2007. Elle s'était convertie au catholicisme en 1953 mais ses obsèques à Philadelphie se déroulèrent selon le rite épiscopalien traditionnel. On l'enterra au côté de son père dans le caveau de famille. En application de ses dernières volontés, Robert Pennoyer créa une « Fondation William C. Bullitt » qui recueillit le produit de sa succession.

Quelques années plus tôt, dans les caves de son manoir, le tuteur désigné par le tribunal avait découvert quatre cents boîtes contenant les archives de son père et de sa mère. Robert Pennoyer finança leur classement et en fit don à la Sterling Library de Yale[23]. Paul Roazen put finalement accéder aux papiers Bullitt en 2004, avant que leur consultation ne soit ouverte au public[24]. Il y trouva des preuves manifestes de la participation active de Freud à la biographie de Wilson, découvrant en particulier trente-six feuillets rédigés de sa main en allemand[25]. Consacré pour une bonne part à la libido, ce manuscrit traitait aussi du narcissisme, de l'angoisse de castration, de la répression, de la sublimation, de l'homosexualité et du christianisme. Sa trouvaille venait au terme d'une quête de quarante ans : « J'ai eu la chance de mettre la main sur l'aiguille convoitée dans la botte de foin des archives Bullitt. Je souhaite pareil bonheur à tous les chercheurs en histoire intellectuelle[26]. » Roazen achevait un livre quand il mourut brusquement le 3 novembre 2005 à l'âge de 69 ans[27]. Son ami Mark Solms prit le relais et publia une traduction anglaise du manuscrit retrouvé, qui résumait, jugeait-il, « quelques-unes des idées les plus fondamentales de Freud sur le fonctionnement de l'esprit[28] ». Cette découverte résolvait-elle le mystère de la paternité de l'essai sur Wilson ? Roazen croyait que le manuscrit était un texte de Freud que Bullitt avait radicalement revu et condensé pour en faire le premier chapitre du livre. Il se trompait.

CHAPITRE 18

Le secret qu'ils ne pouvaient révéler

Le manuscrit « inconnu » est en fait une traduction en allemand de la première partie du manuscrit original de la biographie de Wilson par Sigmund Freud et William C. Bullitt.

Roazen était convaincu que ce manuscrit original qui portait la signature de Freud et Bullitt à la fin de chacun des trente-cinq chapitres, n'existait plus. Il existe. Après avoir, à l'automne 2014, découvert le fonds Bullitt à la Sterling Library de l'université de Yale, puis visité les archives de la famille Bullitt à Louisville dans le Kentucky, celles d'Ernesta Drinker Barlow, sa première femme (à l'université de Georgetown, Washington DC), je tombai par hasard sur ce manuscrit dans un carton sans indication particulière. Ce texte et d'autres documents collectés dans différentes archives, devenaient les pièces à conviction d'une énigme que je ne résolus qu'après des mois et des années de nouvelles recherches. Il m'est maintenant possible de répondre à toutes les questions qu'Erikson posa à Anna Freud, à Max Schur et à Bullitt.

Le manuscrit original avait-il été conservé ? Oui. Avec les paraphes de Freud ? Oui. Freud signa-t-il le manuscrit original « impubliable » selon Bullitt ou celui qui devait être publié ? Freud signa le premier, et je doute que Freud le jugeât « impubliable ». Quelles parties du livre avaient été écrites par Freud ? En quelle langue ? Y avait-il des désaccords entre Freud et Bullitt ? Sur quels points le texte publié différait-il de l'original ?

Pour répondre à ces dernières questions, il nous faut revenir aux méthodes de travail de Bullitt et de Freud.

Après que Bullitt eut achevé son exposé biographique de 421 feuillets à l'automne 1930, il travailla avec Freud à un chapitre général qui présenterait au lecteur les principaux acquis de la psychanalyse. Ce serait leur premier chapitre. Dans le deuxième, ils appliqueraient la théorie à la personnalité de Wilson pour éclairer ses points saillants. Le plus souvent, Bullitt prenait des notes à partir des explications de Freud, les mettait au net dans une version que Freud lisait et corrigeait après de nouvelles discussions. Plusieurs versions passaient entre les mains de Freud et il écrivait lui-même de brefs passages. Dans l'une des dernières versions du cadre général, on remarque les corrections de Freud, un mot ici et là en anglais, des modifications ou des ajouts plus substantiels en allemand[1].

Freud faisait allusion à ces révisions dans une lettre de septembre 1931 : « J'ai pu terminer ma tâche plus tôt que prévu. [J'ai changé] certaines choses dans la partie générale. » Puis il ajoutait : « et *rédigé le tout en allemand* (...) ». Ce texte en allemand est le fameux manuscrit « inconnu[2] ». Freud, après en avoir peaufiné la version anglaise, en avait réalisé lui-même la traduction. Roazen trouvait à cet essai une parenté avec ceux qui figurent dans les *Nouvelles Conférences sur la psychanalyse* écrites par Freud, en 1932 pour présenter sa discipline à un large public[3]. Mark Solms le publia sous le nom du seul Freud, lui reconnaissant de « l'originalité et une grande valeur[4] ». Introduit en France en 2017 par Élisabeth Roudinesco, sous le titre d'*Abrégé de théorie analytique*, cet essai résulte de la collaboration entre Bullitt et Freud et doit donc leur être attribué en commun[5].

Freud, une fois le travail sur le chapitre général achevé, probablement heureux du travail accompli, avait choisi de le traduire lui-même pour bien marquer sa contribution et assurer l'exactitude de cette section dans sa langue. Il avait également entièrement révisé le chapitre 2 mais ne l'avait pas traduit. Freud avait également lu le manuscrit en entier et suggéré quelques modifications entre les pages 37 et 143.

> J'ai trouvé, dès lors que vous vous tournez vers W. lui-même, peu de choses qui exigeaient mon intervention, et rien du tout à partir de la page 142. C'est en vérité du beau travail et la lecture laisse la nette impression que c'est également correct à tous égards. Mis à part ma remarque sur certaines formules analytiques qui reviennent trop souvent et mes réticences devant un paragraphe (en anglais gréco-juif), dont les affirmations me semblent *sweeping*[6], je n'ai rien à objecter.

Bullitt rejoignit Freud à Vienne en novembre 1931 et découvrit la traduction de Freud, écrite dans sa calligraphie gothique ; il la fit transcrire et dactylographier en allemand moderne. Bullitt le relut et découvrit qu'un paragraphe avait été oublié. Il le rétablit, modifia, ajouta ou supprima quelques mots ici ou là[7]. Puis il compara à la version anglaise, après y avoir intégré la plupart des modifications que Freud lui avait apportées. Comme tout bon traducteur, pour aboutir à la version allemande, Freud s'était livré à quelques aménagements. Par exemple, là où la version anglaise disait : « La libido de quelques-uns peut être comparée à l'énergie produite par les énormes dynamos d'une centrale électrique, tandis que celle d'autres hommes ressemble au faible courant fourni par la magnéto d'une automobile[8] », la traduction variait les métaphores en opposant un « lac de montagne » et un « petit étang »[9]. La version allemande finale fut encore revue et approuvée par Freud. Le chapitre général était prêt pour une publication dans sa langue.

Freud avait pensé traduire l'ensemble du texte en allemand « mais le temps me manquera, car, dit-il, dès octobre je recommence à travailler à plein temps. Quand vous viendrez à Vienne, nous engagerons un traducteur dont je contrôlerai le travail tandis que vous l'aiderez à comprendre certaines particularités américaines. Vers la fin de l'année, tout pourrait être fini[10] ».

Il fallut encore à Bullitt quelques mois encore pour finaliser les trente et un chapitres restants et achever le livre.

Lui et Freud relurent la version qui en résultait et procédèrent à quelques légères retouches[11]. Ils remirent encore sur le métier ce dernier texte et arrivèrent à une version conjointement approuvée. Le 29 avril 1932, Bullitt informait le colonel House que « le livre [était] enfin fini » et pourrait « être publié si F. et moi devions mourir dans la nuit ». En mai 1932, il procéda à une nouvelle dactylographie. Freud et Bullitt apposèrent leurs signatures à la fin de chacun des trente-cinq chapitres[12]. Prêt à être publié, ce manuscrit ne verrait jamais le jour et resterait inconnu jusqu'à aujourd'hui.

Pour la publication de 1966, Bullitt procéda à quelque trois cents coupes et modifications, non seulement dans le chapitre général, mais dans chacun des chapitres du manuscrit original de 389 pages, qu'il avait été fier de cosigner. Pourquoi et en quoi le texte publié diffère-t-il du texte original ? La réponse demande d'abord de réfléchir au statut instable du manuscrit signé par Freud et Bullitt, de leur double point de vue. Au début, Freud ne s'envisageait pas comme un co-auteur. Dans une lettre du 7 décembre 1930 au romancier Arnold Zweig, il prétendait en savoir bien peu sur la volonté de puissance humaine parce qu'il avait vécu en théoricien. Il ajoutait : « Je m'étonne également toujours du déferlement des dernières années qui m'ont entraîné dans l'actuel, dans le contemporain. D'ailleurs, j'aimerais ne plus rien écrire et *j'écris pourtant une introduction pour l'ouvrage d'un autre* ; je ne peux pas dire ce que c'est ; il s'agit d'une analyse, mais d'une analyse essentiellement actuelle, presque politique, vous ne devinerez jamais ce que c'est[13]. » Quand le livre sembla sur le point d'être achevé, il écrivit son introduction personnelle. Il y présentait d'abord l'ouvrage comme « le portrait psychologique de Thomas Woodrow Wilson par William C. Bullitt ». Bullitt lui proposa d'ôter la mention restrictive de son nom et Freud accepta[14]. Plus loin dans l'introduction, il hésita entre se présenter comme un simple contributeur et assumer entièrement la copaternité du texte. La phrase « Nous sommes tous deux responsables de la partie analytique de l'ouvrage qui est le résultat de notre travail commun » a été barrée[15]. Une autre portait dans la formulation même la trace d'un balancement : « Pour la perspective analytique, le travail préparatoire et les conclusions lui appartiennent pour l'essentiel mais j'y ai apporté tant de corrections et de suppléments que je peux tout autant en revendiquer la responsabilité[16]. » La première phrase fut cependant dactylographiée (et mise entre crochets) dans la version que Freud révisa personnellement et maintenue dans la version finale de son introduction à leur livre.

Après la signature du contrat avec Bullitt en janvier 1932, Freud était impatient de voir le livre publié. Il sortira en 1933, affirma-t-il à Brill, l'un de ses disciples américains[17]. Il l'assumait désormais pleinement. Le 20 novembre 1932, il écrivait à Max Eitingon : « J'attends le retour de mon collaborateur aux alentours du 1er décembre, après les élections aux États-Unis, je saurai alors quand [le *Wilson*] pourra être livré au public[18]. » Le 7 décembre 1933, visiblement frustré, il écrit à Marie Bonaparte : « De Bullitt, aucune nouvelle directe. *Notre* livre ne verra jamais la lumière du jour[19]. » En 1934, il écrivait à Paul Hill, qui rassemblait des témoignages sur Wilson, qui avait lui-même consacré un essai au Président « qui lui était tout sauf favorable mais qu'il lui était impossible de publier à cause de complications d'ordre personnel ». Il ajoutait qu'il espérait qu'il « émergerait [un jour] des archives de sa succession[20] ».

Depuis la fin 1932, Freud comme Bullitt se tenaient à l'explication que le livre ne pourrait pas paraître tant que Bullitt jouerait un rôle politique. En 1939, après la mort de Freud, Anna Freud demanda à Bullitt un exemplaire de l'essai inédit que son père avait écrit « en supplément à votre MS[21] ». Bullitt lui répondit aussitôt qu'il avait non seulement l'introduction de Freud « mais aussi l'épais volume [rédigé] en collaboration avec votre père ». Il espérait que dès qu'il aurait « échappé à la vie publique » il serait « à même de [le] publier (...). Nous avons travaillé tant de fois ensemble sur tous les chapitres du livre et votre père a écrit dans chacun tant de passages que pour finir nous avons signé tous les deux chacun des chapitres[22] ».

En 1946, Bullitt n'était plus sur le devant de la scène et Carmel Offie suggéra de publier le livre[23]. Mais le docteur Horwitz, le cousin de Bullitt, aurait alors exprimé de « sérieux doutes ». Sa fille Anne, après l'avoir lu, « l'avait positivement détesté, avait intimé à son père de ne pas le publier et regretté qu'on pût seulement lui associer son nom ». Les raisons avancées pour différer la publication évoluèrent : il n'était plus question des engagements de Bullitt mais de délicatesse à l'égard de la veuve de Wilson. Le contexte avait changé depuis les années vingt. La figure de Wilson alors rejetée était devenue populaire. Dès le milieu des années trente, en réaction aux agressions hitlériennes qui ébranlaient l'Europe, une Société des Nations (étroitement associée à Wilson chez les Américains) qui eût joué son rôle et empêché la survenue d'une guerre pressentie comme inévitable, fut regrettée. En 1940, Ray Stannard Baker remporta le Pulitzer pour les deux derniers volumes de son épopée biographique de Wilson, *Le Chef de guerre* et *L'Armistice*, parus l'année précédente. En 1941, Otto Preminger mettait en scène à Broadway une pièce écrite par Howard Koch et John Huston, *In Time to Come*, qui peignait Wilson en apôtre de la Société des Nations[24]. En mai 1941, sa maison natale fut érigée en monument national et Roosevelt lui-même s'impliqua dans cette décision[25]. Lorsque Churchill s'adressa au Congrès en décembre 1941, quelques jours après Pearl Harbor, il déclara que si la Grande-Bretagne et l'Amérique « étaient restées unies après la guerre », c'est-à-dire si les États-Unis avaient ratifié le Traité, un conflit avec l'Allemagne n'aurait jamais éclaté[26].

Depuis 1942, alors qu'il s'éloignait de Roosevelt, Bullitt fréquentait de plus en plus le diplomate républicain William Castle, lié à Edith Wilson. Celle-ci lui avait confié « que la "trahison de Bullitt" fut l'une des causes principales de l'effondrement de son mari ». Bien que Grayson lui eût assuré que « son témoignage devant le Sénat » n'avait en rien affecté Wilson qui « ne lui en parla jamais », Bullitt devait éprouver une certaine culpabilité ou à tout le moins de la gêne[27]. En 1932, avec Freud à ses côtés et dans un autre contexte politique, la situation aurait été différente. Freud aurait eu la légitimité pour expliquer comment et pourquoi la névrose de Wilson avait amené l'échec du Traité. Il ne voulait pas affronter seul Mrs. Wilson.

En 1953, Bullitt rédigea un testament qui donnait à sa fille le droit de publier le manuscrit après la mort d'Edith Wilson et sa propre mort, mais en intégrant les modifications « effectuées au cours de deux entretiens avec Freud au cours de son exil à Londres[28] ». Edith Wilson disparue, l'histoire officielle du manuscrit devint que Freud y avait apporté des modifications de son seul chef après qu'il l'eut signé. Mais à la suite de deux visites de Bullitt à Londres en 1939, Freud aurait donné son accord pour revenir grosso modo au manuscrit original. « Je fus ravi lorsqu'il admit que ce qu'il avait ajouté à la dernière minute n'était guère judicieux et il découvrit avec joie que j'acceptais maintenant certaines des modifications qu'il avait apportées au texte[29]. »

Freud procéda-t-il vraiment à des modifications quand il eut le manuscrit chez lui de 1932 à mars 1938 ? Le cousin de Bullitt s'inscrivait en faux. Orville Horwitz avait lu en 1932 le manuscrit paraphé par Freud et Bullitt à la fin de chaque chapitre. Des années plus tard, « autour de 1950 », il « le parcourut à nouveau » et n'y découvrit « aucun changement apporté » depuis 1932[30]. Les archives confirment ses dires. Bullitt récupéra le manuscrit en septembre 1938 par l'entremise de la légation américaine à Vienne où John Wiley le conservait en sûreté depuis mars[31]. Freud n'avait rien ajouté au manuscrit original. Et Bullitt ne le révisa pas, ni n'en fit taper de nouvelle version par son secrétaire en 1938 ou bien en 1939 après sa dernière visite à Freud à Londres en août, quelques semaines avant sa mort[32]. En fait, Bullitt le ramena aux États-Unis en 1939 et le confia à Orville en l'accompagnant de cette note : « Ce livre de Freud et de moi sur Woodrow Wilson ne doit en aucun cas être publié sous sa forme actuelle[33]. » Orville le garda en sa possession plus de dix ans avant de le retourner à son frère. Ce n'est qu'en 1953 que Bullitt effectua une première grande révision dans le bureau de son cousin Orville Horwitz[34]. Le 1er novembre 1956, Bullitt écrivait : « J'atteste que ce manuscrit est sous sa forme définitive et qu'il peut être publié par ma fille Anne Moen Bullitt à qui il appartient[35]. »

De 1932 à 1946, Bullitt avait donné les droits sur le manuscrit à Orville Horwitz. Le 12 novembre 1956, il en transféra la pleine propriété à sa fille, assurant devant notaire qu'il s'agissait « d'un manuscrit original, à sa connaissance le seul existant[36] ». Cette donation avait notamment des raisons fiscales : depuis le début de la décennie, Bullitt devait l'intégrer pour une valeur estimée dans sa déclaration de patrimoine. En 1962 enfin, Bullitt révisa encore le manuscrit : « J'arrive à peu près à la fin des corrections et je n'ai toujours pas de secrétaire », écrivit-il à Anne[37].

Quand en 1964 il décida de publier le texte révisé, les personnes qui avaient vu le manuscrit original et auraient pu remarquer les coupes et les modifications étaient soit mortes (Freud bien sûr mais aussi Ernest Jones[38]), soit des membres de sa famille (sa fille Anne ou son cousin Orville) qui lui avaient précisément conseillé des amendements.

Quelles modifications Bullitt apporta-t-il ? Il supprima un long passage sur la gestion par Wilson de la révolution mexicaine probablement parce qu'il craignait, cinquante ans après les faits, qu'il n'ennuie le lecteur américain. En beaucoup d'endroits, il remplaça le terme « instinct » qui était la traduction officielle de *Trieb* dans la *Standard Edition* des œuvres de Freud réalisée par Strachey. Ce choix de traduction avait suscité les critiques de certains psychanalystes, dont par exemple Otto Fenichel, et Bullitt avait suivi le débat[39]. Freud avait employé *Trieb* et *Instinkt* dans des acceptions nettement distinctes. *Instinkt* désigne chez lui un comportement animal héréditairement fixé, « caractéristique de l'espèce », tandis qu'il fait de *Trieb,* selon ses propres termes, « un concept-limite entre le psychisme et le somatique ». La « pulsion » a « sa source dans une excitation corporelle (…) et son but est de supprimer l'état de tension qui règne à sa source » mais s'enracine dans l'histoire du sujet[40]. Dans le manuscrit signé, Freud et Bullitt recouraient abondamment, à la suite de Strachey, à l'expression d'« instinct sexuel ». Les psychanalystes reconnaissaient qu'il était difficile de trouver un terme de substitution[41]. Dans le manuscrit original, Freud et Bullitt avaient écrit que « l'instinct sexuel, dont nous appelons l'énergie la libido, correspond à une réalité beaucoup plus large que ce que l'on entend communément sous ces mots. Nous pensons que l'instinct sexuel entre en jeu dans toutes les manifestations de ce que les hommes nomment d'un mot aux multiples acceptions : l'amour. Il recouvre à peu près le même champ que l'Éros de Platon ». Ils ajoutaient qu'aux premiers temps de la psychanalyse, pour diverses raisons, il avait été jugé préférable de recourir à l'expression d'« instinct sexuel » plutôt qu'au vocable d'Éros. Finalement, Bullitt décida de remplacer ce long paragraphe par une seule phrase : « Nous commençons par l'axiome suivant : dans la vie psychique de l'homme, depuis sa naissance, une force s'exerce, que nous appelons libido, et définissons comme l'énergie de l'Éros[42]. » Dans le reste du manuscrit, « instinct » était le plus souvent remplacé par « Éros ». En beaucoup d'endroits enfin, Bullitt ajouta « inconsciente » pour qualifier l'identification de Wilson au Christ[43].

Bullitt supprima également les références à des concepts psychanalytiques qu'il n'appréciait pas, à commencer par l'angoisse de castration. Il effaça toutes les mentions du complexe de castration[44], en particulier trois pages du chapitre d'introduction. Il décida également d'éliminer toute mention de la masturbation. Dans son second cycle de révision en 1962, Bullitt supprima également sa propre interprétation de la lettre de Wilson à son père, consécutive à sa lecture de l'article sur « L'orateur », où il lui annonçait avoir découvert sa propre intelligence. La mention de l'identification à Gladstone subsista dans le livre mais sans les hypothèses pénétrantes de Bullitt qui remarquait que le père de Wilson et celui de Gladstone étaient également « ministres » si bien qu'en s'identifiant à l'homme d'État,

Wilson pouvait continuer à obéir à son père (puisqu'il devenait un « ministre ») tout en échappant à son emprise (puisqu'il devenait le « premier » ministre). Toutefois, les passages les plus importants que Bullitt supprima du manuscrit publié se rapportaient à des points sur lesquels ni lui ni Freud n'avaient exprimé de désaccord et qu'ils comptaient bien inclure dans le livre même s'ils devaient être les plus controversés.

Homosexualité passive et christianisme

À l'automne 1930, alors qu'il travaillait avec Freud, Bullitt avait l'habitude, de retour à son hôtel, de jeter sur le papier quelques éléments des conversations qu'il avait eues avec lui. Le 1er novembre, il écrivait au dos d'une page de notes prises quatre jours auparavant sur du papier à en-tête de l'hôtel Bristol de Vienne :

> 1er nov. 1930
> — Vous et moi savons que Wilson était un homosexuel passif mais nous n'oserons pas le dire.
> — Nous le dirons, mais subtilement.
> — C'est l'équivalent de ne rien dire du tout[45].

Dans sa pièce de 1927 sur Wilson, Bullitt avait créé le rôle d'un jeune secrétaire blond, Ruggles, qui veut partir à la guerre à l'été 1918.

> — Je dois m'enrôler, Monsieur.
> — Oh non, Tommy ! répondait Wilson. Je ne peux vous laisser partir. J'ai besoin de vous.
> — Il faut que je parte, sans quoi je perdrai le respect de moi-même. Vous nous avez bien montré que c'était une sorte de croisade.
> — Oui, c'est une croisade. Mais vous Tommy… Eh bien vous, je ne veux pas que vous partiez. J'ai besoin de vous.

— Vous avez Charley, Monsieur. Et puis, il y a des milliers d'hommes plus âgés, des sténographes qui…

— Mais c'est vous que je veux, Tommy. Vous m'aidez comme nul autre.

— Comment donc, Monsieur ?

— (*Wilson affiche un large sourire* :) Peut-être êtes-vous une sorte de fils pour moi, le fils que je n'ai jamais eu[46].

Bullitt brodait sur une scène rapportée par Charles Swem, le jeune sténographe engagé par Wilson pendant sa campagne présidentielle de 1912, dans ses Mémoires inédits. Après la victoire de Château-Thierry en juillet 1918, qui enflamma les esprits en Amérique, Swem exprima le souhait de rejoindre une base de l'armée de l'air pour prendre part aux batailles à venir. Le Président essaya de le retenir : « Regardez les choses sous cet angle : c'est une grande guerre et nous y jouons un rôle crucial, (…) celui du conseil et de la décision. Il n'y a pas d'opération sur terre ou sur mer (…) dont la décision, en vertu de la Constitution, ne me revienne. C'est au président des États-Unis de dénouer l'écheveau. Si vous partez, vous me causerez, pour le moins, un embarras et dans les circonstances présentes l'on devrait m'épargner les embarras. Je crois que vous êtes plus utile ici que vous ne pourrez l'être sur le terrain, mais maintenant que vous connaissez mes sentiments, je vous laisse décider[47]. » Swem choisit de s'enrôler. Wilson ne lui adressa aucun reproche, lui prit la main et lui souhaita bonne chance. Son sténographe partit en Californie pour y recevoir une formation de pilote. Après la signature de l'armistice, trois mois plus tard, les engagés de l'armée de l'air furent dans les premiers démobilisés. Le 28 novembre, Swem retournait à la vie civile. Alors qu'il gagnait la côte Est, il reçut l'ordre de rejoindre la suite du Président pour la conférence de la Paix. Il arriva à Washington le 3 décembre juste à temps pour prendre un train pour Hoboken et embarquer sur le *George Washington* qui s'apprêtait à lever l'ancre[48]. Swem séjourna avec Wilson à Paris puis resta à ses côtés à la Maison Blanche jusqu'au tout dernier jour de son mandat.

Probablement Freud ne jugea-t-il pas cette histoire suffisamment parlante : elle n'est pas reprise dans le livre. Mais d'autres éléments collectés par Bullitt avaient plus de poids. Wilson éprouvait une forte amitié pour Dudley Malone. Dans son entretien avec Bullitt, Malone lui confia qu'à l'occasion de la campagne dans le New Jersey, il avait « dormi avec lui dans le même lit lors d'une tournée de discours ». Wilson n'avait rien tenté, « pas d'étreinte, de baiser ou de caresse. Il lui arrivait parfois de saisir mon bras d'une poigne ferme et virile. À quelques reprises, il m'a passé un bras autour des épaules[49] ». Un jour cependant, Wilson lui dit : « Quand je me sens mal, acariâtre, lugubre et que rien ne semble bien, je sais que le caractère de ma mère a pris le dessus en moi. Mais quand la vie me paraît gaie, belle, merveilleuse, je sais que la part de mon père qui est en moi monte en puissance[50]. » Ces derniers mots pouvaient faire dresser l'oreille d'un psychanalyste ou d'un lecteur averti. Dans le manuscrit original, cette citation de Malone apparaissait à deux reprises et dans la première occurrence Freud et Bullitt la qualifiaient de « révélatrice »[51]. Dans la version publiée, elle n'apparaît plus qu'une fois, l'adjectif « révélatrice » est supprimé, ainsi que le passage où on lisait que Wilson s'était pris d'une telle affection pour ce « jeune homme blond » qu'ils « partagèrent le même lit lors d'une tournée de meetings de campagne »[52]. Ces coupes avaient pour objet de rendre le témoignage de Malone, dans le livre publié, inaperçu.

Wilson parlait aussi souvent de son « ardeur », un psychanalyste aurait traduit par « une forte libido », qui n'était contenue que par son « idéal de pureté ». « De tels hommes n'existent pas », ponctuaient Freud et Bullitt : si sa libido avait été puissante, son « idéal » n'aurait jamais eu la force de réprimer l'expression directe de son désir sexuel. En réalité, l'idéal de pureté est habituellement « un écran derrière lequel se cachent deux forces : l'angoisse de castration (qui rend impuissant auprès des femmes) et le désir homosexuel pour les hommes. En maintenant son “idéal de pureté”, il évitait d’affronter les forces derrière l’écran (…)[53]. »

Mais l’indice le plus net réside dans les surréactions qu’entraînait chez lui l’expression d’un désaccord par des amis chers à son cœur, Hibben par exemple puis House : il suffisait non seulement à briser leur amitié mais la retournait en haine inextinguible.

À Princeton, c’était Henry Van Dyke qui, avant et plus que Hibben, avait marqué son désaccord avec Wilson sur le projet des « Quads » de Princeton, en défendant une motion concurrente en conseil de faculté et en se lançant ensuite dans une campagne nationale contre lui[54]. Mais Wilson n’éprouva pas de rancœur à l’égard de Van Dyke. Van Dyke fut l’un de ses premiers soutiens à Princeton quand il se lança dans la course à la présidence et Wilson le nomma ensuite ambassadeur à La Haye dans des années décisives, de 1914 à 1917[55]. Le sentiment de trahison qu’avait fait naître Hibben juste pour avoir soutenu la motion de Van Dyke, la vindicte obsessionnelle que Wilson lui voua en retour appellent une explication : ce délire de persécution ne pouvait être éveillé que par un être intensément aimé. C’était pour Freud un mécanisme classique de défense contre un attachement homosexuel de tendance passive[56].

Freud et Bullitt auraient-ils le cran d’écrire que Woodrow Wilson était un homosexuel passif et de le publier ? Bullitt n’hésita pas. À la suite de sa conversation avec Freud, dans les dernières semaines de 1930, il dissémina cette conclusion onze fois dans tout le manuscrit[57]. La notion apparaît d’abord à titre général dans le premier chapitre avant d’être rattachée à la personnalité de Wilson dans le troisième chapitre : « Wilson (…) avait comme tout être humain une composante homosexuelle dans sa nature. Le plaisir qu’il dérivait de sa passivité envers son père était d’une intensité telle que nous sommes forcés d’écrire qu’il était de manière prédominante un homosexuel passif. » Pour autant qu’ils le savaient, Wilson « ne donna jamais libre cours à cet élément de sa nature mais il joua un rôle moteur dans son existence, engendrant des identifications [à des figures] dominantes (…), inhibant son activité dans sa jeunesse, obscurcissant les dernières années de sa vie du fait d'une formation réactive[58] ».

Chez Wilson, la composante féminine l'emportait sur la composante masculine mais « il découvrit facilement le chemin d'une vie hétérosexuelle normale[59] » parce qu'il avait eu dans son enfance « la bonne fortune » de trouver, « en particulier chez ses sœurs et ses cousines », des débouchés qui l'aidèrent au transfert du courant de libido y conduisant[60].

Freud était dépourvu de tout préjugé envers l'homosexualité. En 1935, à une mère qui lui écrivait au sujet de son fils, il répondait : « Je crois comprendre d'après votre lettre que votre fils est homosexuel. J'ai été frappé du fait que vous ne mentionnez pas vous-même ce terme dans les informations que vous me donnez à son sujet. Puis-je vous demander pourquoi vous l'évitez ? L'homosexualité n'est évidemment pas un avantage, mais il n'y a là rien dont on doive avoir honte, ce n'est ni un vice, ni un avilissement et on ne saurait la qualifier de maladie ; nous la considérons comme une variation de la fonction sexuelle, provoquée par un certain arrêt du développement sexuel. Plusieurs individus, hautement respectables, des temps anciens et modernes ont été homosexuels et, parmi eux, on trouve quelques-uns des plus grands hommes (Platon, Michel-Ange, Léonard de Vinci, etc.). C'est une grande injustice de persécuter l'homosexualité comme un crime – et c'est aussi une cruauté. » Si son fils, poursuivait Freud, était « malheureux, névrosé, déchiré par des conflits, inhibé dans sa vie sociale, alors la psychanalyse pouvait lui apporter l'harmonie, la paix de l'esprit, une pleine activité qu'il demeure homosexuel ou qu'il change[61] ». Si Wilson avait des pulsions homosexuelles réprimées, cela ne signifiait pas que la psychanalyse l'eût conduit à devenir un homosexuel pratiquant. Pour Freud et Bullitt, la reconnaissance de cette dimension de sa personnalité aurait pu permettre à Wilson de la sublimer sans provoquer les maux qu'il s'infligea et qu'il infligea au monde en la réprimant.

Au fil de sa correspondance avec son ami Wilhelm Fliess, qui servait *de facto* d'analyste à Freud, celui-ci put discerner en lui-même une composante homosexuelle, la reconnaître et l'analyser. Il appréciait, disait-il « d'avoir surmonté [son] homosexualité avec pour résultat une plus grande autonomie[62] ». « Une partie de l'investissement homosexuel, écrivait-il encore à Ferenczi, a été retirée et utilisée pour l'accroissement de mon moi propre. J'ai réussi là où le paranoïaque échoue[63]. »

Dans leur manuscrit, Bullitt et Freud ne manquaient pas de souligner le rôle éminemment positif de l'homosexualité : « C'est [elle], non certes dans ses formes manifestes mais dans ses sublimations, qui assure la perpétuation de la société et qui un jour peut-être unira toutes les races de l'humanité en une grande fraternité[64]. »

Tout cela fut biffé du livre publié. Pourquoi Bullitt en décida-t-il ainsi alors qu'il était en plein accord avec ces passages ? Par crainte des wilsoniens et de Mrs. Wilson tant qu'elle était encore en vie et que sa propre carrière promettait encore ? Mais que craignait-il en 1966, quand il se savait prêt de mourir ? La réponse réside ailleurs. Ce n'était pas l'évocation de l'homosexualité de Wilson proprement dite qui soulevait un problème mais son évocation en lien avec le Christ et le christianisme.

Dans l'introduction de sa pièce sur Wilson de 1927, Bullitt écrivait : « Sa personnalité était la scène d'un violent conflit. Il souhaitait en même temps être l'homme parfait, tout-puissant, dominant et actif et la femme parfaite, tout amour, toute soumission et passivité. Un seul individu dans l'histoire a réussi à résoudre ce conflit. En étant parfaitement soumis, Jésus-Christ devint tout-puissant, Dieu lui-même. Mais aucun miracle ne vint secourir le pauvre Monsieur Wilson. (...) Il lui était impossible d'affronter sa croix. Il signa le Traité de Versailles[65]. »

Cette idée d'une soumission absolue qui conduit à une activité proprement divine venait-elle de Bullitt seul ou bien lui fut-elle inspirée par Freud quand il suivait une analyse à la fin de 1926 ? Je l'ignore[66]. Toujours est-il que dans leur manuscrit originel Freud et Bullitt écrivirent : « L'identification au Christ accomplit (comme par miracle) l'exploit de réconcilier deux désirs exceptionnellement puissants et absolument antagonistes tout en satisfaisant chacun d'eux. Ces deux désirs sont : d'une part, être entièrement passif et soumis au père, entièrement féminin ; d'autre part, être parfaitement masculin, tout-puissant et dominant comme le père lui-même. En se soumettant humblement à la volonté de Dieu le père, le Christ put devenir Dieu lui-même. En s'abandonnant à la féminité la plus complète, il accomplit la visée la plus masculine. Le Christ réalise donc la conciliation parfaite de la masculinité et de la féminité. La croyance en sa divinité enveloppe la croyance qu'un comportement passif amène la réalisation des rêves d'activité les plus audacieux, la croyance qu'en se soumettant entièrement au père l'on puisse le dépasser et devenir Dieu. Par conséquent, il est aisé de comprendre pourquoi l'identification au Christ est si fréquemment employée par les hommes pour régler le problème majeur qui découle du complexe d'Œdipe, la relation au père[67]. » Lorsque, à l'image de Wilson, « le croyant s'identifie à Jésus-Christ, il se convainc (...) que sa passivité sera l'instrument qui lui permettra de conquérir le monde[68] ».

« *L'individu qui s'identifie au Christ n'est pas le Christ* et le miracle par lequel la passivité du Christ amène l'accomplissement des rêves d'activité a peu de chances de se produire chez un simple mortel. *Dans le monde des hommes, la soumission ne conduit pas souvent au triomphe*[69]. » Wilson en fit l'expérience.

Cette interprétation du christianisme, qui postule un lien entre l'identification au Christ et une homosexualité latente qui permet également de la sublimer, était révolutionnaire. Mais elle n'était pas antichrétienne, bien au contraire.

L'identification de l'individu ordinaire à un Dieu de paix et d'amour représentait pour l'humanité la forme de sublimation idéale. Freud et Bullitt prédisaient une encore longue carrière au christianisme : « Cette méthode de conciliation des tendances antagonistes masculine et féminine chez un être humain foncièrement bisexuel est si satisfaisante qu'elle augure d'une longue vie pour la religion chrétienne. Les hommes n'abandonneront pas de sitôt une croyance qui leur permet d'échapper au conflit le plus difficile qu'ils aient à affronter. Ils continueront à employer l'identification au Christ pendant bien longtemps encore[70]. » Mais le caractère novateur de l'interprétation de Bullitt et de Freud ne s'arrêtait pas là. Ils contribuaient aussi à élaborer une théorie de la structure des fanatismes religieux et idéologiques. La soumission à un Dieu ou à un chef était dans ce cas-là absolue et autorisait une sublimation de l'homosexualité passive en une forme d'activité aussi radicale que destructrice.

Mais Bullitt avait des appréhensions. Il en avait depuis les débuts de son projet commun avec Freud. Le plan originel de Bullitt consistait simplement à obtenir de Freud qu'il signe un chapitre sur Wilson dans son livre sur la diplomatie. Lorsque Freud lui dit qu'il ne pourrait écrire sur Wilson sans lui, Bullitt en conçut de la joie et de la fierté, il lui était impossible de refuser. Mais Bullitt s'effraya rapidement de sa propre fertilité théorique dans l'enquête psychologique. Il craignit pour sa carrière, pour sa réputation. C'est pourquoi il voulait garder le projet secret. Lorsque Bullitt commença à lui rendre visite le soir pour travailler à leur livre, Freud demanda à sa famille de ne pas le mentionner : « Il fallait entourer [ces rencontres] de la plus grande discrétion car Bullitt avait encore une existence publique et sa carrière aurait pu en souffrir si leur objet avait été révélé[71]. »

Lorsque Freud dit à Bullitt : « Vous et moi savons que Wilson était un homosexuel passif mais nous n'oserons pas le dire », c'était un défi adressé à Bullitt, un aiguillon pour stimuler son audace. Probablement est-ce parce qu'il sentit chez lui une hésitation qu'il ajouta le même soir à son intention : « J'espère que la publication de ce livre signera votre retour dans le jeu politique. » En 1931, il lui répéterait : « J'attends un bon effet de ce livre sur le public et sur vous, personnellement[72]. »

Bullitt était-il vraiment convaincu que leur analyse de Wilson (qui menait à une interprétation iconoclaste du christianisme) serait bien reçue ? J'en doute. Il pouvait craindre l'accueil d'un public attaché au christianisme ou peu versé en matière de psychologie et de psychanalyse. Or, s'il y avait une cohérence dans la vie de Bullitt, c'était son adhésion de toujours au christianisme.

Dans ses Mémoires inédits, il écrivait : « Le bonheur de notre foyer reposait sur la foi chrétienne. Je ne peux pas me souvenir d'un temps où je n'ai dit mes prières aux genoux de ma mère. J'ai toujours senti la présence de Dieu et je suis profondément reconnaissant à mes parents de m'avoir donné une foi qui m'a permis d'affronter des expériences difficiles[73]. » Le jeune Bullitt n'avait pas les préventions de Wilson qui craignait que le combat pour les doctrines prêchées par le Christ ne serve d'auxiliaire au communisme[74]. En 1919, il jugea que la famine qui sévissait en Russie justifiait le sacrifice de sa carrière. L'année suivante, il soutint les propositions de Keynes pour réviser le traité de Versailles parce qu'elles lui semblaient « modérées, pratiques et chrétiennes[75] ».

En 1943, juste avant la démission de Welles orchestrée par Bullitt, Roosevelt le reçut à la Maison Blanche et lui conta cette histoire : « Il s'était autoproclamé saint Pierre. Deux hommes se présentaient. Le premier était Sumner Welles. Il le réprimandait pour s'être enivré mais le laissait entrer au paradis. Le deuxième était Bullitt. Après avoir rendu justice à ses mérites, saint Pierre l'accusait d'avoir brisé l'existence d'un frère humain et l'expédiait en enfer. » Le Président confia à Adolf Berle avoir administré cet apologue à Bullitt et ajouta : « Je ne crois pas que Bill me le pardonnera un jour[76]. »

Je ne suis pas certain que ces mots aient beaucoup ému Bullitt. En éloignant Welles du Département d'État, il estimait se battre pour les millions d'Européens que la politique d'apaisement de Roosevelt, encouragée par Welles, allait livrer à Staline. Bullitt se sentait manifestement investi d'une mission qui l'amenait à sacrifier sans hésiter sa carrière et ses intérêts immédiats quand le sort de millions de chrétiens était en jeu. En 1919, il avait défié Wilson dans l'espoir de sauver des millions de Russes de la famine, en 1943 il bravait Roosevelt pour sauver des millions d'Européens du communisme.

L'expérience de la dictature stalinienne avait renversé la traduction politique que Bullitt donnait au christianisme. Au parti pris des pauvres et de la résistance aux puissants s'était substituée la défense de l'Église et de la chrétienté comme seul rempart face aux idéologies totalitaires, le nazisme aussi bien que le communisme.

Le 28 septembre 1939, Bullitt eut l'audace de prédire que « Hitler avait déjà complètement perdu la guerre ». Il pouvait vaincre suffisamment « rapidement la France et l'Angleterre pour se retourner contre les Bolchos et leur donner le coup de grâce », mais la tumeur soviétique se développerait et pousserait jusqu'à Berlin. « Après quoi, il faudra en finir avec le Grand Khan Staline (...) comment ? » Il ajoutait : Dieu seul le sait. Mon unique certitude est qu'il restera dans le monde assez de l'esprit qui animait Jeanne d'Arc pour que l'humanité surmonte cette épreuve. Hitler et Staline sont les deux représentants jumeaux du satanisme et je ne crois pas qu'ils prévaudront contre les légions du Seigneur[77]. »

Pour le Bullitt de 1939, seule la chrétienté pouvait vaincre à la fois le nazisme et le communisme. Il expliquerait plus tard : « Pour combattre le communisme mondial, une seule force est assez puissante : la croyance que le salut vient de la grâce divine, de l'amour de notre Seigneur Jésus-Christ et de la présence du Saint-Esprit. Si nous parvenons à ce que cette croyance domine réellement nos vies, alors nous pourrons repousser l'assaut de l'État totalitaire contre l'humanité[78]. »

Bullitt avait abandonné l'idée que la raison, le libéralisme progressiste ou le socialisme puissent sauver l'humanité. Il croyait à présent que le lien religieux opposait au totalitarisme un barrage plus efficace que le libéralisme[79]. Bullitt retournait à l'opinion de Tocqueville : « Les hommes ne peuvent se passer de croyances dogmatiques et (...) les plus désirables me semblent être les croyances dogmatiques en matière de religion[80]. » L'auteur de la *Démocratie en Amérique* ajoutait : « La religion, qui, chez les Américains, ne se mêle jamais directement au gouvernement de la société, doit (...) être considérée comme la première de leurs institutions politiques ; car si elle ne leur donne pas le goût de la liberté, elle leur en facilite singulièrement l'usage[81]. »

Est-il possible que Freud ait accepté, en partie ou en totalité, les coupes que lui soumit Bullitt quand il lui rendit visite à Londres en 1939 ? Peut-être[82]. Lorsque Freud dit à Bullitt : « Vous et moi savons que Wilson était un homosexuel passif mais nous n'oserons pas le dire », il ne prétendait peut-être pas à plus d'audace que Bullitt.

Freud était juif. Il était circoncis mais n'avait pas été élevé dans la religion[83]. Le père de Freud (qui savait l'hébreu) disait simplement : « La religion consiste à penser et à agir avec droiture[84]. » Le 11 mars 1934, dans une lettre à son fils Ernst, Freud écrivait : « Je crois que chez nous la situation se décante petit à petit. Les progrès de la réaction catholique sont incroyablement rapides et profus. Mais même là-dedans il y a une certaine garantie que la barbarie hitlérienne, devant laquelle nous aurions fui, ne franchira pas la frontière : l'Église catholique comme notre protection. Nous resterons donc[85]. » Quelques mois plus tard cependant, Freud, qui travaillait à son *Moïse*, décida d'en différer la parution. Une revue de psychanalyse avait été interdite en Italie sur l'intervention probable du Vatican et du père Schmidt, un historien des religions apprécié du pape, qui vivait en Autriche où il était très influent : « L'occasion est donc mal choisie pour risquer le martyre. Affaire terminée provisoirement[86] ! » Freud écrivit à Lou Andreas Salomé qu'il ne pouvait pas exprimer la vérité sur la religion en Autriche « sous peine d'encourir du gouvernement à prépondérance catholique qui nous dirige une condamnation publique de l'analyse. Et c'est uniquement ce catholicisme, ajoutait-il, qui nous défend contre le nazisme[87] ».

L'affirmation d'un lien entre le christianisme, l'homosexualité et la bisexualité dans un livre signé de Freud – l'un des plus réputés des penseurs juifs – ne pouvait-elle pas mettre en danger la vie de Freud et de nombreuses vies juives et compromettre le destin de la psychanalyse sous le nazisme ? Probablement est-ce la raison pour laquelle Bullitt considérait en 1938 le manuscrit comme

« dangereux » s'il restait au domicile de Freud et tombait entre les mains des nazis[88]. Plus tard, dans *Moïse et le monothéisme*, Freud questionnera la figure du Christ se sacrifiant pour une humanité pécheresse[89]. Mais son interprétation représentait un défi essentiellement théorique et indirect qui ne fut pas ressenti comme une provocation ou comme une attaque par les communautés et les Églises chrétiennes. Après la guerre, le danger disparu, Bullitt dut probablement se demander ce que Freud aurait fait du manuscrit. Des idées plus sombres l'assaillaient. En 1956, il confia à son cousin Orville Horwitz qu'Ernest Jones voulait obtenir le manuscrit : « Plutôt mettre en pièces ce satané [manuscrit] que de le lâcher ! » Horwitz répliqua qu'il n'avait pas le droit de détruire un livre qui appartenait à la postérité : « [Comme la Joconde], un écrit de Freud ne devrait pas être la propriété d'un seul. – Non, il m'appartient », trancha Bill[90]. Il choisit finalement de le publier après l'avoir révisé à sa main. La Guerre froide justifiait de sacrifier l'accès à la connaissance : il ne fallait pas porter de coups au christianisme qui menait le bon combat contre le communisme.

Au début de 1932, prêts d'achever leur livre, Freud et Bullitt révisèrent maintes fois leur conclusion avant d'en être satisfaits :

> « Un homme bon, animé de l'amour de ses semblables » : tel se décrivait Wilson en signant la gravure reproduite en tête de ce volume. Nous n'entendons pas disputer son droit à ces qualificatifs mais l'étude des racines psychiques de la personnalité nous a appris à ne pas surestimer la valeur de la distinction bon/mauvais. Nous avons appris qu'un homme certain de sa propre droiture peut engendrer plus de maux qu'un homme moins convaincu d'être parfait puisqu'il croira juste tout ce qu'il souhaite et pourra mépriser la réalité en se pensant l'élu de Dieu. L'histoire pourra bien juger que le « bon » Wilson a infligé à ses frères humains autant de malheur qu'un « mauvais » conquérant ou un despote. Sa carrière prouve de manière assez convaincante que les idées religieuses du passé qui conduisent les hommes à se placer au-dessus du monde

> des faits ne sont pas les auxiliaires les plus utiles pour les aider dans la dure lutte pour l'existence. Les faits valent mieux que la foi. La vérité est une alliée plus précieuse qu'aucune divinité.

« Les faits valent mieux que la foi » fut ajouté par Bullitt, « la vérité est une alliée plus précieuse qu'aucune divinité » par Freud[91]. Ces deux phrases juxtaposées formaient comme la signature de leur collaboration.

Bullitt supprimera tout ce paragraphe du livre publié, ayant décidé – pour protéger la religion et servir son combat contre le communisme – que la foi était, au moins pour un temps, plus utile que les faits. Il ne détruisit cependant pas le manuscrit original ni les sources qui pouvaient y mener et permettre de retracer son histoire. En 1966, la vérité aurait été prématurée. La bataille entre le christianisme et le communisme se poursuivait. Mais Bullitt savait qu'un jour le manuscrit qu'il avait signé avec Freud serait découvert et révélé. Un jour le public pourrait lire et commenter une œuvre qui appartient à l'histoire.

Ce jour est venu.

CHAPITRE 19

Wilson, au-delà de Freud et Bullitt

Lorsque Woodrow Wilson présenta le traité de Versailles devant le Sénat, le 10 juillet 1919, il avait conscience de l'enjeu. Il lui fallait obtenir le soutien des deux tiers de la Chambre haute pour voir le Traité ratifié et son legs à l'humanité, la Société des Nations, entériné.

Wilson était satisfait du Traité. Il donnait naissance à une institution pourvue d'une forte autorité morale, disposant de mécanismes échelonnés pour prévenir les guerres. Des progressistes comme Bullitt pouvaient bien critiquer un traité qui ne déclarait pas la guerre hors-la-loi ou n'organisait pas les forces nécessaires au maintien de la paix mondiale, Wilson l'estimait fidèle au schéma qu'il avait tracé en décembre 1918 sur le *George Washington*[1] et aux dispositions qui lui importaient, dont, pour la première fois dans l'histoire des relations internationales, l'arme des sanctions économiques automatiques à l'encontre d'éventuels agresseurs. Sur le bateau qui le ramenait de France, il avait minutieusement préparé son discours devant le Sénat. Ce fut pourtant un échec. Il n'en surnageait qu'une phrase mémorable : « Oserons-nous le rejeter [le Traité] et briser le cœur du monde[2] ? »

Wilson n'ignorait pas qu'il devait se concilier une majorité républicaine qui redoutait de voir les États-Unis ligotés par des engagements internationaux. Sans faire de concessions sur le fond, il aurait pu présenter le Traité en choisissant les termes idoines pour apaiser leurs craintes. Wilson aurait pu dire à ses opposants qu'il avait pris en compte leur désir de limiter aux alliés du temps de guerre, la France et l'Angleterre, les garanties d'assistance militaire. C'était ce que souhaitaient beaucoup des chefs républicains (Lodge, Elihu Root et Philander Knox) et même une majorité d'« irréconciliables » plaidaient aussi pour le maintien en temps de paix de l'alliance en vigueur contre l'Allemagne[3]. Tous voyaient en la France et l'Angleterre un bouclier devenu nécessaire contre une éventuelle agression allemande. Ils pensaient qu'en cas de victoire de l'Allemagne, les États-Unis, confrontés à un empire belliqueux contrôlant les rivages atlantiques de l'Europe, auraient dû consentir un effort d'équipement militaire gigantesque pour assurer la sécurité de leur propre continent. Ils étaient prêts à intégrer une alliance des alliés et approuvaient le traité particulier avec la France pour assurer sa sécurité[4]. Ils ne voulaient pas en revanche d'une organisation qui entraîne les États-Unis à intervenir aux quatre coins du monde.

Wilson aurait pu dire aux républicains qu'il avait intégré toutes leurs idées à son plan primitif : la garantie de la doctrine Monroe, le droit de retrait de la SDN, le pacte avec la France, pacte qu'il considérait du reste comme le seul engagement ferme des États-Unis (« En cas d'agression unilatérale de l'Allemagne contre la France, nous n'attendrons pas d'action concertée sous l'égide de la Société des Nations, pour nous porter immédiatement au secours de la France »)[5]. Il aurait pu dire aux sénateurs que ce traité était devenu le leur autant sinon plus que le sien.

Mais Wilson ne tint pas ce langage. Il se barricada derrière un vocabulaire religieux. D'essence satanique, l'ancien système des relations internationales devait être abattu : « Le monstre qui a recouru aux armes doit être enchaîné. » En apportant au monde une nouvelle alliance, il n'avait été que le messager de la volonté divine : « Les voies sont tracées, le chemin ouvert. C'est la main de Dieu qui nous conduit. Tout retour en arrière nous est interdit[6]. » Il choisit aussi de différer la présentation du traité de garantie avec la France. Il fallut les pressions répétées des sénateurs républicains pour que Wilson le soumette le 29 juillet.

« Seul un jugement politique vicié peut expliquer ce faux pas », estime son biographe John M. Cooper[7]. Je crois simplement que Wilson ne pouvait faire autrement que de tenir ce discours religieux sans risquer un effondrement personnel. Il n'avait pas en fait le libre choix de ses mots ou de ses arguments. Toute sa vie, Wilson s'efforça de ne jamais agir et surtout de ne jamais parler d'une manière qui aurait déplu à son père. L'amiral Grayson avait confié à Bullitt que Wilson vénérait son père comme il n'avait jamais vu d'homme en honorer un autre. Lorsqu'il s'agenouillait chaque soir pour prier, avait-il ajouté, « il avait la conviction que si sa conduite du jour agréait à son père, elle serait justifiée également au regard de Dieu[8] ».

De cette révérence affichée, Freud et Bullitt avaient déduit que Wilson vouait un amour passif à son père. Cependant, Wilson était aussi engagé dans une relation de compétition avec lui, compétition qui s'était révélée victorieuse. Cet aiguillon l'avait mené d'abord à la présidence de Princeton puis à la Maison Blanche. Mais Wilson n'exprimait jamais cette supériorité ni ne tolérait qu'on l'exprime. Le soir de leur arrivée à Paris, en décembre 1918, Grayson glissa un mot ambigu à Wilson : « Il crut, dit-il à Bullitt, que je le pensais un plus grand homme que son père. Il me reprit sur-le-champ : “Je ne saurais me comparer à mon père. Je me produis sur une scène plus vaste, voilà tout. Je ne suis nullement son égal[9].” »

Dans leur essai de reconstruction de la personnalité de Wilson, un détail crucial avait échappé à Freud et à Bullitt, que découvrirent dans les années cinquante Alexander et Juliette George dans les archives de Baker : le révérend Joseph Wilson n'était pas seulement une figure imposante, c'était aussi un père humiliant[10].

Baker avait rencontré Jessie Bones Brower, une cousine de Wilson, qui se rappelait une scène de leur enfance. Au matin d'un mariage, alors que la famille était rassemblée pour le petit déjeuner, « Tommy arriva en retard à table. Son père s'excusa pour son fils et expliqua que Tommy avait été si excité par la découverte d'un nouveau poil à sa moustache qu'il lui avait fallu plus de temps pour achever sa toilette et s'habiller. Je me souviens encore du rouge qui monta au front du malheureux Woodrow[11] ». Baker recueillit aussi les paroles d'une autre cousine de Wilson du côté maternel, Helen Woodrow Bones. Très proche des Wilson, elle rejoignit la Maison Blanche comme secrétaire particulière d'Ellen Axson Wilson et continua à y vivre après la mort d'Ellen jusqu'au remariage du Président. « L'oncle Joseph avait un esprit caustique, une langue acérée et la plaisanterie cruelle. Je me souviens que l'on s'indignait dans la famille des tourments que ses piques infligeaient au cousin Woodrow. » Arthur Walworth la rencontra également. En 1948, elle lui décrivit le révérend Wilson comme « un cruel tourmenteur que seul un homme comme Woodrow Wilson pouvait supporter[12] ». Un an plus tard, elle renchérissait : « C'était un affreux vieux bonhomme, un égoïste, et j'en voulais à Wilson de le placer si haut, avant Auntie[13]. »

Stockton Axson, le jeune frère de la première femme de Wilson, le rencontra pour la première fois en 1884 et lui fut lié jusqu'à sa mort, quarante ans durant. « Frère Woodrow » lui servit de mentor mais se confiait aussi très librement à lui[14]. Dans ses Mémoires, Axson décrivait Joseph Wilson comme « un homme avenant mais au tour d'esprit implacable et avec une note de perversité ». Il avait « parfois tendance à traiter ses proches avec une hauteur qui, sans qu'il en eût conscience, frisait la cruauté »[15]. Wilson lui-même avoua à Axson (c'est probablement le seul tort dont il le chargea jamais) que les pointes de son père « pouvaient parfois blesser[16] ». Il rapporta également à Grayson les circonstances du discours le plus difficile de sa carrière, prononcé à Brooklyn (N.Y.) : « Il était debout depuis seulement quelques minutes quand il aperçut son père au dernier rang, légèrement tassé comme s'il ne voulait pas qu'on le reconnaisse. Mr. Wilson m'a dit qu'il se sentit redevenir un enfant et comme s'il devait rendre compte de ses paroles après son allocution[17]. » Toute sa vie, Wilson eut le sentiment de devoir rendre compte à son père et ne fut donc jamais complètement libre du choix de ses mots[18].

Abram Kardiner, l'un des disciples de Freud, rapportait qu'au cours de son analyse, celui-ci interpréta l'un de ses rêves comme l'expression du souhait de ne pas le voir poursuivre l'examen de sa relation à son père, de ne pas le voir attenter en fait à l'image qu'il en avait forgée. « De toute évidence, lui dit Freud, il vous a terrifié dans votre petite enfance. » Cependant, après la mort de la mère de Kardiner, son père s'était remarié et son caractère adouci. Freud expliqua à Kardiner que c'était ce souvenir, retouché, de son père qu'il souhaitait garder en mémoire « pour pouvoir oublier le père en colère de vos premières années ». « Mais, ajoutait-il, vous lui restez soumis, obéissant pour ne pas réveiller le dragon endormi[19]. » Après la mort de sa femme, le révérend Wilson vécut paisiblement au foyer de son fils. Comme Kardiner, Wilson avait réprimé le souvenir du père violent et retouché son image pour vivre en harmonie avec lui. Au fur et à mesure qu'il gravissait les échelons du pouvoir, Wilson demeurait « soumis et obéissant » par crainte de réveiller le dragon endormi. Il se protégeait en permanence de son père en choisissant les mots qu'il aurait approuvés.

L'effort constant de Wilson pour choisir les mots qui auraient reçu l'assentiment de son père explique son « esprit à objet unique de pensée » et sa lenteur supposée. Le sénateur Hiram Johnson, l'un de ses adversaires les plus déterminés pendant la bataille de la ratification, ne le trouva nullement « lent » pendant sa rencontre de trois heures, en août 1919, avec la commission des Affaires étrangères : « Il a, jugeait-il, la réflexion prompte et alerte[20]. » House confia à Seymour que « Wilson était l'homme le plus prompt qu'il ait connu à comprendre les questions qui se présentaient[21] ». Agilité et promptitude de la pensée : pourquoi donc paraissait-il si lent, même à ses propres yeux ? Parce que avant de s'exprimer publiquement, il lui fallait passer au crible les mots dont il userait. Le révérend Joseph Wilson avait érigé un idéal, celui de la perfection de la langue[22]. Wilson ne pouvait parler sans avoir soumis ses mots à un surmoi engendré par un père déifié et craint et ce travail ne pouvait se faire que sur un sujet à la fois.

C'était une question de survie. Ces mots choisis lui permettaient de garder son père auprès de lui, de conserver un lien avec lui. « La libido de Wilson, notait Freud dans le cours de révision du chapitre général, trouvait un débouché dans son attachement à son père[23]. » On ne saurait trouver meilleure formulation. Wilson restait attaché à son père, attaché par l'amour et par la crainte et par l'impossibilité de vivre sans lui. C'est dans la parole, par les mots auxquels il restait fidèle, qu'il maintint jusqu'à la fin ce lien avec lui.

L'attitude de son père dans le cercle familial permet aussi de mieux comprendre en quelles circonstances Wilson en venait à briser brusquement des liens de respect ou d'affection intense. La thèse de Freud et de Bullitt, celle d'Alexander et de Juliette George, était que le sentiment de trahison qu'il éprouvait à l'égard d'amis autrefois chers comme Hibben ou House ou encore son entêtement face à Cabot Lodge provenaient d'une incapacité à supporter les désaccords. Cette thèse me paraît inexacte.

Wilson pouvait tolérer un désaccord mais ne supportait pas l'humiliation publique. Si l'on revient sur les cas de Hibben, Malone, Cabot Lodge et House, un paradigme se dégage. C'est seulement lorsqu'il est l'objet d'une correction publique qu'il perçoit comme une humiliation qu'il rejette brusquement l'ami cher ou la figure respectée dans les ténèbres extérieures ou la haine obsessionnelle. La rupture la plus douloureuse survint avec John Hibben. Quelques semaines après avoir écrit à Hibben combien sa prévenance et son affection le touchaient et le ravissaient : « Elles me donnent le sentiment qui me procure le plus de bonheur, celui d'être *désiré*, d'être *demandé*[24]. » Wilson avait appris que Hibben désapprouvait son projet de réforme des « clubs » et des collèges résidentiels. Il lui assurait que leur différend ne porterait jamais atteinte à « l'amitié à laquelle il ne cessait de s'alimenter ». « Une lutte s'annonce. (...) Nous ne la soutiendrons pas ensemble mais l'important est que nous soyons toujours certains de l'affection que nous avons l'un pour l'autre[25]. » Pourquoi ces protestations réitérées d'amitié cédèrent-elles le pas à une haine obsessionnelle ? La réponse est simple. Wilson s'attendait à ce que Hibben vote contre sa motion, mais pas qu'il prenne la parole pour soutenir publiquement celle de Van Dyke lors de la réunion de faculté. C'était plus qu'il ne pouvait en supporter chez un ami et il en fut profondément ébranlé. Madge, la sœur d'Ellen Wilson, fondit en larmes quand elle apprit la nouvelle, déplorant que Hibben n'ait pas eu au moins la délicatesse de « laisser un autre soutenir la motion [Van Dike][26] ». Ce n'est donc pas une simple « divergence d'opinion[27] » qui transforma Hibben d'objet d'amour en objet de haine. C'est une opinion exprimée publiquement dans un contexte humiliant qui amena la violente surréaction de Wilson.

Une autre rupture importante, celle avec Dudley Malone, ne plongea pas Wilson dans les mêmes affres. Malone, déplorant que la police de Washington D.C. eût incarcéré des suffragettes, confronta Wilson le 18 juillet 1917. Après leur rencontre, Wilson écrivit au colonel House qu'il avait « le cœur rempli de tristesse. Je ne sais rien qui m'ait plus touché au vif que l'attitude de Dudley, survenue comme un coup de tonnerre dans un ciel serein. Peu de choses m'ont plus affecté dans ma vie ». House rapporta à Malone que le Président, de l'aveu de sa famille, n'avait pu trouver le sommeil après leur conversation[28]. Wilson ne reverrait jamais Malone. Mais il continua à correspondre avec lui, par lettres ou bien par l'intermédiaire de Grayson[29]. Il ne le voua pas aux gémonies car Malone ne l'avait pas mis en cause publiquement.

Vient ensuite le cas du colonel House, son ami le plus cher depuis 1911. À la mi-février 1919, à bord du paquebot qui l'emmenait à Washington où il passerait quelques jours avant de réembarquer pour Paris, des médisances vinrent aux oreilles de Wilson. Auchincloss, le beau-fils du colonel, aurait dit en public : « Mon beau-père a récupéré, le petit Woody va pouvoir améliorer son score. » Ensuite, pendant le séjour du Président à Washington, House livra « aux journalistes des remarques sur son chef qui témoignaient d'un manque singulier de discrétion pour le responsable d'une mission gouvernementale », écrivit Walworth, le biographe de Wilson qui découvrit ce témoignage[30]. House se répandit en confidences sur la maladresse de Wilson. Il dit, par exemple, que Wilson manquait de souplesse ou que les diplomates étaient soulagés quand ils n'avaient pas à subir la présence des « grands ». Le colonel, écrira Walworth à Seymour, s'était exprimé « en termes si louangeurs sur ses propres prouesses de négociateur qu'il devait être très facile, surtout après leur embellissement par Auchincloss, de transformer ces déclarations en médisances qui durent blesser Wilson quand il les apprit[31] ». House omit en outre de tenir informé Wilson d'importantes avancées dans les négociations. Le 2 mars, Tardieu et House s'étaient mis d'accord sur le principe d'une république rhénane temporaire. Tardieu avait écrit à Clemenceau : « M. le Président, Très bonne conversation ce soir avec les Américains sur la rive gauche. Ils trouvent que, dans son ensemble, notre papier "répond au vœu de l'opinion publique" et aussi qu'il renforce la valeur future de la Ligue des Nations par les précautions mêmes qu'il estime nécessaire de prendre à ses débuts. Bref, ils sont contents et nous soutiendront. Je vais m'arranger pour qu'ils le disent aux Anglais. En somme, ça va bien. Vous allez bien et la vie est belle. Respectueusement vôtre, André Tardieu[32]. » Surtout Wilson apprit que le traité préliminaire négocié par House n'inclurait pas la SDN. Wilson put rectifier le tir. House obéit à ses instructions. Aucun de ces différends n'aurait créé, dans les huit dernières années de collaboration entre House et Wilson, l'irréparable. Dans un contexte d'humiliation et de corrections publiques, cela le devenait. D'autant qu'après le retour du couple présidentiel à Paris, le 14 mars 1919, House se piégea lui-même en se vantant devant Edith Wilson de contrôler tout ce que Wickham Steed écrivait dans le *Times* juste avant qu'elle ne le confronte à un éditorial du même Steed qui dépréciait le Président et élevait le colonel. House le savait. Tout au long de leurs années de collaboration, son influence fut clairement indexée sur son entière discrétion. Aux débuts de la présidence Wilson, il refusa un ministère, expliquant ensuite à Bullitt : « Si j'avais été au gouvernement, je n'aurais pas duré plus de deux mois. » Mais lors de la conférence de Paris, il fut attiré par les feux de la rampe et sa disgrâce suivit.

Le même schème s'est répété si l'on examine les rapports entre Wilson et Henry Cabot Lodge, si déterminants pour le destin du traité de Versailles. Wilson avait d'abord eu le plus grand respect pour Lodge, qui publia son premier article de revue. Plus significatif encore, Wilson demanda à Lodge une lettre de recommandation pour entrer à Johns Hopkins[33]. Il le cite respectueusement à trois reprises dans son livre majeur, *Le Gouvernement congressionnel*, au sujet des idées constitutionnelles de Hamilton[34]. Comment ce respect tourna-t-il à la haine inextinguible ?

Pendant la campagne présidentielle de 1916, Lodge déclencha une tempête en révélant des informations que lui avait divulguées l'un des secrétaires d'État adjoints. En mai 1915, après le torpillage du *Lusitania*, Wilson adressa une note comminatoire au gouvernement du Reich. Dans la foulée cependant, à l'instigation du secrétaire d'État William Bryan, il prépara une nouvelle note laissant entendre que les États-Unis pourraient accepter de soumettre la question à une commission d'enquête internationale[35]. Robert Lansing, alors numéro deux du Département d'État, vit la note avant son envoi. Il alla trouver Tumulty, le secrétaire de Wilson, qui « monta aussitôt au créneau » et convainquit le Président que la note « pourrait donner à l'Allemagne le sentiment que les États-Unis mollissaient ». Lodge divulgua toute l'histoire lors d'un discours à Boston[36]. Wilson opposa un démenti en arguant que la note n'avait jamais été envoyée. Mais la révélation publique de sa faiblesse et de ses hésitations fut une blessure qu'il n'oublia ni ne pardonna jamais. C'est à ce moment, notaient Freud et Bullitt, que Wilson « commença à éprouver une haine violente pour le sénateur Lodge ». Mais ils l'attribuaient à son désarroi devant l'exposition de la vérité, malaise renforcé par sa confrontation avec une figure paternelle. Ils n'envisageaient pas que la dénonciation publique de sa faiblesse et de son indécision fût précisément la sorte d'humiliation que Wilson ne pouvait supporter, comme une réminiscence de scènes d'enfance trop douloureuses.

Le sénateur James Watson rapporte dans ses Mémoires qu'à l'automne 1919, dans la période tendue où il essayait de sauver le Traité, il dit un soir à Lodge : « Supposez que le Président accepte le Traité avec vos réserves. Nous devenons membres de la [SDN] et une fois que nous y serons vos réserves seront pure fiction. » Watson n'oublierait jamais le sourire qui se dessina sur les lèvres du sénateur avant qu'il n'annonce : « Mais, mon cher James, vous ne prenez pas en considération la haine que me voue [le Président]. Rien au monde ne pourra jamais l'amener à accepter un traité assorti des "réserves Lodge"[37]. » Plusieurs précédents en avaient persuadé le sénateur. Par exemple, en janvier 1917, Wilson avait non seulement refusé d'assister au centième anniversaire de l'église épiscopalienne de Lafayette Square, à Washington, au seul motif que l'invitation provenait de Lodge, mais il exigea des membres de son gouvernement qu'ils s'abstiennent aussi d'y être présents[38].

Le sénateur Watson put vérifier le bien-fondé des prédictions de Lodge lorsqu'un jour, il suggéra au Président d'accepter le Traité avec les réserves de Lodge. « Accepter le Traité avec les réserves de *Lodge*, répliqua Wilson en détachant ces syllabes ? Jamais, jamais ! Je ne consentirai jamais à adopter une politique qui donnerait une place prééminente à ce nom impossible[39]. »

En réagissant ainsi, Wilson disait implicitement à Lodge : « Je n'accepterai plus jamais que vous me corrigiez, jamais. » Mais derrière Lodge, inconsciemment, Wilson s'adressait à son père, un père qu'il n'osa jamais défier – amour ou crainte ou bien les deux mêlés.

Wilson ressentait d'ailleurs qu'il répétait une situation pénible et destructive. En septembre 1919, à San Francisco, à la fin de sa tournée dans les États de l'Ouest, il confia à Mary Hulbert : « Curieusement, je ne me sens pas bien. Comme si tout ce que j'avais réussi à fuir me rattrapait[40]. » Il pressentait la répétition d'une situation d'échec.

En 1909, à propos du cas du petit Hans, Freud notait : « Une chose qui n'a pas été comprise reparaît inévitablement ; comme un fantôme que l'on a exorcisé, il ne peut trouver le repos tant que le mystère n'a pas été résolu et le sortilège rompu. » Le puissant désir qu'avait Wilson de s'opposer à son père demeurait inconscient. Eût-il suivi une analyse, il aurait pu retrouver le souvenir des humiliations infligées par son père et verbaliser sa colère. Ceci aurait pu le libérer du cycle de surréactions agressives qui compromettaient immanquablement ses réussites et l'aider à définir plus rationnellement ses objectifs politiques et les moyens pour y parvenir.

Lors du précédent épisode, à Princeton, qui l'avait vu se séparer d'un ami passé au rang de traître et affronter un collègue ennemi, Wilson s'en était remis à l'opinion publique et à Dieu et avait retrouvé, dans un autre cercle, un nouvel ami, House, et une promotion, en politique. Devant les sénateurs, Wilson invoqua encore Dieu et l'opinion publique, mais cette fois l'opinion publique ne répondit pas et personne dans son cœur ne prit la place de l'ami disparu. Tout au contraire.

Après sa rupture avec House, notaient Bullitt et Freud, « un désir passionné de se soumettre à un homme fort a pu jouer un rôle déterminant dans sa conduite. C'est au cours de ces mois-là qu'il se soumit à Clemenceau[41] ». On tenait alors pour assuré qu'après s'être montré ferme face à Lloyd George et Clemenceau, Wilson multiplia les concessions aux dirigeants français et anglais aux premiers jours d'avril. Freud et Bullitt les attribuaient à son incapacité foncière à tenir tête à deux hommes qui étaient dans son esprit des substituts de son père. Certains historiens pensent qu'il a peut-être été victime, le 6 avril, d'une attaque cardio-vasculaire[42]. De l'examen des sources, Edwin Weinstein conclut que Wilson souffrit d'une grippe particulièrement sévère plutôt que d'une attaque et attribue ses concessions à une asthénie post-grippale[43]. Mais Weinstein, à l'image de Freud et de Bullitt, laissait dans l'ombre la concession majeure que fit Wilson *avant* qu'il ne tombe malade début avril, non pas à Clemenceau ou à Lloyd George, mais au général Jan Smuts[44].

Smuts et l'effondrement de mars 1919

À la fin mars 1919, Lloyd George avait essuyé plusieurs revers significatifs à la Chambre des communes à majorité conservatrice. Pour ne pas être contraint à la démission, il lui fallait obtenir de l'Allemagne des réparations substantielles. Si leur montant était calculé en prenant en compte les seuls dommages matériels effectifs, l'essentiel irait à la France et à la Belgique. Les dominions – Australie, Afrique du Sud, Canada,

Irlande – n'obtiendraient rien et la Grande-Bretagne ne pourrait prétendre à des indemnités qu'au titre des pertes de la marine marchande, des dommages infligés par les raids d'avions et de zeppelins ou les attaques conduites par la flotte allemande sur les villes côtières[45]. Lloyd George réaffirma un objectif intangible : « L'Empire britannique devait obtenir de l'Allemagne les indemnités les plus larges possibles[46]. » Le 23 mars, après que Lloyd George eut dit à Wilson qu'à moins d'obtenir son soutien sur la question des réparations, il perdrait un vote de confiance aux Communes, le Président lui répliqua qu'une telle défaite n'aurait rien d'une catastrophe, qu'il n'y avait au contraire rien de plus enviable que de quitter le pouvoir pour s'être conformé à la justice. « Je ne saurais rêver, conclut-il, plus belle place dans l'Histoire[47]. » Mais Lloyd George avait senti un défaut dans la cuirasse et saisit l'instrument qui rallierait Wilson à ses vues : « Avec une intuition proprement géniale, écrit l'historien Antony Lentin, il tira de son sac... le général Smuts[48]. »

Wilson pensait le plus grand bien de Jan Smuts. Lloyd George l'avait probablement sauvé à ses yeux pendant la guerre. Smuts en effet ne bornait pas ses ambitions à l'Afrique du Sud et à l'Empire britannique mais aspirait (comme Wilson) à un rôle mondial. En juin 1918, il espérait prendre la tête de l'armée américaine en Europe, qu'il décrivait comme « un instrument d'action de première classe » dépourvu d'un commandement adéquat. Smuts avait piètre opinion du général Pershing qu'il considérait comme un militaire médiocre sans expérience de la guerre. Les Américains n'accepteraient jamais un commandant français ou britannique mais Smuts pensait que sa désignation « préserverait leur *amour propre* [en français dans le texte] ». Pershing serait cantonné aux manœuvres pour faire monter les lignes arrière. Smuts plaida sa cause auprès de Lloyd George, arguant de « son expérience et de ses qualifications[49] ». Le Premier ministre se garda de transmettre cette curieuse proposition à Wilson qui appuya toujours le général Pershing et s'en serait sans doute ému[50].

Wilson apprécia donc Smuts dès leur première rencontre à Londres en décembre 1918. Il pouvait s'identifier à lui. Comme Wilson, Smuts était un intellectuel, un chrétien et un idéaliste – avec lui aussi un rien d'emphase déclamatoire. Il avait commencé sa carrière comme un général Lee afrikaner (le meilleur de la seconde guerre des Boers) et la poursuivait comme un Wilson sud-africain, décidé à servir son pays au plus haut poste avec le dessein d'unifier la « civilisation » blanche et chrétienne. Son universalisme enfin, comme celui de Wilson, s'appliquait exclusivement aux Blancs.

Smuts adopta immédiatement la vision wilsonienne d'une société des nations et devint le co-auteur de ses statuts. Il résolut la brève crise liée à la question des « mandats » de la SDN. Smuts joua un rôle majeur pour amener Wilson à soutenir la position britannique qui consistait à dépouiller l'Allemagne de ses colonies. Le 29 janvier 1919, à destination du colonel, Wilson jetait sur le papier : « Si l'interprétation vient du général Smuts, je pourrais m'y rallier (...)[51]. »

Dans la suite des négociations, Wilson, par l'entremise de Grayson, sollicita encore souvent l'avis de Smuts[52]. Lloyd George le remarqua. Depuis les débuts des négociations, Smuts avait montré à Lloyd George sa capacité, plus que nul autre des représentants étrangers, à influencer Wilson. À la fin mars, alors qu'il se battait pour sa survie politique, il fit donc appel à Smuts, invoquant les intérêts de l'Empire et de l'Afrique du Sud. Dans la nuit du 30 mars 1919, Smuts rédigea une consultation juridique (il n'en avait pas rendu « depuis plus de douze ans ») sur la question brûlante des réparations. Wilson, lui avait-on soufflé, « n'écouterait rien de ce que dirait un juriste britannique mais serait attentif à mon opinion. Quelle farce[53] ! » Smuts travailla de concert avec Philip Kerr, le secrétaire de Lloyd George, qui connaissait parfaitement le sujet. Dans la mise au point des termes de l'armistice à soumettre à l'Allemagne, il avait écrit qu'elle devrait s'acquitter de compensations pour tout dommage causé aux peuples des puissances alliées et à leurs propriétés « par [son] invasion ». L'un des délégués britanniques, le capitaine Edgar Abraham, remarqua que le terme d'« invasion » pourrait conduire à refuser à l'Angleterre des compensations financières puisque, à la différence de la France et de la Belgique, elle n'avait pas été « envahie ». À la dernière minute, Lloyd George, alerté, fit approuver par les Alliés le remplacement du terme « invasion » par « agression » dans la note transmise à l'Allemagne le 5 novembre 1918 pour servir de base aux conditions de l'armistice signé le 11 novembre[54].

Le 31 mars 1919, Smuts convainquit sans peine Wilson que l'inclusion des pensions et des allocations de séparation dans la liste des dommages civils causés par l'« agression » de l'Allemagne était conforme à « la déclaration alliée du 4 novembre » qu'il avait signée. Smuts donnait l'exemple d'un boutiquier dont l'échoppe aurait été détruite par un bombardement allemand. La perte de sa boutique lui ouvre droit à dédommagement. Il rejoint l'armée et est blessé. Le coût de son entretien comme soldat incombe à son gouvernement. Mais sa femme, privée durant le temps de son incorporation du revenu que procurait son mari, devrait recevoir pour elle et ses enfants une allocation, également imputable aux Allemands[55]. Wilson donna son blanc-seing à ce raisonnement tortueux du général Smuts qui permettrait au Royaume-Uni et aux dominions de prétendre à une part significative des réparations[56]. L'entourage de Wilson fut abasourdi. John Foster Dulles, son conseiller économique, invoqua la simple logique et le risque que l'inclusion des pensions revienne à imputer à l'Allemagne toutes les charges de la guerre, en violation des accords qui avaient présidé à l'armistice[57]. Wilson répondit gaiement qu'« il ne se sentait lié par aucune considération logique[58] ». Bernard Baruch ne cessa de revenir à la charge pour obtenir la suppression de cette clause sur les pensions et les allocations de séparation, jusqu'au moment où Wilson lui intima l'ordre de « ne plus jamais lui en parler[59] ». L'acquiescement de Wilson au mémorandum de Smuts représentait, selon son biographe Arthur Link, « sa concession la plus importante de la Conférence[60] ».

C'est après avoir cédé aux arguments de Smuts sur les réparations, au mépris des indications qu'il avait données à sa délégation, de la position qu'il avait personnellement soutenue devant Lloyd George et des objurgations finales de ses conseillers, que Wilson s'effondra. La grippe l'avait peut-être fatigué physiquement mais les conséquences n'étaient pas à proprement parler physiques : il présentait des symptômes paranoïaques. Son fidèle majordome Ike Hoover en témoigne : quand remis de cette grippe il quitta la chambre, « il n'était plus le même homme ». Wilson avait toujours eu « ses idées particulières » mais elles prirent un tour plus prononcé[61]. Il affichait un soupçon obsessionnel vis-à-vis de la domesticité et des employés français de l'hôtel de Noailles, sa nouvelle résidence du 11 place des États-Unis, qu'il accusait d'être des espions placés par le gouvernement français. Que l'idée ait germé d'elle-même ou qu'elle soit née d'une remarque du colonel House, jamais Hoover ne parvint à le détromper. Il prétendait qu'ils savaient tous l'anglais quand un seul sur une vingtaine le parlait[62]. À deux reprises aussi, il fit un esclandre pour des meubles disparus (ils n'avaient été que déplacés). « Quelque chose d'étrange se passait dans sa tête. (...) Il ne fut plus jamais le même après cette grippe[63]. »

Cette obsession du vol et de la disparition reflétait peut-être l'angoisse d'une perte plus essentielle, celle de ses principes et de ses valeurs, celle de son statut de grand arbitre impartial de la conférence de la Paix. Il s'était rendu à Smuts après qu'il lui avait fourni une justification – la fidélité au texte des conditions de l'armistice que Wilson avait approuvé le 5 novembre 1918. Mais ce faisant, Wilson trahissait le message plus pur, plus élevé que celui de la justice pour le monde qu'il n'avait de cesse de proclamer depuis 1917. Il passait outre aux exigences de son surmoi pour complaire à un ami cher. Wilson était désemparé. Personne ne l'avait protégé d'un désir trop humain. Et Smuts n'était pas House. Le général circonvint Wilson pour servir les intérêts de l'Afrique du Sud et de l'Empire britannique puis l'abandonna. Comme conseiller, House était persuadé d'être plus avisé que Wilson mais il se rangeait toujours à ses décisions. Il lui était foncièrement loyal et travaillait pour lui assurer une place dans l'histoire[64]. Le colonel était convaincu que s'il avait encore été en étroites relations avec lui à l'automne 1919, il serait parvenu à lui faire accepter les « réserves » de Lodge. « Tout ce qu'il fallait était montrer au Président que les États-Unis devaient absolument intégrer la SDN sans quoi son héritage [aux yeux de l'histoire] serait compromis[65]. » Accepter ses « réserves » aurait été le meilleur coup à jouer contre Lodge tant le sénateur républicain était convaincu que Wilson les repousserait.

Dans les premières années de sa présidence, lorsqu'il traitait des affaires intérieures, Wilson s'identifiait à Gladstone et cette forme de sublimation porta ses fruits. Il demeurait attaché à son père tout en devenant un homme d'État qui savait déléguer à des hommes qui avaient sa confiance, en particulier le colonel House.

Quand Wilson se tourna vers la scène mondiale, postérieurement à la mort de son père, il ne s'identifia plus à Gladstone mais au Christ et à Dieu le Père lui-même. « Il croyait en toute sincérité, relevait Nicolson, un diplomate britannique, que la voix du peuple était la voix de Dieu, (…) que des milliers d'yeux se portaient sur lui comme le prophète apparu à l'Occident, comme l'élu de Dieu qui instaurerait un nouvel ordre fondé sur la justice. (…) Il était pénétré de l'idée que la SDN était l'évangile qu'il devait propager et la solution à tous les problèmes de l'humanité[66]. » Cette méthode de sublimation échoua. Il avait pu être Gladstone, mais pas Dieu le Père, ni le Christ, du moins de son vivant.

Jusqu'à la fin cependant, Smuts demeura cher dans son cœur. Durant le dernier entretien que Wilson donna avant sa mort, le nom de Smuts fut le seul qu'il jugea digne de citer parmi les grandes références de la politique internationale[67]. Smuts n'avait pas pour Wilson les mêmes sentiments. Il était plus cynique. En 1948, il dira que « le portrait de Wilson par Keynes était absolument véridique, mais que Keynes n'aurait pas dû l'écrire : après tout Wilson était notre ami[68] ».

CONCLUSION

Nombre des personnages qui traversent ce livre jouèrent un rôle important dans la tragédie qui suivit le rejet du traité de Versailles et du pacte de garantie par les États-Unis.

À court terme, Lloyd George et l'Empire britannique sortirent gagnants des négociations. La Grande-Bretagne obtenait ce qu'elle désirait : les principales colonies du Reich et la disparition de la marine de guerre allemande. Margaret MacMillan résume au mieux comment Lloyd George sut traiter la dernière grande question, celle des réparations : « En persuadant Wilson d'inclure les pensions dans les réparations, il réussit à accroître la part qui revenait à la Grande-Bretagne. En s'abstenant de faire figurer un montant déterminé dans le Traité (...) il fit plaisir à l'opinion en Grande-Bretagne et dans l'empire (...). Il souscrivit une assurance d'un autre genre en insistant personnellement auprès d'un socialiste européen de premier plan pour qu'il déclenche une campagne contre un traitement trop rigoureux de l'Allemagne. Enfin il sut présenter à l'opinion le gouvernement français dans le rôle du redoutable rapace (...)[1]. »

John Maynard Keynes mérite aussi de figurer aux côtés des artisans du Traité pour son rôle dans l'édification d'un mythe persistant, celui d'une Allemagne maltraitée du fait de la cupidité française.

Les Conséquences économiques de la paix encouragèrent les Allemands à s'opposer aux réparations, engendrèrent au Royaume-Uni un sentiment de culpabilité, sans que Keynes ait dit clairement aux Britanniques qu'ils étaient responsables des pires clauses du Traité. Sans ce « méaculpisme » entretenu qui paralysait l'Angleterre et la France, « la suite pitoyable de capitulations qui aboutit à la catastrophe de 1939-1940 n'aurait jamais été possible[2] ». Une perte de foi qui annihila les volontés alliées et contribua à ce que la France et l'Angleterre s'éloignent l'une de l'autre[3].

Les participants aux négociations savaient que Keynes avait sélectionné soigneusement les informations qu'il divulgua et dressait un tableau orienté de la réalité. Il préféra omettre par exemple un portrait dévastateur de Lloyd George qu'il ne publierait qu'en 1932. Il omit de dire à ses lecteurs anglophones ce qu'il n'écrivit que dans la préface de son édition française à propos de l'Angleterre : « C'est elle surtout qui doit être blâmée de la forme du chapitre des Réparations. Elle a pris les colonies, la marine de l'Allemagne et une part de l'indemnité plus considérable que celle à laquelle elle avait droit[4]. » Il prétendait Clemenceau obsédé par une idée fixe, la destruction de l'Allemagne, alors que le Tigre renonça à la rive gauche du Rhin, accepta l'idée d'un plébiscite en Haute-Silésie qui conduirait à son rattachement à l'Allemagne, et noua des contacts secrets avec les autorités allemandes[5]. En 1922 il était prêt à une rencontre avec Hindenburg avant d'en abandonner l'idée[6].

Mais surtout Keynes choisit de taire l'information cruciale dont il disposait sur un « moment » qu'il qualifiait de « décisif » : celui de « l'effondrement » de Wilson, capitulant devant un « chef-d'œuvre de sophisme » justifiant des réparations imposées à l'Allemagne qui ne se bornaient pas aux dommages matériels[7].

Keynes omit de mentionner que l'auteur de ce « chef-d'œuvre de sophisme » n'était nul autre que son ami et mentor à la conférence de Paris, le général Smuts[8]. Après la lecture des *Conséquences*, Bernard Baruch, le conseiller économique de Wilson, membre de la délégation américaine à la conférence de la Paix, décida de publier le mémorandum de Smuts qui avait décisivement influencé Wilson[9]. Keynes, pris en défaut, reprocha à Baruch d'avoir « sans vergogne exploité des documents secrets pour servir ses desseins » tout en reconnaissant – mais ce fut en privé – que « l'argumentaire [de Smuts] avait en effet gagné la partie[10] ». Baruch était convaincu que l'Angleterre avait subrepticement « amené la France à croire que l'Allemagne pourrait payer tous les coûts de la guerre[11] ». Et par l'entremise de Smuts, elle en avait aussi persuadé Wilson. « Une erreur irréparable, et particulièrement funeste pour les intérêts de la France » pour Étienne Weill-Raynal, délégué français à la Commission des réparations : les Alliés revenaient sur un engagement qui avait été pris, l'indemnité exigée de l'Allemagne doublait, tandis que la part de la France diminuait. L'Allemagne, pour des raisons juridiques, dut reconnaître son unique culpabilité dans les origines de la guerre, ce qui ajoutait à son humiliation[12].

Non seulement Keynes occulta le rôle de Smuts et de l'Angleterre, il sous-estima aussi sérieusement le redémarrage économique de l'Allemagne et sa capacité à payer les réparations[13]. Cependant, les *Conséquences* font toujours autorité aujourd'hui auprès du plus large public et des meilleurs esprits. Comment l'expliquer ?

Si les États-Unis avaient ratifié le traité de Versailles, la coopération transatlantique aurait pris son essor au lendemain de la guerre. Peut-être plus important encore, « une fois leurs opinions publiques revenues à la raison », « les pays vainqueurs » auraient pu se montrer accommodants au sein de la Commission des réparations[14]. Le montant des réparations aurait été réduit et en parallèle celui des dettes, tandis que la France aurait joui de la sécurité procurée par la garantie américaine.

Le Traité signé en des termes – sur les réparations – propres à rassurer les opinions publiques, aurait montré sa flexibilité. C''était l'intention des Alliés (Clemenceau compris). À supposer que Hitler ait pu arriver au pouvoir dans ces conditions, il n'aurait pu déclencher de guerre sans se heurter au traité d'assistance franco-anglo-américain qui aurait permis à Roosevelt d'échapper aux lois de neutralité, d'armer son pays et d'intervenir beaucoup plus tôt en Europe.

Il n'en fut pas ainsi. La non-ratification américaine produisit aussitôt des conséquences catastrophiques pour la France, qui avait le plus à gagner à la ratification américaine et donc le plus à perdre si elle échouait. Alors, sous la conduite de Poincaré, le gouvernement français, que l'écroulement du pacte de garantie plongeait dans le désarroi, joua aussitôt un rôle majeur au sein de la Commission des réparations. Cela mena au désastre. Les réparations devenaient un fétiche qui se substituait à l'alliance évanouie ; cette attitude rendait impossible leur révision sans crise qui était pourtant le but originel assigné par les quatre Grands à la commission après la signature du Traité[15].

L'interprétation donnée par Keynes du Traité (une paix carthaginoise, un diktat) et sa prophétie que les réparations injustement imposées par la France étaient le cœur de ce Traité et ne seraient pas payées ne devinrent donc réalité qu'à la suite de la non-ratification américaine (à laquelle son propre livre contribua). Bernard Baruch tenait l'essai pour un « livre pernicieux », qui « fit beaucoup pour produire les conséquences mêmes qu'il prétendait redouter »[16]. Baruch, qui eut une longue carrière de banquier puis de conseiller influent du Président Roosevelt ne le pardonnera jamais à Keynes[17].

Dès la fin de l'été 1919, alors que les débats devant le Sénat américain s'enlisaient, Clemenceau avait compris que le Traité était en péril. Il savait que sans l'implication américaine, le traité de Versailles ne serait plus le même traité. Le pacte de garantie était pour lui « la clef de voûte de la paix européenne ». Sa non-ratification avait « la valeur d'une invitation oblique aux revanches de l'agression manquée[18] ».

S'il décida de se présenter en janvier 1920 à la présidence de la République, ce fut, confiait-il à un ami, le diplomate François Charles-Roux, parce qu'il pensait qu'il pourrait alors, « dans cette situation-là, aider mieux qu'un autre à faire exécuter les traités que j'avais conclus[19] ». Mais dans les manœuvres qui précédèrent l'élection par les parlementaires réunis en Congrès s'invita la question des relations diplomatiques avec le Vatican. La France les avait rompues en 1904 dans le climat de tension qui aboutit à la loi de séparation de l'Église et de l'État de 1905[20]. Peu avant le scrutin, des députés et des sénateurs de la droite et du centre soumirent ce marché à Clemenceau : « Déclarez-vous en faveur de "la reprise" [des relations diplomatiques], donnez-nous-en l'assurance, et nous votons pour vous. » Clemenceau considérait comme un grand danger pour la France d'avoir en permanence un nonce à Paris et ne voulut pas s'engager[21]. « Et parce que je ne me suis pas prêté au marché, ils ont voté contre moi[22]. » Ces députés, jugeait Clemenceau, ont peut-être fait leur devoir comme catholiques, « ils ne l'ont pas fait comme Français[23] ». Mais la ratification du Traité et l'avenir de la paix mondiale ne valaient-ils pas une ambassade au Saint-Siège ?

S'il avait été élu président de la République en janvier 1920, Clemenceau aurait pu faire le voyage à Washington dont la rumeur bruissait dans la presse américaine en décembre 1919, alimentant les espoirs de nombreux wilsoniens attachés au Traité. Wilson avait quitté Paris en juin 1919 en excellents termes avec Clemenceau. Outre-Atlantique, Cabot Lodge avait remarqué avec étonnement que lors des films d'actualité, les apparitions à l'écran de Wilson ou de Lloyd George ne suscitaient que des applaudissements polis tandis que celles de Clemenceau provoquaient des « explosions d'enthousiasme[24] ». Quand il fit une tournée aux États-Unis à l'automne 1922, la population réserva au Tigre un accueil fervent[25]. Deux ans et demi plus tôt, sa présence dans les habits d'un président de la République française aurait pu inciter Cabot Lodge et Wilson à passer un compromis qui eût permis la ratification[26]. C'est ce que Clemenceau lui-même envisageait de proposer à Wilson et à Lloyd George s'il avait été élu chef de l'État[27]. Par entêtement, la droite catholique et Clemenceau sacrifièrent les intérêts supérieurs de la France à une divergence sur une question moindre, les liens diplomatiques avec le Vatican.

Mais toutes ses responsabilités sont mineures comparées à celles de Wilson qui fit capoter la ratification du Traité par son pays. Dans son *Woodrow Wilson and the Great Betrayal* (1945), Bailey relevait ce « paradoxe majeur » : « L'homme qui avait contraint les Alliés à inscrire la Société des Nations dans le Traité les en détacha. L'homme qui plus que nul autre avait bâti ces arrangements, les mit à bas – du moins pour autant que l'Amérique était concernée. Et par son action, il contribua puissamment à la ruine de la SDN et avec elle à celle des espoirs que lui et l'humanité avaient placés en une organisation qui préviendrait un deuxième conflit mondial[28]. »

La cause de l'obstination fatale de Wilson à l'automne 1919 restera toujours matière à interrogation. Le sénateur Hitchcock pensait que l'accident vasculaire du 2 octobre avait joué le rôle déterminant : « Je ne peux m'empêcher de penser que la ratification aurait été possible si la santé de Wilson n'avait pas lâché. »

Mais son point de vue était minoritaire. Très nombreux étaient ceux qui attribuèrent alors le comportement de Wilson à des racines psychologiques : Keynes, Cabot Lodge, Herbert Hoover, etc. Le travail de Freud et de Bullitt représentait la première tentative pour appliquer à un dirigeant politique la théorie psychanalytique. Ce n'est pas, littérairement parlant, une œuvre très représentative du corpus freudien où la précision du concept s'allie à l'élégance de la plume. Le livre est par endroits monotone, mécanique et passablement répétitif, le ton souvent vindicatif. Bullitt et Freud tendaient à expliquer par sa névrose les moindres actes de sa vie quotidienne ; je pense qu'elle n'a affecté son jugement rationnel qu'à des moments de sa carrière politique mais ils furent clés pour l'histoire mondiale.

Mais c'était un livre novateur qui s'appuyait sur des archives inexploitées et des témoignages – jusqu'à ce jour encore – inédits. C'était aussi, de la part de Freud, un geste politique. Alors que les deux hommes avançaient dans leur travail, entre 1930 et 1932, les nazis poursuivaient leur ascension. Dans quelques mois, Hitler arriverait à la chancellerie. C'est en 1932 que Freud confirma que le livre, bien qu'écrit principalement par Bullitt, était aussi le sien et montra de l'impatience pour sa publication. Imaginons leur livre publié en 1932, avant la descente aux enfers. Les deux auteurs y insistaient sur la responsabilité de Wilson dans les prodromes de cette tragédie : il avait créé l'illusion d'une paix juste et perpétuelle, puis nourri la déception et la colère en étant incapable de la réaliser. Quand le traité qu'il négocia créait quand même une Société des Nations et organisait une sécurité collective, il fut le principal responsable de sa non-ratification et du déséquilibre immédiat pour le monde qu'elle provoqua. Il avait successivement armé de colère les peuples des États ennemis, puis désarmé ses alliés. Rappelons les mots de Freud dans son introduction : « Lorsque, comme Wilson, un homme réalise presque le contraire de ce qu'il désirait accomplir (…), lorsque sa prétention de délivrer le monde du mal ne réussit qu'à donner une preuve supplémentaire du danger qu'un fanatique fait courir au bien public, il ne faut pas s'étonner que l'observateur éprouve une méfiance qui rend la sympathie impossible[29]. »

Hitler s'apprêtait à prendre le pouvoir et Freud et Bullitt offraient leur contribution à l'analyse des responsabilités des personnalités déséquilibrées (ici le dirigeant d'une démocratie) dans les tragédies historiques. Les attaques auraient plu sur Freud et

Bullitt. Mais au moins en 1932, même âgé et malade, le père de la psychanalyse aurait pu écrire, parler, donner des entretiens à la radio et dans les journaux, secondé par un valeureux Américain capable d'évoquer le souvenir de son ancien Président, son action à Paris et ses conséquences sur la paix du monde. L'élection de Roosevelt modifia les plans de Bullitt comme le destin du livre qui, au moment de sa parution, à la fin 1966, avait perdu tout impact politique.

En décembre 1966, l'écrivain et journaliste Frank Waldrop réagissait à la mise en cause par Allen Dulles du *Président Wilson* comme un livre « nourri par l'amertume ». « J'ose espérer, ajoutait Dulles, qu'il ne lancera pas la mode d'une série de biographies fondées sur l'étude psychiatrique posthume de nos grands idéalistes[30]. »

Pour Waldrop, le *Wilson* de Bullitt et de Freud démontrait justement combien les biographies des grands hommes publics demeuraient « pâles et incomplètes ». « Les archives officielles d'État (...) ne permettent pas de comprendre comment l'action d'un président affecte les existences ordinaires. Comptent aussi les secrets qui l'ont forgé sans même qu'il en ait conscience. Le livre de Freud et de Bullitt (...) représente une tentative de percer ces secrets. Ce n'est pas l'idéalisme de Wilson, mais ces ressorts intimes qui guidaient sa conduite (...). Ce ne sont pas sur leurs protestations d'intention mais sur leurs actes que l'on devrait choisir nos gouvernants, qu'ils aient nom Wilson, Hitler, Staline ou Mao[31]. »

Freud et Bullitt voulaient prévenir leurs lecteurs et le public que l'histoire et le destin de l'humanité ne dépendaient pas seulement de phénomènes structurels : l'action des individus y avait aussi sa place. Les dictateurs sont faciles à déchiffrer. Les présidents démocratiquement élus, parvenus au pouvoir par leurs promesses et la séduction du verbe, sont moins prédictibles, mais peuvent être tout aussi déséquilibrés et jouer un rôle authentiquement destructeur dans notre histoire.

Bullitt en avait depuis 1930 tiré la conclusion : le régime parlementaire était préférable. Il avait cru avec Roosevelt trouver finalement l'homme providentiel. Mais, à partir de 1941, il le tint pour responsable de la progression du communisme en Europe de l'Est et en Chine.

Aujourd'hui, la question posée par Freud et par Bullitt est plus que jamais d'actualité. Comment empêcher une personnalité instable d'accéder et de demeurer au pouvoir, de mener un pays et parfois le monde à la catastrophe ?

Le temps n'est-il pas venu en France, aux États-Unis et ailleurs de rouvrir la discussion ?

NOTES

INTRODUCTION

1. « À moins que Wilson ne soit complétement fou (*stark'mad*) ou aveuglé par la déception et la colère, je crois qu'un compromis sera atteint, mais nul ne peut prédire la conduite d'un homme comme Wilson quand ses particularités mentales et morales sont accentuées et perverties par la maladie et l'amertume », écrit Herbert Hoover à Keynes le 18 décembre 1919, HHS/Gen. Acc. 265/2. « Le Président est déséquilibré », écrit Lincoln Colcord, correspondant à Washington du *Philadelphia Public Ledger* puis de la *Nation*, à William Bullitt le 12 fév. 1920 (WBY20/438).

2. Papiers Charles-Roux, MAE/PA-AP 37/2.

3. Par exemple, l'historien Robert Dallek écrit : « Refusant d'accepter des réserves qui auraient fait peu de différence dans le fonctionnement à long terme de la SDN et auraient assuré l'adoption par le Sénat, Wilson a énormément contribué au résultat final. » *The American Style of Foreign Policy, Cultural Politics and Foreign Affairs,* Knopf, 1983, p. 91.

4. Arthur Schlesinger, *The Crisis of the Old Order, 1919-1933 : The Age of Roosevelt,* Houghton Mifflin, 2003, p. 12.

5. Nicholas Mulder, *The Economic Weapon : Interwar Internationalism and the Rise of Sanctions, 1914-1945*, Cornell University Press, 2021.

6. JMK à Davis, 15 avril 1920, NDC/Keynes. *The Economic Consequences of Peace.*

7. WBY148/231.

8. WB à Alexander Kirk, chargé d'affaires à Berlin, 28 septembre 1939, WBY45/1076.

9. Conversation 647-17 du 13 janv. 1972, entre 13 h 24 et 14 h 14, Bureau ovale, RNY/WHT.

10. Conversation 529-16 du 24 juin 1971, entre 11 h 23 et 11 h 35, Bureau ovale, RNY/WHT.

11. Adam Tooze, *Le Déluge, 1916-1931*, trad. de Christine Rimoldy, Les Belles Lettres, 2015, p. 321.

CHAPITRE 1

1. Le traité de Versailles du 28 juin 1919 était un traité de paix avec l'Allemagne, mais il contenait aussi la création de la Société des Nations. Le traité de Saint-Germain-en-Laye, signé le 10 septembre 1919, instituerait la république d'Autriche. Le traité de Trianon serait signé avec la Hongrie le 4 juin 1920. Le 10 août 1920, le traité de Sèvres consacrerait la dislocation de l'Empire ottoman. Il déclencherait la guerre d'indépendance turque, remportée par les nationalistes d'Atatürk. Un nouveau traité, signé à Lausanne, le 24 juillet 1923, instituerait la république de Turquie.

2. Georges-Henri Soutou, *La Grande Illusion, Comment la France a perdu la paix 1914-1920*, Tallandier, 2015, p. 73.

3. Soutou, *ibid.*, p. 347.

4. C'est l'article 232 du traité de Versailles qui reconnaît la limitation des ressources des puissances défaites.

5. Cabot Lodge à White, 8 avril 1919, HWC/P-C File.

6. George H. Moses, *Washington Post*, 29 avr. 1925, cité in W. Stull Holt, *Treaties Defeated by the Senate*, Johns Hopkins Press, 1933, p.282.

7. *Treaty of Peace with Germany : Hearings before the Committee on Foreign Relations ; Sixty-Sixth Congress, First Session*, Senate Document 106, Washington DC, 1919.

8. Conference with senators, Aug. 19, 1919, PWW62, 353-4.

9. C'est sur la base de ces traités que l'Italie en 1915, puis la Roumanie et le Japon en 1916, étaient entrés en guerre. Il existait d'autres accords, notamment entre la France et la Russie sur la question des frontières occidentales de l'Allemagne (bassin de la Sarre et rive gauche du Rhin), avec le Japon sur les îles du Pacifique et les concessions allemandes en Chine, et quant à la cession de Constantinople à la Russie.

10. David Lawrence, *The True Story of Woodrow Wilson*, George Doran, 1924, p. 275.

11. Ralph A. Stone, *The Irreconcilables : The Fight Against the League of Nations*, University Press of Kentucky, 1970, p.133.

12. *Ibid.*, p. 129.

13. *Ibid.*, p. 130, Lettre de Lansing à Polk, FP49/315.

14. *Papers Relating to the Foreign Relations of the United States : The Paris Peace Conference*, Washington, 1942-47, XI, 570-4.

15. Entretien avec E. Drinker, 27 déc. 1954, in Beatrice Farnworth, *William C. Bullitt and the Soviet Union,* Indiana University Press, 1967, p.67.

16. EDM, p. 311.

17. Ils étaient six – outre Lodge, Frank Brandegee (Connecticut), Albert Fall (Nouveau-Mexique), Warren Harding (Ohio), Philander Knox (Pennsylvanie) et Harry New (Indiana) présents à une réunion convoquée deux jours après que la commission des Affaires étrangères eut rendu son rapport sur le traité de Versailles, proposant au Sénat quarante-cinq amendements au traité et quatre réserves d'interprétation.

18. EDM, pp. 312-3.

19. Journal de Chandler Anderson, 21 sept. 1919, CAC/2.

20. John M. Cooper, *Breaking the Heart of the Word, Woodrow Wilson and the fight for the league of Nations*, CUP, 2001, p.170.

21. Division of Current Intelligence Summaries.

22. John Silverlight, *The Victor's Dilemma, Allied Intervention in the Russian Civil War,1917-1920*, Weybright and Talley, 1970, pp. 32-42, Mulder, p. 171.

23. Lloyd C. Gardner, *Safe for Democracy, The Anglo-American Response to Revolution, 1913-1923*, Oxford, OUP, 1984, 239.

24. Mémo de Philip Kerr à WB, 21 février 1919, WBY110/381.

25. *Ibid.*

26. NARA, SD 184.022002/11 et WBY107/330. Il était prévu qu'en cas d'approbation, sanctionnée par un armistice, une conférence sur la Russie se tînt dans la semaine suivante, de préférence dans un pays neutre, la Norvège par exemple.

27. Henry Wickham Steed, *Through Thirty Years, 1892-1922, A Personal Narrative*, Doubleday, 1925, p. 303.

28. Philip Kerr devenu Lord Lothian à Lloyd George, 20 avril 1937, LGL/LG/G/12/5/60.

29. Entretien de Bullitt avec Lansing, 19 mai 1919, 14 h 30, audition Bullitt, 1276.

30. Treaty of Peace with Germany : Hearings before the Committee on Foreign Relations ; Sixty-Eight Congress, First Session, Senate Document 106, Washington DC, 1919 (Audition Bullitt), pp. 1280.

31. Lansing à Polk, 1er oct. 1919, FPY9/315.

32. Phillips à Lansing, 13 sept. 1919, RLC/46.

33. Polk à Lansing, 22 sept. 1919, FPY9/314.

34. EHD, 16 sept. 1919, vol. 8, 39 et « Lloyd George sees "tissu of lies" in Bullitt version », NYT, 16 sept. 1919.

35. White à Lodge, 13 nov. 1919, CLB/19.

36. « A competent witness », *New York Herald*, 18 sept. 1919.

37. « Mr. Bullitt's disclosures », NYT, 15 sept. 1919, p. 10.

38. « The Bullitt Testimony : Silence cannot cover it », *PPL*, 16 sept. 1919.

39. Lansing à Polk, 1er oct. 1919, FPY9/315.

40. PWW63, 337.

41. Joseph Tumulty, *Wilson as I Know Him*, Country Life Press, 1921, pp. 441-443.

42. Lansing à WW, PWW 63, pp. 337-338.

43. Discours de Reno, 22 sept. 1919, PWW63, 433.
44. Discours de San Francisco, 17 sept. 1919, PWW63, 329.
45. Allocution au déjeuner, San Francisco, 18 sept. 1919, PWW63, 346.
46. PWW63, 345.
47. John Milton Cooper, *Breaking the Heart, op. cit.*, p. 194.
48. PWW63, 451.
49. John Milton Cooper, « Disability in The White House : The Case of Woodrow Wilson » in *The White House, The First Two Hundred Years,* Boston, Northeastern University Press, ed. Frank Freidel & William Pencak, 78.
50. Ryan D. Jacobson, « President Wilson's Brain Trust : Woodrow Wilson, Francis X. Dercum, and American Neurology », *Journal of the History of Neurosciences,* 118, 59-75, 2009.
51. Polk à Lansing, 18 oct. 1919, FPY9/315.
52. Edith Wilson, *My memoir*, Bobbs-Merrill, 1938, p. 288.
53. Cooper, *Woodrow Wilson: A Biography,* Alfred A. Knopf, 2009, p. 534.
54. Irwin H. Hoover, « The Facts about President Wilson's Illness », PWW63, 635-6.
55. Papiers Grayson, various typed diary entries and notes (1913-1930), CGS1.
56. Le 30 octobre, Edith Wilson avait déjà autorisé le roi des Belges, Albert Ier, à lui rendre visite, accompagné de sa femme, la reine Élisabeth, et de leur fils, le prince Léopold (Cooper, *Wilson*, 542).
57. Papiers Grayson, *idem.* Wilson récitait (avec de menues infidélités) son limerick favori, *Limeratomy* de Anthony Euwer (1877) : « *Doctor, / For beauty I am not a star, / There are others more handsome by far, / But my face I don't mind it / For I am behind it / It's the folks in front that I jar.* »
58. L'Empire britannique s'était vu concéder six sièges à l'Assemblée générale de la SDN pour y inclure ses cinq dominions, Canada, Australie, Afrique du Sud, Nouvelle-Zélande, Inde, en plus de l'Angleterre.
59. La liste en est donnée par Cooper, *Breaking the Heart, op. cit.*, 129.
60. *Ibid.*, 166.
61. Richard Coke Lower, *A Bloc of One, The Political Career of Hiram W. Johnson,* Stanford UP, 1993, 139.
62. NYT, 18 nov. 1919. Il recourut très délibérément au terme d'« invalidation » (*nullification*), péjoratif dans la mesure où il rappelait les efforts de la Caroline du Sud pour « invalider » les lois fédérales avant la guerre de Sécession, un chiffon rouge pour les républicains (Cooper, *Wilson,* 543).
63. Stone, *op. cit.*,138 et journal d'Anderson, sept. 21, 1919, CAC/1.
64. Bulletin du Congrès, 5 nov. 1919, p. 8426 ; Burkinshaw à WB, WBY16/312.
65. *Ibid.*, 19 nov., 1919, 8776.
66. Jacobson, *op. cit.*, p. 64.
67. Arthur Walworth, *Woodrow Wilson*, Norton, 3rd edition, 1978, II, p. 378.

68. WW, « A Draft of a Public Letter », 17 déc., 1919, PWW64, 199-202.
69. Arthur Stanley Link, *Wilson the Diplomatist : A Look at His Major Foreign Policies*, Johns Hopkins Press, 1957, p. 132.
70. James Kerney, *The Political Education of Woodrow Wilson,* The Century Co., 1926, p. 453.
71. Stone, *op. cit.*, 155.
72. Borah et Johnson ne voulaient d'aucune transaction. S'ils n'obtenaient pas gain de cause, ils étaient prêts à contester à Lodge son titre de chef de la majorité et à fonder un nouveau parti, avec l'appui de William R. Hearst et ses journaux, Stone, 161 et Leon E. Boothe, « A Fettered Envoy : Lord Grey's Mission to the United States 1919-1920 », *The Review of Politics,* 33, 1er janv. 1971, 78-94.
73. John A. Thompson, *Woodrow Wilson*, Longman, 2002, pp. 237-8.
74. Journal de Raymond Clapper, 14 fév. 1920, cité in Stone, *op. cit.*, 162-163.
75. Traduit de l'anglais par Paul Franck, Éditions de la NRF, 1920,
76. JMK, *CEP*, pp. 43 et 50.
77. JMK, *CEP*, 51
78. Bulletin du Congrès, 66e Congrès, 2e Session, p. 2696 (10 fév. 1920).
79. Hoover à Keynes, 18 déc. 1919, HHS/Gen. Acc. 265/8.
80. James E. Watson, *As I Knew Them : Memoirs*, Bobbs-Merrill, 1936, p. 202.
81. Cooper, *Breaking the Heart, op. cit.*, p. 366 et Denna Frank Fleming, « Lodge The Republican Partisan », in Ralph A. Stone ed., *Wilson and the League of Nations, Why America's Rejection*, Holt, Rinehart and Winston, 1967, p. 83.
82. Cooper, *ibid.*, 367. La réserve sur l'article X spécifiait : « Les États-Unis ne sont tenus par l'article X à aucune obligation de maintenir l'intégrité territoriale ou l'indépendance politique de quelque autre pays, non plus qu'à intervenir dans les querelles entre les nations – qu'elles soient ou non membres de la SDN – à moins que le Congrès qui, au regard de la Constitution, a seul le pouvoir de déclarer la guerre ou d'autoriser l'emploi des forces terrestres ou navales, en ait décidé ainsi par une loi ou une résolution. »
83. Hitchcock à Colby, 29 mars 1920, WW à Colby, 2 avril, 1920, BCC.
84. Georges Clemenceau, *Grandeurs et misères d'une victoire*, Plon, 1930, p. 210.
85. George Wormser, *Clemenceau vu de près,* Hachette, 1979, p. 427.
86. Axson à Baker, 29 août 1928, RBC. Après les élections, il lui dit : « Je n'ai pas perdu foi dans le peuple américain. Il a été momentanément abusé mais il se rendra bientôt compte de son erreur. » Robert Ferrell, *Woodrow Wilson and World War I*, Harper & Row, 1985, 300 ; note 32.
87. Ferrell, *ibid*, 229.
88. *PPL*, 12 janv. 1921.

89. « The bamboozlement », Associated Press, 21 mars 1921.
90. « Wilson versus Lansing », *PPL*, 25 mars 1921.
91. Kerr à Nancy Astor, 3 déc. 1922, MS1416/1/4/51.
92. Bonsal à House, 5 janv. 1923, EHY17/533.
93. Kerney, *op. cit.*, 466.
94. Gene Smith, *When the Cheering Stopped*, William Morrow, 1964, pp. 237-8.
95. Entretien avec Margaret Axson Elliott, juin 1949, AW 4/1-15.
96. WB, *The Shining Adventure*, manuscrit non publié, 2, WB 141/101.
97. WB à Nancy Astor, 17 janv. 1920, WBY106/312.
98. Télégramme de WB à Lansbury, sans date, WBY48/1170. Voir Mulder, IV, p. 55.
99. EDM, pp. 315-8.
100. WB à Nancy Astor, *op. cit.*
101. Tous leaders et penseurs travaillistes anglais.
102. Laski à WB, 10 août 1920, WBY46/1117.

CHAPITRE 2

1. Will Brownell and Richard N. Billings, *So close to Greatness: A biography of William C. Bullitt*, Macmillan, 1987, pp. 29-33.
2. EDM, p. 43.
3. WB, *The Shining Adventure*, pp. 17-8.
4. *Ibid.*, p. 18.
5. WB à ED, 15 sept. 1914, EDG/1/3.
6. Jake Alexander, « Ambassador Bullitt – He Rose from the Rich », *The Saturday Evening Post*, 11 mars 1939.
7. Linda J. Lumsden, *Inez: The life and Times of Inez Milholland*, Indiana University Press, 2004, p. 132.
8. *Ibid.*, p. 135.
9. Barbara S. Kraft, *The Peace Ship, Henry Ford's Pacifist Adventure in the First World War*, Macmillan, 1978, pp. 112-113.
10. *PPL*, 13 déc. 1915 ; Kraft, p. 130.
11. *PPL*, 14 déc. 1915.
12. EDM, p. 97.
13. *Ibid.*, p. 23.
14. *Ibid.*, pp. 10-14.
15. *Ibid.*, p. 34.
16. EDM, p. 140.
17. Ernesta Drinker Bullitt, *An Uncensored Diary from the Central Empires*, Doubleday, Page, & Cie, 1917.
18. EDM, p. 134.
19. EDM, p. 29.

20. Voir l'exemple topique de Carl Ackerman étudié par Meghan Menard McCune et John Maxwell Hamilton : « "My object is to be of service to you" : Carl Ackerman and the Wilson administration during World War I », *Intelligence and National Security*, vol. 32, n° 6, 2017, 743-757.

21. Jagow dit à Bullitt que l'Allemagne n'avait pas été informée de l'ultimatum. Elle n'en eut connaissance que la veille de son envoi, trop tardivement pour rien y changer. Mais le Reich avait assuré à la monarchie bicéphale qu'il se joindrait à elle si la guerre éclatait (WB à Polk, 20 sept. 1916, FPY/Bullitt).

22. Kerney, *op. cit.*, p. 384.

23. Elle figurait dans un article de décembre 1916, cf. conversations avec WL, 9 et 10 déc. 1927, RBC/Lippmann. WW en était un abonné.

24. WL à EH, 12 avril 1917, EHY70/2324.

25. Kerney, *op. cit.*, pp. 391-2.

26. Voir Snell à Bullitt, 5 janv. 1951, WBY78/1992.

27. TLD, 5 oct. 1917.

28. Note de W. Wiseman, « The Inquiry », CSY466/187. L'inspiration venait du « Comité d'études » créé en 1917 avec Charles Benoist, Ernest Lavisse et Vidal de la Blache dont Felix Frankfurter avait signalé l'existence à House. Cf. Soutou, *La Grande Illusion*, pp. 156-7.

29. IPCH, 3, 331. Steel, *Walter Lippmann and the American century*, Vintage Books, 1981, 132-3.

30. Bertrand Favreau, *Georges Mandel ou la passion de la République*, Fayard, 1996, pp. 113-4.

31. Andrew Suttie, *Rewriting the First World War : Lloyd George, Politics and Strategy*, 1914-1918, Palgrave, p. 177.

32. Ronald Steel, *op. cit.*, p. 149.

33. *TLD*, pp. 15-6.

34. Mémorandum Cobb-Lippman sur les « Quatorze points », 28 octobre 1918, in *Public Philosopher, Selected Letters of Walter Lippmann*, John M. Blum Ed., Ticknor and Fields, 1985, pp. 97-105, et Harold Nicolson, *Peacemaking 1919*, Grosset and Dunlap, 1965, pp. 13-4.

35. Charles Neu, *Colonel House : A Biography of Woodrow Wilson's Silent Partner*, OUP, p. 371.

36. Verbatim de la réunion de Grand Quartier général, Versailles, 2 nov. 1918, F° Δ Rés. 858/1/XII PMN

37. Télégramme 1660 de Jusserand au MAE, 15 novembre 1918, MAE/166PA-AP/466.

38. Gilbert Close à Helen, 6 déc. 1918, GCP/1/1.

39. Chaque fois qu'il voyageait, Wilson faisait coïncider départ ou arrivée avec le 13 du mois. Lorsque, après un bref retour aux États-Unis, il vint reprendre son siège à la conférence de la Paix, son deuxième débarquement en France eut lieu le 13 mars. Ses nom et prénom (W-o-o-d-r-o-w W-i-l-s-o-n) comptaient treize lettres. Il commença sa treizième année à Princeton

en devenant le treizième président de l'université et son entrée en fonction comme président des États-Unis eut lieu en 1913. « Dans la première version du Pacte de la SDN, il s'en tint méthodiquement à treize articles, listant à part les points supplémentaires. » À bord du *George Washington*, la suite immédiate du Président se composait de treize personnes, qui formaient une sorte de fraternité, les « Pipps » (Charles Swem, « When the armistice was signed » et « Peace Conference and going abroad », 4, CSP87/22).

40. Journal de Bullitt, 7 déc. 1918, WBY104/257.

41. *Ibid.*, 9 déc. 1918.

42. *Ibid.*

43. Aujourd'hui gare de l'avenue Foch.

44. Le 15 déc. 1919.

45. C'est en fait Lloyd George qui forgea le terme d'« autodétermination » dans son discours du 5 janvier 1918, quelques jours avant que Wilson ne prononce l'allocution des « Quatorze points » (cf. Lloyd E. Ambrosius, *Woodrow Wilson and the American Diplomatic Tradition : The Treaty Fight in Perspective*, CUP, 1987).

46. Hugh R. Wilson, *Diplomats Between Wars*, Longmans, Green and Co., 1941, p. 69.

47. Conversation entre le général Smuts et l'amiral Grayson, 14 janv. 1930, various typed diary entries and notes (1913-1930), CGS1.

48. Mark Mazower, *Governing the World: The History of an Idea*, Penguin Press, 2012, pp. 118-9.

49. Mazower, *ibid.*, pp. 132-3.

50. WB à ED, 20 déc. 1918, WBY109, pp. 361-364.

51. WB à EB, 1er janv. 1919, WBY109/371 et Hugh R. Wilson, *op. cit.*, p. 75.

52. Instruction du 14 juin 1918, EHY21/677.

53. WB à Lansing, « The Bolshevist Movement in Europe », 2 nov. 1918, *PWW*, vol. 51, p. 567.

54. Mémorandum pour le colonel House d'une conversation entre WB et Albert Thomas, Marcel Cachin et Jean Longuet, 21 déc. 1918, WBY103/250.

55. Grew à WB, 29 janv. 1919, WBY103/250.

56. Mémo de WB à EH, 21 déc. 1918, *op. cit.*

57. Journal de Cachin, 4 fév. 1919, II/356.

58. Hugh Wilson, *Diplomats betwen Wars, Longmans, Green and Co.*, 1941, p. 74.

59. PWW55, 67 ; David Hunter Miller, *My Diary at the Conference of Paris, with documents*, Appeal Printing Company, 1924, doc. 374-6, pp. 238-241. Manley O. Hudson assista Bullitt dans la rédaction, ASC/1.

60. Alan Sharp, *The Versailles Settlement: Peacemaking after the First World War*, 19119-1923, Palgrave, 2018, 59.

61. Austin Van der Slice, *International Labor, Diplomacy, and Peace, 1914-1919*, University of Pennsylvania Press, 1941, pp. 252-3.

62. *AAD*, p. 61.

63. Justin Kaplan, *Lincoln Steffens : a biography*, Simon and Schuster, 1988, p. 245.

64. Jordan A. Schwarz, *Liberal: Adolf A. Berle and the Vision of an American Era*, Free Press, 1987, 6-27.

65. *Ibid.*, p. 794.

66. WB cité in LB, *The Mirrors*, p. 185.

67. Schlesinger, *op. cit.*, p. 13.

68. Arno J. Mayer, *Politics and Diplomacy of Peacekeeping, Containment and Counterrevolution at Versailles, 1918-1919*, Knopf, 1967, p. 478 et chapitres 17-19.

69. George B. Noble, *Policies and Opinions at Paris, Wilsonian Diplomacy, the Versailles Peace, and French Public Opinion,* Macmillan, 1935, pp. 288-9 ; Berle, OHC, p. 39.

70. Baker, « Bolshevism and Russia », RB/18.

71. Tumulty à WW, 2 avril 1919, Mayer, p. 478.

72. Herbert Hoover, *The Ordeal of Woodrow Wilson*, McGraw-Hill, 1958, p. 117.

73. Henry Cabot Lodge, *The Senate and the League of Nations*, Scribner, 1925, p. 100.

74. Après la mort le 6 janvier 1919 de Theodore Roosevelt, Cabot Lodge était devenu le leader de fait du Parti républicain. La mort de « Teddy » Roosevelt enlevait certes un rival au Président, mais le privait aussi d'un opposant ouvert à l'idée d'une société des nations ainsi qu'à une présence plus affirmée des États-Unis sur la scène mondiale. Cooper, *Wilson*, p. 466.

75. Si un conflit surgissait, par exemple, entre l'Angleterre et le Brésil, et que la SDN reconnût le bon droit de l'Angleterre, les États-Unis ne voulaient pas être forcés d'intervenir contre une nation des Amériques.

76. Stephen Bonsal, *Unfinished Business*, Doubleday, Doran and Company, Inc., 1944, pp. 147-50.

77. Kerr à LG, 18 fév. 1919, LGL/F/89/2/3.

78. Brownell et Billings, *op. cit.*, p. 93 ; HC114, Cols 1186-1245, cité in John Silverlight, *op. cit*, pp. 166-8.

79. Berle, OHC, p. 66.

80. ED à WB, WBY109/362 et WB à Marshall Bullitt, 22 janv. 1919, FHS 1381.

81. EDM, pp. 226-236.

82. *AAD*, 16 déc. 1918 et FF à sa femme, cité in Brad Snyder, *The House of Truth: A Washington Political Salon and the Foundations of American Liberalism,* OUP, 2017, p. 252.

83. Archives Weizmann, CW à AA, Londres, 19 janv. 1919. AAD, 21 janv. 1919.

84. Ray S. Baker, *American Chronicle: The Autobiography of Ray Stannend Baker*, Scribner, 1945, p. 404.

85. Jean Longuet, « William Bullitt, ambassadeur des États-Unis à Moscou », nov. 1933, ANF, 671 AP/8A.
86. Journal de A. Berle, 10 mai 1919, ABR.
87. *And Do Silently: A Biography of Whitney Hart Shepardson*, manuscrit non publié de Robert Stuntman et John Shepardson, WSR 13, p. 126.
88. Manley O. Hudson à WB, 7 sept. 1936, WBY40/941.
89. EDM, p. 276.
90. Lincoln Steffens, *The Autobiography of Lincoln Steffens*, Chautaugua Press, 1931, p. 802.
91. C'est Felix Frankfurter qui le désigne ainsi dans une lettre à sa femme (Snyder, *op. cit.*, p. 252).
92. EDM, pp. 283-4.
93. WBY95/2416.
94. *TNR*, 24 mai, 1919, 238.
95. « Broken Faith », *The Nation,* 25 mai 1919.
96. Colcord à WB, 29 mai 1919, WBY61/1482. Le rôle de Colcord est mentionné par Thomas Knock, *To End all Wars. Woodrow Wilson and the Quest of a New World Order*, New York, OUP, 1992, 257.
97. Colcord à WB, 17 nov. 1933, WBY20/439.
98. WL à BB, 15 septembre 1919, WLY3/138.
99. *TNR*, 8 oct. 1919, 295-6.
100. Cité dans la lettre de Colcord à WB, 17 sept. 1919, WBY20/438.
101. EDM, p. 322.
102. Max Eastman, « The Chicago Conventions », *The Liberator*, 17 oct. 1919 et Gitlow, 53-57.
103. EDM, p. 186.
104. EDM, p. 158.
105. EDM, pp. 340 et 344-345.
106. EDM, p. 332.
107. WB, « The Tragedy of Paris », *The Freeman*, 17 mars 1920, p. 18.
108. Keynes à Duncan Grant, 14 mai 1919, MS 57931/138.
109. JMK, EC/10/2/6 et CEP, 40.
110. JMK, EC/10/2/6 et CEP, 42.
111. JMK, EC/10/2/6 et CEP, 44-45.
112. JMK, EC/10/2/6 et CEP, 47.
113. Sweeney à WB, 25 juillet 1920, WBY80/2019.
114. EDM, p. 331.
115. EDM, pp. 368-9.
116. EDM, pp. 347 et 353.
117. EDM, pp. 357-9.
118. EDM, p. 364.
119. *TNR*, 6 avril 1921.
120. Lettre de Villard à WB, 16 mars 1921, WBY84/2170.
121. EDM, p. 362.

CHAPITRE 3

1. Samuel Putnam, *Paris was Our Mistress : Memories of a Lost and Found Generation*, Viking, 1947, p. 87.
2. Un exemplaire de l'édition Boni et Liveright, 1922. Sa dédicace reproduisait le jugement de Lénine sur Bullitt imprimé à la page 10.
3. WB à LB, 23 juin 1922, WBY11/231.
4. WBY162/99.
5. WB à LB, janv. 1923, WBY11/ 232.
6. Amanda Smith, *Newspaper Titan. The Infamous Life and Monumental Times of Cissy Patterson*, Knopf, 2011, pp. 281-3.
7. M. Dearborn, *Queen of Bohemia : The Life of Louise Bryant*, Houghton Mifflin, 1996, p. 212.
8. *Ibid.*, p. 213.
9. WB à ED, 3 avril 1923, EDG/I/5.
10. LB à Scofield Thayer, 15 mars 1923, STY/IV/28/751.
11. Henri Gad (son avocat) à WB, 24 avril 1923, WBY31/691. Sur les divorces de couples américains à Paris dans les années vingt, cf. Nancy Green, « When Paris was Reno : American Divorce Tourism in the City of Light, 1920-1927 », *Arcade : Literature, the Humanities, & the World*, 13 avril 2016.
12. Témoignage AMB, WBY212, p. 7.
13. Journal de LB, LBY16/108.
14. Élevé en 1892 sur les plans de l'architecte Léon Salvan, le 10 de la rue Desbordes-Valmore (16e arrondissement) faisait partie d'un ensemble d'hôtels particuliers pour artistes avec des ateliers ouverts côté jardin.
15. Kaplan, *op. cit.* p. 265.
16. LB à WB, sans date, WBY11/242.
17. WB à ED, 6 fév.1924, EDGI/5 (sur l'enveloppe, il optait bel et bien pour « Mrs Bullitt »).
18. WB à ED, 8 et 14 fév. 1924, EDGII/6.
19. Note manuscrite de Bullitt, 27 fév. 1924, WBY206/157.
20. LB à Waldo Frank, 15 août 1924, WFP.
21. M. Dearborn, *op. cit.*, p. 231.
22. LB à Frank, *ibid.*
23. Robert McAlmon (avec les chapitres supplémentaires Kay Boyle), *Being Geniuses Together 1920-1930*, Doubleday, 1968), 37 et Dearborn, 232.
24. M. Dearborn, *op. cit.*, p. 226.
25. *IND*, p. 264.
26. LB à McKay, 5 oct. 1926, MKY1/26.
27. NYT, 11 avril 1926 et *Haldeman-Julius Weekly*, 4 sept. 1926.
28. Villard à WB, 9 juin 1926, WBY84/2170.
29. LB à Marguerite ou John Storrs, 12 oct. 1926, JSS, correspondance.

30. Virginia Gardner, *Friend and Lover : The Life of Louise Bryant*, Horizon Press, 1982, p. 248 ; Entretien avec G. Biddle, 23 fév. 1971, VGN4/47.
31. William Bullitt, *The Shining Adventure*, p. 18.
32. Cité in V. Gardner, op. *cit.*, p. 248.
33. Biddle à V. Gardner, VGN4/47. James à Lytton Strachey, 6 nov. 1920, in Meisel et Kendrick, pp. 29-30.
34. NYT, 23 sept. 1919.
35. OB à WB, 1926, WBY14/299.
36. Heinz Hartmann, *Reminiscences* (COH), 1963, p. 14.
37. Abram Kardiner, *Mon analyse avec Freud*, trad. Andrée Lyotard-May, Les Belles Lettres, 2013, p. 80.
38. Gilles Dostaler, *Keynes and his Battles,* Northampton (MA), Edward Elgar, 2007, p. 40.
39. Arthur Verrall (1851-1912), professeur de littérature à Cambridge.
40. James à Lytton Strachey, 6 nov. 1920, in Meisel et Kendrick, pp. 29-30.
41. WB à LB, Hôtel Bristol, Vienne, sans date, WBY11/241.
42. Mark Brunswick à MB, 16 mai 1926, MBP.
43. EDM, p. 22.
44. L. Lumsden, *op. cit.*, pp. 96-97 et 128.
45. IM à EB, déc. 1915, IMS/3.
46. EDM.
47. *The Herald*, 26 oct. 1916 ; *PPL*, 27 nov. 1916.
48. WB à Jean Milholland, 26 sept. 1919 WBY57/1406.
49. « Introduction to Diplomacy », WBY148/231.
50. Steffens à WB, 3 mai 1924, WBY78/2009.
51. EDM, p. 54. La pratique de la circoncision néo-natale non religieuse, particulièrement aux États-Unis, constitue une énigme. La circoncision dite « sanitaire » trouve son origine au XIXe siècle, en lien avec une théorie qui considérait la masturbation comme la cause de quantité d'affections. Certains médecins présentèrent alors la circoncision comme un curatif. En 1891, le Dr Remondino prétendait dans un livre qu'elle prévenait ou soignait une centaine de pathologies, dont l'alcoolisme, l'épilepsie, l'asthme, l'énurésie, la hernie, la goutte, les rhumatismes, l'insuffisance rénale, etc. Dans les années 1880, période qui voit sa pratique médicale normalisée, le taux de circoncisions aux États-Unis avoisine les 10 % ; il progressera régulièrement pour atteindre un pic dans les années 1980 (cf. E. Wallerstein, « Circumcision : The Uniquely American Medical Enigma », *Urologic Clinics of North America*, vol. 12, n° 1, pp. 123-132).
52. Emilie Mathien Tatham (1859-1886).
53. *The Shining Adventure*, p. 13 et Brownell et Billings, *op. cit.*, pp. 104-5.
54. EDM, p. 36.
55. EDM, 15 juillet 1939, in B. Snyder, *op. cit.*, p. 185.
56. Ernest Hemingway, *Selected Letters,* Scribner, 1981, 268.

57. Carnets, déc. 1919, HGP. *Caddish* a le double sens de « répugnant » et « Juif ». Mais Hugh Gibson, connu pour son antisémitisme – Frankfurter a écrit que Gibson « avait fait plus de mal à la race juive que quiconque ayant vécu au cours du siècle dernier » –, avait l'habitude de mettre des petits « pétards juifs » dans ses lettres ou notes. Voir Martin Weil, *A Pretty Good Club: The Founding Fathers of the U.S. Fereign Service*, Norton, 1978, 39-40 & 41-42.

58. AAD, 2 janv. 1919.

59. WB, « For my Daughter Anne Moen Bullitt : A Preface to Life » [Pour ma fille, Anne Moen Bullitt : Initiation à la vie], WBY163/519.

60. Todd Eidelman, « Jewish self-hatred in Britain and Germany ». *Two Nations : British and German Jews in Comparative Perspective,* Michael Brenner and al. ed. (Tübingen : Mohr, 1999), 333.

61. SF à WB, 17 avril 1927, WBY30/681.

62. Sous le n° 78777, cf. WBY163/509.

63. *The Tragedy of Wilson*, I-15 et I-35. WBY163/506

64. Villard to WB, 5 avril 1927, WBY84/2170.

65. Rapport de Courtenay Lemon sur *The Tragedy of Wilson*, 24 mars 1927, TGA682/10062.

66. M. Dearborn, *op. cit.*, p. 244 et Wayne F. Cooper, Claude McKay, *Rebel Sojourner in the Harlem Renaissance : A Biography,* Baton Rouge, Louisiana Press University, p. 210.

67. Robert McAlmon à Louise Bryant, sans date, LBY5/67.

68. WB à LB, 6 mars 1928, 1928 WBY11/235.

69. LB à Claude McKay, sans date, CM 1,28.

70. L'étiologie de la maladie de Dercum, décrite pour la première fois par le neurologue Francis Xavier Dercum en 1892, reste inconnue mais plusieurs causes ont été évoquées, dont l'altération du métabolisme des graisses dans les tissus adipeux, des anomalies endocriniennes, une pression mécanique sur les nerfs ou des traumas.

71. Témoignage de Mura Dehn, in V. Gardner, *op. cit.*, p. 269.

72. Témoignage d'Anne Bullitt, in M. Dearborn, *op. cit.*, p. 249.

73. V. Gardner, *op. cit.*, p. 269 et déposition de Bullitt pour la procédure de divorce, sans date, 5. WBY207/155.

74. Cf. WB à LB, 28 mai 1928, WBY11/235.

75. LB à McKay, 15 sept. 1928.

76. WB à LB, 28 oct. 1928, WBY11/236.

77. WB à LB, sans date, WBY11/237.

78. WB à LB, 7 déc. 1929, WBY11/237.

79. WB à LB, 8 déc. 1929, WBY11/237.

80. Nicole D'Ubalda à WB, 5 mars 1929, WBY95/2411.

81. WB à LB, 29 mars 1929, WBY11/238.

82. SF à LB, 15 avr. 1929, LBY3/35.

83. LB à WB, 16 avr. 1929, WBY11/240.

84. WB à LB, 17 avr. 1929, WBY11/238.

85. Note manuscrite de LB, LBY3/35.
86. L. Steffens, *Letters*, II, p. 745.
87. Témoignage AMB, 16 212.
88. WB à LB, 6 avr. 1929, WBY11/238.
89. WB à LB, 10 et 11 avr. 1929, WBY11/238.
90. WB à LB, 18 avr. 1929, WBY11/238.
91. M. Dearborn, *op. cit.*, p. 265.
92. *Ibid.*, p. 266.
93. Copie de la lettre de Freud à WB envoyée à Langner, 1er août 1929, TGY38/824.
94. Courtenay Lemon, rapport sur *Gobi*, 30 sept. 1929, TGY685/10085.
95. V. Gardner, *op. cit.*, p. 271 et p. 254.
96. Arthur Hays à LB, 4 et 13 nov. 1929, LBY4/45.
97. LB à FW, 17 mai 1930, FWN.
98. LB à FW, 22 avr. 1930, FWN.
99. WB à Marsden Hartley, 1er déc. 1929, MHY/dossier Bullitt.
100. Arthur Hays à LB, nov. 1929, LBY4/45.
101. Leslie R. Naftzger à LB, 28 fév. 1930, LBY5/75 et 23 déc. 1929, WBY207/154.
102. Copie de la déposition de Bullitt dans la procédure de divorce, WBY 207/155.
103. Walsh à Margaret Reed, 14 avr. 1931, FWN (300 dollars de 1929 équivalent à 4 875 en 2022).
104. WB à LB, 13 et 15 oct. 1929, WBY11/239.
105. WB à LB, 24 mars 1930, WBY11/240.
106. WB à ED, 24 fév. 1930, EDGI, 6.

CHAPITRE 4

1. William Bayard Hale, *The Story of a Style*, Huebsch, 1920, p. 2.
2. *Ibid.*, p. 133.
3. *Ibid.*, p. 229.
4. *Ibid.*, p. 36.
5. Lapsus de Freud qui voulait probablement écrire « de son plein gré » (*in accord with his own will* au lieu de *against his own will*) ou bien a juxtaposé l'expression à la précédente (« sans qu'il s'y soumette ») sans plus songer qu'il fallait l'une ou l'autre (cf. Peter Gay, *Freud, une vie*, traduit de l'anglais par Tina Jolas, Hachette, 1995, p. 555).
6. SF à WBH, 3 janv. 1922, WHPY1. Gradiva est le surnom donné à une femme représentée sur un bas-relief d'un musée du Vatican, dans une nouvelle du même nom publiée en 1903 par l'écrivain allemand Wilhelm Jensen. Freud lui consacre un livre de commentaires et d'interpretation, *Le Délire et les rêves dans la « Gradiva »* de W. Jensen, publié en 1907.

7. SF à WBH, 15 janv. 1922, WHPY1.
8. *Ibid.*
9. *Ibid.* et message signé de Freud dans Hale à Huebsch, 4 fév. 1922, HC.
10. Ernest Jones, T. 2, p. 190.
11. *Correspondance…, op. cit.*
12. Lettre du 3 fév. 1919 in Sigmund Freud et Karl Abraham, *Correspondance complète : 1907-1925*, trad. de F. Cambon, Gallimard, 2006, p. 289. Le visiteur en question était envoyé par le neveu de Freud, Edward Bernays, qui était à Paris comme membre de la commission Creel (CPI), cf. Edward L. Bernays et George E. Gifford Jr., « Uncle Sigi », *Journal of the History of Medicine and Allied Sciences*, vol. 35, n° 2 (avril 1980), pp. 216-223.
13. James à Lytton Strackey, 16 fév. 1921, Vienne, 64-5, Strachey LSL/MSS60712.
14. *Ibid.*
15. Theodor Reik, préface à *Thomas Woodrow Wilson*, sans date, MSC/1Anna Freud, 1966-69.
16. EH à CS, 13 avr. 1930, EHY101/3492.
17. S. Freud, lettre à George Sylvester Viereck, 20 juil. 1928, *Correspondance 1873-1929*, trad. de A. Berman, Gallimard, 1979, p. 416.
18. Charles Seymour, « Refighting the War On Paper », *The Yale Review*, vol. XVIII, n° 4, juin 1929, pp. 625-645.
19. *Ibid.*, p. 633.
20. Raymond Recoully, *Le Mémorial de Foch : Mes entretiens avec le Maréchal*, Éditions de France, 1929.
21. *Grandeurs et misères d'une victoire*, Plon, 1930 (Clemenceau mourut le 23 novembre 1929).
22. Antony Lentin, « "Une aberration inexplicable ?" Clemenceau and the abortive Anglo-French guarantee treaty of 1919 », *Diplomacy and Statecraft*, 1997, vol. 8, n° 3, pp. 31-49.
23. *Grandeurs…*, pp. 198-202.
24. Churchill, *The World Crisis : The Aftermath 1918-1922*, New York, Scribner, 1929, p. 119.
25. *Ibid.*, p. 125.
26. *Ibid.*, p. 488.
27. Anders Stephanson, *Manifest Destiny : American Expansionism and the Empire of Right*, New York, Hill and Wang, 1995, p. 129.
28. WBY148/231.
29. *Diary of Sigmund Freud, 1929-1939 : A Record of the Final Decade*, traduit, annoté et présenté par Michael Molnar, Maxwell Macmillan International, 1992, p. 71.
30. MS à Erikson, 9 nov. 1966, MSC.
31. *Elizabeth and Essex : A Tragic History*, Londres, Chatto et Windus, 1928.
32. Lettre du 25 déc. 1928 in Michael Holroyd, *Lytton Strachey, A Critical Biography*, Holt, 1968, T. 2, pp. 615-6.

33. Outre son premier livre avec Breuer, Freud avait collaboré avec David Oppenheim pour l'essai *Rêves dans le folklore* (trad. de J. Altounian in *O.C.*, T. 11, PUF, 1998, pp. 59-84), cf. Peter Singer, *Pushing Time Away, My Grandfather and the Tragedy of Jewish Vienna*, Ecco, 2003, pp. 95-131.

34. Notes sur l'entretien avec House, 7 mai 1930, WBY148/232.

35. Lettre du 1er février 1900, citée in Roland Jaccard, *Freud*, PUF.

36. Ilse Grubrich-Simitis, « On the context of a so far unknown Freud's text », *Die Neue Rundschau*, vol. 117, n° 1, 2006, pp. 39-45.

CHAPITRE 5

1. IPCH, I, 3.

2. Verbatim d'une conversation de CS avec EH, 17 mars 1920, CSY52/252.

3. Extraits du Journal de Lincoln Colcord, in Christopher Leisch, *The New Medicalism in America, 1889-1963: The Intellectual as a social type*, Knopf, 1965, pp. 242-243.

4. Conversation de WB avec House, 19 mai 1919, WBY103/235.

5. WB à AB, sans date, WABY1/6.

6. Neu, *op. cit.*, pp. 20-23.

7. Notes de WB sur House, WBY148/232.

8. Rencontre House/Bullitt, 1er juin 1930, WBY 148/232.

9. Wilson remarqua quelques jours après son élection : « Ce serait une ironie du sort que mon gouvernement ait à s'occuper surtout des affaires étrangères, car je ne suis préparé qu'aux seuls problèmes intérieurs » (Cooper, *Wilson,* p. 182).

10. Au cours d'un entretien avec House, Seymour remarqua que le colonel répétait sans cesse : « Mais si j'avais été président en 1918 (...) » (notes sur une conversation avec EH, 17 mars 1920, CSY52/252).

11. Bullitt identifiait trois grandes idéologies propres à façonner la paix : la réaction qui marchait dans les voies traditionnelles de l'annexion et des indemnités ; l'idée libérale, incarnée par Wilson, qui voulait une paix équitable, prélude à une réconciliation entre les nations ; le bolchevisme, pour qui l'insurrection du prolétariat contre le capitalisme rendait caduque la notion même d'intérêt national », *ON*, I, pp. 40-1.

12. Norman Gordon Levin Jr., *Woodrow Wilson and World Politics; America's Response to War and Revolution,* OUP, 1968, p. 215.

13. Merrill Peterson, *The President and his Biographer : Woodrow Wilson and Ray Stannard Baker*, University of Virginia Press, 2007, p. 39.

14. Wormser, *op. cit.*, p. 178.

15. Clemenceau aurait pu soutenir que le Président ne pouvait pas représenter les États-Unis puisque Lloyd George, Orlando et lui-même étaient chefs de gouvernement et non chefs d'État.

16. EH à CS, 3 juil. 1922, EHY99/3446.

17. EH à CS, 17 mars 1922, CSY 52/254. Pour les mêmes informations voir lettre du colonel Pageot au ministre de la Guerre, 14 nov. 1918, SAH 7N159.

18. House aurait préféré la rattacher à la Suisse et « créer [ainsi] une barrière éternelle entre la France et l'Allemagne », cf. George S. Viereck, *The Strangest Friendship in History*, Praeger, 1932, p. 214.

19. Paul Mantoux, « Le Président Wilson au Conseil des Quatre », *Centenaire Woodrow Wilson*, Centre européen de la dotation Carnegie, 1956, p. 23.

20. Sur la responsabilité française, voir M. MacMillan, *Les Artisans de la Paix : Comment Lloyd George, Clemenceau et Wilson ont redessiné la carte de l'Europe*, trad. de A. Zavriew, Lattès, 2006, p. 339.

21. Grayson Diary, First trip, CGS2, p. 12.

22. C. Seymour, « Woodrow Wilson in perspective », *Foreign Affairs,* vol. 34, n° 2, 1956, pp. 175-186.

23. *Baker, American Chronicle*, *op. cit.*, 30 mai 1919, p. 402.

24. Cary Grayson, « The Colonel's Folly and the President's Distress », *American Heritage*, vol. 15, n° 6, oct. 1964.

25. GC à EH, 20 Mai 1929, EHY 027/878.

26. Le 28 novembre 1922, dans un discours à Chicago, Clemenceau remerciait le colonel House de son appui sur les conditions de l'armistice, cf. G. Wormser, *op. cit.*, p. 180.

27. Note de Louis Aubert pour Clemenceau, « L'opinion française et le Président Wilson », 26 nov. 1918, Fonds Clemenceau, SHD/6N 137-3.

28. IPCH, IV, 270.

29. Cf. M. MacMillan, *op. cit.*, pp. 140-145.

30. Au sein de la délégation américaine, Lansing et le juriste David Hunter Miller avaient soulevé l'objection de la possible inconstitutionnalité du caractère automatique d'une réaction militaire (ou même de sanctions économiques) en cas d'atteinte à l'intégrité territoriale d'un autre État membre. Les Britanniques partageaient les mêmes réserves : Lord Cecil notait dans son journal qu'il goûtait peu « l'idée d'avoir à se battre pour l'intégrité de la Bohême ou d'une région semblable » (Cooper, *Breaking the Heart*, *op. cit.*, p. 51).

31. Thomas Knock, *op. cit.*, p. 220.

32. GC à WW et LG, 17 mars 1919, EHY 927/878.

33. Le dernier paragraphe de l'article 429 du traité visait implicitement le cas où le traité de garantie n'aurait pas été ratifié par les États-Unis et la Grande-Bretagne. Voir A. Tardieu, *La Paix*, Préface de Georges Clemenceau, Présentation de Georges-Henri Soutou, Perrin, 2018, pp. 216-7.

34. Antony Lentin, *Lloyd George and the Lost Peace*, Palgrave Macmillan, 2001, pp. 52-3.

35. Sharp, *Lloyd George*, *op. cit.*, pp. 124-5.

36. EHD, 15 avril 1926, vol. 9, 8.

37. House à Clemenceau, 27 nov. 1922, EHY 027/877.

38. Antony Lentin, *The last Political Law Lord : Lord Sumner (1859-1934)*, Cambridge Scholar Publishing, 2008, p. 83.
39. Fritz Fischer, *World Power or Decline; The Controversy over Germany's Aims in the First World War*, Norton, 1974, p. 32.
40. *Ibid.*, p. 14.
41. Préface à la pièce sur Wilson, WBY163/509.
42. EH à WB, 31 mai 1930, WBY148/232.
43. EH à CS, 12 sept. 1922, EHY099/3447 (je souligne).
44. Mervil Peterson, *op. cit.*, 220.

CHAPITRE 6

1. Témoignage de Victor Rosewater, président du Comité national républicain, 1912, Hill Papers, Stanford.
2. Cités in Robert Alexander Kraig, *Woodrow Wilson and the Lost World of the Oratorical Statesmen*, Texas A & M University Press, 2004, p. 54, 18 déc. 1884, 3 : 552-3 ; 25 nov. 1884, 3 : 484.
3. Edwin A. Weinstein, *Woodrow Wilson : A Medical and Psychological Biography*, PUP, 2014, p. 251.
4. C. Swem, « I want to be a success in life », CSP82/19.
5. S. Freud, *Introduction à la psychanalyse*, trad. de S. Jankélévitch, Payot, 1922, pp. 26-7.
6. S. Freud, « Sur le début du traitement », in *La Technique psychanalytique*, trad. de A. Berman, PUF, 1953, p. 95.
7. S. Freud, *Nouvelles Conférences sur la psychanalyse*, trad. de A. Berman, Gallimard, 1936, rééd. coll. « Idées », 1971, p. 9.
8. *Ibid.*, p. 11.
9. *L'Interprétation des rêves*, trad. de I. Meyerson, PUF, 1967, p. 191.
10. Jonathan Lear, *Freud*, Routledge, 2015, p. 14. Dans le cas de Freud cependant, le rêve traumatique ne l'avait pas abandonné. Peut-être, s'interroge Jonathan Lear, recelait-il un sens supplémentaire qui lui avait échappé. Il avait certes rétabli, par l'interprétation, la mémoire consciente de cette scène d'enfance, mais il avait aussi, plus tard, agi comme son père : le Viennois eut de nombreux disciples en qui il avait placé de grands espoirs et avec lesquels il rompit parce qu'ils « n'étaient arrivés à rien », *ibid.*, p. 106.
11. *Ibid.*, p. 5.
12. S. Freud, *Contribution à l'histoire du mouvement psychanalytique*, trad. de S. Jankélévitch revue par l'auteur, Payot, 1965, p. 10.
13. Edith Gittings Reid, *Woodrow Wilson, the Caricature, the Myth and the Man*, OUP, 1934, p. VIII.
14. Première version de l'introduction de Bullitt au *Président Wilson*, WBY146/201.
15. CS à EH, 26 juin 1930, *ibid.*

16. EH à CS, 25 juin 1930, CSY3/127.

17. Entretien Bullitt/Malone, 9 juil. 1930, WCY148/233.

18. Arthur Link, *Wilson*, vol. 1, *The Road to the White House,* Princeton, PUP, 1947, p. 523.

19. Malone à WW, 7 sept. 1917, PWW44, pp. 167-169.

20. Entretien Bullitt/Malone, 9 juil. 1930, WCY148/233.

2, 83.

22. 19 janv. 1909, PWW18, 635.

23. William, Allen White, *Woodrow Wilson : The Man, His Times and His Task*, Houghton Mifflin, 1924, p. 31.

24. Ray Stannard Baker, *Woodrow Wilson : Life and Letters* [ci-après : Baker, *Wilson* vol. 1], Doubleday, Page, p. 42.

25. *Ibid.*, p. 45.

26. *Ibid.*, pp. 67-8.

27. *Ibid.*, p. 67.

28. William Hale, *Woodrow Wilson, The Story of His Life,* Doubleday, 1912, pp. 63-65.

29. Baker, *Wilson*, vol. 1, p. 89.

30. *Ibid.*, p. 80.

31. *Ibid.*

32. W. Hale, *op. cit.,* pp. 69-70 ; Baker, *Wilson*, vol. 1, p. 105.

33. *Ibid.*, p. 123 ; Joseph Wilson à WW, 20 mars 1879, PWW1, p. 466.

34. WW à Ellen Axson, 23 oct. 1883 in Baker, *Wilson*, vol. 1, p. 46.

35. *Ibid.*, p. 31.

36. *Ibid.*, pp. 129-130.

37. Cf. George C. Osborn, « Woodrow Wilson : The Evolution of a Name », *The North Carolina Historical Review*, vol. 34, n° 4, oct. 1957, pp. 507-516. Le désir de mettre en valeur le nom d'Hattie, qu'il avait promis d'aimer toujours, dut jouer un rôle dans cette décision, pensait Bullitt. Il y avait une raison supplémentaire : « Woodrow Wilson » comptait treize lettres.

38. Cité in Baker, *Wilson*, vol. 1, p. 155.

39. Traduit en français sous le titre : *Le Gouvernement congressionnel, Étude sur la politique américaine*, trad. Boucard et Jèze, préface de H. Wallon, Giard et Brière, 1900, XXXII-372 p.

40. *Ibid.*, p. 167.

41. *Ibid.*, p. 166.

42. Lettre du 26 août 1888, *in* Baker, *Wilson*, vol. 1, p. 295.

43. Reynolds à WB, 10 juil. 1930, WBY.

44. EH à Reynolds, 7 août 1930, EHY94/3230.

45. WB à EH, 29 juil. 1930 EHY21/684.

46. EH à Reynolds, 27 juil. 1930, EHY94/3230.

47. IPCH, I, p. 120 (les extraits en italique correspondent à un passage non publié des carnets du colonel House).

48. EHD, 6 mars 1916, inédit.

49. Cité in Baker, *Wilson*, vol. 3, p. 250.
50. EHD, 16 oct. 1913.
51. WCY148/232.
52. Baker, *Wilson*, vol. 1, pp. 30-1.
53. Merrill D. Peterson, *op. cit.*, pp. 20-1.
54. Baker, *Wilson*, vol. 2, pp. 23 et 30.
55. WW à EAW, 19 juil. 1902, in Baker, *Wilson*, vol. 2, p. 134 et PWW14, p. 27.
56. Baker, *Wilson*, vol. 2, p. 70.
57. *Ibid.*, p. 162.
58. Arthur Link, *Wilson*, vol. 1, *op. cit.*, p. 44.
59. Baker, *Wilson*, vol, 2, pp. 202-203.
60. *Ibid.*, p. 210 ; PWW16, p. 467.
61. W. Barksdale Maynard, *Woodrow Wilson, Princeton to the Presidency*, YUP, 2008, p. 158.
62. W. Hale, *op. cit.*, pp. 125-9.
63. PWW17, pp. 420-5.
64. James Kerney, *op. cit.*, p. 450 ; Alexander L. et Juliette L. George, *Woodrow Wilson and Colonel House : A Personality Study*, J. Day Co., 1956, p. 38.
65. ON, p. 69 ; *Le Président Wilson*, p. 212.
66. Témoignage de Stockton Axson in Baker, *Wilson*, vol. 2, p. 266.
67. *Ibid.*, vol. 2, p. 269.
68. Cooper, *Wilson*, p. 69 ; PWW17, pp. 394 et 611.
69. WW à Puyne, 25 déc. 1909 ; Arthur Link, *Wilson*, vol. 1, p. 68.
70. PWW19, 631.
71. Arthur Link, *Wilson*, vol. 1, pp. 70-1.
72. PWW20, p. 365.
73. Par exemple celui du banquier Bernard Baruch, Entretien WB/Baruch, 4 oct. 1930, WBY148/233.
74. Arthur Link, *Wilson*, vol. 1, pp. 87-88.
75. John Blum, *Joe Tumulty and the Wilson Era*, Houghton Mifflin, 1951, p. 41.
76. *Ibid.*, p. 138.
77. *Ibid.*, p. 34.
78. Kerney, *op. cit.*, p. 26.
79. ON, p. 78.
80. Il le fit sur les conseils de Newman, un journaliste du New Jersey, qui voyait là un « beau coup à jouer ». M. Peterson, *op. cit.*, pp. 45-6.
81. Sous Wilson, l'exigence nouvelle d'une photographie d'identité pour postuler à un emploi dans l'administration fédérale amena la proportion des Noirs à y chuter de 6 % en 1910 à 4,9 % en 1918. À cela s'ajoutait une politique de ségrégation mise en œuvre au niveau fédéral dans les services fiscaux et postaux. Wilson l'avait justifiée en prétendant

qu'elle servait au mieux les intérêts des deux races en évitant les frictions. Cf. Desmond S. King, *Separate and Unequal : Black Americans and the US Federal Government*, OUP, 1995, pp. 48-9. et Ann Hagedorn, *Savage Peace: Hope and fear in America, 1919*, Simon and Schuster, 2007, pp. 106-7.

82. *Le Président Wilson*, p. 239.

83. *Ibid.*, p. 241.

84. EHD, I, p. 120 (inédit).

CHAPITRE 7

1. Cette conversation, qui eut probablement lieu le 19 mars 1917, fut rapportée en juin 1923 par Frank Cobb à Lawrence Stallings et Maxwell Anderson, deux jeunes journalistes du *New York World*, qui en dressèrent le verbatim. Jerold S. Auerbach (« Woodrow Wilson's "Prediction" to Frank Cobb : Words Historians Should Doubt Ever Got Spoken », *Journal of American History*, vol. 54, n° 3, déc. 1967, pp. 608-617) relève un vocabulaire typique de l'après-guerre et conteste son authenticité. Arthur Link (« That Cobb Interview », *Journal of American History*, vol. 72, n° 1, juin 1985, pp. 7-17) la défend ; j'incline dans son sens pour des raisons que le lecteur découvrira en conclusion.

2. Rencontre EH/WB, 1er juin 1930, WBY148/232.

3. EH à WB, 30 mai 1930, WBY148/232.

4. Mark Sullivan, *Our Times : The United States, 1900-1925*, The Chautauqua Press, 1931, p. 120.

5. Thompson, *op. cit.*, 2013. p. 99.

6. IPCH, I, p. 358.

7. EHD, 22 sept. 1915, vol. 3, p. 228.

8. Arthur Walworth, *Woodrow Wilson*, vol. 2, *World Prophet*, p. 26.

9. Mémorandum de EH à Grey, 17 oct. 1915, PWW35, pp. 80-1.

10. Cf. la note de Wilson à EH, 18 oct. 1915, *ibid.*

11. Cf. IPCH, III, pp. 110 et 117.

12. Walworth, *Woodrow Wilson*, vol. 2, *op. cit.* p. 29.

13. WW à EH, 9 janv. 1916, PWW35, p. 457.

14. Par ces termes, il fallait comprendre le retour de l'Alsace-Lorraine à la France, l'annexion de Constantinople par la Russie, la restauration de la Belgique et de la Serbie dans leurs frontières, une Pologne indépendante, la cession à l'Italie des régions italophones de l'empire autrichien et l'institution d'une société des nations (il était prévu par ailleurs que l'Allemagne soit dédommagée de ses pertes territoriales en Europe par des gains en Afrique), cf. House, IPCH II, p. 170.

15. Voir la note de Kerr à Seymour, 7 oct. 1933, CSYI/9/522. Wilson avait inséré « probablement » en italique, pour ne pas sembler préjuger de la

décision du Congrès dont l'aval était nécessaire à une déclaration de guerre, IPCH 2, p. 201.

16. *Le Président Wilson*, p. 278 ; C. Neu, *op. cit.*, pp. 244-5.

17. WW à Mary Hulbert, 3 août 1913, RBC/série IC, cité in Alexander L. et Juliette L. George, *Woodrow Wilson and Colonel House : A Personality Study*, J. Day Co., 1956, p. 31.

18. Cf. D. Lawrence, *op. cit.*, p. 334 et entretien Tumulty/WB, 30 sept. 1930, WBY 148/233.

19. PWW40, pp. 275-6.

20. Philip Zelikow, « *The Road Less Traveled: The Secret Battle to End the Great War, 1916-1917*, Public Affairs, 2021, p. 208.

21. Discours de WW, 22 janv. 1917, PWW 40, pp. 535-538.

22. Holger Afflerbach in (ed.), Jay Winter, *The Legacy of The Great War: Ninety years on*, University of Missouri Press, 2009, p. 75.

23. Baker, *Wilson*, vol. 2, p. 28.

24. WL à EH, 12 avril 1917, EHY70/2324 Blum, *op. cit.*, pp. 65-66.

25. Ellis W. Hawley, *Great War and the Search for a Modern Order : A History of the American People and Their Institutions, 1917-1933*, St. Martin's Press, 1979, pp. 17-8.

26. M. Herbert Clarke Hoover, contrôleur des vivres en Amérique, in *Le Pays de France*, n° 237, 3 mai 1919.

27. B. Farnsworth, *op. cit.*, p. 18.

28. IPCH, III, 393-4.

29. WB à Kennan, 22 sept. 1955, WBY44/1062 et George Kennan, *Russia Leaves the War*, PUP, 1956, I, pp. 475-483.

30. Verbatim d'une conversation de CS avec EH, 31 mars 1922, CSY52/254.

31. Entretien de Tumulty avec WB, 30 sept. 1930, WBY148/233.

32. A. Scott Berg, *Wilson*, G.P. Putnam's Sons, 2013, p. 444.

33. HH à JMK, HHS/Gen. Acc. 265/2 Interfiled, fév. 1979.

34. ON, II, p. 33.

35. ON, II, p. 55.

36. Télégramme Tumulty à Grayson, 17 déc. 1918, CGS/Tumulty.

37. *Preface to Diplomacy*, WBY148/231.

38. IPCH, IV, p. 300.

39. Cette classe *ad hoc* ne comprendra que la Namibie et la Nouvelle-Guinée.

40. Paul Cambon, *Correspondance 1870-1924*, t. 3, 1912-1924, commentaire et notes par Henri Cambon, Grasset, 1946, p. 300.

41. Cf. A. Walworth, *op. cit.*, p. 54 ; lettre à Helm du 30 janv. 1919 et C. Seymour, « Woodrow Wilson and Self-Determination in the Tyrol », *The Virginia Quarterly Review*, vol. 38, n° 4, automne 1962, pp. 567-587.

42. C. Neu, *op. cit.*, pp. 401-2.

43. Grayson Diary, Second trip, p. 22, CGS2.

44. Charles L. Swem, Peace Conference Going Abroad CSP87.
45. EH à CS, 21 avril 1922, CSY52/255.
46. Conversation WB/Baruch 4 oct. 1930, WBY148/233.
47. *Ibid.*
48. ON, p. 141.
49. *Ibid.*, pp. 142-150.
50. À Ray Baker et à Charles Seymour, cf. Arthur Walworth, *Wilson and his Peacemakers, American Diplomacy at the Paris Peace Conference*, 1919, Norton, 1986, p. 54.
51. C. Neu, *op. cit.*, pp. 416-7.
52. George B. Noble, *Policies and Opinions at Paris, Wilsonian Diplomacy, the Versailles Peace, and French Public Opinion,* Macmillan, 1935, p. 335.
53. Lansing à Polk, 4 juin 1919, FPY9/315.
54. Cf. Introduction de Freud, in *Le Président Wilson.*
55. ON, II 222-223 et *Le Président Wilson,* p. 355.
56. EH à CS, 29 sept. 1930, EHY101/3492.

CHAPITRE 8

1. Max Schur, *La Mort dans la vie de Freud,* traduit de l'anglais par Brigitte Bost, Gallimard, Tel, 2009, p. 502.
2. Il demanda par exemple à Philip Kerr des copies des délibérations du conseil des Quatre (mais Kerr ne possédait pas ces minutes, cf. Kerr à WB, 6 oct.1930, WBY51/1225).
3. Rencontre SF/WB, 27 oct. 1930, WBY148/231.
4. *Ibid.*
5. Juin 1874 à oct. 1875 ; déc. 1880 à juin 1882 ; nov. 1883 à mars 1884 ; oct. 1887 à juin 1888 ; nov. 1895 à août 1896 ; juin à août 1899 ; été 1903 ; janv. à mars 1905 ; mai 1906 à oct. 1906 ; janv. 1907 à fév. 1907 ; sept. 1907 à sept. 1908 ; fév. à mars 1910 ; août 1914 à fév. 1915 ; avril 1919 (*Le Président Wilson*, p. 86).
6. Ellen A. Wilson à Florence S. Hoyt, 27 juin 1906, PWW16,430.
7. Entretien avec Alfred Stengel, 11 août 1930, WBY148/233.
8. Conversation WB/Dercum, WBY148/233. Dr John Chalmers Da Costa, co-président du département de chirurgie (1907-1931), Jefferson Medical College.
9. William Allen White, *Woodrow Wilson, The Man, His Time and His Task*, Riverside Press, 1926, p. 276.
10. « Il n'aimait pas non plus Mezes – le beau-frère de House – et jugeait House coupable de népotisme. »
11. Conversation WB/Grayson, 9 oct. 1930, WBY148/233.
12. WBY46/201.
13. Bernard Hale, *Woodrow Wilson : The Story of his Life*, Doubleday, Page, 1912, p. 86.

14. Baker, *Wilson*, vol. 1, p. 30, *contra* Ed Weinstein, p. 105.

15. Dans sa biographie publiée de Wilson, Baker ne mentionne pas cette angoisse (*Wilson*, vol. 1, p. 122).

16. « L'on peut dater de cette scène la crise dans les relations entre le colonel et le Président Wilson car Mrs. Wilson montra l'article au Président et lui rapporta son échange avec le colonel », notera Grayson dans un article de 1926 (mais publié seulement en 1964), « The Colonel's Folly and the President's Distress », *op. cit.*

17. Entretien Baker/WB, 18 juil. 1930, WBY148/233.

18. Entretien Baker/WB, WBY148/233.

19. SF à WB, 22 nov. 1930, WBY147/22.

20. MO, p. 12.

21. *Ibid.*, p. 14.

22. *Le Président Wilson*, p. 80.

23. WBY148/231.

24. *Le Président Wilson*, pp. 77-8.

25. Souligné par Bullitt.

26. *Le Président Wilson*, p. 98.

27. Additions de Freud sur le manuscrit, p. 42, WBY147/222 (passage inséré p. 54 de l'éd. originale, p. 98 de la traduction française, *op. cit.*, éd. Payot).

28. *Le Président Wilson*, p. 97.

29. *Ibid.*, p. 209. House soulignait « la demande d'amour et d'adulation de Wilson, qui l'empêchait d'accepter d'autre jugement [sur sa personne] que des éloges sans mélange », il notait cependant que « ce trait ne s'exprimait jamais directement dans sa conversation ou sa correspondance », entretien EH/CS, 28 avr. 1922, CSY52/255.

30. WW à Ellen Axson Wilson, 19 avril 1888, in Baker, *Wilson*, vol. 1, p. 35.

31. Le surnom de son frère Joe.

32. WW à JW, 16 déc. 1888.

33. WW à JW, 20 mars 1890.

34. S. Freud, *Inhibition, symptôme et angoisse* [1926], trad. M. Tort, PUF, 1975, p. 20.

35. SF à Mrs. Lancaster, 8 déc. 1930, SFC 36.

36. *Le Président Wilson*, pp. 117-8.

37. Télégramme de Hahn à WB, 9 déc. 1930 et « Translation Ready for Typing, Dr. F's Draft Translation », WBY102/220.

38. Mémo de Bullitt sur les archives de Hahn, 24 oct. 1930, WBY 148/229.

39. AF à Jones, 31 janv. 1954, EJL, P04-C-C-06, Cor. F, Ernest Jones et Anna Freud.

40. Lettre du 20 mars 1931 à Max Eitingon, in Sigmund Freud et Max Eitingon, *Correspondance 1906-1939*, trad. de l'allemand par Olivier Mannoni, Hachette, p. 677 (traduction modifiée).

41. M. Schur, *op. cit.*, p. 425.
42. *Ibid.*, p. 427 ; Freud à Bullitt, 22 avr. 1931, WBY147/224.
43. M. Schur, *op. cit.*, p. 428.
44. MO, pp. 85-6.
45. MO, p. 33.
46. Document de six pages de Freud, WBY147/223 ; traduction anglaise, WBY146/197 ; MO, pp. 83-5.
47. WB à Freud, 7 mars 1931, WBY147/224.
48. Baker, *Wilson*, vol. 1, pp. 57 et 71.
49. MO, pp. 90-1.
50. WB à SF, 7 mars 1931, WBY147/224.
51. Voici un exemple de la façon dont Bullitt et Freud révisaient leur travail. Dans l'un des derniers états du texte (WB146/196), au sixième chapitre, les auteurs évoquaient la tendance de Wilson, qui persista sa vie durant, à se dérober aux contacts humains et à fuir la réalité : « Sans doute trouve-t-elle son origine dans l'amour paternel pour les généralités au détriment des faits ; mais la masturbation a dû y contribuer : la fuite devant l'existence est un produit caractéristique de l'autocontentement. Il souffrait à nouveau de migraines et de dyspepsie. Il était toujours vierge. » Freud a remplacé « autocontentement » par « autosatisfaction », modification conservée par Bullitt, puis « masturbation » par « vie sexuelle », que Bullitt a corrigé en « difficultés sexuelles » (correction intégrée dans la version finale). Le paragraphe a disparu de la version publiée.
52. Hays à LB, 14 mai 1931, LBY/4.
53. Brougham lui confirma que Wilson était à l'origine de l'éditorial du *New York Times* du 3 février 1910 qui vantait son action à Princeton ; Brougham à WB, 23 sept. 1931, WBY142/127. Après des démarches infructueuses auprès du secrétaire au Trésor Carter Glass, une enquête menée par son vieil ami Neil Burkinshaw apporta à Bullitt la preuve que Wilson avait bien envoyé un télégramme en avril 1919 pour suspendre l'aide financière des États-Unis à leurs alliés européens ; correspondance entre WB et Glass et WB et Burkhinshaw, oct. 1931-mars 1932, WABY1/37 ; NB à WB, 12 mars 1932, WAB1/37. Le télégramme de Wilson à Glass fut envoyé le 5 avril 1919 à 11 h 50 (WBY148).
54. Le 11 octobre 1931, cf. correspondance WB/RB, août-sept. 1931, RBC.
55. Entretien WB/Grayson, 22 oct. 1931, WBY148/233.
56. Cooper, *Wilson*, p. 587.
57. Entretien WB/Grayson, 22 oct. 1931, WBY148/233.
58. Correspondance WB/LB, 29/31 août 1931 et Hays à LB, 16 oct. 1931, LBY4/47.
59. Samuel Putnam, *op. cit.*, p. 88.
60. Cf. SF à WB, 22 fév. 1932, WBY147/224.
61. Gunther travaillait pour le *Chicago Daily News* et Shirer pour le *Chicago Tribune*.

62. William Shirer, *20th Century Journey, The Start 1904-1930*, Simon and Schuster, 1976, pp. 441-7.

63. « On the Left Bank », 9 fév. 1932, cité in *Wambly Bald : On the Left Bank, 1929-1933*, Benjamin Franklin V (ed.), Ohio University Press, p. 119.

64. RMB à MB, 30 déc. 1930, MBP1/11.

65. RMB à MB, 9 janv. 1931, MBP1/11.

66. Célia Bertin, *La Femme à Vienne au temps de Freud*, Stock, 1989, pp. 292-295. Lucy Freeman et Herbert S. Strean, *Freud and Women*, Frederick Ungar, 1981, pp. 123-5.

67. RMB à MB, 15 oct. 1931, MBP1/11.

68. SF à RMB, 16 oct. 1931, SFC.

69. RMB à MB, 21 déc. 1932, MBP1/11

70. SF à WB, 13 déc. 1932, WBY30/681.

71. WB à EH, 29 avr. 1932, EHY21/684.

CHAPITRE 9

1. 27 oct. 1930, WBY248/231.

2. C. Neu, *op. cit.*, p. 482.

3. WB à EH, 13 déc. 1931, EHY21/685.

4. EH à WB, WABY1/68.

5. Eugene Lyons, *Assignment in Utopia*, Harcourt and Brace, 1937, p. 501.

6. WB à EH, 27 mai 1932, EHY21/685.

7. Elliot A. Rosen, *Hoover, Roosevelt, and the Brains Trust : From Depression to New Deal*, CUP, 1977, p. 23.

8. EH à LW, 19 fév. 1932, EHY117/4126.

9. Louis Wehle, *Hidden Threads of History : Wilson through Roosevelt*, Macmillan, 1953, p. 110.

10. WB à Gardner Cowles, *Look Magazine*, 31 août 1950, WBY21/462.

11. LW à WB, 30 sept. 1932, WABY1/65.

12. Annotation de la main de Bullitt sur la transcription de l'entretien avec Louis Wehle (COH), p. 145, WBY88/2262.

13. Wehle, *op. cit.*, pp. 114-5.

14. Cité in Robert Dallek, *Franklin D. Roosevelt, A Political Life* [ci-après : Dallek, *FDR*], Penguin, 2018, p. 115.

15. Wehle, *op. cit.*, p. 115.

16. *Ibid.*

17. WB à Gardner Cowles, *op. cit.*

18. Wehle, *op. cit.*, p. 118.

19. Freud à WB, 13 déc. 1932, WBY/30/681.

20. Brownell et Billings, *op. cit.*, pp. 123-4.

21. Lettre de SF à J. Lampl-de Groot, 16 fév. 1933, in Sigmund Freud, *Briefe an Jeanne Lamplide Groot, 1921-1939*, lettres éditées par Gertie F. Bögels, transcription de Gerhard Fichtner, Psychosozial-Verlag, 2017, p. 105.

22. Le protocole de Lausanne abaissait à 3 milliards de reichsmarks (une décote de 90 % par rapport au plan Young) le montant dû par l'Allemagne au titre des indemnités de guerre. Jamais ratifié, il mit *de facto* un terme au paiement des réparations. En décembre 1932, la Grande-Bretagne effectuait un paiement au titre du remboursement de la dette qui s'avérerait le dernier, la France « reportait » quant à elle ses remboursements et fit ensuite défaut (E. Rosen, *op. cit.* p. 365).

23. NYT, 4-5 fév. 1933.

24. Lettre de SF à J. Lampl-de Groot, 1er fév. 1933, *op. cit.*, p. 102.

25. Arthur Schlesinger, *The Coming of the New Deal*, Houghton Mifflin, 2003, pp. 188-9.

26. WB à Moley, 19 mars 1933, RMH 63-8/WBfile.

27. Lettre de SF à J. Lampl-de Groot, 9 mars 1933, *op. cit.*, p. 107.

28. Raymond Moley, *After Seven Years*, Harper and Brothers, 1939, pp. 135-6.

29. Anne O'Hare McCormick, « The Two Men at the Big Moment », NYT, 5 nov. 1932.

30. Entretien avec Ben Cohen, 6 mai 1970, JBY/Cohen.

31. FDR à Gibson, 2 janv. 1920, HGW/FDR 1920-1922.

32. Robert Dallek, *Franklin D. Roosevelt, and American Foreign Policy, 1932-1945* [ci-après : Dallek, *Foreign Policy*], p. 35.

33. E. Rosen, *op. cit.*, pp. 269-70.

34. Interview de Moley par Rosen, 4 oct. 1967, p. 54, HHW.

35. James P. Warburg, *Reminiscences*, Columbia University Center for Oral History, 1952, p. 505.

36. *Ibid.*, p. 507.

37. A. Schlesinger, *op. cit.*, p. 205.

38. Dallek, *Foreign Policy*, pp. 45-6.

39. *Ibid.*, pp. 38-9.

40. R. Moley, *op. cit.*, pp. 417-8 ; Patricia Clavin, « The Fetishes of So-Called International Bankers : Central Bank Co-operation for the World Economic Conference, 1932-3 », *Contemporary European History*, vol. 1, n° 3, nov. 1992, pp. 281-306.

41. Message de MacDonald à Lamont, 5 juil. 1933. BNA, PRO 30/69/597, Fonds Rosenberg,

42. Warburg, *op. cit.* (24 mars et 11 avril 1933), pp. 233 et 429.

43. WB à FDR, 8 juil. 1933, *FDRP*, dossier PSF, B-68.

44. John Morton Blum, *From the Morgenthau Diaries*, vol. 1, *Years of Crisis : 1928-1938*, Houghton Mifflin, p. 72.

45. B. Farnsworth, *op. cit.*, p. 90.

46. *Morgenthau Diaries…*, *op. cit.*, p. 72.

47. William Bullitt, « How We Won the War and Lost the Peace », *Life*, 30 août 1948, pp. 83-97.

48. Katherine Siegel, *Loans and Legitimacy : The Evolution of Soviet-American Relations*, University Press of Kentucky, 2014, p. 137.

49. Cissy Patterson à WB, 18 nov. 1933, WBY65/1592.

50. Au troisième rang, ajoutait Steffens, venait « probablement Litvinov », LS à WB, 25 nov. 1933, WBY78/2009.

51. Note de WB, WBY73/7830.

52. *Ibid.*

53. WB à Lansbury, non datée, WBY48/1170.

CHAPITRE 10

1. S. J. Woolf, « Bullitt Looks at the European Scene », *New York Times Magazine*, 6 sept. 1936.

2. FPPS, pp. 66–9.

3. Henry William Brands, *Inside the Cold War : Loy Henderson and the Rise of the American Empire, 1918-1961*, OUP, 1991, p. 51.

4. Témoignage de Durbrow, VGN5/40.

5. WB à J.V.A. MacMurray, ambassadeur américain à Riga, 14 déc. 1933, WBY54/1325 ; GK à WB, 27 déc. 1933, WBY44/1060.

6. Loy W. Henderson, *Question of Trust : The Origins of U.S.-Soviet Diplomatic Relations*, édition et introduction de George W. Baer, Hoover Institution Press, 1986, pp. 352-3.

7. P. Gay, *op. cit.*, pp. 681-682.

8. *The Diary of Sigmund Freud 1929-1939, A Record of the final decade*, traduit, annoté et introduit par Michael Molnar, Maxwell-Macmillan, 1992, p. 18.

9. WB à SF, 2 déc. 1933, WBY30/681.

10. WB à Mack, 3 fév. 1934, WBY54/1320.

11. Télégramme de WB à MB, 17 fév. 1934, MBP/Correspondance/1934/Bullitt.

12. Le 25 juillet 1934, Dollffuss serait assassiné par les nazis autrichiens dans une tentative de coup d'État.

13. Lettre à Hilda Doolittle du 5 mars 1934 in *Pour l'amour de Freud*, trad. de Nicole Casanova, préface d'É. Roudinesco, Éd. des Femmes, 2010.

14. Lettre du 11 mars 1934, in Gerhard Fichtner, *Jahrbuch der Psychoanalyse*, 54/2007.

15. Cf. la correspondance entre Mack et MB, entre février et mars 1934 et la lettre de Freud à HD, 3 nov. 1935, HDY10/341.

16. LB à WB, 27 et 28 déc. 1933, 24 janv. 1934, WBY11/240.

17. Samuel Putnam, *op. cit.*, p. 94.

18. LBY7/94.

19. S. Putnam, *op. cit.*, p. 137.
20. Clément Geslin à WB, 5 déc. 1933, WBY31/707.
21. FPPS, p. 83.
22. Joseph Grew, *Ten Years in Japan*, Simon and Schuster, 1944, p. 108. Un décret présidentiel du 16 juin 1933 allouant 238 millions de dollars à la construction de nouveaux vaisseaux de guerre joua également un rôle. Aux manœuvres japonaises dans le Pacifique d'août 1933 succédèrent deux mois après des manœuvres américaines. Cf. Farnsworth, *op. cit.*, p. 208.
23. Alexander Etkind, *Roads Not Taken : An Intellectual Biography of William C. Bullitt*, University of Pittsburgh Press, 2017, pp. 130-3.
24. FPPS, p. 83.
25. WB à EH, 2 sept. 1934, EHY21/0686.
26. Charles Wheeler Thayer, *op. cit.*, *Bears in the Caviar*, Lippincott, 1951, p. 230.
27. Loy Henderson, *op. cit.*, pp. 337-8.
28. « The position of an American ambassador in Moscow », WBY118/524.
29. HWD, 20 mai 1942, p. 1598.
30. *Ibid.*, p. 1593.
31. Témoignage Durbrow, VGN5/40.
32. Kennan confirmerait le rôle précurseur de Bullitt dans l'attention accordée à la sûreté des transmissions et des échanges. Kennan, *Memoirs, 1925-1950*, Little, Brown, 1967, p. 80.
33. Jean-François Fayet, *Karl Radek (1885-1939), Biographie politique*, Peter Lang, p. 673 et Warren Lerner, *Karl Radek : The Last Internationalist*, Stanford University Press, 2004, pp. 156-7.
34. W. Lerner, *ibid.*, p. 163.
35. Allen Weinstein et Alexander Vassiliev, *The Haunted Wood, Soviet Espionage in America – The Stalin Era*, Random House, 1999, pp. 36-7.
36. FRUS, *The Soviet Union, 1933-1939*, p. 124 ; voir aussi WB à Moore, 4 mai 1934, WMR3/Bullitt et FPPS, pp. 83 et 96.
37. William C. Bullitt, « A Talk with Voroshilov », in Commission des activités anti-américaines du Congrès fédéral des États-Unis, *The Great Pretense : a Symposium on anti-Stalinism and the 20th Congress of the Soviet Communist Party*, 1956, pp. 18-19.
38. *Op. cit.*, pp. 115-129.
39. WB à OB, 30 août 1934, WBY14/301.
40. Télégramme du 20 avr. 1934, Bullitt à Kelley, 861.4634/1.
41. Alexei Varlamov, *Mikhaïl Boulgakov*, traduit du Russe par Marie Starynkevitch, Éditions Louison, 2020, pp. 940-2. Quand en 1937 Natalia Saz fut arrêtée avant de passer cinq ans au Goulag, Bullitt écrivit pour sa défense un texte, *The Worker's Paradise*, WB74/1857.
42. Entretien avec Durbrow, in Brownell et Billings, *op. cit.*, p. 157.

43. Thayer à Kennan, 10 avr. 1940, CTE/3, cité in Robert D. Dean, *Imperial Brotherhood : Gender and the Making of Cold War Foreign Policy*, University of Massachusetts Press, 2001, p. 121.

44. Frank Costigliola, « "Unceasing Pressure for Penetration" : Gender, Pathology and Emotion in George Kennan's Formation of the Cold War », *The Journal of American History*, vol. 83, n° 4, mars 1997, p. 1317.

45. J. Gaddis, *George F. Kennan, An American life,* Penguin Press, 2011, p. 90.

46. WB à Moore, 11 mai 1935, WMR3/Bullitt.

47. WB à Hugh Wilson, 6 juin 1938, WBY91/2321.

48. Burton Hersh, *The Old Boys : The American Elite and the Origins of the CIA*, Scribner, 1992, pp. 37-9.

49. FPPS, p. 135.

50. Hubert P. Earle, *Blackout, The Human Side of Europe's March to War,* J.B. Lippincott, 1939, p. 47.

51. Horwitz à WB, sans date, WBY39/921.

52. WB à FDR, 13 avr. 1934, FPPP, p. 84.

53. Joseph P. Lash, *From the diaries of Felix Frankfurter*, Norton, 1975, p. 162

54. WB à ML, 21 août et 21 sept. 1933, WBY49/1181 ; cf. aussi Warburg, p. 1550.

55. 3 juin, WBY49/1196.

56. ML à WB, WBY49/1186.

57. WB à ML 21 août et 6 déc. 1933, WBY49/1181.

58. ML à WB, 21 avr., WBY49/1192.

59. Kathryn Smith, *The Gatekeeper : Missy LeHand, FDR and the Untold Story of a Partnership that Defined a Presidency*, Atria, 2017, p. 151.

60. WB à Thomas White, chef d'état-major de l'armée de l'air, 4 fév. 1961, WBY210/221.

61. NARA 123 Bullitt William C./171.

62. Sherrill Brown Wells, *Jean Monnet, Unconventional Statesman*, Lynne Rienner, 2011, pp. 33-4.

63. Cf. Stanley Hornbeck, *The United States and the Far East : Certain Fundamentals of Policy*, World Peace Foundation, 1942.

64. WB à Wiley, 2 nov. 1934, JWR/Bullitt.

65. Journal de WB, visite à Nankin, WBY112/426.

66. WB à Hull, 14 déc. 1934, WBY111/414 et FPPS, p. 100.

67. Wiley à WB, 2 janv. 1935 et WB à Wiley, 13 mars 1935, 123 Bullitt William C. /125, 142 et 143. La réception coûta 5 000 dollars.

68. Irena Wiley, *Around the Globe in Twenty Years*, David McKay Co., 1962, p. 31.

69. C. Thayer, *op. cit.*, p. 110.

70. Irena Wiley, *op. cit.,* p. 32.

71. Charles Thayer, *op. cit.*, p. 161 et Irena Wiley, *op. cit.*, pp. 33-4.

72. Témoignage de Durbrow, VGN5/40.
73. Alexei Varlamov, *op. cit.*, p. 929-930.
74. Charles Thayer, *op. cit.*, p. 162. Le 29 octobre 2010, l'ambassadeur américain à Moscou, John Beyrle, donna un « Bal enchanté » à la maison Spaso pour commémorer le 75e anniversaire du bal de 1935 (vidéo du bal, réalisée par Vitaliy Mendeleev, à l'adresse https://www.masterandmargarita.eu/en/04mappen/spasoball.html).
75. ML à WB, 7 mai 1935, 49/1187.
76. Henderson à Brownell, LHC6.
77. WB à Moore, 11 mai 1935, WMP3.
78. Donald G. Bishop, *The Roosevelt-Litvinov Agreements : The American View*, Syracuse University Press, 2014, p. 169.
79. WB à Robert P. Browder, 2 fév. 1950, WBY11/227.
80. Thomas Maddux, *Years of Estrangement : America Relations with the Soviet Union, 1933-1941*, Tallahassee, UPF, 1980, pp. 40-1.
81. Stephen Kotkin, *Waiting for Hitler, 1929-1941*, Penguin, 2017, p. 263.
82. FPPS, p. 110.
83. William E. Dodd Jr. et Martha Dodd (ed.), *Ambassador Dodd's Diary*, Harcourt and Brace, 1941, pp. 277-8.
84. Robert H. Jackson (éd. et introduction de John Q. Barrett), *That Man : An Insider's Portrait of Franklin D. Roosevelt*, OUP, p. 15.
85. Cf. FDR à WB, 21 avr. 1935 : « Vous semblez pessimiste vous aussi, et je pense que vous avez raison, encore que certains indices inclinent dans l'autre sens », in FPPS, p. 113.
86. Weinstein et Vassiliev, *op. cit.*, p. 53.
87. LB à Hays, 27 mai 1935, CLH.
88. Interview d'Anne Moen Bullitt in « The circumstances of Louise Bryant's death revealed », MS, avril 1982.
89. Témoignage de Durbrow, VGN5/40.
90. Cf. par exemple FDR à WB, 21 avr. 1935, FPPS, p. 113.
91. John M. Blum, *Roosevelt and Morgenthau*, Houghton Mifflin, 1970, p. 134.
92. WB à Moore, 8 avr. 1936, WMP3.
93. Cf. la dédicace de Connie et Tommy White (25 janv. 1952) dans un exemplaire du livre de Charles W. Lowry, *Communism and Christ*, WBY226.
94. WB à Hull, 20 avr. 1936, WBY135/918.
95. G. Kennan, *Memoirs*, *op. cit.*, p. 79.
96. Patrick Henry (1736-1799), acteur important de la Révolution américaine, grand orateur, fut le premier gouverneur de Virginie (1776-1779).
97. « Foreign Service : Retreat from Moscow », *Time*, 7 sept. 1936, p. 12.
98. Samuel Rosenman, *Working with Roosevelt*, Da Capo Press, 1952, pp. 101-3.
99. *PPAFDR*, vol. 5, p. 235.

CHAPITRE 11

1. Chauvel, *Commentaire*, Fayard, 1971, I, 56.
2. Jean Monnet, *Mémoires*, 1976, p. 137.
3. Kerr à Frankfurter, 25 mars 1936, FFC/208.
4. WB à FDR, 24 oct. 1936, FPPS, p. 173.
5. Léon Blum, *La Prison, le procès, la déportation. Mémoires et Correspondance*, Albin Michel, 1955, p. 27.
6. Janet Flanner, « Mr. Ambassador I », *New Yorker*, 10 déc. 1938, p. 31.
7. *Ibid.*, p. 30.
8. Édifié en 1787 par un fermier général, dans le goût néoclassique du règne, le château fut réuni au domaine de Chantilly en 1828 par le dernier duc de Condé, Louis VI de Bourbon. Héritier du domaine, le duc d'Aumale laissa Saint-Firmin à la disposition de son neveu, le duc de Chartres, Robert d'Orléans, qui y mourut en 1910, cf. Gustave Macon, « Chantilly. La rive droite du Grand Canal – I. Vineuil », in Comité archéologique de Senlis, *Comptes rendus et mémoires*, 5e série, 1913, pp. 50-8.
9. Il avait probablement dépensé l'héritage de ses parents au long des années vingt, quand il n'avait pas d'emploi, mais gagna de l'argent avec son livre *It's Not Done*. Et avisé ou chanceux, il laissa la gestion de ses titres à son frère Orville, qui, à l'été 1929, quelques mois avant le krach d'octobre, liquida toutes ses actions. À la mort de Bullitt, en 1967, sa succession, y compris la ferme d'Ashfield, fut estimée à 223 000 dollars (cf. Brownell et Billings, *op. cit.*, p. 119).
10. Earle, *op. cit.*, p. 107.
11. WB à FDR, 4 nov. 1937, FPPS, p. 230.
12. Waclaw Jedrzejewicz ed., *Diplomat in Paris 1936-1939, Papers and Memoirs of Juliusz Lukasiewicz, Ambassador of Poland*, Columbia University Press, 1970, p. 3.
13. William Shirer, *La Chute de la Troisième République*, Stock, 1971.
14. William Bullitt, *The Sword*, p. 8.
15. En 1932, Bullitt demanda à MacDonald de répondre honnêtement, en « vieil ami », à la question : « Souhaitez-vous vraiment une réconciliation entre la France et l'Allemagne ou bien souhaitez-vous qu'ils demeurent les "meilleurs ennemis" ? » « Il roula son œil gauche [MacDonald avait subi une opération à l'œil droit], hocha la tête et dit : "C'est exactement cela, nous ne voulons pas qu'ils se fassent la guerre mais nous ne voulons pas non plus qu'ils deviennent amis" » (note de WB à LW, 3 déc. 1932, LWP, Bullitt file).
16. Jean-Baptiste Duroselle, *La Décadence, 1932-1939*, La Documentation française, 1979, p. 301 ; Annie Lacroix-Riz, *De Munich à Vichy : l'assassinat de la Troisième République, 1938-1940*, Armand Colin, 2008, pp. 377-8.
17. Earle, *op. cit.*, p. 49. Le service diplomatique comptait 721 employés en 1921 et 753 en 1936, cf. Zara S. Steiner, *The State Department and the*

Foreign Office : The Wriston Report Four Years Later, Center for International Studies, Princeton University, 1958, p. 5.

18. Dallek, *Foreign Policy*, pp. 144-5.
19. FPPS, p. 167.
20. Raymond G. Swing, « Diplomacy by telephone », 10 mars 1939, RSC/1.
21. Correspondance WB/Salmon, 1934-1936, WBY74/1453 et Kenneth Weisbrode, *The Atlantic Century: Four Generations of Extraordinary Diplomats Who Forged American's Vital Alliance with Europe*, DaCapo Press, 2009, p. 37.
22. Earle, *op. cit.*, p. 106.
23. Burton Hersh, *op. cit.*, p. 65.
24. *Ibid.*, p. 254.
25. Castle Diaries, 1er semestre 1936, vol. 31, p. 380, WCH.
26. ML à WB, 20 mars 1940, WBY72/1807.
27. Cité in Dallek, *Democrat and Diplomat, The Life of William E. Dodd*, OUP, 1968, p. 271.
28. FPPS, p. 181 et note d'Offie sur la correspondance WB-FDR, WBY213/265.
29. Schur, p. 496.
30. Wiley à WB, 10 mars 1938, WBY90/2301.
31. Wiley à WB, 15 mars 1938, NARA/ 363.6315/5.
32. WB à Wiley, 16 mars 1938, NARA/363.6315/8A.
33. Irena Wiley, *op. cit.*, p. 81. Sur la visite des Wiley, voir AF à EJ, 20 fév. 1956, AFC52/5.
34. Département d'État, 363 6315/4,5,8, 8B, 10,12,17, 24.
35. P. Gay, *op. cit.*, p. 720.
36. Schur, « The problem of Death in Freud's Writings and Life » (Fourteenth Freud Anniversary Lecture) ; 30 WBY178/737 ; Jones, III, p. 240.
37. David Cohen, *The Escape of Sigmund Freud*, JR Books, 2010, pp. 144-6.
38. Schur, *op. cit.*, pp. 588 et Jones, III, pp. 237-8.
39. Wiley à WB, 25 mars 1938, WBY90/2301.
40. Wiley au secrétaire d'État, 15 mars 1938, NARA/363 6315/4.
41. Jones, III, p. 237.
42. Télégramme de Wiley à Bullitt, 22 mars 1938, NARA/363 6315/16.
43. WB à Jones, 30 mars 1956, EJL/P04-C-F-02/Correspondance B/Bullitt.
44. RMB à WB, 4 avr. 1938 et télégramme du 27 avr. 1938, WBY51/1239.
45. Michael Burlingham, *Last Tiffany : A Biography of Dorothy Tiffany Burlingham*, Atheneum, 1989, p. 264.
46. Bullitt à Wiley, 27 mai 1938, WBY90/2301.
47. Télégramme de Wiley (Vienne) à Bullitt (Paris), 3 juin 1936, envoyé à 1 heure de l'après-midi, reçu à 3 h 40, WBY90/2301.
48. AF à EJ, 20 fév. 1956, Jones AFC52/5.

49. Propos rapportés in Robert Coles, *Anna Freud, the Dream of Psychoanalysis,* Addison-Wesley, 1992, p. 19.

50. Anna Freud à Louise Theis, 8 avr. 1958, MTY8/163.

51. WB à BB, 7 juin 1938, WYB48/157.

52. Schur, p. 504. Marie Bonaparte avait réussi à soustraire à la saisie une statuette d'Athéna, l'une des pièces préférées de Freud, qui ornait son bureau, et put la lui remettre avec ce mot : « Athéna, Paix ! Raison ! Salue ceux qui ont fui l'enfer des fous. »

53. WBY30/681.

54. S. Freud et A. Freud, *Correspondance 1904-1938*, préface d'É. Roudinesco, éd. établie et postfacée par I. Meyer-Palmedo, trad. de l'allemand par O. Mannoni, Fayard, 2012, p. 523. Voir aussi WB à SF, 21 juin 1938, SFC/Dossier Bullitt.

55. Voir Robert Frank, *Le Prix du réarmement français*, Presses universitaires de la Sorbonne, 1982, pp. 168-9.

56. John McVickar Haight Jr., « France's Search for American Military Aircraft : Before the Munich Crisis », *Aerospace Historian*, sept. 1978, vol. 25, n° 3, p. 142.

57. *Ibid*, p. 135.

58. WB à FDR, 23 mars 1938, FRUS, 1938, vol. 1, pp. 303-4.

59. John McVickar Haight, *American Aid to France, 1938-1940*, Atheneum, 1970, pp. 4-12.

60. Jean Monnet, *Mémoires*, *op. cit.*, p. 139 et entretien du 25 avril 2002, JML1/A SO : 2.17 45. Note de Carmel Offie, WBY213/265 et WB à Langer, 14 mars 1950, WBY48/1166.

61. Interview de Jean Monnet par Roger Massip et Antoine Marès, 27 mars 1980, pp. 9 et 3, JML.

62. Basil Rauch, *Roosevelt from Munich to Pearl Harbor : A Study in the Creation of a Foreign Policy*, Barnes and Noble, 1967, pp. 64-6.

63. Dallek, *Foreign Policy*, p. 163 ; Haight, *op. cit.*, p. 15.

64. A. Scott Berg, *Lindbergh*, Putnam, 1998, pp. 372-4 et David Nasaw, *The Patriarch, The Remarkable Life and Turbulent Times of Joseph P. Kennedy*, Penguin, 2012, pp. 338-9.

65. Arnold Offner, *American Appeasement : United States Foreign Policy and Germany, 1933-1938*, Belknap Press of HUP, 1969, pp. 270-1.

66. Dallek, *Foreign Policy*, p. 171.

67. John Lukacs, *The Last European War, 1939-1941*, YUP, 2001, p. 26.

68. Monnet, *Mémoires*, *op. cit.*, p. 139.

CHAPITRE 12

1. Barbara Farnham, *Roosevelt and the Munich crisis: A Study of Political Decision-Making*, PUP, 1997, p. 176.

2. Dallek, *Foreign Policy,* p. 172 et B. Farnham, *op. cit.*, pp. 175-177.
3. B. Farnham, *op. cit.*, p. 128.
4. James Forrestal, *The Forrestal Diaries,* Walter Millis (ed.), Viking Press, 1951, pp. 121-2.
5. J. McVickar Haight, *op. cit.*, p. 25.
6. Télégramme de WB à FDR, 27 sept. 1938.
7. Note de Monnet, 3 oct. 1938, CLY/33.
8. Lindbergh à WB, 26 oct. 1938, WBY47/1140.
9. Monnet, *Mémoires*, p. 142.
10. John Morton Blum (ed.), *From the Morgenthau Diaries,* vol. 2, *Years of Urgency, 1938-1941*, 18 et 21 oct. 1938, p. 146.
11. Les peines auraient pu être prononcées au titre de la section 5 de l'*Enemy Act* du 6 octobre 1917 tel qu'amendé par la loi du 9 mars 1933, JML/AME 1/2/15.
12. JML/AME 1, 2, 3 et 7.
13. *From the Morgenthau Diaries,* vol. 2, 24 oct. 1938, p. 187. Monnet attribue à tort la suggestion à Bullitt (*Mémoires,* p. 120).
14. Monnet, *Mémoires,* p. 143. Éric Roussel, *Jean Monnet,* Fayard, 1996, 184-7.
15. René Pleven, *L'Union européenne : une construction continue et irréversible,* Fondation Jean Monnet pour l'Europe, 1984, p. 22.
16. Monnet à WB, 19 nov. 1938, WBY95/2411.
17. J. McVickar Haight, *op. cit.*, p. 39.
18. Jean-Baptiste Duroselle, *La Décadence, op. cit.*, p. 455 ; J. McVickar Haight, *op. cit.*, p. 46.
19. Henry Harley Arnold, *Global Mission,* Arno Press, 1949, p. 177.
20. Dallek, *Foreign Policy,* p. 173 ; B. Farnham, *op. cit.*, p. 184.
21. WB à Langer, 14 mars 1950 WBY48/1166.
22. *From the Morgenthau Diaries,* vol. 2, *op. cit.*, p. 279 ; rapport « Eddie », 29 juin 1940, HMD277/184.
23. HMD, 6 fév. 1939, 173/212-3 ; J. McVickar Haight, *op. cit.*, p. 92.
24. Cité par Roussel, *Jean Monnet,* Fayard, 1988, p. 189.
25. *From the Morgenthau Diaries*, vol. 2, p. 284.
26. Rapport de Joe Alsop à Wesley Stout, 8 mars 1939, WSC1.
27. WB à ST, 27 sept. 1938, FPPS, p. 292.
28. Édouard Daladier, *Journal de captivité,* Calmann-Lévy, 1991, p. 69 et discours à la Chambre, 18 juillet 1946.
29. Notes prises par Arthur H. Sulzberger dans le bureau de Bullitt, ambassade des États-Unis, Paris, 10 mai 1939 (ASN3/5).
30. *Ibid.* Cette rencontre est mentionnée par l'un des principaux biographes de Hitler, Ian Kershaw, qui s'appuie sur le témoignage de Goebbels, lequel notait le 11 mars dans son journal : « Décision : le mercredi 15 mars, nous envahirons et détruirons cette construction monstrueuse qu'est la Tchécoslovaquie. (…) Les jeux sont faits. » Le 10 mars, Hitler avait convoqué

Goebbels, Ribbentrop, le maréchal Keitel, et peut-être d'autres encore pour les informer de sa décision de s'emparer de ce qui restait de la Tchécoslovaquie le 15 mars (cf. Ian Kershaw, *Hitler 1936-1945: Nemesis*, trad. de l'anglais, par Pierre-Emmanuel Dauzat, Flammarion, 2000, p. 271 et p. 1275, note 79).

31. Renaud Meltz, *Alexis Léger dit Saint-John Perse*, Flammarion, 2008, p. 553.

32. WB au Département d'État, 22 août 1939, FRUS, 1939, télégramme 740.00/2106, pp. 301-4 ; J.-B. Duroselle, *La Décadence*, *op. cit.*, chap. 13.

33. Dallek, *Foreign Policy*, pp. 137 et 202-5.

34. WB à Ickes, 5 oct. 1939, WBY41/961.

35. WB à Kirk, 28 sept. 1939, WB45/1076 (l'ambassadeur Hugh Wilson avait été rappelé à Washington après la nuit de Cristal).

36. J. McVickar Haight, *op. cit.*, p. 133.

37. Monnet à Edward Bridges, secrétaire au Trésor (R.-U.), 19 oct. 1939 ; compte rendu d'entretien entre Louis Johnson, secrétaire adjoint à la Guerre (E.-U.), et Arthur Purvis, 5 nov. 1939, BNA, AVIA 38/2.

38. J. McVickar Haight, « Jean Monnet and the American Arsenal after the beginning of the War », in E. M. Acomb et M. L. Brown (dir.), *French Society and Culture since the Old Regime*, Holt, Rinehart and Winston, 1966, p. 275.

39. Purvis à Monnet, 12 janv. 1940, JML/AME 6/4/29 ; HW Diary, 18 mars 1940.

40. Monnet/WITV 54.

41. Monnet, *Mémoires*, p. 157. Cf. Robert Frank, *La France de 1914 à 2014*, Belin, 2014, p. 43.

42. Télégramme de WB à FDR, 9 janv. 1940, WBY72.

43. J. McVickar Haight, in Acomb et Brown, *op. cit.*, pp. 279-81.

44. Mémo sur les codes, 6 mars 1940, AME 6/4/32 (Bullitt appelait aussi Berle « le jeune Adolf »).

45. Jordan A. Schwarz, *op. cit.*, p. 203.

46. *Ibid.*, p. 177.

47. David Reynolds, *The Creation of the Anglo-American Alliance, 1937-41 : A Study in Competitive Cooperation*, University of North Carolina Press, 1981, p. 80.

48. Bullitt à FDR, 18 avr. 1940, FDRR/PSF31.

49. Saul Friedländer, *Hitler et les États-Unis (1939-1941)*, Librairie Droz, 1963, pp. 87-8.

50. Michael Fullilove, *Rendezvous with Destiny : How Franklin D. Roosevelt and Five Extraordinary Men Took American into the War and into the World*, Penguin, 2013, chap. 1.

51. Rapport secret de Juliusz Lukasiewicz, fév. 1939, in Juliusz Lukasiewicz, *op. cit.*, p. 168.

52. Susan Dunn, *1940 : FDR, Willkie, Lindbergh, Hitler – The Election amid the Storm*, YUP, 2013, p. 238.

53. Castle Diaries, 1er semestre 1940, vol. 39, p. 138, WCH.
54. Chauvel, *op. cit.*, I, 83.
55. BNA CAB 65/66 W.M. (40), 80e conclusions, 3 avr. 1940.
56. WB à Hull, 16 mai 1940, NARA/SD 124.512/1049.
57. Hélène Hoppenot, *Journal 1936-1940, « Hitler sait attendre, Et nous ? »*, Claire Paulhan, 2015, p. 454.
58. A. D. Harvey, « The French Armée de l'Air in May-June 1940 : A Failure of Conception », *Journal of Contemporary History*, vol. 25, n° 4, oct. 1990, p. 452.
59. Marc Bloch, *L'Étrange Défaite. Témoignage écrit en 1940*, préface de Stanley Hoffmann, Gallimard, 1990, p. 84.
60. Clara était la sœur de Nicholas Longworth, président de la Chambre de 1925 à 1931, qui était marié à Alice Roosevelt (fille aînée de Theodore Roosevelt).
61. René de Chambrun, *Ma croisade pour l'Angleterre (Juin 1940)* [ci-après *Ma croisade*], Perrin, 1992, p. 84.
62. WB à Moore, 7 juin 1940, WMR/Bullitt.
63. *Ma croisade*, p. 92.
64. WB à FDR, 1er juin 1940, RCP/Bullitt.
65. *Ma croisade*, p. 112.
66. Rapport Chambrun, 19 juin 1940, *From the Morgenthau Diaries*, vol. 2, *op. cit.*, pp. 32-40.
67. *Ma croisade*, p. 115.
68. La liste comportait les noms de : Hull, Morgenthau, Jackson, Wallace, Ickes, Hillman, Green, Knutsen, Stettinius, Frankfurter, Lamont, La Guardia, Barclays, Barnes, Rayburn, Taft, McNary, Martin, Pittman, Patterson (Joe), Baruch, Gén. Watson, Mrs. FDR, cf. *Ma croisade*, p. 116.
69. *Ibid.*, pp. 129 *sq.* En 1948, à l'invitation de son rédacteur en chef, Chambrun donna à *This Week* la liste des « vingt-trois » : le magazine voulait montrer qu'en 1940 Roosevelt ne tenait pas Truman pour une « personnalité importante ». Pendant la guerre Roosevelt se lassa de Chambrun, devenu un défenseur de Vichy et de son beau-père : en mars 1943 il soutint un projet de loi au Congrès qui visait à lui retirer sa nationalité américaine (FDR à SW, 15 mars 1943, SWR/262/05).
70. David Reynolds, *op. cit.*, p. 98.
71. John Blum, *Roosevelt and Morgenthau*, *op. cit.*, p. 321.
72. Mark Watson, *op. cit.*, p. 111 ; Keith D. McFarland, *Harry H. Woodring, A political Biography of FDR's Controversial Secretary of War*, University of Kansas Press, 1975, pp. 224-5.
73. Richard M. Leighton et Robert W. Coakley, *Global Logistics and Strategy : 1940-1943*, Washington, Office of the Chief of Military History Department of the Army, 1955, p. 33. Le gouvernement allemand avait connaissance de ces livraisons (cf. Saul Friedländer, *op. cit.*, p. 116).
74. Leighton et Coakley, *op. cit.*, p. 34.

75. John Blum, *Roosevelt and Morgenthau*, *op. cit.*, p. 321.

76. Elle rapporta 2 300 dollars avec comme principaux contributeurs le président d'IBM Thomas Watson, le patron de presse Henry Luce, et l'archevêque de New York Francis Spellman (cf. CO à Burke Walsh, 13 juin 1940, WBY85/2182).

77. « Le discours de M. Bullitt », *Le Temps*, 10 juin 1940.

78. Mémorandum d'un entretien de Bullitt avec Offie, 2 mars 1942, WBY62/1517.

79. Basil Rauch, *op. cit.*, p. 213.

80. Hervé Coutau-Bégarie et Claude Huan, *Lettres et Notes de l'Amiral Darlan*, Économica, 1992, pp. 183-4.

81. Winston Churchill, *The Second World War*, vol. 2, *Their Finest Hour*, Houghton Mifflin, 1949, p. 157.

82. Anne Morrow Lindbergh, *War Within and Without, Diaries and Letters*, Harcourt, 1980, p. 107.

83. Pierre Mendès France, *Liberté, liberté chérie*, Éditions Didier, New York, 1943, p. 39.

84. WB à FDR, 12 juin 1940, FPPS, pp. 465-6.

85. Correspondance WB/John Lukacs, juin 1948, WBY48/1149.

86. Mémoires de Maurice Dejean sur la « Bataille de France », MAE/PAAP/288/8, p. 300.

87. WB à FDR, 7 juin 1940, FPPS, p. 454. Bullitt avait pris la défense d'Alexis Léger après son renvoi du Quai, elle avait menacé de le « détruire ». Renaud Meltz, *Le Mage et le Régent, Alexis Léger (1887-1975)*, thèse pour le doctorat en histoire, Université Paris Sorbonne, 2005, p. 1127.

88. FPPS, p. 471.

89. Mémorandum d'un entretien Bullitt/Offie, 2 mars 1942, WBY62/1517.

90. Au 1er septembre 1940, l'armée de l'air américaine disposait de 53 bombardiers modernes B-17 et de 187 chasseurs modernes (des Curtiss P-40).

91. *The Memoirs of Cordell Hull*, vol. 1, Macmillan, 1948, p. 767 ; J. McVickar Haight, *op. cit.*, p. 255.

92. Tony Judt (avec la contribution de Timothy Snyder), *Penser le XXe siècle*, trad. par P.-E. Dauzat, éditions Héloïse d'Ormesson, 2016, p. 275.

93. Une note de Keynes à Churchill vint renforcer la détermination de Monnet. Keynes invitait Churchill à déclarer l'association de la Grande-Bretagne et de la France « pour toutes les sphères, civile et militaire. Je proposerai à M. Reynaud une mutualisation des ressources et de l'appareil productif de chaque pays pour gagner la guerre et réparer les dommages qu'elle aura causés ». Keynes à Monnet, 12 juin 1940, JML/AME 3/3/4.

94. Interview de Pleven, *op. cit.*, p. 9. Éric Roussel, *Le Naufrage*, Gallimard, 2009, pp. 230-3.

95. *Freeman Matthews Memoirs*, p. 393 (FMP8/3).

96. Cf. Georges-Henri Soutou, « L'armistice du 22 juin 1940 : résignation, intelligence avec l'ennemi ou véritable trahison ? », *Géopolitique*, n° 109,

avril 2010 et Robert Paxton, *La France de Vichy, 1940-1944*, trad. de Claude Bertrand, Le Seuil, 1973.

97. Freeman Matthews au père Luke Matthews, 14 août 1940, FMP2/1.

98. Churchill le remercie dans ses Mémoires (*Their Finest Hour*, *op. cit.*, p. 189) ; voir aussi H. Duncan Hall, *North American Supply*, Her Majesty's Stationery Office and Longmans, Green and Co., 1955, p. 147.

99. H. Hall, *op. cit.*, pp. 146-9.

100. UKNA/AVIA/38/422.

101. André Laffargue, *Le Général Dentz (Paris 1940-Syrie 1941)*, préface du général Weygand, Les Îles d'or, 1954, p. 17.

102. William Shirer, *Journal de Berlin 1934-1941, Chronique d'un correspondant étranger*, traduit de l'anglais par Albert Pascal, Presses universitaires de Laval, p. 472 (entrée du 20 juin).

103. *Ibid.*, pp. 466-7 (entrée du 17 juin).

104. Bullitt au secrétaire d'État, 5 juillet 1940, NARA/SD, 125 Bullitt William C./663. À la demande d'Otto Abetz, les autorités allemandes accordèrent un sauf-conduit à Bullitt jusqu'à Clermont-Ferrand (cf. la lettre d'Abetz du 29 juin 1940, WBY114/465).

105. Télégramme au secrétaire d'État et au Président, La Bourboule, 1er juillet 1940, 9 heures du soir, FPPS, p. 481. Ce jour-là, Bullitt rencontra Léon Blum qui lui rapporta sa conversation avec Paul Devinat, haut fonctionnaire au ministère des Colonies. Selon Devinat, les nouveaux dirigeants croyaient imminente une défaite de l'Angleterre (cf. Léon Blum, *op. cit.*, p. 95).

106. FPPS, p. 487.

107. Henry Morgenthau, « The Morgenthau Diaries IV – The Story Behind Lendlease », *Collier*, 18 oct. 1947.

108. Brownell et Billings, *op. cit.*, p. 262.

109. Télégramme 363 de WB, 13 juil. 1940, Madrid ; WB à Hull, FDRR/PSF/B43.

110. Reynaud au colonel Fuller, 29 mai 1940, WBY69/1746.

111. Les archives de l'Internationale (antérieures à 1870) provenaient de Boris Nicolaevski. Bullitt les remit à la Librairie du Congrès (Blum à WB, 18 mai 1946, WBY10/203).

112. Lettre de Churchill à Blum, WBY10/203 (citée et traduite par François Delpla, in *Churchill et les Français*, Éditions du Polygone, 2000). En 1941, à l'approche de l'anniversaire de Blum (le 9 avril), l'entourage de Churchill discuta l'idée de rendre public le contenu de sa lettre (dont il existait une copie dactylographiée) en témoignage d'amitié et de solidarité à l'ancien président du Conseil, incarcéré par Vichy. Churchill objecta que sa lettre, écrite « alors qu'il n'était plus au gouvernement », revêtait « un caractère personnel et privé » qu'il préférait voir respecté. Le Foreign Office invita finalement à ne pas la divulguer pour une raison proche de celle qui animait Blum quand il confia cette lettre à Bullitt : « La propagande allemande essaie de persuader

les Français que [nous visons] à “ramener le Front Populaire”. Sa publication serait certainement utilisée par les Allemands et par Vichy à notre détriment », WCC/CHAR 20/24/81-86. Le fac-similé de cette lettre a été publié dans l’édition de 1945 de Léon Blum, *L’Histoire jugera*, éd. de l’Arbre, pp. 125-128.

113. Note de Bullitt du 28 juin 1940, WBY49/1173. Un article du *Irish Times* retrace l’histoire des pistolets de Washington : https://www.irishtimes.com/life-and-style/homes-and-property/fine-art-antiques/curious-case-of-the-president-s-pistols-missing-from-kildare-mansion-1.3375431.

114. NYT, 21 juil. 1940.

115. FF à WB, 6 août 1940, WBY30/669.

CHAPITRE 13

1. Télégramme secret 608 de Jules Henry à Baudouin, 6 juil. 1940, MAE, Papiers 1940, Baudouin, n° 40, folio 129 ; copie du télégramme strictement confidentiel envoyé par Bullitt au Président et au secrétaire d’État, Madrid, 12 juil. 1940, WBY72/1814.

2. Après un ultimatum qui laissait à l’escadre le choix entre rejoindre la flotte britannique, se saborder ou encore rejoindre un port anglais pour y être désarmée, l’amiral Somerville déclencha l’attaque qui entraîna la mort de 1 295 marins français.

3. 5 juil. 1940, NARA/SD, 740.001i Eur. War 1939/455 6.

4. Télégramme de Bullitt à Roosevelt et à Hull, Madrid, 12 juil. 1940, WBY72/1814.

5. Hillenkoetter à WB, 25 juil. 1940, WBY38/892.

6. « Bullitt at Camp in Woods », NYT, 9 août 1940.

7. W. Bullitt, *The Sword*, p. 14.

8. NARA/SD, 123 Bullitt William C. 168.

9. W. Bullitt, *The Sword*, p. 15.

10. *Ibid.*, p. 14.

11. Cité in Dallek, *Foreign Policy*, p. 249.

12. Hoover à Hugh Gibson, 4 oct. 1940, HGW/ Hoover/1915-1941.

13. William Bullitt, « How We Won the War and Lost the Peace », *Life*, 30 août 1948, p. 88. Roosevelt testait ici devant Bullitt une comparaison que lui avait suggérée Ickes, à un moment où Roosevelt avait compris que l’aide au Royaume-Uni ne pouvait rester semi-clandestine (cf. Warren F. Kimball, *The Most Unsordid Act, Lend-Lease, 1939-1941*, Johns Hopkins Press, 1969, p. 77).

14. D. Reynolds, *op. cit.*, p. 158.

15. Robert D. Murphy, *Diplomat Among Warriors*, Doubleday, 1964, p. 68.

16. *Ibid.*, p. 67.

17. *Ibid.*, p. 69.

18. WB à ML, 14 août 1940, GTR1.
19. ML à WB, 18 août 1940, WBY49/1145.
20. Bullitt à Grenville Clark, 4 mars 1948, WBY20/426. Le récit de Bullitt paraît plausible (cf. WB à FDR, 20 mars 1940, FDRR/PSF31). Les rumeurs de romance entre Bullitt et Cissy Patterson couraient régulièrement à Washington. Cf. Ralph G. Martin, *The Extraordinary Life of Eleanor Medill Patterson*, Simon and Schuster, 1979, pp. 371 et 427.
21. WB à ML, 29 mai 1940, GTR1.
22. Cité in Hall, *North American Supply*, *op. cit.*, p. 42.
23. *Ibid.*, p. 344.
24. Correspondance WB/Thomas Mann, août-sept. 1940, WBY55/1338.
25. Télégramme de WB à Murphy, 27 juil. 1940, 123 Bullitt William C./641.
26. Voir la correspondance WB/Fry, juil. 1940-août 1941, WBY29/2439.
27. AF à WB, 28 avr. 1940, WBY30/677.
28. Harry Freud à WB, 2 et 9 avr. 1941, WBY30/680.
29. Correspondance Alexander Freud/CO, sept.-oct. 1942, WBY30/676.
30. WB à Kris, 22 août 1940, WB46/1099.
31. Harold Ickes, *Secret Diary of Harold L. Ickes,* Simon and Schuster, 1953-54.
32. *Secret Diary*, vol. 3, pp. 343-4.
33. FDR à FF, 14 fév. 1940, in *Roosevelt & Frankfurter, Their Correspondence 1928-1945*, édition et annotation de Max Friedman, Little, Brown, p. 519.
34. EDM, pp. 2-3.
35. ED à WB, 27 oct. 1940, WBY12/250.
36. Entretien avec Rosenman, 4 mai 1970, JLY/Rosenman.
37. WB à FDR, 7 nov. 1940, FPPS, p. 504.
38. FPPS, pp. 505-6.
39. Cf. *Le Moniteur*, 8 nov. 1940.
40. En référence à l'ouvrage de William L. Langer, *Our Vichy Gamble,* Knopf, 1947, traduit de l'anglais par Maxime Ouvrard, *Le Jeu américain à Vichy*, Plon, 1948.
41. Dallek, *Foreign Policy*, p. 532.
42. GK à Durbrow, 7 janv. 1971, GKP.
43. Ickes, *op. cit.*, vol. 3, pp. 338-9.
44. Entretien Farley/Lash, 15 nov. 1968, JLR, p. 44.
45. Mémorandum de WB, 20 déc. 1940, JAC/32 ; Ickes, *op. cit.*, vol. 3, p. 398.
46. Hillenkoetter à WB, 25 juil. 1940, WBY38/892 (Blake relayait le message d'un informateur du Département d'État).
47. Cf. le télégramme 608 de Jules Henry à Baudouin, 6 juillet 1940, *loc. cit.*
48. WB à Hull, 4 juin 1943, WBY40/940.

49. *Ibid.*

50. Hugh Wilson à FDR, 3 mars 1938, HWP, FDR file. Sur la réputation de froideur de Welles, voir aussi Isaiah Berlin, *Washington Despatches, 1941-1945 : Weekly Political Reports from the British Embassy,* UCP, 1981, p. 241.

51. Benjamin Welles, *Sumner Welles: FDR's global strategist: a biography,* St. Martin's Press, 1997, p. 275.

52. WB à SW, 28 mai 1937, WBY88/2265.

53. Cf. la conversation Welles/Bullitt, 28 sept. 1938, 12 h, SWR161/12.

54. 4 oct. 1938, *NYT* ; Arnold Offner, *American Appeasement, op. cit,* p. 269.

55. Irwin F. Gellman, *Secret Affairs : Franklin Roosevelt, Cordell Hull, and Sumner Welles,* Johns Hopkins University Press, 1995, p. 56.

56. L'expression venait de Jean Monnet. En août 1940, recruté par le gouvernement britannique, Monnet avait rejoint Washington. Il souhaitait contribuer à la victoire en aidant les États-Unis et la Grande-Bretagne à intensifier la production, en particulier aéronautique, de leurs industries militaires.

57. Dallek, *Foreign Policy,* p. 257.

58. WB à SH et SH à WB, 5 et 6 janv. 1941, SHS/Bullitt file.

59. https://blogs.lib.unc.edu/morton/index.php/2015/01/ambassador-william-c-bullitt-visits-unc-1941/

60. 19 fév. 1941, NYT.

61. 28 fév. 1941, NYT.

62. Témoignage du sénateur Wheeler au FBI, cité in Brownell et Billings, p. 296.

63. Benjamin Welles, *op. cit.*, p. 272 ; HWD, 23 mai 1943, p. 2656.

64. Mémo de WB, WBY210/217.

65. Une note manuscrite de Judge Moore, WBY210/218 et Judge Moore Memoirs, BGR2.

66. CO à AB, WBY213/265.

67. Benjamin Welles, *op. cit.*, p. 273.

68. Conversation WB/FDR, 23 avr. 1941, WBY210/218.

69. Georges Mandel, qui lui écrit depuis sa prison de Vals, en Ardèche, l'en remercie dans une lettre du 23 juin 1941 (560AP/16).

70. Suzanne Blumel à WB, 16 janv. 1941, WBY49/1173.

71. Hillenkoetter à WB, 25 juil. 1940, WBY38/892.

72. Hillenkoetter à WB, 31 août 1940, WBY38/892.

73. *Ibid.* Ouvert le 19 février 1942, le procès de Riom tourna à la confusion de Vichy et fut ajourné, après vingt-quatre audiences, le 14 avril.

74. FPPS, pp. 258-9.

75. Philippe Garraud, « L'action de l'armée de l'air en 1939-1940 : Facteurs structurels et conjoncturels d'une défaite », *Guerres mondiales et conflits contemporains,* n° 202-203, 2001/2 p. 10.

76. Le colonel Mayer, mentor de De Gaulle, l'avait prédit dès janvier 1937 : « c'est presque d'une minute à l'autre et non d'un jour à l'autre

que se présentera l'invasion : colonnes de chars automobiles et escadrilles d'avions ». Il soutenait le de Gaulle de l'armée de métier mais avait une divergence avec lui sur les priorités. De Gaulle la donnait aux chars, lui à l'aviation : « le salut viendra de l'aviation si on lui donne une prépondérance considérable sur les autres moyens de combat », in Jean-Louis Crémieux-Brilhac, *Georges Boris, trente ans d'influence. Blum, De Gaulle, Mendès France*, Gallimard, 2010, p. 76.

77. CO à AB, 1er mai 1972, WBY213/268.

78. Ellis W. Hawley, *The Great War and the Search for a Modern Order : A History of the American People and their Institutions, 1917-1933*, St. Martin's Press, 1979, pp. 455-6.

79. Reynaud, *Je m'accuse*, manuscrit inédit, WBY178/724.

80. Reynaud à WB, 18 oct. 1941, WB69/1746.

81. G.-H. Soutou, « L'armistice du 22 juin 1940 », *art. cit.*

82. Bertrand Favreau, *op. cit.*

83. Daladier à WB, 24 déc. 1940, WBY24/506.

84. Ickes, *Diary*, vol. 3, pp. 486-7 et 538.

85. Christopher O'Sullivan, *Harry, Hopkins: FDR's envoy to Churchill and Stalin,* Rowman & Littlefield, 2015, p. 63.

86. *Ibid.*, p. 68.

87. *Ibid.*, pp. 66-7.

88. Le 22 juin 1941, Bullitt signa en ce sens, avec David Stern, un éditorial intitulé « A Plague on Both their Houses » (cf. David Stern, *Memoirs of a Maverick Journalist*, Simon and Schuster, 1962, p. 263).

89. Roosevelt pensait que Staline aurait signé un tel engagement mais ne l'aurait pas respecté après la guerre (*The Sword*, p. 23).

90. Hervé Alphand, *L'Étonnement d'être : Journal, 1939-1973*, Fayard, 1977, p. 87.

91. Ickes, *Diary*, 20 sept. 1941, vol. 38, p. 5905.

92. 1er oct. 1941, NYT.

93. Journal de Stimson, 7 oct. 1941, HSY74.

94. Mark A. Stoler, *The Politics of the Second Front. American Military Planning and Diplomacy in Coalition Warfare, 1941-1943*, Greenwood Press, 1977, p. 12.

95. Winston Churchill, *Mémoires de guerre, 1941-1945*, t. 2, édition établie et annotée par François Kersaudy, Tallandier, 2013, p. 275.

96. Roosevelt à WB, 2 déc. 1941, FPPS, p. 531.

97. CO au secrétaire d'État, 26 mars 1942, WBY63/1531.

98. CW à Solomon Goldman, 22 juin 1939, *The Letters and Papers of Chaim Weizmann, Series A, January 1939-June 1940*, vol. 19, Israel Universities Press, 1979, lettre 101, p. 121.

99. Mémorandum de WB à FDR, *ibid.*

100. FPPS, pp. 548-550 ; *PDDE*, vol. 1, pp. 193-4.

101. WB à FDR, WBY73/1823 ; Kennan, FPPS, p. XII.

CHAPITRE 14

1. À la fin de sa vie, Barnes possédait 69 Cézanne, 60 Matisse, 44 Picasso, 18 Douanier Rousseau, 14 Modigliani et 180 Renoir (cf. John Anderson, *Art Held Hostage : The Battle over the Barnes Collection*, Norton, 2004, p. 5).

2. Titre d'un article du *Saturday Evening Post*, 29 oct. 1956, cité par William Schack, *Art and Argyrol : The Life and Career of Dr. Albert C. Barnes*, T. Yosellof, 1965, p. 335.

3. Cf. les lettres de Barnes à Bullitt (1941-1942), WBY8/148.

4. Barnes à WB, 2 juin 1942, WBY8/148.

5. Correspondance WB/FDR, 13 et 17 juin 1942, FPPS, p. 555.

6. *Courrier d'exil, Saint-John Perse et ses amis américains, 1940-1970*, textes réunis, traduits et présentés par Carol Rigolot, Gallimard, « Les Cahiers de la NRF », 2001, p. 88.

7. Correspondance WB/Laugier, WBY49/1173.

8. Léon Blum, *L'Histoire jugera*, préface de William C. Bullitt, éd. de l'Arbre, 1943.

9. Bullitt's FBI file, 62-59481.

10. *The Diaries of Edward R. Stettinius, 1943-1946*, New Viewpoints, 1975, p. 240.

11. Lettre du 5 juin 1940, FPPS, p. 452.

12. Journal de WB 1942, WBY121/592.

13. Julian Jackson, *De Gaulle*, Le Seuil, 2020, p. 274.

14. Journal de WB 1942, WBY121/592. Voir une évocation de cet entretien dans Hervé Alphand, *L'Étonnement d'être. Journal 1939-1973*, *op. cit.*, pp. 144 et 145.

15. Voir George F. Howe, *Northwest Africa : Seizing the initiative in the West*, Center of Military History, United States Army, 1957, p. 13.

16. Lettre de Roosevelt à WB, 19 nov. 1942, FPPS, pp. 571-2.

17. Anthony Sampson, *The Seven Sisters : The Great Oil Companies and the World they Shaped*, Viking, 1974, pp. 95-7.

18. Dallek, *Foreign Policy*, pp. 505-6.

19. À la fin de l'automne 1942, Staline télégraphia à son ambassadeur à Londres, Ivan Maïski, qu'il soupçonnait Churchill de rechercher non seulement la paix mais une alliance avec l'Allemagne contre l'Union soviétique (cf. Jonathan Haslam, « Litvinov, Stalin and the Road Not Taken », in Gabriel Gorodetsky (dir.), *Soviet Foreign Policy, 1917-1991 : A Retrospective*, Frank Cass, 1994, p. 58).

20. FPPS (Introduction de G. Kennan), p. XIV.

21. Daniel Yergin, *Shattered Peace : The Origins of the Cold War and the National Security State*, Houghton Mifflin, 1977, p. 42.

22. Anthony Eden, *The Eden Memoirs : The Reckoning*, Cassell, 1965, pp. 372-4 ; Robert Sherwood, *Roosevelt and Hopkins : An Intimate History*,

Enigma Books, 2001, pp. 315-20 ; verbatim d'une conversation Welles/Eden, 16 mars 1943, FRUS, 1943, vol. 3, pp. 19-24.

23. Cf. Forrest Davis, « Roosevelt's world blueprint », *Saturday Evening Post*, 10 avr. 1943, pp. 20-21 ; James McAllister, *No Exit : America and the German Problem, 1943-1954*, Cornell UP, 2002, pp. 34 *sq*.

24. JDCII/59-60.

25. Cf. Martin Weil, *op. cit.*, pp. 139-141. Bullitt considérait qu'il existait alors en réalité quatre Départements d'État, l'un qui relevait de Hull, un autre de Welles, un autre de Berle, et un dernier d'Acheson, HWD, 28 janvier 1943, p. 2237.

26. H. W. Brands, *op. cit.*, p. 110.

27. Cité in Martin Weil, *op. cit.*, p. 135.

28. Isaiah Berlin, *Washington Despatches, op. cit.*, p. 163.

29. James G. Ryan, *Earl Browder : The Failure of American Communism*, University of Alabama Press, 1997, pp. 211-212 ; note d'Edgar Hoover à Harry Hopkins, 24 oct. 1942, reproduite in George McJimsey, *Documentary History of the Franklin D. Roosevelt Presidency*, University Publications of America, 2001, vol. 32, p. 604.

30. CO à Thomas Bullitt, 17 mai 1943, Bullitt Family Papers, FHS.

31. La commission d'enquête du Sénat sur le programme de défense nationale, qui siégea de 1941 à 1948 sous la présidence de Harry Truman, alors sénateur.

32. Notes de conversation avec Brewster, 27 avr. 1943, WBY210/219 ; voir aussi Welles FBI files, IGR et I. Gellman, *op. cit.*, p. 313.

33. Conversation Hull/Bullitt, 2 juin 1943, WBY210/218.

34. Conversation FDR/Bullitt, 27 juil. 1943, WBY210/218.

35. Benjamin Welles, *op. cit.*, p. 346.

36. Ted Morgan, *A Covert Life : Jay Lovestone, Communist, Anti-Communist, and Spymaster*, Random House, 1999, p. 211.

37. Bullitt nota aussitôt la formule, 21 juin 1944, WBY210/219.

38. Castle Diaries, 2e semestre 1943, vol. 46, p. 278 WCH.

39. *The Daily Worker*, 15 août et 12 sept. 1943.

40. Cité par Benjamin Welles, *op. cit.*, p. 354.

41. Castle Diaries, vol. 46, p. 278 WCH.

42. WB à Francis Spellman, archevêque de New York, 26 fév. 1944, WBY78/1995.

43. Kathryn Smith, *op. cit.*, p. 263.

44. ML à WB, 25 avr. 1944, WBY49/1145.

45. Sa lettre fut transmise à de Gaulle par l'intermédiaire de Henri Hoppenot, le délégué du Comité français de libération nationale aux États-Unis. Hoppenot recommandait à de Gaulle d'accepter l'offre de service de Bullitt, qui ne manquerait pas d'avoir « un grand retentissement » sur le sol américain. Il lui suggérait d'annoncer son engagement « non dans la Légion

mais dans l'armée française, sous uniforme français, comme citoyen de plusieurs villes françaises » (AN, AG/3 (1) 327).

46. WBY24/5.

47. Julian Jackson, *De Gaulle – Une certaine idée de la France*, trad. de l'anglais par Marie-Anne de Béru, Le Seuil, 2019,

48. En avril 1942, Welles et Berle avaient envisagé de réorganiser et transformer le Comité national (l'organe de la France libre qui tenait lieu de gouvernement) en y faisant entrer des personnalités de « forte carrure » comme Herriot ou Jeanneney après leur avoir fait quitter la France. S'y adjoindraient Chautemps ou les amiraux Fénard ou Esteva. Eden, le ministre des Affaires étrangères britannique, avait contrecarré ces plans en rappelant à Roosevelt que le général de Gaulle, en dépit de tous ses défauts, « existait », qu'il attirait à lui des Français de plus en plus nombreux, et que Londres ne lui voyait pas de remplaçant (cf. note Berle, 30 avr. 1942, SD 851.00/3040 ; FRUS, 1942, vol. 2, pp. 517-520 ; SD FW. 851.01/496 ; Jean-Louis Crémieux-Brilhac, *La France Libre*, Gallimard, 1996, pp. 315-6.)

49. Auriol à WB, 25 juin 1944, WBY3/59.

50. *Ibid.*

51. William D. Leahy, *I Was There,* Whittlesey House, 1950, p. 106.

52. W. Bullitt, « The Future of France », *Life*, 14 août 1944, p. 75.

53. Voir par exemple Castle Diaries, vol. 46, p. 276 WCH.

54. W. Bullitt, « The World from Rome », *Life*, 4 sept. 1944, p. 101.

55. « Bullitt Denounced as "Liar" by Pravda », NYT, 5 sept. 1944.

56. WB à Wiley, 28 oct. 1945, WBY90/2307.

57. Antoine Béchaux, Michel Lafuma, *Le 2e Choc, Bataillon Janson de Sailly, 1944-1945,* France-Empire, 1988, p. 160. Voir aussi interview de la maréchale de Lattre, *L'Aurore*, 6 mars 1968.

58. WB à OB, 14 oct. 1944, FPPS, p. 606.

59. WB à de Lattre, 17 déc. 1949, WBY24/532.

60. Récit sans date (WBY247/75), publié en français sous le titre « Un chevalier sans peur » in *Jean de Lattre, Maréchal de France : Le soldat, l'homme, le politique*, Plon, 1953, pp. 83-5.

61. Jean de Lattre de Tassigny, *Histoire de la Première Armée française. Rhin et Danube,* Plon, 1949, pp. 344-5.

62. FPPS, p. 612.

63. Télégramme de De Gaulle à de Lattre, 14 avr. 1945, in *Lettres, Notes et Carnets, Juin 1943-Mai 1945,* Plon, 1983, p. 409. La nomination de Bullitt fut annoncée dans le *New York Times* le 15 avril 1945.

64. « Le général de Gaulle à Stuttgart », *Le Monde*, 22 mai 1945 ; https://www.ina.fr/video/AFE86003119/le-general-de-gaulle-en-autriche-et-a-stuttgart-video.html.

65. FPPS, p. 614 ; André Chamson, *La Reconquête,* Plon, 1975, pp. 218-219. https://www.ina.fr/video/I17194347/defile-militaire-du-14-juillet-1945-a-la-bastille-video.html.

66. Témoignage de WB, 21 fév. 1966, WBY64/1941.

67. « Miss Anne Bullitt Engaged to Marry ; Daughter of Former Envoy to Be Bride of Lieut. Daniel B. Brewster Jr. of Marine*s* », NYT, 13 oct. 1943.

68. G. Biddle à WB, 22 fév. et WB à GB, 26 fév. 1944 (WB9/88) ; AB à WB, 1944 (WBY13).

69. Par exemple, le 13 octobre 1945, Bullitt accompagnait Katherine Biddle et Alexis Léger à une réception à l'ambassade chilienne (cf. K. Biddle, *Saint-John Perse intime, Journal inédit d'une amie américaine (1940-1970)*, Gallimard, 2011, p. 114).

70. *The Sword*, p. 18.

71. WBY44/1061.

72. WB à CO, 12 oct. 1945, WBY63/532 ; WB à Cuttoli, 25 oct. 1945, WBY22/481.

73. Notes d'entretien WB/Forrest Davis, 25 janv. 1946, WBY22/146.

74. *The Great Globe Itself : A Preface to World Affairs*, Scribner, 1946, pp. 17-9.

75. Daniel Kurtz Phelan, *The China Mission : George Marshall's Unfinished War, 1945-47*, Norton, 2018, p. 252.

76. Mr. X, « The sources of Soviet conduct », *Foreign Affairs*, vol. 25, n° 4, juil. 1947, pp. 566-582.

77. *Life* des 3 et 10 juin 1946, pp. 112-126 et 118-130.

78. Cf. Alan Brinkley, *Liberalism and its discontents*, HUP, 1998, p. 107. L'article de Luce fut publié le 17 février 1941 dans *Life*.

79. Luce à WB, 16 juin 1946, WBY51/1230.

CHAPITRE 15

1. Wiley à WB, 13 avril 1946, WBY90/2501.

2. Brownell et Billings, *op. cit.*, pp. 308-9.

3. Audition de William Bullitt, *Commission des activités antiaméricaines*, Chambre des représentants, 24 mars 1947.

4. Cf. « Contre mauvaise fortune… », *Le Monde*, 9 mai 1947 ; WB à Lovett, 13 mai 1947, WBY51/1228.

5. WB à Luce et Lovett, 15 et 16 sept. 1948, WBY51/1230 et 129.

6. *Le Destin du monde*, Éditions Self, 1948.

7. Lionel-Max Chassin, *La Conquête de la Chine par Mao Tse-Tung, 1945-1949*, Payot, 1952, p. 61.

8. *Last chance in Manchuria : The Diary of Chiang Kia-ngau*, Donald G. Gillin et Ramon H. Myers (ed.), Hoover Institution Press, 1989, pp. 13-14.

9. Alan Brinkley, *The Publisher: Henry Luce and His American Century*, Alfred A. Knopf, 2010, pp. 346-7.

10. « A Report to the American People on China », 13 oct. 1947, *Life*, pp. 143 *sq*. Il en coûta à la société *Time Inc.* 13 000 dollars, un montant sans précédent. John Billings, le rédacteur en chef, jugeait l'article « superficiel et médiocre » mais par déférence pour Henry Luce n'osa pas empêcher sa publication (Brinkley, *op. cit.*, p. 339).

11. Dallek, *Foreign Policy*, p. 517.

12. Joseph Keely, *The China Lobby Man, The Story of Alfred Kohlberg*, Arlington House, pp. 160-1 et 217.

13. *Life*, 13 oct. 1947, p. 35.

14. Wedemeyer écrivit à MacArthur que l'article de Bullitt dans *Life* avait « un effet positif ». Lettre du 20 oct. 1947 citée in *Wedemeyer on War and Peace*, préface de John Keegan (édition de Keith Eiler), Hoover Institution Press, 1987, p. 199.

15. In Lucien Bodard, *L'Enlisement*, Gallimard, 1963.

16. Edward Rice-Maximin, « The United States and Indochina, 1946-1947 », *Proceedings of the Meeting of the French Colonial Historical Society*, vol. 6/7, 1982, p. 124.

17. Cf. Georgette Elgey, *Histoire de la IVe République*, t. 1, *La République des illusions (1945-1951)*, Fayard, 1965, p. 470.

18. Dulles à Herbert Brownell Jr., 4 août 1948, WBY26/569.

19. John Lewis Gaddis, *Strategies of Containment, A Critical Appraisal of Postwar American National Security Policy*, OUP, 1982, p. 5 ; CO à RM, 14 sept. 1948, RMS/59-6.

20. William Bullitt, « How We Won the War and Lost the Peace », *Life*, 25 et 30 août 1948, p. 94. L'échange avec Roosevelt eut lieu en 1943 (voir aussi *The Sword*, p. 31).

21. CO à RM, 31 octobre, 9 et 29 nov. 1948, RMS59-6.

22. WB à Edna Millay Aug. 31, 1949, EMC/75 : 6.

23. WBY163/513.

24. Herbert Feis à WB, 15 oct. 1937 WBY29/649.

25. Personnage de fiction incarné à la radio de 1945 à 1949 et au cinéma par Kenny Delmar, le sénateur Beauregard Claghorn est un politicien sudiste volubile et fanfaron.

26. WB à Rosenman, 1949, WBY73/1441.

27. « Fireside Chat 8 : On Drought Conditions, Farmers and Laborers », 6 sept. 1936.

28. WB à Rosenman, 3 mars 1949 et Rosenman à WB, 23 juin 1949, WBY73/1441.

29. L'épisode se situe au lendemain du discours sur l'état de l'Union du 4 décembre 1917 (cf. WBY146/201).

30. Discours de Chautauqua, New York, 14 août 1936, in *FPPA* (1936) vol. 5, p. 289.

31. WB à Rosenman, 1949, WBY73/1441.

32. *The Shining Adventure*, p. 1, WBY141/101.

33. WB à DeWitt, 26 août 1950, WBY87/2227.
34. George H. Kerr, *Formosa Betrayed*, Da Capo Press, 1976, p. 389.
35. L'URSS testa sa première bombe A en août 1949.
36. WB à Acheson, 13 mars 1950, WBY2/21.
37. L'effort reprendrait en 1951 pour atteindre 12,7 % en 1953 et se stabiliser aux environs de 10 % jusqu'en 1959 (cf. John Lewis Gaddis, *Strategies of Containment, A Critical Appraisal of Postwar American National Security Policy*, OUP, 1982).
38. WB à Acheson, 13 mars 1950, WBY2/21.
39. Robert L. Miller et Dennis Wainstock, *Indochina and Vietnam : The Thirty-Five-Year War (1940-1975)*, Enigma Books, 2013, pp. 77-91.
40. MAE/PAAP Henri Bonnet, De Lattre, 8 août 1951.
41. A. Brinkley, *op. cit.*, p. 377.
42. Simone de Lattre, *Jean de Lattre mon mari*, Presses de la Cité, 1972, pp. 330-347.
43. Bénouville à WB, 14 juil. 1948, WBY24/523.
44. Chauvel, *op. cit.*, II ; 23.
45. Cf. Gregor Mathias, *David Galula : Combattant, espion, maître à penser de la guerre contre-révolutionnaire*, Economica, 2012, pp. 1-21.
46. Bénouville à WB, 18 décembre 1948, WBY24/523.
47. Par exemple l'amiral Cooke, cf. Bénouville à WB, 26 mars 1952, WBY24/523.
48. Correspondance Hoover/Bullitt, juin 1952, WBY39/908 ; Timothy Walch, *Herbert Hoover et Dwight D. Eisenhower : A Documentary History*, Palgrave, 2013, pp. 63-4 et 77-8.
49. Cette thèse est également défendue par Stephen Ambrose, *Eisenhower : Soldier and President*, Simon and Schuster, 1983, p. 401. *A contrario*, Forrest Pogue (« Why Eisenhower's forces stopped at the Elbe », *World Politics*, n° 4, avr. 1952, pp. 356-8) estimait que la décision d'Eisenhower reposait sur des considérations purement militaires. Pour une vue d'ensemble, voir James McAllister, *No Exit : America and the German Problem 1943-1954*, Cornell University Press, 2001, chap. 2, pp. 26-73.
50. Notes WB, WBY210/205.
51. CO à RM, 7 juil. 1952, RMS/dossier OC.
52. Richard M. Nixon, *Six Crises*, Doubleday, 1962, p. 3.
53. Rapport du FBI, 7 oct. 1949 ; NYT, 14 déc. 1949.
54. Allen Weinstein, *Perjury : The Hiss-Chambers Case*, Hoover Institution Press, 2013, p. 350.
55. Les archives soviétiques ouvertes après 1991 ont apporté la preuve de sa culpabilité, cf. Tony Judt, *Retour sur le XXe siècle : Une histoire de la pensée contemporaine*, trad. de P.-E. Dauzat et S. Taussig, chap. 15, « Une tragédie américaine ? L'affaire Whittaker Chambers », Flammarion, 2012.

56. Ronald Steel, « I had to win », 26 avr. 1987, NYT (recension du livre de Stephen Ambrose, *Nixon : The Education of a Politician, 1913-1962*, Simon and Schuster, 1987).

57. Nixon prétendit n'avoir accepté qu'un seul don, celui d'un chien noir et blanc que ses enfants appelèrent *Checkers* (« damier »).

58. RN à WB, 11 sept. 1962, PPS 238, WB, RNY. Helen Erskine, « Dick and Pat Nixon : The Team on Ike's Team », *Collier's*, 9 juil. 1954, pp. 32-37.

59. SH au secrétaire d'État, 9 janv. 1942, SHS/WB file.

60. WB à OB, 30 mai 1954, WBY15/314 (Bullitt jouissait d'un bail emphytéotique avec un loyer décennal).

61. RN à WB, 9 nov. 1953, WBY62/1510.

62. WB à Nixon, 28 nov. 1953, WBY62/1510.

63. Georgetown University Forum, 20 avr. 1952.

64. Mémorandum secret, 19 mars 1954, WBY135/921.

65. Il considérait comme acquis l'alliance Russie-Chine tandis que Galula voyait déjà les tensions entre les deux grands voisins et suggérait, plutôt qu'une offensive militaire qui les unirait, un blocus économique qui pourrait les diviser et pousser la Chine à se tourner vers les États-Unis.

66. Rhee à WB, 19 janv. 1954, WBY69/1748.

67. Brownell et Billings, *op. cit.*, p. 321.

68. WB à Syngman Rhee, 1er nov. 1955, WBY69/1749 ; Anne Bullitt, manuscrit Gulick, 4 août 1992, WBY212/248.

69. William C. Bullitt, George F. Kennan, « What Should Be Done About Russia », *U.S. News and World Report*, 29 juin 1956, pp. 68-77.

70. K.L. Rankin à WB, 7 août 1956, WBY69/1923.

71. RN à WB, 20 janv. 1958, NP.

72. Télégramme de WB à RN, 5 août 1959, RNY/320/111/Bullitt.

73. WB à RN, 21 oct. 1960, RNY/320/111/Bullitt.

74. WB à RN, 15 nov. 1960, RNY/Wilderness Years/I/ A/1963-1965/5/ Bullitt.

75. RN à WB, 18 janv. 1961, RNY, *loc. cit.*

76. WB à RN, 16 août 1961, RNY/PPS238.

77. William Bullitt, *Report to the American People*, Houghton Mifflin, 1940, p. 28.

78. Ted Morgan, *op. cit.*, pp. 212-3.

79. Cf. sa correspondance avec Murphy dans RMS et avec WB dans 1949/50, WBT63/1534.

80. SH à WB, 24 déc. 1961, SHS/Bullitt/1952-1966.

81. CO à WB, 28 avr. 1954, WBY63/1535.

82. Conversation entre Bullitt et John Foster Dulles, 26 mars 1958, JDE.

83. Robert M. Pennoyer, *As It Was : A Memoir*, Prospect Press, 2015, p. 289.

84. Entretien avec Emily Wabeke, BFP, FHS.

85. Correspondance Cudahy/WB, 1938, WBY22/473.

86. Liam Collins, « The Diplomat's Daughter », *Irish Independent*, 29 nov. 2009.

87. Accord Nicholas et Anne Biddle, 8 nov. 1954, LWR/Misc./Legal/ 1919-1956/ Bullitt.

88. AB à WB, 16 août 1955, WBY13/273.

89. Voir la correspondance WB/AB, 1956, WBY13/273.

90. Liam Collins, *art. cit.*

91. Certificat pour Lee Yung-Kwei, 28 juillet 1963, WBY47/1122.

92. Interview de OB, 30 mars 1973, VGN4/13.

93. Janet Flanner, *Darlinghissima, Letters to a Friend*, Random House, 1985, p. 217.

94. WB à ED, 24 fév. 1930, EDG1/7.

95. EJ à WB, 24 mai 1955, WBY42/1001.

96. EJ à WB, 4 avr. 1956, WBY42/1001.

97. EJ à James Strachey, 16 juil. 1956, EJL, P04-C-E-14.

98. *Ibid.*

99. Jones à AF, AFC42/1001.

100. WB à EJ, 18 juin 1955, EJL/P04-C-F-02/Correspondance B/Jones/ Bullitt.

CHAPITRE 16

1. WB à EJ, 18 juin 1955, EJL/P04-C-F-02, correspondance B/Jones/ WB.

2. Correspondance WB-Laughlin, février-mars 1962, WBY49/1173.

3. WB à AB, 1er fév. 1962, WBY20141/2.

4. John W. Frost à Barry Goldwater, 10 août 1964, WBY30/683.

5. Schur à WB, 8 mai 1964, MSC2.

6. Schur à WB, 8 mai et 13 oct. 1964 et 25 janv. 1965, MSC2 ; voir aussi Schur, *op. cit.*, p. 586 (note 2).

7. En échange de parts du livre, Bullitt avait versé 2 500 dollars à Freud, somme dont il avait besoin pour sa revue. « Freud m'a confié un jour avoir un besoin urgent de 2 500 dollars. Je lui ai répondu que j'allais lui faire un chèque. Il m'a dit qu'il ne pouvait accepter un tel don mais qu'il aimerait disposer de la somme et me proposait donc en échange une fraction de ses parts sur le livre. » Ce serait un tiers. La seule hésitation de Freud, se souvenait Bullitt, tenait à ce « qu'aucun de ses livres ne lui avait jamais rapporté seulement 2 500 dollars, mais il espérait que le nôtre passe la barre » (WB à AB, 10 oct. 1964, WBY20141/2). Le récit est corroboré par une lettre que Bullitt adressa au fisc en mai 1958. Bullitt y mentionnait avoir acquis en 1932 un tiers des 50 % de parts de Freud sur le manuscrit, soit 16,66 % du total. Le contrat signé le 20 janvier 1932 disposait en conséquence que Freud conservait un tiers des parts du livre et Bullitt les deux autres tiers. Cependant, lapsus de

Bullitt ou calcul prémédité, le contrat ne mentionnait pas les 2 500 dollars comme la contrepartie d'une cession mais comme une avance remboursable à Bullitt sur les droits que toucherait Freud sur l'édition américaine (WBY141/110).

8. Helen Stewart (Rutgers UP) à Schur, 31 déc. 1964, MSC2.

9. WB à EJ, 25 juin 1956, EJL/ CBC/F14/05

10. *Ibid.*

11. Dans une ébauche de 1930 de *A Preface to Diplomacy*, Bullitt se demandait à propos de sa mission à Moscou : « Wilson savait-il ? » (WBY148/231). Walworth lui apprendra que Wilson afficha une surprise non feinte en découvrant dans *The Nation* du 12 juillet 1919 un article qui évoquait les « conditions alliées » transmises par Bullitt à Lénine. Wilson écrivit à Tumulty n'avoir « aucune connaissance de [ces] "conditions alliées" » (Walworth à WB, 24 mars 1951, WBY85/1187 ; voir aussi Norman Levin, *op. cit.*, pp. 214-5).

12. Conversation de EH avec Charles Seymour, 17 mars 1922, CSY52/252.

13. Irvin Hood Hoover, *Forty-Two Years in the White House,* Houghton Mifflin, 1934, pp. 87-9.

14. *Ibid.*, pp. 91-4.

15. *Ibid.*, p. 93.

16. *Ibid.*, p. 95.

17. David Lloyd George, *War Memoirs,* vol. 1, Little, Brown, 1933, p. 142.

18. Freud avait souhaité inclure ce paragraphe dans le manuscrit final (WBY147/222). Il est ramené à une seule phrase dans le livre publié (*Le Président Wilson*, p. 133).

19. A. et J. George, *op. cit.*, pp. 8-13 et « Woodrow Wilson and Colonel House : A Reply to Weinstein, Anderson, and Link », *Political Science Quarterly*, vol. 96, n° 4, hiver 1981-82, p. 590.

20. A. et J. George, *op. cit.*, p. 94.

21. *Nouvelles Conférences sur la psychanalyse*, *op. cit.*, p. 93-94.

22. HL à WB, 18 nov. 1964, WBY51/1231.

23. Notes sur *Thomas Woodrow Wilson* par Philip Rich, 14 oct. 1965, WBY142/126.

24. WB à Harry Laughlin, 23 fév. 1965, WBY142/118.

25. AF à Bullitt, 8 déc. 1939, WBY30/677.

26. AF à WB, 3 mai 1965, WBY142/116.

27. Ernst Freud à Edward Bernays, 17 juin 1965, EBC/Generalcorrespondence/Freud Ernst.

28. Mémo d'Alick Bartholomew, 14 oct. 1965, HMH92/Freud.

29. Ernst Freud à WB, 28 déc. 1965, WBY142/119. Anna Freud disait avoir proposé une cinquantaine de corrections, on en compte en fait deux cents.

30. Manuscrit corrigé par Anna Freud p. 137 (AFC 137), WBY144/150-155.
31. AFC237.
32. AFC68 ; *Le Président Wilson*, p. 84.
33. Bullitt n'accepta qu'une seule de ses suggestions, la suppression de la phrase : « Son grand œuvre, son *Histoire du peuple américain*, était grevé de tant d'erreurs que lorsqu'on envisagea une lucrative réédition après son accession à la présidence, il fallut faire appel à un historien compétent pour le reprendre » (AF113 ; MO, p. 7).
34. Notes de Paul Roazen sur une conversation téléphonique avec Bullitt, 15 oct. 1966, PRB25/17.
35. John P. Tracey (avocat de Bullitt) à Paul Brooks (PDG de Houghton Mifflin), 20 janv. 1966, WBY142/119.
36. Tilghman à WB, 26 juil. 1966, WBY142/124.
37. Mémo de Tilghman, 18 oct. 1966, HMH92/Freud.
38. Mémo de Tilghman, 9 nov. 1966, HMH92/Freud.
39. Lawrence J. Friedman, *Identity's Architect, A Biography of Erik H. Erikson*, Scribner, 2000, pp. 354-5.
40. Erikson à AF, 31 oct. 1966, AFC 25/9.
41. Tilghman à WB, 24 oct. 1966, WBY2014/1.
42. Mémo de Tilghman, 9 nov. 1966, HMH92/Freud.
43. Erikson à WB, 31 oct. 1966, WBY26/581.
44. AF à Erikson, 6 nov. 1966, AFC25/9.
45. MS à Erikson, 9 nov. 1966, MSC.
46. « Freud » : A controversial Unpublished Analysis of Woodrow Wilson », *Look*, 13 déc. 1966, pp. 327-8.
47. Tilghman à WB, 15 déc. 1966.
48. OB à VG, 1er juin 1977, VGP.
49. AB à Gulic, p.14, WBY212/248.
50. Télégramme du 9 février 1967, RNY/Wilderness Years/Série I/Sous-série A/1966-1968/WB/40.
51. Le courant le plus traditionnel de l'Église anglicane perpétué aux États-Unis dans l'Église épiscopalienne.
52. Hunter Guthrie à WB, 6 fév. 1967, RMS137-5.
53. De Gaulle à AB, 16 fév. 1967, WBY24/527.
54. Bohlen à Orville Bullitt, 2 mars 1967, WBY213/263.
55. WBY1/1.
56. Alden Whitman, « Energetic Diplomat, William C. Bullitt, First U.S. Envoy to Soviet, Dies », 16 fév. 1967, NYT, repris in *The Obituary Book*, Stein and Day, 1971, p. 9 (la citation est empruntée à l'article du *New Yorker* de Janet Flanner en 1938).
57. RN à Whitman, 21 fév. 1967, RNY/Wilderness Years/Série I/Sous-série A/1966-1968/WB/40.

CHAPITRE 17

1. Manuscrit non publié de Paul Roazen. *The Doctor and the Diplomat. The mysterious collaboration between Freud and Bullitt, PRM*, p. 9/PRB 17/6.

2. *PRM*, p. 11.

3. *Ibid.*

4. AF à Erikson, 6 nov. 1966, AFC25/9.

5. AF à Schur, 15 févr. 1967, lettre traduite par Paul Roazen, PRB25/17. Parmi les recensions, celle d'Arthur Link (« The Case for Wilson », *Harper Magazine*, avr. 1967) représente une tentative intéressante pour retrouver les sources du livre. Link jugeait à raison que Bullitt devait avoir eu accès aux carnets du colonel House (qui ne furent pas disponibles dans leur intégralité avant les années 40) mais pensait à tort qu'il n'avait pas rencontré d'amis de Wilson alors qu'il avait mené des entretiens avec Grayson, Baker, Tumulty ou Baruch. Roazen remarquait que Link ne put jamais achever sa biographie de Wilson et publier le volume qui aurait couvert l'entrée en guerre et la conférence de Versailles, « reconnaissance tacite », pensait-il, des « limites de sa curieuse idéalisation de la figure de Wilson » (*PRM*, p. 109). Lowenfeld relevait dans le livre une contradiction entre l'assertion selon laquelle Wilson ne dépassa jamais le stade de l'identification à son père et celle de son identification à Gladstone (*The Psychoanalytic Quarterly*, vol. 36, n° 2, 1967, pp. 271-311).

6. Cf. la lettre de Burness Moore (Association psychanalytique américaine) à Bernays, 7 mars 1967, EBC/General Correspondence, mars-avril 1967.

7. Traduction en anglais d'une lettre de AF à Schur, 15 fév. 1967, PRB 25/17.

8. Robert Sussman Stewart à AF, 14 déc. 1966 et 18 janv. 1967, AFC97/15 ; NYT, *Book Review*, 29 janv. 1967, p. 42. Anna Freud appréciait moins celui d'Erikson, non pour son contenu mais pour son ton : « Erikson est tellement négatif qu'il va davantage éveiller de passions qu'il ne va en éteindre » (AF à Schur, 15 fév. 1967, *op. cit.*).

9. Paul Roazen, *Encountering Freud : The Politics and History of Psychoanalysis*, Transaction, 1990, p. 158.

10. Voir David Rapaport, « A Historical Survey of Psychoanalytical Ego Psychology », *Psychological Issues*, vol. 1, n° 1, 1959, pp. 5-17 et PRM, p. 129.

11. Juste après avoir achevé son livre avec Bullitt, Freud moquait, en les comparant… à Wilson ceux qui attendaient une correspondance simple et nette entre les trois « qualités de la conscience », le conscient, le préconscient et l'inconscient (première topique) et les « trois provinces de l'appareil psychique », le surmoi, le moi et le ça (seconde topique) (*Nouvelles Conférences…*, *op. cit.*, pp. 102-104).

12. Theodor Reik, « Thomas Woodrow Wilson Preface », sans date, MSC/Anna Freud 1966-69.

13. AF à MS, 15 janv. 1968, MSC1.

14. Lettre de Max Schur à Miss Legru (Houghton Mifflin), 19 janv. 1968, HMH92/Freud.
15. Ernest Jones à WB, 7 juin 1956, WBY42/1001.
16. Interview de Bullitt par Roazen, 15 oct. 1966, PRB25/17.
17. Interview de OB par VG, 30 mars 1973, VGN5/13.
18. Bullitt le rapporta à sa fille après un déjeuner avec Brewster (lettre du 9 mars 1966, WBY13/277).
19. VG à Evelyn, Johnnie et Sara, 7 fév. 1973, VGN5/12.
20. Notes de VG sur OB, 30 mars 1973, p. 16, VGN5/13.
21. Ted Morgan, *op. cit.*, p. 232.
22. R. Pennoyer, *op. cit.*, 289.
23. *Ibid.*, p. 291.
24. Mark Solms, « "Freud" and Bullitt : An Unknown Manuscript », *Journal of the American Psychoanalytical Association,* 2006, n° 54, p. 1266.
25. Paul Roazen, « Oedipus at Versailles. New Evidence of Freud's Part in a Study of Woodrow Wilson », *The Times Literary Supplement,* 22 avr. 2005.
26. P. Roazen, « BPSI workshop » [atelier de l'Institut psychanalytique de Boston], 26 avr. 2005, p. 12.
27. https://www.nytimes.com/2005/11/23/us/paul-roazen-69-scholar-who-found-flaws-in-freud-dies.html. Le manuscrit du livre de Roazen, conservé dans ses archives à Boston University, a été publié en allemand : *Sigmund Freud und William C. Bullitt, Die ungewöhnliche zusammen arbeit zwischen den Analyttiker und dem Diplomaten*, traduit de l'américain par Klaus Laerman, Psychosozial-Verlag, 2014.
28. M. Solms, *art. cit.*, pp. 1263-1298.

CHAPITRE 18

1. Le manuscrit annoté et amendé par Freud compte cinquante-quatre pages et couvre les chapitres 1 et 2 du livre publié.
2. Dans son « Œdipe à Versailles », Paul Roazen désigne cet essai en allemand comme un « supplément » que Freud a apporté à l'œuvre d'origine tout en évoquant la possibilité qu'il s'agisse de la « partie générale » dont parle Freud quand il écrit dans sa lettre : « (...) j'ai changé certaines choses (...) et rédigé le tout en allemand (...) » (P. Roazen, « Œdipe à Versailles : une nouvelle évidence de la participation de Freud à l'étude sur Bullitt », trad. de l'anglais par Judith Dupont, *Le Coq-Héron*, n° 185, 2006, pp. 15-22).
3. PRM, p. 127.
4. M. Solms, *art. cit.*, p. 1280.
5. Sigmund Freud, *Abrégé de théorie analytique*, introduction d'Élisabeth Roudinesco, traduction de Jean-Pierre Lefebvre, Le Seuil, 2017. Il a aussi paru en allemand dans la *Neue Rundschau* (« Ein bislang unbekannter Freud-Text », 2006/1, vol. 117, pp. 9-26).

6. « Trop générales » (en anglais dans le texte ; cette lettre de Freud à Bullitt est en allemand), SF à WB, WBY147/222.

7. La traduction manuscrite de Freud est classée sous la cote WBY245/38, la version dactylographiée avec les corrections de Bullitt sous WBY146/192, la version finale dactylographiée sous WBY146/191.

8. MO, p. 28 ; *Le Président Wilson*, p. 90.

9. M. Solms, *art. cit.*, p. 1295.

10. SF à WB, 20 sept. 1931, WBY147/222.

11. Elles sont indiquées en WBY147/222.

12. Leurs signatures apparaissent sur le manuscrit original aux pages 31, 54, 69, 87, 94, 105, 116, 123, 132, 147, 160, 173, 184, 200, 205, 213, 220, 225, 237, 244, 252, 260, 266, 275, 293, 306, 314, 325, 337, 344, 359, 366, 372, 383, 389 (WB 147/222). Ce manuscrit ne comprenait pas les deux introductions ni les « notes biographiques sur (...) Woodrow Wilson » qui figurent dans le livre publié.

13. Sigmund Freud et Arnold Zweig, *Correspondance 1927-1939*, trad. de J.-C. Gehrig et L. Weibel, Gallimard, 1973, p. 59 (traduction modifiée, les italiques sont de l'auteur P. W.).

14. Freud, introductions en allemand et en anglais, sans date, WBY147/227.

15. Freud, introduction manuscrite en allemand, sans date, WBY245/139.

16. Freud, fragment sans date, WBY147/222.

17. SF à Brill, 31 janv. 1932, 85D, EBC20/12.

18. Sigmund Freud et Max Eitingon, *op. cit.*, p. 774 (les italiques sont de l'auteur P. W.).

19. MB à SF, cité in Schur, p. 449.

20. SF à Paul A. Hill, 16 nov. 1934, PHS/1.

21. AF à WB, 21 nov. 1939, WBY30/677.

22. WB à AF, 28 nov. 1939, WBY30/677. Anna Freud confirma plus tard que son père tenait la date de publication pour dépendante de la situation politique (AF à Erikson, 6 nov.1966, AFC25/9).

23. CO à WB, 1er juil. 1946, WBY63/1531.

24. Brooks Atkinson, « Drama About League of Nations and Woodrow Wilson Opens at the Mansfield », NYT, 29 déc. 1941, p. 20. La vie de Wilson fut également portée à l'écran en 1944 (Bosley Crowther, « The screen ; *Wilson*, an Impressive Screen Biography Has Its World Premiere at the Roxy », NYT, 2 août 1944).

25. « Wilson Birthplace to Become a Shrine : Plans Go Forward at Staunton, Va., for Dedication May 4 », NYT, 13 avr. 1941, p. 38.

26. NYT, 29 déc. 1941, p. 8.

27. Entretien WB/Grayson, 9 oct. 1930, WBY148/232.

28. Testament sous seing privé de William Bullitt, Ashfield, 10 sept. 1953, WBY141/113.

29. Brouillon de préface, p. 8, sans date, WBY146/202.

30. Copie d'une lettre de OB à Alexander George, 6 déc. 1973, PGY21/10.

31. MB à JW, 2 nov. 1938 et JW à MB, 17 nov. 1938, MB-BNF ; Parker à JW, consulat américain à Vienne, 14 nov. 1938 et Knack à JW, 17 nov. 1938, JWR/General Correspondence M.

32. À la date du mercredi 9 août 1939, l'agenda de Bullitt porte ces mentions un peu énigmatiques : 8 h 45, départ pour Londres ; 12 h 15, retour au Bourget ; 3 h 30, remise Wilson (WBY193). Le 29 octobre 1962, il signa une note mentionnant que la dernière fois qu'il avait vu Freud à Londres, ils s'accordèrent pour remplacer le terme « *notes* » par « *data* » (par exemple dans le « *Digest of Notes* ») et que ces modifications devaient être effectuées avant la publication. Il s'agit du seul document où Bullitt rapporte précisément sur quelles modifications Freud et lui se sont accordés.

33. Note de WB, 21 nov. 1941, WABY2/10.

34. Entretien OB/VG, 30 mars 1973, VGN5/13.

35. Dans son testament de 1953, Bullitt confirme que « le manuscrit contenu dans une mallette en cuir ouvragé (...) dont chaque chapitre porte la signature de Freud et la mienne, ne doit pas être publié ». Testament effectué à Ashfield le 10 sept. 1953, WBY141/113.

36. Donation de WB à AB, 12 nov. 1956, WBY2008/2/49.

37. WB à AB, 1er fév. 1962, WBY2014/1.

38. Bullitt montra à Jones le manuscrit original. Dans la lettre qu'il lui envoya le 22 juillet 1955, il mentionne le manuscrit comme « ayant 320 pages, chacun des chapitres étant revêtu de la signature de Freud et de la mienne », EJL/P04-C-F-02 Corr. B/Bullitt.

39. Otto Fenichel, *La Théorie psychanalytique des névroses*, trad. de l'anglais par M. Schlumberger, C. Pidoux, M. Cahen et M. Fain, PUF, 1987, p. 13.

40. Voir Jean Laplanche et J.-B. Pontalis, *Vocabulaire de la psychanalyse*, PUF, « Quadrige », 2002, articles « Instinct » et « Pulsion », pp. 202 et 303.

41. Voir Alex Holder, « Reservations about the Standard Edition », in E. Timms et N. Segal (ed.), *Freud in Exile, Psychoanalysis and its Vicissitudes*, YUP, 1988, pp. 212-3.

42. *Le Président Wilson*, p. 75.

43. MO, pp. 279, 306, 324.

44. MO, pp. 12-14, 18, 39, 47.

45. WBY148/231.

46. *The Tragedy of Wilson*, I-28-9. WBY163/506.

47. Témoignage de Charles Swem, WWP87/18.

48. C. Swem, « When the armistice was signed », WWP87/22.

49. Sur les amitiés masculines romantiques au XIXe siècle, voir E. Anthony Motundo, *American Manhood Transformations in Masculinity from the Revolution to the Modern Era*, Basic Books, 1983, pp. 82-85.

50. *Le Président Wilson*, p. 116.

51. MO, p. 61.
52. MO, p. 65.
53. MO, p. 35.
54. Conversation de Gordon Auchincloss avec Edith Gittings Reid (auteur de *Woodrow Wilson, The Caricature, the Myth and the Man*), 22 mai 1939, SBC/Auchincloss 1939-1941.
55. D. Lawrence, *op. cit.*, p. 27.
56. MO, p. 304.
57. MO, pp. 30, 56, 59, 64 (à deux reprises), 68, 69, 78, 114, 150 et 153.
58. MO, p. 56.
59. MO, p. 8.
60. MO, p. 57.
61. *Correspondance 1873-1939*, *op. cit.*, p. 461.
62. Lettre du 17 oct. 1910, S. Freud et Sándor Ferenczi, *Correspondance, 1908-1914*, groupe de traduction du *Coq-Héron*, Calmann-Lévy, 1996, p. 236.
63. Lettre du 6 oct. 1910, *ibid.*, p. 231.
64. MO, p. 26.
65. WBY163/509.
66. Rappelons-nous qu'en préparant son introduction personnelle, Freud avait écrit : « Pour la perspective analytique, le fondement et la plupart des conclusions sont dus à lui mais j'ai ajouté tant de corrections et de compléments que je peux porter également la responsabilité du résultat. » Fragment manuscrit de Freud, WBY147/222.
67. MO, p. 24.
68. MO, p. 76.
69. MO, pp. 79-80 (seuls les mots en italique sont repris dans la version publiée : *Le Président Wilson*, p. 133).
70. MO, pp. 24-25.
71. AF à Erikson, 1966, MS1.
72. SF à WB, 20 sept. 1931, WBY147/222.
73. *The Shining Adventure*, p. 12, WBY141/101.
74. MO, p. 323.
75. WB, « The Tragedy of Paris », *The Freeman*, 17 mars 1920, p. 19.
76. A. Berle, *op. cit.*, p. 829.
77. WB à Alexander Kirk, 28 sept. 1939, WBY45/1076.
78. WB au révérend C. Leslie Glenn, 20 janv. 1949, WBY33/760.
79. L'article de Bullitt du 4 septembre 1944 dans *Life*, « Le monde vu de Rome », était sous-titré : « La cité éternelle redoute une lutte entre la chrétienté et le communisme ».
80. Alexis de Tocqueville, *De la démocratie en Amérique*, in *Œuvres complètes*, Michel Lévy, 1866, vol. 3, p. 32.
81. *Ibid.*, vol. 2, p. 217.

82. Anna Freud jugeait impensable que Bullitt ait modifié le manuscrit sans l'accord de son père : « Vous savez combien j'apprécie peu Bullitt. Mais ce n'est pas le genre de choses qu'il ferait », écrivait-elle à Schur le 24 octobre 1966 (MSC).

83. Peter Gay, *A Godless Jew,* YUP, 1987, p. 125.

84. Extraits d'Anna Freud Bernays (la sœur de Sigmund), « 90 years old », in ELP ; Anna Freud Bernays, article sur Sigmund Freud, sans date.

85. Sigmund Freud, in G. Fichter, *op. cit.*

86. Lettre de SF à Arnold Zweig, 30 sept. 1934, in *Correspondance générale 1873-1939, op. cit.*, p. 459.

87. Lettre du 6 janvier 1935 in Lou Andreas Salomé/Sigmund Freud, *Correspondance (1912-1936),* suivi de *Journal d'une année (1912-1913),* trad. de l'allemand par Lily Jumel, Gallimard, 1970, pp. 253-4. Freud pensait également que son manuscrit demandait encore du travail.

88. Wiley à WB, 10 mars 1938, WBY90/2301.

89. Voir Gay, *op. cit.*, p. 644.

90. Brownell et Billings, *op. cit.*, p. 323.

91. OM389, WBY147/222 et WBY2008/2/389.

CHAPITRE 19

1. En décembre 1916 déjà, le *Times* rapportait que le Président n'était pas en faveur d'une « ligue qui puisse imposer la paix mais qui assure la paix avec le renfort d'une puissance morale ». « S'il y a là-dedans une once de vérité, notre soutien à la politique du Président en devient ridicule », écrivait Herbert Croly, rédacteur en chef de la *New Republic* à Arthur Sweetser de l'Associated Press, 27 déc. 1916, ASY/Croly.

2. Discours devant le Sénat, 10 juil. 1919, PWW61, p. 434.

3. Stone, *op. cit.*, p.

4. William C. Widenor, *Henry Cabot Lodge and the Search for an American Foreign Policy,* UCP, 1980, pp. 295-297.

5. PWW61, p. 376. Si Wilson, pensait Lippmann, avait présenté la SDN comme un moyen de perpétuer la paix et le rapport de force qui découlaient de la victoire, le peuple américain l'aurait sans doute acceptée (W. Lippmann, *U.S. Foreign Policy : Shield of the Republic,* Little, Brown, 1943, p. 37).

6. Discours au Sénat, 10 juil. 1919, PWW61, p. 436.

7. Cooper, *Wilson,* p. 121.

8. Entretien Grayson/WB, 2 oct. 1931, WBY148/233.

9. *Ibid.*

10. A. et J. George, *op. cit.*, p. 8.

11. Jessie Bones Brower à Baker, 5 sept. 1926, série IB, WWCH, p. 8.

12. Entretien avec Helen Woodrow Bones, AWY5/3.

13. Lettre d'Helen Woodrow Bones, 18 oct. 1949, AWY1.

14. Stockton Axson, « *Brother Woodrow* » : *A Memoir of Woodrow Wilson*, édition et introduction d'Arthur Link, PUP, 1993, p. XII.

15. *Ibid.*, pp. 214-5.

16. Stockton Axson, « Mr. Wilson. An appreciation and a bit of analysis », WWP/Axson Papers/49/4/8.

17. Mémorandum de conversations avec l'amiral Grayson, 18 et 19 fév. 1926, RBC106.

18. Rappelons ce qu'il dit un soir à House, qu'avec lui, « il n'avait pas à s'inquiéter de ses paroles », IPCH, I, 120.

19. Kardiner, *op. cit.*, p. 61.

20. Lettre du 23 août 1919 à Hiram Jr. et Archibald Johnson, in *The Diary Letters of Hiram Johnson, 1917-1945*, vol. 3, Garland, 1983, p. 60.

21. Verbatim d'une conversation entre CS et EH, 17 mars 1920, CSY52/252.

22. Stockton Axson, *op. cit.*, p. 217.

23. Page 40 du chapitre annoté (WBY146/193). Ce passage n'apparaît ni dans le manuscrit original ni dans le livre publié.

24. Lettre du 26 janv. 1907, citée in Baker, *WW*, vol. 2, p. 252.

25. PWW17, p. 269.

26. W. Barksdale Maynard, *Woodrow Wilson : Princeton to the Presidency*, YUP, 2008, p. 152 ; Cooper, *Wilson, op. cit.*, p. 93.

27. *Le Président Wilson*, p. 199.

28. House à Malone, 31 juil. 1917, EHY76/2562.

29. Par exemple, lettre de WW à Malone, 10 oct. 1918 ; Baker, *WW*, vol. 8, p. 471.

30. AW à C. Seymour, 19 mars 1955, CSP, I/14/854 ; C. Neu, *op. cit.*, p. 401. Dans sa défense passionnée de House, « Considerations on Woodrow Wilson and Edward M. House : An Essay Letter to the Editor » (*Presidential Studies Quarterly*, vol. 24, n° 1, hiver 1994, p. 79), Walworth omettait toute référence aux documents Sweetser « de grande importance » qu'il mentionnait dans sa lettre à Seymour.

31. AW à Seymour, 19 mars 1955, CSYI/14/854.

32. SHD 6N73. La lettre de Tardieu date probablement du 7 mars 1919. L'acceptation par House de la proposition d'une république rhénane temporaire est confirmée par McCormick (dans son journal du 2 mars 1919), Walworth, *Wilson, op. cit.*, II, p. 280, note 20, par des notes prises par Sweetser à partir des confidences du colonel à la presse (AW à Seymour, 19 mars 1955, CSYI/14/854).

33. Baker, *Wilson*, vol. 1, pp. 172-3.

34. *Le Gouvernement congressionnel, op. cit.*, pp. 26-7 et 329.

35. L'Allemagne souhaitait faire valoir que le *Lusitania* transportait une cargaison d'armes.

36. James Kerney, *op. cit.*, pp. 375-6.

37. James. E. Watson, *op. cit.*, p. 200.

38. WW au docteur Smith, 29 déc. 1916 et 5 janv. 1917, PWW40, 354 et 412.

39. James Watson, *op. cit.*, p. 202. En 1921, lorsque le nom de Lodge survint dans une conversation avec Edward Bok « en des termes impossibles à imprimer », Wilson tomba dans des convulsions qui durèrent cinquante minutes. Selon le colonel House, « ils crurent qu'il n'en réchapperait pas », Carnets, 3 avr. 1921, cité in A. Walworth, *Wilson and His Peacemakers, op. cit.*, p. 542.

40. A. Walworth, *Woodrow Wilson*, vol. 2, p. 368.

41. OM, p. 306. Dans la version publiée, ce passage devient : « Wilson, lorsqu'il se fut détourné de House, se plia aux exigences des chefs alliés » (*Le Président Wilson*, p. 353).

42. Cf. Edwin A. Weinstein, « Woodrow Wilson's Neurological Illness », *Journal of American History*, n° 57, sept. 1970, pp. 324-351.

43. E. Weinstein, J. Anderson et A. Link, « Woodrow Wilson's Political Personality : A Reappraisal », *Political Science Quarterly*, n° 93, hiver 1978-79, p. 594 et E. Weinstein, *art. cit.*, pp. 339-340.

44. Freud et Bullitt la mentionnent dans une phrase : « Wilson avait déjà cédé aux Anglais qui demandaient que les pensions et indemnités de séparation des familles soient incluses dans la facture des dommages de guerre » (ma traduction) (cf. *Le Président Wilson*, pp. 374-5).

45. Sharp, *Lloyd George, op. cit.*, p. 108.

46. Lentin, *The Last Political Law Lord, op. cit.*, p. 101.

47. Carnets Grayson, Second trip 26 mars 1919, CGS2.

48. Antony Lentin, *Lloyd George, Woodrow Wilson and the Guilt of Germany : An Essay in the Pre-History of Appeasement of Germany*, Leicester University Press, 1984, p. 56.

49. Jan Smuts à Lloyd George, 8 juin 1918, in W.K. Hancock et Jan Van Der Poel (ed), *Selections from the Smuts Papers*, vol. 3, *June 1910-November 1918*, CUP, 1966, pp. 662-3.

50. Le jugement de Smuts sur le général Pershing n'est plus isolé : « Ce n'est, commentait le professeur Sheffield dans un colloque, que lorsque Pershing s'est vu offrir une "promotion placard" et que des généraux plus aptes sont passés aux commandes, ce n'est qu'à ce moment, même si c'est un peu difficile à dire, que les Américains ont fait merveille » (Gary Sheffield, in Jay Winter (ed), *op. cit.*, p. 71).

51. Notes de House, EHY121/4294 ; Walworth, *Woodrow Wilson, op. cit.*, vol. 2, p. 250.

52. Conversation entre Smuts et Grayson, 14 janv. 1930, *op. cit.*, CGS1.

53. Smuts à Gillett, 31 mars 1919, in *Selection from the Smuts Papers, op. cit.*, vol. 4, doc. 925, p. 95.

54. Copie de la note d'Abraham, « Reparation-Ships », classée avec la correspondance de janvier 1934 dans les papiers Lothian, citée in J. R. M. Butler,

Lord Lothian (Philip Kerr) 1882-1940, Macmillan, 1960, p. 73 ; note de Philip Kerr à Seymour, 7 oct. 1933, pp. 3-4, CSY9/522.

55. Mémorandum du général Smuts, 31 mars 1919, PWW56, pp. 480-2.

56. A. Walworth, *Woodrow Wilson*, vol. 2, *op. cit.*, p. 293.

57. Marc Trachtenberg, *Reparation in World Politics : France and European Economic Diplomacy*, CUP, 1980, p. 69.

58. Mémorandum d'une conférence tenue dans l'hôtel du Président Wilson, Paris, 1er avril 1919, 14 h, FDP/2.

59. Entretien Baruch/WB, 4 oct. 1930, WBY148/233.

60. Arthur S. Link, *Woodrow Wilson : Revolution, War, and Peace*, AHM Publishing, 1979, p. 91.

61. Ike Hoover, « The Illness of Woodrow Wilson », *The Saturday Evening Post*, 31 juil. 1934.

62. Edith Helm notait que lors d'un déjeuner le 29 mars avec les Wilson dans cette nouvelle résidence, le colonel House les invita à parler avec prudence car « la demeure était truffée d'espions qui rapportaient tout au ministère des Affaires étrangères » (Edith Helm, correspondance, 29 mars 1919, EHC7).

63. L'un de ses sténographes, Gilbert Close, écrivait le 7 avril 1919 à sa femme Helen : « Je n'ai jamais vu le Président dans une tel état. Il a plusieurs fois descendu en flèche le colonel House et se montre irritable avec Swem. Il m'a traité correctement jusque-là mais je me demande quand mon tour viendra », GCP1/1.

64. Raymond B. Fosdick, « Scholar in Action », *Saturday Review*, 29 mars 1958, p. 17 ; A. Walworth, *Wilson and his Peacemakers*, *op. cit.*, pp. 156-162 ; C. Neu, *op. cit.*, pp. 401 et 666.

65. Entretien EH/CS, 21 mars 1922, CSY52/254.

66. Nicolson, *op. cit.*, pp. 52-53.

67. Notes de Kerney sur sa rencontre avec Wilson le 23 oct. 1923, JKP1/3.

68. Entretien avec Jan Smuts, 8 juin 1948, in Roy Harrod, *Life of John Maynard Keynes*, Macmillan, 1951, p. 260.

CONCLUSION

1. Margaret MacMillan, *op. cit.*, p. 264.

2. Étienne Mantoux, *La Paix calomniée ou les conséquences économiques de la paix*, préface de Raymond Aron, Gallimard, 1946, p. 50.

3. Lentin, *The Guilt of Germany, op. cit.*, pp. 150-1.

4. Préface à l'édition française, p. 10.

5. Cf. Georges-Henri Soutou, « La France et l'Allemagne en 1919 », in J. Bariéty, A. Guth, J.-M. Valentin, *La France et l'Allemagne entre les deux guerres mondiales*, Presses universitaires de Nancy, 1987, pp. 9-19.

6. Stephen Bonsal, « What Manner of Man was Clemenceau », *World's Work*, fév. 1930, p. 72 ; Bonsal à EH, 12 nov. 1927, EHY17/53.

7. Le « sophisme » dénoncé par Keynes (cf. *supra*, chap. 1) consistait à considérer « que les dépenses engagées par les gouvernements alliés en vue du paiement des pensions et des allocations pouvaient être nettement regardées (...) comme "dommages" causés à la population civile des puissances alliées et associées par l'agression de l'Allemagne sur terre, sur mer et dans les airs ».

8. Le ministre sud-africain l'invita à écrire, alors qu'on s'apprêtait à signer le Traité, « un livre qui en exposerait clairement les clauses financières et économiques et en dégagerait les implications » (Lentin, *op. cit.*, p. 137).

9. Bernard M. Baruch, *The Making of the Reparation and Economic Sections of the Treaty*, Harper & Bros., 1920.

10. JMK à Temperley, 14 nov. 1920, KP, CO/11/206. Keynes n'en continua pas moins sa défense de Smuts. Quand l'historien H.W.V. Temperley, dans son second volume de son *History of the Peace Conference of Paris* publiée en 1920 (OUP), écrivit que les dispositions les plus critiquées du Traité (art. 231 et annexe I) qui rendaient l'Allemagne responsable des pensions avaient été proposées par le général Smuts, Keynes s'engagea dans un long échange épistolaire avec Temperley pour défendre Smuts ; dans le volume V, en accord avec Keynes, Temperley corrigea son introduction et remplaça le mot « proposées » par « défendues », vol. 5 (Henry Frowde and Hodder & Stoughton, 1921), 372, fn1.

11. B. Baruch, note du 9 déc. 1921, BBP45.

12. Étienne Weill-Raynal, délégué à la Commission des réparations, avait tiré de ses travaux une thèse sur « Les réparations allemandes et la France ». Dans *La Politique française des réparations* (Nouvelles Éditions latines, 1946), il rappelle qu'en novembre 1918 le gouvernement français se bornait à demander la réparation des dommages aux biens. Quelques semaines plus tard, la délégation française à la conférence de la Paix, se ralliait à la position britannique.

13. Cf. Étienne Mantoux, *op. cit.*, et le compte rendu de Michael Halperin in *The American Economic Review*, vol. 36, n° 5, déc. 1946, pp. 930-4.

14. HN à EH, 18 avr. 1934, HNY12. Telle était en tout cas l'avis des principaux négociateurs qu'étaient Harold Nicolson du côté britannique et Edward House du côté américain.

15. HN à EH, 18 avr. 1934, HNY12.

16. Bernard Baruch, *The Public Years*, Holt Rinehart and Winston, 1960, p. 124.

17. J. Schwarz, *op. cit.*, p. 402.

18. Clemenceau, *Grandeurs...*, p. 208.

19. Conversation avec Clemenceau, 5 mars 1925, MAE/PA-AP37/9/g.

20. Cf. Patrick Weil, *De la laïcité en France*, Grasset, 2021.

21. Cf. Wormser, *op. cit.*, p. 422.

22. Conversation Charles-Roux/Clemenceau, 5 mars 1925, MAE/PA-AP37 /9/g.

23. Wormser, *op. cit.*, p. 423.

24. Cabot Lodge à Henry White, 18 avr. 1919, HWP, P-C File.

25. Cf. les lettres échangées avec Stephen Bonsal avant, pendant et après le voyage de 1922 (SBC/Georges Clemenceau, 1922-1972 A-Z).

26. Après avoir accueilli l'idée avec enthousiasme, Tumulty jugea que le Sénat pourrait considérer l'entrée en scène de Clemenceau comme une ingérence étrangère (cf. les lettres de Jusserand au MAE, 1er et 3 déc. 1919, SHD6N138).

27. Cf. Clemenceau, *Grandeurs...*, p. 208.

28. Thomas A. Bailey, *Woodrow Wilson and the Great Betrayal*, Macmillan, 1945, p. 277.

29. *Le Président Wilson*, pp. 16-7.

30. Allen Dulles, *Look*, 13 déc. 1966, pp. 328-9. Richard Hofstadter, l'auteur du *Style paranoïaque dans la politique américaine*, relevait dans le livre une « certaine froideur de style et de pensée, ainsi qu'un ton inquisiteur qui lui donne l'aspect d'une vendetta poursuivie au nom de la science » (« The Strange Case : II. A Disservice to History », *NYRB*, 9 fév. 1967).

31. Lettre ouverte au *Washington Post*, 30 nov. 1966. Après l'avoir envoyée, Waldrop fut pris d'un doute. Il fit suspendre sa publication. Il préférait attendre de lire le livre en entier, au regret du journal : « C'est une erreur que de revenir sur une indignation, comme le poisson, elle n'est bonne que fraîche » (Kenneth Boyd et Russell à Waldrop, 7 déc. 1966, FWW/correspondance/août-décembre 1966). Début février 1967, Waldrop avait achevé un article, « Dr. Freud and the President », mais on le découragea de le publier (cf. Zigmond Lebensohn à Waldrop, 7 fév. 1967, FWW/correspondance/janvier-juin 1967).

Remerciements

Sans l'invitation à enseigner à la Yale Law School reçue depuis 2008 des Deans Harold Koh, Robert Post et Heather Gerken, ce livre n'existerait pas. Qu'ils en soient sincèrement remerciés. À partir de l'été 2014, quand j'ai découvert les archives Bullitt à la Sterling Library de Yale, il me suffisait de traverser la rue pour me retrouver en salle des manuscrits. J'ai pu, au fil des semaines, consulter non seulement chaque boîte de la collection Bullitt, mais celles de toutes les riches collections conservées à la Sterling et à la Beinecke Libraries. Un remerciement spécial à Bill Landis et à tous les archivistes qui m'ont aidé dans les centres d'archives que j'ai visités aux États-Unis, en France, au Royaume-Uni et en Suisse.

À l'université de Yale, j'ai largement bénéficié d'entretiens avec Bruce Ackerman, Howard Bloch, Owen Fiss, John Gaddis, Alice Kaplan, Paul Kahn, Judith Resnik, Scott Shapiro, Ellen Spitz, James Whitman, Jay Winter. Au fil des ans, plusieurs étudiants de la Yale Law School, Joe Chatham, Nick Kilstein, Mack Ramsden, Robert Nelson, Eric Parrie, Alexandra Perloff-Giles, Ilana Rice, Thomas Scott-Railton, Mattie Wheeler m'ont assisté dans des tâches variées mais décisives, tout comme Monika Piotrowicz depuis 2008.

Le Centre d'histoire sociale des mondes contemporains, mon laboratoire de recherche CNRS rattaché à l'université de Paris 1, m'a assuré d'un soutien sans faille.

L'université de Yale, Robert, Christy et Tracy Pennoyer, Alice Ballard, Ellen Saltonstall et Daniel Heller-Roazen m'ont autorisé à citer de précieux documents d'archives de William C. Bullitt, Ernesta Drinker Barlow et de Paul Roazen.

Lionel Leforestier a traduit de l'anglais le manuscrit original avec compétence et érudition.

Raffael Fasel et Birthe Mühlhoff ont traduit de l'allemand plusieurs textes de Sigmund Freud.

Ce livre a bénéficié de régulières conversations avec Alexandre Berlinski et de ses idées lumineuses.

Bob Dallek, Anthony Lentin, Georges-Henri Soutou, Brad Snyder m'ont apporté des informations importantes ainsi que Robert Skidelsky, Margaret MacMillan, Philip Zelikow, Charles Kupchan, Kathryn Smith, Nicholas Mulder, Jean-Pierre Chevènement, Yves-André Istel, Adam Kuper, Victor Louzon, Tristan Storme, Laurent Joly, Pierre Vesperini, Romain Enriquez, Nick Frisch, Nicolas Guilhot, Daniel Cohen, Peter Sahlins, Ramona Naddaff, James McAuley, Emmanuelle Sidem, Jacob Soll, Sam et Sherry Wells, Pamela Druckerman, Marc Flandreau, Laurent Ferri, Gilles Grin, Alex Zevin, Stephen Wertheim, Frederic Viguier, Sara McDougall, Julien Charnay, Alison MacKeen, Winthrop Wells, Noah Rozenblum, Gabriel Kachuck, Lila Azam Zanganeh et Georges Borchardt, l'agent de cet ouvrage aux États-Unis, devenu un ami.

Chez Grasset, Olivier Nora a soutenu ce projet depuis le début avec ce mélange parfait de professionnalisme et d'amitié fidèle et Pierre Marlière est intervenu magnifiquement à la fin.

Enfin Eugene Rusyn, Grey Anderson, Robert Paxton et Chantal de Rudder savent ce que je leur dois.

ABRÉVIATIONS

AA : Aaron Aaronsohn
AAD : Aaron Aaronsohn Diary (WBY175/3 & 4).
AB : Anne Moen Bullitt
ABR : Adolf A. Berle Archives, Roosevelt Library
AF : Anna Freud
AFC : Anna Freud Archives, LOC
ANF : Archives nationales France
ASC Arthur Sweetser Archives, LOC
ASN : Arthur Hays Sulzberger Archives New York Times Company records. NYPL
AW : Arthur C. Walworth
AWY : Arthur C. Walworth Archives, Sterling Library, Yale University
BB : Bernard M. Baruch
BBP : Bernard M. Baruch Archives, Mudd Library Princeton University
BGR : Barbara L. Gellman Archives, Roosevelt Library
BHC : B. W. Huebsch Archives, LOC
BNA : British National Archives
BNF : Bibliothèque Nationale de France, Paris
BPN : Boston Psychoanalysis Society, Newton Center, MA
CAC : Chandler P. Anderson Archives, LOC
CGS : Cary T. Grayson Archives, Woodrow Wilson Library, Staunton, Virginia
CLH : Corliss Lamont Archives, Houghton Library, Harvard University
CMY : Claude McKay Archives Beinecke Library, Yale University
CO : Carmel Offie
CS : Charles Seymour
CSP : Charles Swem Archives, Princeton
CSY : Charles Seymour Archives, Yale, Sterling Library
CUP : Cambridge University Press
EBC : Edward L. Bernays Archives, LOC
ECP : JMK, The Economic Consequences of Peace

ED : Ernesta Drunker
EDG : Ernesta Drunker Archives, Georgetown University
EDM : Ernesta Drunker Memoirs, Georgetown University
EH : Edward M. House
EHC : Edith B. Helm Archives, LOC
EHD : Edward M House Diaries, Yale, Sterling Library
EHY : Edward M. House Archives, Yale, Sterling Library
EJ : Ernest Jones
EJL : Ernest Jones Archives, London
EMC : Edna St Vincent Millay Archives, LOC
ERW : Elliot A. Rosen Archives, Hoover Library, West Branch
FB : Sigmund Freud and William C. Bullitt, *Thomas Woodrow Wilson, A Psychological Study* (Boston MA, Houghton Mifflin, 1966).
FDRR : Franklin D. Roosevelt Archives, Roosevelt Library
FFC : Felix Frankfurter Archives, LOC
FHS : Filson historical Society, Louisville, Kentucky.
FMP : H. Freeman Matthews Archives, Mudd Library, Princeton University
FPPS : *For the President, Personal and Secret, Correspondence between Franklin D. Roosevelt and William C. Bullitt*, Orville H Bullitt ed., preface de George Kennan (Boston MA, Houghton Mifflin, 1972).
FPY : Frank L. Polk Archives, Yale, Sterling Library
FRUS : Foreign Relations of the United States
FWN : Frank P. Walsh Archives, New York Public Library
FWW : Frank C. Waldrop Archives, Hoover Library West Branch
GCP : Gilbert Close Archives, Mudd Library, Princeton University
GK : George Kennan
GTR : Grace Tully Archives, Roosevelt Library
HC : Journal des débats à la Chambre des communes
HDY : Hilda Doolittle (H.D.) Archives, Beinecke Library, Yale University
HGW : Hugh Gibson Archives, Herbert Hoover Library, West-Branch
HHS : Herbert Hoover Archives, Stanford, California
HHW : Herbert Hoover Archives, West Branch, Iowa
HMD : Henry Morgenthau Jr. Diaries, Roosevelt Library
HN : Harold Nicolson
HMH : Houghton Mifflin Archives, Harvard
HNY : Harold Nicolson Archives, Beinecke Library, Yale University
HSY : Henri Stimson Archives, Sterling Library, Yale University
HUP : Harvard University Press
HWC : Henry White Archives, LOC
HWD : Henry Wallace Diary Columbia University
IGR : Irwin F. Gellman Archives, Roosevelt Library
IMS : Inez Milholland Archives, Schlesinger Library, Harvard
IND : It's Not Done
IPCH : Intimate papers of Colonel House

JAC : Joseph Alsop Archives, LOC
JBY John Morton Blum Archives, Sterling Library, Yale University
JDC : Joe Davis Archives, LOC
JDE : John Foster Dulles Archives, General Correspondence and Memoranda, Dwight Eisenhower Library
JDP : John Foster Dulles Archives, Mudd Library, Princeton University
JFP : James Forrestal Archives, Mudd Library, Princeton University
JKC : John Maynard Keynes Archives, Cambridge University
JKP : James Kerney Archives, Mudd Princeton Library
JLR : Joseph Lash Archives, Roosevelt Library
JMK : John Maynard Keynes
JML : Jean Monnet Archives, Lausanne
JSS : John Storrs Archives, Smithsonian Washington DC
JWR : John Wiley Archives, Roosevelt Library
LB : Louise Bryant
LBY : Louise Bryant Archives, Sterling Library, Yale University
LG : David Lloyd George
LGL : David Lloyd George Archives, House of Lords, London
LOC : Library of Congress
LSL : Lytton Strachey Archives, British Library, London
LW : Louis Wehle
MAE : Archives du ministère français des Affaires étrangères
MB : Marie Bonaparte
MBP : Marie Bonaparte Archives, BNF, Paris
ML : Missy Le Hand
MO : Manuscrit original non publié de Freud et Bullitt sur le Président Wilson.
MS : Max Schur
MSC : Max Schur Archives, LOC
MTY : Louise Morgan and Otto Theis Archives, Beinecke Library, Yale University
NARA : National Archives
NDC : Norman Davis Archives, LOC
NYC : New York City
NYPL : New York Public Library
NYRB : New York Review of Books
NYT : *New York Times*
OB : Orville H. Bullitt
OCC : Oscar T. Crosby Archives, LOC
OHC : Oral History Columbia University
ON : Notes originales de William Bullitt préparatoires au manuscrit sur Thomas Woodrow Wilson
OUP : Oxford University Press
OVH : Oswald G. Villard Archives, Houghton Library, Harvard University
PDDE : Papers of Dwight of David Eisenhower

PGY : Peter J. Gay Archives, Sterling Library, Yale University
PHS : Paul A. Hill Archives, Stanford
PMN : Archives Paul Mantoux, BDIC, Nanterre, France
PPL : *Philadelphia Public Ledger*
PPAFDR : The Public Papers and Addresses of Franklin D. Roosevelt, (NYC : Random House), ed. Samuel I. Rosenman
PRB : Paul Roazen Archives, Boston University
PRM : Paul Roazen Manuscript PRB17/6
PUP : Princeton University Press
PWW : Woodrow Wilson, *The Papers of Woodrow Wilson*, ed. Arthur S. Link et al., 69 vols. (Princeton, NJ. 1966-1993)
RBC : Ray Baker Archives, LOC
RCP : Archives René de Chambrun, Paris
RLC : Robert Lansing Archives, LOC
RMB : Ruth Mack Brunswick
RMC : Ruth Mack Brunswick Archives, LOC
RMS : Robert Murphy Archives, Stanford
RNY : Richard M. Nixon, Nixon Library, Yorba Linda
SBC : Stephen Bonsal Archives, LOC
SF : Sigmund Freud
SFC : Sigmund Freud Archives, LOC
SFD : The Diary of Sigmund Freud
SHD : Service historique de la Défense
SHS : Stanley K. Hornbeck Archives, Stanford
STY : Scofield Thayer Archives, Yale Beinecke
SW : Sumner Welles
SWR : Sumner Welles Archives, Roosevelt Library
TGY : Theater Guild Archives, Beinecke Library, Yale University
TLD : Transcribed Lippman Diaries, from John Morton Blum Archives Yale Library, Accn 1986-M-001/1
TNR : *The New Republic*
UP : University Press
VG : Virginia Gardner
VGN : Virginia Gardner Archives, NYU Library
WABY : William and Anne Bullitt Archives, Sterling Library, Yale University
WB : William C. Bullitt
WBY : William C. Bullitt Archives, Sterling Library, Yale University
WCC : Winston Churchill Archives, Cambridge, UK.
WCD : William Castle Diaries, Houghton Library Harvard
WHY : William B. Hale Archives, Sterling Library, Yale University
WITV : Transcript in English of the 293'Jean Monnet's Interview by Alan Watson, broadcasted by the BBC on December 31, 1971 JML/AML 313/212
WLY : Walter Lippmann Archives, Sterling Library, Yale University

WMR : R. Walter Moore Archives, Roosevelt Library
WSC : Wesley Stout Archives, LOC
WSI : William Shirer Archives, Cedar Rapids, Iowa
WSP : Whitney H. Shepardson Archives, Roosevelt Library
WW : Woodrow Wilson
WWC : Woodrow Wilson Archives, LOC
WWP : Woodrow Wilson Archives, Princeton, NJ
WWS : Woodrow Wilson Archives, Staunton, VA
YUP : Yale University Press

COLLECTIONS D'ARCHIVES MENTIONNÉES

ÉTATS-UNIS D'AMÉRIQUE

Californie
Bancroft Library, University of California, Berkeley
Hiram Johnson (HJB)

Hoover Institute, Stanford
Chiang Kai-shek Diary (CKS)
Paul A. Hill (PHS)
Herbert Hoover (HHS)
Stanley K. Hornbeck (SHS)
Raymond Moley (RMH)
Robert D. Murphy (RMS)

Richard M. Nixon Presidential Library (RNL), Yorba Linda

Connecticut
Yale University, New Haven
Sterling Library
Gordon Auchincloss (GAY)
John Morton Blum (JBY)
Louise Bryant (LBY)
William C. Bullitt (WBY)
Peter J. Gay (PGY)

William Bayard Hale (WHY)
Edward M. House (EHY)
Charles A. Lindberg (CLY)
Walter Lippmann (WLY)
Frank L. Polk (FPY)
Charles Seymour (CSY)
Henri Stimson (HSY)
Arthur C. Walworth (AWY)
William Wiseman (WWY)

Beinecke Library
Hilda Doolittle (H.D.)
Claude McKay (CMY)
Louise Morgan and Otto Theis (MTY)
Harold Nicolson (HNY)
Dial/Scofield Thayer
Theater Guild (TGY)

Iowa
Coe College, Cedar Rapids
William Shirer Archives (WSI)

Herbert Hoover Presidential Library, West Branch
William R. Castle (WCW)
Herbert Hoover (HHW)
Hugh S. Gibson (HGW)
Elliot A. Rosen (ERW)
Frank C. Waldrop (FWW)
Hugh R. Wilson (HWW)

Kansas
Dwight Eisenhower Library, Abilene
John Foster Dulles (JDE)

Kentucky
Louisville, Filson Historical Society
Bullitt Family collection (BFL)

Maryland
The National Archives (NARA), *College Park*

Massachusetts
Boston
Massachusetts Historical Society
Henry Cabot Lodge (CLB)

Boston University, Howard Gotlieb Archival Center
Paul Roazen (PRB)

Cambridge, Harvard University
Schlesinger Library, Radcliffe Institute
Inez Milholland
Doris Stevens

Houghton Library
Houghton Mifflin Company Freud, Sigmund, 1856-1939
Correspondence about (HMH)
Oswald G. Villard (OVH)
William R. Castle Diaries (WCH)
Corliss Lamont (CLH)

Newton
Boston Psychoanalysis Society
Paul Roazen (PRN)

Northampton
Smith College
Schwimmer-Lloyd Collection

Calvin Coolidge Presidential Library and Museum
Calvin Coolidge

New Jersey
Princeton University, Mudd Library
Bernard Baruch (BBP)

Gilbert F. Close (GCP)
John Foster Dulles (JDP)
James V. Forrestal (JFP)
George F. Kennan (GKP)
James Kerney (JKP)
H. Freeman Matthews (FMP)
Charles Swem (CSP)

Pennsylvanie
University of Pennsylvania, Philadelphia
Waldo Frank (WFP)

New York
Hyde Park, Roosevelt Library
Adolf A. Berle (ABR)
René de Chambrun (RCR)
Barbara L. Gellman (BGR)
Joseph P. Lash (JLR)
R. Walton Moore (WMR)
Henry Morgenthau Jr. (HMR)
Franklin D. Roosevelt (FDRR).
Whitney H. Shepardson (WSR)
Grace Tully (GTR)
Sumner Welles (SWR)
John Wiley (JWR)

New York City
Columbia University
Oral History
Adolf A. Berle (ABC)
Henry A. Wallace (HWC)
James P. Warburg (JWC)

New York Public Library
New York Times Company Records. Arthur Hays Sulzberger Archives (ASN)
Frank P Walsh (FWN)

New York University
Tamiment Library and Robert F. Wagner Labor Archives
Virginia Gardner (VGN)

Virginie
Staunton, Woodrow Wilson Presidential Library
T. Woodrow Wilson (WWS)
Cary T. Grayson (CGS)

Washington D.C.
Georgetown University Booth Family Center for Special Collections
Ernesta Drinker Barlow (EDG)

Library of Congress
Joseph Alsop (JAC)
Chandler P. Anderson (CAC)
Ray S. Baker (RBC)
Edward L. Bernays (EBC)
George Biddle (GBC)
Marie Bonaparte (MBC)
Stephen Bonsal (SBC)
Bainbridge Colby (BCC)
Oscar T. Crosby (OCC)
Josephus Daniels (JDC)
Norman H. Davis (NDC)
Felix Frankfurter (FFC)
Anna Freud (AFC)
Sigmund Freud (SFC)
Edith B. Helm (EHC)
Loy W. Henderson (LHC)
Irwin H. Hoover *(IHC)*
Benjamin W. Huebsch (BHC)
Harold L. Ickes (HIC)
Robert Lansing (RLC)
William D. Leahy (WLC)

Henry R. Luce (HLC)
Ruth Mack Brunswick (RMC)
Edna St Vincent Millay (EMC)
Max Schur (MSC)
Arthur Sweetser (ASC)
Joseph P. Tumulty (JTC)
Henry White (HWC)
T. Woodrow Wilson (WWC)

Smithsonian, Archives of American Art
John H. Storrs (JSS)

FRANCE

Aix-en-Provence (Bouches-du-Rhône)
Fondation Saint-John Perse
Saint-John Perse (SJP)

Paris
Bibliothèque nationale de France
Marie Bonaparte (MBP)

Fondation Chambrun Lafayette
René de Chambrun (RCP)

Nanterre (Hauts-de-Seine)
La Contemporaine (BDIC)
Étienne Mantoux (EMN)

Pierrefitte (Seine-Saint-Denis)
Archives nationales
Marcel Cachin (MCP)
Édouard Daladier (EDP)
Charles de Gaulle (CGP)
Paul Reynaud (PRP)

Ministère des Affaires étrangères, La Courneuve (Seine-Saint-Denis)
Papiers d'Agents (MAE/PA-AP)

Val-de-Marne, Vincennes
Service historique des Armées (SHD)

ROYAUME-UNI

Cambridge
Cambridge University
King's College
John M. Keynes (JKC)

Churchill College
Winston Churchill (WCC)

Londres
British Library
Lytton Strachey (LSL)

British National Archives, Kew Gardens (BNA)
British Psychoanalysis Society
Ernest Jones (EJL)

House of Lords
David Lloyd George (LGL)

Reading, University of
Nancy Astor (NAR)

SUISSE

Université de Lausanne, Lausanne
Fondation Jean Monnet (JML)

TABLE

Cet ouvrage a été imprimé
par CPI Brodard & Taupin
pour le compte des éditions Grasset
à La Flèche (Sarthe)
en février 2022

Mise en pages PCA, 44400 Rezé

PAPIER À BASE DE
FIBRES CERTIFIÉES

Grasset s'engage pour
l'environnement en réduisant
l'empreinte carbone de ses livres.
Celle de cet exemplaire est de :
800 g éq. CO_2
Rendez-vous sur
www.grasset-durable.fr

N° d'édition : 22372 – N° d'impression : 3047059
Dépôt légal : mars 2022
Imprimé en France